la totale

BAC S

Ont contribué à la réalisation de cet ouvrage :

Alain Larroche (mathématiques)
Élisabeth Le Prettre (physique-chimie)
Marie-Noël Morin-Ganet (SVT)
Éric Delassus (philosophie)
Éric Fourcassier (philosophie)
Cédric Oline (histoire-géographie)
Wendy Benoit (anglais)

rue des écoles

ISBN : 9782820805478.
Dépôt légal : août 2016.
Achevé d'imprimer en Belgique par Lesaffre, en août 2016.

Mathématiques

Méthodologie pour l'épreuve de mathématiques, série S

Le programme défini par l'Éducation nationale

I. Analyse

1. Suites et fonctions.
2. Limites.
3. Fonctions mobilisables.
4. Intégration.

II. Géométrie

1. Nombres complexes.
2. Géométrie dans l'espace.

III. Probabilités et statistique

1. Lois de probabilité à densité.
2. Statistique inférentielle.
3. Représentations graphiques et aux simulations.

IV. Algorithmique

1. Décrire des algorithmes en langage naturel ou dans un langage symbolique : écrire une formule permettant un calcul ; écrire un programme calculant et donnant la valeur d'une fonction, ainsi que les instructions d'entrées et sorties, nécessaires au traitement.

2. Réaliser des algorithmes à l'aide d'un tableur ou d'un programme sur calculatrice ou avec un logiciel adapté : programmer un calcul itératif, le nombre d'itérations étant donné ; programmer une instruction conditionnelle, un calcul itératif, avec une fin de boucle conditionnelle.

V. Notations et raisonnement mathématiques

1. Notations mathématiques : notions d'élément d'un ensemble, de sous-ensemble, d'appartenance et d'inclusion, de réunion, d'intersection et de complémentaire ; symboles de base correspondants ($\in, \subset, \cup, \cap$) ; notation des ensembles de nombres et des intervalles.

2. Raisonnement logique : quantificateurs universel, existentiel (les symboles $\forall$, $\exists$ ne sont pas exigibles), quantifications implicites dans certaines propositions et, particulièrement, dans les propositions conditionnelles ; distinction, dans le cas

d'une proposition conditionnelle, de la proposition directe, de sa réciproque, de sa contraposée et de sa négation ; expressions « condition nécessaire », « condition suffisante » ; négation d'une proposition ; contre-exemple pour infirmer une proposition universelle ; raisonnement par disjonction des cas, recours à la contraposée, raisonnement par l'absurde.

VI. Enseignement de spécialité

1. Arithmétique.
2. Matrices et suites.

Conseils pour bien se préparer

1. Un mois avant l'épreuve

Pour bien réviser, il est important d'établir un planning de révision régulier et de le respecter, par exemple une heure tous les jours.
Il y a 7 grands thèmes au programme :
- les fonctions ;
- les nombres complexes ;
- l'espace ;
- les probabilités ;
- les suites ;
- l'intégration ;
- les équations différentielles.

Pour chaque thème vous pouvez fixer le nombre de plages de révision en fonction des heures disponibles.
Le thème des fonctions est long et il occupe une place centrale dans les épreuves. Il regroupe : le calcul de dérivées, les limites, les fonctions particulières (logarithme, exponentielle).
Pour les autres thèmes il est préférable de ne pas faire d'impasse, la priorité peut être donnée, dans l'ordre : aux nombres complexes, suites, probabilités, espace, intégration et enfin équations différentielles.
Le travail à partir de fiches de révision et de sujets d'annales permet d'orchestrer les révisions.
Pour structurer le contenu il y a deux approches :
- réviser entièrement un thème puis passer à un autre et faire des révisions spiralées ;
- découper chaque thème et construire le programme en alternant les thèmes.

La construction d'un planning avec une révision spiralée permet de reprendre tout le programme.

2. Une semaine avant l'épreuve

Il faut absolument éviter les nuits blanches passées à réviser intensément, vous risquez d'accumuler de la fatigue et être totalement épuisé pour les épreuves.
Il est préférable de faire un planning par tranches de 2 heures : alterner les phases de travail, de détente (sport, balade) et les repas.

3. La veille de l'épreuve

Rassurez-vous en relisant vos fiches et en revoyant certains exercices types.
Sachez vous interrompre et alternez avec des pauses afin de ne pas saturer.
Évitez absolument de faire une nuit blanche.
Enfin, à la veille d'une épreuve, il est normal d'avoir le sentiment de ne rien savoir, mais ce n'est qu'une impression !

Le jour de l'épreuve

I. Gestion du temps, lecture de l'énoncé

1. Analyser l'énoncé
Avant de commencer, comptez le nombre de pages du sujet, il doit être conforme à ce qui est indiqué. Effectuez deux lectures de l'énoncé : une globale pour découvrir les parties du cours utilisées, la seconde pas à pas en décryptant l'énoncé et en notant au brouillon vos idées.

2. Comprendre le déroulement des questions
Les **questions** d'un exercice ou d'un problème sont souvent **liées les unes aux autres**.
Pensez en particulier qu'une question commençant par « En déduire que… » doit s'appuyer sur le résultat de la question précédente.
Repérez si l'une des questions ne donne pas la réponse à une question située plus haut dans le texte.
Il arrive aussi fréquemment que, dans la partie A, on demande d'étudier une fonction f et que, dans la partie B, on demande d'étudier une fonction g en utilisant les résultats de la partie A : le signe de g' dépend de celui de f.

II. Résolution des exercices

1. Utiliser les bonnes méthodes
Si **vous n'arrivez pas à traiter une question**, ne vous obstinez pas. Vous risquez de vous énerver et de faire des erreurs dans les questions qui suivent. Laissez donc un espace et continuez en supposant le résultat acquis.
Si, en répondant à une question, vous trouvez un résultat qui vous est demandé dans une question suivante, c'est que vous n'avez pas fait appel à la bonne méthode.
Ainsi, si pour prouver que $f(x)$ est supérieur à 3, vous êtes amené à calculer $f'(x)$ alors que ceci est demandé plus loin, vous pouvez revoir votre copie.
Vérifiez que le texte n'impose pas une méthode.
Ainsi, si on vous demande de démontrer une inégalité par récurrence, utilisez un raisonnement par récurrence même s'il existe une méthode plus rapide.
Quand vous appliquez un **théorème**, vérifiez que les **hypothèses** sont réunies.
De même, vous devez adapter une formule en fonction des données de l'énoncé.

2. Effectuer les calculs
Attention, une calculatrice, si perfectionnée soit-elle, ne vous dispense en rien de justifier vos résultats.
Sauf si c'est mentionné dans l'énoncé, un raisonnement ne peut s'appuyer sur une phrase du type : « D'après la calculatrice, on obtient… »

Vérifiez que vos **résultats** sont **vraisemblables :** une probabilité est un nombre compris entre 0 et 1, une aire est un nombre positif, une fonction numérique ne peut croître vers moins l'infini, etc.
Effectuez les calculs au brouillon mais rédigez directement sur la copie. Sinon vous risquez de manquer de temps.

3. Les exercices plus difficiles

On trouve parfois dans la consigne le texte : « Dans cette question, toute trace de recherche même incomplète, ou d'initiative même non fructueuse, sera prise en compte dans l'évaluation ». Il s'agit souvent d'exercices plus difficiles, vous pouvez les faire à la fin. Même si vous ne trouvez pas le résultat mais que vous avez une piste, vous pouvez l'écrire.

III. Rédaction et présentation de la copie

1. Soigner la rédaction

L'un des critères d'évaluation de votre copie est la **qualité de la rédaction.**
N'oubliez donc pas d'expliquer clairement votre raisonnement.
Pensez à **justifier** vos constructions.
Dans le cas d'une fonction, établissez un tableau de valeurs, précisez les asymptotes.

2. Soigner la présentation

Pour améliorer la **lisibilité de votre copie,** vous avez intérêt à séparer les questions en sautant des lignes et à donner un titre, si possible, à chaque question.
Pensez également à encadrer vos réponses.

Sujet national, juin 2016, exercice 4

5 points

Lors d'un match de rugby, un joueur doit transformer un essai qui a été marqué au point E (voir figure ci-contre) situé à l'extérieur du segment $[\mathrm{AB}]$.

La transformation consiste à taper le ballon par un coup de pied depuis un point T que le joueur a le droit de choisir n'importe où sur le segment $[\mathrm{EM}]$ perpendiculaire à la droite (AB) sauf en E. La transformation est réussie si le ballon passe entre les poteaux repérés par les points A et B sur la figure.

Terrain vu de dessus

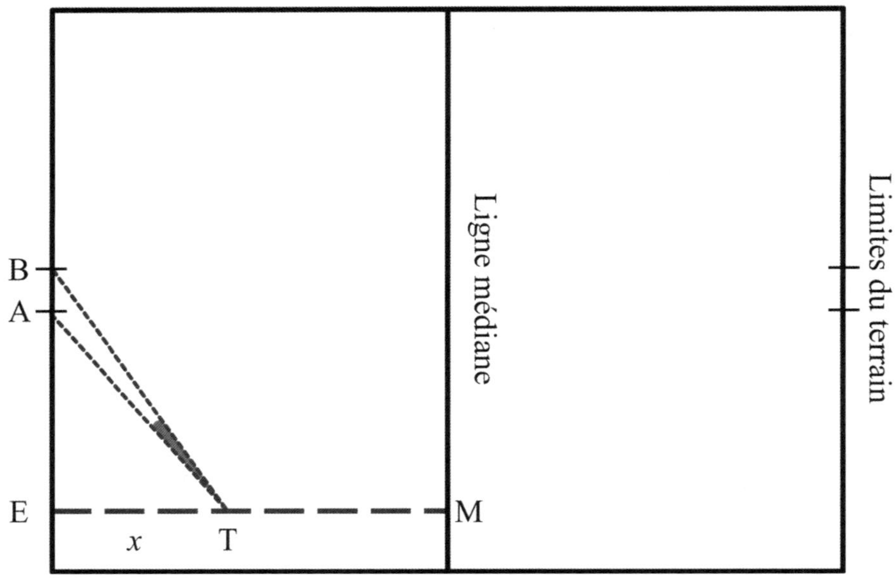

Pour maximiser ses chances de réussite, le joueur tente de déterminer la position du point T qui rend l'angle $\widehat{\mathrm{ATB}}$ le plus grand possible.

Le but de cet exercice est donc de rechercher s'il existe une position du point T sur le segment $[\mathrm{EM}]$ pour laquelle l'angle $\widehat{\mathrm{ATB}}$ est maximum et, si c'est le cas, de déterminer une valeur approchée de cet angle.

Dans toute la suite, on note x la longueur ET, qu'on cherche à déterminer.

Les dimensions du terrain sont les suivantes : $EM = 50$ m, $EA = 25$ m et $AB = 5{,}6$ m.

On note α la mesure en radian de l'angle $\widehat{\mathrm{ETA}}$, β la mesure en radian de l'angle $\widehat{\mathrm{ETB}}$ et γ la mesure en radian de l'angle $\widehat{\mathrm{ATB}}$.

1. En utilisant les triangles rectangles ETA et ETB ainsi que les longueurs fournies, exprimer tan α et tan β en fonction de x.

La fonction tangente est définie sur l'intervalle $\left]0;\frac{\pi}{2}\right[$ par tan $x = \frac{\sin x}{\cos x}$.

Appliquer les formules de calcul de tangente vues en 3e dans un triangle rectangle.

2. Montrer que la fonction tan est strictement croissante sur l'intervalle $\left]0;\frac{\pi}{2}\right[$.

Utiliser la formule donnant la dérivée d'un quotient : $\left(\frac{u}{v}\right)' = \frac{u'v - uv'}{v^2}$.

3. L'angle $\widehat{ATB}$ admet une mesure γ appartenant à l'intervalle $\left]0;\frac{\pi}{2}\right[$, résultat admis ici, que l'on peut observer sur la figure.

On admet que, pour tous réels a et b de l'intervalle $\left]0;\frac{\pi}{2}\right[$,

$$\tan(a-b) = \frac{\tan a - \tan b}{1 + \tan a \times \tan b}.$$

Montrer que tan $\gamma = \frac{5,6x}{x^2 + 765}$.

Remarquer que $\gamma = \beta - \alpha$, puis appliquer la formule de la tangente de la différence donnée dans l'énoncé en utilisant les résultats obtenus à la question **1**.

4. L'angle $\widehat{ATB}$ est maximum lorsque sa mesure γ est maximale. Montrer que cela correspond à un minimum sur l'intervalle $]0;50]$ de la fonction f définie par :

$$f(x) = x + \frac{765}{x}.$$

Montrer qu'il existe une unique valeur de x pour laquelle l'angle $\widehat{ATB}$ est maximum et déterminer cette valeur de x au mètre près ainsi qu'une mesure de l'angle $\widehat{ATB}$ à 0,01 radian près.

Établir une relation entre $tan(\gamma)$ et $f(x)$, puis étudier f.

1. Le triangle ETA est rectangle en E, on peut donc y appliquer la formule la tangente et on obtient :

$tan(\alpha) = \frac{EA}{ET} = \frac{25}{x}$.

Le triangle ETB est rectangle en E, on peut donc y appliquer la formule la tangente et on obtient :

$tan(\beta) = \frac{EB}{ET} = \frac{30,6}{x}$.

2. La fonction tangente est définie, continue et dérivable sur l'intervalle $]0;\frac{\pi}{2}[$,on peut donc appliquer la formule de la dérivée d'un quotient : $\left(\frac{u}{v}\right)' = \frac{u'v - uv'}{v^2}$, et on obtient :

$$\left(\frac{sin(x)}{cos(x)}\right) = \frac{cos^2(x) + sin^2(x)}{cos^2(x)} = \frac{1}{cos^2(x)} > 0 .$$

La fonction tangente est donc strictement croissante sur l'intervalle $]0;\frac{\pi}{2}[$.

3. Puisque $\gamma = \beta - \alpha$ on peut appliquer la formule de la tangente de la différence donnée dans l'énoncé et utiliser les résultats obtenus à la question **1.**
On obtient alors :

$$\tan(\gamma) = \tan(\beta - \alpha) = \frac{\tan(\beta) - \tan(\alpha)}{1 + \tan(\beta) \times \tan(\alpha)} = \frac{\frac{30,6}{x} - \frac{25}{x}}{1 + \frac{25}{x} \times \frac{30,6}{x}} = \frac{5,6x}{x^2 + 765} .$$

4. $f(x) = x + \frac{765}{x} = \frac{x^2 + 765}{x}$, d'où $\tan(\gamma) = \frac{5,6}{f(x)}$ et un minimum de f correspond donc à un maximum pour $\tan(\gamma)$ et finalement à une valeur maximale de γ puisqu'on a établi au **2.** que la fonction tangente est strictement croissante.

$f'(x) = 1 - \frac{765}{x^2}$ et puisqu'on étudie f sur l'intervalle $]0;50[, x > 0 et f'(x) > 0$ lorsque $1 > \frac{765}{x^2}$ soit $x^2 > 765$ et $x > \sqrt{765} = a$.

La fonction f, décroissante sur $]0;a]$ et croissante sur $[a;50]$ admet donc un minimum pour a.

Or $a = \sqrt{765}$ donc $\widehat{ATB}$ est maximum pour x environ égal à 28 m, au mètre près.

Dans ce cas $\tan(\gamma) = \dfrac{5,6 \times \sqrt{765}}{765 + 765} \simeq 0,0018$ et une mesure de l'angle $\widehat{ATB}$ à 0,01 radian près est donc égal à 0,10 rad.

Sujet national, juin 2016, exercice de spécialité

5 points

Pour tout couple d'entiers relatifs non nuls (a,b), on note $\text{pgcd}(a,b)$ le plus grand diviseur commun de a et b. Le plan est muni d'un repère $(O;\vec{i},\vec{j})$.

1. Exemple : soit Δ_1 la droite d'équation $y = \frac{5}{4}x - \frac{2}{3}$.

a) Montrer que si (x,y) est un couple d'entiers relatifs, alors l'entier $15x - 12y$ est divisible par 3.

> Mettre $15x - 12y$ sous la forme d'un produit de deux facteurs dont l'un est multiple de 3.

b) Existe-t-il au moins un point de la droite Δ_1 dont les coordonnées sont deux entiers relatifs ? Justifier.

Généralisation

On considère désormais une droite Δ d'équation (E) : $y = \frac{m}{n}x - \frac{p}{q}$ où m, n, p et q sont des entiers relatifs non nuls tels que $\text{pgcd}(m,n) = \text{pgcd}(p,q) = 1$.
Ainsi, les coefficients de l'équation (E) sont des fractions irréductibles et on dit que Δ est une droite rationnelle.
Le but de l'exercice est de déterminer une condition nécessaire et suffisante sur m, n, p et q pour qu'une droite rationnelle Δ comporte au moins un point dont les coordonnées sont deux entiers relatifs.

> Utiliser le résultat du **1. a)** pour arriver à une contradiction et prouver, grâce au raisonnement par l'absurde, qu'il n'existe aucun point à coordonnées entières appartenant à Δ_1.

2. On suppose ici que la droite Δ comporte un point de coordonnées (x_0, y_0) où x_0 et y_0 sont des entiers relatifs.

a) En remarquant que le nombre $ny_0 - mx_0$ est un entier relatif, démontrer que q divise le produit np.

> Pour montrer que le nombre $ny_0 - mx_0$ est un entier relatif, il suffit de considérer la nature des nombres qui le constituent.
> Pour démontrer que q divise le produit np, il suffit de mettre en œuvre un raisonnement analogue à celui utilisé au **1. a)** et **1. b)**.

b) En déduire que q divise n.

> D'après les données de l'énoncé, p et q sont premiers entre eux ; utiliser alors le résultat du 2. a. et le théorème de Gauss pour conclure.

3. Réciproquement, on suppose que q divise n, et on souhaite trouver un couple (x_0, y_0) d'entiers relatifs tels que $y_0 = \frac{m}{n}x_0 - \frac{p}{q}$.

a) On pose $n = qr$, où r est un entier relatif non nul. Démontrer qu'on peut trouver deux entiers relatifs u et v tels que $qru - mv = 1$.

> Utiliser le fait, donné dans l'énoncé, que les entiers n et m sont premiers entre eux.

b) En déduire qu'il existe un couple (x_0, y_0) d'entiers relatifs tels que

$$y_0 = \frac{m}{n}x_0 - \frac{p}{q}.$$

> Trouver une égalité équivalente à $y_0 = \frac{m}{n}x_0 - \frac{p}{q}$, mais sans dénominateur, puis utiliser le résultat de la question précédente.

4. Soit Δ la droite d'équation $y = \frac{3}{8}x - \frac{7}{4}$. Cette droite possède-t-elle un point dont les coordonnées sont des entiers relatifs ? Justifier.

> Vérifier si toutes les conditions développées aux questions précédentes sont bien remplies et conclure.

5. On donne l'algorithme suivant :

Variables : M, N, P, Q : entiers relatifs non nuls, tels que $\text{pgcd}(M,N) = \text{pgcd}(P,Q) = 1$
X : entier naturel
Entrées : Saisir les valeurs de M, N, P, Q
Traitement et sorties :
Si Q divise N alors
X prend la valeur 0
Tant que ($\frac{M}{N}X + \frac{P}{Q}$ n'est pas entier) et ($-\frac{M}{N}X + \frac{P}{Q}$ n'est pas entier) faire
X prend la valeur $X+1$
Fin tant que
Si $\frac{M}{N}X + \frac{P}{Q}$ est entier alors
Afficher $X, \frac{M}{N}X + \frac{P}{Q}$

Sinon

Afficher $-X, -\frac{M}{N}X + \frac{P}{Q}$

Fin Si
Sinon
Afficher "Pas de solution"
Fin Si

a) Justifier que cet algorithme se termine pour toute entrée de M, N, P, Q, entiers relatifs non nuls tels que $\text{pgcd}(M,N) = \text{pgcd}(P,Q) = 1$.

> La justification découle des questions précédentes.

b) Que permet-il d'obtenir ?

> Soit certaines conditions ne sont pas remplies et il n'y a pas de solution, soit certaines conditions sont remplies et il y a une solution, alors l'algorithme nous donnera un point dont les coordonnées sont des entiers relatifs.

1. a) $15x - 12y = 3 \times (5x - 4y)$.
Puisque $15x - 12y$ est de la forme $3k$ avec $k = 5x - 4y$ entier vu que x et y le sont, $15x - 12y$ est bien divisible par 3.

1. b) Si un point $M(x;y) \in \Delta_1$ alors on a $y = \frac{5x}{4} - \frac{2}{3}$.
Ce qui équivaut à $15x - 12y = 8$.
Or, on a montré au 1. a. que $15x - 12y$ est divisible par 3, ce qui entraînerait que 3 divise 8, ce qui est impossible ; il n'existe donc aucun point à coordonnées entières appartenant à Δ_1.

2. a) Puisque n, y_0, m et x_0 sont des entiers, $ny_0 - mx_0$ aussi.

Puisque $M_0(x_0, y_0) \in \Delta$, on en déduit que $y_0 = \frac{m}{n}x_0 - \frac{p}{q}$. Soit en multipliant chacun des membres de cette dernière équation par le produit qn, on obtient :
$qny_0 = qmx_0 - pn$, d'où $q(ny_0 - mx_0) = pn$ ce qui prouve que q divise pn.

2. b) D'après les données de l'énoncé, p et q sont premiers entre eux, or d'après le résultat du 2. a. q divise pn, il suffit donc d'appliquer le théorème de Gauss pour en déduire que q divise n.

3. a) D'après les données de l'énoncé, on sait que les entiers n et m sont premiers entre eux, il existe donc, d'après le théorème de Bézout, deux entiers a et b tels que $an + bm = 1$. Soit en remplaçant n par qr : $aqr + bm = 1$ et en posant $u = a$ et $v = -b$, on obtient l'égalité recherchée, $qru - vm = 1$.

3. b) $y_0 = \frac{m}{n}x_0 - \frac{p}{q}$ est équivalente, en multipliant par n de part et d'autre, à

$ny_0 = mx_0 - \frac{np}{q}$, où en remplaçant n par qr :

$qry_0 = mx_0 - pr$, ce qui donne finalement l'égalité, $qry_0 - mx_0 = -pr(1)$.
Or, on sait d'après le 3. a. qu'il existe deux entiers u et v tels que $qru - vm = 1$, soit en multipliant de part et d'autre par $-pr$: $-pqr^2u + prvm = -pr$ et par identification avec l'égalité (1), on en déduit que $y_0 = -pru$ et $x_0 = -prv$.

4. L'équation de la droite donnée dans l'énoncé du **4.** est de la forme $y = \frac{m}{n}x - \frac{p}{q}$, avec $m = 3$, $n = 8$, $p = 7$ et $q = 4$.
Toutes les conditions développées aux questions précédentes sont remplies : m et n ainsi que p et q sont bien premiers entre eux, et $q = 4$ divise $n = 8$, et donc d'après les réponses précédentes on peut affirmer que cette droite possède un point dont les coordonnées sont des entiers relatifs.

5. a) Dans l'algorithme, si Q ne divise pas N, il affiche « pas de solution » , ce qui est conforme à l'étude faite auparavant. Si par contre, Q divise N, l'algorithme calcule $\frac{M}{N}x - \frac{P}{Q}$.

Il s'agit de l'équation de la droite Δ . Ce calcul s'effectue tant que le nombre obtenu n'est pas entier.
L'algorithme se termine donc, car on sait que sous les conditions imposées, la droite Δ possède au moins un point à coordonnées entières d'après les questions précédentes.

5. b) Dans le cas où Q divise N, l'algorithme va alors afficher les coordonnées d'un point de Δ qui sont des entiers relatifs.
Dans le cas contraire, il affiche qu'il n'y a pas de solution.

Sujet national, juin 2015, exercice 5

Une municipalité a décidé d'installer un module de skateboard dans un parc de la commune.
Le dessin ci-dessous en fournit une perspective cavalière. Les quadrilatères OAD'D, DD'C'C et OAB'B sont des rectangles.

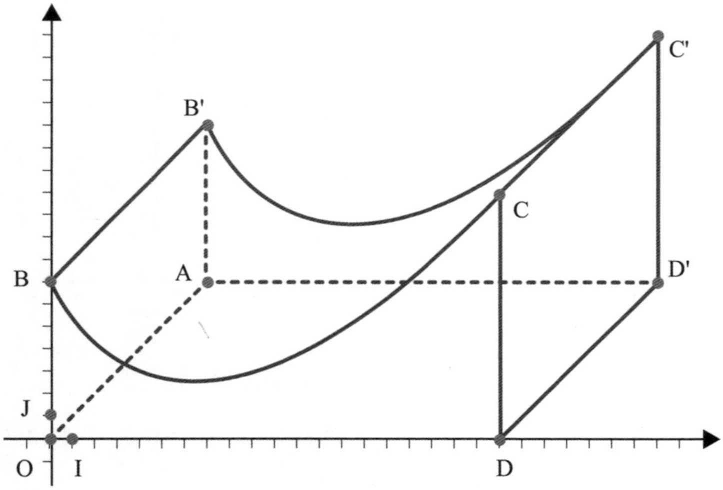

Le plan de face (OBD) est muni d'un repère orthonormé (O, I, J).
L'unité est le mètre. La largeur du module est de 10 mètres, autrement dit, DD' = 10, sa longueur OD est de 20 mètres.

Le but du problème est de déterminer l'aire des différentes surfaces à peindre.
Le profil du module de skateboard a été modélisé à partir d'une photo par la fonction f définie sur l'intervalle [0 ; 20] par : $f(x) = (x + 1)\ln(x + 1) - 3x + 7$
On note f' la fonction dérivée de la fonction f et C la courbe représentative de la fonction f dans le repère (O, I, J).

Partie 1

1. Montrer que pour tout réel x appartenant à l'intervalle [0 ; 20], on a $f'(x) = \ln(x + 1) - 2$.

Appliquez la formule de la dérivée d'un produit.

2. En déduire les variations de f sur l'intervalle [0 ; 20] et dresser son tableau de variation.

Étudiez le signe de la dérivée et dressez le tableau de variation.

3. Calculer le coefficient directeur de la tangente à la courbe C au point d'abscisse 0.

La valeur absolue de ce coefficient est appelée l'inclinaison du module de skateboard au point B.

Établissez le lien entre coefficient directeur et nombre dérivé.

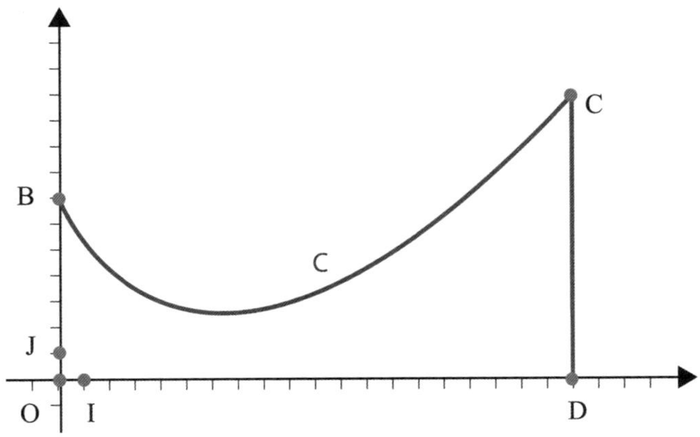

4. On admet que la fonction g définie sur l'intervalle [0 ; 20] par $g(x)=\frac{1}{2}(x+1)^2\ln(x+1)-\frac{1}{4}x^2-\frac{1}{2}x$ a pour dérivée la fonction g' définie sur l'intervalle [0 ; 20] par g'(x) = (x + 1) ln(x + 1).
Déterminer une primitive de la fonction f sur l'intervalle [0 ; 20].

Déterminez d'abord une primitive de $(x+1)\ln(x+1)$.

Partie 2

Les trois questions de cette partie sont indépendantes.

1. Les propositions suivantes sont-elles exactes ? Justifier les réponses.
P1 : La différence de hauteur entre le point le plus haut et le point le plus bas de la piste est au moins égale à 8 mètres.
P2 : L'inclinaison de la piste est presque deux fois plus grande en B qu'en C.

Lisez et interprétez le graphique. Utilisez la définition de l'inclinaison et les résultats antérieurs.

2. On souhaite recouvrir les quatre faces latérales de ce module d'une couche de peinture rouge. La peinture utilisée permet de couvrir une surface de 5 m² par litre.
Déterminer, à 1 litre près, le nombre minimum de litres de peinture nécessaires.

Utilisez le lien entre aire et intégrale.

3. On souhaite peindre en noir la piste roulante, autrement dit la surface supérieure du module.

Afin de déterminer une valeur approchée de l'aire de la partie à peindre, on considère dans le repère (O, I, J) du plan de face, les points $B_k(k, f(k))$ pour k variant de 0 à 20.
Ainsi, $B_0 = B$.
On décide d'approcher l'arc de la courbe C allant de B_k à B_{k+1} par le segment $[B_kB_{k+1}]$.
Ainsi, l'aire de la surface à peindre sera approchée par la somme des aires des rectangles du type $B_k\ B_{k+1}\ B'_{k+1}\ B'_k$ (voir figure).

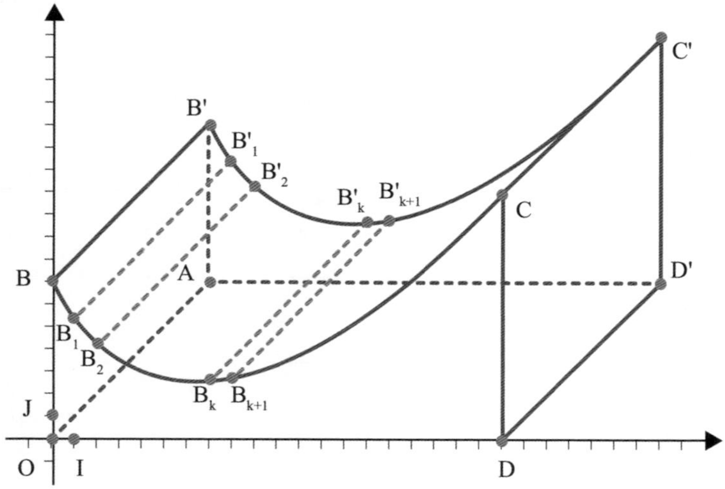

a. Montrerquepourtoutentierkvariantde0à19, $B_kB_{(k+1)} = \sqrt{1+(f(k+1)-f(k))^2}$

> Utilisez la formule donnant la longueur d'un segment en fonction des coordonnées des points extrémités du segment.

b. Compléter l'algorithme suivant pour qu'il affiche une estimation de l'aire de la partie roulante.

Variables Fonction	S: réel K: entier f: définie par $f(x) = (x+1)\ln(x+1) -3x+7$
Traitement	S prend pour valeur 0 Pour K variant de ...... à ...... S prend pour valeur .... Fin Pour
Sortie	Afficher .....

> Lisez attentivement l'énoncé du 3. pour interpréter les données et les insérer dans le programme.

Partie 1

1. f est dérivable sur $[0;20]$ comme somme et composée de fonctions dérivables sur $[0;20]$.
En utilisant la formule de la dérivée du produit de deux fonctions, on en déduit que $f'(x) = 1 \times \ln(x+1) + (x+1)\dfrac{1}{x+1} - 3 = \ln(x+1) + 1 - 3$ et finalement $f'(x) = \ln(x+1) - 2$.
$f'(x) > 0$ si et seulement si $\ln(x+1) > 2$, soit $x > e^2 - 1$..

2. On en déduit le tableau de variation de f :

x	0		$e^2 - 1$		20
$f'(x)$		$-$	0	$+$	
f	7	↘	$f(e^2 - 1)$	↗	$f(20)$

3. Le coefficient directeur de la tangente à la courbe en 0 est le nombre dérivé en 0, or $f'(0) = 1\ln(1) - 2 = -2$ donc le coefficient directeur de la tangente à la courbe en 0 est égal à -2.

4. g est donc une primitive de la fonction qui à x associe $(x+1)\ln(x+1)$.
Une primitive F de f est donc définie par :

$$F(x) = g(x) - \frac{3x^2}{2} + 7x = \frac{1}{2}(x+1)^2 \ln(x+1) - \frac{1}{4}x^2 - \frac{1}{2}x - \frac{3x^2}{2} + 7x.$$

$$F(x) = \frac{1}{2}(x+1)^2 \ln(x+1) - \frac{7x^2}{4} + \frac{13}{2}x.$$

Partie 2

1. La différence entre le point le plus haut et le point le plus bas de la piste est, d'après les résultats établis dans la partie 1 :
$f(20) - f\left(e^2 - 1\right) \approx 10{,}9 - 2{,}6 \approx 8{,}3 > 8$ donc P_1 est une proposition exacte.

L'inclinaison en B est égale à $|f'(0)|= 2$ et celle en 20 est $f'(20) = \ln(21) - 2 \approx 1,04$,
donc P_2 est également une proposition exacte.

2. f étant continue, pour calculer l'aire A_1 de la face avant on va donc calculer l'intégrale de $f(x)$ entre 0 et 20, ce qui donne, en unités d'aire (notées UA) :

$A_1 = \int_0^{20} f(x)dx = F(20) - F(0)$.

Or, $F(20) = \dfrac{21^2 \ln 21}{2} - 700 + 130 = \dfrac{441 \ln 21}{2} - 570 \approx 101$ et $F(0) = 0$.

D'où, finalement, $A_1 \approx 101$ UA.

L'aire latérale gauche, que nous notons A_2, correspond à celle d'un rectangle de longueur 10 et de largeur 7, donc $A_2 = 70$ UA.

L'aire latérale droite, que nous notons A_3, correspond à celle d'un rectangle de longueur $f(20)$ et de largeur 10, donc $A_3 = 10f(20) \approx 109$ UA.

L'aire à peindre en rouge que nous notons A est donc
$A = 2A_1 + A_2 + A_3 \approx 381$ UA.

Le nombre de litres de peinture à prévoir est donc d'environ 77.

3. a. $B_k B_{k+1} = \sqrt{1^2 + \left(f(k+1) - f(k)\right)^2} = \sqrt{1 + \left(f(k+1) - f(k)\right)^2}$.

b. La partie de l'algorithme à compléter est :
S prend la valeur 0.
Pour K allant de 0 à 19
S prend la valeur $S + 10\sqrt{1 + \left(f(k+1) - f(k)\right)^2}$

Sujet national, juin 2014, exercice 1

5 points

Partie A

Dans le plan muni d'un repère orthonormé, on désigne par $\mathcal{C}_1$ la courbe représentative de la fonction f_1 définie sur $\mathbb{R}$ par :

$f_1(x) = x + \mathrm{e}^{-x}$.

1. Justifier que $\mathcal{C}_1$ passe par le point A de coordonnées $(0\,;1)$.

> Utilisez la propriété suivante : un point M de coordonnées x et y appartient à une courbe C_f, si et seulement si $y = f(x)$.

2. Déterminer le tableau de variation de la fonction f_1. On précisera les limites de f_1 en $+\infty$ et en $-\infty$.

> Pour la dérivation, utilisez la formule : $(\mathrm{e}^u)' = u'\mathrm{e}^u$ si u est une fonction dérivable.
> Pour les limites, utilisez les limites usuelles et dans le cas de la forme indéterminée considérez cette limite : $\lim\limits_{x\to-\infty} x\mathrm{e}^x = 0$.

Partie B

L'objet de cette partie est d'étudier la suite (I_n) définie sur $\mathbb{R}$, par : $I_n = \int_0^1 (x + \mathrm{e}^{-nx})\mathrm{d}x$.

1. Dans le plan muni d'un repère orthonorme $(\mathrm{O}\,;\vec{i}, \vec{j})$, pour tout entier naturel n, on note $\mathcal{C}_n$ la courbe représentative de la fonction f_n définie sur $\mathbb{R}$ par $f_n(x) = x + \mathrm{e}^{-nx}$.

Sur le graphique ci-dessous on a tracé la courbe $\mathcal{C}_n$ pour plusieurs valeurs de l'entier n et la droite D d'équation x = 1.

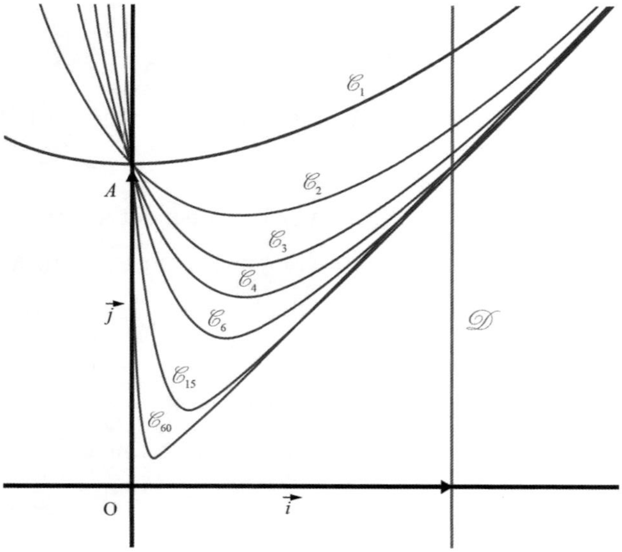

a) Interpréter géométriquement l'intégrale I_n.

> D'après le cours, quand f > 0, $\int_a^b f(x)\mathrm{d}x$ correspond, en unités d'aire, à l'aire du plan déterminé par le domaine suivant : $a \leq x \leq b$ et $0 \leq f(x)$.

b) En utilisant cette interprétation, formuler une conjecture sur le sens de variation de la suite (I_n) et sa limite éventuelle. On précisera les éléments sur lesquels on s'appuie pour conjecturer.

> La conjecture sur les variations de la suite et sa limite se déduit d'une considération des aires.

2. Démontrer que, pour tout entier naturel n supérieur ou égal à 1,

$$I_{n+1} - I_n = \int_0^1 \mathrm{e}^{-(n+1)x}(1 - e^x)\mathrm{d}x .$$

En déduire le signe de $I_{n+1} - I_n$ puis démontrer que la suite (I_n) est convergente.

> Mobilisez les propriétés de linéarité et de positivité de l'intégrale, puis le théorème de convergence.

3. Déterminer l'expression de I_n en fonction de n et déterminer la limite de la suite (I_n).

> Recherchez une primitive de f_n puis la limite de l'intégrale obtenue.

Partie A

1. Pour montrer que $\mathcal{C}_1$ passe par le point A de coordonnées $(0\,;1)$, il suffit de montrer que $f_1(0)=1$.

Or, $f_1(0)=0+\mathrm{e}^0=0+1=1$, $\mathcal{C}_1$ passe bien par le point A.

2. La fonction f_1 est dérivable sur $\mathbb{R}$ en tant que somme de fonctions dérivables sur $\mathbb{R}$, et $f_1'(x)=1-\mathrm{e}^{-x}$. Si $x>0$, $-x<0$, $\mathrm{e}^{-x}<1$ et $f_1'(x)=1-\mathrm{e}^{-x}>0$.

De même, si $x>0$, $f_1'(x)<0$.

Par ailleurs, $\lim\limits_{x\to+\infty} f_1(x)=+\infty$ puisque $\lim\limits_{x\to+\infty}\mathrm{e}^{-x}=0$.

En $-\infty$ nous sommes en présence d'une forme indéterminée.

Mettons e^{-x} en facteur : $f_1(x)=\mathrm{e}^{-x}(x\mathrm{e}^{x}+1)$.

$\lim\limits_{x\to-\infty}\mathrm{e}^{-x}=+\infty$.

Puisque $\lim\limits_{x\to-\infty}x\mathrm{e}^{x}=0$, $\lim\limits_{x\to-\infty}f_1(x)=+\infty$

D'où le tableau de variation :

x	$-\infty$		0		$+\infty$
$f_1'(x)$		$-$	0	$+$	
$f_1(x)$	$+\infty$	$\searrow$	1	$\nearrow$	$+\infty$

Partie B

1. a) Puisque $\mathrm{e}^x>0$ pour tout x réel, sur $[0\,;1]$, $f_n(x)>0$ et l'intégrale I_n représente, en unités d'aire, l'aire délimitée par les droites verticales d'équation $x=0$ et $x=1$ l'axe des abscisses et la courbe $\mathcal{C}_n$.

b) La suite $\left(I_n\right)$ semble être décroissante puisque les aires décroissent quand n augmente et sa limite semble être proche de $\dfrac{1}{2}$, aire correspondant au triangle rectangle isocèle valant la moitié de l'aire du carré de côté 1.

2. $I_{n+1} - I_n = \int_0^1 \left(x + \mathrm{e}^{(-n-1)x}\right)\mathrm{d}x - \int_0^1 \left(x + \mathrm{e}^{-nx}\right)\mathrm{d}x$

$= \int_0^1 \left(x + \mathrm{e}^{(-n-1)x} - x - \mathrm{e}^{-nx}\right)\mathrm{d}x = \int_0^1 \mathrm{e}^{-(n+1)x}\left(1 - \mathrm{e}^{x}\right)\mathrm{d}x.$

Puisque pour tout x réel, $\mathrm{e}^{-(n+1)x} > 0$ et, sur $[0\,;1]$, $1 - \mathrm{e}^{x} \leq 0$, $I_{n+1} - I_n \leq 0$ ce qui confirme bien la conjecture précédente :
la suite $\left(I_n\right)$ est décroissante.

$f_n > 0$ donc $I_n > 0$, la suite $\left(I_n\right)$ décroissante et minorée par 0 est donc convergente d'après le théorème de convergence.

3. On désigne par F_n une primitive de f_n.

$F_n(x) = \dfrac{x^2}{2} - \dfrac{\mathrm{e}^{-nx}}{n}.$

Par conséquent, $I_n = F_n(1) - F_n(0) = \dfrac{1}{2} - \dfrac{\mathrm{e}^{-n}}{n} + \dfrac{1}{n}.$

$\lim\limits_{n \to +\infty} \mathrm{e}^{-n} = \lim\limits_{n \to +\infty} \dfrac{1}{n} = 0.$

Donc $\lim\limits_{n \to +\infty} I_n = \dfrac{1}{2}$, ce qui confirme la conjecture précédente faite sur la limite de la suite $\left(I_n\right)$.

Inde, avril 2014, exercice 1

4 points

Dans cet exercice, sauf indication contraire, les résultats seront arrondis au centième.

1. La durée de vie, exprimée en années, d'un moteur pour automatiser un portail fabriqué par une entreprise A est une variable aléatoire X qui suit une loi exponentielle de paramètre λ, où λ est un réel strictement positif.
On sait que $P(X > 2) = 0{,}15$.
Déterminez la valeur exacte du réel λ.

> Rappelez la densité de probabilité d'une variable aléatoire X suivant la loi exponentielle de paramètre λ puis utilisez la propriété du cours donnant $P(X \geq c)$.

Dans la suite de l'exercice on prendra 0,081 pour valeur de λ.

2. a) Déterminez $P(X \geq 3)$.

> Utilisez la propriété du cours donnant $P(X \geq c)$.

b) Montrez que pour tous réels positifs t et h, $P_{x \geq t}(X \geq t + h) = P(X \geq h)$.

> Utilisez la propriété du cours donnant $P(X \geq c)$ et la formule des probabilités conditionnelles.

c) Le moteur a déjà fonctionné durant 3 ans. Quelle est la probabilité pour qu'il fonctionne encore 2 ans ?

> Traduisez la probabilité demandée sous la forme d'une probabilité conditionnelle puis appliquez le résultat de la question précédente.

d) Calculez l'espérance de la variable aléatoire X et donner une interprétation de ce résultat.

> Appliquez la formule, vue en cours, donnant l'espérance d'une variable aléatoire X suivant la loi exponentielle de paramètre λ.

3. Dans la suite de cet exercice, on donnera des valeurs arrondies des résultats à 10^{-3}.
L'entreprise A annonce que le pourcentage de moteurs défectueux dans la production est égal à 1 %. Afin de vérifier cette affirmation 800 moteurs sont prélevés au hasard. On constate que 15 moteurs sont détectés défectueux.
Le résultat de ce test remet-il en question l'annonce de l'entreprise A ? Justifiez.
On pourra s'aider d'un intervalle de fluctuation.

Pour une proportion p et un échantillon de taille n, l'intervalle de fluctuation asymptotique au seuil de 95 % est donné par la formule ci-dessous :

$$\left[p-1,96\frac{\sqrt{p(1-p)}}{\sqrt{n}}\ ;\ p+1,96\frac{\sqrt{p(1-p)}}{\sqrt{n}}\right]$$, sous réserve que : $n \geq 30$, $np \geq 5$ et $n(1-p) \geq 5$.

1. D'après le cours, nous savons que si une variable aléatoire X suit la loi exponentielle de paramètre λ sur $[0\,;+\infty[$, alors sa densité de probabilité est définie sur $[0\,;+\infty[$ par :

$f(x)=\lambda \mathrm{e}^{-\lambda x}$ et $P(X\geq c)=\mathrm{e}^{-\lambda c}$.

Par conséquent, $P(X\leq 2)=1-P(X>2)=1-\mathrm{e}^{-\lambda\times 2}=0{,}15$, donc $0{,}85=\mathrm{e}^{-2\lambda}$ et $\ln(0{,}85)=-2\lambda$, soit $\lambda=-\dfrac{\ln(0{,}85)}{2}\approx 0{,}081$.

2. a) D'après le cours, nous savons que $P(X\geq c)=\mathrm{e}^{-\lambda c}$, donc :

$P(X\geq 3)=\mathrm{e}^{-3\lambda}=\mathrm{e}^{-3\times 0{,}081}\approx 0{,}78$.

b) D'après le cours, nous savons que pour tous réels positifs t et h :

$P(X\geq t)=\mathrm{e}^{-\lambda t}$ et $P(X\geq t+h)=\mathrm{e}^{-\lambda(t+h)}$.

Donc :

$$P_{X\geq t}(X\geq t+h)=\frac{P\big((X\geq t)\cap(X\geq t+h)\big)}{P(X\geq t)}=\frac{P(X\geq t+h)}{P(X\geq t)}=\frac{\mathrm{e}^{-\lambda(t+h)}}{\mathrm{e}^{-\lambda t}}=\mathrm{e}^{-\lambda h}=P(X\geq h)\cdot$$

c) La probabilité demandée correspond à $P_{X\geq 3}(X\geq 3+2)$.

On applique alors la formule établie à la question **2. b)** et on obtient avec $t=3$ et $h=2$:

$P_{X\geq 3}(X\geq 3+2)=P(X\geq 2)=1-P(X<2)=1-0{,}15=0{,}85$.

d) Nous savons que si une variable aléatoire X suit la loi exponentielle de paramètre λ sur $[0\,;+\infty[$, alors : $E(X)=\dfrac{1}{\lambda}$.

D'où, dans notre cas : $E(X)=\dfrac{1}{0{,}081}\approx 12{,}35$.

Ce qui signifie que la durée moyenne de vie d'un moteur est d'environ $12{,}35$ années.

3. Pour une proportion p et un échantillon de taille n, l'intervalle de fluctuation asymptotique I au seuil de 95 % est, d'après le cours,

$I=\left[p-1{,}96\dfrac{\sqrt{p\left(1-p\right)}}{\sqrt{n}}\,;p+1{,}96\dfrac{\sqrt{p\left(1-p\right)}}{\sqrt{n}}\right]$, sous réserve que : $n\geq 30$, $np\geq 5$ et $n(1-p)\geq 5$.

L'échantillon de l'enquête est de taille $n=800$ et l'entreprise annonce que le pourcentage de moteurs défectueux est de 1 % donc $p=0{,}01$. Par ailleurs on a bien :

$n=800\geq 30$, $np=800\times 0{,}01=8\geq 5$ et $n(1-p)=800\times 0{,}99=792\geq 5$.

L'intervalle de fluctuation asymptotique au seuil de 95% est donc
$I = [0,01 - 1,96\,\dfrac{\sqrt{0,01(1-0,01)}}{\sqrt{800}}\,;\,0,01 + 1,96\,\dfrac{\sqrt{0,01(1-0,01)}}{\sqrt{800}}] \approx [0,003\,;\,0,017]$.
On constate que 15 moteurs sont détectés défectueux sur 800, ce qui fait une proportion de $p = \dfrac{15}{800} = 0,01875$.
Or, $0,01875 \notin I$ donc le résultat de ce test remet en question l'annonce de l'entreprise A.

Inde, avril 2014, exercice 4

7 points

Partie A

f est une fonction définie et dérivable sur **R**. f' est la fonction dérivée de la fonction f.

Dans le plan muni d'un repère orthogonal, on nomme $\mathcal{C}_1$ la courbe représentative de la fonction f et $\mathcal{C}_2$ la courbe représentative de la fonction f'.

Le point A de coordonnées (0 ; 2) appartient à la courbe $\mathcal{C}_1$.

Le point B de coordonnées (0 ; 1) appartient à la courbe $\mathcal{C}_2$.

1. Dans les trois situations ci-dessous, on a dessiné la courbe représentative $\mathcal{C}_1$ de la fonction f. Sur l'une d'entre elles, la courbe $\mathcal{C}_2$ de la fonction dérivée f' est tracée convenablement. Laquelle ? Expliquez le choix effectué.

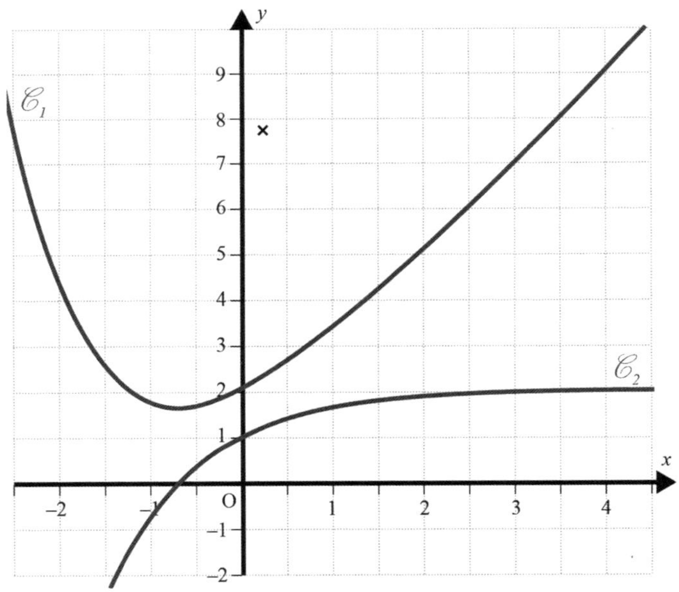

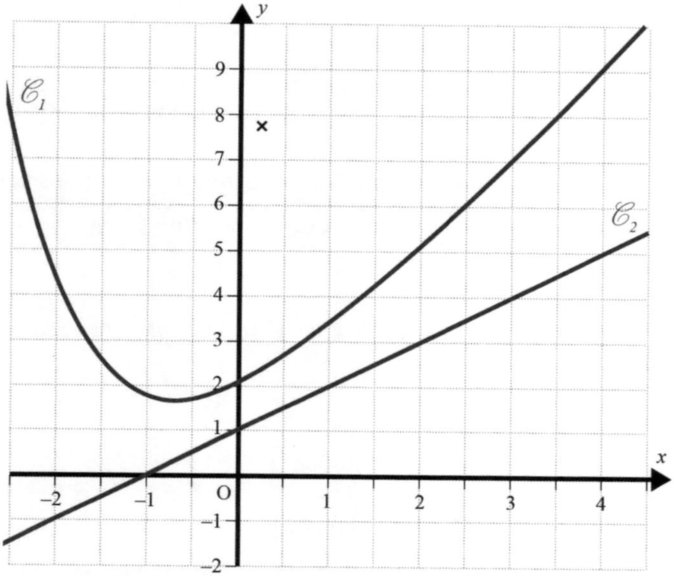

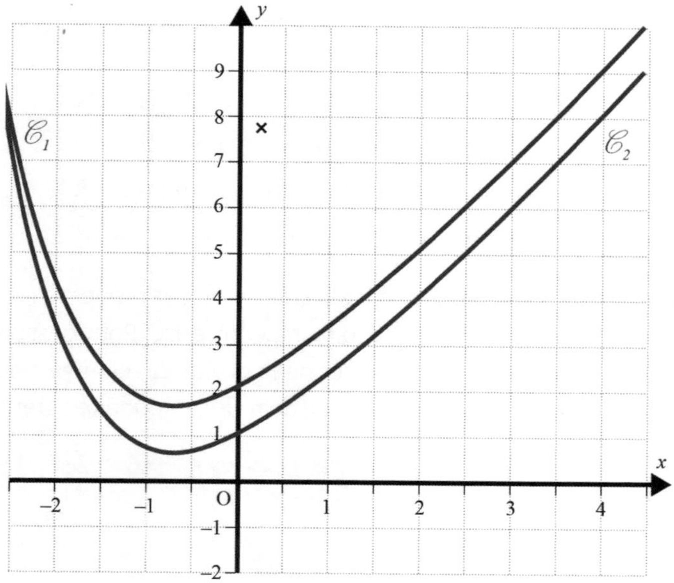

> Commencez par la situation 1 en étudiant le signe de la dérivée f' et les variations de f.

2. Déterminez l'équation réduite de la droite Δ tangente à la courbe C_1 en A.

> Par lecture graphique, vous devez déduire la valeur de $f(0)$, et de $f'(0) = 1$ et conclure.

3. On sait que pour tout réel x, $f(x) = e^{-x} + ax + b$ où a et b sont deux nombres réels.

a) Déterminez la valeur de b en utilisant les renseignements donnés par l'énoncé.

> On vient de déterminer graphiquement la valeur de $f(0)$, d'où b.

b) Prouvez que $a = 2$.

> On a déterminé graphiquement la valeur de $f'(0)$ et on vient de trouver la valeur de b, d'où a.

4. Étudiez les variations de la fonction f sur **R**.

> Étudiez le signe de la fonction f', dérivée de f.

5. Déterminez la limite de la fonction f en $+\infty$.

> D'après le cours, on sait que $\lim\limits_{u \to -\infty} e^{u} = 0$. On conclut alors par propriété de la limite d'une somme.

Partie B

Soit g la fonction définie sur **R** par $g(x) = f(x) - (x + 2)$.

1. a) Montrez que la fonction g admet 0 comme minimum sur **R**.

> Étudiez le signe de la dérivée g' et les variations de g, et concluez.

b) Vous devez en déduire la position de la courbe $\mathcal{C}_1$ par rapport à la droite Δ.

La figure 2 ci-dessous représente le logo d'une entreprise. Pour dessiner ce logo, son créateur s'est servi de la courbe $\mathcal{C}_1$ et de la droite Δ, comme l'indique la figure 3 ci-dessous. Afin d'estimer les coûts de peinture, il souhaite déterminer l'aire de la partie colorée en gris.

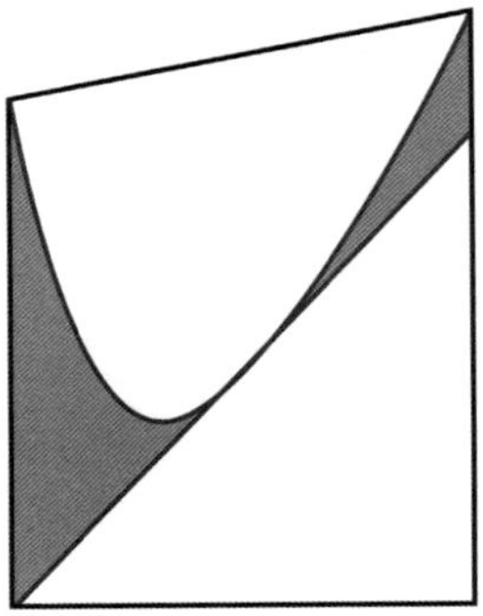

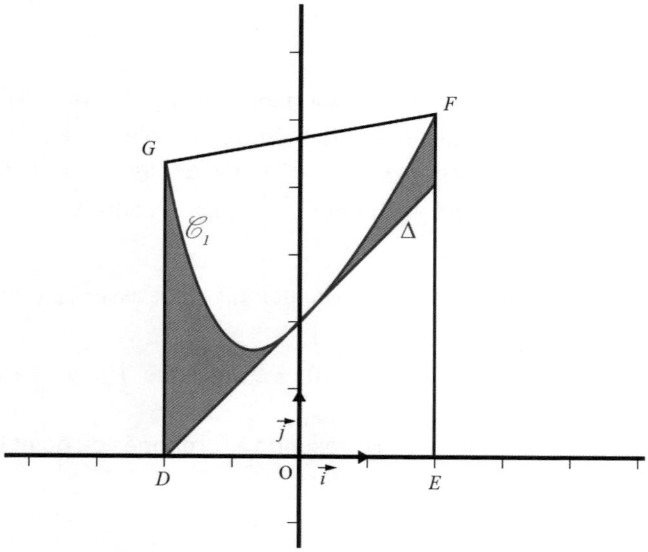

Le contour du logo est représenté par le trapèze DEFG où :
- D est le point de coordonnées (−2 ; 0),
- E est le point de coordonnées (2 ; 0),
- F est le point d'abscisse 2 de la courbe $\mathcal{C}_1$,
- G est le point d'abscisse −2 de la courbe $\mathcal{C}_1$.

La partie du logo colorée en bleu correspond à la surface située entre la droite Δ , la courbe $\mathcal{C}_1$, la droite d'équation $x = -2$ et la droite d'équation $x = 2$.

> Étudiez le signe de g pour déduire la position relative des deux courbes.

2. Calculez, en unités d'aire, l'aire de la partie du logo colorée en gris (vous donnerez la valeur exacte puis la valeur arrondie à 10^{-2} du résultat).

> Déterminez le domaine correspondant à l'aire recherchée puis interprétez-le sous forme d'intégrale.

Partie A

1. La bonne situation est la situation 1 car dans ce cas de figure la dérivée f' est positive (respectivement négative) sur le même intervalle sur lequel f est croissante (respectivement décroissante) et f' s'annule en une valeur correspondant à l'abscisse du minimum de f, minimum en lequel la courbe C_f possède une tangente horizontale.

2. La droite Δ tangente à la courbe $\mathcal{C}_1$ au point A d'abscisse 0, a pour équation :
$y = f'(0)(x-0)+f(0)$.
Par lecture graphique, on déduit que $f(0)=2$, puisque $f(0)$ correspond à l'ordonnée du point A d'abscisse 0.
De même, $f'(0)=1$ puisque $f'(0)$ correspond à l'ordonnée du point B d'abscisse 0.
Finalement, $\Delta : y = x+2$.

3. a) $f(0) = \mathrm{e}^0 + 2\times 0 + b = 1+b$, or on vient de voir que $f(0)=2$, d'où $b=1$.

b) $b=1$, donc $f(x) = \mathrm{e}^{-x} + ax + 1$.

$f'(x) = -\mathrm{e}^{-x} + a$; or $f'(0)=1$, donc $-\mathrm{e}^0 + a = 1$ et $a=2$.

Finalement, $f(x) = \mathrm{e}^{-x} + 2x + 1$ et $f'(x) = -\mathrm{e}^{-x} + 2$.

4. $f'(x) = -\mathrm{e}^{-x} + 2$, donc $f'(x)=0$ pour $x = -\ln(2)$, $f' > 0$ pour $x > -\ln(2)$ et $f'0$ pour $x - \ln(2)$.
f est donc strictement décroissante sur $]-\infty;-\ln 2[$, f admet un minimum pour $x = -\ln 2$ et f est strictement croissante sur $]-\ln 2;+\infty[$.

5. D'après le cours, on sait que $\lim\limits_{x\to+\infty} \mathrm{e}^{-x} = 0$ et que $\lim\limits_{x\to+\infty} 2x+1 = +\infty$ donc, par propriété de la limite d'une somme :
$\lim\limits_{x\to+\infty} f(x) = +\infty$.

Partie B

1. a) $g'(x) = f'(x) - 1 = -\mathrm{e}^{-x} + 2 - 1 = -\mathrm{e}^{-x} + 1$.
$g' > 0$ pour $x > 0$ et $g' < 0$ pour $x < 0$.
Donc g est strictement décroissante sur $]-\infty;0[$, f admet un minimum pour $x=0$ égal à $g(0) = f(0) - 2 = 0$ et g est strictement croissante sur $]0;+\infty[$.

b) D'après la question précédente, $g(x) \geq 0$ pour tout x réel.

Or, $g(x) = f(x) - (x+2)$ cela entraîne donc que la courbe $\mathcal{C}_1$ est au-dessus de la droite Δ pour tout x réel.

2. On a vu que la courbe C_1 était au-dessus de la droite Δ pour tout réel et donc en particulier sur $[-2\ 2]$.

L'aire en bleu correspond à l'ensemble des points $M(x;y)$ du plan tels que $-2 \leq x \leq 2$ et $x+2 \leq y \leq f(x)$, par suite, l'aire est donc égale, exprimé en unités d'aire, à l'intégrale I telle que :
$(\text{Tex translation failed})$.

Or, $g(x) = \mathrm{e}^{-x} + 2x + 1 - x - 2 = \mathrm{e}^{-x} + x - 1$ et si on désigne par G une primitive de g, alors $G(x) = -\mathrm{e}^{-x} + \dfrac{x^2}{2} - x$. Par conséquent,

$$I = \int_{-2}^{2} g(x)dx = G(2) - G(-2) = \left[-\mathrm{e}^{-x} + \frac{x^2}{2} - x\right]_{-2}^{2} = -\mathrm{e}^{-2} + 2 - 2 + \mathrm{e}^2 - 2 - 2 = \mathrm{e}^2 - \mathrm{e}^{-2} - 4.$$

Si je désigne par A l'aire, alors $A \approx 3{,}25$ unités d'aire.

Sujet national, juin 2016, exercice 1

6 points

Partie A

Une usine fabrique un composant électronique. Deux chaînes de fabrication sont utilisées.
La chaîne A produit 40 % des composants et la chaîne B produit le reste.
Une partie des composants fabriqués présentent un défaut qui les empêche de fonctionner à la vitesse prévue par le constructeur. En sortie de chaîne A, 20 % des composants présentent ce défaut alors qu'en sortie de chaîne B, ils ne sont que 5 %.
On choisit au hasard un composant fabriqué dans cette usine.
On note :
A l'événement « le composant provient de la chaîne A »
B l'événement « le composant provient de la chaîne B »
S l'événement « le composant est sans défaut »

1. Montrer que la probabilité de l'événement S est $P(S) = 0,89$.

> Appliquez la formule des probabilités totales.

2. Sachant que le composant ne présente pas de défaut, déterminer la probabilité qu'il provienne de la chaîne A. On donnera le résultat à 10^{-2} près.

> Appliquez la formule des probabilités conditionnelles.

Partie B

Des améliorations apportées à la chaîne A ont eu pour effet d'augmenter la proportion *p* de composants sans défaut.
Afin d'estimer cette proportion, on prélève au hasard un échantillon de 400 composants parmi ceux fabriqués par la chaîne A.
Dans cet échantillon, la fréquence observée de composants sans défaut est de 0,92.

1. Déterminer un intervalle de confiance de la proportion p au niveau de confiance de 95 %.

> Appliquez la formule de l'intervalle de confiance.

2. Quelle devrait être la taille minimum de l'échantillon pour qu'un tel intervalle de confiance ait une amplitude maximum de 0,02 ?

> Calculez l'amplitude L de l'intervalle et résoudre $L \leq 0,02$.

Partie C

La durée de vie, en années, d'un composant électronique fabriqué dans cette usine est une variable aléatoire T qui suit la loi exponentielle de paramètre λ (où λ est un nombre réel strictement positif).
On note f la fonction densité associée à la variable aléatoire T. On rappelle que :

- pour tout nombre réel $x \geq 0, f(x) = \lambda e^{-\lambda x}$
- pour tout nombre réel $a \geq 0, \mathrm{P}(T \leq a) = \int_0^a f(x)\mathrm{d}x$.

1. La courbe représentative $\mathbb{C}$ de la fonction f est donnée ci-dessous.

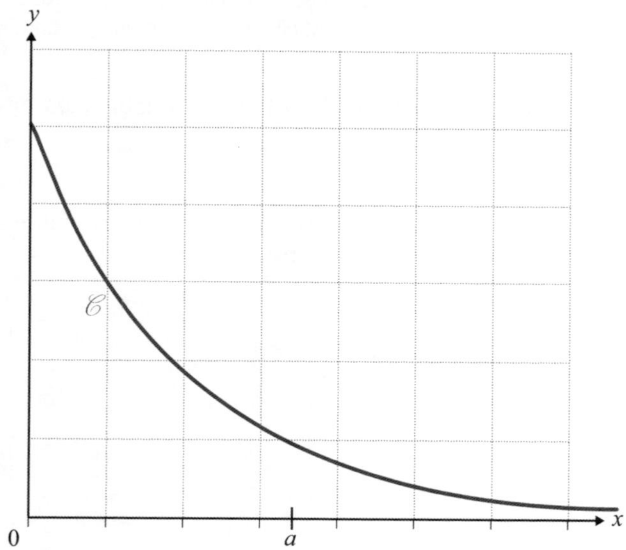

a) Interpréter graphiquement où $\mathrm{P}(T \leq a)$ où $a > 0$.

Interprétez la probabilité donnée sous forme d'intégrale, puis l'intégrale trouvée sous forme d'aire.

b) Montrer que pour tout nombre réel $t \geq 0 : \mathrm{P}(T \leq t) = 1 - \mathrm{e}^{-\lambda t}$.

Exprimez la probabilité recherchée sous forme d'une intégrale, puis recherchez une primitive de f.

c) En déduire que $\lim\limits_{t \to +\infty} \mathrm{P}(T \leq t) = 1$.

Utilisez la limite usuelle : $\lim\limits_{u \to -\infty} e^u = 0$.

2. On suppose que $P(T \leq 7) = 0{,}5$. Déterminer λ à 10^{-3} près.

Il faut utiliser le résultat du **1. b)** puis résoudre l'équation obtenue.

3. Dans cette question on prend $\lambda = 0,099$ et on arrondit les résultats des probabilités au centième.

a) On choisit au hasard un composant fabriqué dans cette usine.

> Déterminez la probabilité que ce composant fonctionne au moins 5 ans.
>
> Traduisez l'énoncé sous la forme d'une probabilité utilisant la variable aléatoire T, puis utilisez les résultats des questions précédentes.

b) On choisit au hasard un composant parmi ceux qui fonctionnent encore au bout de 2 ans.

> Déterminez la probabilité que ce composant ait une durée de vie supérieure à 7 ans.
> Souvenez-vous du cours : la loi exponentielle est « sans mémoire ». Puis utilisez le **C. 3. a)**.

c) Donner l'espérance mathématique $\mathrm{E}(T)$ de la variable aléatoire T à l'unité près.

> Interprétez ce résultat.
> Question de cours : vous devez savoir comment calculer l'espérance d'une variable aléatoire suivant une loi exponentielle de paramètre λ.

Partie A

1. D'après la formule des probabilités totales on obtient :

$P(S) = P(A \cap S) + P(B \cap S) = 0,32 + 0,57 = 0,89$.

2 D'après la formule des probabilités conditionnelles, on obtient :

$P_S(A) = \dfrac{P(A \cap S)}{P(S)} = \dfrac{0,32}{0,89}$. Une valeur approchée à 10^{-2} près est donc égale à 0,36.

Partie B

1. Puisque $n = 400 \geq 30$, $nf = 400 \times 0,92 = 368 \geq 5$ et $n(1-f) = 400 \times 0,08 = 32 \geq 5$, les conditions d'application d'un intervalle de confiance sont vérifiées.

Un intervalle de confiance, au niveau de confiance 95 %, de la proportion de personnes favorables au projet est alors, d'après le cours, égal à :

$$\left[f - \frac{1}{\sqrt{n}} ; f + \frac{1}{\sqrt{n}}\right] = \left[0,92 - \frac{1}{\sqrt{400}} ; 0,92 + \frac{1}{\sqrt{400}}\right] = [0,87 ; 0,97].$$

2. On rappelle que l'amplitude L d'un intervalle $[a;b]$ est $L = b - a$, ici donc,

$$L = f + \frac{1}{\sqrt{n}} - f + \frac{1}{\sqrt{n}} = \frac{2}{\sqrt{n}}.$$

On recherche donc n tel que $\dfrac{2}{\sqrt{n}} \leq 0,02 = \dfrac{2}{100}$ soit $\sqrt{n} \geq 100$ et $n \geq 10\ 000$.

Partie C

1. a) Par définition et le fait que la variable aléatoire T suit une loi exponentielle, $P(T \leq a) = \int_0^a f(x)dx$.

Et finalement $P(T \leq a)$ représente l'aire comprise entre la courbe, l'axe des abscisses et les droites verticales d'équation $x = 0$ et $x = a$.

b) $P(T \leq t) = \int_0^t f(x)dx$, or une primitive de f telle que $f(x) = \lambda e^{-\lambda x}$, est la fonction F définie par $F(x) = -e^{-\lambda x}$.

Par suite, $P(T \leq t) = \int_0^t f(x)dx = F(t) - F(0) = -e^{-\lambda t} + 1$.

c) $\lim\limits_{u \to -\infty} e^u = 0$ et $\lim\limits_{t \to +\infty} -\lambda t = -\infty$, puisque $\lambda > 0$, on en déduit donc que $\lim\limits_{t \to +\infty} e^{-\lambda t} = 0$ et finalement, $\lim\limits_{t \to +\infty} P(T \leq t) = 1$.

2. D'après le C. 1. b. $P(T \leq t) = 1 - e^{-\lambda t}$, d'où $1 - e^{-7\lambda} = 0,5$ et $e^{-7\lambda} = 0,5$ soit $\lambda = \dfrac{\ln(2)}{7}$.

Une valeur approchée de λ à 10^{-3} près est donc de 0,099.

3. a) La probabilité recherchée est $P(T \geq 5) = 1 - P(T \leq 5)$.

Or d'après le **C. 1. b)** $P(T \leq t) = 1 - e^{-\lambda t}$, donc

$P(T \geq 5) = 1 - P(T \leq 5) = 1 - (1 - e^{-5\lambda}) = e^{-5\times 0,099}$.

L'arrondi au centième de $P(T \geq 5)$ est donc égal à 0,61.

b) D'après le cours nous savons que la loi exponentielle est « sans mémoire », c'est-à-dire que si T suit une loi exponentielle alors :

$P_{X\geq t}(X \geq t + h) = P(X \geq h)$.

Or, la probabilité que ce composant ait une durée de vie supérieure à 7 ans, sachant qu'il fonctionne encore au bout de 2 ans, correspond à

$P_{X\geq 2}(X \geq 5 + 2) = P(X \geq 5)$.

D'après la question **C. 3. a.** on en déduit que l'arrondi au centième de la probabilité demandée est donc égal à 0,61.

c) Nous savons que l'espérance d'une variable aléatoire T suivant une loi exponentielle de paramètre λ est $E(T) = \dfrac{1}{\lambda}$. Or ici $\lambda = 0,099$ donc

$$E(T) = \frac{1}{0,099} = \frac{1000}{99}.$$

L'arrondi à l'unité de $E(T)$ est donc égal à 10.

Cela signifie que la durée de vie moyenne d'un tel composant électronique est d'environ 10 années.

Sujet national, juin 2015, exercice 1

Les résultats des probabilités seront arrondis à 10^{-3} près.

Partie 1

1. Soit X une variable aléatoire qui suit la loi exponentielle de paramètre λ, où λ est un réel strictement positif donné.
On rappelle que la densité de probabilité de cette loi est la fonction f définie sur $[0;+\infty[$ par $f(x)=\lambda e^{-\lambda x}$.

a. Soit c et d deux réels tels que $0 \leq c \leq d$.

Démontrer que la probabilité $P(c \leq X \leq d)$ vérifie $P(c \leq X \leq d)=e^{-\lambda c}-e^{\lambda d}$.

Revenez à la définition d'une loi continue basée sur le calcul intégral.

b. Déterminer une valeur de λ à 10^{-3} près de telle sorte que la probabilité $P(X > 20)$ soit égale à 0,05.

Interprétez $P(X > 20)$ sous la forme d'une intégrale puis résoudre l'équation d'inconnue λ obtenue.

c. Donner l'espérance de la variable aléatoire X.

Appliquez la formule du cours.

Dans la suite de l'exercice on prend $\lambda=0,15$.

d. Calculer $P(10 \leq X \leq 20)$.

Utilisez le résultat du 1.a.

e. Calculer la probabilité de l'événement $(X > 18)$.

Utilisez l'événement contraire puis le calcul intégral.

2. Soit Y une variable aléatoire qui suit la loi normale d'espérance 16 et d'écart type 1,95.

a. Calculer la probabilité de l'événement $(20 \leq Y \leq 21)$.

b. Calculer la probabilité de l'événement $(Y < 11) \cup (Y > 21)$.

Utilisez votre calculatrice.

Partie 2

Une chaîne de magasins souhaite fidéliser ses clients en offrant des bons d'achat à ses clients privilégiés. Chacun d'eux reçoit un bon d'achat de couleur verte ou rouge sur lequel est inscrit un montant.

Les bons d'achats sont distribués de façon à avoir, dans chaque magasin, un quart de bons rouges et trois quarts de bons verts.
Les bons d'achat verts prennent la valeur de 30 euros avec une probabilité égale à 0,067 ou des valeurs comprises entre 0 et 15 euros avec des probabilités non précisées ici.
De façon analogue, les bons d'achat rouges prennent les valeurs 30 ou 100 euros avec des probabilités respectivement égales à 0,015 et 0,010 ou des valeurs comprises entre 10 et 20 euros avec des probabilités non précisées ici.

1. Calculer la probabilité d'avoir un bon d'achat d'une valeur supérieure ou égale à 30 euros sachant qu'il est rouge.

> Mobiliser la formule des probabilités conditionnelles. Vous pouvez vous appuyer sur un arbre.

2. Montrer qu'une valeur approchée à 10^{-3} près de la probabilité d'avoir un bon d'achat d'une valeur supérieure ou égale à 30 euros vaut 0,057.

> Pour la question suivante, on utilise cette valeur.
> Mobiliser la formule des probabilités totales.

3. Dans un des magasins de cette chaîne, sur 200 clients privilégiés, 6 ont reçu un bon d'achat d'une valeur supérieure ou égale à 30 euros.
Le directeur du magasin considéré estime que ce nombre est insuffisant et doute de la répartition au hasard des bons d'achats dans les différents magasins de la chaîne.
Ses doutes sont-ils justifiés ?

> Utiliser la formule donnant l'intervalle de fluctuation asymptotique au seuil de 95 %.

Partie 1

1.a. Par définition,.

$P(c \leq X \leq d) = \int_c^d f(x)\mathrm{d}x = \int_c^d \lambda \mathrm{e}^{-\lambda x} = \left[-\mathrm{e}^{-\lambda x}\right]_c^d = -\mathrm{e}^{-\lambda d} - \left(-\mathrm{e}^{-\lambda c}\right).$

Et finalement,.

$P(c \leq X \leq d) = \mathrm{e}^{-\lambda c} - \mathrm{e}^{-\lambda d}$.

1.b. P(X > 20)= $0,05 = 1 - P(0 \leq X \leq 20)$.

Donc, $P(0 \leq X \leq 20) = 0,95$.

D'où $\mathrm{e}^{-\lambda \times 0} - \mathrm{e}^{-\lambda \times 20} = 0,95$

$\Leftrightarrow 1 - \mathrm{e}^{-20\lambda} = 0,95$

$\Leftrightarrow \mathrm{e}^{-20\lambda} = 0,05$

$\Leftrightarrow -20\lambda = \ln 0,05$

$\Leftrightarrow \lambda = \dfrac{\ln 0,05}{-20} \approx 0,150$.

1.c. D'après le cours, nous savons que l'espérance d'une loi exponentielle de paramètre λ est égale à $\dfrac{1}{\lambda}$, donc ici on a $E(X) = \dfrac{1}{\lambda} \approx 6,676$.

1.d. D'après le 1.a., on a $P(10 \leq X \leq 20) = \mathrm{e}^{-10\lambda} - \mathrm{e}^{-20\lambda} = \mathrm{e}^{-1,5} - \mathrm{e}^{-3} \approx 0,173$.

1.e. P(X > 18) = $1 - P(0 \leq X \leq 18) = \mathrm{e}^{-18\lambda} = \mathrm{e}^{-27} \approx 0,067$.

2.a. En utilisant la calculatrice, on trouve : $P(20 \leq Y \leq 21) \approx 0,015$.

2.b. En utilisant la calculatrice, on trouve :

$P((Y \leq 11) \cup (Y \geq 21)) = 1 - P(11 \leq Y \leq 21) \approx 0,010$.

Partie 2

1. Nous devons calculer $P_R(S)$ si on désigne par R l'événement le bon d'achat est rouge, par V l'événement le bon d'achat est vert, par T l'événement avoir un bon d'achat de 30 euros, par C celui d'avoir un bon d'achat de 100 euros, par A celui d'avoir un bon d'achat d'une autre valeur et par S celui d'avoir un bon d'achat d'un montant supérieur ou égal à 30 euros.

D'où en appliquant la formule des probabilités conditionnelles :

$P_R(S) = P_R(T \cup C) = p_R(T) + P_R(C) = 0,015 + 0,010 = 0,025$.

2. En utilisant la formule des probabilités totales, on obtient :

$P(S)=P(R \cap S) + P(V \cap S) = 0,75 \times 0,067 + 0,25 \times 0,025=0,0566 \approx 0,057$.

3. La fréquence observée de l'échantillon est $f = \dfrac{6}{200} = \dfrac{3}{100} = 0,03$.

La taille de l'échantillon est $n = 200$.

On a $n = 200 \geq 30$, $np = 11{,}4 \geq 5$ et $n(1-p) = 188{,}6 \geq 5$.

On peut donc utiliser la formule donnant l'intervalle de fluctuation asymptotique au seuil de 95%.

$$I_{200} = \left[p - 1{,}96 \times \frac{\sqrt{p(1-p)}}{\sqrt{n}} ; p + 1{,}96 \times \frac{\sqrt{p(1-p)}}{\sqrt{n}}\right] \approx [0{,}02; 0{,}09] .$$

$f = 0{,}03 \in I$.

On peut donc affirmer que les doutes du directeur du magasin ne sont donc pas justifiés au seuil de confiance de 95 %.

Sujet national, juin 2014, exercice 2

5 points

Les parties A et B peuvent être traitées indépendamment.

Partie A

Un laboratoire pharmaceutique propose des tests de dépistage de diverses maladies. Son service de communication met en avant les caractéristiques suivantes :
- la probabilité qu'une personne malade présente un test positif est 0,99 ;
- la probabilité qu'une personne saine présente un test positif est 0,001.

1. Pour une maladie qui vient d'apparaître, le laboratoire élabore un nouveau test. Une étude statistique permet d'estimer que le pourcentage de personnes malades parmi la population d'une métropole est égal à 0,1 %. On choisit au hasard une personne dans cette population et on lui fait subir le test.
On note M l'événement « la personne choisie est malade » et T l'événement « le test est positif ».

a) Traduire l'énoncé sous la forme d'un arbre pondéré.

> Pour construire l'arbre correspondant à la situation donnée, tenez compte des probabilités de chaque événement.

b) Démontrer que la probabilité $P(T)$ de l'événement T est égale à $1{,}989 \times 10^{-3}$.

> Privilégiez la formule des probabilités totales car si vous utilisez l'arbre précédent et qu'il est faux, tout est faux. L'arbre permet simplement de vérifier.

c) L'affirmation suivante est-elle vraie ou fausse ? Justifier la réponse.
Affirmation : « Si le test est positif, il y a moins d'une chance sur deux que la personne soit malade ».

> La question posée revient à déterminer la probabilité d'être malade sachant que le test est positif est inférieur à $0,5$. Appliquez ensuite la formule des probabilités conditionnelles.

2. Le laboratoire décide de commercialiser un test dès lors que la probabilité qu'une personne testée positivement soit malade est supérieure ou égaie à 0,95.
On désigne par x la proportion de personnes atteintes d'une certaine maladie dans la population.
À partir de quelle valeur de x le laboratoire commercialise-t-il le test correspondant ?

> Appliquez la formule des probabilités totales, puis utilisez la question précédente.

Partie B

La chaîne de production du laboratoire fabrique, en très grande quantité, le comprimé d'un médicament.

1. Un comprimé est conforme si sa masse est comprise entre 890 et 920 mg. On admet que la masse en milligrammes d'un comprimé pris au hasard dans la production peut être modélisée par une variable aléatoire X qui suit la loi normale N, μ, σ^2) de moyenne $\mu = 900$ et d'écart-type $\sigma = 7$.

a) Calculer la probabilité qu'un comprimé prélevé au hasard soit conforme. On arrondira à 10^{-2}.

> Cela revient à déterminer $P(890 \leq X \leq 920)$.

b) Déterminer l'entier positif h tel que $P(900 - h \leqslant X \leqslant 900 + h) \approx 0{,}99$ à 10^{-3} près.

> Centrez et réduisez la variable aléatoire X, puis utilisez la calculatrice.

2. La chaîne de production a été réglée dans le but d'obtenir au moins 97 % de comprimés conformes. Afin d'évaluer l'efficacité des réglages, on effectue un contrôle en prélevant un échantillon de 1 000 comprimés dans la production. La taille de la production est supposée suffisamment grande pour que ce prélèvement puisse être assimilé à 1 000 tirages successifs avec remise.
Le contrôle effectué a permis de dénombrer 53 comprimés non conformes sur l'échan-tillon prélevé.
Ce contrôle remet-il en question les réglages faits par le laboratoire ? On pourra utiliser un intervalle de fluctuation asymptotique au seuil de 95 %.

> Vérifiez si les conditions d'application de l'intervalle de fluctuation asymptotique I_f sont remplies, puis déterminez cet intervalle. Confrontez la fréquence observée à l'intervalle et concluez.

Partie A

1. a) Voici l'arbre correspondant à la situation donnée :

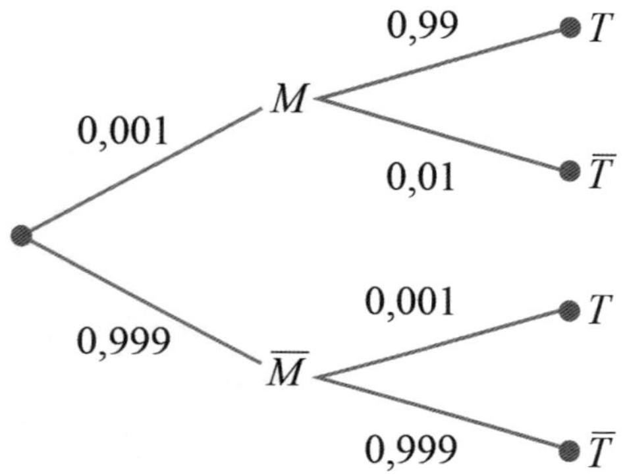

b) D'après la formule des probabilités totales, on obtient : $P(T) = P(T \cap M) + P(T \cap \overline{M}) = 0{,}001 \times 0{,}99 + 0{,}999 \times 0{,}001 = 0{,}001989 = 1{,}989 \times 10^{-3}$.

c) La question posée revient à déterminer la probabilité d'être malade sachant que le test est positif est inférieur à 0,5.

D'après la formule des probabilités conditionnelles on obtient:

$P_T(M) = \dfrac{P(T \cap M)}{P(T)} = \dfrac{0,001 \times 0,99}{0,001989} = \dfrac{110}{221} \leq 0{,}5$.

L'affirmation est donc vraie.

2. D'après la formule des probabilités totales, on obtient :

$P(T) = P(T \cap M) + P(T \cap \overline{M}) = x \times 0,99 + (1-x) \times 0,001 = 0,001 + 0,989x.$

On recherche la valeur de x pour laquelle on ait $P_T(M) \geq 0,95$ soit, d'après la question précédente, $\dfrac{P(T \cap M)}{P(T)} \geq 0,95$, c'est-à-dire $\dfrac{0,99x}{0,001 + 0,989x} \geq 0,95.$

Ce qui donne $0{,}05045x \geq 0{,}00095$ et finalement, $x \geq \dfrac{19}{1009}$.

Le laboratoire commercialise le test correspondant pour $x \geq \dfrac{19}{1009}$.

Partie B

1. a) Cela revient à calculer $P(890 \leq X \leq 920)$ et en utilisant la calculatrice on trouve que : $P(890 \leq X \leq 920) \approx 0,92.$

b) On va centrer et réduire la variable aléatoire X :

$$P(900-h \leq X \leq 900+h) = P\left(-\frac{h}{7} \leq \frac{X-900}{7} \leq \frac{h}{7}\right) = 2P\left(\frac{X-900}{7} \leq \frac{h}{7}\right) - 1.$$

Puisque $P(900-h \leq X \leq 900+h) \approx 0,99$, on déduit que

$2P\left(\frac{X-900}{7} \leq \frac{h}{7}\right) \approx 1,99$ et $P\left(\frac{X-900}{7} \leq \frac{h}{7}\right) \approx 0,995.$

La variable aléatoire $\frac{X-900}{7}$ suivant la loi normale centrée réduite, la calculatrice nous donne donc $\frac{h}{7} \approx 2,5758$ d'où $h = 18.$

2. $np = 970 \geq 5, n = 1000 \geq 30$ et $n(1-p) = 30 \geq 5$ on peut donc appliquer le cours et déterminer l'intervalle de fluctuation asymptotique I_f :

$$I_f = \left[0,97 - 1,96 \times \frac{\sqrt{0,97 \times 0,03}}{\sqrt{1000}} ; 0,97 + 1,96 \times \frac{\sqrt{0,97 \times 0,03}}{\sqrt{1000}}\right] \approx [0,959; 0,981].$$

La fréquence observée des comprimés conformes est $f = \frac{947}{1000} = 0,947 \notin I_f$ et de plus $0,959 > f$ donc les réglages faits par le laboratoire ne sont pas convenables.

Liban, mai 2014, exercice 1

5 points

Les trois parties A, B et C peuvent être traitées de façon indépendante. Les probabilités seront arrondies au dix millième.

Un élève doit se rendre à son lycée chaque matin pour 8 h 00. Pour cela, il utilise, selon les jours, deux moyens de transport : le vélo ou le bus.

Partie A

L'élève part tous les jours à 7 h 40 de son domicile et doit arriver à 8 h 00 à son lycée. Il prend le vélo 7 jours sur 10 et le bus le reste du temps.
Les jours où il prend le vélo, il arrive à l'heure dans 99,4 % des cas et lorsqu'il prend le bus, il arrive en retard dans 5 % des cas.
On choisit une date au hasard en période scolaire et on note V l'événement « L'élève se rend au lycée à vélo », B l'événement « l'élève se rend au lycée en bus » et R l'événement « L'élève arrive en retard au lycée ».

1. Traduire la situation par un arbre de probabilités.

> Placez sur chaque branche de l'arbre la probabilité demandée.

2. Déterminer la probabilité de l'événement $V \cap R$.

> Vous pouvez vous appuyer sur l'arbre ou appliquer la formule des probabilités conditionnelles.

3. Démontrer que la probabilité de l'événement R est 0,0192.

> Appliquez la formule des probabilités totales.

4. Un jour donné, l'élève est arrivé en retard au lycée. Quelle est la probabilité qu'il s'y soit rendu en bus ?

> Après avoir compris quelle probabilité est recherchée, appliquez la formule des probabilités conditionnelles.

Partie B : le vélo

On suppose dans cette partie que l'élève utilise le vélo pour se rendre à son lycée.
Lorsqu'il utilise le vélo, on modélise son temps de parcours, exprimé en minutes, entre son domicile et son lycée par une variable aléatoire T qui suit le loi normale d'espérance μ 17 et d'écart-type $\sigma = 1,2$.

1. Déterminer la probabilité que l'élève mette entre 15 et 20 minutes pour se rendre à son lycée.

> Cherchez la probabilité qui correspond à la situation évoquée, précisez les paramètres de la loi normale mise en jeu puis utiliser la calculatrice.

2. Il part de son domicile à vélo à 7 h 40. Quelle est la probabilité qu'il soit en retard au lycée ?

> Précisez la probabilité recherchée et utilisez la calculatrice.

3. L'élève part à vélo. Avant quelle heure doit-il partir pour arriver à l'heure au lycée avec une probabilité de 0,9 ? Arrondir le résultat à la minute près.

> Traduisez la situation sous forme d'équation d'inconnue la durée maximale de son temps de parcours c puis concluez à l'aide de la calculatrice.

Partie C : le bus

Lorsque l'élève utilise le bus, on modélise son temps de parcours, exprimé en minutes, entre son domicile et son lycée par une variable aléatoire T' qui suit la loi normale d'espérance $\mu = 15$ et d'écart-type σ'.
On sait que la probabilité qu'il mette plus de 20 minutes pour se rendre à son lycée en bus est de 0,05.

On note Z' la variable aléatoire égale à $\dfrac{\mathrm{T}'-15}{\sigma'}$.

1. Quelle loi la variable aléatoire Z' suit-elle ?

> Mobilisez le lien établi en cours entre une loi normale d'espérance et d'écart-type quelconque et une loi normale centrée-réduite.

2. Déterminer une valeur approchée à 0,01 près de l'écart-type σ' de la variable aléatoire T'.

> Après avoir repéré la probabilité recherchée, utilisez la calculatrice.

Partie A

1.

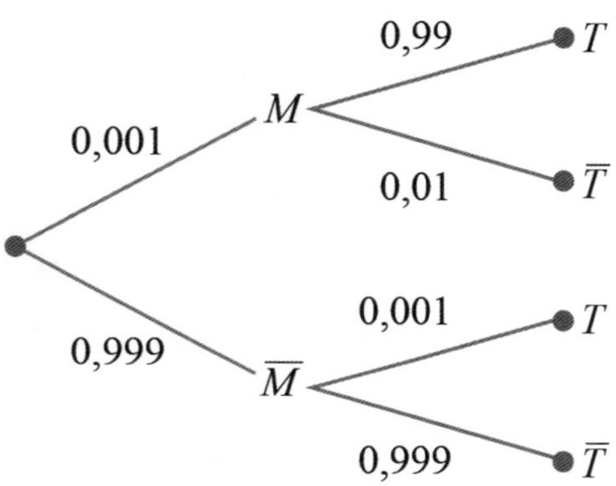

2. Pour déterminer la probabilité de l'événement $V \cap R$ on dispose de deux méthodes.
Première méthode. D'après l'arbre précédent on déduit que
$P(V \cap R) = 0,7 \times 0,0042$.
Seconde méthode. On applique la formule des probabilités conditionnelles :
$P(V \cap R) = P(V) \times P(R)_V = 0,7 \times 0,0042$.

3. $\{V, B\}$ constituant une partition de l'univers, en appliquant la formule des probabilités totales on obtient :
$P(R) = P(V \cap R) + P(B \cap R)$
$= 0,0042 + 0,3 \times 0,05 = 0,0042 + 0,015 = 0,0192$.

4. La probabilité, un jour donné, qu'un élève se soit rendu en bus à l'école sachant que l'élève est arrivé en retard au lycée se traduit par la probabilité $P(B)_R$.
En appliquant la formule des probabilités conditionnelles on obtient :

$$P(B)_R = \frac{P(B \cap R)}{P(R)} = \frac{0,015}{0,0192} = 0,7813\,.$$

Partie B : le vélo

1. La probabilité que l'élève mette entre 15 et 20 minutes pour se rendre à son lycée correspond à $P(15 \leq T \leq 20)$.
T étant une variable aléatoire suivant une loi normale de paramètres $\mu = 17$ et $\sigma = 1,2$ à l'aide de la calculatrice on obtient :
$P(15 \leq T \leq 20) \approx 0,946$.

2. Il sera en retard au lycée s'il met plus de 20 minutes pour effectuer le trajet. La probabilité recherchée est donc $P(T > 20)$. À la calculatrice, on obtient :

$P(T > 20) \approx 0,0062$.

3. On recherche la durée maximale de son temps de parcours c, en minutes tel que $P(T > c) = 0,9$. À l'aide de la calculatrice, on a : $P(T > 18,5379) = 0,9$.

En arrondissant à la minute cela donne $c = 19$, ce qui signifie que l'élève doit sortir de chez lui au plus tard à 7 heures 41 minutes pour avoir une probabilité d'arriver à l'heure de 0,9.

Partie C : le bus

1. T' étant une variable aléatoire suivant une loi normale de paramètres $\mu' = 15$ et σ', alors, d'après le cours, on en déduit que $Z' = \dfrac{T' - 15}{\sigma'}$ suit une loi normale centrée réduite.

2. $P(T' \geq 20) = P\left(Z' \geq \dfrac{20 - 15}{\sigma'}\right) = P\left(Z' \geq \dfrac{5}{\sigma'}\right) = 0,05$.

À l'aide de la calculatrice, en considérant une loi normale centrée-réduite Z', on obtient :

$P(Z' \geq 1,6449) = 0,05$.

Par conséquent, $\dfrac{5}{\sigma'} = 1,6449$ d'où $\sigma' \approx 3,04$.

Sujet national, juin 2016, exercice 3

5 points

Partie A

Soit f la fonction définie sur $\mathbb{R}$ par $f(x) = x - \ln(x^2 + 1)$.

1. Résoudre dans $\mathbb{R}$ l'équation : $f(x) = x$

> Il s'agit d'une équation avec logarithme : vous devez isoler l'expression logarithmique pour mettre l'équation sous la forme $\ln(a) = b$, puis appliquer l'exponentielle à chaque membre de la précédente équation. Vous obtenez : $a = e^b$ et une équation « traditionnelle », sans logarithme. Il est aussi possible de mettre l'équation sous la forme $\ln(u) = \ln(v)$ puis de se « débarrasser des logarithmes » (ce qui revient à appliquer l'exponentielle).

2. Justifier tous les éléments du tableau de variation ci-dessous à l'exception de la limite de la fonction f en $+\infty$ que l'on admet.

x	$-\infty$		|		$+\infty$
$f'(x)$		+	0	+	
f	$-\infty$		↗		$+\infty$

> Prouvez que la limite de f en $-\infty$ est égale à $-\infty$, que la dérivée $f' > 0$, sauf en 1, où la dérivée f' de f s'annule.

3. Montrer que, pour tout réel x appartenant à $[0;1]$, $f(x)$ appartient à $[0;1]$.

> Utilisez le fait que la fonction f est strictement croissante et appliquez la définition de la croissance d'une fonction vue en seconde.

4. On considère l'algorithme suivant :

Variables	N et A des entiers naturels
Entrée	Saisir la valeur de A
Traitement	N prend la valeur 0 Tant que $N - \ln\left(N^2 + 1\right) < A$ N prend la valeur N+1 Fin tant que
Sortie	Afficher N

a) Que fait cet algorithme ?

Pensez aux exercices d'algorithme de boucles vus en classe.

b) Déterminer la valeur N fournie par l'algorithme lorsque la valeur saisie pour A est 100.

Pour répondre à cette question, soit on programme sa calculatrice à l'aide de l'algorithme donné, soit on rentre f dans la calculatrice puis on fait un tableau de valeurs de pas égal à 1, commençant à $n = 1$ et on obtient un tableau de valeurs dont la lecture permettra de déduire la valeur de n recherchée.

Partie B

Soit $\left(u_n\right)$ la suite définie par $u_0 = 1$ et, pour tout entier naturel

$u_{n+1} = u_n - \ln\left(u_n^2 + 1\right)$.

1. Montrer par récurrence que, pour tout entier naturel n, $\left(u_n\right)$ appartient à $[0;1]$.

Faites une démonstration par récurrence et utilisez le résultat du **A. 3.**

2. Étudier les variations de la suite $\left(u_n\right)$.

Étudiez le signe de $u_{n+1} - u_n$.

3. Montrer que la suite $\left(u_n\right)$ est convergente.

Appliquez le théorème de convergence des suites.

4. On note l sa limite, et on admet que l vérifie l'égalité $f(l) = l$.
En déduire la valeur de l.

Il faut résoudre l'équation $f(l) = l$ en utilisant le résultat du **A. 1.**

Partie A

1. $f(x) = x - \ln(x^2 + 1)$ donc l'équation $f(x) = x$ est équivalente à

$x - \ln(x^2 + 1) = x$ soit $\ln(x^2 + 1) = 0 = \ln(1)$, d'où $x^2 = 0$ et finalement $x = 0$.

$S = \{0\}$.

2. En $-\infty, x^2 + 1$ tend vers $+\infty$, ainsi que $\ln(x^2 + 1)$, donc par passage à l'opposé, $-\ln(x^2 + 1)$ tend vers $-\infty$, ainsi que x.

Donc finalement la limite de *f* en $-\infty$, est bien comme prévu $-\infty$.

$$f(x) = x - \ln(x^2 + 1) \text{ donc } f'(x) = 1 - \frac{2x}{x^2 + 1} = \frac{x^2 - 2x + 1}{x^2 + 1} = \frac{(x-1)^2}{x^2 + 1}.$$

Si $x = 1$, $f'(x) = 0$ et sinon, puisque $(x-1)^2$ et x^2 sont des carrés non nuls, $f'(x) > 0$.

3. Puisque *f* est strictement croissante sur $[0;1], 0 \leq x \leq 1$ entraîne $f(0) \leq f(x) \leq f(1)$.

Or, $f(0) = 0$ et $f(1) = 1 - \ln(2) < 1$ donc pour tout réel x appartenant à $[0;1], f(x)$ appartient à $[0;1]$.

4. a) Cet algorithme permet de donner la plus petite valeur de n pour laquelle $f(n)$ est supérieure à une valeur donnée A.

b) Puisque $f(109) < 100$ et $f(110) > 100, n = 100$ est la valeur de n recherchée.

Partie B

1. Démontrons par récurrence la propriété $P(n) : u_n \in [0;1]$.

$P(0)$ est vraie puisque $u_0 = 1 \in [0;1]$.

Supposons que $u_n \in [0;1]$, alors, d'après le résultat du **A. 3.**, $u_{n+1} = f(u_n) \in [0;1]$.

Puisque l'initialisation et l'hérédité sont établies, le principe de récurrence nous permet d'affirmer que $P(n)$ est vraie pour tout entier naturel n.

2. $u_{n+1} - u_n = -\ln(u_n^2 + 1)$. Or, $u_n^2 \geq 0, u_n^2 + 1 \geq 1, \ln(u_n^2 + 1) \geq 0$ et $-\ln(u_n^2 + 1) \leq 0$.

Par conséquent, $u_{n+1} - u_n \leq 0$. La suite (u_n) est donc décroissante.

3. D'après le théorème de convergence des suites, puisque (u_n) est décroissante et minorée par 0, elle est convergente.

4. On a vu au **A. 1.** que la seule solution à l'équation $f(x) = xstx = 0$ donc on a ici $l = 0$.

Sujet national, juin 2015, exercice de spécialité

1. On considère l'équation (E) à résoudre dans $\mathbb{Z}$: $7x - 5y = 1$.

a. Vérifier que le couple (3 ; 4) est solution de (E).

Remplacez dans l'équation x par 3 et y par 4.

b. Montrer que le couple d'entiers (x ; y) est solution de (E) si et seulement si $7(x - 3) = 5(y - 4)$.

Utilisez le résultat du 1.a.

c. Montrer que les solutions entières de l'équation (E) sont exactement les couples $(x\,;\,y)$ d'entiers relatifs tels que :

$$\begin{cases} x = 5k + 3 \\ \qquad\qquad \text{où } k \in \mathbb{Z} \\ y = 7k + 4 \end{cases}$$

Utilisez le théorème de Gauss.

2. Une boîte contient 25 jetons, des rouges, des verts et des blancs. Sur les 25 jetons il y a x jetons rouges et y jetons verts. Sachant que $7x - 5y = 1$, quels peuvent être les nombres de jetons rouges, verts et blancs ?

Utilisez le résultat précédent, puis un raisonnement par disjonction de cas.

Dans la suite, on supposera qu'il y a 3 jetons rouges et 4 jetons verts.

3. On considère la marche aléatoire suivante d'un pion sur un triangle ABC. À chaque étape, on tire au hasard un des jetons parmi les 25, puis on le remet dans la boîte.
Lorsqu'on est en A :
Si le jeton tiré est rouge, le pion va en B. Si le jeton tiré est vert, le pion va en C. Si le jeton tiré est blanc, le pion reste en A.
Lorsqu'on est en B :
Si le jeton tiré est rouge, le pion va en A. Si le jeton tiré est vert, le pion va en C. Si le jeton tiré est blanc, le pion reste en B.
Lorsqu'on est en C :
Si le jeton tiré est rouge, le pion va en A. Si le jeton tiré est vert, le pion va en B. Si le jeton tiré est blanc, le pion reste en C.
Au départ, le pion est sur le sommet A.
Pour tout entier naturel n, on note an, bn et cn les probabilités que le pion soit respectivement sur les sommets A, B et C à l'étape n.

On note X_n la matrice ligne (a_n, b_n et c_n) et T la matrice $\begin{pmatrix} 0,72 & 0,12 & 0,16 \\ 0,12 & 0,72 & 0,16 \\ 0,12 & 0,16 & 0,72 \end{pmatrix}$.

Donner la matrice ligne X_0 et montrer que pour tout entier naturel n, $X_{n+1} = X_n T$.

> Traduisez les différentes étapes de l'énoncé sous forme de probabilités.

4. On admet que $T = PDP^{-1}$ où $P^{-1} = P_{-1} = \begin{pmatrix} \frac{3}{10} & \frac{37}{110} & \frac{4}{11} \\ \frac{1}{10} & -\frac{1}{10} & 0 \\ 0 & \frac{3}{11} & -\frac{1}{11} \end{pmatrix}$ et

$$D = \begin{pmatrix} 1 & 0 & 0 \\ 0, & 0,6 & 0 \\ 0 & 0 & 0,56 \end{pmatrix}$$

a. À l'aide de la calculatrice, donner les coefficients de la matrice P. On pourra remarquer qu'ils sont entiers.

> Revenez à la définition de l'inverse d'une matrice.

b. Montrer que $T^n = PD^nP^{-1}$.

> Effectuez une démonstration par récurrence.

c. Donner sans justification les coefficients de la matrice D^n.

On note $\alpha_n, \beta_n, \gamma_n$ les coefficients de la première ligne de la matrice T_n ainsi :

$$T^n = \begin{pmatrix} \alpha_n & \beta_n & \gamma_n \\ \dots & \dots & \dots \\ \dots & \dots & \dots \end{pmatrix}$$

On admet que $\alpha_n = \frac{3}{10} + \frac{7}{10} \times 0{,}6^n$ et $\beta_n = \frac{37 - 77 \times 0{,}6^n + 40 \times 0{,}56^n}{110}$

On ne cherchera pas à calculer les coefficients de la deuxième ligne ni ceux de la troisième ligne.

> Il suffit d'élever à la puissance n chaque élément de la diagonale principale.

5. On rappelle que, pour tout entier naturel n, $X_n = X_0 T^n$.

a. Déterminer les nombres a_n, b_n à l'aide des coefficients α_n et β_n. En déduire c_n.

> Revenez à la définition du produit matriciel.

b. Déterminer les limites des suites (a_n), (b_n) et (c_n).

> Utilisez le fait qu'une suite géométrique de raison q strictement comprise entre -1 et 1 tend vers 0 au voisinage de l'infini.

c. Sur quel sommet a-t-on le plus de chance de se retrouver après un grand nombre d'itérations de cette marche aléatoire ?

> Le sommet sur lequel on a le plus de chance de se retrouver après un grand nombre d'itérations est le sommet dont la limite de la suite associée est la plus grande.

1. a. $3 \times 7 - 4 \times 5 = 1$ donc le couple (3 ; 4) est bien solution de l'équation (E).

b. En retranchant membre à membre l'équation (E) et l'égalité précédente on obtient :

$7x - 21 - 5y + 20 = 0$ soit en factorisant par 7 et 5, $7(x-3)=5(y-4)$.

Réciproquement, si on a $7(x-3)=5(y-4)$, on obtient $7x - 5y = 1$.

c. Dire que $(x;y)$ est un couple d'entiers solution de (E), cela équivaut à dire que $7(x-3) = 5(y-4)$.

$7(x-3) = 5(y-4)$ donc 7 divise $5(y-4)$ mais 7 et 5 sont premiers entre eux, donc, d'après le théorème de Gauss, 7 divise $y - 4$.

Il existe par conséquent un entier relatif k tel que $y - 4 = 7k$ ou $y = 7k + 4$ avec $k \in \mathbb{Z}$.

Puisque $7(x-3) = 5(y-4)$ et $y - 4 = 7k$, cela entraîne que $7(x-3) = 5 \times 7k$ soit $x - 3 = 5k$ ou $x = 5k + 3$.

Donc si $(x;y)$ est solution de (E), alors :

$x=5k+3$ et $y=7k+4$ avec $k \in \mathbb{Z}$.

Réciproquement, si le couple d'entiers $(x;y)$ est tel que :

$x=5k+3$ et $y=7k+4$ avec $k \in \mathbb{Z}$, alors

$7x - 5y = 7(5k+3) - 5(7k+4) = 35k + 21 - 35k - 20 = 1$ ce qui équivaut au fait que $(x;y)$ est solution de (E).

Les solutions entières de l'équation (E) sont exactement les couples $(x;y)$ d'entiers relatifs tels que :

$x=5k+3$ et $y=7k+4$ avec $k \in \mathbb{Z}$.

2. D'après la question précédente, on peut dire que $x = 5k + 3$ et $y = 7k + 4$ avec k entier relatif.

Soit z le nombre de jetons blancs.

$x + y + z$ est inférieur ou égal à 25 qui est le nombre total de jetons dans la boîte.

On va raisonner par disjonction de cas.

Le nombre de jetons est positif, donc on commence par $k = 0$.

Dans ce cas, $x = 3, y = 4$ et $z = 25 - 3 - 4 = 18$.

Pour $k = 1$, $x = 8, y = 11$ et $z = 25 - 8 - 11 = 6$.

Dès que $k > 2$, $x + y > 25$ donc il n'y a, dans ce cas, aucune solution.

3. Au départ, pour n=0, le pion est en A, donc $X_0 = 1 \quad 0 \quad 0$.

D'après le texte, on tire au hasard un pion dans la boîte, ce qui signifie que nous avons équiprobabilité.

La probabilité de tirer un pion rouge est $\frac{3}{25} = 0{,}12$ puisque nous avons 3 pions rouges sur 25.

De même, la probabilité de tirer un pion vert est donc égale à $\frac{4}{25} = 0,16$ et celle de tirer un pion blanc est égale à $\frac{18}{25} = 0,72$.

Cherchons à déterminer la probabilité a_{n+1} que le pion soit en A à l'étape n+1.

S'il était en A à l'étape n, il faudrait tirer une boule blanche pour qu'il y reste, ce qui se ferait avec une probabilité de 0,72.

Comme il avait une probabilité égale à a_n d'être en A à l'étape n, ce qui donne $0,72a_n$.

S'il était en B à l'étape n, il faut tirer une boule rouge pour qu'il passe en A, ce qui se fait avec une probabilité de 0,12.

Comme il avait une probabilité égale à b_n d'être en B à l'étape n, ce qui donne $0,12b_n$.

S'il était en C à l'étape n, il faut tirer une boule rouge pour qu'il passe en A, ce qui se fait avec une probabilité de 0,12.

Comme il avait une probabilité égale à c_n d'être en C à l'étape n, ce qui donne $0,12c_n$.

Et finalement on obtient $a_{n+1} = 0,72a_n + 0,12b_n + 0,12c_n$.

On justifie de la même façon que $b_{n+1} = 0,12a_n + 0,72b_n + 0,16c_n$ et $c_{n+1} = 0,16a_n + 0,16b_n + 0,72c_n$ ce qui donne sous forme matricielle :

$$\begin{pmatrix} a_{n+1} & b_{n+1} & c_{n+1} \end{pmatrix} = \begin{pmatrix} a_n & b_n & c_n \end{pmatrix} \times \begin{pmatrix} 0,72 & 0,12 & 0,16 \\ 0,12 & 0,72 & 0,16 \\ 0,12 & 0,16 & 0,72 \end{pmatrix},$$

soit $X_{n+1} = X_n T$ avec $T = \begin{pmatrix} 0,72 & 0,12 & 0,16 \\ 0,12 & 0,72 & 0,16 \\ 0,12 & 0,16 & 0,72 \end{pmatrix}$

4. a. Par définition de l'inverse d'une matrice, $P=\left(P^{-1}\right)^{-1}$ et, à la calculatrice, on trouve :

$$P=\begin{pmatrix} 1 & 7 & 4 \\ 1 & -3 & 4 \\ 1 & -3 & -7 \end{pmatrix}$$

b. Démontrons par récurrence que la propriété $\mathcal{P}_n$: $T^n = PD^nP^{-1}$ est vraie pour tout entier $n \geq 1$.

On sait que $T = PDP^{-1}$, donc la propriété est vraie au rang $n = 1$.

On suppose la propriété P_n vraie à un rang n ($n \geq 1$) et on va démontrer que la propriété est vraie au rang $n+1$.

$T^{n+1}{=}Tn \times T$ or, d'après l'hypothèse de récurrence, $T^n = PD^nP^{-1}$ et on sait que $T = PDP^{-1}$, donc $T^{n+1}{=}PD^nP^{-1} \times PDP^{-1}{=}PD^nP^{-1}PDP^{-1}{=}PD^{n+1}P^{-1}$ et donc la propriété est vraie au rang $n+1$.

Initialisation et hérédité sont vérifiées, donc P_n est vraie pour tout $n \geq 1$.

c. D étant une matrice diagonale, on obtient : $D^n = \begin{pmatrix} 1 & 0 & 0 \\ 0 & 0{,}6^n & 0 \\ 0 & 0 & 0{,}56^n \end{pmatrix}$

5. a. $X_n{=}\begin{pmatrix} a_n & b_n & c_n \end{pmatrix}$

et $X_0{=}\begin{pmatrix} 1 & 0 & 0 \end{pmatrix}$

$X_n = X_0T^n$, donc le premier élément a_n de X_n est obtenu en faisant $1 \times \alpha_n$, ce qui donne $a_n = \alpha_n$.

Un raisonnement analogue nous conduirait à trouver $b_n = \beta_n$ et $c_n = \gamma_n$.

Par ailleurs, puisque à chaque étape le pion est soit en A, soit en B, soit en C, on a $a_n + b_n + c_n = 1$, finalement, $c_n = 1 - a_n - b_n = 1 - \alpha_n - \beta_n$.

b. Puisque -1 < 0,6 < 1 et -1 < 0,56 < 1, $\lim\limits_{n\to+\infty} a_n = \frac{3}{10}$, $\lim\limits_{n\to+\infty} b_n = \frac{37}{110}$ et $\lim\limits_{n\to+\infty} c_n = 1 - \frac{3}{10} - \frac{37}{110} = \frac{4}{11}$.

c. Le sommet sur lequel on a le plus de chance de se retrouver après un grand nombre d'itérations est le sommet C puisque c'est la limite de c_n qui est la plus grande.

Liban, mai 2014, exercice de spécialité

5 points

On considère la suite de nombres complexes (z_n) définie par $z_0 = \sqrt{3} - i$ et pour tout entier naturel n :

$z_{n+1} = (1+i)z_n$.

Les parties A et B peuvent être traitées de façon indépendante.

Partie A

Pour tout entier naturel n, on pose $u_n = | z_n |$.

1. Calculer u_0.

> Utilisez la formule donnant le module d'un nombre complexe.

2. Démontrer que (u_n) est la suite géométrique de raison $\sqrt{2}$ et de premier terme 2.

> Il suffit de prendre le module de l'égalité $z_{n+1} = (1+i)z_n$.

3. Pour tout entier naturel n, exprimer u_n en fonction de n.

> D'après le cours, on déduit que $u_n = u_0 q^n$, si u est une suite géométrique de raison q et de premier terme u_0.

4. Déterminer la limite de la suite (u_n).

> Si $q > 1$, d'après le cours on sait que : $\lim\limits_{n \to +\infty} q^n = +\infty$.

5. Étant donné un réel positif P, on souhaite déterminer, à l'aide d'un algorithme, la plus petite valeur de l'entier naturel n telle que $u_n > P$.

Recopier l'algorithme ci-dessous et le compléter par les instructions de traitement et de sortie, de façon à afficher la valeur cherchée de l'entier n.

Variables : u est un réel
P est un réel
n est un entier
Initialisation : Affecter à n la valeur 0
Affecter à u la valeur 2
Entrée : Demander la valeur de P
Traitement :
Sortie :

> Mettez en œuvre une boucle « Tant Que ».

Partie B

1. Déterminer la forme algébrique de z_1.

Utilisez l'égalité de l'énoncé $z_{n+1} = (1+i)z_n$.

2. Déterminer la forme exponentielle de z_0 et de $1+i$.

En déduire la forme exponentielle de z_1.

Calculez le module de z_0, puis un de ses arguments.

3. Déduire des questions précédentes la valeur exacte de $\cos\left(\frac{\pi}{12}\right)$.

Égalisez les formes algébriques et exponentielles de z_1.

Partie A

1. $u_0 = |z_0| = |\sqrt{3} - i| = \sqrt{3+1} = \sqrt{4} = 2$.

2. Il suffit de prendre le module de l'égalité $z_{n+1} = (1+i)z_n$.

D'où, $u_{n+1} = |z_{n+1}| = |(1+i)z_n| = |(1+i)| \times |z_n| = \sqrt{2} \times u_n$ ce qui prouve que u est une suite géométrique de raison $\sqrt{2}$ et de premier terme $u_0 = 2$.

3. D'après le cours on en déduit que $u_n = u_0 \times (\sqrt{2})^n$.

4. Puisque $\sqrt{2} > 1$ et $u_0 > 0$, d'après le cours on déduit que $\lim\limits_{n \to +\infty} u_n = +\infty$.

5. **Variables** : u est un réel
P est un réel
n est un entier
Initialisation : Affecter à n la valeur 0
Affecter à u la valeur 2
Entrée : Demander la valeur de P
Traitement :Tant que $u \leq P$ Faire
Affecter à n la valeur $n+1$
Affecter à u la valeur $\sqrt{2} \times u$
Fin du Tant Que
Sortie : Afficher n

Partie B

1. Puisque $z_{n+1} = (1+i)z_n$, on en déduit que
$z_1 = (1+i)z_0 = (1+i) \times (\sqrt{3} - i) = \sqrt{3} - i + i\sqrt{3} + 1 = \sqrt{3} + 1 + i(\sqrt{3} - 1)$.

2. $z_0 = \sqrt{3} - i = 2\left(\frac{\sqrt{3}}{2} - \frac{i}{2}\right) = 2\left(\cos(-\frac{\pi}{6}) + i\sin(-\frac{\pi}{6})\right) = 2\mathrm{e}^{-\frac{\pi}{6}}$.

$$1 + i = \sqrt{2}\left(\frac{\sqrt{2}}{2} + i\frac{\sqrt{2}}{2}\right) = \sqrt{2}\mathrm{e}^{\frac{\pi}{4}}$$

D'où $z_1 = 2\sqrt{2}\mathrm{e}^{-\frac{\pi}{6}+\frac{\pi}{4}} = 2\sqrt{2}\mathrm{e}^{\frac{\pi}{12}}$.

3. Il s'agit ici d'égaliser les formes algébriques et exponentielles de z_1 et on obtient par identification :

$\sqrt{3} + 1 = 2\sqrt{2}\cos(\frac{\pi}{12})$, donc $\cos(\frac{\pi}{12}) = \frac{\sqrt{3}+1}{2\sqrt{2}} = \frac{\sqrt{6}+\sqrt{2}}{4}$.

Inde, avril 2014, exercice 3

5 points

Candidats n'ayant pas suivi la spécialité.

Le plan complexe est muni d'un repère orthonormé $\left(O;\vec{u},\vec{v}\right)$.

Pour tout entier naturel *n*, on note A_n le point d'affixe z_n défini par :

$$z_0=1 \text{ et } z_{n+1}=\left(\frac{3}{4}+\frac{\sqrt{3}}{4}i\right)z_n$$

On définit la suite (r_n) par $r_n = |z_n|$ pour tout entier naturel *n*.

1. Donnez la forme exponentielle du nombre complexe $\frac{3}{4}+\frac{\sqrt{3}}{4}i$.

> Calculez le module et un argument de z_1 proposé.

2. a) Montrez que la suite (r_n) est géométrique de raison $\frac{\sqrt{3}}{2}$.

> Exprimez r_{n+1} en fonction de r_n.

b) Vous devez en déduire l'expression de r_n en fonction de *n*.

> Si une suite (u_n) est géométrique de raison q et de premier terme u_0 alors, pour tout entier naturel n, $u_n = u_0 \times q^n$.

c) Que pouvez-vous dire de la longueur OA_n lorsque *n* tend vers $+\infty$?

> Si $q \in]-1;1[$ alors $\lim\limits_{n\to+\infty} q^n = 0$.

3. On considère l'algorithme suivant :

Variables :
n entier naturel
R réel
P réel strictement positif
Entrée :
Demander la valeur de *P*
Traitement :
R prend la valeur 1
n prend la valeur 0
Tant que *R* > *P*
n prend la valeur *n* + l
R prend la valeur $\frac{\sqrt{3}}{2}$ *R*
Fin tant que
Sortie :
Afficher *n*

a) Quelle est la valeur affichée par l'algorithme pour $P = 0{,}5$?

Faites tourner l'algorithme.

b) Pour $P = 0{,}01$ on obtient $n = 33$. Quel est le rôle de cet algorithme ?

Cet algorithme s'arrête dès que $R \leq P$, d'où la signification de $n = 33$.

4. a) Démontrez que le triangle $OA_n A_{n+1}$ est rectangle en A_{n+1}

Utilisez la réciproque du théorème de Pythagore.

b) On admet que $z_n = r_n e^{i\frac{n\pi}{6}}$.

Déterminez les valeurs de n pour lesquelles A_n est un point de l'axe des ordonnées.

Raisonnez sur les arguments.

c) Complétez la figure ci-dessous, en représentant les points A_6, A_7, A_8 et A_9. Les traits de construction seront apparents.

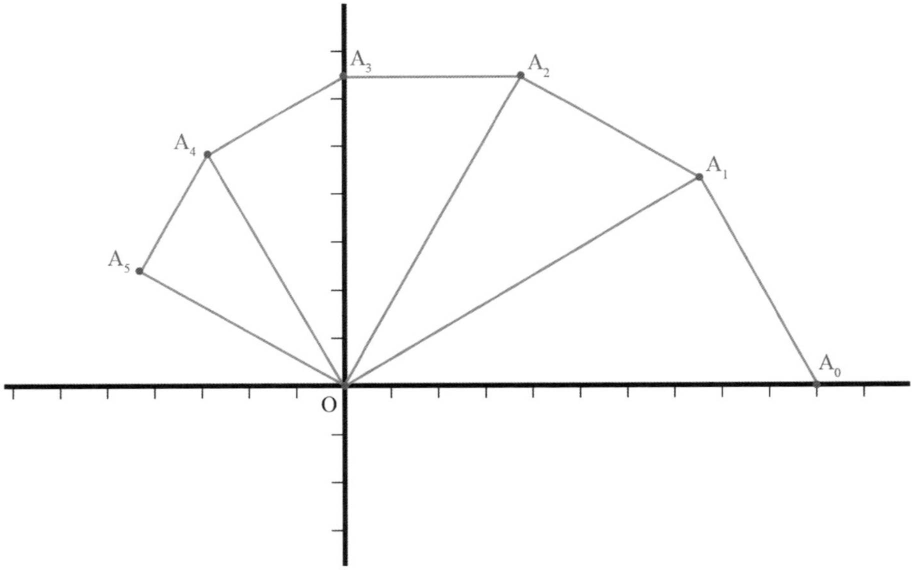

1. $r_1 = | z_1 | = | \frac{3}{4} + \frac{\sqrt{3}}{4} i | = \sqrt{\left(\frac{3}{4}\right)^2 + \left(\frac{\sqrt{3}}{4}\right)^2} = \sqrt{\frac{9}{16} + \frac{3}{16}}$

$= \sqrt{\frac{12}{16}} = \sqrt{\frac{3}{4}} = \frac{\sqrt{3}}{2}$

Soit α un argument de $z_1 = \frac{3}{4} + \frac{\sqrt{3}}{4} i$, alors $\cos(\alpha) = \frac{\sqrt{3}}{2}$ et $\sin(\alpha) = \frac{1}{2}$, donc $\alpha = \frac{\pi}{6}$ et $z_1 = \frac{\sqrt{3}}{2} e^{\frac{i\pi}{6}}$.

2. a) $r_{n+1} = \left|z_{n+1}\right| = \left|\left(\frac{3}{4} + \frac{i\sqrt{3}}{4}\right) z_n\right| = \left|\frac{3}{4} + \frac{i\sqrt{3}}{4}\right| \times \left|z_n\right| = \frac{\sqrt{3}}{2} r_n$.

La suite (r_n) est donc géométrique de raison $q = \frac{\sqrt{3}}{2}$

et de premier terme $r_0 = \left|z_0\right| = 1$.

b) La suite (r_n) est géométrique de raison $q = \frac{\sqrt{3}}{2}$

et de premier terme $r_0 = \left|z_0\right| = 1$.

Donc, pour tout entier naturel n, $r_n = r_0 \times q^n = \left(\frac{\sqrt{3}}{2}\right)^n$.

c) $OA_n = \left|z_n\right| = r_n = \left(\frac{\sqrt{3}}{2}\right)^n$.

(r_n) est une suite géométrique de raison $\frac{\sqrt{3}}{2} \in]-1;1[$. Donc, d'après le cours, on en déduit que (r_n) converge vers 0.

Quand n tend vers $+\infty$, OA_n tend donc vers 0.

3. a) En faisant tourner l'algorithme donné dans l'énoncé et en prenant pour P la valeur $0,5$, on trouve que la valeur affichée par l'algorithme est égale à 5.

b) Cet algorithme s'arrête dès que $R \leq P$ et affiche alors la plus petite valeur de n pour laquelle R donc $r_n = OA_n$ est inférieur ou égal à P.

On peut donc dire que 33 est la plus petite valeur de n pour laquelle OA_n est inférieur ou égal à $0,01$.

4. a) $OA_n = r_n$ donc $OA_n^2 = r_n^2$, $OA_{n+1}^2 = (r_{n+1})^2 = (\frac{\sqrt{3}}{2} r_n)^2 = \frac{3}{4} r_n^2$.

$z_{n+1} - z_n = \frac{3}{4}z_n + \frac{i\sqrt{3}}{4}z_n - z_n = \left(-\frac{1}{4} + \frac{i\sqrt{3}}{4}\right)z_n$, donc :

$A_{n+1}A_n^2 = \left|\left(-\frac{1}{4} + \frac{i\sqrt{3}}{4}\right)z_n\right|^2.$

Or, $\left|-\frac{1}{4} + \frac{i\sqrt{3}}{4}\right|^2 = \frac{1}{4}$, donc $A_{n+1}A_n^2 = \frac{r_n^2}{4}$.

Mais alors, $OA_n^2 = OA_{n+1}^2 + A_{n+1}A_n^2$ et d'après la réciproque du théorème de Pythagore, le triangle OA_nA_{n+1} est rectangle en A_{n+1}.

b) Le point A_n appartient à l'axe des ordonnées si et seulement si un argument de son affixe z_n est égal à $\frac{\pi}{2}$ modulo π.

Or z_n a pour argument $\frac{n\pi}{6}$, on doit donc avoir $\frac{n\pi}{6} = \frac{\pi}{2} + k\pi$ soit $n = 3 + 6k$.

Mais n est un entier naturel, donc on doit avoir $3 + 6k \geq 0$ soit $k \in \mathbb{N}$.

Finalement, si $n = 3 + 6k$ avec $k \in \mathbb{N}$, alors le point A_n appartient à l'axe des ordonnées.

c)

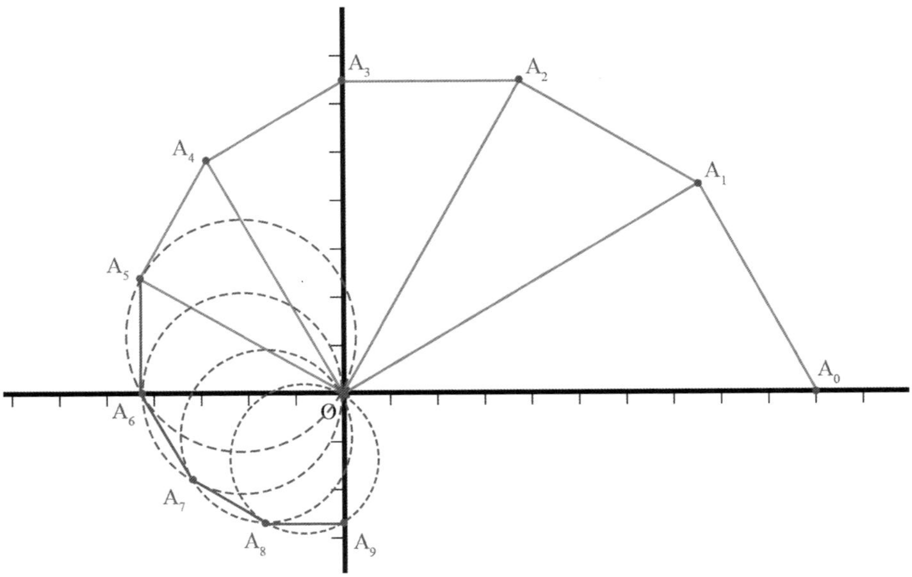

Sujet national, juin 2016, exercice 2

4 points

Dans l'espace rapporté à un repère orthonormé $(O; \vec{\imath}, \vec{\jmath}, \vec{k})$ on donne les points :
$A(1,2,3), B(3,0,1), C(-1,0,1), D(2,1,-1), E(-1,-2,3)$ et $F(-2,-3,4)$.

Pour chaque affirmation, dire si elle est vraie ou fausse en justifiant votre réponse. Une réponse non justifiée ne sera pas prise en compte.

Affirmation 1 : Les trois points A, B, et C sont alignés.

Affirmation 2 : Le vecteur $\vec{n}(0,1,-1)$ est un vecteur normal au plan (ABC).

Affirmation 3 : La droite (EF) et le plan (ABC) sont sécants et leur point d'intersection est le milieu du segment $[BC]$.

Affirmation 4 : Les droites (AB) et (CD) sont sécantes.

Affirmation 1. FAUSSE.

$\overrightarrow{AB}\begin{pmatrix}2\\-2\\-2\end{pmatrix}$ et $\overrightarrow{AC}\begin{pmatrix}-2\\-2\\-2\end{pmatrix}$, ces deux vecteurs ne sont pas colinéaires puisque leurs coordonnées ne sont pas proportionnelles, donc les points A, B et C ne sont pas alignés.

Affirmation 2. VRAIE.

Puisque les trois points A, B et C ne sont pas alignés ils constituent un plan (ABC).
$\overrightarrow{AB}.\vec{n} = \overrightarrow{AB}.\vec{n} = 0$, le vecteur $\vec{n}$ est orthogonal à $\overrightarrow{AB}$ et à $\overrightarrow{AC}$, c'est donc un vecteur normal du plan (ABC).

Affirmation 3. VRAIE.

Puisque $\vec{n}$ est un vecteur normal de (ABC), l'équation cartésienne de (ABC) est :
$y - z + d = 0$.
Pour déduire la valeur de d, on considère que A par exemple appartient à (ABC) d'où : $2 - 3 + d = 0$ soit d = 1 et on a :
$(ABC) : y - z + 1 = 0$.

Pour la droite (EF) on prend E pour point de référence et puisque $\overrightarrow{EF}\begin{pmatrix}-1\\-1\\1\end{pmatrix}$, on obtient le système d'équations paramétriques de la droite (EF) :

$$\begin{cases} x = -1 - a \\ y = -2 - a \\ z = 3 + a \end{cases}$$

Le paramètre a, correspondant au point d'intersection K de (EF) et de (ABC), doit vérifier l'équation suivante :
−2 − a − 3 − a + 1 = 0, soit a = −2 et K(1; 0; 1). Soit I le milieu de [BC], I(1; 0; 1), K = I.

Affirmation 4. FAUSSE.

Pour la droite (AB) on prend A pour point de référence et puisque $\overrightarrow{AB}\begin{pmatrix}2\\-2\\-2\end{pmatrix}$, on obtient le système d'équations paramétriques de la droite (AB) :

$$\begin{cases} x = 1 + 2a \\ y = 2 - 2a \\ z = 3 - 2a \end{cases}$$

Pour la droite (CD) on prend C pour point de référence et puisque $\overrightarrow{CD}\begin{pmatrix} 3 \\ 1 \\ -2 \end{pmatrix}$, on obtient le système d'équations paramétriques de la droite (AB) :

$$\begin{cases} x = -1 + 3b \\ y = b \\ z = 1 - 2b \end{cases}$$

Pour trouver l'intersection (ou l'absence d'intersection) des deux droites on doit résoudre le système suivant :

$$\begin{cases} 1 + 2a = -1 + 3b \\ 2 - 2a = b \\ 3 - 2a = 1 - 2b \end{cases}$$

La résolution des deux premières équations donne b = 1 et $a = \frac{1}{2}$. On remplace dans la dernière équation : ce qui donne 2 = −1, ce qui est impossible, donc les droites sont non coplanaires puisque les vecteurs directeurs des deux droites ne sont pas colinéaires.

Sujet national, juin 2015, exercice 2

Dans un repère orthonormé (O, I, J, K) d'unité 1 cm, on considère les points A(0 ; -1 ; 5), B(2 ; -1 ; 5), C(11 ; 0 ; 1), D(11 ; 4 ; 4).
Un point M se déplace sur la droite (AB) dans le sens de A vers B à la vitesse de 1 cm par seconde.
Un point N se déplace sur la droite (CD) dans le sens de C vers D à la vitesse de 1 cm par seconde.
À l'instant $t = 0$ le point M est en A et le point N est en C.
On note M_t et N_t les positions des points M et N au bout de t secondes, t désignant un nombre réel positif.
On admet que Mt et Nt ont pour coordonnées : $M_t(t ; -1 ; 5)$ et $N_t(11 ; 0,8\,t ; 1 + 0,6\,t)$.
Les questions 1 et 2 sont indépendantes.

1. a. La droite (AB) est parallèle à l'un des axes (OI), (OJ) ou (OK). Lequel ?

> Il suffit de calculer les coordonnées du vecteur $\overrightarrow{AB}$ et de le comparer aux vecteurs $\overrightarrow{OI}$, $\overrightarrow{OJ}$ et $\overrightarrow{OK}$.

b. La droite (CD) se trouve dans un plan P parallèle à l'un des plans (OIJ), (OIK) ou (OJK). Lequel ? On donnera une équation de ce plan P.

> Comparez les coordonnées des points C et D.

c. Vérifier que la droite (AB), orthogonale au plan P, coupe ce plan au point E(11 ; -1 ; 5).

> Montrez que E appartient à P puis, par exemple, que le vecteur $\overrightarrow{AE}$ est un vecteur normal de P.

d. Les droites (AB) et (CD) sont-elles sécantes ?

> Vérifiez que les droites ne sont pas parallèles, puis déterminez les représentations paramétriques des droites (AB) et (CD) et recherchez les points d'intersection entre ces deux droites.

2. a. Montrer que $M_tN_t2 = 2\,t^2 - 25,2\,t + 138$.

> Appliquez la formule donnant la longueur d'un segment dans l'espace.

b. À quel instant t la longueur M_tN_t est-elle minimale ?

> Posez $M_tN_t^2 = f(t)$, puis étudiez les variations de la fonction f.

1. a. $\overrightarrow{\mathrm{AB}}\begin{pmatrix}2\\0\\0\end{pmatrix}=2\overrightarrow{\mathrm{OI}}$, donc (AB) est parallèle à l'axe (OI)

b. Les points C et D ayant la même abscisse égale à 11, la droite (CD) est donc incluse dans le plan P d'équation x = 11, parallèle au plan (OJK).

c. E appartient au plan P puisque x_E = 11. Il suffit donc de montrer que le vecteur $\overrightarrow{\mathrm{AE}}$ est un vecteur normal de P.

Or, $\overrightarrow{\mathrm{AE}}\begin{pmatrix}11\\0\\0\end{pmatrix}$ ce qui prouve que c'est bien un vecteur normal et finalement E est bien le point d'intersection de (AB) avec P.

d. Une représentation paramétrique de la droite (AB) est par exemple :

$\begin{cases}x=t\\y=-1\\z=5\end{cases}$, avec t réel quelconque.

Une représentation paramétrique de la droite (CD) est par exemple :

$\begin{cases}x=11\\y=0,8t'\\z=1+0,6t'\end{cases}$, avec t' réel quelconque.

En résolvant le système, on trouve une valeur négative pour t' au niveau des y et une valeur positive de t' au niveau des z.
Les droites ne sont donc pas sécantes puisque le système n'admet aucune solution.

2. a. En utilisant la formule donnant la longueur d'un segment dans l'espace, on obtient :

$M_tN_t^2=(11-t)^2+(0,8t+1)^2+(0,6t-4)^2$.

$M_tN_t^2=121-22t+t^2+0,64t^2+1,6t+1+0,36t^2-4,8t+16$,

soit $M_tN_t^2=2t^2-25,2t+138$.

$M_tN_t^2=121-22t+t^2+0,64t^2+1,6t+1+0,36t^2-4,8t+16$,

soit $M_tN_t^2=2t^2-25,2t+138$.

b. Soit $f(t)=M_tN_t^2=2t^2-25,2t+138$, f est une fonction du second degré admettant un minimum puisque le coefficient de t^2 est 2<0.

Ce minimum est atteint pour $t=\dfrac{25,2}{4}=6,3$.

Sujet national, juin 2015, exercice 3

Candidats n'ayant pas suivi l'enseignement de spécialité.

1. Résoudre dans l'ensemble $\mathbb{C}$ des nombres complexes l'équation (E) d'inconnue z :
$z^2 - 8z + 64 = 0$
Le plan complexe est muni d'un repère orthonormé direct $(O;\vec{u},\vec{v})$.

> Calculez le discriminant de l'équation du second degré donnée.

2. On considère les points A, B et C d'affixes respectives $a=4+4\text{i}\sqrt{3}$, $b=4-4\text{i}\sqrt{3}$ et $c=8\text{i}$.

a. Calculer le module et un argument du nombre a.

> Appliquez la formule permettant de calculer le module d'un nombre complexe puis factorisez par ce même module pour faire apparaître un argument usuel.

b. Donner la forme exponentielle des nombres a et b.

> Déduisez la forme exponentielle de a du 2.a. puis utilisez le fait que b est le conjugué de a.

c. Montrer que les points A, B et C sont sur un même cercle C de centre O dont on déterminera le rayon.

> Vérifiez la valeur du module des complexes a, b et c.

d. Placer les points A, B et C dans le repère $(O;\vec{u},\vec{v})$.

> Placez le point C, tracez le cercle de centre O passant par C. Tracer la droite verticale d'équation $x = 4$, elle recoupe le cercle précédent en A et B.

Pour la suite de l'exercice, on pourra s'aider de la figure de la question 2.d. complétée au fur et à mesure de l'avancement des questions.

3. On considère les points A′, B′ et C′ d'affixes respectives $a'=ae^{\text{i}\frac{\pi}{3}}$, $b'=be^{\text{i}\frac{\pi}{3}}$ et $c'=ce^{\text{i}\frac{\pi}{3}}$.

a. Montrer que $b'=8$.

> Utilisez les formes exponentielles vues au 2.b.

b. Calculer le module et un argument du nombre a'.

> Utilisez le cours sur l'argument du produit de deux nombres complexes.

Pour la suite on admet que $a'=-4+4\text{i}\sqrt{3}$ *et* $c'=-4\sqrt{3}+4\text{i}$.

4. On admet que si M et N sont deux points du plan d'affixes respectives m et n, alors le milieu I du segment [MN] a pour affixe $\frac{m+n}{2}$ et la longueur MN est égale à $|\,n-m\,|$.

a. On note r, s et t les affixes des milieux respectifs R, S et T des segments [A'B], [B'C] et [C'A].

Calculer r et s. On admet que $t=2-2\sqrt{3}+\mathrm{i}(2+2\sqrt{3})$.

> Appliquez la formule donnant l'affixe du milieu d'un segment connaissant les affixes des points extrémités du segment.

b. Quelle conjecture peut-on faire quant à la nature du triangle RST ? Justifier ce résultat.

> Le triangle RST semble être équilatéral. Pour le prouver, on calcule les longueurs des trois côtés.

1. Calculons le discriminant de l'équation $z^2 - 8z + 64 = 0$.

$\Delta = 64 - 4 \times 64 = -3 \times 64 < 0$, $-\Delta = 3 \times 64$ et $\sqrt{-\Delta} = 8\sqrt{3}$.
L'équation admet donc les deux solutions complexes conjuguées suivantes :
$a = \dfrac{8 + 8\mathrm{i}\sqrt{3}}{2} = 4 + 4\mathrm{i}\sqrt{3}$ et $b = 4 - 4\mathrm{i}\sqrt{3}$.

2. a. $|a|^2 = |4 + 4\mathrm{i}\sqrt{3}|^2 = 64$, donc $|a| = 8$.

Par suite, $a = 8\left(\dfrac{1}{2} + \mathrm{i}\dfrac{\sqrt{3}}{2}\right) = 8e^{\mathrm{i}\frac{\pi}{3}}$.

Un argument de a est donc égal à $\dfrac{\pi}{3}$.

b. On vient de trouver que $a = 8e^{\mathrm{i}\frac{\pi}{3}}$ et puisque que b est le conjugué de a on en déduit que $b = 8e^{\mathrm{i}\frac{\pi}{3}}$

c. Puisque a, b et c ont le même module égal à 8 cela signifie que les points A, B et C appartiennent tous les trois au cercle de centre O et de rayon 8.

d. Voir figure en annexe.

3. a. $b' = be^{\mathrm{i}\frac{\pi}{3}} = 8e^{-\mathrm{i}\frac{\pi}{3}} \times e^{\mathrm{i}\frac{\pi}{3}} = 8$.

b. L'argument du produit de deux nombres complexes est égal à la somme des arguments de chacun de ces nombres.

Donc un argument de a est égal à $\dfrac{2\pi}{3}$.

4. a. $r = \dfrac{a' + b}{2} = \dfrac{-4 + 4\mathrm{i}\sqrt{3} + 4 - 4\mathrm{i}\sqrt{3}}{2} = 0$.

$s = \dfrac{b' + c}{2} = \dfrac{8 + 8\mathrm{i}}{2} = 4 + 4\mathrm{i}$.

Il est admis dans l'énoncé que $t = 2 - 2\sqrt{3} + \mathrm{i}\left(2 + 2\sqrt{3}\right)$.

b. Le triangle RST semble être équilatéral.

$RS^2 = |s - r|^2 = |4 + 4\mathrm{i}|^2 = 32$.

$ST^2 = |t - s|^2 = \left|-2 - 2\sqrt{3} + \mathrm{i}\left(-2 + 2\sqrt{3}\right)\right|^2 = \left(2 + 2\sqrt{3}\right)^2 + \left(-2 + 2\sqrt{3}\right)^2 = 32$.

$RT^2 = |t|^2 = \left(2 - 2\sqrt{3}\right)^2 + \left(2 + 2\sqrt{3}\right)^2 = 32$.

$RS = ST = RT = 4\sqrt{2}$ le triangle RST est donc équilatéral.

Sujet national, juin 2014, exercice de spécialité

Un pisciculteur dispose de deux bassins A et B pour l'élevage de ses poissons. Tous les ans à la même période :

- il vide le bassin B et vend tous les poissons qu'il contenait et transfère tous les poissons du bassin A dans le bassin B ;
- la vente de chaque poisson permet l'achat de deux petits poissons destinés au bassin A. Par ailleurs, le pisciculteur achète en plus 200 poissons pour le bassin A et 100 poissons pour le bassin B.

Pour tout entier naturel supérieur ou égal à 1, on note respectivement a_n et b_n les effectifs de poissons des bassins A et B au bout de n années. En début de première année, le nombre de poissons du bassin A est $a_0 = 200$ et celui du bassin B est $b_0 = 100$.

1. Justifier que $a_1 = 400$ et $b_1 = 300$ puis calculer a_2 et b_2.

2. On désigne par A et B les matrices telles que $A = \begin{pmatrix} 0 & 2 \\ 1 & 0 \end{pmatrix}$ et $B = \begin{pmatrix} 200 \\ 100 \end{pmatrix}$ et

pour tout entier naturel n, on pose $X_n = \begin{pmatrix} a_n \\ b_n \end{pmatrix}$.

a) Expliquer pourquoi pour tout entier naturel n, $X_{n+1} = AX_n + B$.

b) Déterminer les réels x et y tels que $\begin{pmatrix} x \\ y \end{pmatrix} = A\begin{pmatrix} x \\ y \end{pmatrix} + B$.

c) Pour tout entier naturel n, on pose $Y_n = \begin{pmatrix} a_n + 400 \\ b_n + 300 \end{pmatrix}$.

Démontrer que pour tout entier naturel n, $Y_{n+1} = AY_n$.

3. Pour tout entier naturel n, on pose $Z_n = Y_2n$.

a) Démontrer que pour tout entier naturel n, $Z_{n+1} = A^2Z_n$. En déduire que pour tout entier naturel n, $Z_{n+1} = 2Z_n$.

b) On admet que cette relation de récurrence permet de conclure que pour tout entier naturel n, $Y_{2n} = 2^nY_0$.

En déduire que $Y_{2n+1} = 2^nY_1$ puis démontrer que pour tout entier naturel n, $a_{2n} = 600 \times 2^n - 400$ et $a_{2n+1} = 800 \times 2^n - 400$.

4. Le bassin A a une capacité limitée à 10 000 poissons.

a) On donne l'algorithme suivant.

Variables : a, p et n sont des entiers naturels.

Initialisation : Demander à l'utilisateur la valeur de *p*.
Traitement : Si p est pair

Affecter à *n* la valeur $\frac{p}{2}$

Affecter à *a* la valeur $600 \times 2^n - 400$.
Sinon

Affecter à *n* la valeur $\frac{p-1}{2}$

Affecter à a la valeur $800 \times 2^n - 400$.
Fin de Si.
Sortie : Afficher *a*.
Que fait cet algorithme ? Justifier la réponse.

b) Écrire un algorithme qui affiche le nombre d'années pendant lesquelles le pisciculteur pourra utiliser le bassin A.

1. Puisque $b_0 = 100$, que le pisciculteur vend ces 100 poissons et la vente de chaque poisson permet l'achat de deux petits poissons destinés au bassin A, donc cela fait 200 poissons supplémentaires dans le bassin A.
Par ailleurs le bassin A est vidé de ses 200 poissons initiaux mais le pisciculteur achète en plus 200 poissons pour le bassin A, donc finalement $a_1 = 2b_0 + 200 = 400$.
Le pisciculteur vide le bassin B et transfère tous les poissons du bassin A dans le bassin B, ce qui fait 200 poissons dans le bassin B.
Par ailleurs, le pisciculteur achète en plus 100 poissons pour le bassin B. Donc finalement, $b_1 = a_0 + 100 = 300$.

Un raisonnement analogue nous conduit à $a_2 = 2b_1 + 200 = 600 + 200 = 800$, et $b_2 = a_1 + 100 = 500$.

De même on obtient: $a_{n+1} = 2b_n + 200$ et $b_{n+1} = a_n + 100$.

2. a) $AX_n + B = \begin{pmatrix} 2b_n \\ a_n \end{pmatrix} + \begin{pmatrix} 200 \\ 100 \end{pmatrix} = \begin{pmatrix} 2b_n + 200 \\ a_n + 100 \end{pmatrix} = X_{n+1}$.

b) On cherche les valeurs de x et de y telles que:

$\begin{cases} x = 2y + 200 \\ y = x + 100 \end{cases}$ soit $\begin{cases} x = 2y + 200 \\ y = 2y + 200 + 100 \end{cases}$.

D'où $\begin{cases} x = 2y + 200 \\ y = -300 \end{cases}$ et finalement $x = -400$ et $y = -300$.

c) $Y_{n+1} = \begin{pmatrix} a_{n+1} + 400 \\ b_{n+1} + 300 \end{pmatrix} = \begin{pmatrix} 2b_n + 200 + 400 \\ a_n + 100 + 300 \end{pmatrix} = \begin{pmatrix} 2b_n + 600 \\ a_n + 400 \end{pmatrix} = AY_n$.

3. a) $Z_{n+1} = Y_{2(n+1)} = Y_{2n+2} = AY_{2n+1} = A^2Y_{2n} = A^2Z_n$.

Or, grâce à la calculatrice ou en faisant le calcul directement en appliquant les règles de multiplication des matrices, on obtient que $A^2 = 2I$, d'où finalement $Z_{n+1} = A^2Z_n = 2I \times Z_n = 2Z_n$.

b) $Y_{2n+1} = AY_{2n} = 2^n AY_0 = 2^n Y_1$.

Mais $Y_0 = \begin{pmatrix} 600 \\ 400 \end{pmatrix}$ donc $Y_{2n} = \begin{pmatrix} a_{2n} + 400 \\ b_{2n} + 300 \end{pmatrix} = 2^n \begin{pmatrix} 600 \\ 400 \end{pmatrix}$ et par suite

$a_{2n} = 600 \times 2^n - 400.$

De même, $Y_1 = \begin{pmatrix} 800 \\ 600 \end{pmatrix}$ donc $Y_{2n+1} = \begin{pmatrix} a_{2n+1} + 400 \\ b_{2n+1} + 300 \end{pmatrix} = 2^n \begin{pmatrix} 800 \\ 600 \end{pmatrix}$.

Finalement, $a_{2n+1} = 800 \times 2^n - 400$

4. a) Si p est pair alors il existe un entier naturel n tel que $p = 2n$ et l'algorithme permet de calculer la population du bassin A au bout de 2n années soit, comme vu précédemment, $a_{2n} = 600 \times 2^n - 400.$

Si p est impair alors $p = 2n + 1$ et l'algorithme permet de calculer la population du bassin A au bout de 2n+1 années soit, comme vu précédemment, $a_{2n+1} = 800 \times 2^n - 400.$

Dans tous les cas on calcule la population du bassin A au bout de p années.

b) Variables : a, p et n sont des entiers naturels.

Initialisation :p prend la valeur 0 et a prend la valeur 200.

Traitement :Tant que $a \leq 10000$

Affecter à *p* la valeur *p+1*

Si p est pair

Affecter à n la valeur $\frac{p}{2}$

Affecter à a la valeur $600 \times 2^n - 400.$

Sinon

Affecter à n la valeur $\frac{p-1}{2}.$

Affecter à a la valeur $800 \times 2^n - 400.$

Fin de Si.

Fin de Tant que.

Affecter à p la valeur p-1.

Sortie : Afficher p.

Sujet national, juin 2014, exercice 3

5 points

On désigne par (E) l'équation $z^4 + 4z^2 + 16 = 0$ d'inconnue complexe z.

1. Résoudre dans $\mathbb{C}$ l'équation $Z^2 + 4Z + 16 = 0$.
Écrire les solutions de cette équation sous une forme exponentielle.

> Pour résoudre l'équation (F) : $Z^2 + 4Z + 16 = 0$, calculez son discriminant Δ, puis déterminez ses deux solutions complexes conjuguées Z_1 et Z_2.

2. On désigne par a le nombre complexe dont le module est égal à 2 et dont un argument est égal à $\frac{\pi}{3}$.

Calculer a^2 sous forme algébrique.

En déduire les solutions dans $\mathbb{C}$ de l'équation $z^2 = -2 + 2i\sqrt{3}$. On écrira les solutions sous forme algébrique.

> Établissez le lien entre a^2 et Z_2.

3. Restitution organisée de connaissances
On suppose connu le fait que pour tout nombre complexe $z = x + iy$ où $x \in \mathbb{R}$ et $y \in \mathbb{R}$, le conjugué de z est le nombre complexe $\overline{z}$ défini par $\overline{z} = x - iy$.
Démontrer que :

- Pour tous nombres complexes z_1 et z_2, $\overline{z_1 z_2} = \overline{z_1}\,\overline{z_2}$.
- Pour tout nombre complexe z et tout entier naturel non nul n, $\overline{z^n} = (\overline{z})^n$.

4. Démontrer que si z est une solution de l'équation (E) alors son conjugué $\overline{z}$ est également une solution de (E).

En déduire les solutions dans $\mathbb{C}$ de l'équation (E). On admettra que (E) admet au plus quatre solutions.

> Remplacez z par $\overline{z}$ dans l'équation (E) et concluez.

1. Pour résoudre l'équation (F) : $Z^2 + 4Z + 16 = 0$ on va d'abord calculer son discriminant $\Delta = 4^2 - 4 \times 16 \times 1 = -48 < 0$, donc l'équation (F) admet donc deux solutions complexes conjuguées Z_1 et Z_2 :

$$Z_1 = \frac{-4 + i\sqrt{48}}{2} = -2 + 2i\sqrt{3} = 4\left(-\frac{1}{2} + i\frac{\sqrt{3}}{2}\right) = 4e^{\frac{2i\pi}{3}} \text{ et } Z_2 = \overline{Z_1} = 4e^{\frac{-2i\pi}{3}}.$$

2. $a^2 = 2^2 e^{\frac{2i\pi}{3}} = -2 + 2i\sqrt{3} = Z_2$.

Les solutions de l'équation $z^2 = -2 + 2i\sqrt{3}$ sont donc $a = 1 + i\sqrt{3}$ et $-a = -1 - i\sqrt{3}$.

3. $\overline{z_1 z_2} = \overline{(x_1 + iy_1)(x_2 + iy_2)} = \overline{(x_1x_2 - y_1y_2 + ix_1y_2 + iy_1x_2} = x_1x_2 - y_1y_2 - i(x_1y_2 + x_2y_1)$.

Par ailleurs, $\overline{z_1} \cdot \overline{z_2} = (x_1 - iy_1)(x_2 - iy_2) = x_1x_2 - y_1y_2 - i(x_1y_2 + x_2y_1) = \overline{z_1 z_2}$.

On désigne par $P(n)$ la propriété suivante : $\overline{z^n} = (\overline{z})^n$.

On va démontrer que $P(n)$ est vraie pour tout n par récurrence.

Initialisation.

Pour $n = 1$ on a bien $\overline{z^1} = \overline{z} = (\overline{z})^1$.

Hérédité.

Supposons $P(n)$ vraie au rang n et montrons alors que $P(n+1)$ est vraie.

$\overline{z^{n+1}} = \overline{z^n \times z} = \overline{z^n} \times \overline{z}$, d'après le résultat précédent. Mais puisque $\overline{z^n} = (\overline{z})^n$ alors,

$\overline{z^n} \times \overline{z} = (\overline{z})^n \times \overline{z} = (\overline{z})^{n+1}$, la propriété est donc vraie au rang $n+1$ et l'hérédité est établie.

D'après le principe de récurrence puisque initialisation et hérédité sont vérifiées, $P(n)$ est vraie pour tout n entier naturel.

4. Soit z une solution de (E) alors on obtient :

$\overline{z}^4 + 4\overline{z}^2 + 16 = \overline{z^4} + 4\overline{z^2} + 16 = \overline{z^4 + 4z^2 + 16} = 0$.

Ce qui revient à dire que $\overline{z}$ est solution de l'équation (E).

Les solutions de (E) sont donc : $-1 - i\sqrt{3}, -1 + i\sqrt{3}, 1 - i\sqrt{3}$ et $1 + i\sqrt{3}$.

Sujet national, juin 2014, exercice 4

5 points

Candidats n'ayant pas suivi l'enseignement de spécialité.

Dans l'espace, on considère un tétraèdre ABCD dont les faces ABC, ACD et ABD sont des triangles rectangles et isocèles en A. On désigne par E, F et G les milieux respectifs des côtés [AB], [BC] et [CA].

On choisit AB pour unité de longueur et on se place dans le repère orthonormé $(A;\overrightarrow{\mathrm{AB}},\overrightarrow{\mathrm{AC}},\overrightarrow{\mathrm{AD}})$ de l'espace.

1. On désigne par $\mathcal{P}$ le plan qui passe par A et qui est orthogonal à la droite (DF). On note H le point d'intersection du plan $\mathcal{P}$ et de la droite (DF).

a) Donner les coordonnées des points D et F.

> Déterminez les coordonnées de : A, B, C et D puis F.

b) Donner une représentation paramétrique de la droite (DF).

> Étant donnés un point $\mathrm{A}(x_0;y_0;z_0)$ et $\vec{u}(a;b;c)$ un vecteur directeur d'une droite d passant par A, alors un système d'équation paramétrique de d est :
> $$\begin{cases} x = x_0 + at \\ y = y_0 + bt \\ z = z_0 + ct \end{cases}$$

c) Déterminer une équation cartésienne du plan $\mathcal{P}$.

> Si $\vec{u}(a;b;c)$ est un vecteur normal de $\mathcal{P}$, alors une équation cartésienne de $\mathcal{P}$ est de la forme $ax+by+cz+d=0$. Concluez en tenant compte du fait que A appartient à $\mathcal{P}$.

d) Calculer les coordonnées du point H.

> Si un point M appartient à l'intersection de deux ensembles, alors ses coordonnées x, y et z vérifient simultanément les équations caractérisant chacun des deux ensembles.

e) Démontrer que l'angle $\widehat{EHG}$ est un angle droit.

> Pour montrer que l'angle $\widehat{EHG}$ est droit, il suffit de montrer que les vecteurs $\overrightarrow{\mathrm{GH}}$ et $\overrightarrow{\mathrm{EH}}$ sont orthogonaux.

2. On désigne par M un point de la droite (DF) et par t le réel tel que $\overrightarrow{\mathrm{DM}}=t\overrightarrow{\mathrm{DF}}$.

On note : α la mesure en radians de l'angle géométrique $\widehat{EMG}$.

Le but de cette question est de déterminer la position du point M pour que α soit maximale.

a) Démontrer que $\mathrm{ME}^2 = \frac{3}{2}t^2-\frac{5}{2}t+\frac{5}{4}$.

Déterminez les coordonnées de M puis ME^2.

b) Démontrer que le triangle MEG est isocèle en M.

En déduire que MEsin $(\frac{\alpha}{2})=\frac{1}{2\sqrt{2}}$.

Calculez MG^2 puis comparez-le à ME^2, concluez.
Considérez le point K, pied de la hauteur issue de M dans le triangle MEG puis placez-le dans le triangle MEK rectangle en K.

c) Justifier que α est maximale si et seulement si sin $(\frac{\alpha}{2})$ est maximal.

En déduire que α est maximale si et seulement si ME^2 est minimal.

d) Conclure.

Appuyez-vous sur les variations de la fonction sinus.

1. a) Puisque $(A, \overrightarrow{AB}, \overrightarrow{AC}, \overrightarrow{AD})$ est un repère de l'espace, A(0;0;0), B(1;0;0), C(0;1;0) et D(0;0;1).

Puisque F est le milieu de [BC], F$(\frac{1}{2};\frac{1}{2};0)$.

b) $\overrightarrow{DF}(\frac{1}{2};\frac{1}{2};-1)$.

D'où un système d'équation paramétrique de (DF) : $\begin{cases} x = \frac{t}{2} \\ y = \frac{t}{2} \\ z = 1 - t \end{cases}$

c) Puisque $\mathcal{P}$ est orthogonal à (DF), $\overrightarrow{DF}$ est un vecteur normal de $\mathcal{P}$ et une équation cartésienne de $\mathcal{P}$ est de la forme $\frac{x}{2} + \frac{y}{2} - z + d = 0$ et comme de plus A $\in \mathcal{P}$, d = 0.
Un équation cartésienne de $\mathcal{P}$ est donc $x + y - 2z = 0$.
d) Le point H appartient à $\mathcal{P}$ et à la droite (DF) donc ses coordonnées x, y et z vérifient simultanément la représentation paramétrique de (DF) et l'équation cartésienne de $\mathcal{P}$ trouvées précédemment:
$\frac{t}{2} + \frac{t}{2} - 2(1-t) = 0$ soit $t - 2 + 2t = 0, t = \frac{2}{3}$.

Donc H$(\frac{1}{3};\frac{1}{3};\frac{1}{3})$.

e) Puisque E est le milieu de [BA], E$(\frac{1}{2};0;0)$.

Puisque G est le milieu de [AC], F$(0;\frac{1}{2};0)$.

$\overrightarrow{EH}(\frac{1}{3} - \frac{1}{2};\frac{1}{3};\frac{1}{3}).\overrightarrow{EH}(-\frac{1}{6};\frac{1}{3};\frac{1}{3}).\overrightarrow{GH}(\frac{1}{3};\frac{1}{3} - \frac{1}{2};\frac{1}{3}).\overrightarrow{GH}(\frac{1}{3};-\frac{1}{6};\frac{1}{3})$.

$\overrightarrow{EH} \cdot \overrightarrow{GH} = -\frac{1}{18} - \frac{1}{18} + \frac{1}{9} = 0$.

Puisque les vecteurs $\overrightarrow{GH}$ et $\overrightarrow{EH}$ sont orthogonaux, l'angle $\widehat{EHG}$ est droit.

2. a) Soit x, y et z les coordonnées de M tel que $\overrightarrow{DM} = t\overrightarrow{DF}$.

Dans ces conditions on a $\begin{cases} x = 0,5t \\ y = 0,5t \\ z - 1 = -t \end{cases}$ d'où $\begin{cases} x = 0,5t \\ y = 0,5t \\ z = 1 - t \end{cases}$

Par suite, $ME^2 = (0,5t - 0,5)^2 + (0,5t)^2 + (1 - t)^2 = 0,25t^2 - 0,5t + 0,25 + 0,25t^2 + 1 - 2t + t^2 = 1,5t^2 - 2,5t + 1,25 = \frac{3t^2}{2} - \frac{5t}{2} + \frac{5}{4}$.

b) $MG^2 = (0,5t)^2 + (0,5t - 0,5) + (1 - t)^2 = \frac{3}{2}t^2 - \frac{5}{2}t + \frac{5}{4} = ME^2$, le triangle MEG est donc bien isocèle en M.

On désigne par K le pied de la hauteur issue de M dans le triangle MEG.

Puisque le triangle MEG est isocèle en M, la droite (MK) est aussi la bissectrice de l'angle $\widehat{MEG}$ et $\widehat{EMK} = \frac{\alpha}{2}$.

Dans le triangle MEK rectangle en K, on peut utiliser le sinus et on obtient:

$\sin\left(\frac{\alpha}{2}\right) = \frac{EK}{ME}$.

Mais EK = $\frac{\mathrm{EG}}{2} = \frac{\sqrt{0,5}}{2} = \frac{1}{2\sqrt{2}}$, donc $\sin\left(\frac{\alpha}{2}\right) = \frac{\mathrm{EK}}{\mathrm{ME}}$ ce qui donne finalement:

$ME\sin\left(\frac{\alpha}{2}\right) = \frac{1}{2\sqrt{2}}$.

c) $\left(\sin(x)\right)' = \cos(x) \geq 0$ sur $\left[0; \frac{\pi}{2}\right]$, la fonction sinus est donc croissante sur $\left[0; \frac{\pi}{2}\right]$ donc α maximal $\Leftrightarrow \sin\left(\frac{\alpha}{2}\right)$ maximal.

Le produit $\mathrm{ME}\sin\left(\frac{\alpha}{2}\right)$ étant constant, α est maximal si et seulement si $\sin\left(\frac{\alpha}{2}\right)$ est maximal si et seulement si ME et donc ME^2 est minimal.

d) Le polynôme de degré $2, \mathrm{ME}^2 = \frac{3}{2}t^2 - \frac{5}{2}t + \frac{5}{4}$ admet un minimum en $t = -\frac{b}{2a}$ car $a = \frac{3}{2} > 0$.

D'où $t = \dfrac{-\dfrac{-5}{2}}{2\dfrac{3}{2}} = \dfrac{5}{6}.$

La position du point M telle que la mesure de l'angle soit maximale est celle atteinte pour $t = \dfrac{5}{6}$, soit pour M de coordonnées : $M\left(\dfrac{5}{12}\,;\dfrac{5}{12}\,;\dfrac{1}{6}\right).$

Nouvelle-Calédonie, mars 2014, exercice 1

4 points

Cet exercice est un QCM (questionnaire à choix multiple). Pour chaque question, une seule des quatre réponses proposées est exacte.
Chaque réponse exacte rapporte un point. Aucune justification n'est demandée. Aucun point n'est enlevé en l'absence de réponse ou en cas de réponse fausse.

Le plan complexe est rapporté au repère orthonormal direct $(\mathrm{O}, \vec{u}, \vec{v})$. Soit z un nombre complexe de la forme $x + iy$, où x et y sont des réels.

1. Soit z le nombre complexe d'affixe $(1+i)^4$. L'écriture exponentielle de z est :

a) $\sqrt{2}\mathrm{e}^{i\pi}$

b) $4\mathrm{e}^{i\pi}$

c) $\sqrt{2}\mathrm{e}^{i\frac{\pi}{4}}$

d) $4\mathrm{e}^{i\frac{\pi}{4}}$

> Dès qu'il est demandé de donner l'écriture exponentielle d'une puissance d'un complexe z, en l'occurrence ici de z^4 avec $z = 1 + i$, on doit d'abord trouver celle de z, puis d'élever à la puissance demandée.
> C'est précisément l'une des grandes utilités de l'écriture exponentielle de pouvoir déduire facilement module et argument d'une puissance.

2. L'ensemble des points M du plan d'affixe $z = x + iy$ tels que $|\, z - 1 + i \,|=|\, \sqrt{3} - i \,|$ a pour équation :

a) $(x-1)^2 + (y+1)^2 = 2$

b) $(x+1)^2 + (y-1)^2 = 2$

c) $(x-1)^2 + (y+1)^2 = 4$

d) $y = x + \dfrac{\sqrt{3}-1}{2}$

> Souvenez-vous de la définition d'un cercle de centre A et de rayon R : c'est l'ensemble des points M tels que $\mathrm{AM} = \mathrm{R}$ ou $\mathrm{AM}^2 = \mathrm{R}^2$. Sous forme complexe, cela donne : $|\, z - z_{\mathrm{A}} \,|= \mathrm{R}$ et sous forme d'équation cartésienne : $(x - x_{\mathrm{A}})^2 + (y - y_{\mathrm{A}})^2 = \mathrm{R}^2$.

3. On considère la suite de nombres complexes (Z_n) définie pour tout entier naturel n par $Z_0 = 1 + i$ et $Z_{n+1} = \dfrac{1+i}{2} Z_n$.

On note M_n le point du plan d'affixe Z_n .

a) Pour tout entier naturel n, le point M_n appartient au cercle de centre O et de rayon $\sqrt{2}$.

b) Pour tout entier naturel n, le triangle OM_nM_{n+1} est équilatéral.

c) La suite (U_n) définie par $U_n = | Z_n |$ est convergente.

d) Pour tout entier naturel n, un argument de $\dfrac{Z_{n+1} - Z_n}{Z_n}$ est $\dfrac{\pi}{2}$.

> Les réponses **a)**, **b)** et **c)** impliquant l'utilisation du module, il est raisonnable de commencer par prendre le module de l'égalité donnée dans l'énoncé puis de constater la nature géométrique de la suite $U_n = \left|Z_n\right|$.

4. Soit A, B, C trois points du plan complexe d'affixes respectives :
$Z_A = -1 - i$; $Z_B = 2 - 2i$ et $Z_C = 1 + 5i$.

On pose $z = \dfrac{Z_C - Z_A}{Z_B - Z_A}$.

a) Z est un nombre réel.

b) Le triangle ABC est isocèle en A.

c) Le triangle ABC est rectangle en A.

d) Le point M d'affixe Z appartient à la médiatrice du segment [BC].

> Pensez au fait que si $Z = \dfrac{Z_C - Z_A}{Z_B - Z_A}$ alors $| Z | = \dfrac{AC}{AB}$ et $\text{Arg}(Z) = (\overrightarrow{AB}, \overrightarrow{AC})$. Ainsi on commence par les réponses **b)** et **c)**. Puisque $| Z | \neq 1$, la réponse **b)** est fausse et on passe à la **c)**.

1. b) En effet, $|1+i| = \sqrt{2}$ et $\arg(1+i) = \frac{\pi}{4}$, donc $1+i = \sqrt{2}e^{i\frac{\pi}{4}}$ et $(1+i)^4 = (\sqrt{2})^4 e^{i4\frac{\pi}{4}} = 4e^{i\pi}$.

2. c) Si on appelle A le nombre d'affixe $1-i$, $|z-1+i| = \left|\sqrt{3}-i\right|$ équivaut à $\left|z - z_{\text{A}}\right| = 2$, soit $\text{AM}^2 = 4$, d'où la réponse **c)**.

3. c) $\left|Z_{n+1}\right| = \left|\frac{1+i}{2} Z_n\right| = \frac{\sqrt{2}}{2}\left|Z_n\right|$.

La suite $U_n = \left|Z_n\right|$ est donc géométrique de raison $\frac{\sqrt{2}}{2}$; or $-1 < \frac{\sqrt{2}}{2} < 1$ donc la suite est convergente et a pour limite 0.

4. c) $Z = \frac{Z_C - Z_{\text{A}}}{Z_B - Z_{\text{A}}} = \frac{2+6i}{3-i} = \frac{(2+6i)(3+i)}{(3-i)(3+i)} = \frac{20i}{10} = 2i$.

Arg$(Z) = (\overrightarrow{\text{AB}}, \overrightarrow{\text{AC}}) = \frac{\pi}{2}$ d'où la réponse **c)**.

Physique-chimie

Méthodologie pour l'épreuve de physique-chimie, série S

Le programme défini par l'Éducation nationale

1. Observer

a) Ondes et matière : exploiter des spectres

b) Ondes et particules : rayonnements dans l'univers, les ondes dans la matière

c) Caractéristiques et propriétés des ondes

d) Analyse spectrale : spectres UV-visible, spectres IR, spectres RMN du proton

2. Comprendre

a) Lois et modèles : la mesure du temps, la relativité, la réalité quantique

b) Temps, mouvement et évolution : mesure du temps et oscillateur, amortissement ; temps et relativité restreinte ; temps et évolution chimique, cinétique et catalyse

c) Structure et transformation de la matière : représentation spatiale des molécules, transformation en chimie organique, réaction chimique par échange de proton

d) Énergie, matière et rayonnement : du macroscopique au microscopique, transferts d'énergie entre systèmes macroscopiques, transferts quantiques d'énergie, dualité onde-particule

3. Agir : défis du XXIe siècle

a) Économiser les ressources et respecter l'environnement : enjeux énergétiques, apport de la chimie au respect de l'environnement, contrôle de la qualité par dosage

b) Synthétiser des molécules, fabriquer de nouveaux matériaux : stratégie de la synthèse organique, sélectivité en chimie organique

c) Transmettre et stocker de l'information : chaîne de transmission d'informations, images numériques, signal analogique et signal numérique, procédés physiques de transmission, stockage optique

d) Créer et innover : culture scientifique et technique, relation science-société

4. Enseignement de spécialité

a) L'eau : eau et environnement, eau et ressources, eau et énergie

b) Son et musique : instruments de musique, émetteurs et récepteurs sonores, son et architecture

c) Matériaux : cycle de vie, structure et propriétés, nouveaux matériaux

Descriptif de l'épreuve

La note globale de l'épreuve de sciences physiques et chimie au baccalauréat est donnée sur 20 points. Elle est obtenue en multipliant par 0,8 la note sur 20 de la partie écrite et par 0,2 la note sur 20 de la partie pratique et en additionnant ces

deux résultats. Cette note sera affectée du coefficient 6 si le candidat n'a pas choisi la physique-chimie comme enseignement de spécialité, sinon elle sera affectée du coefficient 8.
Le sujet de l'épreuve de sciences physiques et chimie comporte trois exercices :
- les deux premiers exercices, notés sur 15 points, sont communs à tous les candidats ;
- le troisième exercice, noté sur 5 points, est différent selon que le candidat a choisi ou non la physique-chimie comme enseignement de spécialité. L'exercice de spécialité prend appui sur les thèmes de l'enseignement de spécialité.
En fonction du contenu des exercices, l'usage des calculatrices peut être interdit ou autorisé selon la précision qui aura lieu en début d'épreuve. Elle sera portée sur le sujet de l'épreuve.
L'un au moins des exercices comportera des documents avec des questions qui demanderont une compétence du type « Extraire et exploiter des informations ».

Conseils pour bien se préparer pendant l'année

Fixez-vous des règles de conduite et suivez-les sans écart pour augmenter l'efficacité de vos révisions, travaillez méthodiquement, partie par partie. Ceci est d'autant plus facile que le programme de sciences physiques et chimie de Terminale S comprend essentiellement des thèmes indépendants. Vous pouvez ainsi commencer par celui que vous maîtriser le moins pour finir par celui dans lequel vous êtes le plus à l'aise.
Pour la chimie, il est préférable de prendre le programme dans l'ordre car les notions du chapitre précèdent sont souvent réinvesties dans le chapitre suivant. De nombreuses notions de base de Première sont indispensables pour pouvoir aborder le programme de Terminale avec sérénité. Assurez-vous que vous maîtrisiez les tableaux d'évolution (ou tableau d'avancement).
Posez-vous les bonnes questions pour évaluer la qualité de vos révisions : le cours est-il à jour ? chaque document est-il rapidement accessible ? disposez-vous de fiches de révisions pour chaque chapitre ? avez-vous des annales ou des exercices d'entraînement à disposition ? Une fois l'organisation matérielle mise en place, planifiez le travail.
Inutile de travailler sans interruption toute une après-midi sur un thème. Vous obtiendrez des résultats forts décevants par cette méthode. Instaurez un planning avec des plages de révisions de 2 heures.
Les élèves « visuels » se concentreront sur la présentation claire et lisible des fiches. Ceux qui ont une bonne mémoire du « mouvement » pourront apprendre en écrivant. Leur mémoire du geste les aidera à retenir l'essentiel. Les « auditifs » se concentreront sur des échanges verbaux voire sur des supports de révision auditifs.

Conseils pour bien se préparer un mois avant l'épreuve

Il est temps de s'investir de façon plus intensive encore. Deux heures de physique le matin par exemple suivies de deux heures de chimie l'après-midi. Prenez les annales et faites le point sur les connaissances que vous maîtrisez et celles qui sont

à revoir. Si le temps vous manque, commencez par apprendre l'essentiel dans chaque partie sans faire d'« impasse » qui risque de vous coûter cher à l'écrit ou à l'oral. Pour commencer, choisissez les parties du programme qui ont fait l'objet d'un plus grand nombre de sujets d'examen les années antérieures. Ne paniquez pas en constatant l'immensité du travail qui vous attend. Les édifices les plus grandioses ont tous été construits pierre par pierre.
Gardez à l'esprit qu'à chaque fois que vous maîtrisez un nouveau point du programme vous progressez dans vos révisions pas à pas.

Le jour de l'épreuve

1. Lecture de l'énoncé et gestion du temps

Avant de commencer à traiter les questions, lisez l'ensemble de l'énoncé et soulignez les **données importantes.** Si vous devez analyser un corpus de documents, faites-en une lecture attentive, en ayant en tête les questions de l'exercice.
Essayez de comprendre la logique de l'exercice, repérez les difficultés mais aussi les questions simples ou les questions de cours auxquelles vous pourrez répondre même si vous n'avez pas réussi ce qui précède. En fonction de votre méthode de travail, vous pouvez alors choisir de commencer par ce que vous maîtrisez le mieux, pour « assurer », ou par ce qui vous pose plus de problèmes, pour y réfléchir pendant que vous êtes encore « frais » et moins stressé par la fin de l'épreuve ; attention dans ce cas à ne pas y passer trop de temps non plus, au risque de ne pas avoir le temps ensuite de faire tout ce que vous savez faire !
Vous devez consacrer environ 10 minutes par point attribué à l'exercice. Au-delà, abandonnez l'exercice pour vous consacrer à un autre.
Faites les calculs au brouillon mais rédigez directement sur la copie. Sinon, vous risquez de manquer de temps. Pensez qu'il est inutile de recopier l'énoncé.

2. Rédaction et présentation de la copie

L'un des critères d'évaluation de votre copie est la **qualité de la rédaction**.
Faites donc attention à expliquer clairement votre raisonnement.
Respectez strictement les **notations de l'énoncé**.
Si vous utilisez de nouvelles notations, il est impératif de les définir préalablement.
Écrivez de façon lisible et aérée ; pensez notamment à **numéroter les réponses** aux questions.
Le correcteur doit pouvoir y voir clair tout de suite.
Si on vous demande un **graphe**, tracez-le le plus proprement possible sur du papier millimétré : marquez précisément, à l'aide de croix, les points expérimentaux ; indiquez le nom des axes, des unités, l'échelle. Ayez toujours en tête que de la qualité d'un graphe peut dépendre la justesse des résultats.
Lorsqu'une valeur doit être lue sur le graphique, soyez le plus précis possible (en utilisant la proportionnalité avec les graduations de l'axe).
Pour tout problème de mécanique, commencez par définir le système et le référentiel utilisé pour étudier le mouvement.

3. Calculs

Certains sujets sont à traiter **sans calculatrice**. Entraînez-vous à faire régulièrement des calculs, à la main, avec des puissances de 10.

Votre calculatrice ne vous sera utile le jour de l'examen que si vous l'avez employée régulièrement tout au long de l'année et si vous en maîtrisez les usages envisagés, en particulier la notation scientifique.
Pour **tous les calculs**, faites attention au nombre de chiffres significatifs de votre résultat (autant que la donnée la moins précise). Évitez au maximum les calculs intermédiaires, et lorsque c'est nécessaire conservez toujours la valeur « exacte » en mémoire dans votre calculatrice, y compris (et surtout) pour les questions suivantes.
Écrivez les résultats **sous une forme scientifique**, c'est-à-dire sous la forme d'un nombre compris entre 1 et 10 multiplié par une puissance de dix.
Vérifiez que vos résultats sont vraisemblables : par exemple, 20 kg pour la masse du Soleil doit vous faire réagir…
Lorsque vous écrivez un résultat, n'oubliez pas **l'unité** ; l'oubli de l'unité enlève au moins la moitié des points prévus pour le résultat numérique.

Synthèse de documents

Amérique du Nord, juin 2013, exercice 3

Surfer sur la vague

La houle est un train de vagues régulier généré par un vent soufflant sur une grande étendue de mer sans obstacle, le *fetch*. En arrivant près du rivage, sous certaines conditions, la houle déferle, au grand bonheur des surfeurs !

Document 1

Simulation de la houle au laboratoire avec une cuve à ondes

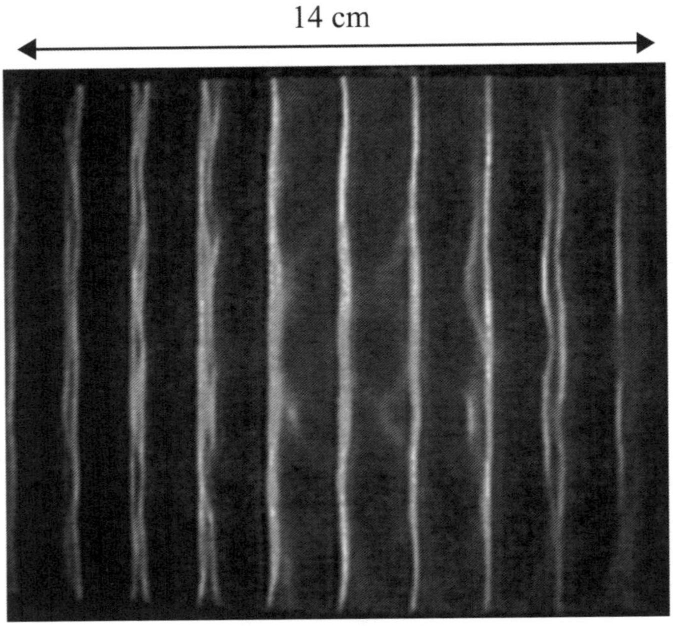

Le document est reproduit à l'échelle 1/2.

Document 2

Vitesse de propagation des ondes à la surface de l'eau

– Cas des ondes dites « courtes » (en eau profonde). Longueur d'onde λ faible devant la profondeur h de l'océan (λ < 0,5 h) : $v=\sqrt{(\frac{g.\lambda}{2\pi})}$.

– Cas des ondes dites « longues » (eau peu profonde). Longueur d'onde λ très grande devant la profondeur h de l'océan (λ > 10 h) : $v=\sqrt{g.h}$).

g est l'intensité du champ de pesanteur terrestre.

Source : d'après www.ifremer.fr

Document 3

Photographie aérienne de l'arrivée de la houle dans une baie

Document 4

Déferlement des vagues sur la côte

En arrivant près de la côte, la houle atteint des eaux peu profondes. Dès que la profondeur est inférieure à la moitié de la longueur d'onde, les particules d'eau sont freinées par frottement avec le sol. La houle est alors ralentie et sa longueur d'onde diminue. Ces modifications des caractéristiques de l'onde s'accompagnent d'une augmentation de l'amplitude. La période est la seule propriété de l'onde qui ne change pas à l'approche de la côte.

Ainsi, en arrivant près du rivage, la vitesse des particules sur la crête est plus importante que celle des particules dans le creux de l'onde, et lorsque la crête n'est plus en équilibre, la vague déferle.

Source : d'après www.ifremer.fr

Document 5

Prévisions maritimes

GFS 21.06.2012 00 UTC	Je 21. 05h	Je 21. 08h	Je 21. 11h	Je 21. 14h	Je 21. 17h	Je 21. 20h	Ve 22. 05h	Ve 22. 08h	Ve 22. 11h	Ve 22. 14h	Ve 22. 17h	Ve 22. 20h	Sa 23. 05h	Sa 23. 08h	Sa 23. 11h	Sa 23. 14h	Sa 23. 17h	Sa 23. 20h
Vitesse du vent (nœuds)	4	7	16	23	21	21	17	15	15	15	15	12	10	10	10	13	14	15
Rafales (nœuds)	5	10	25	28	28	28	23	21	18	19	18	15	13	13	12	15	18	21
Direction du vent	↗	↑	↑	→	↗	↗	→	→	→	→	→	→	↗	↗	↗	↑	↑	↑
Vagues (m)	0.7	0.7	0.9	1.3	1.7	2.1	2.6	2.6	2.6	2.4	2.3	2.2	1.8	1.7	1.6	1.5	1.4	1.3
Période des vagues (s)	6	7	4	6	6	6	7	8	8	8	8	8	8	7	7	7	7	7
Direction des vagues	→	→	↗	↗	↗	↗	↗	→	→	→	→	→	→	→	→	→	→	→
*Température (*C)	13	14	14	14	15	14	14	14	15	15	15	14	13	14	15	16	16	15

Tableau des marées - Juin 2012

Jour	Pleine mer (h:min)		Basse mer (h:min)	
Jeudi 21 juin	06:54	19:08	00:58	13:10
Vendredi 22 juin	07:31	19:44	01:34	13:46
Samedi 23 juin	08:08	20:22	02:10	14:24
Dimanche 24 juin	08:47	21:02	02:49	15:04

Source : d'après www.windguru.cz

Donnée

Intensité de la pesanteur : $g = 9,8 \text{m.s}^{-2}$.

La houle, onde mécanique progressive

1. Pourquoi peut-on dire que la houle est une onde mécanique progressive ?

2. Il est possible de simuler la houle au laboratoire de physique avec une cuve à ondes en utilisant une lame vibrante qui crée à la surface de l'eau une onde progressive sinusoïdale de fréquence f = 23 Hz. On réalise une photographie du phénomène observé (document 1).
Déterminer, en expliquant la méthode utilisée, la vitesse de propagation v de l'onde sinusoïdale générée par le vibreur.

> Exprimez la vitesse v de propagation de l'onde en fonction de sa longueur d'onde et de sa fréquence puis déterminez la longueur d'onde à l'aide du document 1 en suivant la méthode suivante :
> - mesurez la distance correspondant au plus grand nombre n de longueurs d'onde possibles ;
> - par une règle de trois avec l'échelle fournie, déduisez-en la distance d correspondante puis la longueur d'onde $\lambda = \dfrac{d}{n}$.

3. Au large de la pointe bretonne, à une profondeur de 3 000 m, la houle s'est formée avec une longueur d'onde de 60 m.

En utilisant le document 2, calculer la vitesse de propagation v_1 de cette houle. En déduire sa période T.

> Comparez la longueur d'onde et la profondeur et déduisez-en, à l'aide du document 2, s'il s'agit d'une onde « courte » ou « longue ». Calculez ensuite la vitesse de propagation en utilisant la formule fournie puis exprimez la période T en fonction de la longueur d'onde et de la vitesse de propagation.

4. Arrivée de la houle dans une baie.

a) Sur la photographie aérienne du document 3, quel phénomène peut-on observer ? Quelle est la condition nécessaire à son apparition ?

b) Citer un autre type d'onde pour laquelle on peut observer le même phénomène.

Surfer sur la vague

La houle atteint une côte sablonneuse et rentre dans la catégorie des ondes longues.

5. Calculer la nouvelle vitesse de propagation v_2 de la houle lorsque la profondeur est égale à 4,0 m, ainsi que sa nouvelle longueur d'onde λ_2. Les résultats obtenus sont-ils conformes aux informations données dans le document 4 ?

> Appuyez-vous sur la relation fournie dans le document 2 et déduisez-en la longueur d'onde, en utilisant l'information du document 4 selon laquelle la période reste inchangée. Comparer les vitesses v_1 et v_2 ainsi que les longueurs d'onde λ_1 et λ_2, et vérifier la cohérence avec les informations fournies dans le document 4.

6. Pour la pratique du surf, la configuration optimale est :
- à marée montante c'est-à-dire entre le moment de basse mer et celui de pleine mer ;
- avec une direction du vent sud-ouest.

Un surfeur consulte au préalable un site Internet qui lui donne toutes les prévisions concernant le vent, la houle et les horaires des marées (document 5).
Proposer, en justifiant, un créneau favorable à la pratique du surf entre le jeudi 21 et le samedi 23 juin 2012.

7. Un autre phénomène très attendu par les surfeurs, lors des marées importantes, est le mascaret. Le mascaret est une onde de marée qui remonte un fleuve. Cette onde se propage à une vitesse v de l'ordre de 5,1 $m.s^{-1}$.
Le passage du mascaret étant observé sur la commune d'Arcins à 17 h 58, à quelle heure arrivera-t-il à un endroit situé à une distance d = 13 km en amont du fleuve ?

> Calculez la durée Δt mis par le mascaret pour parcourir la distance d, puis déduisez-en l'heure d'arrivée t = 17 h 58 + Δt.

La houle, onde mécanique progressive

1. La houle est une perturbation (déformation de la surface de l'eau) qui se propage sans transport de matière dans un milieu matériel : il s'agit donc d'une **onde mécanique progressive**.

2. L'onde générée par le vibreur est une onde mécanique progressive périodique de fréquence f = 23 Hz. La **vitesse de propagation** de l'onde est liée à la longueur d'onde et à la fréquence par la relation : $v = \lambda \times f$.
La longueur d'onde (distance entre deux crêtes de vagues successives) est déterminée graphiquement à l'aide du document 1. En utilisant l'échelle fournie, on trouve : $9\lambda = 12{,}7$ cm.

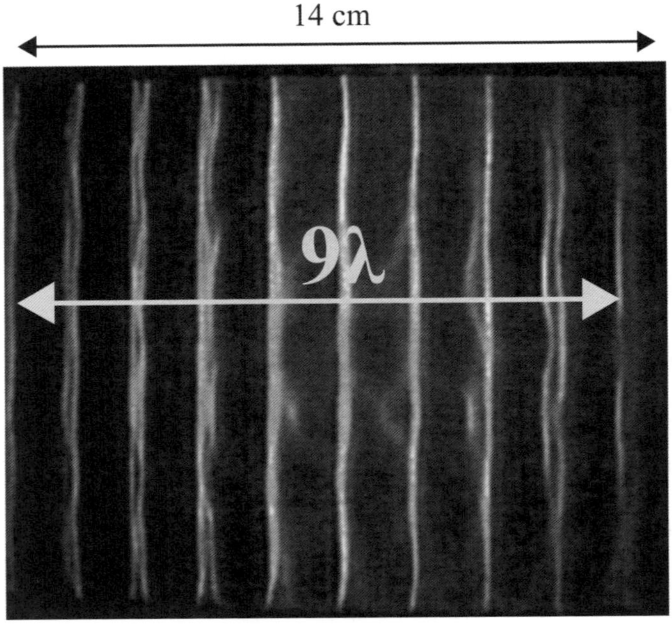

On en déduit : $\lambda = \dfrac{12{,}7}{9} = 1{,}4 \text{ cm} = 1{,}4.10^{-2}$ m.

Finalement, la vitesse de propagation de l'onde est : $v = 1{,}4.10^{-2} \times 23 = 3{,}2.10^{-1}$ m.s^{-1}.

3. La longueur d'onde est λ = 60 m et la profondeur h = 3 000 m donc λ < 0,5 h : il s'agit d'une **onde « courte »** (en eau profonde). D'après le document 2, la **vitesse de propagation** de cette houle est donc : $v_1 = \sqrt{\dfrac{g\lambda}{2\pi}} = \sqrt{\dfrac{9{,}8 \times 60}{2\pi}} = 9{,}7$ m.s^{-1}.

La longueur d'onde est liée à la vitesse de propagation et à la période par la relation : $\lambda = vT$. La **période** de la houle est donc : $T = \frac{\lambda}{v_1} = \frac{60}{9,7} = 6,2$ s.

4. a) Sur la photographie aérienne du document 3, on observe une modification du comportement de la houle après son entrée dans la baie : initialement rectiligne, l'onde devient circulaire. Il s'agit d'un phénomène de **diffraction**, observé lorsque la dimension de l'entrée de la baie est du même ordre de grandeur ou inférieure à la longueur d'onde de la houle.

b) On peut observer la diffraction d'**ondes électromagnétiques** telles que la lumière.

Surfer sur la vague

5. D'après le document 2, la **vitesse de propagation** de l'onde « longue » est :
$v_2 = \sqrt{gh} = \sqrt{9,8 \times 4} = 6,3$ m.s^{-1}.

D'après le document 4, la période de la houle n'est pas modifiée à l'approche des côtes. La nouvelle **longueur d'onde** est donc : $\lambda_2 = v_1 \times T = 6,3 \times 6,2 = 39$ m.

Ces observations sont conformes aux informations données dans le document 4 :

- la houle est ralentie : v_2 = 6,3 m.s^{-1} < v_1 = 9,7 m.s^{-1} ;
- sa longueur d'onde diminue : λ_2 = 39 m < λ_1 = 60 m.

6. La configuration optimale pour la pratique du surf est :

- vent venant du sud-ouest (cadres rouges) ;
- marée montante (cadres bleus).

GFS 21.06.2012	Je 21.	Je 21.	Je 21.	Je 21.	Je 21.	Je 21.	Ve 22.	Ve 22.	Ve 22.	Ve 22.	Ve 22.	Ve 22.	Sa 23.	Sa 23.	Sa 23.	Sa 23.	Sa 23.	Sa 23.
00 UTC	05h	08h	11h	14h	17h	20h	05h	08h	11h	14h	17h	20h	05h	08h	11h	14h	17h	20h
Vitesse du vent (nœuds)	4	7	16	23	21	21	17	15	15	15	15	12	10	10	10	13	14	15
Rafales (nœuds)	5	10	25	28	28	28	23	21	18	19	18	15	13	13	12	15	18	21
Direction du vent	↗	↑	↑	→	↗	↗	→	→	→	→	→	→	↗	↗	↗	↗	↗	↗
Vagues (m)	0.7	0.7	0.9	1.3	1.7	2.1	2.6	2.6	2.6	2.4	2.3	2.2	1.8	1.7	1.6	1.5	1.4	1.3
Période des vagues (s)	6	7	4	6	6	6	7	8	8	8	8	8	8	7	7	7	7	7
Direction des vagues	→	→	↗	↗	↗	↗	→	→	→	→	→	→	→	→	→	→	→	→
*Température (*C)	13	14	14	14	15	14	14	14	15	15	15	14	13	14	15	16	16	15

Les créneaux favorables sont donc :

- le jeudi 21 entre 13 h 10 et 19 h 08 ;
- le samedi 23 entre 02 h 10 et 08 h 08 ;
- le samedi 23 entre 14 h 24 et 20 h 22 ;

La vitesse du vent étant plus élevée le jeudi, ce créneau est à privilégier.

7. La vitesse de propagation du mascaret est : $v = \dfrac{d}{\Delta t}$, avec Δt le temps mis par l'onde pour parcourir la distance d. On en déduit : $\Delta t = \dfrac{d}{v} = \dfrac{13.10^3}{5{,}1} = 2549$ s $= 42$ min.

L'heure d'arrivée du mascaret à une distance d en amont du fleuve est donc :
t = 17 h 58 + 0 h 42 = 18 h 40.

Exploitation de documents
Liban, mai 2013, exercice 2

Le rugby, sport de contact et d'évitement

Le rugby est un sport d'équipe qui s'est développé dans les pays anglo-saxons à la fin du XIXe siècle. Pour simplifier l'étude, les joueurs et le ballon seront supposés ponctuels.

Les deux parties sont indépendantes.

Le rugby, sport de contact

Document 1

Le plaquage

Il y a « plaquage » lorsqu'un joueur porteur du ballon, sur ses pieds dans le champ de jeu, est simultanément tenu par un ou plusieurs adversaires, qu'il est mis au sol et/ou que le ballon touche le sol. Ce joueur est appelé « joueur plaqué ».

Source : d'après www.francerugby.fr.

Un joueur A de masse m_A = 115 kg et animé d'une vitesse v_A = 5,0 m.s^{-1} est plaqué par un joueur B de masse m_B = 110 kg de vitesse négligeable.

1. Dans quel référentiel les vitesses sont-elles définies ?

2. On suppose que l'ensemble des deux joueurs est un système isolé.
Exprimer, en justifiant le raisonnement, la vitesse des deux joueurs liés après l'impact puis calculer sa valeur.

Le rugby, sport d'évitement

Document 2

La chandelle

Au rugby, une « chandelle » désigne un coup de pied permettant d'envoyer le ballon en hauteur par dessus la ligne de défense adverse. L'objectif pour l'auteur de cette action est d'être au point de chute pour récupérer le ballon derrière le rideau défensif.

Source : d'après www.francerugby.fr.

On se place dans le référentiel terrestre supposé galiléen. Le champ de pesanteur terrestre est considéré uniforme, de valeur $g = 9,81 \text{N.kg}^{-1}$.

On négligera toutes les actions dues à l'air.

Le joueur A est animé d'un mouvement rectiligne uniforme de vecteur vitesse $\vec{v}_1$.
Afin d'éviter un plaquage, il réalise une chandelle au-dessus de son adversaire.
On définit un repère $(O,\vec{i},\vec{j})$:

- origine : position initiale du ballon ;
- vecteur unitaire $\vec{i}$ de même direction et de même sens que $\vec{v}_1$;
- vecteur unitaire $\vec{j}$ vertical et vers le haut.

À l'instant t = 0 s, le vecteur vitesse du ballon fait un angle α égal à 60° avec l'axe Ox et sa valeur est $v_0 = 10,0 \text{m.s}^{-1}$.

Le graphique ci-dessous représente la trajectoire du ballon dans le repère choisi.

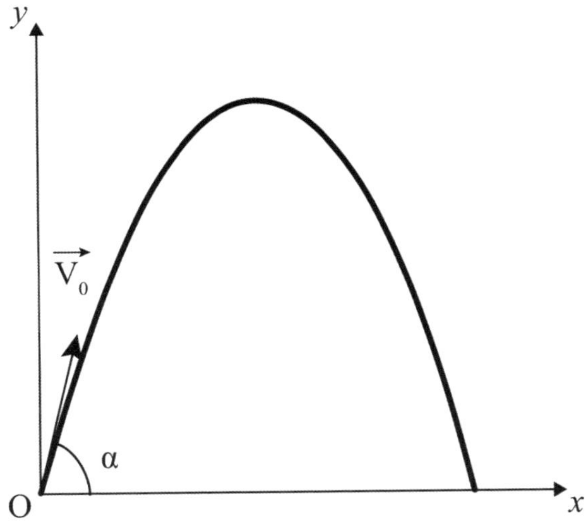

3. Étude du mouvement du ballon

a) Établir les coordonnées a_x et a_y du vecteur accélération du point M représentant le ballon.

> Effectuez le bilan des forces s'exerçant sur le système { ballon } puis appliquez la seconde loi de Newton dans le référentiel terrestre supposé galiléen.

b) Montrer que les équations horaires du mouvement du point M sont :

$$x(t) = (v_0 \cos\alpha)t \text{ et } y(t) = -\frac{1}{2}gt^2 + (v_0 \sin\alpha)t$$

> Déterminez les coordonnées du vecteur vitesse $v_x(t)$ et $v_y(t)$, puis du vecteur position $x(t)$ et $y(t)$ par intégrations successives, en tenant compte des conditions initiales pour les constantes d'intégration.

c) En déduire l'équation de la trajectoire du point M :

$$y(x) = -\frac{g}{2(v_0 \cos\alpha)}x^2 + (\tan\alpha)x$$

> Exprimez t en fonction de x en utilisant l'équation horaire $x(t)$, puis remplacez dans l'équation horaire $y(t)$ afin d'en déduire l'équation de la trajectoire $y(x)$.

d) Le tableau ci-dessous rassemble les représentations graphiques de l'évolution dans le temps des grandeurs x, y, v_x et v_y, coordonnées des vecteurs position et vitesse du point M. Dans ce tableau, écrire sous chaque courbe l'expression de la grandeur qui lui correspond et justifier.

Tableau rassemblant les représentations graphiques de l'évolution dans le temps des grandeurs x, y, v_x et v_y

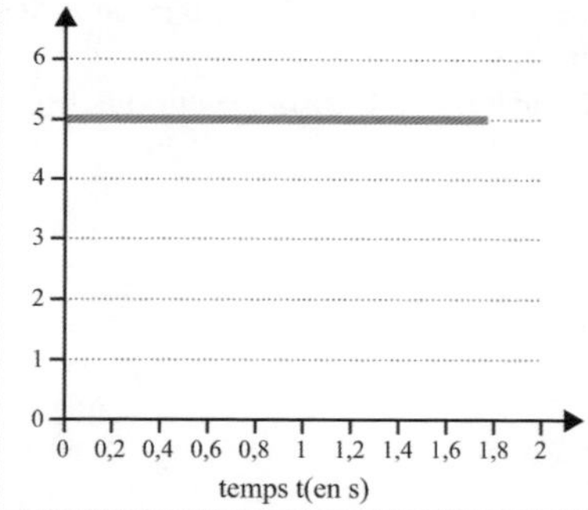	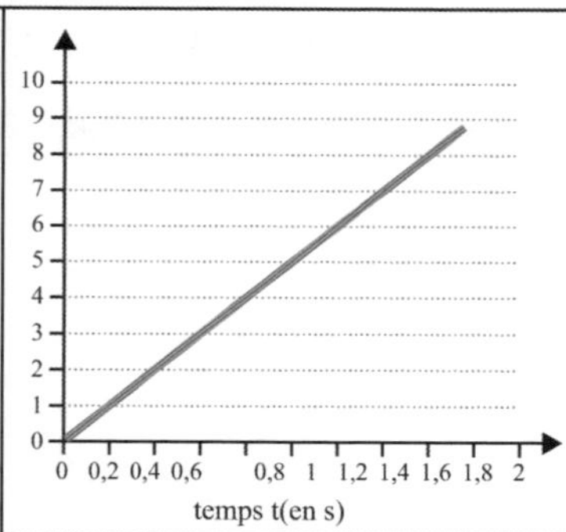
Équation : Justification :	Équation : Justification :
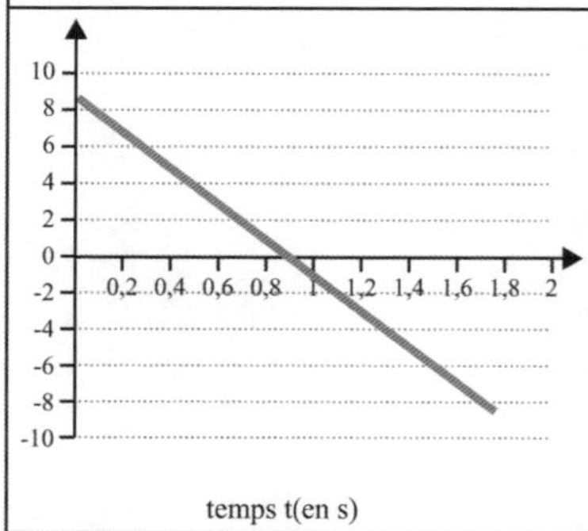	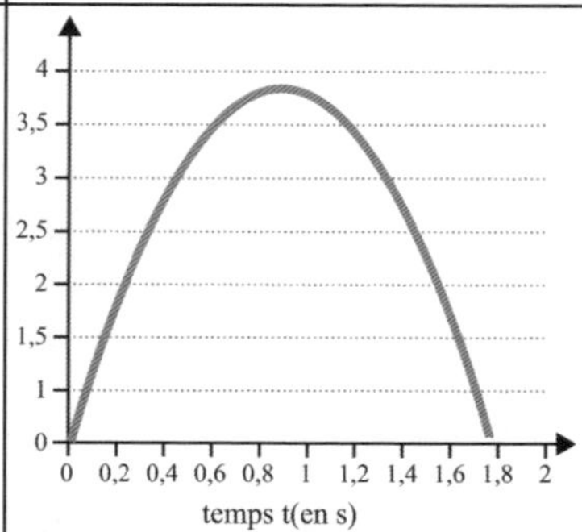
Équation : Justification :	Équation : Justification :

Pour chaque graphe, déterminez la nature de la courbe et déduisez-en le type de fonction correspondante afin d'identifier la grandeur représentée.

4. Une « chandelle » réussie

a) Déterminer par le calcul le temps dont dispose le joueur pour récupérer le ballon avant que celui-ci ne touche le sol.
Vérifier la valeur obtenue en faisant clairement apparaître la réponse sur l'un des graphes du tableau ci-dessus.

Calculez l'instant t_S où le ballon touche le sol en résolvant l'équation $y(t_S) = 0$. S'il y a plusieurs solutions possibles, conservez celle ayant un sens physique. Vérifiez que la courbe représentative de $y(t)$ coupe l'axe des abscisses en $t = t_S$

b) Déterminer de deux manières différentes la valeur de la vitesse v_1 du joueur pour que la chandelle soit réussie.

Calculez la vitesse du joueur à l'aide des deux méthodes suivantes :
- la vitesse du joueur doit être égale à la composante horizontale de la vitesse du ballon ;
- la vitesse du joueur peut s'exprimer en fonction de la distance et du temps de chute du ballon.

Le rugby, sport de contact

1. Les vitesses sont définies dans le **référentiel terrestre**, supposé galiléen.

2. Le système { joueur A + joueur B } étant isolé, il y a conservation de la quantité de mouvement : $\overrightarrow{p_A} + \overrightarrow{p_B} = \vec{p}'$

- $\overrightarrow{p_A}$: quantité de mouvement du joueur A avant l'impact ;
- $\overrightarrow{p_B}$: quantité de mouvement du joueur B avant l'impact ;
- $\vec{p}'$: quantité de mouvement des deux joueurs liés après l'impact.

Soit : $m_A\overrightarrow{v_A} + m_B\overrightarrow{v_B} = (m_A + m_B)\vec{v}'$, avec $\vec{v}'$ le vecteur vitesse après l'impact.

En projetant cette relation sur un axe horizontal :

$m_A \times v_A + m_B \times v_B = (m_A + m_B) \times v'$

D'où : $v' = \dfrac{m_A \times v_A + m_B \times v_B}{m_A + m_B}$

Application numérique : $v' = \dfrac{115 \times 5,0 + 110 \times 0}{115 + 110} = 2,6 \text{m.s}^{-1}$

Le rugby, sport d'évitement

3. a)

- Système étudié : { ballon } assimilé à un point matériel M de masse m ;
- référentiel : terrestre, supposé galiléen ;
- bilan des forces : poids $\vec{P} = m\vec{g}$ (actions de l'air négligées).

Appliquons la seconde loi de Newton : $\Sigma\overrightarrow{F_{ext}} = \dfrac{d\vec{p}}{dt}$, soit $m\vec{g} = m\vec{a}$ car la masse m est constante.

En simplifiant par m : $\vec{g} = \vec{a}$

On en déduit les coordonnées de $\vec{a}$:

- $a_x = 0$;
- $a_y = -g$.

b) Les coordonnées du vecteur vitesse sont obtenues par intégration des coordonnées du vecteur accélération, en tenant compte des conditions initiales :

- $v_x(t) = v_x(t = 0) = v_0\cos\alpha$;
- $v_y(t) = -gt + v_y(t = 0) = -gt + v_0\sin\alpha$.

Les coordonnées du vecteur position sont obtenues par intégration des coordonnées du vecteur vitesse, en tenant compte des conditions initiales :

- $x(t) = (v_0\cos\alpha)t + x(t = 0) = (v_0\cos\alpha)t$ (1) ;

– $y(t) = -\frac{1}{2}gt^2 + (v_0\sin\alpha)t + y(t=0) = -\frac{1}{2}gt^2 + (v_0\sin\alpha)t$ (2).

c) Exprimons t en fonction de x à l'aide de l'équation horaire (1) : $t = \frac{x}{v_0\cos\alpha}$.

On en déduit l'équation de la trajectoire en remplaçant t dans l'équation horaire (2) :

$$y(x) = -\frac{1}{2}g\left(\frac{x}{v_0\cos\alpha}\right)^2 + (v_0\sin\alpha)\frac{x}{v_0\cos\alpha}.$$

En simplifiant et en remarquant que $\frac{\sin\alpha}{\cos\alpha} = \tan\alpha$, on obtient :

$$y(x) = -\frac{g}{2(v_0\cos\alpha)^2}x^2 + (\tan\alpha)x.$$

d) Attribution des courbes d'évolution temporelles des grandeurs x, y, v_x et v_y :
– graphe A (en haut à gauche) : la courbe est une droite horizontale, la grandeur représentée est donc la fonction **constante** $v_x(t) = v_0\cos\alpha$;
– graphe B (en haut à droite) : la courbe est une droite passant par l'origine, la grandeur représentée est donc la fonction **linéaire** $x(t) = (v_0\cos\alpha)t$;
– graphe C (en bas à gauche) : la courbe est une droite, la grandeur représentée est donc la fonction **affine** $v_y(t) = -gt + v_0\sin\alpha$;
– graphe D (en bas à droite) : la courbe est une parabole, la grandeur représentée est donc la fonction **polynôme du second degré** $y(t) = -\frac{1}{2}gt^2 + (v_0\sin\alpha)t$.

4. a) Soit t_S l'instant où le ballon touche le sol : $y(t_S) = -\frac{1}{2}gt_S^2 + (v_0\sin\alpha)t_S = 0$

Factorisons par t_S : $t_S[-\frac{1}{2}gt_S + (v_0\sin\alpha)] = 0$

Cette équation admet deux solutions :
– $t_S = 0$ (solution éliminée) ;
– $-\frac{1}{2}gt_S + (v_0\sin\alpha) = 0$ soit : $t_S = \frac{2v_0\sin\alpha}{g}$.

Application numérique : $t_S = \frac{2 \times 10,0 \times \sin(60)}{9,81} = 1,8\text{s}$.

On vérifie sur le graphe D que la fonction $y(t)$ s'annule en t = 1,8 s.

b) Première méthode :
Pour que la chandelle soit réussie, la vitesse v_1 du joueur doit être égale à la composante horizontale v_x de la vitesse du ballon :
$v_1 = v_x(t) = v_0\cos\alpha = 10,0 \times \cos(60) = 5,0\text{m.s}^{-1}$.

Deuxième méthode :
On détermine graphiquement la distance d à laquelle le ballon touche le sol à l'aide de la courbe représentative de $x(t)$: d'après le graphe B, x = 9 m pour t = 1,8 s, donc d = 9 m.

La vitesse v_1 du joueur doit donc être : $v_1 = \dfrac{d}{t_S} = \dfrac{9}{1,8} = 5,0 \text{m.s}^{-1}$.

Sujet national, juin 2016, exercice de spécialité

Pompage solaire dans le désert du Sahel

Le pompage solaire consiste à élever l'eau d'un puits vers un réservoir, à l'aide d'une pompe à moteur électrique alimentée par des panneaux de cellules photovoltaïques. L'eau ainsi puisée peut par exemple couvrir les besoins domestiques d'une population ou bien permettre l'irrigation de cultures. Ces systèmes trouvent toute leur pertinence dans la mesure où la difficulté d'accéder à l'eau concerne souvent des régions où l'ensoleillement est fort.
On s'intéresse à une station de pompage située dans le Sahel malien. Pour un bon fonctionnement, il est nécessaire d'adapter le débit de la pompe aux besoins en eau, et la hauteur totale H d'élévation de l'eau à la configuration des lieux.

Schéma simplifié de l'installation

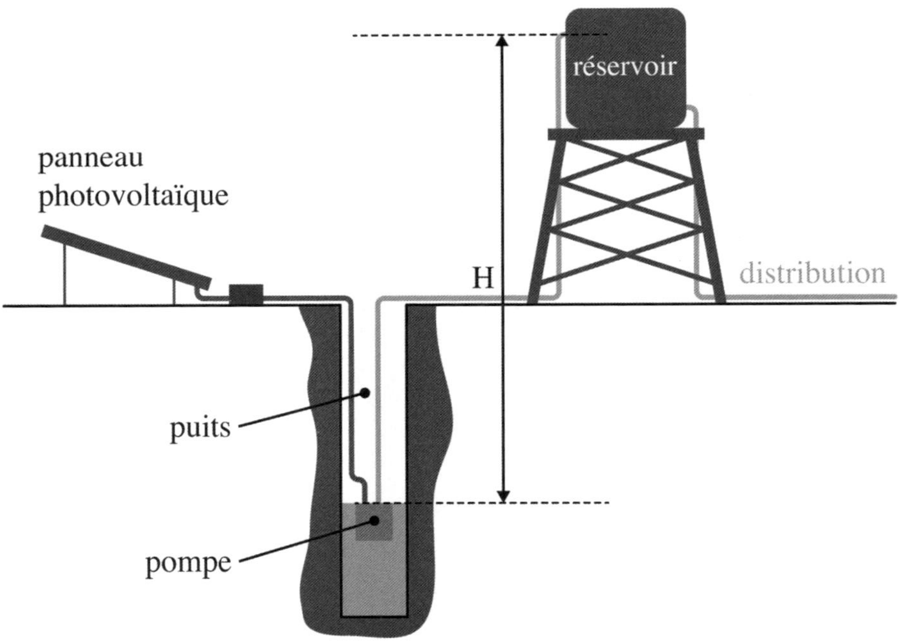

Le volume quotidien d'eau nécessaire est $V = 35\ m^3$ lorsque les besoins en eau sont importants. Le moteur de la pompe fonctionne pendant les six heures les plus ensoleillées de la journée ; c'est sur cette durée que le volume d'eau quotidien attendu doit être élevé de la hauteur $H = 50$ m.

Données :

- $1\ eV = 1{,}60 \times 10^{-19}$ J ;
- constante de Planck : $h = 6{,}63 \times 10^{-34}$ J.s ;

- la valeur de la célérité de la lumière dans le vide est supposée connue ;
- masse volumique de l'eau : $\rho = 1,0 \times 10^3$ kg.m^{-3} ;
- intensité de la pesanteur : $g = 9,8$ N.kg^{-1} ;
- rendement d'une conversion d'énergie exprimée en pourcentage (%) :

$$r = \frac{energie\ utile}{energie\ recue} \times 100$$

- la puissance du rayonnement solaire reçu par l'ensemble des panneaux est le produit de la puissance surfacique du rayonnement solaire par la surface S des panneaux : $P_{reçu} = P_{surf} \times S$.

Principe de fonctionnement des cellules photovoltaïques

Les cellules photovoltaïques sont constituées de matériaux semi-conducteurs. Quand elles sont éclairées, ces cellules se comportent comme un générateur. Dans les matériaux semi-conducteurs, les diagrammes énergétiques des électrons sont constitués de bandes : on distingue en particulier la bande de valence et la bande de conduction. Ces deux bandes sont séparées d'une énergie E_g appelée gap, caractéristique du matériau. Des électrons peuvent transiter de la bande de valence vers la bande de conduction en absorbant un photon d'énergie supérieure à E_g. C'est ce mécanisme qui donne naissance au courant électrique dans une cellule photovoltaïque.

La puissance du rayonnement solaire reçue par la cellule n'est pas intégralement convertible en puissance électrique. On considère que les photons d'énergie inférieure à E_g ne permettent pas la transition vers la bande de conduction. Il existe alors une longueur d'onde de coupure λ_c au-delà de laquelle il n'y a aucune conversion.

Les cellules les plus courantes sont constituées de silicium cristallin ou de silicium amorphe.

Diagramme d'énergie des électrons d'un matériau semi-conducteur.

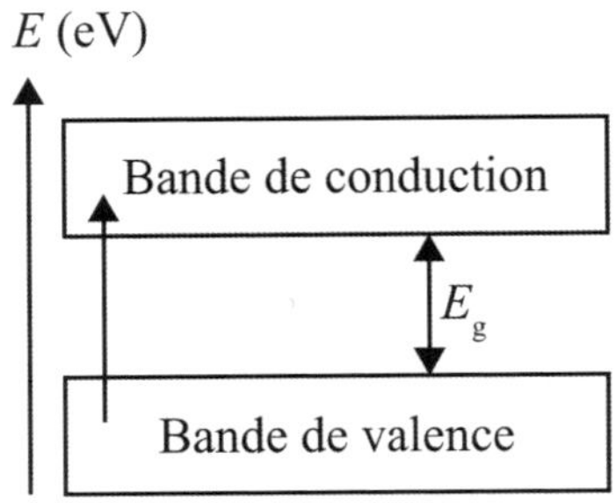

Diagramme d'énergie des électrons d'un matériau semi-conducteur.

La flèche ↑ reliant les bandes de valence et de conduction désigne une transition énergétique par absorption d'un photon.

La flèche ↑ reliant les bandes de valence et de conduction désigne une transition énergétique par absorption d'un photon.

Caractéristiques des cellules photovoltaïques utilisables pour la station de pompage

Types de cellules photovoltaïques	Energie de gap E_g en eV	Rendement global de l'installation *	Avantages	Inconvénients
Cellule en silicium monocristallin	1,12	6,4 %	Très bon rendement Durée de vie importante	Coût très élevé
Cellule en silicium polycristallin	1,12	5,2 %	Bon rendement Durée de vie importante Bon rapport qualité / prix	Rendement faible sous un faible éclairement
Cellule en silicium amorphe	1,77	2,8 %	Faible coût Bon fonctionnement avec un éclairement faible	Rendement faible en plein soleil Courte durée de vie

* Le rendement global de l'installation tient compte du rendement des panneaux solaires et du rendement du dispositif de pompage.

Données météorologiques concernant la région du Sahel malien où se situe le projet

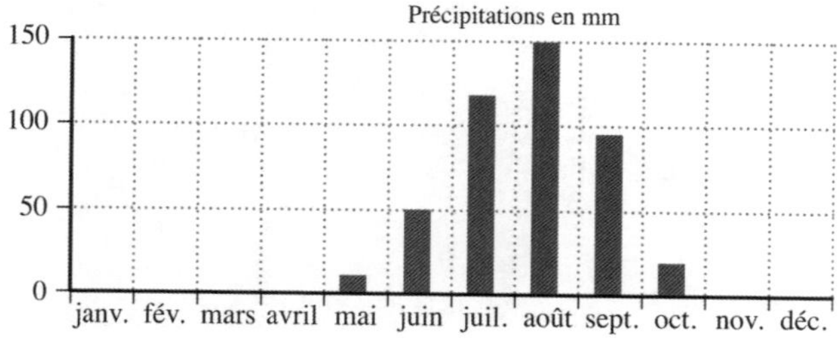

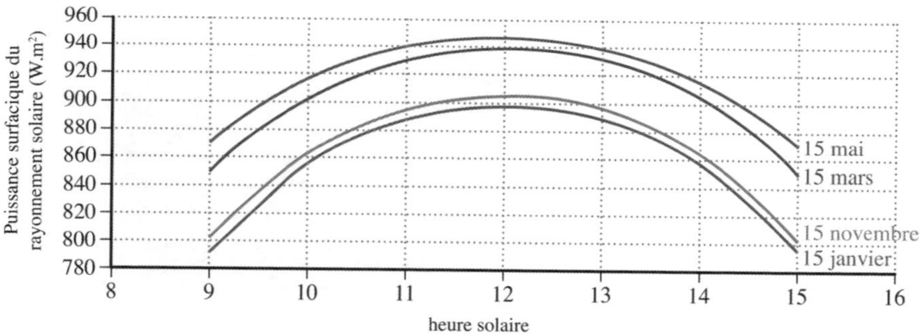

Questions préliminaires

1. Pour l'installation, on souhaite utiliser un matériau dont la longueur d'onde de coupure est λ_C = 1 110 nm.
Proposer un type de cellule qui pourrait être utilisé en précisant le(s) critère(s) de choix retenu(s).

> Les cellules photovoltaïques proposées ne peuvent être différenciées que par leur énergie de gap.

2. Calculer l'énergie nécessaire pour élever 1,0 m^3 d'eau d'une hauteur de 50 m.

> L'énergie potentielle de pesanteur est une énergie liée à la hauteur d'une masse.

Problème

Estimer la surface totale des panneaux solaires permettant de satisfaire aux besoins en eau au cours d'un mois de l'année où ces besoins sont importants au Sahel malien.
Toutes les initiatives du candidat seront valorisées. La démarche suivie nécessite d'être correctement présentée.

Il faut d'abord déterminer le mois de l'année où les précipitations et la puissance surfacique du rayonnement solaire sont minimales.
Ensuite, après avoir fait une estimation d'une puissance surfacique moyenne pour le mois choisi, on pourra en déduire la puissance lumineuse en fonction de la surface des panneaux solaires et l'énergie lumineuse.
La deuxième relation sera donnée par le rendement de conversion de l'énergie et l'énergie potentielle nécessaire.
La surface découlera des deux relations précédentes.

Questions préliminaires

1. L'énergie de gap correspondant à une longueur d'onde de coupure $\lambda_c = 1110\text{nm}$ est donnée par : $E_g = h\dfrac{c}{\lambda_c}$

Application numérique : $E_g = 6{,}63\cdot10^{-34}\,\dfrac{3{,}00\cdot10^{8}}{1110\cdot10^{-9}}$

$E_g = 1{,}79\cdot10^{-19}\,\text{J}$

Comme $1\text{eV} = 1{,}60\cdot10^{-19}\,\text{J}$, on arrive à $E_g = 1{,}12\text{eV}$

Cette énergie de gap correspond aux cellules en silicium monocristallin ou polycristallin. Le choix se fera sur d'autres critères, comme le rendement et le rapport qualité/prix.

2. L'énergie pour élever 1,0 m^3 d'eau de 50 m correspond à l'énergie potentielle de pesanteur.

D'où $E_{pp} = mgh$ soit $E_{pp} = \rho\times V\times g\times h$

Application numérique : $E_{pp} = 1{,}0\cdot10^{3}\times1{,}0\times9{,}8\times50$

D'où $E_{pp} = 4{,}9\cdot10^{5}\,\text{J}$

Problème

Lorsque les besoins sont importants le volume quotidien d'eau nécessaire est $V = 35\text{m}^3$. Pour élever ce volume d'eau de 50 m, il faudra fournir une énergie correspondant à l'énergie potentielle de pesanteur : $E_{pp} = \rho\times V\times g\times h$

Le rendement de conversion de l'énergie lumineuse en énergie potentielle de pesanteur est donné par : $r = \dfrac{E_{pp}}{E_{\text{lumineuse}}}\times100$

D'où $E_{\text{lumineuse}} = \dfrac{E_{pp}}{r}\times100$ soit $E_{\text{lumineuse}} = \dfrac{\rho\times V\times g\times h}{r}\times100$

Les données météorologiques nous indiquent que la période où les besoins en eau sont importants correspond aux mois de novembre à avril. Mais en utilisant le graphique de la puissance surfacique du rayonnement solaire, on en déduit que le mois de janvier doit servir de référence car la puissance surfacique est alors minimale.

La puissance surfacique du rayonnement solaire le 15 janvier varie au cours d'une journée de 790 W·m^{-2} à 900 W·m^{-2}, ce qui donne en moyenne une puissance égale à $P_{\text{surfacique}} = \dfrac{790+900}{2}$.

Soit $P_{\text{surfacique}} = 845\,\text{W}\cdot\text{m}^{-2}$

Or $E_{lumineuse} = P_{lumineuse} \times \Delta t$

Avec $P_{lumineuse} = P_{surfacique} \times S$

Donc $E_{lumineuse} = P_{surfacique} \times S \times \Delta t$

Égalisons les deux relations donnant l'énergie lumineuse :

$$\frac{\rho \times V \times g \times h}{r} \times 100 = P_{surfacique} \times S \times \Delta t$$

On en tire $S = \dfrac{\rho \times V \times g \times h}{P_{surfacique} \times r \times \Delta t} \times 100$

Le moteur fonctionne pendant 6 heures et on supposera que le choix s'est porté sur les cellules photovoltaïques ayant le rendement le plus faible (5,2 %).

Application numérique : $S = \dfrac{1{,}0 . 10^3 \times 35 \times 9{,}8 \times 50}{945 \times 5{,}2 \times 6 \times 3600} \times 100$

Donc S = 18 m^2

Cette surface est raisonnable et donc envisageable pour le Sahel malien.

Temps, mouvement et évolution

Énergie solaire récupérer les photons perdus

Une équipe américaine améliore la conversion énergétique des cellules photovoltaïques

Les chimistes américains du Laboratoire national des énergies renouvelables (Colorado) ont travaillé d'arrache-pied pour obtenir une efficacité supérieure à 100 % pour des cellules photovoltaïques d'un nouveau genre. 114 % pour être exact !

Comment est-ce possible ? Qu'on se rassure, aucune loi physique n'a été violée. C'est en fait le cœur du processus de conversion des photons, des grains de lumière du Soleil, en électrons pourvoyeurs d'électricité qui a atteint un tel niveau. Le rendement énergétique réel et complet, rapport de la puissance électrique extraite sur la puissance incidente, reste inférieur à 100 %. Il est même d'environ 5 %, bien en deçà des cellules solaires commerciales qui dépassent les 15 %. *« C'est une belle illustration des ruptures technologiques qui se préparent. Rappelons que les principes sur lesquels sont bâtis les panneaux solaires actuels remontent aux années 1950 »*, constate Jean-François Guillemoles, directeur de recherche du CNRS à l'Institut de recherche et développement sur l'énergie photovoltaïque, laboratoire associant le CNRS, EDF et l'école Chimie Paristech.

La rupture dont il est question dans le travail américain, publié dans la revue *Science* le 16 décembre, consiste à mieux utiliser les photons. En effet, dans le large spectre de longueurs d'ondes reçues, il y a beaucoup de pertes, les photons étant généralement absorbés par les matériaux ou se perdant en chaleur. Seuls ceux ayant une énergie précise ont la capacité d'exciter les électrons des panneaux souvent à base de silicium. Dans ce cas, en théorie, un photon engendre un électron.

« Relancer la compétition »

Mais l'équipe de Matthew Beard a démontré qu'il était possible de dépasser ce seuil dans d'autres matériaux. Ainsi dans un alliage de plomb et de sélénium, des photons de grande énergie, d'habitude inefficaces, peuvent créer des électrons, par un processus de cascades impliquant les particules chargées du composé. En l'occurrence, 1,14 électron par photon. *« Ils ont obtenu 114 % d'efficacité mais on pourrait s'attendre à 200 %, 300 % ou plus »*, précise Abdelilah Slaoui, de l'Institut d'électronique du solide et des systèmes de l'université et de l'Institut national des sciences appliquées de Strasbourg. C'est qu'il n'est pas facile de domestiquer les électrons dans la matière.

Pour augmenter l'effet des cascades, les chercheurs utilisent un matériau structuré en minuscules boîtes. L'inconvénient est qu'alors les électrons n'en sortent pas facilement. Il a donc fallu rapprocher les boîtes, mais pas trop pour faciliter le déplacement des charges. Ensuite il faut déposer des électrodes pour arracher ces électrons à ces pièges, mais cela ajoute de nouvelles pertes.

Au final, c'est la première démonstration convaincante qu'il est possible de moins gâcher la manne solaire. Jusqu'ici, des expériences semblables n'avaient pas mis en évidence ce phénomène sur des matériaux quasi commerciaux. *« Nous travaillons sur ce principe depuis 2004. Nous espérons aller jusqu'à un rendement de 10 % dans les prochaines années »*, annonce Matthew Beard. Une étape sans doute vers le dépassement du seuil de 30 % de rendement, limite des technologies actuelles. *« Ce n'est qu'une étape, mais cela peut relancer la compétition. Le solaire a encore une grande marge de progression* », rappelle Jean-François Guillemoles.

David Larousserie

Le Monde Science et techno daté du 24.12.2011

Exploitation de documents
Sujet national, juin 2014, exercice 2

D'une odeur âcre à une odeur fruitée

Les esters ont souvent une odeur agréable. On les trouve naturellement dans les fruits, dont ils sont souvent responsables de l'arôme. La parfumerie et l'industrie alimentaire utilisent aussi les esters et les obtiennent par extraction ou par synthèse.

Ester	Odeur
méthanoate d'éthyle	fruitée
méthanoate de butyle	fruitée
éthanoate de méthyle	fruitée
éthanoate de propyle	poire
éthanoate de butyle	pomme
éthanoate d'octyle	orange
propanoate d'éthyle	fraise
butanoate d'éthyle	ananas

De tous temps, certains « nez » éduqués ont été capables de distinguer des odeurs très voisines et d'identifier ainsi des esters. De nos jours, les espèces organiques peuvent être identifiées par des méthodes spectroscopiques (infrarouge, résonance magnétique nucléaire, etc.).
Il est relativement aisé de passer d'un produit ayant une odeur âcre, comme l'acide formique, à l'odeur fruitée d'un ester. C'est ce qu'illustre le protocole décrit ci-après de la synthèse du méthanoate de butyle à partir de l'acide formique.

Protocole
Préparer un bain-marie à une température d'environ 50°C. Sous la hotte, verser dans un erlenmeyer 7,5 mL d'acide formique, puis 18,0 mL de butan-1-oL, ajouter 3 gouttesd'acide sulfurique concentré. Surmonter l'erlenmeyer contenant le mélange d'un réfrigérant à air, placer dans le bain marie et assurer une agitation douce.

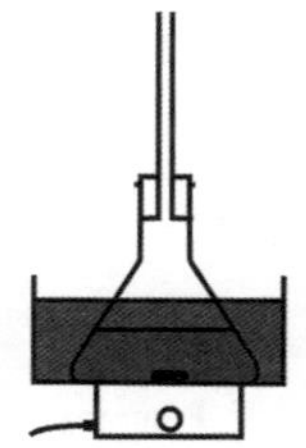

L'équation de la réaction de synthèse est :

$$\underset{\text{acide formique}}{HC(=O)-OH} + \underset{\text{butan-1-ol}}{HO-CH_2-CH_2-CH_2-CH_3} \rightleftharpoons \underset{\text{méthanoate de butyle}}{HC(=O)-O-CH_2-CH_2-CH_2-CH_3} + \underset{\text{eau}}{H_2O}$$

Données

Masse molaire moléculaire de l'acide formique : 46,0 g.mol^{-1}, densité : 1,22.
Masse molaire moléculaire du butan-1-ol : 74,0 g.mol^{-1}, densité : 0,81.
Masse volumique de l'eau : ρ_{eau} = 1,0 g.mL^{-1}.
Numéros atomiques Z(C) = 6 ; Z(O) = 8.

Document 1

Mécanisme réactionnel de la synthèse du méthanoate de butyle

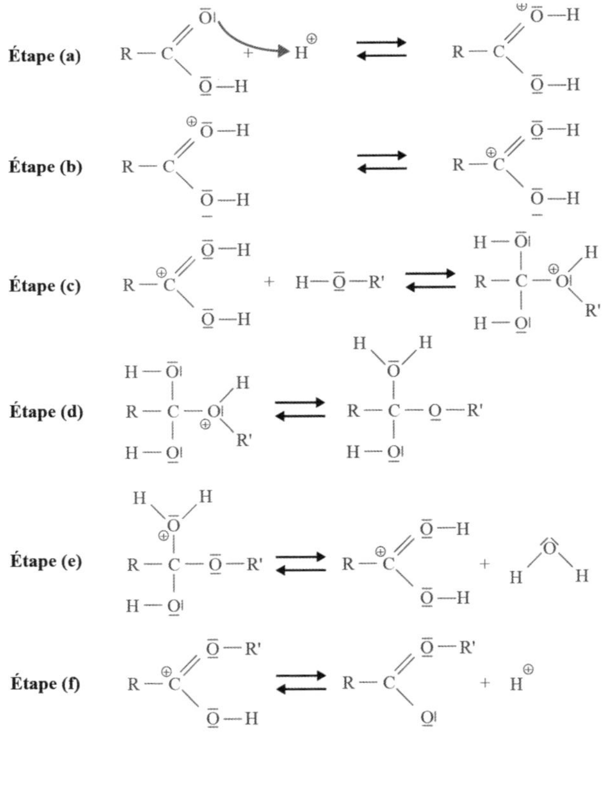

Document 2

Étude expérimentale de la synthèse du méthanoate de butyle

Pour optimiser cette synthèse, des études expérimentales sont menées dans différentes conditions. La quantité initiale de butan-1-ol utilisée est celle du protocole. Les résultats sont représentés par les graphiques ci-dessous.

Document 2. a)

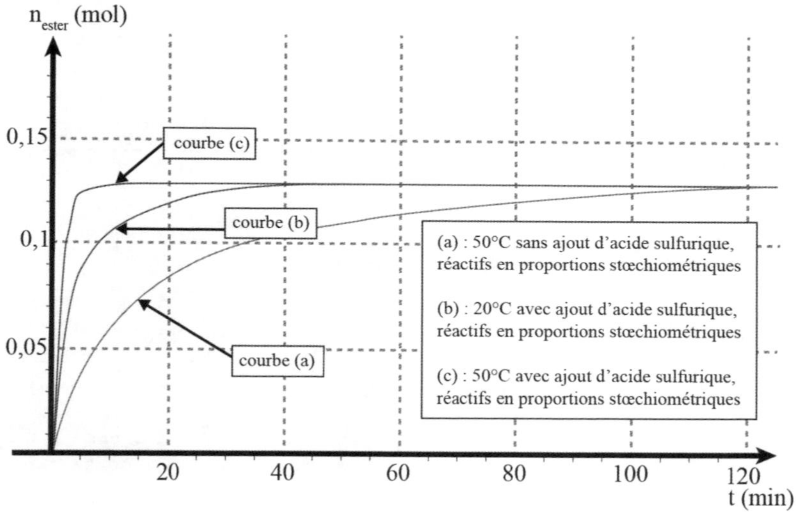

Document 2. b)

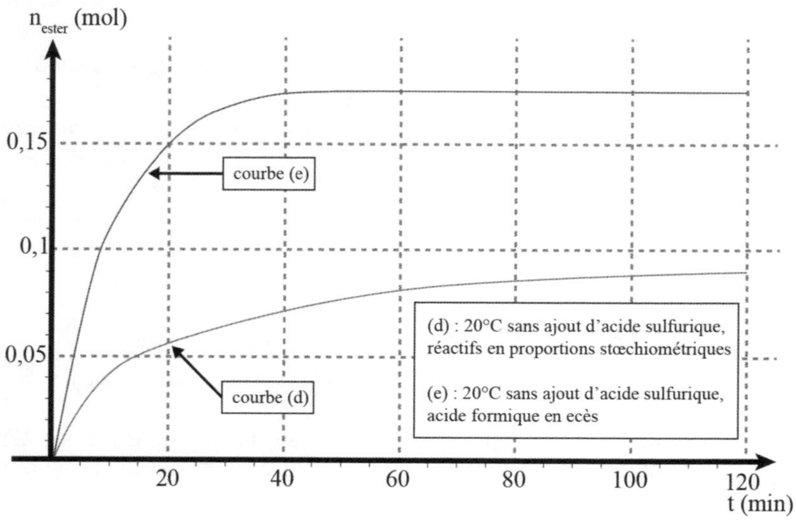

Document 3

Spectres de RMN du proton de l'éthanoate de méthyle et du méthanoate d'éthyle

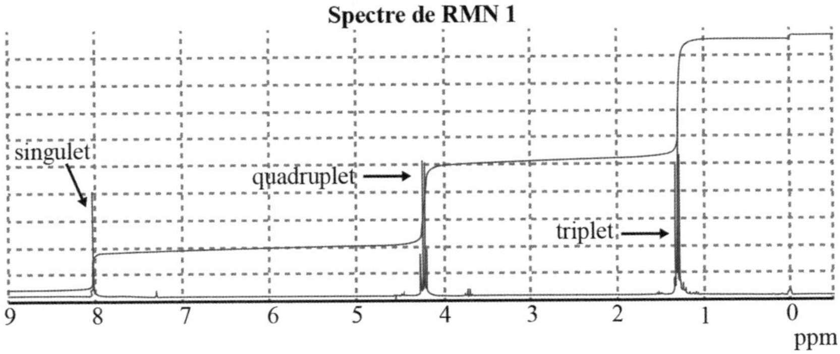

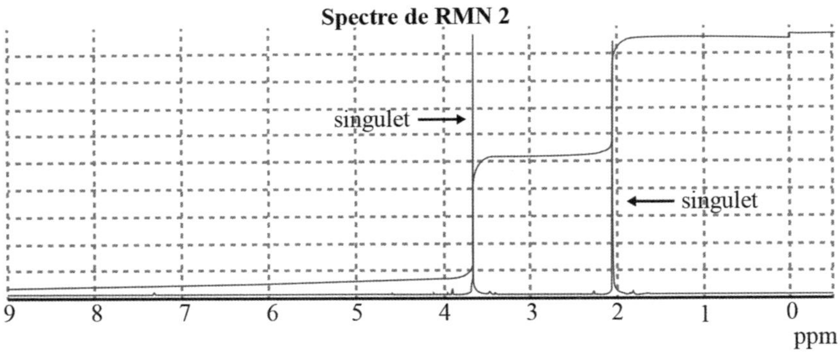

On se propose d'étudier les caractéristiques de la synthèse du méthanoate de butyle à partir de l'acide formique puis d'identifier des esters.
Le candidat utilisera ses connaissances ainsi que les informations fournies dans les documents.

Réaction de synthèse du méthanoate de butyle et son mécanisme

1. Quel est le nom en nomenclature officielle de l'acide formique ?

Combien d'atomes de carbone contient la chaine carbonée la plus longue ?

2. Recopier l'équation de la réaction de synthèse étudiée en utilisant une écriture topologique. Encadrer les groupes caractéristiques et nommer les fonctions correspondantes.

> Il faut se souvenir de la définition de l'écriture topologique.

3. Décrire la modélisation de l'étape (a) du mécanisme réactionnel dans le document 1.

> Il faut s'interroger sur la signification de la flèche courbe.

4. Après avoir recopié les étapes (c) et (e), compléter chaque étape à l'aide des flèches courbes nécessaires. Pour chacun des cas, indiquer s'il s'agit d'une formation ou d'une rupture d'une liaison.

5. Comment peut-on expliquer l'existence des charges positives portées par les atomes d'oxygène et de carbone dans l'étape (e) ?

> Faites la structure électronique du carbone et de l'oxygène.

Optimisation du protocole de synthèse

6. Le mélange de réactifs dans le protocole décrit est-il stœchiométrique ? Justifier.

> Calculez la quantité de matière de chacun des réactifs.

7. Identifier dans le document 2 la courbe correspondant au protocole décrit. Justifier.

8. Déterminer le rendement de la synthèse dans le cas de ce protocole.

> Revenez à la définition du rendement et utilisez la courbe choisie précédemment pour déterminer la quantité de matière d'ester obtenu.

9. Effectuer une analyse détaillée de l'influence des conditions expérimentales sur la synthèse du méthanoate de butyle.

10. Présenter les conditions optimales de la synthèse du méthanoate de butyle et les justifier.

Identification d'esters

La distinction des esters par l'odeur peut être incertaine, en particulier dans le cas du méthanoate d'éthyle et de l'éthanoate de méthyle.
La formule semi-développée du méthanoate d'éthyle est :

$$\mathrm{HC(=O)-O-CH_2-CH_3}$$

11. Indiquer la formule semi-développée de l'éthanoate de méthyle.

12. La spectroscopie IR permet-elle de distinguer l'éthanoate de méthyle du méthanoate d'éthyle ? Justifier.

> Que permet de déterminer la spectroscopie IR ?

13. Associer chacun des spectres du document 3 à l'ester correspondant. Justifier.

> Analysez chacun des spectres RMN.

Réaction de synthèse du méthanoate de butyle et son mécanisme

1. L'acide formique se nomme l'acide méthanoïque en nomenclature officielle.

2. L'équation de la réaction en écriture topologique est :

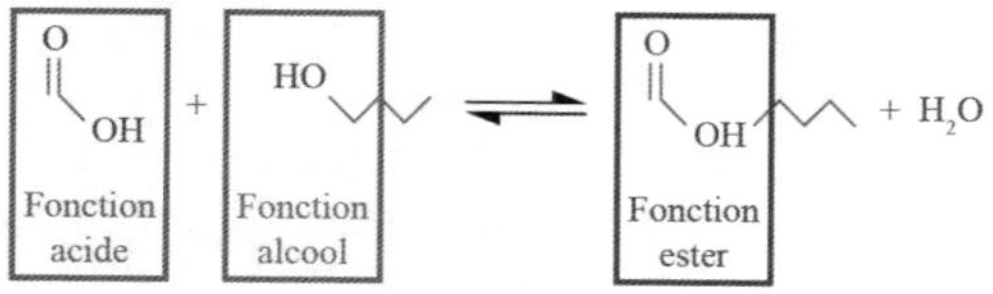

3. Dans l'étape (a), la flèche courbe modélise le transfert d'électrons d'un doublet non-liant de l'atome d'oxygène, qui est un site donneur, vers un atome d'hydrogène, qui est un site accepteur.

4. Dans l'étape (c), il s'agit de la formation d'une liaison, alors que dans l'étape (e), il s'agit d'une rupture d'une liaison.

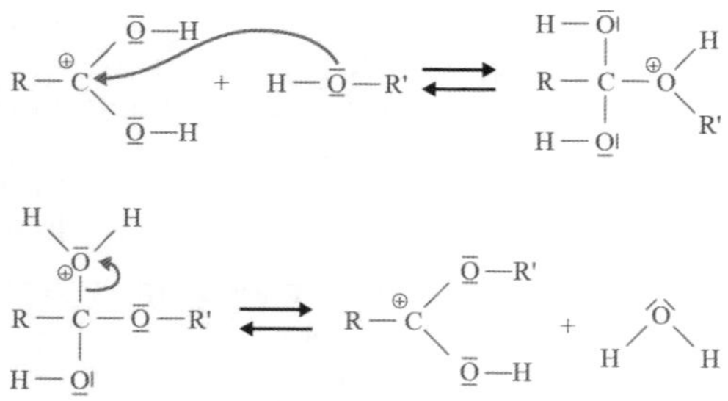

5. L'oxygène comporte 6 électrons externes $(K)^2\ (L)^6$; s'il a 3 liaisons de covalence et un doublet non liant, il est environné par seulement 5 e^-. Il lui manque donc un électron, ce qui est noté +.
Le carbone comporte 4 électrons externes $(K)^2\ (L)^4$; s'il a 3 liaisons de covalence, il est environné par seulement 3 e^-. Il lui manque donc un électron, ce qui est noté +.

Optimisation du protocole de synthèse

6. Quantité d'acide formique introduite initialement :

$$n_1 = \frac{m_1}{M_1} = \frac{\rho_1 . V_1}{M_1}.$$

Or $d_1 = \dfrac{\rho_1}{\rho_{eau}}$, alors $\rho_1 = d_1 . \rho_{eau}$, donc $n_1 = \dfrac{d_1 . \rho_{eau} . V_1}{M_1}$.

Numériquement : $n_1 = \dfrac{1,22 \times 1,0 \times 7,5}{46,0}$, soit n_1 = 0,20 mol.

Quantité de butan-1-ol introduite initialement :

$$n_2 = \frac{m_2}{M_2} = \frac{d_2.\rho_{eau}.V_2}{M_2}.$$

Numériquement : $n_2 = \frac{0,81 \times 1,0 \times 18,0}{74,0}$, soit n_2 = 0,20 mol.

Le mélange est bien stœchiométrique.

7. Le protocole mentionné dans l'énoncé indique un bain-marie à une température de 50 °C, avec de l'acide sulfurique concentré. De plus, on vient de démontrer un mélange stœchiométrique. C'est donc la courbe (c) qui correspond au protocole.

8. D'après la courbe (c), $n_{\text{ester final}}$ = 0,13 mol.

Comme le rendement $\mu = \frac{n_{\text{ester final}}}{n_{\text{AH initial}}}$ et n_1 = 0,20 mol, alors $\mu = \frac{0,13}{0,20} = 0,65 = 65\%$

9.
– les courbes (c) et (b) montrent que pour le même état final d'équilibre, il est atteint plus rapidement à 50 °C qu'à 20 °C ;
– les courbes (a) et (c) montrent que pour le même état final d'équilibre, il est atteint plus rapidement avec de l'acide sulfurique ;
– les courbes (d) et (e) montrent qu'un excès d'acide formique rend la réaction plus rapide et augmente la quantité finale d'ester produit, donc le rendement.

10. L'optimisation consiste à maximiser le rendement et minimiser le temps de réaction.
Compte tenu de la question précédente : un excès d'acide formique augmente la vitesse de réaction et le rendement de la réaction et une température de 50 °C et l'ajout d'acide sulfurique augmentent la vitesse de réaction.

Identification d'esters

11. Molécule d'éthanoate de méthyle :

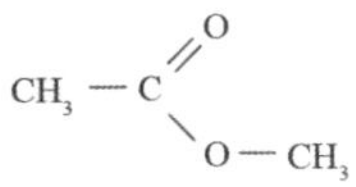

12. Comme les deux molécules ont le même groupe caractéristique, elles sont difficiles à différencier en spectroscopie IR.

13. Le spectre de RMN 1 présente trois signaux, faisons l'analyse de ce spectre :
δ (ppm) : 1.
Multiplicité : triplet.
Nombre de voisins (règle n + 1) : 2.

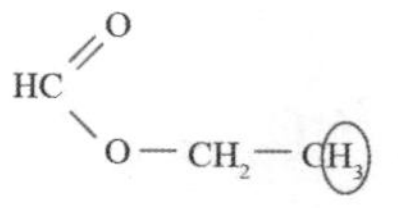

δ (ppm) : 4,2.
Multiplicité : quadruplet.
Nombre de voisins (règle n + 1) : 3.

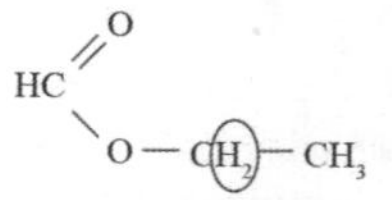

δ (ppm) : 8.
Multiplicité : singulet.
Nombre de voisins (règle n + 1) : 3.

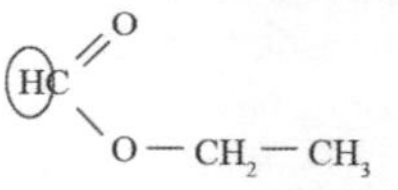

Le spectre de RMN 1 correspond donc au méthanoate de méthyle.
Le spectre de RMN 2 présente deux signaux, faisons l'analyse de ce spectre :
δ (ppm) : 2 et 3,6.
Multiplicité : singulet.
Nombre de voisins (règle n + 1) : 0 et 2.

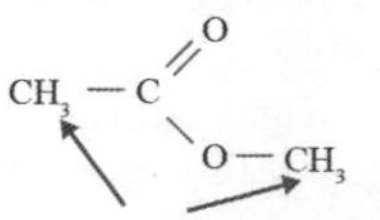

Le spectre de RMN 2 correspond donc à l'éthanoate de méthyle.

Structure et transformation de la matière

Neutrino supraluminique : chercher l'erreur

Il y a un an, des physiciens disaient avoir observé une particule allant plus vite que la lumière. Ce n'était in fine qu'un artefact. Retour sur un psychodrame scientifique

Sous la montagne, le calme semble revenu au Laboratoire national du Gran Sasso (Italie). Son expérience la plus grosse, Opera, a retrouvé de la sérénité. Au pied de ses dix mètres de haut, une lumière clignote, indiquant que le champ magnétique est en marche. Le long de ses flancs de trente mètres, un robot automatique plonge ses bras dans les entrailles d'acier, de plomb et de plastique pour en extraire des plaques photographiques sur lesquelles, peut-être, des particules étranges auront laissé une trace. Au fond du tunnel, sans qu'on les voie, des milliards de neutrinos, des particules quasiment sans masse, bombardent Opera depuis un laboratoire en Suisse, le CERN, distant de 732 kilomètres. Le 23 septembre 2011, ce sont eux qui ont bien failli faire imploser la collaboration de plus de 150 chercheurs italiens, français, japonais essentiellement. Ce jour-là, par un communiqué et par un exposé scientifique au CERN, Opera avait indiqué avoir détecté des neutrinos plus rapides que la lumière. Ces bolides étaient même arrivés 60 milliardièmes de seconde plus tôt que prévu. Ou, à cette vitesse, quelque 20 mètres devant la plus rapide des particules connues dans le vide, le photon.

Le résultat contredit l'état des connaissances, la relativité d'Einstein. Le retentissement est planétaire. Cinq mois plus tard, le 23 février, Opera annonce que deux erreurs dans l'expérience annulent l'effet révolutionnaire. Que s'est-il passé dans le tunnel ? De la science bancale ou de la science normale ? La réponse mêle étroitement arguments scientifiques et considérations psychologiques.

Opera n'a pas été construite dans le but de chronométrer les particules. Lorsqu'elle naît, en 1997, dans la tête d'Antonio Ereditato, Paolo Strolin et Kimio Niwa, les physiciens veulent prouver que les neutrinos sont transformistes. C'est-à-dire que sur leur chemin depuis la Suisse, une partie des « neutrinos muon » se métamorphosent en « neutrinos tau ». Un tel phénomène est unique pour des particules élémentaires, et comprendre ses détails permet de plonger au cœur des secrets de la matière.

Il sera effectivement observé en 1998 au Japon, puis en 2001 au Canada pour des neutrinos en provenance du Soleil, qui appartiennent à une troisième famille, celle des « électrons ». En toute rigueur, il faut donc vérifier pour tous les cas d'espèce. Dans cette quête, Opera est accompagnée de Minos, aux Etats-Unis, et de K2K, au Japon, lancées avec la même ambition. Opera est cependant la seule à pouvoir voir apparaître directement sur ses plaques photographiques un neutrino transformé. Les autres constatent un déficit des neutrinos originaux.

La mesure de vitesse est un sous-produit de cette idée, lancée comme un défi scientifique. Dario Autiero, du CNRS à l'Institut de physique nucléaire de Lyon, a la charge de cette partie de l'expérience à partir du milieu des années 2000. En 2008, il embauche Giulia Brunetti pour une thèse sur le sujet. *« C'était un travail passionnant et difficile,* dit-elle, *car il fallait acquérir des connaissances dans des domaines différents : la synchronisation des horloges entre Suisse et Italie, la géodésie pour connaître la distance entre les deux sites, l'analyse de tous ces signaux... »* Une multidisciplinarité qui conduira Dario Autiero à monter une sorte de *dream team* d'une vingtaine de personnes, pour la plupart hors de la collaboration elle-même. « *C'était enthousiasmant à réaliser car cela posait une bonne question de physique* », se souvient Javier Serrano, du CERN. « *Je n'ai jamais fait un travail aussi difficile dans un temps aussi court. On a pu montrer comment une vieille science, la géodésie, peut encore être utile pour pousser aux limites de la connaissance* », indique Mattia Crespi, professeur à l'université de Rome.

« *Les Américains de Minos, en 2007, avaient obtenu un premier résultat. On voulait faire dix fois mieux*, explique Dario Autiero. *Nous n'avions pas de préjugés sur la mesure. On voulait juste pousser la technologie à ses limites. Le fait d'améliorer des techniques est un aspect noble de cette activité. J'ai eu la chance de trouver des gens aussi passionnés que moi par ce défi, certes assez ingrat.* » De fait, les précisions obtenues sont remarquables : 20 centimètres sur 732 kilomètres de distance et moins de dix nanosecondes d'écart entre les horloges du CERN et d'Opera, alors que les expériences habituelles se contentent de dix ou cent fois moins. Tout était donc en place pour obtenir ce qu'on appelle un « résultat négatif », c'est-à-dire un résultat qui pousse aux limites une théorie mais qui la confirme. Le genre d'articles qui fleurissent dans la littérature scientifique et ont peu d'échos. Pas cette fois.

En mars 2011, Dario Autiero et Giulia Brunetti découvrent le résultat en ouvrant leur « boîte noire » — entendre la technique utilisée par les physiciens pour éviter les biais, équivalente des tests en aveugle de la recherche biomédicale. Les chercheurs estiment les incertitudes de leurs instruments et de leurs protocoles sans voir les données. Ce n'est qu'après ce travail qu'ils font tourner leurs ordinateurs sur les vraies données. Surprise, les neutrinos vont plus vite que la lumière ! « *Je n'en ai pas dormi de la nuit. Et j'ai vite compris que ça allait m'attirer des ennuis* », se souvient Dario Autiero.

Il ne croyait pas si bien dire. Quoi que révolutionnaire a priori, l'idée de particules supraluminiques n'est pas totalement absurde puisque des théoriciens ont, bien avant Opera, envisagé de tels scénarios. La communauté sait aussi que tout modèle a des limites, et elle guette les failles qui ouvriront de nouveaux champs d'investigation. Les esprits sont prêts à s'agiter. Rapidement, les responsables des différents laboratoires sont prévenus. A la tête d'Opera, Antonio Ereditato décide de constituer un groupe de travail, ou « task force », pour vérifier le travail : « *C'était une procédure habituelle. La différence est que j'ai demandé un peu plus de confidentialité qu'à l'accoutumée.* » La vingtaine de personnes, dont des parties prenantes de la dream team, se met au travail dès avril.

Le 20 mai, Giulia Brunetti soutient sa thèse à Bologne, avec une stricte condition de confidentialité. Le jury n'est pas ébranlé par le résultat, présenté comme préliminaire. Il juge, avec la meilleure appréciation, seulement la méthode.

A l'été, la pression monte. « *On n'est jamais à l'abri d'avoir fait une erreur. Mais à la fin de l'été on savait qu'on ne pourrait pas mieux vérifier de notre côté* », explique Javier Serrano. Beaucoup dans la task force annulent leurs vacances. La mesure résiste. Une entreprise allemande, spécialiste des GPS, est mobilisée. Mattia Crespi revient vérifier les distances. Rien à signaler.

Début septembre, à Bologne, la collaboration, qui ignore les détails de l'anomalie, mais en connaît la substance, se réunit pour quatre jours d'exposés et de discussions. « *On a tout expliqué, négocié ligne à ligne chaque mot d'un article que nous voulions soumettre* », se souvient Dario Autiero. « *Je n'arrêtais pas d'échanger par mails avec mes collègues* », confirme Antonio Ereditato. Des fuites ont lieu sur des blogs, ce qui ajoute à la nervosité. Le porte-parole d'Opera décide de faire voter la trentaine de chefs de groupe sur l'opportunité de rendre public ce résultat. Un groupe refusera, deux autres décideront de ne pas prendre part au vote. « *On ne vote pas sur la science* », rappelle Paolo Strolin, l'un des abstentionnistes. « *Science doit rimer avec prudence* », appuie le premier directeur d'Opera. Antonio Ereditato prend ensuite une décision originale : demander à chacun des 170 membres de la collaboration de dire s'il veut signer ou pas l'article. Paolo Strolin, cohérent avec son non-vote, ne signera pas. Quelques autres l'imiteront.

Et le 23 septembre, c'est l'annonce publique au CERN. L'exposé de Dario Autiero est technique et prudent. La dernière phrase de l'article mis, la nuit précédente, à la disposition de la communauté est claire : « *Malgré la précision et la stabilité de ce résultat, sa portée importante motive la poursuite de notre étude pour chercher de possibles effets encore inconnus pouvant l'expliquer.* » Une forme d'appel à l'aide. Il sera entendu. Des dizaines d'articles affluent sur le site Web habituel de diffusion de nouveaux résultats en physique, ArXiv.org, pour lancer des hypothèses, échafauder des théories pour ou contre... Le CERN met les bouchées doubles pour proposer une nouvelle façon d'envoyer les bouffées de neutrinos, non plus par gros paquets mais par de plus petits afin d'éliminer quelques hypothèses.

Le 17 novembre, Opera confirme sa mesure avec ces nouvelles données. « *Il y a eu plus de signataires de la seconde version que de la première* », note avec soulagement Antonio Ereditato. Paolo Strolin n'en fait pas partie, gagnant le surnom de « M. Prudence ». Fait inhabituel, l'article est soumis à une revue pour être relu par des pairs, mais là où deux avis sont en général requis, six seront demandés (par la collaboration même !) pour tenir compte de la diversité des techniques employées.

La réponse positive arrive en février. Pile au moment où les chercheurs d'Opera mettent la main sur deux sources d'erreur ! La task force n'a en effet pas été dissoute. « *Nous avions des dizaines de choses à tester pour profiter de l'arrêt du faisceau en provenance du CERN à partir de novembre. Nous avions à peine six mois. Il fallait faire des choix* », rappelle Marcos Dracos, de l'université de Strasbourg. Chance ou bonne intuition, les investigations se portent sur la ligne de huit kilomètres de fibre optique qui « apporte » le tempo de l'extérieur du site du Gran Sasso vers l'intérieur, au cœur d'Opera.

Soudain, ils trouvent. Non pas un problème, mais deux. L'un « accélère » les neutrinos, l'autre les « ralentit ». Le premier est une « horloge » dont la fréquence dérive, augmentant de 15 nanosecondes le résultat final. L'autre est lié à l'une des centaines de connexions de la longue chaîne optoélectronique. Elle correspond à un mauvais branchement : la lumière continue de passer mais plus faiblement, induisant une réponse électronique défaillante. Et, au final, 75 nanosecondes d'avance pour le neutrino.

« *Ce n'était pas le tout de trouver ces défauts. Il fallait bien les comprendre* », explique Marcos Dracos. « *On ne voulait pas perdre la face une seconde fois* », insiste Antonio Ereditato. Cette vérification prend du temps, notamment pour comprendre à quand remontent les défauts. Une idée originale est venue à ces fins limiers. Utiliser l'expérience LVD, située dans un tunnel voisin, pour comparer les systèmes de mesure du temps et savoir si LVD et Opera voient les mêmes choses en même temps. Après avoir correctement rebranché le câble et comparé les temps entre les deux expériences, il s'avère que l'anomalie est corrigée. En bonus, grâce à des données antérieures, les chercheurs datent plus ou moins l'époque de l'erreur : après avril 2008. Soit, pas de chance, juste après les dernières vérifications, en 2007 et 2008, nécessaires à la prise de données.

Quelqu'un a donc touché ce fil et n'en a pas rendu compte aux responsables. Il faut dire que ce câble, anodin d'apparence, est situé dans une baraque qui abrite d'autres fonctions de l'expérience.

Le 23 février 2012, Opera annonce donc officiellement avoir trouvé l'origine de ses erreurs. Le 16 mars, une expérience voisine, Icarus, en utilisant une partie des instruments d'Opera, explique qu'elle mesure des neutrinos conformes à la théorie. Pour clore le débat, Opera fait de nouvelles mesures en mai lorsque le CERN rallume ses accélérateurs. Le verdict tombe début juin, lors d'une conférence au Japon : les neutrinos ne vont pas plus vite que la lumière. Trois autres expériences du Gran Sasso, Borexino, LVD et Icarus, le confirment également. La précision est bien dix fois meilleure que celle de Minos.

L'analyse et les techniques mises au point ne sont pas remises en cause. *« Je vois donc finalement pas mal de points positifs »* constate Antonio Ereditato. *« Nous avons pu montrer qu'une nouvelle technique de mesure du temps pouvait être employée, en plus de celle que nous utilisions précédemment. Jamais nous n'aurions pu la tester si vite. Elle est maintenant à disposition de tous car nous avons opté pour une licence libre »*, explique Javier Serrano. Stavros Katsanevas, alors directeur adjoint de l'IN2P3 du CNRS, salue aussi *« l'attitude de transparence qui a animé le groupe »*.

L'aventure a pourtant laissé des traces, outre la fatigue. Le 29 mars, la collaboration a menacé d'imploser. Neuf groupes déposent une motion de défiance contre la direction de l'expérience. Comme le prévoient les statuts, elle est mise au vote. Et n'obtient pas la majorité des deux tiers requise pour renverser la direction. Les votes sont en fait partagés. *« Malgré tout, on a décidé de démissionner »*, justifie Antonio Ereditato, qui a précisé, le 30 mars, dans un texte de l'édition italienne de *Scientific American* : *« Nous n'avons jamais annoncé de découverte* (...). *Nous avons suivi la méthodologie scientifique* (...). *Simplement les scientifiques ne sont pas infaillibles. »*

Le côté psychologique et humain a pris le dessus. Certains expliquent que ce putsch serait lié à la rancune causée par l'éviction, en 2002, du premier directeur d'Opera, Paolo Strolin. D'autres ajoutent que l'expérience a toujours eu lieu sous tension. Au Gran Sasso, des scientifiques extérieurs à Opera regrettent l'absence de vérification extérieure ou la précipitation de l'annonce. *« L'apparente trivialité de l'erreur a un peu agacé dans le laboratoire,* constate Lucia Votano, directrice du Gran Sasso. *Mais tout le monde a travaillé dur pour refaire la mesure. Toutes les expériences neutrino ont publié leurs mesures finales. » « Il faut défendre la méthode expérimentale. Elle va au-delà des considérations psychologiques humaines. Ces dernières n'ont rien à faire avec la physique »*, insiste Dario Autiero. *« C'est heureux que nous ayons pu trouver nous-mêmes la solution et pas quelqu'un d'extérieur »*, renchérit Antonio Ereditato. Aujourd'hui, son successeur, Giovanni De Lellis, plaide l'apaisement. *« Mon souci était que la collaboration reste unie. Nous avons encore beaucoup de travail. »* En effet, Opera est en passe de réussir son premier objectif : voir directement l'apparition d'un neutrino tau, preuve directe d'une métamorphose.

Illustration que cette expérience rime autant avec prudence qu'avec patience : Opera n'a vu apparaître que deux neutrinos tau. Paolo Strolin en est encore joyeux qui, dès la fin d'un entretien, nous envoie l'une de ces deux images. Hélas, la confirmation de la métamorphose des neutrinos, même si elle était indirecte, était déjà venue par Minos et K2K. Les neutrinos d'Opera sont arrivés plus tard.

David Larousserie

Le Monde Science et techno

daté du 29/09/2012

Sujet national, juin 2015, exercice 3

Micro-texturation de surface par un laser femtoseconde

La micro-texturation de surface est une technologie qui permet d'optimiser la lubrification des pièces métalliques en contact, par exemple dans les moteurs employés dans les sports mécaniques (formule 1, moto grand prix, etc.). Cette micro-texturation est réalisée sur des matériaux appelés DLC (Diamond Like Carbon) déposés en fines couches sur les pièces à lubrifier. Grâce à l'utilisation d'un laser à impulsions ultra-brèves, on crée à la surface des pièces mécaniques un réseau de motifs (cavités, rainures, etc.) ayant des dimensions de quelques dizaines de micromètres qui se comportent comme des microréservoirs d'huile (après lubrification).

Source : d'après *MAG'MAT*, n°31, juillet-décembre 2009.

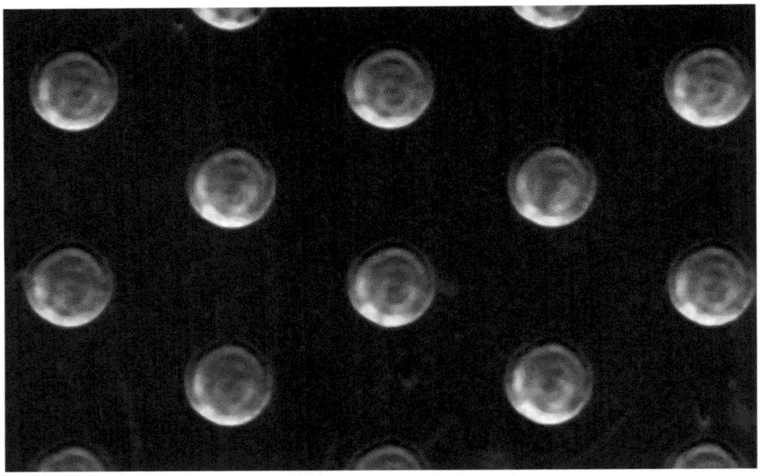

Les lasers pulsés

À la différence d'un laser conventionnel qui produit un rayonnement continu, les lasers pulsés émettent des flashs lumineux très brefs qu'on appelle des impulsions. La durée t et la cadence (fréquence) f de ces impulsions sont réglables. Un laser pulsé est dit « femtoseconde » si la durée t est de l'ordre d'une à quelques centaines de femtosecondes. Contrairement aux lasers continus qui produisent un rayonnement monochromatique, les lasers pulsés émettent un rayonnement polychromatique dans une bande de fréquence de largeur $\Delta\nu$ centrée sur une fréquence Δ_0 (voir schéma). Les énergies des impulsions femtosecondes peuvent paraître faibles (de l'ordre du mJ à f = 1 kHz) mais leur brièveté fait que la puissance instantanée du laser durant une impulsion (puissance de crête) peut atteindre plusieurs gigawatts dans le domaine industriel.

	Laser continu	Laser pulsé de période de répétition T
Évolution de la puissance au cours du temps	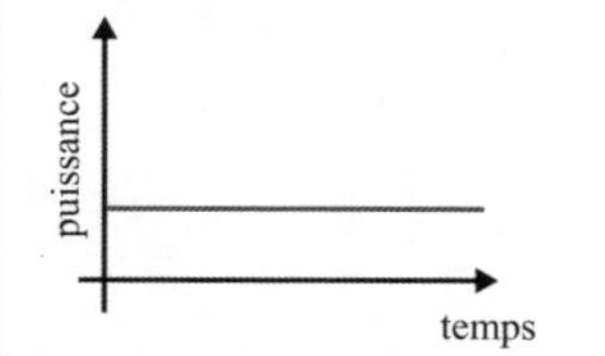	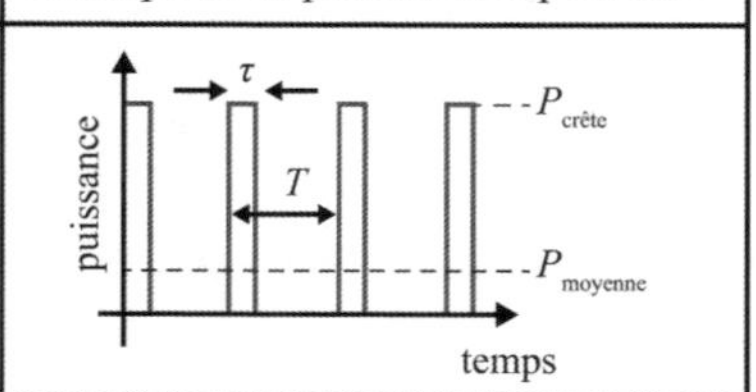
Spectre en fréquence	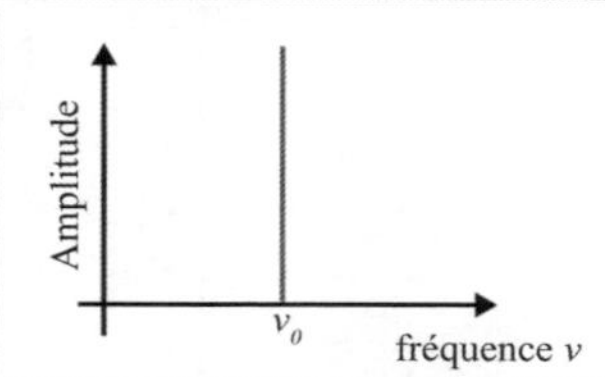	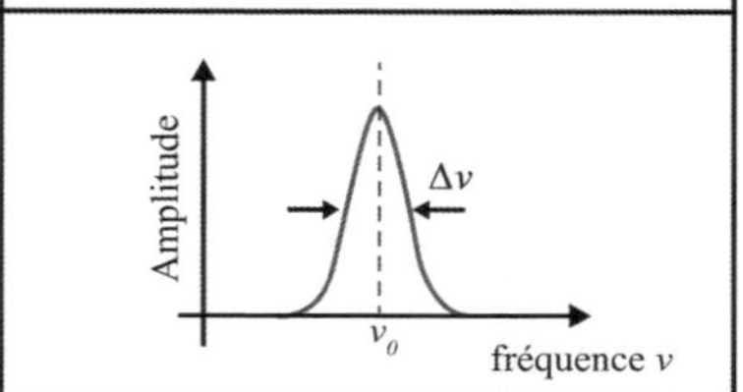

Caractéristiques techniques d'un « laser femtoseconde » infrarouge

Fréquence centrale du rayonnement émis	$\nu_0 = 375$ THz
Largeur de la bande de fréquence d'émission	$\Delta\nu = 100$ THz
Cadence (fréquence) des impulsions	$f = 1{,}0$ kHz
Durée d'une impulsion	$\tau = 150$ fs
Puissance de crête atteinte durant une impulsion	$P_{\text{crête}} = 1{,}0$ GW
Diamètre de la section circulaire du faisceau	$D = 98$ µm

Cavité de diamètre D et de profondeur p dans une couche de DLC

Lorsqu'on dirige un faisceau laser pulsé femtoseconde vers une surface recouverte de DLC, chaque impulsion laser apporte suffisamment d'énergie pour graver (creuser) une cavité cylindrique dans la couche de DLC.
On admet que le diamètre de la cavité gravée correspond au diamètre D du faisceau laser utilisé.
On a tracé ci-dessous la courbe donnant le taux d'ablation du DLC par impulsion, c'est-à-dire la profondeur de la cavité gravée par une seule impulsion laser, en fonction de la fluence F du laser utilisé. La fluence est obtenue en divisant l'énergie d'une impulsion laser (en J) par la surface circulaire gravée (en cm^2).

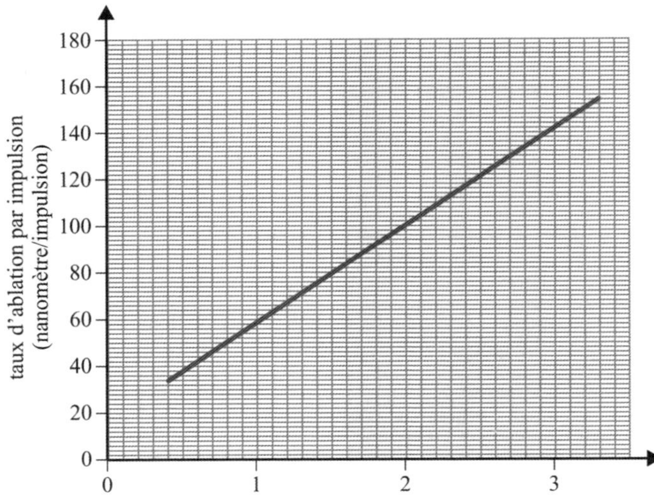

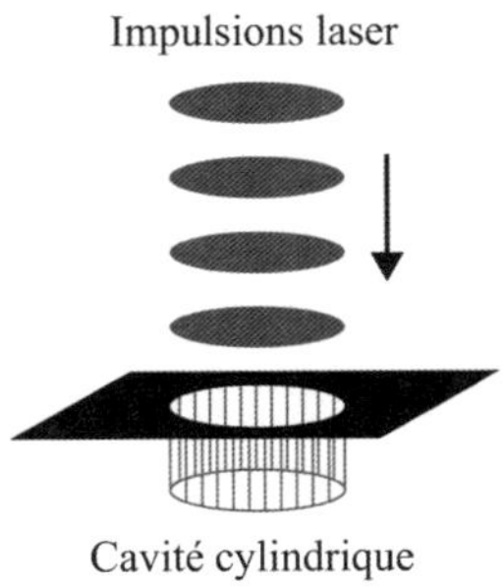

On admettra, comme le montrent les schémas ci-dessous, que la profondeur totale p de la cavité gravée est proportionnelle au nombre d'impulsions reçues et donc à la durée Δt de la gravure.

Données

- Gamme de longueurs d'onde correspondant aux radiations visibles « rouges » : [620 nm - 780 nm]
- Préfixes utilisés dans le système international d'unités :

Préfixe	tera	femto
Abréviation	T	f
Puissance de 10	10^{12}	10^{-15}

- La valeur de la célérité de la lumière dans le vide (ou dans l'air) doit être connue par le candidat.
- Constante de Planck : $h = 6{,}63 \times 10^{-34}$ J.s

Domaine d'émission du laser femtoseconde

1. Le laser femto seconde présenté est dit « infrarouge ». Justifier.

Il faut calculer la longueur d'onde du laser et vérifier qu'il émet dans le domaine des infrarouges.

2. Ce laser apparaît rouge à l'observateur. Justifier.

> La fréquence du laser donnée dans les caractéristiques comporte une incertitude. Il faut tenir compte de cette incertitude pour donner un domaine de longueur d'onde.

Caractéristiques d'une impulsion du laser femtoseconde

1. Montrer que l'énergie transportée par une seule impulsion du laser précédent est égale à 0,15 mJ.

> Il faut calculer l'énergie à partir de la puissance d'une impulsion.

2. Évaluer le nombre de photons produits par le laser durant une seule impulsion.

> Il faut comparer l'énergie d'un photon avec l'énergie trouvée précédemment

Gravure par le laser femtoseconde

On utilise le laser femtoseconde pour graver une cavité dans une couche de DLC. Déterminer la fluence du laser étudié, puis la durée Δt nécessaire à la gravure d'une cavité circulaire cylindrique de 98 μm de diamètre et de 6 μm de profondeur.

> Il faut extraire des documents la relation donnant la fluence.
> Ensuite, il faut exploiter la courbe donnant le taux d'ablation par impulsion en fonction de la fluence. On pourra en déduire le nombre d'impulsions nécessaire pour une cavité gravée de 6 μm.
> Connaissant la fréquence des impulsions, donc la période et le nombre d'impulsions, la réponse à la question sera aisée.

Le candidat est invité à prendre des initiatives et à présenter la démarche suivie même si elle n'a pas abouti. La démarche suivie est évaluée et nécessite donc d'être correctement présentée.

Domaine d'émission du laser femtoseconde

1. La longueur d'onde d'un laser femto seconde :

c = λ.f d'où $\lambda = \frac{c}{f}$ avec f = v_0 = 375 THz = 375.10^{12} Hz

soit $\lambda = \frac{3,00.10^8}{375.10^{12}} = 8,00.10^{-7} m = 800$ nm.

Cette longueur d'onde est supérieure à 780 nm.
Il s'agit bien du domaine des infrarouges.

2. La largeur de la bande de fréquence d'émission est λv = 100 THz.
Par conséquent, la largeur de la bande de longueur d'onde d'émission sera :

$\lambda = \frac{c}{f + \Delta v}$ soit $\lambda = \frac{3,00.10^8}{375.10^{12} + 100.10^{12}} = 632$ nm

Et $\lambda = \frac{c}{f - \Delta v}$ soit $\lambda = \frac{3,00.10^8}{375.10^{12} + 100.10^{12}} = 1,09.10^3$ nm

Le laser émet une longueur d'onde comprise entre 632 nm et $1,09.10^3$ nm. Les radiations émises dans le visible sont donc dans la gamme rouge.

Caractéristiques d'une impulsion du laser femtoseconde

1. L'énergie est donnée par la relation : E = P × τ.
Soit numériquement : E = $1,0.10^9 \times 150.10^{-15} = 1,5.10^{-4}$ J = 0,15 mJ

2. L'énergie d'un photon est E_{photon} = h.v.
Le nombre de photon est donc :

N = $\frac{E}{E_{photon}} = \frac{1,5.10^{-4}}{6,63.10^{-34} \times 375.10^{12}} = 6,0.10^{14}$ photons.

Gravure par le laser femtoseconde

D'après les documents, la fluence est obtenue en divisant l'énergie d'une impulsion laser (en J) par la surface circulaire gravée (en cm^2).
La surface de la cavité circulaire est : S = $\pi.R^2$.

La fluence est donc : $f = \frac{E}{\pi.R^2}$.

Soit numériquement : $f = \frac{1,5.10^{-4}}{\pi \times (98.10^{-4} / 2)^2} = 2,0 J.cm^{-2}$.

Avec la courbe, on trouve que pour une fluence de 2,0 $J.cm^{-2}$, on a un taux d'ablation par impulsion de 100 nm/impulsion.

Comme d'après les documents, la profondeur totale p de la cavité gravée est proportionnelle au nombre d'impulsions reçues et donc à la durée Δt de la gravure, il faudra un nombre d'impulsions n, pour une profondeur de 6 μm = 6.10^3 nm :

$n=\frac{6.10^3}{100}=60$ impulsions

On donne la fréquence des impulsions : f = 1,0 kHz, ce qui correspond à une période $T=\frac{1}{f}=\frac{1}{1,0.10^3}$ s.

La durée Δt nécessaire à la gravure de la cavité circulaire est : $\Delta t = n \times T$.

Soit numériquement : $\Delta t = 60 \times 1,0.10^{-3} = 6,0.10^{-2}$s.

Exploitation de documents
Sujet national, juin 2016, exercice 3

Coucher de soleils sur Tatooine

Dans la saga Star Wars, deux héros, Luke et Anakin Skywalker, ont passé leur enfance sur la planète Tatooine. Cette planète désertique a la particularité d'être en orbite autour de deux étoiles : Tatoo 1 et Tatoo 2.

On se propose de déterminer quelques caractéristiques de cette planète et de ses deux étoiles à partir de données extraites du film.

Image du film *Star wars Episode IV : A new hope* (© Lucasfilm Ltd), Luke Skywalker marchant au coucher de soleils.

Données :

• masse et rayon du Soleil et de la Terre :

	Soleil	Terre
Masse (kg)	$2{,}0 \times 10^{30}$	$6{,}0 \times 10^{24}$
Rayon (km)	$7{,}0 \times 10^{5}$	$6{,}4 \times 10^{3}$

• constante gravitationnelle : $G = 6{,}67 \times 10^{-11}$ $m^3.s^{-2}.kg^{-1}$;

• volume d'une sphère de rayon r : $V = \frac{4}{3}\pi r^3$.

L'orbite de Tatooine

Impossible d'évoquer la célèbre planète Tatooine, repère de brigands galactiques sur lequel règne le fameux Jabba le Hutt, sans parler de ses deux soleils (ou étoiles).
Cette particularité n'est pas si étonnante quand on considère que les deux tiers des étoiles visibles à l'œil nu font partie d'un système multiple. Le problème n'est donc pas de trouver une étoile double, mais de comprendre comment une planète peut évoluer dans un tel système.
(...) L'orbite de Tatooine pourrait englober ses deux soleils à la fois. Ce type d'orbite n'est stable que si la distance qui sépare la planète de ses soleils est au moins quatre fois plus grande que celle qui sépare les étoiles. Du point de vue de la planète, tout se passe comme si les étoiles ne faisaient qu'une. Peut-on estimer le rayon de l'orbite de Tatooine ? Oui, bien sûr !
(...) Remarquons d'abord que les deux étoiles sont assez semblables à notre Soleil : l'une est jaune et l'autre est orange, laissant supposer qu'elle est un peu plus froide. Si ces deux étoiles étaient trop proches l'une de l'autre, elles devraient être déformées par leur gravité mutuelle. Comme aucune déformation n'est perceptible dans la scène du coucher des soleils, on peut calculer que leur distance est légèrement supérieure à 10 millions de kilomètres. Pour avoir une orbite stable Tatooine doit donc être distante de ces deux étoiles d'au moins 40 millions de kilomètres. En fait, elle ne doit pas être si près, sous peine d'être vraiment trop chaude et totalement inhabitable. Deux cent millions de kilomètres est une bonne position : à cette distance Tatooine reçoit une énergie lumineuse un peu supérieure à celle qui frappe la Terre, ce qui expliquerait son aspect désertique.

D'après *Carte blanche à Roland Lehoucq, astrophysicien*, http://www.knowtex.com/nav/les-secrets-de-star-wars_26418.

Les étoiles Tatoo 1 et Tatoo 2

1. En supposant que Tatoo 1 et Tatoo 2 ne sont pas déformées et sont à égale distance de Tatooine, montrer, en s'appuyant sur la photo et sur le texte, que la valeur du rayon de chacune des deux étoiles est environ égale à deux millions de kilomètres. Justifier avec soin la démarche utilisée.

> Une photo permet de garder la proportionnalité de la situation. Il faut donc mesurer les distances sur la photo.

On adoptera pour la suite de l'exercice cette valeur commune pour le rayon des deux étoiles.

2. En supposant que les deux étoiles ont la même masse volumique moyenne que le Soleil, évaluer l'ordre de grandeur de la masse M_{Tatoo} de Tatoo (1 ou 2). Commenter le résultat obtenu.

> En combinant la masse volumique du soleil et le volume de Tatoo, on en déduit la masse de Tatoo.

Tatooine en orbite

Du point de vue de Tatooine, tout se passe comme si les étoiles ne faisaient qu'une, l'étoile unique équivalente sera appelée Tatoo 1-2 ; sa masse sera prise égale à $9{,}5 \times 10^{31}$ kg.

1. Justifier la phrase précédente à l'aide d'informations données dans le texte.

> Quel est le rapport entre la masse donnée et la masse d'une seule étoile trouvée à la question précédente ?

2. Faire un schéma du système Tatooine-Tatoo 1-2 et représenter sans souci d'échelle la force d'attraction gravitationnelle exercée par Tatoo 1-2 sur Tatooine ainsi que le vecteur accélération de la planète Tatooine dans le référentiel lié à Tatoo 1-2 considéré comme galiléen.

> La force gravitationnelle est toujours attractive.

3. Montrer que le mouvement, supposé circulaire, de la planète dans ce référentiel est uniforme.

> La deuxième loi de Newton dans le repère de Frenet donne la relation désirée en considérant l'axe tangent à la trajectoire.

4. Déduire des résultats précédents et du texte, la valeur de la période de révolution de Tatooine. Comparer cette valeur à la période de révolution de la Terre autour du Soleil.

> Le raisonnement précédent est à poursuivre, mais en projetant sur la perpendiculaire à la trajectoire (porté par le vecteur unitaire $\vec{n}$).
>
> La planète faisant une révolution complète en une période on pourra ainsi en déduire la période de Tatooine.

Les étoiles Tatoo 1 et Tatoo 2

1. Le texte de l'énoncé nous dit que la distance séparant les deux étoiles est d'environ 10 millions de kilomètres.
Soit $d_{Tatoo1\text{-}Tatoo2} = 10.10^6$ km
En mesurant directement sur la photo, on a 1,8 cm entre les deux centres des deux étoiles. Cela nous permet d'avoir une échelle sur la photo.
Puisque le diamètre d'une étoile sur la photo est de 0,7 cm, le rayon est 0,35 cm.

1,8 cm	→	10.10^6 km dans la réalité
0,35 cm	→	Rayon d'une étoile *r*

$r = \dfrac{0,35 \times 10 \cdot 10^6}{1,8}$ soit $r \approx 2.10^6$ km

2. La masse de chaque étoile : $M_{Tatoo} = \rho_{Tatoo \times V_{Tatoo}}$

Or la masse volumique de chaque étoile est la même que celle du soleil, qui est :

$$\rho_{soleil} = \frac{M_{soleil}}{V_{soleil}} = \frac{M_{soleil}}{\frac{4}{3}\pi r^3_{soleil}}$$

D'où $M_{Tatoo} = \dfrac{M_{soleil}}{\frac{4}{3}\pi r^3_{soleil}} \times V_{Tatoo} = \dfrac{M_{soleil}}{\frac{4}{3}\pi r^3_{soleil}} \times \dfrac{4}{3}\pi r^3_{Tatoo}$

Soit $M_{Tatoo} = \dfrac{M_{soleil}}{r^3_{soleil}} \times r^3_{Tatoo}$

Application numérique : $M_{Tatoo} = \dfrac{2,0.10^{30}}{(7,0.10^8)^3} \times (2.10^9)^3$

M_{Tatoo} = $4,7.10^{31}$ kg
Ordre de grandeur : 10^{31} kg

Chaque étoile Tatoo est $\dfrac{4,7.10^{31}}{2,0.10^{30}}$ = 23 fois plus lourde que le soleil.

Tatooine en orbite

1. La situation est :

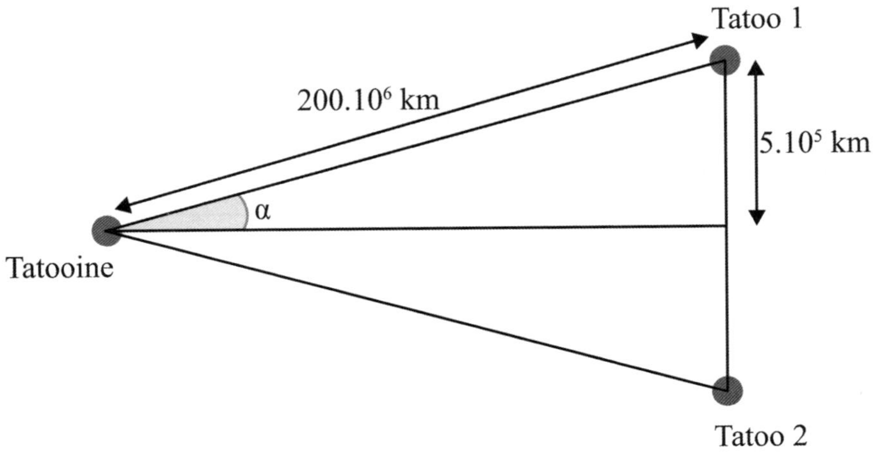

Donc $sin\alpha = \dfrac{5.10^5}{200.10^6}$ ce qui donne α = 0,0025 rad = 0,14°

Comme l'angle est très faible du point de vue de Tatooine, tout se passe comme si les deux étoiles étaient confondues avec une masse double :
$4{,}7.10^{31} \times 2 = 9{,}4.10^{31}$ kg qui est une masse proche de la masse donnée.

2. Le schéma du système :

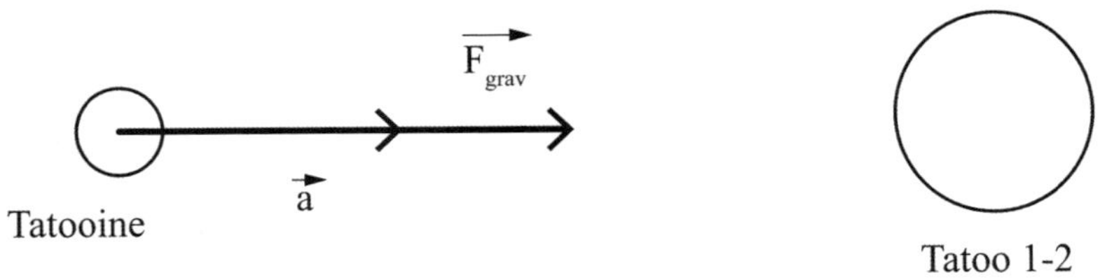

3. Le système est Tatooine.
Le référentiel tatoocentrique est supposé galiléen.
La seule force qui s'applique est la force gravitationnelle.

Plaçons-nous dans le repère de Frenet :

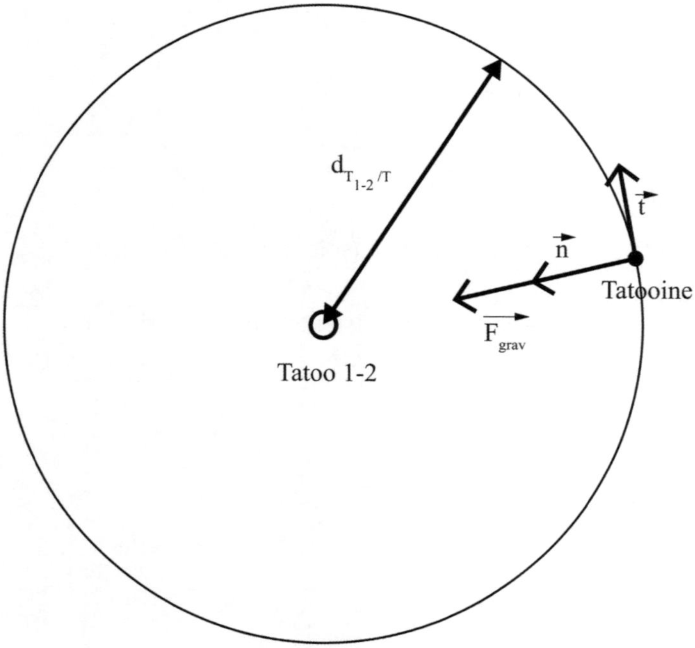

La force gravitationnelle s'exprime dans ce repère

$$\overrightarrow{F_{grav}} = G\frac{M_{T_{1-2}} \times M_{Tatooine}}{d_{T12/T^2}}\overrightarrow{n} \quad \text{et } \vec{a}\begin{cases}\dfrac{d\upsilon}{dt}\\ \dfrac{\upsilon^2}{\dfrac{d_{T12}}{T}}\end{cases}$$

La deuxième loi de Newton nous donne : $\overrightarrow{F_{grav}} = M_{Tatooine} \times \overrightarrow{a}$

Soit $\begin{pmatrix} \overset{0}{\times} \\ G\dfrac{M_{T_{1-2}} M_{Tatooine}}{d_{T12/T^2}}\end{pmatrix} = M_{Tatooin} \times \begin{pmatrix}\dfrac{d\nu}{dt}\\ \dfrac{\nu^2}{d_{T12/T}}\end{pmatrix}$

Selon l'axe porté par le vecteur unitaire $\overrightarrow{t}$, on en déduit d'où $\dfrac{d\nu}{dt} = 0$ d'où $\nu = \text{cst}$.

Le mouvement est uniforme.

4. Reprenons le raisonnement précédent, mais selon l'axe porté par le vecteur unitaire $\overrightarrow{n}$. On en déduit :

$$G\frac{M_{T1-2} \times M_{Tatooine}}{d_{T12/T^2}} = M_{Tatooine} \times \frac{\nu^2}{d_{T12/T}}$$

Soit $\upsilon^2 = G\frac{M_{T1-2}}{d_{T12/T}}$

Or la planète fait un tour de révolution (soit un périmètre de $2\pi d_{T12/T}$) pendant une période T. Comme la vitesse est constante, on peut écrire : $\upsilon = \frac{2\pi d_{T12/T}}{T}$

Soit $\upsilon^2 = \frac{4\pi d^2_{\frac{T12}{T}}}{T^2}$

En égalisant les deux relations de la vitesse on a :

$$G\frac{M_{T1-2}}{d_{\frac{T12}{T}}} = \frac{4\pi^2 d^2_{\frac{T12}{T}}}{T^2}.$$

Soit $GM_{T1-2} \times T^2 = 4\pi^2 d_{T12/T^3}$

D'où $T = \sqrt{\frac{4\pi^2 d_{T12/T^3}}{GM_{T1-2}}}$

Application numérique : $T = \sqrt{\frac{4\pi^2(200.10^9)^3}{6,67.10^{-11} \times 9,5.10^{31}}}$

T = 7,1.10^6 s
En divisant par 3 600 : T = 2,0.10^3 h
En divisant par 24 : T = 82 j

Sachant qu'une révolution terrestre dure 365,25 j, on voit que $\frac{365,25}{82} = 4,5$

L'année sur Tatooine est 4,5 fois plus courte que sur Terre.

Sujet national, juin 2015, exercice de spécialité

Un aspect du réchauffement climatique

Le but de cet exercice est d'évaluer l'évolution du niveau des océans en lien avec l'augmentation de la température de l'atmosphère terrestre.

Vue d'artiste de New York sous les eaux

Fonte des glaces aux pôles et niveau des océans

Au cours des deux derniers millions d'années, le niveau de la mer a varié de façon périodique au gré des alternances de périodes glaciaires et interglaciaires. Stabilisé depuis les derniers milliers d'années, le niveau moyen n'a varié que de 0,1 à 0,2 mm au maximum par an.

Au cours du XXe siècle, une augmentation de ce niveau est clairement observée. Cette montée du niveau moyen est attribuée au réchauffement climatique qui touche la planète à travers deux processus principaux : la dilatation de l'eau de mer, suite au réchauffement des eaux océaniques, et la fonte des glaces terrestres.

La banquise, qui est de l'eau de mer gelée, flotte sur la mer. Si elle fondait, l'eau de fonte produite occuperait exactement le même volume d'eau de mer que la partie immergée de la glace occupait.

Contrairement à la fonte de la banquise, la fonte des calottes polaires et des glaciers qui sont composés d'eau douce, contribue à la montée du niveau de la mer. Sur le continent antarctique, ce sont 30 millions de km^3 de glace qui sont stockés. La fonte totale de l'Antarctique équivaudrait à une hausse du niveau de la mer de l'ordre de 60 mètres auxquels il faudrait ajouter la fonte du Groenland, de l'ordre de 7 mètres de plus, l'incertitude étant de plusieurs mètres.

Source : d'après www.cnrs.fr/cw/dossiers/dospoles/alternative13.html.

Prévisions pour 2100

D'ici 2100, dans le pire des scénarios, la température moyenne de l'atmosphère terrestre pourrait augmenter de 5,5°C. Par ailleurs, le volume des calottes polaires affecté par la fonte due au réchauffement pourrait atteindre $2,5 \times 10^{14}$ m^3. L'évolution de la température atmosphérique et la fonte des calottes polaires pourraient entraîner une hausse du niveau des océans atteignant près d'un mètre.

Source : d'après un rapport du Groupe Intergouvernemental d'Experts du Climat (GIEC), publié en septembre 2013.

Données

- Masse volumique de l'eau : $\rho_{eau} = 1\,000$ kg.m^{-3}
- Masse volumique de la glace : $\rho_{glace} = 900$ kg.m^{-3}
- L'ensemble des océans est modélisé par un parallélépipède de surface $S = 5,0 \times 10^{14}$ m^2 et de hauteur h. On estime que la hauteur h vaut actuellement 3,0 km.

Augmentation relative de volume $\dfrac{\Delta V}{V}$ de l'eau en fonction de la variation de température $\Delta\theta$ dans le domaine de température utile

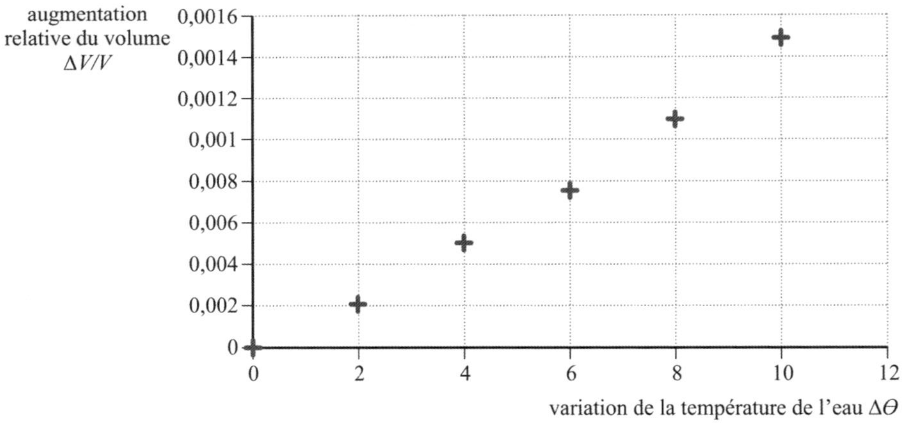

Problème

En faisant l'hypothèse que l'océan s'échauffe uniformément de 5,5°C, calculer alors la hausse du niveau des océans en distinguant la hausse due à la dilatation thermique des océans et celle due à la fonte partielle des calottes polaires.

Lister les causes possibles de l'écart par rapport à la valeur annoncée par le GIEC en 2013.

Le candidat est invité à prendre des initiatives et à présenter la démarche suivie, même si elle n'a pas abouti. La démarche est évaluée et nécessite d'être correctement présentée.

Il faut traiter tout d'abord la hausse du niveau des océans due à la dilation thermique, puis la hausse du niveau des océans due à la fonte des calottes polaires. Ces deux hausses sont indépendantes.
La courbe permet de déterminer la variation de volume de l'eau lors de l'augmentation de 5,5 °C de la température.
Sachant que l'ensemble des océans est modélisé par un parallélépipède, il faudra en déduire la variation de hauteur, connaissant la variation de volume.
Comme la masse reste constante lors d'un changement d'état, on pourra en déduire le volume d'eau correspondant à la fonte des calottes polaires.
Puis, comme précédemment, on considère que l'ensemble des océans est modélisé par un parallélépipède. On pourra ainsi en déduire la variation de hauteur du niveau des océans.

Un aspect du réchauffement climatique

On suppose que l'augmentation de la température de l'atmosphère terrestre entraîne la même augmentation au niveau des océans et qu'elle est répartie de façon homogène.

Calcul de la hausse du niveau des océans due à la dilatation thermique

L'augmentation relative du volume $\frac{\Delta V}{V}$ en fonction de la variation de la température de l'eau est égale à $\frac{\Delta V}{V}=0,0007$ pour une variation de température de 5,5°C.

Il faut déterminer à quel volume cette variation relative correspond. Le document indique que l'ensemble des océans est modélisé par un parallélépipède de surface S = 5,0.10^{14} m^2 et de hauteur h = 3,0 km.

Or $V=S\times h$ et $\Delta V=S\times\Delta h$.

Soit $\frac{S\times\Delta h}{S\times h}=0,0007$ d'où $S\times\Delta h=0,0007\times S\times h$.

Donc $\Delta h=0,0007\times h$.

Numériquement : $\Delta h=0,0007\times 3,0.103=2,1m$.

Calcul de la hausse du niveau des océans due à la fonte des calottes polaires

Le document indique que le volume des calottes polaires affecté par la fonte due au réchauffement pourrait atteindre 2,5.10^{14} m^3, ce qui correspond au volume de glace qui fond.

La masse de cette glace correspond à : $m_{glace} = \rho_{glace}\times V_{glace}$.

La masse reste constante lors d'un changement d'état : $m_{glace} = m_{eau\ liquide}$.

Or $m_{eau\ liquide} = \rho_{eau\ liquide} \times V_{eau\ liquide}$.

D'où $\rho_{eau\ liquide} \times V_{glace} = \rho_{eau\ liquide} \times V_{eau\ liquide}$.

Donc $V_{eau\ liquide} = \frac{\rho_{glace}\times V_{glace}}{\rho_{eauliquide}}$.

Numériquement : $V_{eauliquide}=\frac{900\times 2,5.10^{14}}{1000}=2,3.10^{14}\,m^3$.

Comme $V_{eauliquide}=S\times\Delta h$ d'où $\Delta h=\frac{v_{eauliquide}}{S}$.

Numériquement : $\Delta h=\frac{2,3.10^{14}}{5,0.10^{14}}=0,45m$.

La hausse totale du niveau des océans est donc de 2,6 m.

La première exoplanète « habitable » de la taille de la Terre a été découverte

Kepler-186f, dans la constellation du Cygne, pourrait abriter de l'eau liquide, indispensable à la vie

Kepler-186f est une petite planète, à peine plus grosse que la Terre. Elle tourne en quelque 130 jours autour de son étoile — une naine rouge située à 500 années-lumière de chez nous — et son orbite se trouve au beau milieu de la zone d'habitabilité, dans des conditions où l'existence d'eau à l'état liquide à sa surface est possible. Publiée vendredi 18 avril dans la revue *Science* par une équipe américaine conduite par l'astronome Elisa Quintana (NASA Ames Research Center, SETI Institute), cette découverte rapproche un peu les chasseurs d'exoplanète du Graal de leur discipline : une lointaine jumelle de la planète bleue, susceptible d'héberger des formes de vie.

Pour l'heure, *« il s'agit probablement de la planète la plus potentiellement semblable à la Terre découverte à ce jour »*, juge l'astronome David Charbonneau (Harvard University), qui n'a pas participé à la publication, dans la revue *Science*.

Composition inconnue

La détection de ce qui n'est encore qu'une cousine de notre planète bleue s'est faite grâce à la méthode des transits : ce sont les occultations périodiques de l'éclat de l'étoile qui révèlent les planètes qui tournent autour, lorsque celles-ci passent entre leur étoile et la Terre. Et il aura fallu plusieurs mois d'observations, conduites grâce au télescope spatial américain Kepler, confirmées par deux autres télescopes au sol — Gemini-North et Keck II — pour détecter Kepler-186f et ses quatre sœurs (Kepler-186b à Kepler-186e).

Toutes quatre sont de dimension comparable à la Terre (environ une fois et demie le rayon terrestre), mais elles effectuent leur révolution en seulement quelques jours : quatre jours pour la plus proche, vingt-deux jours pour la plus éloignée. Elles sont donc bien trop près de leur étoile pour abriter la moindre goutte d'eau liquide. En outre, précisent les chercheurs, les effets de marée dus à cette proximité ont toutes les chances d'entraver la rotation de ces quatre planètes, qui montrent probablement toujours la même face à leur étoile.

Si l'attention se focalise sur Kepler-186f plutôt que sur sa fratrie, c'est donc qu'elle est potentiellement bien plus hospitalière. Potentiellement seulement : bien que les astres de la taille de Kepler-186f aient toutes les chances d'être des planètes rocheuses, Elisa Quintana et ses coauteurs ignorent la composition de l'exoplanète. *« Les estimations de la masse de Kepler-186f peuvent aller de 0,32 masse terrestre si elle est composée d'eau et de glace, à 3,77 masse terrestre si elle est composée de fer,* écrivent les auteurs de la découverte. *Une composition comparable à celle de la Terre (un tiers de fer, deux tiers de roches) donnerait une masse intermédiaire de 1,44 masse terrestre. »*

Les astronomes n'ont pas non plus d'informations sur la nature de l'atmosphère de la planète, pour peu que celle-ci en soit pourvue. Or c'est une condition sine qua non à l'existence d'eau liquide à sa surface. Si tant est que Kepler-186f soit dotée d'une atmosphère convenable, alors la présence d'eau liquide devient clairement possible. Certes, expliquent les chercheurs, *« il est difficile pour une planète de la taille de la Terre située dans la zone d'habitabilité d'une naine rouge d'agréger et de retenir l'eau »* : en effet, ces étoiles étant peu lumineuses, la zone théoriquement propice à la vie est très proche de la surface de l'étoile et l'atmosphère d'une petite planète située dans cette zone peut être facilement balayée par les éruptions stellaires de son astre.

Mais, par chance, ses découvreurs notent que Kepler-186f est située dans la bordure extérieure de la zone d'habitabilité : suffisamment proche et aussi suffisamment loin pour « *que des réservoirs d'eau liquide puissent s'y maintenir* ». Il ne reste qu'à aller voir.

Stéphane Foucart

Le Monde daté du 19.04.2014

Exploitation de document
Sujet national, juin 2016, exercice 2

De la betterave sucrière aux carburants

Le sucre produit dans les feuilles de betteraves sucrières grâce à la photosynthèse s'accumule dans la racine sous forme de saccharose.

Le bioéthanol – éthanol issu de l'agriculture – peut notamment être obtenu par fermentation du sucre extrait des racines de betterave sucrière. Le bioéthanol peut être incorporé à l'essence utilisée par un grand nombre de moteurs de voiture.

Dans cet exercice, on s'intéresse au saccharose présent dans la betterave sucrière, à la production d'éthanol par fermentation du saccharose et à l'utilisation du bioéthanol dans les carburants.

Betterave sucrière récoltée dans la région de la Beauce

Données :

- économie betteravière en France pour la récolte 2009 :
  - rendement de la culture de betterave sucrière : 74,8 tonnes par hectare,
  - pourcentage massique moyen de saccharose dans la betterave : 19,5 %,
- surface agricole française cultivée : environ 10 millions d'hectares ;
- masse volumique de l'éthanol : $\rho = 789 \times 10^3 \, \mathrm{g.m^{-3}}$

• masses molaires moléculaires : *M* (éthanol) = 46,0 g.mol^{-1} ;
M (saccharose) = 342,0 g.mol^{-1} ;
• électronégativités comparées χ de quelques éléments : $\chi(\mathrm{O}) > \chi(\mathrm{C})$, $\chi(\mathrm{C})$ environ égale à $\chi(\mathrm{H})$;
• données de spectroscopie infrarouge :

Liaison	O – H libre	O – H lié	N – H	C – H	C = O	C = C
Nombre d'onde σ (en cm^{-1})	3600 Bande fine	3200 – 3400 Bande large	3100 – 3500	2700 – 3100	1650 – 1750	1625 – 1685

• formules topologiques de quelques sucres :

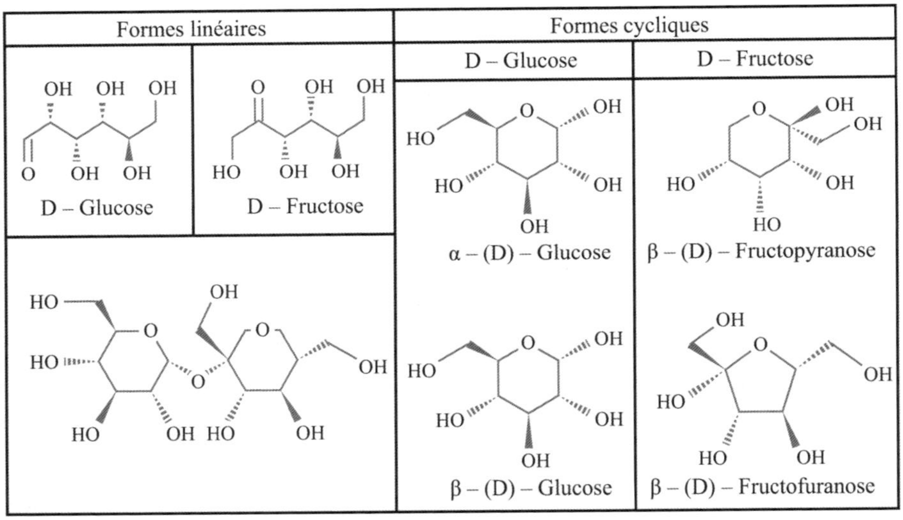

Étude de la structure du saccharose

Le saccharose est formé à partir du D-Glucose et du D-Fructose.

1. Écrire la formule développée de la forme linéaire du D-Glucose, puis identifier par un astérisque les atomes de carbone asymétriques.

> Un carbone asymétrique est un carbone porteur de 4 groupes différents.

Par réaction entre deux de ses groupes caractéristiques, la forme linéaire du D-Glucose peut se transformer en l'une ou l'autre de ses formes cycliques lors d'une réaction de cyclisation. En solution aqueuse à 25 °C, il s'établit un équilibre entre les différentes formes du glucose avec les proportions suivantes : 65 % de β-(D)-Glucose, 35 % de α-(D)-Glucose et environ 0,01 % de forme linéaire de D-Glucose. Le mécanisme de la cyclisation est proposé en ANNEXE, il peut conduire à l'un ou l'autre des stéréoisomères cycliques.

2. Dans un mécanisme réactionnel apparaissent usuellement des flèches courbes ; que représentent-elles ? Compléter les trois étapes du mécanisme de cyclisation du D-Glucose avec les flèches courbes nécessaires.

> Revenir à la définition des flèches courbes dans les mécanismes réactionnels.
> Pour tracer ces flèches, il faut bien analyser le produit obtenu dans chaque réaction du mécanisme. On peut ainsi en déduire le transfert de doublet d'électrons.

Mécanisme réactionnel de cyclisation du D-Glucose

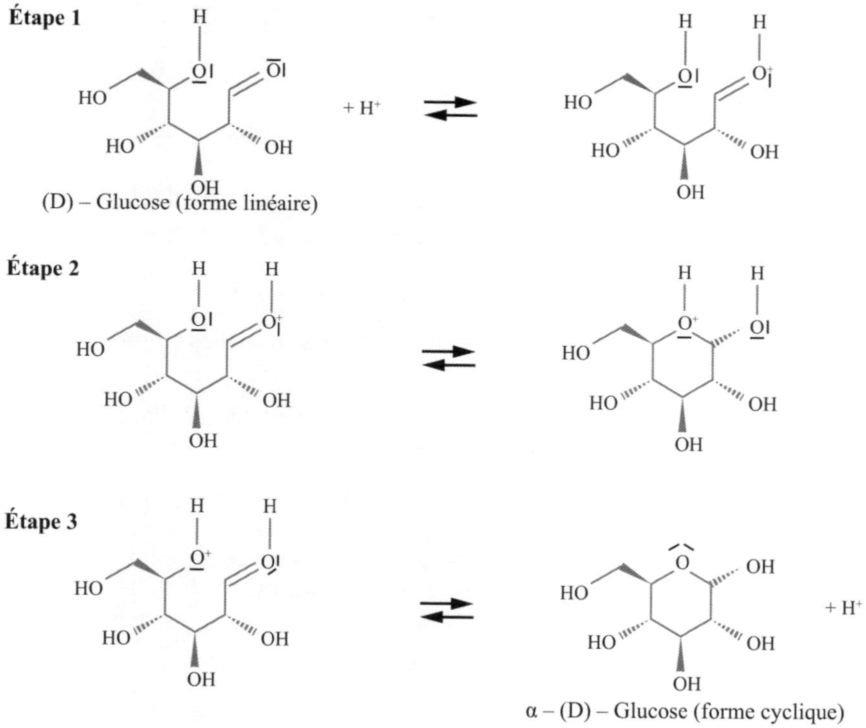

3. Le spectre infrarouge obtenu par analyse d'un échantillon de glucose est fourni ci-dessous. Ce spectre confirme-t-il la très faible proportion de la forme linéaire dans le glucose ? Justifier.

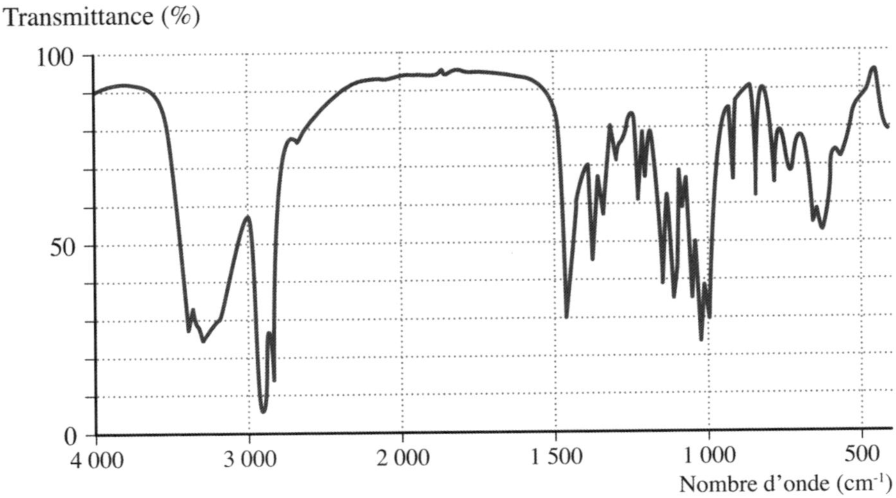

Source : National Institute of Advanced Industrial Science and Technology – http://sdbs.db.aist.go.jp.

> La forme linéaire a un groupe carbonyle, contrairement à la forme cyclique.

4. Les formes linéaires du D-Glucose et du D-Fructose sont-elles stéréoisomères ? Justifier.

> Les stéréoisomères sont des isomères ayant la même formule développée mais une organisation spatiale des atomes différente.

5. À partir de quelles formes cycliques du D-Glucose et du D-Fructose le saccharose est-il formé ?
Le saccharose contenu dans 30 g de betterave sucrière est extrait avec de l'eau grâce à un montage à reflux. À la fin de l'extraction, on recueille une solution aqueuse S qui contient 5,8 g de saccharose.

> L'oxygène reliant les deux parties de la molécule de saccharose se situe vers l'arrière du plan formé par ces molécules.

6. L'eau est un solvant adapté à cette extraction. Proposer une explication à la grande solubilité du saccharose dans ce solvant.

> On donne l'électronégativité relative des atomes. La molécule est-elle polaire ?

On hydrolyse ensuite, en milieu acide, le saccharose contenu dans la solution S. L'hydrolyse peut être modélisée par une réaction d'équation :

$C_{12}H_{22}O_{11}(aq)$	$+H_2O(\ell)$	$\rightarrow$	$C_6H_{12}O_6(aq)$ +	$C_6H_{12}O_6(aq)$
saccharose	eau		glucose	fructose

On suppose que la transformation est totale, que l'eau est en excès et qu'initialement la betterave ne contenait ni glucose ni fructose.

7. Émettre une hypothèse sur le rôle de l'acide utilisé lors de cette hydrolyse et proposer une expérience simple permettant de la tester.

> L'acide n'apparaît pas dans le bilan de la réaction.

On a réalisé la chromatographie du saccharose, du D-Glucose et du D-fructose. Le chromatogramme obtenu est donné et schématisé. Tous les chromatogrammes donnés sont supposés réalisés dans les mêmes conditions expérimentales que celui qui est photographié.

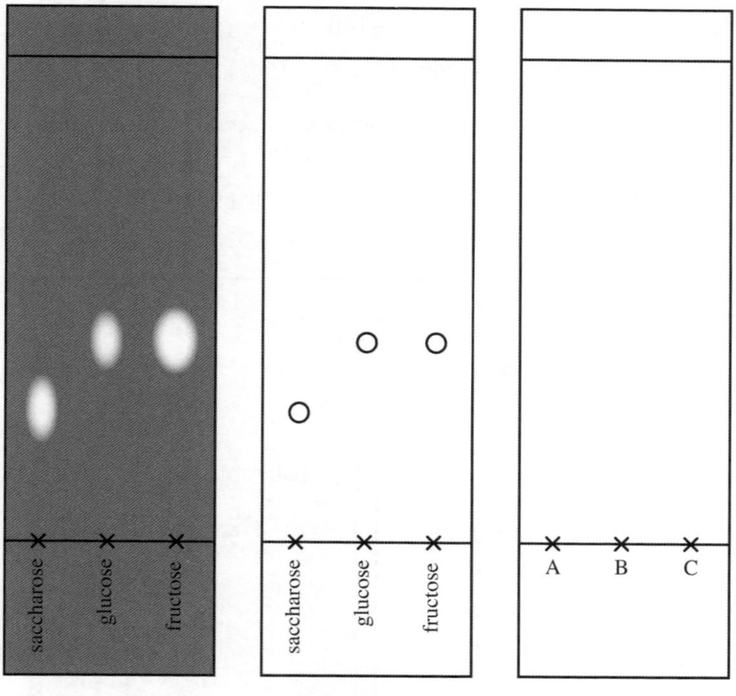

Photographie du chromatogramme — Schématisation du chromatogramme — Schéma À COMPLÉTER

8. Représenter, sur le document, l'allure du chromatogramme obtenu après élution et révélation, sachant que :
- le dépôt A est un échantillon du milieu réactionnel avant hydrolyse du saccharose ;
- le dépôt B est un échantillon du milieu réactionnel au cours de l'hydrolyse du saccharose ;

le dépôt C est un échantillon du milieu réactionnel après hydrolyse complète du saccharose.

> La hauteur de migration d'une espèce est caractéristique de cette espèce.
> Chaque dépôt contient des espèces qui peuvent être différentes.

Du saccharose au bioéthanol

La fermentation alcoolique des jus sucrés sous l'action de micro-organismes est une source de production d'alcools. Dans le cas de la betterave sucrière, la solution de saccharose (jus sucré) extrait de la betterave fermente pour produire de l'éthanol (bioéthanol) et du dioxyde de carbone selon la réaction supposée totale d'équation :

$$C_{12}H_{22}O_{11}(aq)+H_2O(\ell) \rightarrow 4C_2H_6O(aq)+4CO_2(aq)$$

1. Écrire la formule semi-développée de l'éthanol.

> Le préfixe est « éthan » et le suffixe est « ol ».

2. Attribuer à la molécule d'éthanol l'un des deux spectres de RMN proposés ci-dessous. Justifier.

> Chaque groupe d'hydrogènes équivalents va résonner en donnant un pic dont la multiplicité dépend du nombre de voisins.

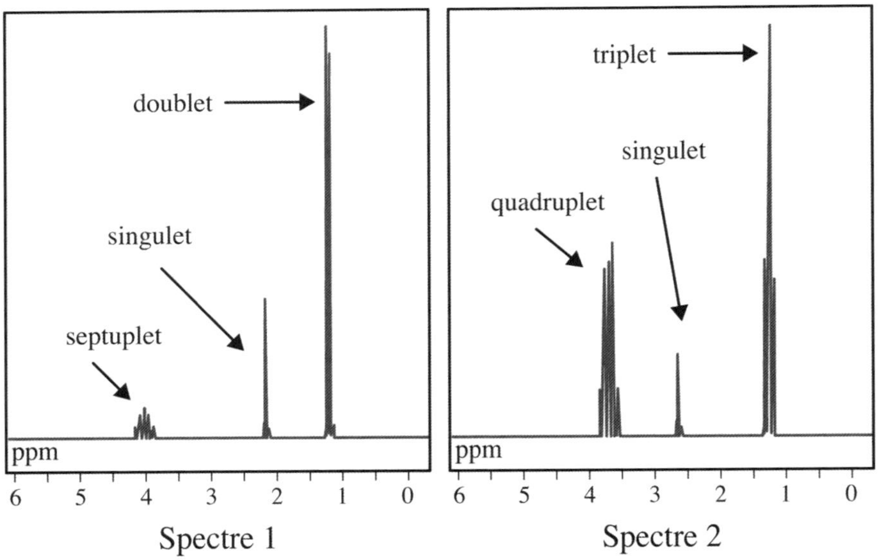

Source : National Institute of Advanced Industrial Science and Technology – http://sdbs.db.aist.go.jp.

3. Déterminer la masse d'éthanol obtenu par la fermentation du saccharose contenu dans une betterave sucrière de masse 1,25 kg.

> La stœchiométrie de la réaction va renseigner sur le rapport entre la quantité de saccharose par rapport à la quantité d'éthanol obtenu. On pourra ainsi en déduire la masse d'éthanol en fonction de la masse de saccharose utilisée. Comme l'énoncé donne le pourcentage massique moyen de saccharose dans une betterave, la masse d'éthanol sera obtenue par combinaison des deux relations.

Et si on roulait tous au biocarburant ?

L'objectif de cette partie est de déterminer la surface agricole à mettre en culture avec de la betterave sucrière pour que la France devienne autosuffisante en bioéthanol.
On fait l'hypothèse que la totalité du parc automobile utilise du carburant contenant du bioéthanol obtenu à partir du saccharose extrait de la betterave. Dans cette hypothèse, on estime que le volume de bioéthanol nécessaire au fonctionnement du parc automobile pendant un an est de l'ordre de 3×10^6 m^3.

Montrer que la masse de betteraves sucrières qu'il faut pour produire ce volume de bioéthanol est de l'ordre de 2×10^7 tonnes. En déduire l'ordre de grandeur de la surface agricole nécessaire à cette production de betteraves sucrières. Comparer avec la surface agricole française cultivée de 2009.
Le candidat est invité à prendre des initiatives et à présenter la démarche suivie, même si elle n'a pas abouti. La démarche est évaluée et nécessite d'être correctement présentée.

> Il faut utiliser la relation précédente pour en déduire la masse de betterave et, en tenant compte du rendement de la culture de la betterave, trouver la surface nécessaire à l'autosuffisance en bioéthanol.

Étude de la structure du saccharose

1. La formule développée du D-glucose avec les carbones asymétriques est :

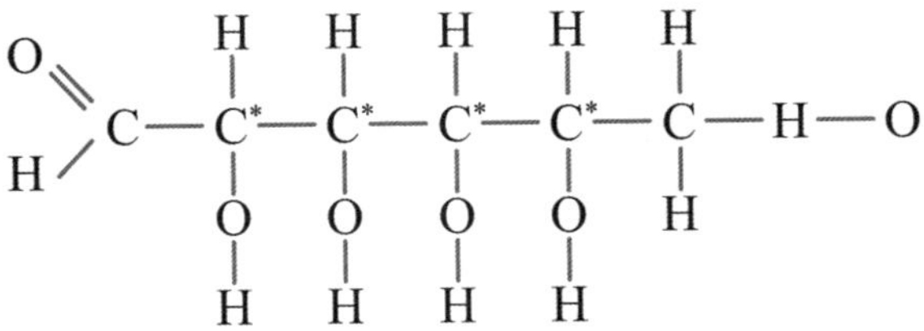

2. Les flèches courbes qui apparaissent sur un mécanisme de réaction correspondent au transfert de doublet d'électrons d'un site donneur vers un site accepteur de doublet.

Mécanisme réactionnel de cyclisation du D-Glucose

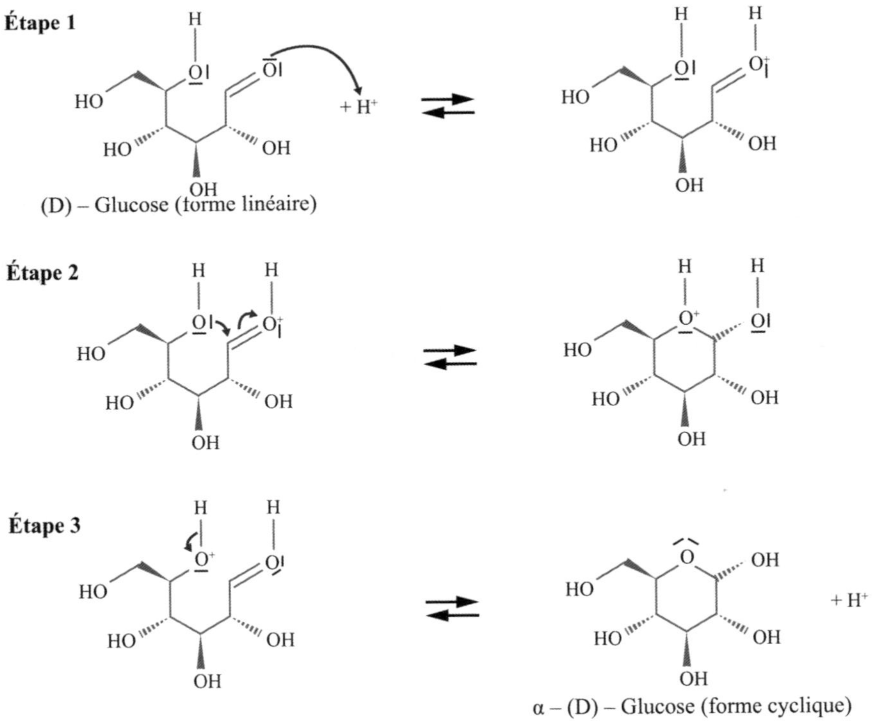

3. La forme linéaire comporte un groupe carbonyle qui présente un pic d'absorption entre 1 650 et 1 750 cm^{-1} Or ce pic caractérisant les groupes carbonyles est absent du spectre proposé. Ce spectre confirme donc la très faible proportion de la forme linéaire du glucose.

4. Le D-glucose et le D-fructose ont les mêmes formules brutes, mais des formules développées différentes. Ce sont des isomères de constitution et non des stéréoisomères.

5. Le saccharose est formé à partir du α-(D)-glucose où l'oxygène allant former la liaison entre les deux molécules est sur un groupe vers l'arrière du plan de la molécule, et le β-(D)-fructofuranose pour la même raison.

6. Le saccharose comporte plusieurs groupes hydroxyle OH et plusieurs atomes d'oxygène liés à des atomes de carbone. L'atome d'oxygène est plus électronégatif que les atomes de carbone ou d'hydrogène. Il y a ainsi une charge partielle négative δ^- sur chaque atome d'oxygène et une charge partielle positive δ^+ sur chaque atome d'hydrogène ou de carbone directement lié à l'atome d'oxygène.
La molécule de saccharose est donc une molécule polaire : elle présente une grande solubilité dans l'eau qui est aussi un solvant polaire et qui va créer des interactions électrostatiques avec les groupes partiellement chargés.

7. Dans l'équation bilan de la réaction, l'acide n'intervient pas. Il constitue donc un catalyseur.
Pour savoir s'il accélère la réaction, donc s'il catalyse la réaction, il suffit de mesurer les durées de celle-ci avec et sans acide et de les comparer.

8. L'allure du chromatogramme en sachant que :
- Dépôt A : avant l'hydrolyse donc ne contient que du saccharose
- Dépôt B : en cours de transformation
- Dépôt C : après hydrolyse complète

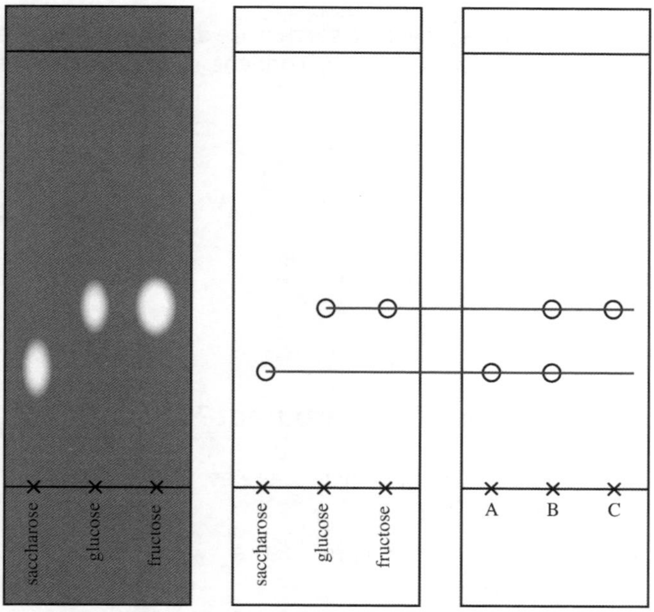

Photographie du chromatogramme — Schématisation du chromatogramme — Schéma À COMPLÉTER

Du saccharose au bioéthanol

1. La formule semi-développée de l'éthanol : $CH_3\text{-}CH_2\text{-}OH$

2. L'éthanol contient 3 groupes d'hydrogènes équivalents :

Groupe d'hydrogènes	Nombre de voisins	Multiplicité du pic
3 H	2	Triplet
2 H	3	Quadruplet
H (du OH)	0	Singulet

Le seul spectre respectant le tableau précédent est le spectre 2.

3. L'équation bilan est :

$$C_{12}H_{22}O_{11(aq)} + H_2O_{(l)} \rightarrow 4C_2H_6O_{(aq)} + 4CO_{2(aq)}$$

La stœchiométrie de la réaction permet d'écrire :

$$n(C_{12}H_{22}O_{11}) = \frac{n(C_2H_6O)}{4} \text{ d'où } 4n(C_{12}H_{12}O_{11}) = n(C_2H_6O)$$

Or $n = \frac{m}{M}$ soit $4 \times \frac{m(C_{12}H_{22}O_{11})}{M(C_{12}H_{22}O_{11})} = \frac{m(C_2H_6O)}{M(C_2H_6O)}$

D'où $m(C_2H_6O) = 4 \times \frac{m(C_{12}H_{22}O_{11}) \times M(C_2H_6O)}{M(C_{12}H_{22}O_{11})}$

Or, le pourcentage massique moyen de saccharose dans une betterave est 19,5 %. Une betterave de masse m_B = 1,25 kg contient une masse de saccharose :

$$m(C_{12}H_{22}O_{11}) = m_B \times \frac{19,5}{100}$$

Donc $m(C_2H_6O) = 4 \times \frac{M(C_2H_6O)}{M(C_{12}H_{22}O_{11})} \times m_B \times \frac{19,5}{100}$

Application numérique : $m(C_2H_6O) = 4 \times \frac{46,0}{342,0} \times 1,25.10^3 \times \frac{19,5}{100}$

Soit $m(C_2H_6O)$ = 0,131 kg = 131 g

Et si on roulait tous au biocarburant ?

D'après l'énoncé, le volume d'éthanol nécessaire est 3.10^6 m^3.

La masse d'éthanol est $m(C_2H_6O) = \rho \times V_e$

Avec la relation trouvée à la question précédente

$$m(C_2H_6O) = 4 \times \frac{M(C_2H_6O)}{M(C_{12}H_{22}O_{11})} \times m_B \times \frac{19,5}{100}$$

On arrive à : $\rho \times V_e = 4 \times \frac{M(C_2H_6O)}{M(C_{12}H_{22}O_{11})} \times m_B \times \frac{19,5}{100}$

On transpose cette relation pour isoler la masse de betterave :

$$m_B = \frac{M(C_{12}H_{22}O_{11})}{4 \times M(C_2H_6O)} \times \rho \times V_e \times \frac{100}{19,5}$$

Application numérique :

$$m_B = \frac{342,0}{4 \times 46,0} \times 789.10^3 \times 3.10^6 \times \frac{100}{19,5}$$

Soit $m_B \approx 2.10^{13}\,\text{g} = 2.10^{10}\,\text{kg} = 2.10^7\,\text{t}$

Surface agricole nécessaire : d'après l'énoncé, le rendement de la culture de betterave sucrière est 74,8 t par hectare.

Il faudra donc une surface $S = \frac{2.10^7}{74,8}$ soit S = $3 \cdot 10_5$ hectares.

Ordre de grandeur : 10^5 hectares.

La surface cultivée en France est de 10 millions d'hectares, soit 10.10^6 hectares.

Cela représente $\frac{3.10^5}{10.10^6} \times 100$ = 3 % de la surface cultivée.

L'autosuffisance de la France en bioéthanol pourra être assurée par la culture de la betterave sucrière.

Synthétiser des molécules, fabriquer de nouveaux matériaux

Avec le projet Futurol, la France mise sur les biocarburants de seconde génération

Une unité pilote de bioéthanol extrait de résidus végétaux et de cultures non alimentaires, inaugurée dans la Marne, doit déboucher sur une production industrielle à l'horizon 2016

Dans de vastes hangars sont stockés des bottes de paille, des tiges de miscanthus (sorte de roseau parfois appelé « herbe à éléphant »), des rondins de saule et de peuplier. D'autres bâtiments sont réservés aux copeaux et résidus de bois, aux déchets agricoles tels que la pulpe de betterave et la bagasse de canne à sucre, ou au switchgrass (une grande herbacée sauvage). Il y a là toute la palette de la biomasse lignocellulosique susceptible d'être transformée en carburant « vert ».

C'est cette transformation que va expérimenter l'usine pilote Futurol, inaugurée mardi 11 octobre, sur la zone d'activité des communes de Pomacle et Bazancourt, dans la Marne. Fédérant une dizaine de partenaires publics et privés, dont l'Institut national de la recherche agronomique (INRA), le projet, d'un coût de 76,4 millions d'euros (financés à 40 % par Oseo, établissement public de soutien à l'innovation), marque l'entrée de la France dans le champ émergent des biocarburants de deuxième génération, extraits de cultures non alimentaires.

Il s'agit, à ce stade, d'un démonstrateur de 5 000 m^2, capable de produire 180 000 litres de bioéthanol par an. Vingt fois moins que le prototype industriel qui doit lui succéder en 2015, sur l'un des sites du groupe sucrier français Tereos, à Lillebonne (Seine-Maritime) ou à Origny-Sainte-Benoîte (Aisne). Et 1 000 fois moins que les unités de taille commerciale qui pourraient voir le jour à partir de 2016.

D'ici là, la centaine de chercheurs associés au programme vont tester en grandeur réelle, en les optimisant, chacune des étapes du processus de production mis au point en laboratoire. Cela pour les différents types de végétaux utilisés.

La matière première, décrit Benoît Trémeaux, secrétaire général de Futurol, est d'abord broyée, pour être rendue homogène. Elle circule ensuite de cuve en cuve, où elle subit un prétraitement thermique ou chimique, puis une hydrolyse en présence d'enzymes qui cassent les chaînes complexes de la cellulose et de l'hémicellulose en molécules simples. Le mélange est alors mis à fermenter avec des levures qui le convertissent en alcool. L'éthanol est enfin obtenu après un passage en colonne de distillation.

« *L'originalité de notre approche est sa polyvalence,* explique M. Trémeaux. *L'utilisation de matières premières diversifiées (résidus agricoles, coproduits forestiers, taillis à rotation courte, plantes dédiées) permettra aux futurs sites de production de s'approvisionner localement, en toute saison. C'est un gage de viabilité économique et de limitation de l'impact sur l'environnement.* »

L'un des obstacles auxquels se heurtent les biocarburants de deuxième génération est en effet celui de la disponibilité de la ressource végétale : quand il s'agit uniquement de paille, par exemple, cette ressource peut être compromise par une sécheresse. D'où l'importance d'une diversification.

Mais la filière doit aussi démontrer sa rentabilité. Car les investissements sont lourds et les prix de revient très supérieurs à ceux des agrocarburants de première génération, dont le coût avoisine aujourd'hui, pour le bioéthanol, 50 centimes le litre. *« La moitié du chemin est faite,* assure Dominique Dutartre, président de Futurol. *Depuis le démarrage du projet, le coût de revient a été divisé par deux. Il faut encore le réduire de moitié, en gagnant sur tous les postes de la chaîne de production, pour devenir compétitif. »*

Reste à établir le bilan environnemental des carburants verts de deuxième génération. Bien que ceux-ci aient l'avantage, par rapport aux agrocarburants de première génération, de ne pas mettre en concurrence cultures énergétiques et cultures alimentaires, ils ne s'imposeront que s'ils font la démonstration qu'ils sont aussi, en terme d'émissions de gaz à effet de serre, plus vertueux.

Pierre Le Hir

Le Monde daté du 12.10.2011

Exploitation de documents

Liban, mai 2013, exercice 3

Le très haut débit pour tous

Le déploiement du très haut débit pour tous constitue l'un des plus grands chantiers d'infrastructure pour notre pays au cours des prochaines années. Ses enjeux techniques, économiques et sociaux sont considérables.

Document 1

Le très haut débit pour tous les Bretons d'ici à 2030

La Bretagne prend de l'avance sur le très haut débit. Elle est, avec la Région Auvergne, la seule à avoir anticipé le maillage en fibre optique de l'intégralité de son territoire. D'ici à 2030, tous les foyers bretons auront accès à cette technologie qui augmente considérablement le débit des connexions Internet. De 1 à 20 mégabits par seconde, il passera à 100 mégabits par seconde, et dans toute la région !

Au cœur de cette petite révolution : l'installation de la fibre optique. Télévision haute définition, téléphone, Internet, photographies et vidéos transiteront désormais grâce à cette fibre optique très rapide. [...] Un opérateur privé installera la fibre optique dans les principales agglomérations bretonnes, couvrant 40 % des foyers en 2020. [...] Coût global pour les institutions : 1,8 milliard d'euros. [...]

D'après *Bretagne ensemble*, juin 2012.

Document 2

Atténuation linéique d'un signal

L'atténuation linéique α, correspondant à la diminution de la puissance du signal par kilomètre et exprimée en dB/km, est définie par $\alpha = \frac{10}{L}\log\frac{P_e}{P_s}$

Avec : P_e, la puissance du signal à l'entrée du dispositif de transmission ;
P_s, la puissance du signal à sa sortie ;
L, la distance parcourue par le signal en km.

Document 3

Atténuation spectrale d'une fibre optique en silice

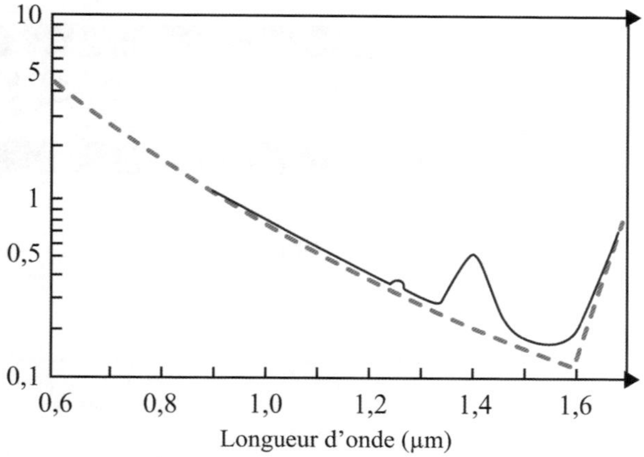

Document 4

Domaines du spectre électromagnétique

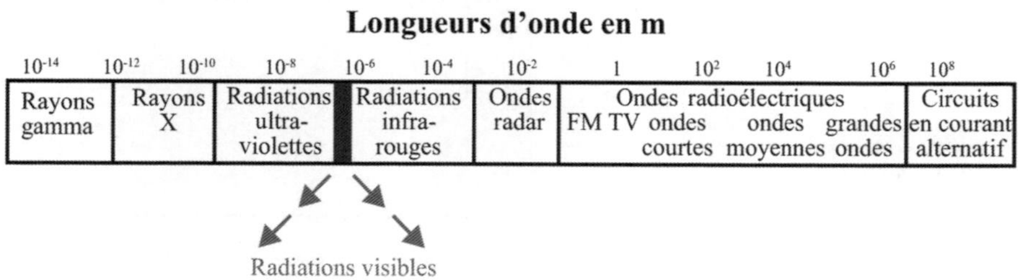

Document 5

Comparaison entre une fibre optique et un fil de cuivre

Fibre optique	Fil de cuivre
Sensibilité nulle aux ondes électromagnétiques	Grande sensibilité aux ondes électromagnétiques
Faible atténuation du signal : 0,2 dB/km	Forte atténuation du signal : 10 dB/km
Réseau faiblement implanté géographiquement	Réseau fortement implanté géographiquement
Grande largeur de bande : grande quantité d'informations transportées simultanément	Largeur de bande limitée : la quantité d'informations transmises est très limitée

Document 6

Description d'une fibre optique

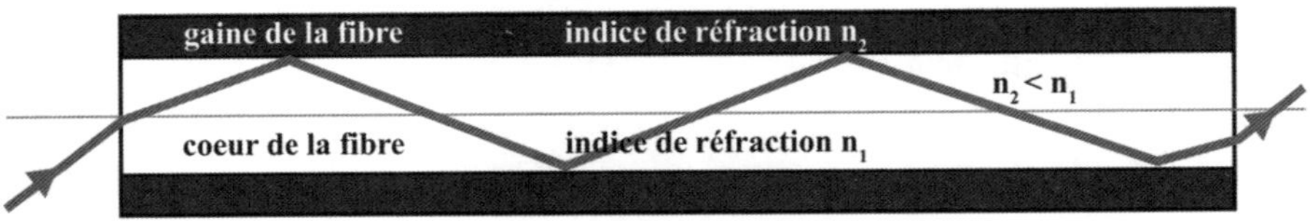

Document 7

Réflexion totale

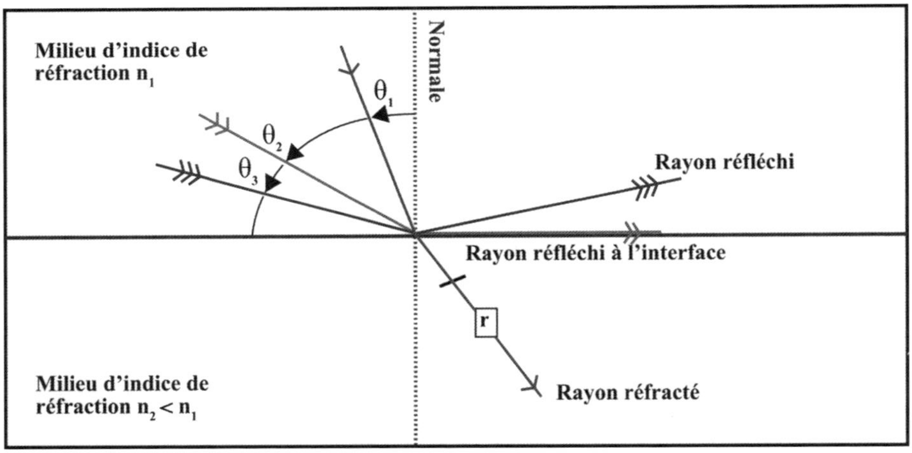

Loi de Snell-Descartes : $n_1 \sin\theta = n_2 \sin r$.

Lorsque l'angle d'incidence θ est supérieur à l'angle limite θ_2, le rayon lumineux incident est réfléchi (cas observé pour l'angle θ_3), on a $\sin\theta_2 = \frac{n_2}{n_1}$.

Procédés physiques de transmission d'informations

1. À l'aide des documents et des connaissances nécessaires, rédiger, en 20 lignes maximum, une synthèse argumentée répondant à la problématique suivante :
« La fibre optique est-elle synonyme d'avenir incontournable pour la transmission d'informations ? »
Pour cela, citer trois types de support de transmission de l'information. Décrire le principe de fonctionnement d'une fibre optique. Préciser ensuite les enjeux pour le déploiement de nouveaux réseaux de transmission d'informations par fibre op-

tique en soulignant les points forts et les points faibles de ce mode de transmission.
Répondre enfin à la question posée.

> Lisez attentivement l'ensemble des documents et soulignez les éléments permettant de répondre aux questions posées. Rédigez la synthèse en suivant ce fil conducteur (un paragraphe par question), en citant les documents sur lesquels s'appuie chaque argument. Utilisez des connecteurs logiques, soignez la rédaction (évitez les fautes d'orthographe ou de grammaire) et respectez la longueur imposée (20 lignes environ). Concluez en apportant une réponse à la problématique de départ.

Analyse de la qualité d'une transmission

L'atténuation de puissance subie par le signal transmis caractérise la qualité de la transmission.

2. À l'aide des documents du sujet, déterminer quel est le domaine du spectre électromagnétique à utiliser pour obtenir une transmission d'atténuation minimale avec une fibre optique en silice.

> À l'aide du document 3, déterminez la longueur d'onde correspondant à une atténuation spectrale minimale. Déduisez-en le domaine du spectre électromagnétique correspondant en s'appuyant sur le document 4.

3. On suppose que le signal est à nouveau amplifié dès que sa puissance devient inférieure à 1 % de sa puissance initiale.

a) En utilisant le document 2, montrer que l'atténuation du signal, calculée par le produit $\alpha \times L$, est égale à 20 dB à l'instant où le signal est réamplifié.

> Exprimez l'atténuation du signal en fonction de P_e et de P_s à l'aide de la formule fournie dans le document 2. Le signal est amplifié quand $P_s = 0,01 \times P_e$, soit $\frac{P_e}{P_s} = 100$.

b) Combien d'amplificateurs sont-ils nécessaires pour une liaison Rennes-Strasbourg (environ 900 km) dans le cas d'une liaison par fibre optique, puis dans le cas d'une liaison par câble électrique ? Conclure.

> Exprimez la longueur L (distance au bout de laquelle le signal doit être réamplifié) en fonction de α. Calculez sa valeur pour la fibre optique et le câble électrique (fil en cuivre) à l'aide des valeurs fournies dans le document 5 et déduisez en le nombre d'amplificateurs nécessaires en divisant la longueur de la liaison Rennes-Strasbourg par L.

Procédés physiques de transmission d'information

Points clés :
– Trois types de support de transmision de l'information : fil de cuivre, fibre optique (propagation guidée) et air (propagation libre : transmission hertzienne).
– Principe de fonctionnement d'une fibre optique : indice de réfraction plus faible dans la gaine que dans le cœur, phénomène de réflexion totale (documents 6 et 7).
– Points forts de la fibre optique : sensibilité nulle aux ondes électromagnétiques (pas d'interférences), faible atténuation du signal, grande largeur de bande (grande quantité d'informations transmises simultanément) (documents 1 et 5).
– Points faibles : coût important, faible implantation géographique (documents 1 et 5).

1. Exemple de synthèse argumentée
L'information peut être transmise via la propagation libre d'ondes hertziennes ou par le biais d'un support tel que le câble électrique ou plus récemment la **fibre optique**.
Une fibre optique est constituée d'un cœur d'indice de réfraction n_1, entouré d'un gaine d'indice de réfraction $n_2 < n_1$ (document 6). À l'interface entre deux milieux d'indices différents, la lumière subit un phénomène de **réfraction** obéissant à la loi de Snell-Descartes. Lors du passage d'un milieu d'indice n_1 à un milieu d'indice n_2 inférieur, il existe un angle d'incidence limite au-delà duquel le rayon réfracté n'existe plus. Le rayon lumineux est alors complètement réfléchi : c'est le phénomène de **réflexion totale** (document 7). C'est grâce à ce phénomène que l'onde électromagnétique, confinée dans le cœur de la fibre optique, peut se propager.
La transmission d'information par fibre optique présente un grand nombre d'avantages par rapport à la propagation par câble électrique. Tout d'abord, ce procédé de transmission est insensible aux ondes électromagnétiques, ce qui permet d'éviter les interférences avec d'autres signaux. D'autre part, la fibre optique possède une atténuation linéique très faible, ce qui permet de limiter l'affaiblissement du signal, notamment lors de communications sur de longues distances (document 5). Enfin, grâce à sa grande largeur de bande, la fibre optique peut transporter simultanément une grande quantité d'informations, ce qui permet par exemple d'augmenter fortement le débit des connexions Internet (document 1).
Cependant, l'installation de cette technologie, encore faiblement implantée géographiquement, engendre des coûts importants pour les collectivités (document 1).
Ainsi, la qualité et la rapidité de la transmission par fibre optique en font le support le plus performant actuellement ; son usage semble donc amené à se développer dans les années à venir, sans pour cela être une solution unique et immuable.

Analyse de la qualité d'une transmission

2. D'après le document 3, l'atténuation spectrale d'une fibre optique en silice est minimale pour les ondes électromagnétiques de longueur d'onde autour de 1,5 μm (soit $1{,}5.10^{-6}$ m). D'après le document 4, cette gamme de longueur d'onde appartient au domaine des **radiations infrarouges**.

3. a) D'après le document 2, l'atténuation linéique α (dB/km) est donnée par la relation :

$$\alpha = \frac{10}{L}\log\frac{P_e}{P_s}$$

L'atténuation du signal est donc : $\alpha \times L = 10 \times \log\frac{P_e}{P_s} = 10 \times \log(100) = 20\text{dB}$

b) Les amplificateurs doivent être espacés d'une distance L (km) telle que : $L = \frac{20}{\alpha}$.

– Liaison par fibre optique : α = 0,2 dB/km donc $L = \frac{20}{0,2} = 100\text{km}$;

il faut donc 900/100 = 9 amplificateurs.

– Liaison par câble électrique en cuivre : α = 10 dB/km donc $L = \frac{20}{10} = 2\text{km}$;

il faut donc 900/2 = 450 amplificateurs.

Grâce à la faible atténuation du signal, la transmission par fibre optique nécessite 50 fois moins d'amplificateurs que la transmission par câble électrique, ce qui représente un avantage.

Transmettre et stocker de l'information

Canaliser la lumière laser sans fibre optique

Une équipe américaine ouvre la voie à de nouveaux modes de transport de l'énergie lumineuse

Pour transporter à haut débit l'information avec de la lumière laser, les opérateurs de télécommunications disposent de fibres optiques en verre. Une équipe américaine de l'université du Maryland vient, elle, de fabriquer l'équivalent de la première fibre optique non matérielle pour canaliser la lumière dans l'air.

Rien d'extraordinaire, penseront ceux qui utilisent un pointeur laser pour attirer l'attention de spectateurs sur un écran. Sauf que les lois de la physique empêchent ce pinceau soit de rester fin sur de longue distance, soit de préserver son énergie très loin. Ces lois rendent caduques ou délicates bien des applications, dont les rêves — ou cauchemars — de guerre des étoiles et de lasers détruisant des missiles. L'atmosphère diffracte, en effet, la lumière et donc élargit la tache lumineuse en bout de course. Un laser de quelques centimètres de diamètre éclaire ainsi un disque de plusieurs kilomètres de diamètre sur la Lune, à plus de 380 000 kilomètres de là. La « cible » reçoit ainsi beaucoup moins d'énergie qu'envoyée.

Dans les années 1990, une solution a suscité l'espoir grâce à des lasers à la puissance décuplée. En envoyant des impulsions laser très courtes, concentrant beaucoup d'énergie en un minimum de temps, plusieurs équipes ont observé un phénomène d'autoconcentration de la lumière au centre du faisceau. La cause de cette transformation de l'air en loupe est une variation de la manière dont l'air dévie la lumière en fonction de l'intensité incidente.

Soupe de particules très chaudes

Mais l'intensité est telle que le laser finit aussi par arracher des électrons aux molécules d'air et transforme l'environnement en une soupe de particules très chaudes, qui casse la loupe et diffracte le faisceau. Les filaments rectilignes deviennent instables, et l'énergie transportée est réduite.

C'est là qu'intervient la démonstration de l'équipe américaine, publiée dans *Physical Review X*, le 26 février. Ces chercheurs ont observé qu'un faisceau laser très intense crée derrière lui un sillage d'air chaud en expansion qui perdure environ une milliseconde et qui a tendance à diffracter la lumière. Mais, en bons opticiens, ils ont réalisé qu'envoyer quatre faisceaux simultanément, formant une sorte de carré, annule cet effet pour, au contraire, concentrer la lumière au centre. *« Nous nous sommes reposés sur des principes physiques de base. Une fois réunis, tout était en place pour la réussite »*, résume Howard Milchberg.

En laboratoire, ils ont créé un canal de 70 centimètres de long pendant deux millisecondes. Cent fois plus d'énergie est transportée qu'avec un faisceau intense envoyé tel quel dans l'air. En termes de puissance moyenne, les chercheurs pensent pouvoir faire un million de fois plus, jusqu'au mégawatt. *« C'est une idée simple et intéressante, à laquelle personne n'avait pensé, même si cela reste encore une démonstration de laboratoire »*, constate Arnaud Couairon du Centre de physique théorique de l'Ecole polytechnique.

Même si l'expérience est financée par la marine et l'armée de l'air, l'équipe vise d'autres applications. *« Nous allons tester les capacités à collecter à distance de faibles signaux lumineux grâce à ce système »*, prévoit Howard

Milchberg. Ce serait comme amener une fibre optique au plus près de l'objet qu'on désire étudier.

Dans le même ordre d'idées, ce système peut servir de radar de lumière ou lidar. Celui-ci détecte à distance des polluants dans l'air, par exemple. La lumière incidente fait « fluorescer » les molécules, et la lumière émise est renvoyée vers le détecteur. Le nouveau système augmenterait la quantité de lumière reçue, et donc la précision. Cela pourrait aussi relancer les rêves de paratonnerre laser pour détourner la foudre le long d'un faisceau intense de lumière. Ou bien aider à alimenter en énergie un satellite. Ou le détruire.

David Larousserie

Le Monde Science et médecine daté du 19/03/2014

Synthèse de documents

Inde, avril 2014, exercice de spécialité

Eau potable ou non ?

Le paranitrophénol (PNP) est un polluant organique qui se forme lors de la biodégradation de certains pesticides. Une exposition excessive à ce composé peut provoquer une méthémoglobinémie : c'est-à-dire une diminution de la capacité du sang à transporter le dioxygène dans les cellules. C'est la raison pour laquelle il faut surveiller sa présence dans les eaux de boisson.

La valeur maximale de la concentration en PNP d'une eau potable autorisée par la commission européenne est 0,1 $\mu g.L^{-1}$. En revanche, le seuil fixé par l'agence américaine de protection de l'environnement EPA (*United States Environmental Protection Agency*) est 60 $\mu g.L^{-1}$, tandis que la valeur tolérée par le conseil environnemental brésilien est 100 $\mu g.L^{-1}$.

À l'occasion d'un stage dans un laboratoire d'analyse chimique aux USA, un groupe d'étudiants français met au point un protocole de dosage spectrophotométrique du PNP et le met en œuvre (document 1) pour étudier la potabilité d'une eau E destinée à la consommation sur le continent américain.

L'objectif de cet exercice est de répondre de manière argumentée à la question que se posent les étudiants ingénieurs : l'eau analysée est-elle potable ?

Pour construire et développer votre argumentation, vous mobiliserez vos connaissances et vous vous aiderez des deux documents fournis et des données. Répondez au préalable aux deux questions suivantes :

- ***Dans les conditions expérimentales mises en œuvre par les étudiants, sous quelle forme se trouve le PNP dans les solutions ?***
- ***Pourquoi est-il justifié de choisir une radiation visible plutôt qu'une radiation ultraviolette pour les mesures d'absorbance ?***

La qualité de la rédaction, la structuration de l'argumentation, l'analyse critique des conditions expérimentales, la rigueur des calculs, ainsi que toute initiative prise pour mener à bien la résolution du problème seront valorisées.

> À quel pH se trouve-t-on ? Que peut-on en déduire sur l'espèce prédominante et donc sur le spectre à choisir ?
> On cherche ensuite à déterminer la concentration massique en PNP de l'eau grâce à un dosage par étalonnage.

Données

Caractéristiques physiques et chimiques du paranitrophénol :
- Formule brute : $C_6H_5NO_3$
- Formule topologique :

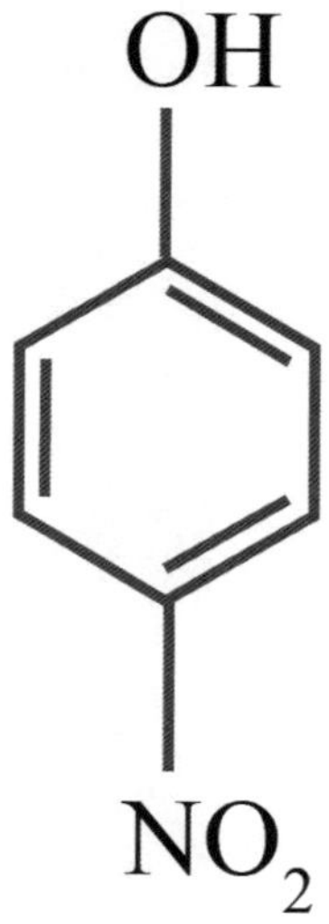

- Aspect physique à 20 °C : solide cristallin jaune pâle
- Température d'ébullition : 279 °C
- Température de fusion : 116 °C
- Le groupe hydroxyle –OH du paranitrophénol présente un caractère acide : $\mathrm{pKa}(C_6H_5NO_3/C_6H_4NO_3^-) = 7{,}2$.

Document 1

Extrait du carnet de laboratoire rédigé par les étudiants

On procède tout d'abord à une évaporation de l'eau E de manière à accroître fortement la concentration en PNP. La solution S ainsi obtenue est cent fois plus concentrée que la solution E.
À partir d'une solution aqueuse S_0 de paranitrophénol de concentration C_0 = 100 mg.L^{-1}, on prépare cinq solutions filles S_i de volume V = 100,0 mL en prélevant un volume V_i de solution S_0 complétée à 100,0 mL par une solution tampon de pH = 10,4.
On règle le spectrophotomètre sur la longueur d'onde λ = 400 nm. On « effectue le blanc » de telle manière que l'absorbance soit nulle avec la solution tampon de pH = 10,4.
On mesure l'absorbance des différentes solutions S_i préparées.
Les résultats des mesures sont regroupés dans le tableau suivant :

Solution	S_1	S_2	S_3	S_4	S_5
V_i (mL)	1,0	2,0	3,0	5,0	7,5
A	0,128	0,255	0,386	0,637	0,955

On mélange 50,0 mL de la solution S avec 50,0 mL de solution tampon de pH = 10,4 puis on mesure l'absorbance de la solution S' ainsi obtenue.
On obtient une absorbance $A' = 0,570 \pm 0,010$.

Document 2

Spectres d'absorption de solutions aqueuses de PNP
en milieu acide et en milieu basique

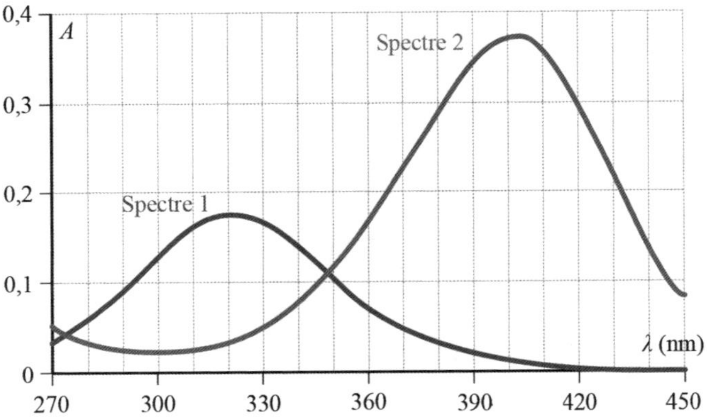

Spectre 1 : solution aqueuse de paranitrophénol de concentration molaire $2,0 \times 10^{-5}$ mol.L^{-1} en milieu acide ($pH = 5$).

Spectre 2 : solution aqueuse de paranitrophénol de concentration molaire $2,0 \times 10^{-5}$ mol.L^{-1} en milieu basique ($pH = 10$).

Question préliminaire 1 :
Les solutions sont fabriquées avec une solution tampon pH = 10,4.

Le pKa du couple $C_6H_5NO_3/C_6H_4NO_3^-$ est égal à 7,2. Le domaine de prédominance est donc :

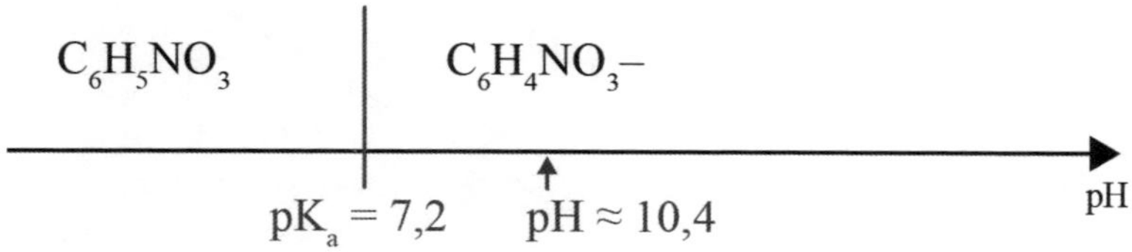

Donc, le PNP est sous la forme basique $C_6H_4NO_3^-$.

Question préliminaire 2 :
Le spectre 1 du document 2 correspond au spectre d'absorbance de la forme acide du PNP (car pH = 5 < pKa) et le spectre 2 au spectre de la forme basique (car pH = 10 > pKa).
Si on choisit de travailler à un pH acide et à la longueur d'onde UV de 320 nm, le maximum du pic d'absorbance est moins élevé et l'absorbance de la forme basique est non négligeable.
On choisit donc de travailler à un pH basique et à une longueur d'onde visible de 400 nm. On se place, ainsi, au maximum d'absorbance de la forme basique, correspondant aussi à une valeur quasi nulle de l'absorbance de la forme acide. Ces conditions permettent la meilleure précision pour la détermination de la concentration en PNP.

Problème : étudions le dosage par étalonnage réalisé par les étudiants
Pour cela, il faut déterminer la concentration massique des solutions obtenues par dilution.
Au cours d'une dilution, la quantité de matière se conserve. On a donc :
$n_{\text{mère}} = n_{\text{fille}}$, soit $C_0.V_{\text{mère prélevé}} = C_{\text{fille}}.V_{\text{fille}}$.

D'où, $C_{\text{fille}} = \dfrac{C_0.V_{\text{mère prélevé}}}{V_{\text{fille}}}$, avec V_{fille} = 100,0 mL et C_0 = 100 mg.L^{-1}.

Solution	S_1	S_2	S_3	S_4	S_5
V_i (mL)	1,0	2,0	3,0	5,0	7,5
A	0,128	0,255	0,386	0,637	0,955
C_i (mg.L^{-1})	1,0	2,0	3,0	5,0	7,5

On peut alors tracer la courbe d'étalonnage sur la calculatrice.

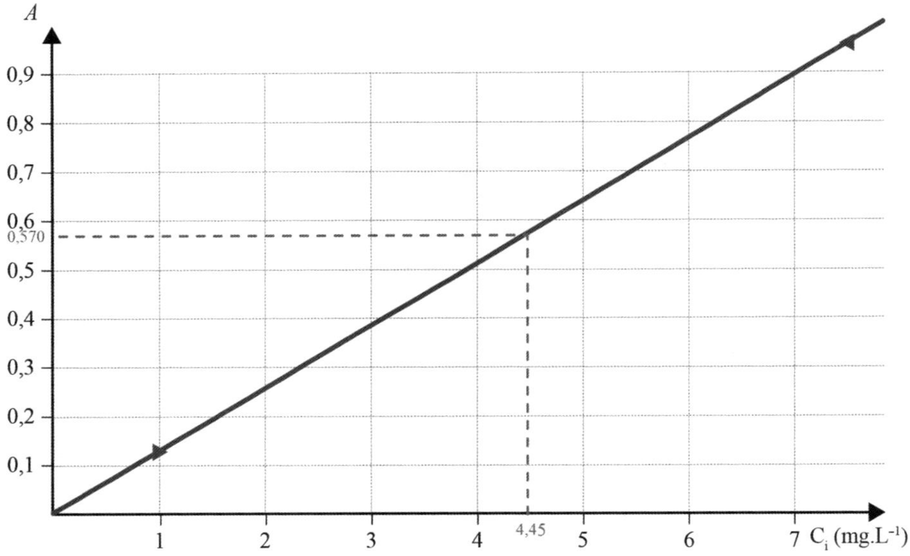

On lit l'abscisse du point d'ordonnée $A' = 0,570$, ce qui permet de déterminer la concentration massique C' en PNP de la solution S'.
Attention, il faut tenir compte de l'incertitude sur la valeur de A'.
$A' = 0,570 \pm 0,010$ donne $4,35 > C' > 4,55 \mathrm{mg.L}^{-1}$.

La solution S' a été obtenue par dilution. On a donc :
$n_{\text{mère}} = n_{\text{fille}}$, soit $C_{\text{mère}}.V_{\text{mère}} = C_{\text{fille}}.V_{\text{fille}}$.

D'où, $C_{mère} = C_s = \dfrac{C_{fille}.V_{fille}}{V_{mère}}$.

Le volume V_{fille} correspond au mélange de 50,0 mL de solution S et 50,0 mL de solution tampon, soit V_{fille} = 100,0 mL.

Numériquement : $C_s = \dfrac{4,45 \times 100,0.10^{-3}}{50,0.10^{-3}}$, d'où C_S = 8,9 mg.L^{-1}, en tenant compte de l'incertitude 8,70 < C_S < 9,10 mg.L^{-1}.
Comme la solution S est cent fois plus concentrée que la solution E, la concentration de la solution E est : $C = C_E.100$.
8,70.10^{-2} < C_E < 9,10.10^{-2} mg.L^{-1}, soit 87,0 < C_E < 91,0 µg.L^{-1}.
L'eau est donc potable au Brésil (valeur inférieure au seuil de 100 µg.L^{-1}), mais non potable aux USA (valeur supérieure au seuil de 60 µg.L^{-1}).

L'eau

Les glaces antarctiques précisent le rôle du CO_2

Une nouvelle étude prive les climato-sceptiques d'un de leurs arguments favoris

C'est la fin d'un argument fort prisé des climato-sceptiques : celui selon lequel il y a 20 000 ans, au cours de la dernière déglaciation, l'augmentation des températures aurait entraîné la hausse du dioxyde de carbone (CO2), et non l'inverse. Le corollaire suggéré étant, bien sûr, que le réchauffement actuel serait naturel et que l'augmentation du CO2 atmosphérique en serait la conséquence plutôt que la cause... Dans la dernière édition de la revue *Science*, une équipe conduite par le glaciologue Frédéric Parrenin, chercheur au Laboratoire de glaciologie et de géophysique de l'environnement (CNRS, université Joseph-Fourier de Grenoble), a procédé à une analyse inédite de cinq carottes de glace extraites de l'inlandsis antarctique et enterré, pour de bon, cet argument.

Pour comprendre, il faut remonter à 2001, avec la publication de travaux reconstruisant, à partir de carottes de glace prélevées dans la calotte antarctique, les variations couplées de la température locale et du CO2. Et le fait est que la température, au-dessus du continent blanc, semble monter environ 800 ans avant que le CO2 ne commence à s'accumuler dans l'atmosphère terrestre. La température monte, le gaz à effet de serre la suit. « *Ces résultats étaient fondés sur un modèle de tassement de la neige, et non sur des mesures directes,* explique Frédéric Parrenin. *Or ce modèle, qui correspond bien aux mesures actuelles, ne semble pas décrire correctement ce qui se passait au cours de la dernière période glaciaire.* »

La manière dont la neige se comprime sous la masse accumulée des précipitations neigeuses, année après année, est un paramètre crucial. Elle détermine en effet la profondeur à laquelle les petites bulles d'air piégées dans la glace « se ferment », c'est-à-dire qu'elles cessent d'être perméables à l'air ambiant. Ce qui détermine la différence d'âge, dans une même strate de la carotte, entre la glace elle-même et les bulles d'air qu'elle recèle. « *Cet écart peut atteindre 6 000 ans* », précise le glaciologue Frédéric Parrenin.

Erreur de 800 ans

Le décalage de 800 ans entre réchauffement et augmentation du CO2 avait ainsi été obtenu, en 2001, en estimant ce décalage temporel à l'aide d'un modèle (c'est-à-dire une simulation du comportement mécanique de la neige). Or, cette fois-ci, les chercheurs ont déterminé directement ce décalage en mesurant les différences d'abondance, sur l'épaisseur de chaque couche de glace, de deux isotopes de l'azote contenu dans l'air : l'un lourd, l'autre léger. En procédant ainsi, les auteurs montrent qu'il y a 20 000 ans le CO2 et la température de l'Antarctique ont commencé à varier de manière synchrone.

La correction de cette erreur de 800 ans réduit à néant l'argument préféré des climato-sceptiques. Mais en fait celui-ci était déjà moribond. « *Les températures déduites des carottes de glace ne sont que des températures locales, non des températures moyennes globales,* dit ainsi le climatologue Edouard Bard (Cerege, Collège de France). *Et ce, alors que la basse atmosphère se mélange suffisamment bien pour que les bulles de gaz piégées dans les glaces soient représentatives de la teneur moyenne de l'atmosphère en CO2.* »

L'argument des climato-sceptiques était donc fondamentalement biaisé, un paramètre climatique local ne pouvant être mis sur un pied d'égalité avec un paramètre moyen global... En 2012, des chercheurs conduits par Jeremy Shakun (université de Harvard, Massachusetts) avaient compilé l'ensemble des données disponibles, en utilisant non seulement les carottes de glace, mais aussi les carottes sédimentaires : ils avaient bel et bien conclu, dans un article publié en avril 2012 par *Nature*, que, globalement, la température moyenne terrestre s'était élevée essentiellement après que le CO2 eut commencé à grimper. La pichenette qui a initié l'augmentation du CO2 ayant été une perturbation du système climatique engendrée par une petite variation des paramètres orbitaux de la Terre. L'argument du déphasage de 800 ans est donc à nouveau mort, de sa deuxième mort.

Stéphane Foucart
Le Monde Science et techno daté du 09/03/2013

Exploitation de documents
Sujet national, juin 2016, exercice 1

De l'effet Doppler à ses applications

Christian Doppler (1803 - 1853)	Christoph Buys-Ballot (1817 - 1890)

Christian Doppler, savant autrichien, propose en 1842 une explication de la modification de la fréquence du son perçu par un observateur immobile lorsque la source sonore est en mouvement. Buys-Ballot, scientifique hollandais, vérifie expérimentalement la théorie de Doppler en 1845, en enregistrant le décalage en fréquence d'un son provenant d'un train en mouvement et perçu par un observateur immobile.
On se propose de présenter l'effet Doppler puis de l'illustrer au travers de deux applications.

Mouvement relatif d'une source sonore et d'un détecteur

Nous nous intéressons dans un premier temps au changement de fréquence associé au mouvement relatif d'une source sonore S et d'un détecteur placé au point M (figure 1). Le référentiel d'étude est le référentiel terrestre dans lequel le détecteur est immobile. Une source S émet des « bips » sonores à intervalles de temps réguliers dont la période d'émission est notée T_0. Le signal sonore se propage à la célérité v_{son} par rapport au référentiel terrestre.

Figure 1

Schéma représentant une source sonore immobile (cas A), puis en mouvement (cas B)

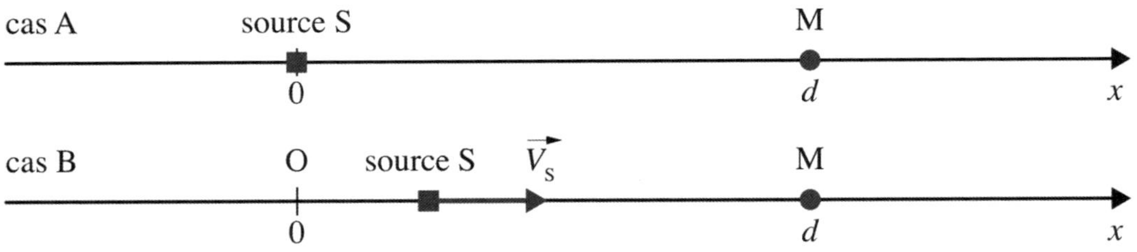

1. Cas A : la source S est immobile en $x = 0$ et le détecteur M, situé à la distance d, perçoit chaque bip sonore avec un retard lié à la durée de propagation du signal.

a) Définir par une phrase, en utilisant l'expression « bips sonores », la fréquence f_0 de ce signal périodique.

> Définition d'une fréquence.

b) Comparer la période temporelle T des bips sonores perçus par le détecteur à la période d'émission T_0.

> L'effet Doppler ne s'applique pas ici.

2. Cas B : la source S, initialement en $x = 0$, se déplace à une vitesse constante v_S suivant l'axe Ox en direction du détecteur immobile. La vitesse v_S est inférieure à la célérité v_{son}. On suppose que la source reste à gauche du détecteur.

Le détecteur perçoit alors les différents bips séparés d'une durée $T' = T_0\left(1 - \frac{v_s}{v_{son}}\right)$.

Indiquer si la fréquence f' des bips perçus par le détecteur est inférieure ou supérieure à la fréquence f_0 avec laquelle les bips sont émis par la source S. Justifier.

> Attention à raisonner en fréquence alors que la relation donnée concerne la période.
>
> On arrivera au même phénomène que pour le son d'une ambulance qui nous paraît plus aigu quand elle se rapproche de nous.

La vélocimétrie Doppler en médecine

La médecine fait appel à l'effet Doppler pour mesurer la vitesse d'écoulement du sang dans les vaisseaux sanguins (figure 2).
Un émetteur produit des ondes ultrasonores qui traversent la paroi d'un vaisseau sanguin. Pour simplifier, on suppose que lorsque le faisceau ultrasonore traverse des tissus biologiques, il rencontre :

– des cibles fixes sur lesquelles il se réfléchit sans modification de la fréquence ;
– des cibles mobiles, comme les globules rouges du sang, sur lesquelles il se réfléchit avec une modification de la fréquence ultrasonore par effet Doppler (figure 3).

Figure 2

Vitesse moyenne du sang dans différents vaisseaux sanguins

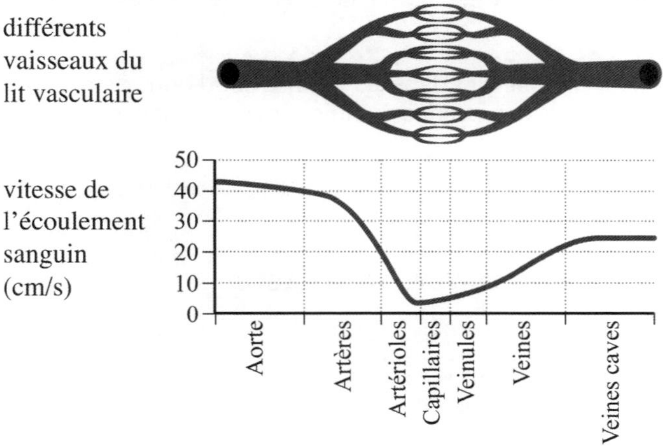

Figure 3

Principe de la mesure d'une vitesse d'écoulement sanguin par effet Doppler (échelle non respectée)

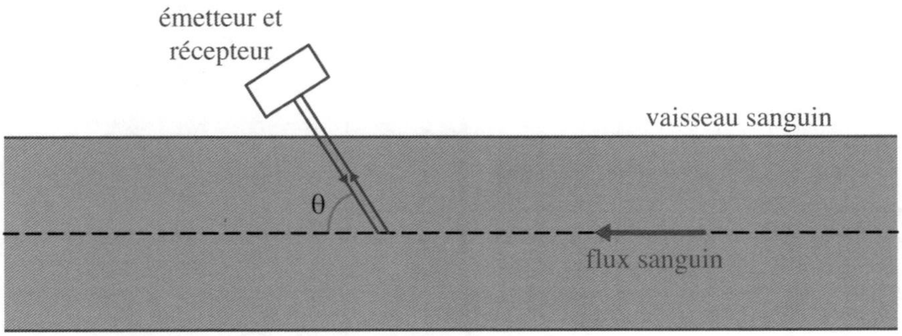

L'onde ultrasonore émise, de fréquence f_E = 10 MHz, se réfléchit sur les globules rouges qui sont animés d'une vitesse *v*. L'onde réfléchie est ensuite détectée par le récepteur.
La vitesse *v* des globules rouges dans le vaisseau sanguin est donnée par la relation $V = \frac{V_{\text{ultrason}}}{2\cos\theta} \cdot \frac{\Delta f}{f_E}$ où Δf est le décalage en fréquence entre l'onde émise et

l'onde réfléchie, $v_{ultrason}$ la célérité des ultrasons dans le sang et θ l'angle défini sur la figure 3.
On donne $v_{ultrason} = 1,57 \times 10^3$ m.s^{-1} et $\theta = 45°$.

1. Le décalage en fréquence mesuré par le récepteur est de 1,5 kHz. Identifier le(s) type(s) de vaisseaux sanguins dont il pourrait s'agir.

> C'est une simple application numérique, mais il faut rester vigilant sur les conversions d'unités données dans l'énoncé et sur le nombre de chiffres significatifs que doit contenir le résultat.

2. Pour les mêmes vaisseaux sanguins et dans les mêmes conditions de mesure, on augmente la fréquence des ultrasons émis f_E. Indiquer comment évolue le décalage en fréquence Δf. Justifier.

> Il faut transposer la relation de l'énoncé donnant la vitesse des globules rouges.

Détermination de la vitesse d'un hélicoptère par effet Doppler

On s'intéresse à un son émis par un hélicoptère et perçu par un observateur immobile. La valeur de la fréquence de l'onde sonore émise par l'hélicoptère est $f_0 = 8,1 \times 10^2$ Hz. On se place dans le référentiel terrestre pour toute la suite de cette partie.
Les portions de cercles des figures 4 et 5 ci-dessous donnent les maxima d'amplitude de l'onde sonore à un instant donné. Le point A schématise l'hélicoptère. Dans le cas de la figure 4, l'hélicoptère est immobile. Dans le cas de la figure 5, il se déplace à vitesse constante le long de l'axe et vers l'observateur placé au point O. La célérité du son dans l'air est indépendante de sa fréquence.

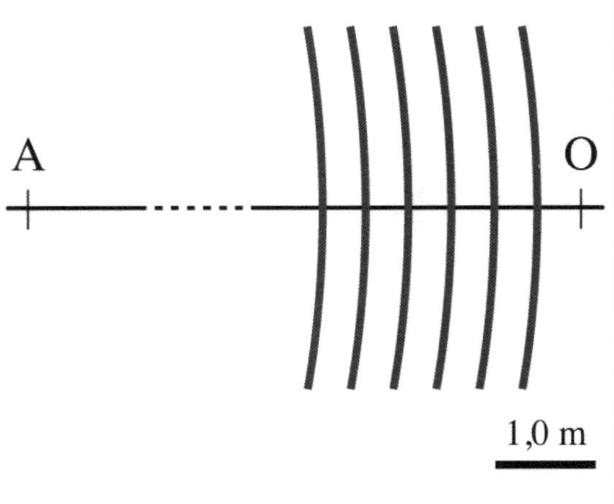

Figure 4. L'hélicoptère est immobile.

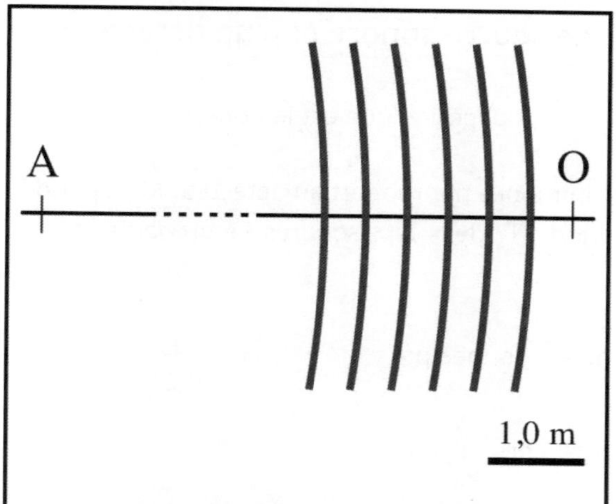

Figure 4. L'hélicoptère est immobile.

1. Déterminer, avec un maximum de précision, la longueur d'onde λ_0 de l'onde sonore perçue par l'observateur lorsque l'hélicoptère est immobile, puis la longueur d'onde λ' lorsque l'hélicoptère est en mouvement rectiligne uniforme.

> La mesure de plusieurs longueurs d'onde donnera une meilleure précision. Il y a deux longueurs d'onde à déterminer.

2. En déduire une estimation de la valeur de la célérité de l'onde sonore. Commenter la valeur obtenue.

> C'est un calcul de célérité d'une onde périodique en utilisant la bonne longueur d'onde (sans que l'effet Doppler s'applique)
> La valeur de la célérité devra être mise en mémoire de la calculatrice pour éviter les erreurs dans les questions suivantes.

3. Déterminer la fréquence du son perçu par l'observateur lorsque l'hélicoptère est en mouvement. Cette valeur est-elle en accord avec le résultat de la question 1. b) ? Comment la perception du son est-elle modifiée ?

> Il faut faire attention à ne pas se tromper de valeur de longueur d'onde (celle avec effet Doppler ici).
> La valeur de la fréquence trouvée devra être mise en mémoire de la calculatrice pour éviter la répercussion des erreurs à la question suivante.

4. En déduire la valeur de la vitesse de l'hélicoptère. Cette valeur vous paraît-elle réaliste ?

> La relation à utiliser est celle donnant la période perçue par le détecteur de la première partie qu'il faut transposer. Les valeurs numériques trouvées aux questions précédentes ne doivent pas être arrondies.

Mouvement relatif d'une source sonore et d'un détecteur

1. Cas A a) La fréquence f_0 de ce signal périodique est le nombre de « bips sonores » par seconde.
b) Dans le cas où la source S est immobile par rapport au détecteur M, la période perçue T est la même que la période T_0 des « bips sonores » émis par la source :
$\mathrm{T} = \mathrm{T}_0$

2. Cas B Dans le cas B, la période est donnée par : $\mathrm{T}' = \mathrm{T}_0\left(1 - \frac{\nu_s}{\nu_{son}}\right)$.

Comme $\nu_s < \nu_{son}$ d'après l'énoncé, alors $\frac{\nu_s}{\nu_{son}} < 1$

Et $1 - \frac{\nu_s}{\nu_{son}} < 1$

Donc $\mathrm{T}' < \mathrm{T}_0$

Et comme $f = \frac{1}{\mathrm{T}}$

Alors $f' > f_0$

La fréquence perçue par le détecteur est plus aiguë que la fréquence émise par la source.

La vélocimétrie Doppler en médecine

1. Avec la relation donnant la vitesse ν des globules rouges de l'énoncé :

$$\nu = \frac{\nu_{ultrason}}{2\cos\theta} \cdot \frac{\Delta f}{f_E}$$

Application numérique : $\nu = \frac{1{,}57 \cdot 10^3}{2\cos 45} \cdot \frac{1{,}5 \cdot 10^3}{10 \cdot 10^6}$

$\nu = 0{,}17 \mathrm{m.s}^{-1} = 17 \mathrm{cm.s}^{-1}$
À l'aide du graphique, on en déduit que les vaisseaux ayant cette vitesse d'écoulement sont soit les artérioles soit les veines.

2. Avec la relation précédente $\nu = \frac{\nu_{ultrason}}{2\cos\theta} \cdot \frac{\Delta f}{f_E}$, on obtient :

$$\Delta f = 2f_E.\cos\theta.\frac{\nu}{\nu_{ultrason}}$$

$\nu_{ultrason}$, ν et θ restent constants.

Si la fréquence f_E augmente alors Δf augmente aussi puisque ces deux grandeurs sont proportionnelles.

Détermination de la vitesse d'un hélicoptère par effet Doppler

1. La longueur d'onde λ_0 s'obtient grâce à la figure 4.
Pour une meilleure précision, on trouve 5 λ = 2,6 cm

Soit $\lambda = \frac{2,6}{5}$ d'où λ= 0,52 cm sur la figure.

1,2 cm	→	1,0 m dans la réalité
0,52 cm	→	λ_0

L'échelle de la figure donne :

Soit $\lambda = \frac{0,52 \times 1,0}{1,2}$ d'où λ_0 = 0,43 m

On fait de même pour la figure 5.
5 λ = 2,1 cm

Soit $\lambda = \frac{2,1}{5}$ d'où λ = 0,42 cm sur la figure.

1,2 cm	→	1,0 m dans la réalité
0,42 cm	→	λ'

L'échelle de la figure donne :

Soit $\lambda' = \frac{0,45 \times 1,0}{1,2}$ d'où λ' = 0,35 m

2. La célérité d'une onde périodique est donnée par $\nu = \lambda.f$

Or ici $\lambda = \lambda_0$ = 0,43 m

Et $f = f_0$ = 8,1.10² Hz

D'où $\nu = 0,43 \times 8,1.10^2$ soit $\nu = 3,5.10^2 \text{m}.s^{-1}$

Cette valeur est concordante avec la célérité du son dans l'air compte tenu des incertitudes.

3. La fréquence perçue par l'observateur avec $\nu = \lambda'.f'$

D'où $f' = \frac{\nu}{\lambda'}$ soit $f' = \frac{3,5.10^2}{0,35}$ donc f' = 1,0.10³ Hz

On voit que $f' > f_0$. Le son est perçu avec une fréquence plus grande lorsque la source et l'observateur s'approchent l'un de l'autre : il est donc plus aigu. Ce résultat est identique à celui de la question 2.

4. On utilise la relation donnant la période du son perçu par le détecteur de la première partie :

$\mathrm{T}' = \mathrm{T}_0\left(1 - \frac{\nu_{\mathrm{H}}}{\nu_{\mathrm{son}}}\right)$ avec ν_{H} la vitesse de l'hélicoptère.

Or, comme $\mathrm{T} = \frac{1}{f'}$, on a : $\frac{1}{f'} = \frac{1}{f_0}\left(1 - \frac{\nu_{\mathrm{H}}}{\nu_{\mathrm{son}}}\right)$

Soit $\frac{f_0}{f'} = 1 - \frac{\nu_{\mathrm{H}}}{\nu_{\mathrm{son}}}$ d'où $\frac{f_0}{f'} - 1 = -\frac{\nu_H}{\nu_{son}}$ soit $\nu_H = \nu_{son}\left(1 - \frac{f_0}{f'}\right)$

Application numérique : $\nu_H = 3,51.10^2\left(1 - \frac{8,1.10^2}{1,0029.10^3}\right)$ d'où ν_H = 68 m.s^{-1}

En multipliant par 3,6 on arrive à : ν_H = 2,4.10^2 km.h^{-1} qui est une valeur plausible pour un hélicoptère.

Son et musique : instruments de musique, émetteurs et récepteurs sonores, son et architecture

Un radar pour percer le cœur de « Tchouri »

C'est l'une des expériences les plus spectaculaires de Philae, le module d'atterrissage de la mission Rosetta. Conçu entre 1994 et 2002, par l'Institut de planétologie et d'astrophysique de Grenoble (IPAG) et le Laboratoire atmosphères, milieux, observations spatiales (Latmos), avec le concours de l'Institut Max-Planck, Consert est l'un des deux instruments de la mission Rosetta placés sous responsabilité française. Ce radar à pénétration de sol est dit « bistatique », car constitué de deux émetteurs-récepteurs. L'un est placé sur la sonde naviguant dans l'espace et l'autre, sur le module ancré au sol.

Son but ? Mesurer la manière dont un signal radio est modifié par sa traversée du noyau cométaire. En envoyant des impulsions d'ondes du premier des dispositifs vers le second, puis du second vers le premier, il serait en effet possible d'accéder à cette information au moment où l'orbiteur et l'atterrisseur se trouveront placés sur des faces opposées de l'astre. *« L'intérêt est qu'un signal transmis est toujours porteur d'informations sur les caractéristiques du milieu qu'il a traversé »*, explique Wlodek Kofman, directeur de recherche émérite au CNRS à l'IPAG et responsable scientifique de Consert.

Déduction de la composition

Selon le retard pris par l'impulsion et la façon dont son amplitude ou son spectre a été modifié par le parcours, les scientifiques peuvent théoriquement en déduire la composition ou la densité interne de l'objet céleste sur la ligne de visée, voire établir s'il est constitué de gros blocs assemblés entre eux ou d'une matière plus homogène.

En répétant l'opération un grand nombre de fois au cours du déplacement de Rosetta, il serait même possible d'établir une carte, d'une résolution de quelques dizaines de mètres, de l'intérieur de 67P/Tchourioumov-Guérassimenko ! *« Pour certains astrophysiciens, les comètes sont le produit de la collision de corps de petite taille. Mais, pour d'autres, elles sont le résultat de l'agglomération degrains primitifs et elles ont évolué pour former des couches »*, explique Jérémie Lasue, de l'Institut de recherche en astrophysique et planétologie de Toulouse et responsable adjoint de Consert. *« L'expérience, si elle réussit, pourrait servir à trancher ! »*

Consert, dont les opérations se dérouleront avant, pendant et après l'atterrissage, n'est pas le seul instrument de Philae ayant impliqué des équipes françaises pour sa réalisation. Outre l'ensemble de caméras Civa, dont le responsable scientifique est Jean-Pierre-Bibring, de l'Institut d'astrophysique spatiale d'Orsay, elles ont notamment participé à la construction du spectromètre APXS, du dispositif de mesure des caractéristiques acoustiques et électriques du sol et des poussières Sesame et du pyrolyseur-analyseur Cosac. C'est à ce dernier appareil qu'a été confiée la tâche, ô combien délicate, d'identifier les éventuelles molécules organiques qui pourraient être mises au jour sur 67P/Tchourioumov-Guérassimenko.

Vahé Ter Minassian

Le Monde Science et médecine daté du 27.08.2014

Synthèse de documents

Liban, mai 2014, exercice de spécialité

Tensioactifs

La majorité des détergents ou des cosmétiques utilisés au quotidien contiennent des tensioactifs. Le dodécylsulfate de sodium (SDS) est l'un des plus utilisés.

Document 1

Structure d'un tensioactif et formation de micelles

Les tensioactifs ont une structure dite amphiphile : ils possèdent un groupe caractéristique hydrophile et une longue chaîne carbonée hydrophobe.

Les tensioactifs forment alors un film continu à la surface de l'eau : les têtes hydrophiles plongent dans l'eau et les chaînes carbonées se dressent hors de l'eau, serrées les unes contre les autres.

Mais que se passe-t-il lorsque cette couche est saturée ? Les molécules s'associent alors pour former des micelles : les chaînes carbonées se regroupent, entourées des têtes hydrophiles en contact avec l'eau.

Source : d'après un texte d'E. Guyon, « Matière et matériaux », *Pour la science*.

Document 2

Protocole expérimental de mesure de la concentration micellaire critique (CMC)

Une solution de SDS de concentration molaire $C_{SDS} = 0{,}040\ \text{mol.l}^{-1}$ a été préparée à l'avance pour éviter la présence de mousse.

On introduit dans un bécher 75 ml d'eau distillée et on ajoute un volume V de la solution de SDS. La conductivité σ de la solution obtenue est mesurée avec une sonde conductimétrique.

Les mesures sont consignées dans le tableau ci-après.

C désigne la concentration molaire du SDS dans le mélange obtenu.

La température est supposée constante pendant l'expérience.

V (ml)	2,0	5,0	10,0	15,0	20,0	25,0	30,0	35,0	40,0	50,0
C (mmol.l^{-1})	1,0		4,71	6,67	8,42	10,0	11,4	12,7	13,9	16,0
σ (mS.m^{-1})	9,07	21,8	41,1	55,5	65,0	72,0	77,6	82,7	87,6	96,0

Données

Formule brute du SDS : $C_{12}H_{25}SO_4Na$

Masse molaire du SDS : $M = 288\ \text{g.mol}^{-1}$

Espèce tensioactive du SDS : ion dodécylsulfate $C_{12}H_{25}OSO_3^-$

1. L'ion dodécylsulfate
Une représentation très schématique de l'ion dodécylsulfate est donnée ci-après :

Indiquer la partie hydrophile et la partie hydrophobe de l'ion dodécylsulfate et la manière dont ce schéma rend compte de la structure de l'ion.

> La partie hydrophile contient forcément des liaisons polarisées

2. Le SDS dans l'eau

a) Représenter, sous forme d'un schéma, la manière dont les tensioactifs se placent à la surface de l'eau.

> Il faut faire le schéma de plusieurs SDS à la surface de l'eau.

b) L'un des trois schémas ci-dessous correspond à celui d'une micelle de SDS dans l'eau. Lequel ? Justifier.

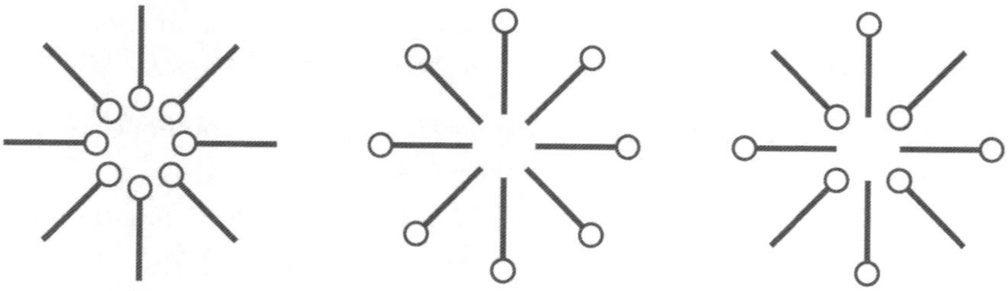

SCHÉMA A SCHÉMA B SCHÉMA C

> Vous devez imaginer l'eau autour d'une micelle de SDS.

c) En moyenne, la masse molaire des micelles de SDS dans l'eau est égale à 17 kg. mol^{-1}.
Le nombre d'ions dodécylsulfate présents dans la micelle représentée ci-dessus correspond-il à la réalité ? Justifier par un calcul.

> Posez la relation de proportionnalité entre la masse molaire d'une micelle et la masse molaire d'une SDS.

3. Détermination de la concentration micellaire critique du SDS
L'apparition de micelles se produit au-delà d'une certaine concentration massique en tensioactif, appelée concentration micellaire critique (CMC) exprimée en $g.l^{-1}$.

a) Déterminer la valeur manquante dans le tableau du document 2.

b) La courbe du graphique ci-dessous a été tracée à partir des mesures obtenues expérimentalement. Elle permet de déterminer, par une méthode graphique, la concentration micellaire critique (CMC) du SDS.

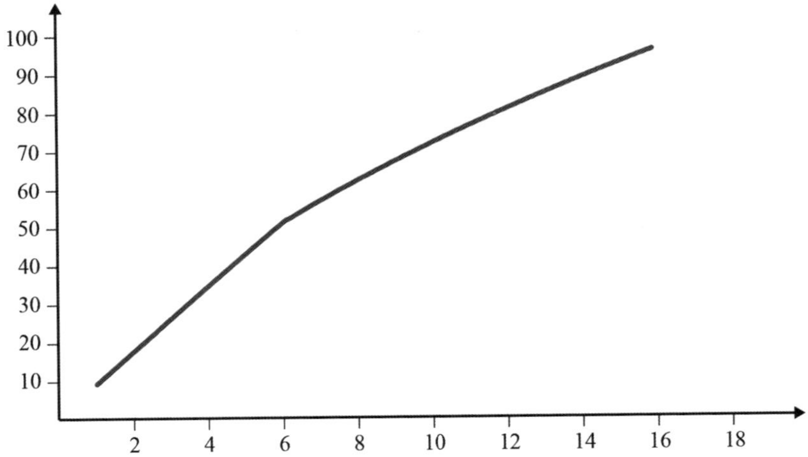

Quelles sont les grandeurs représentées en abscisse et en ordonnée ? Préciser leurs unités.

Expliquer l'allure de la courbe. Justifier le fait que la valeur de la concentration micellaire critique (CMC) du SDS peut être déduite de l'abscisse du point de la rupture de pente.

On verse 0,30 g de SDS dans 200 ml d'eau distillée. La solution obtenue comporte-t-elle des micelles ? Expliquer la démarche suivie.

> Comparez les valeurs à celles du tableau. À quoi est due la conductivité d'une solution ? Calculez la concentration massique en SDS et comparez-la à la CMC.

1.

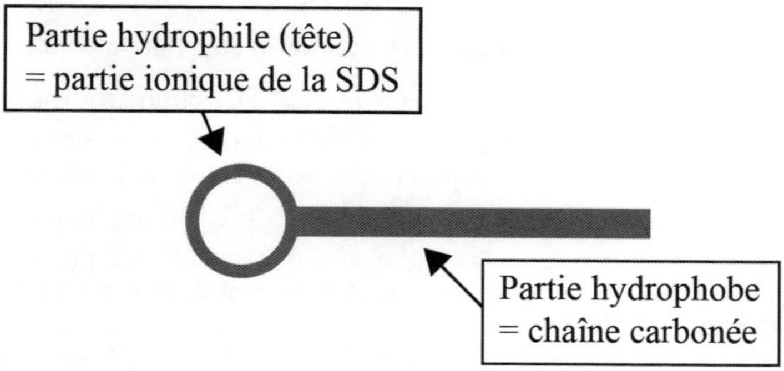

2. a) D'après l'énoncé, « les têtes hydrophiles plongent dans l'eau et les chaînes carbonées se dressent hors de l'eau, serrées les unes contre les autres », d'où :

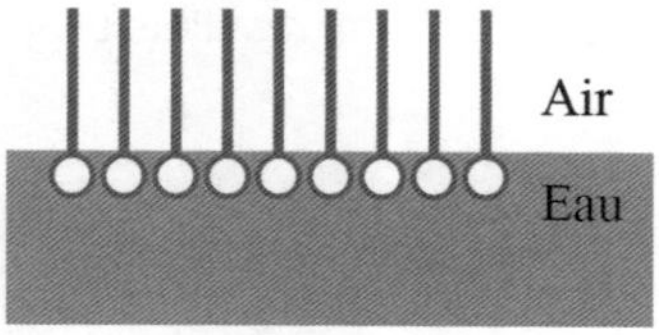

b) D'après l'énoncé, « les chaînes carbonées se regroupent, entourées des têtes hydrophiles en contact avec l'eau ». Cela correspond au schéma B.

c) La masse molaire d'une micelle est M_{micelle} = 17 kg.mol^{-1}.
La masse molaire du SDS est M_{SDS} = 288 g.mol^{-1} = 0,288 kg.mol^{-1}.

1 SDS	M_{SDS}
x SDS	M_{micelle}

Donc $x = \dfrac{M_{\text{micelle}}}{M_{\text{SDS}}}$, soit $x = \dfrac{17}{0{,}288}$, d'où x = 59 SDS par micelle.
Le schéma B ne montre que 8 ions, ce nombre est inférieur à la réalité.

3. a) Initialement, la concentration de la solution de SDS est : C_{SDS}=0,040 mol.L^{-1}.
Le protocole expérimental donné correspond à une dilution puisqu'on prélève V mL de SDS et on y ajoute 75 mL d'eau distillée. Le volume total est : V_{tot} = 75 + V.
Lors d'une dilution, on peut écrire $n_{\text{mère}} = n_{\text{fille}}$, soit $C_{\text{SDS}} \times V = C \times V_{\text{tot}}$, donc $C = \dfrac{C_{\text{SDS}} \times V}{V_{\text{tot}}}$, d'où $C = \dfrac{0{,}040 \times 5{,}0}{80}$. On trouve : C = 2,5.10^{-3} mol.L^{-1}.

b) Le graphe représente la conductivité σ en fonction de la concentration C.
- C est donc sur l'axe des abscisses (en mmol.L^{-1}) ;
- σ sur l'axe des ordonnées (en mS.m^{-1}).

Lorsqu'on met des SDS dans l'eau, il y a deux types d'ions : les ions sodium Na^+ et les ions $C_{12}H_{25}OSO_3^-$. La conductivité est non nulle. Plus la concentration C augmente et plus il y a d'ions $C_{12}H_{25}OSO_3^-$ et Na^+ : la conductivité augmente.
Dès que la concentration micellaire critique CMC est atteinte, les SDS vont former des micelles. La conductivité va toujours augmenter car on apporte toujours des ions Na^+, mais les autres ions $C_{12}H_{25}OSO_3^-$ vont être utilisés pour former des micelles et ne vont plus servir à la conductivité de la solution. La conductivité va donc augmenter mais moins vite. Lors du changement de pente, on pourra trouver la concentration CMC.
La valeur $C_{\text{Mcritique}}$ de la concentration micellaire critique du SDS est déterminée avec le graphique. On cherche l'abscisse du point de changement de pente.
On trouve : $C_{\text{Mcritique}} = 6{,}5$ mmol.L^{-1},
soit une concentration massique de $C_{\text{Mcritique}}$ (g/L) = $C_{\text{Mcritique}}.M_{\text{SDS}}$,
d'où $C_{\text{Mcritique}}$ (g/L) = $6{,}5.10^{-3} \times 288$, soit $C_{\text{Mcritique}}$ (g/L) = 1,9 g.L^{-1}.
On verse 0,30 g de SDS dans 200 ml d'eau distillée. La solution obtenue comporte-t-elle des micelles ?

$$C_{\text{SDS}} = \frac{m}{V}$$

$$C_{\text{SDS}} = \frac{0,30}{0,200} = 1,5\text{g.L}^{-1}$$

$C_{\text{SDS}} < C_{\text{Mcritique}}$, donc la solution obtenue ne comporte pas de micelles.

Sciences de la vie et de la Terre

Méthodologie pour l'épreuve de SVT, série S

Les thèmes d'étude définis par l'Éducation nationale

I. Le programme obligatoire

1. La Terre dans l'Univers, la vie, l'évolution du vivant

a) Génétique et évolution

Le brassage génétique et sa contribution à la diversité génétique.
Diversification génétique et diversification des êtres vivants.
De la diversification des êtres vivants à l'évolution de la biodiversité.
Un regard sur l'évolution de l'Homme.
Les relations entre organisation et mode de vie, résultat de l'évolution : l'exemple de la vie fixée chez les plantes.

b) Le domaine continental et sa dynamique

La caractérisation du domaine continental : lithosphère continentale, reliefs et épaisseur crustale.
La convergence lithosphérique : contexte de la formation des chaînes de montagnes.
Le magmatisme en zone de subduction : une production de nouveaux matériaux continentaux.
La disparition des reliefs.

2. Enjeux planétaires contemporains

a) Géothermie et propriétés thermiques de la Terre

b) La plante domestiquée

3. Corps humain et santé

a) Le maintien de l'intégrité de l'organisme : quelques aspects de la réaction immunitaire

La réaction inflammatoire, un exemple de réponse innée.
L'immunité adaptative, prolongement de l'immunité innée.
Le phénotype immunitaire au cours de la vie.

b) Neurone et fibre musculaire : la communication nerveuse

Le réflexe myotatique, un exemple de commande réflexe du muscle.
De la volonté au mouvement.
Motricité et plasticité cérébrale.

II. L'enseignement de spécialité

1. La Terre dans l'Univers, la vie, l'évolution du vivant

Énergie et cellule vivante
On se limite aux cellules eucaryotes.

2. Enjeux planétaires contemporains

Atmosphère, hydrosphère, climats : du passé à l'avenir

3. Corps humain et santé

Glycémie et diabète

L'organisation de l'épreuve

L'épreuve de sciences de la vie et de la Terre comporte deux parties : une partie écrite de 3 h 30, comptant pour 16 points sur 20, et une partie pratique de 1 h, avec évaluation des compétences expérimentales (ECE), comptant pour 4 points sur 20.
La note de l'épreuve de sciences de la vie et de la Terre est affectée d'un coefficient 8 pour les candidats ayant choisi cette discipline comme enseignement de spécialité et d'un coefficient 6 pour les autres candidats.
Dans l'ensemble de l'épreuve écrite, il importe que le candidat suive bien les consignes données par l'énoncé. Pour la plupart des exercices, en particulier les questions de synthèse et les analyses de documents, il est fortement recommandé de travailler d'abord au brouillon pour construire la réponse.
L'orthographe et la présentation de la copie sont à soigner. Il est important de relire la copie à la fin de l'épreuve pour vérifier l'orthographe des mots scientifiques et éviter les fautes d'accord, souvent faciles à corriger. Les schémas doivent être clairs, grands, en couleurs, correctement légendés et accompagnés d'un titre. Les mots-clés peuvent être soulignés pour faciliter leur repérage par le correcteur.
Dernier conseil pour réussir cette épreuve : le candidat doit veiller à bien gérer son temps afin d'en consacrer suffisamment à chacun des exercices, traiter ainsi le sujet en entier et pouvoir se relire en fin d'épreuve (le minutage donné à titre purement informatif tient compte de ce temps de relecture).

Conseils pour bien se préparer

1. Deux mois avant l'épreuve

Il est essentiel de faire un planning semaine par semaine et bien repérer les différentes parties du programme.
Elles ne sont pas de taille équivalente, il ne faut donc pas y passer le même temps. Prévoyez 3 à 4 semaines pour aborder l'ensemble du programme et intercalez les révisions de SVT avec les révisions dans les autres matières pour éviter la saturation. Une répétition régulière des connaissances est le meilleur gage de leur assimilation à long terme.
Il faut commencer par apprendre le cours et choisir la partie que l'on connaît la moins bien, pour avoir le temps d'y revenir plus tard. C'est en insistant sur un chapitre difficile qu'on finit par le maîtriser et mettre en jeu sa mémoire régulièrement est le meilleur moyen de l'améliorer. Pour chaque chapitre, efforcez-vous d'abord de comprendre les grandes idées et de les retenir, puis mémorisez les détails du contenu.
Il n'est pas possible de faire des impasses. Pour vous aider, vous pouvez rédiger des fiches récapitulatives, si elles n'ont pas été préparées au cours de l'année. Elles ont l'avantage de vous obliger à dégager les notions importantes du chapitre et elles favorisent la synthèse.

2. Un mois avant l'épreuve

Continuez à appliquer le planning défini et révisez une nouvelle fois le cours. Il faut s'assurer que l'on connaît le vocabulaire approprié, la finalité de chaque chapitre et l'enchaînement du raisonnement menant à une notion nouvelle. Récitez-vous, par écrit ou par oral, les acquis importants de chaque chapitre. L'objectif est de contrôler que l'on est capable d'exprimer par soi-même ce que l'on pense avoir assimilé.

Il faut revoir les activités faites en classe et les exercices correspondants, seulement après avoir appris le cours. La correction des devoirs, faite par le professeur, est à réviser en détail. Il est important d'analyser ses erreurs et de savoir si elles sont dues à une étourderie, une confusion dans les connaissances, un manque d'argumentation ou un problème de raisonnement.
Fixez-vous des moments de repos et soyez réaliste. Il n'est pas possible de se concentrer efficacement sans se détendre régulièrement : faites du sport et aérez-vous au maximum le week-end.
Le travail n'en sera que plus efficace.

3. Deux semaines avant l'épreuve

Continuez à travailler régulièrement. Si les révisions n'ont pas l'air d'avancer : pas de panique. C'est qu'il y avait beaucoup à apprendre précédemment. Si elles sont finies, c'est bizarre ! C'est le moment de relire les fiches correspondant à chaque partie.
Dans les conditions de l'examen, faites des exercices, ceux des cours ou des annales, entraînez-vous !

4. La veille de l'épreuve

Ne vous laissez pas envahir par l'anxiété. Elle est mauvaise conseillère. Rappelez-vous le travail fait tout au long de l'année et le sérieux des révisions, ayez confiance en vous !

Le jour de l'épreuve

1. Partie 1

8 points sur 16. Durée conseillée : 1 h 20.
Cette 1re partie porte sur le programme obligatoire. L'objectif est d'évaluer les connaissances du candidat dans une ou plusieurs parties du programme obligatoire. Le questionnement peut prendre appui sur un ou plusieurs documents et peut se faire selon des modalités variables :
- un QCM (questionnaire à choix multiples) portant soit sur une partie soit sur l'ensemble du programme spécifique ;
- une question de synthèse portant sur une ou plusieurs parties du programme spécifique ;
- une association d'un QCM et d'une question de synthèse.

Dans le cas d'un QCM, pour chaque question, 4 réponses sont proposées. Une seule proposition sur les 4 est exacte, les 3 autres sont fausses. Il ne faut jamais cocher 2 propositions car cela invalide automatiquement la réponse. Sauf indication contraire dans l'intitulé du QCM, seules les bonnes réponses rapportent des points. L'absence de réponse ou une réponse fausse n'enlève pas de point. Les candidats ont donc toujours intérêt à cocher une proposition, même s'ils ne sont pas sûrs de leur réponse.
Dans la question de synthèse sont évaluées la maîtrise des connaissances du candidat et sa capacité à les mobiliser et à les présenter de manière cohérente pour répondre à la question posée. La qualité de la rédaction est également un critère important de l'évaluation. Il est donc essentiel d'identifier précisément la problématique à partir de l'énoncé pour délimiter le sujet et ainsi éviter tout hors-sujet ou tout oubli d'une partie du sujet. La réponse attendue doit contenir :
- une introduction qui définit les termes du sujet, pose clairement la problématique et annonce le plan ;

– un développement cohérent, structuré par des paragraphes dont chacun développe un aspect du sujet de manière cohérente et argumentée. Des titres numérotés mis en valeur peuvent être présents mais ne sont pas exigibles ;
– une conclusion qui propose un bilan reprenant les idées principales et répondant clairement à la problématique, ainsi qu'une ouverture vers un thème proche du sujet étudié ;
– un ou des schémas clairs, grands, légendés et titrés si l'énoncé le précise ou si le candidat le juge opportun pour illustrer sa réponse ;

L'énoncé peut exiger que la synthèse prenne appui qur l'exploitation d'un document, qu'il est alors nécessaire d'utiliser au mieux pour illustrer ou justifier les notions de connaissances apportées.
Le candidat doit veiller à bien respecter la forme de la réponse exigée par l'énoncé (synthèse rédigée, tableau, etc.), la présence des schémas et, de manière générale, toutes les consignes données.

2. Partie 2

a) Exercice 1

3 points sur 16. Durée conseillée : 0 h 30.
Ce 1er exercice de la partie 2 porte sur le programme obligatoire. L'objectif est d'évaluer la capacité du candidat à raisonner dans le cadre d'un problème scientifique proposé par le sujet en s'appuyant sur l'exploitation d'un nombre réduit de documents. Le questionnement peut se présenter sous forme d'un QCM ou d'une question ouverte.
Dans le cas d'un QCM, les mêmes règles que celles expliquées pour la parie 1 s'appliquent, à savoir qu'une seule proposition sur les 4 est exacte et qu'il n'y a pas de points négatifs en cas d'erreur ou d'absence de réponse.
Dans le cas d'une question ouverte et donc d'une réponse rédigée, il s'agit de construire un raisonnement répondant au problème posé en exploitant les informations contenues dans les documents. Il peut s'agir par exemple de comparer des éléments, d'argumenter, d'extraire et d'organiser des informations, de relier des informations entre elles à partir des documents fournis. La qualité et la rigueur du raisonnement sont les principaux critères de l'évaluation de cet exercice. Aucune restitution de connaissances n'est exigée mais les connaissances du candidat peuvent être utiles pour analyser les documents. La réponse attendue comporte en général une courte introduction présentant la problématique, un développement structuré en différents paragraphes (sans titres apparents) présentant le raisonnement et une conclusion répondant au problème.

b) Exercice 2

5 points sur 16. Durée conseillée : 1 h 20 .
Ce 2nd exercice de la partie 2 porte, selon la spécialité du candidat, sur le programme obligatoire ou sur le programme de spécialité. Pour les candidats qui n'ont suivi que l'enseignement obligatoire, le 2e exercice de la partie 2 de l'épreuve peut porter ou non sur la même partie du programme que le 1er exercice.
L'objectif est d'évaluer la capacité du candidat à pratiquer une démarche scientifique dans le cadre de la résolution d'un problème scientifique en exploitant un ensemble de documents et en mobilisant ses connaissances. Le candidat doit exposer sa démarche personnelle de résolution du problème en élaborant une véritable argumentation et en proposant une conclusion répondant au problème posé. Il ne s'agit pas d'analyser les documents dans leur intégralité mais d'en

extraire les informations utiles à la résolution du problème posé et de les compléter éventuellement avec des connaissances. De plus, les connaissances doivent absolument rester en rapport avec les documents (il ne s'agit pas de réciter tout votre cours !).
Le questionnement amène le candidat à choisir et exposer sa démarche personnelle et à élaborer son argumentation, qui conduit à une résolution possible du problème posé. Le correcteur évalue principalement la cohérence de la démarche proposée par le candidat, ainsi que sa capacité à justifier ses choix dans la résolution du problème et à faire preuve d'esprit critique. Plusieurs démarches de résolution du problème peuvent être possibles : le candidat choisit celle qui lui paraît la plus appropriée en la justifiant rigoureusement à l'aide des informations extraites des documents. Ces derniers ne sont donc pas à analyser dans l'ordre donné mais dans l'ordre de leur utilisation dans le raisonnement. La réponse attendue comporte en général une introduction présentant la problématique et annonçant la démarche de résolution du problème scientifique, un développement structuré en différents paragraphes (sans titres apparents exigibles) détaillant la démarche de résolution, puis une conclusion résumant la réponse à la problématique posée en introduction.
Le candidat doit veiller à bien respecter la forme de la réponse exigée par l'énoncé (compte rendu d'une sortie sur le terrain, analyse d'un projet technique, exposé oral, schéma de synthèse, etc.) et dans tous les cas bien suivre les consignes données par l'énoncé.

Sujet national, juin 2016, partie 1

Les relations entre organisation et mode de vie, résultat de l'évolution : l'exemple de la vie fixée chez les plantes

Dans son ouvrage, « L'éloge de la plante » (2004), le botaniste Francis Hallé discute des surfaces d'échanges chez les végétaux et animaux.

« Mesurer la surface d'un végétal n'est pas chose facile [...] Quelle peut être la surface aérienne d'un arbre de 40 m de haut ? Une estimation de 10 000 m^2 (1 ha) n'est certainement pas exagérée ; la surface « interne » permettant les échanges gazeux serait 30 fois supérieure. [...]. En ce qui concerne les surfaces racinaires, les investigations sont encore plus difficiles et les données encore plus rares : la surface souterraine d'un plant de seigle serait 130 fois plus grande que la surface aérienne. [...]. »

Synthèse

Exposer en quoi les structures des organes impliqués dans les échanges nutritifs externes et internes d'une plante sont adaptées à son mode de vie fixé.

L'exposé doit être structuré avec une introduction et une conclusion et sera accompagné d'un schéma fonctionnel synthétique.

Comprendre la question

Il s'agit de montrer comment les structures des organes impliqués dans les échanges de la plante avec son milieu à l'interface sol/atmosphère lui permettent d'assurer sa nutrition alors que la plante présente un mode de vie fixé. Il s'agit d'abord de présenter les échanges nutritifs externes entre la plante et son environnement : les racines permettent l'absorption de l'eau et des ions minéraux du sol tandis que les feuilles sont responsables des échanges gazeux avec l'atmosphère. Puis on étudiera les échanges nutritifs internes entre les différentes parties de la plante qui sont assurés par les vaisseaux conducteurs : le xylème et le phloème. Le sujet de cette synthèse est proche du cours et ne présente pas de difficulté particulière. L'énoncé exige la présence d'une introduction exposant la problématique, d'un développement structuré avec un schéma fonctionnel synthétique présentant les échanges nutritifs externes et internes d'une plante et une conclusion répondant à la problématique.

Procéder par étapes

1re étape : identifier le type de réponse attendue.

2e étape : élaborer un plan détaillé de la synthèse au brouillon.

Le tableau suivant présente un exemple de démarche élaborée au brouillon :

Structure de la synthèse	Éléments issus des connaissances
Introduction : Comment les structures des organes impliqués dans les échanges nutritifs externes et internes de la plante sont-elles adaptées à son mode de vie fixé ?	
Les racines assurent des échanges nutritifs externes avec le sol	Les poils absorbants des racines réalisent l'absorption de l'eau et des ions minéraux du sol.
Les feuilles assurent des échanges nutritifs externes avec l'atmosphère	Au niveau de leurs stomates, les feuilles réalisent les échanges gazeux (CO_2, O_2, H_2O) entre la plante et l'atmosphère.
Les vaisseaux conducteurs assurent les échanges nutritifs internes de la plante	Deux réseaux distincts de vaisseaux conducteurs, le xylème et le phloème, assurent le transport des sèves dans la plante.
Schéma fonctionnel synthétique : Les échanges nutritifs externes et internes de la plante : des adaptations à un mode de vie fixé à l'interface sol/atmosphère	
Conclusion	

3e étape : structurer l'introduction et la conclusion au brouillon.

4e étape : rédiger la réponse sur la copie.

Questionnaire à choix multiple

Génétique et évolution la plante domestiquée

Cocher la bonne réponse, pour chaque série de propositions.

Question 1

La collaboration plante-animal :
☐ s'exerce exclusivement lors de la pollinisation
☐ s'exerce lors de la pollinisation et de la fécondation
☐ s'exerce lors de la pollinisation et de la dispersion des graines
☐ s'exerce exclusivement lors de la dispersion des graines

Question 2

Les variétés hybrides :
☐ sont obtenues par transgénèse
☐ combinent des caractères agronomiques des deux parents
☐ résultent d'auto-croisements
☐ résultent d'un processus de sélection variétale seule

Question 3

Les plantes OGM sont le résultat de :
☐ mutations d'espèces cultivées
☐ hybridations d'espèces cultivées
☐ sélections variétales
☐ génie-génétique

Synthèse

Introduction

La majorité des animaux sont capables de se déplacer dans leur milieu pour aller à la recherche de leur nourriture, pour échapper à leurs prédateurs et pour se reproduire. À l'inverse, les plantes se caractérisent par un mode de vie fixé rendant impossible tout déplacement. On observe que les feuilles des plantes constituent des surfaces aériennes très développées d'échanges avec l'atmosphère et que les racines des plantes développent des surfaces souterraines encore plus vastes d'échanges avec le sol. Comment les structures des organes impliqués dans les échanges nutritifs externes et internes de la plante sont-elles adaptées à son mode de vie fixé ? Nous présenterons d'abord comment les racines assurent les échanges nutritifs externes avec le sol, puis comment les feuilles réalisent les échanges nutritifs externes avec l'atmosphère et enfin nous étudierons comment les vaisseaux conducteurs assurent les échanges nutritifs internes de la plante.

I. Les racines assurent des échanges nutritifs externes avec le sol

La plante immobile n'est pas capable de se déplacer pour aller chercher ses éléments nutritifs (eau, CO_2, ions minéraux) présents dans le milieu extérieur. Or, la plante a besoin de ces molécules pour réaliser la photosynthèse qui, à la lumière, permet la synthèse des molécules organiques nécessaires au fonctionnement de la plante. La plante développe donc de vastes surfaces d'échanges au niveau d'organes souterrains, les racines, afin d'absorber l'eau et les ions minéraux contenus dans le sol. Au niveau des racines, de très nombreux poils absorbants développent une très grande surface d'échange avec le sol, permettant l'absorption efficace de l'eau et des ions minéraux du sol.

Ainsi, les racines, en plus de réaliser l'ancrage de la plante dans le sol, sont responsables de l'absorption de l'eau et des ions minéraux du sol. Or, la photosynthèse, qui a lieu au niveau des feuilles chlorophylliennes, nécessite également du CO_2 présent dans l'atmosphère et produit de l'O_2, alors rejeté dans l'atmosphère. Comment s'effectuent les échanges gazeux de la plante avec l'atmosphère ?

II. Les feuilles assurent des échanges nutritifs externes avec l'atmosphère

Les feuilles chlorophylliennes aériennes sont le lieu des échanges gazeux avec l'atmosphère. Les feuilles sont recouvertes d'une cuticule imperméable sauf au niveau des stomates, structures situées sur la face inférieure de la feuille et spécialisées dans les échanges gazeux entre la plante et l'atmosphère. La journée, au niveau des stomates, le CO_2 gazeux présent dans l'atmosphère pénètre dans la feuille et est utilisé par la photosynthèse au niveau des cellules photosynthétiques. L'O_2 résultant de la photosynthèse mais aussi l'eau présente au niveau des feuilles sortent au niveau des stomates dans l'atmosphère. L'orifice des stomates, appelé ostiole, peut être ouvert ou fermé selon les conditions du milieu, ce qui permet d'éviter une trop grande perte d'eau en cas de fort ensoleillement. Les feuilles développent donc une grande surface d'échanges gazeux avec l'atmosphère mais aussi de capture de l'énergie lumineuse nécessaire à la photosynthèse.

Ainsi, les racines souterraines permettent l'absorption des ions minéraux et de l'eau du sol : ces molécules doivent être transférées aux feuilles aériennes qui réalisent la photosynthèse en présence de CO_2 et de lumière. Puis, au niveau des feuilles, la photosynthèse produit des molécules organiques qui sont distribuées dans l'ensemble de la plante et en particulier aux organes non photosynthétiques, comme les racines. Comment s'effectuent alors les transferts nutritifs à l'intérieur de la plante ?

III. Les vaisseaux conducteurs assurent les échanges nutritifs internes de la plante

Les transferts nutritifs de la plante s'effectuent par deux réseaux distincts de vaisseaux conducteurs :
- le xylème transporte la sève brute – composée d'eau et d'ions minéraux – des racines vers le reste de la plante, notamment vers les feuilles réalisant la photosynthèse ;
- le phloème transporte la sève élaborée riche en glucides synthétisés dans les feuilles lors de la photosynthèse vers les autres organes consommateurs de la plante.

Schéma-bilan : les échanges nutritifs externes et internes de la plante, des adaptations à un mode de vie fixé à l'interface sol/atmosphère

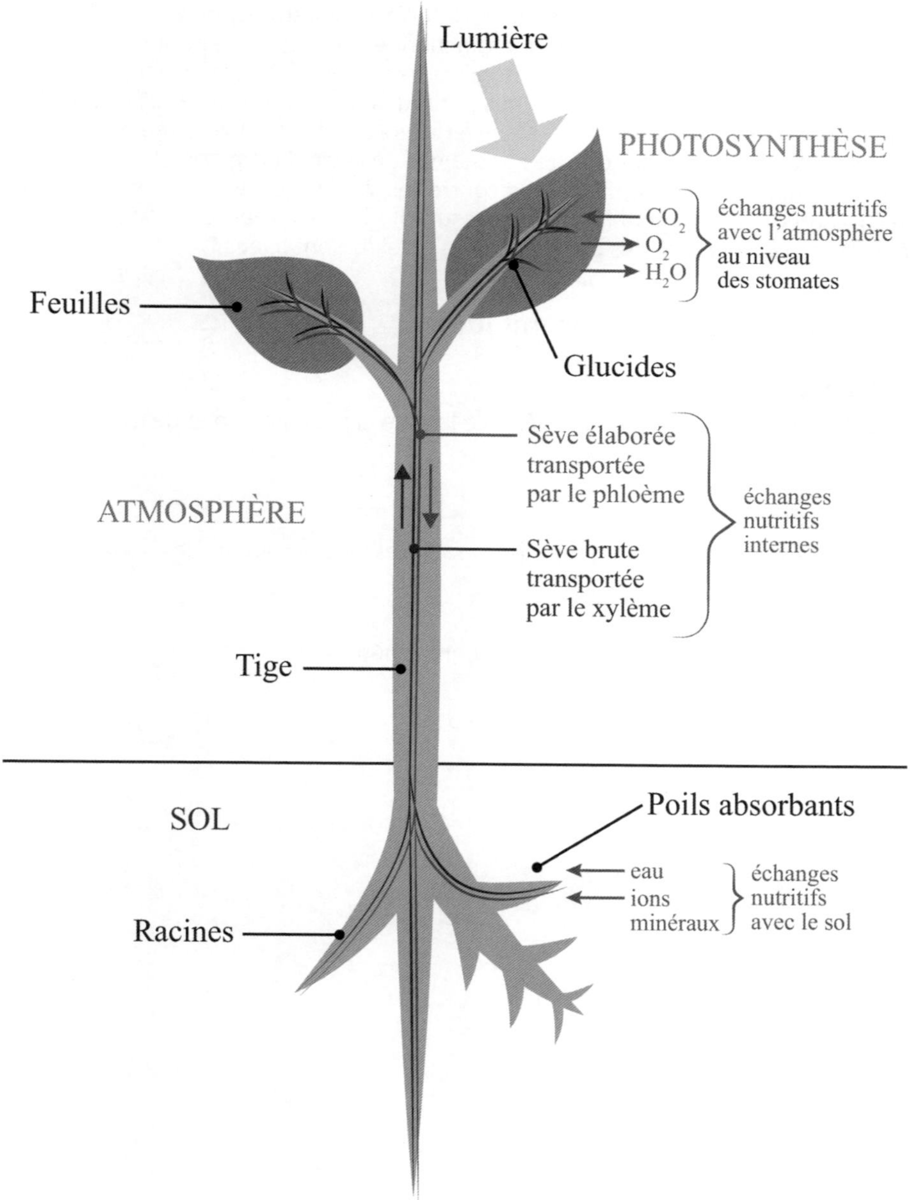
Lumière
PHOTOSYNTHÈSE
CO_2
O_2
H_2O
échanges nutritifs avec l'atmosphère au niveau des stomates
Feuilles
Glucides
Sève élaborée transportée par le phloème
ATMOSPHÈRE
échanges nutritifs internes
Sève brute transportée par le xylème
Tige
Poils absorbants
SOL
eau
ions minéraux
échanges nutritifs avec le sol
Racines

Conclusion

Le mode de vie fixé des plantes à l'interface sol/atmosphère entraîne des contraintes concernant l'organisation fonctionnelle de la plante pour la réalisation de sa nutrition. Les plantes présentent alors de vastes surfaces d'échanges, avec le sol au niveau des racines souterraines pourvues de poils absorbants, et avec l'atmosphère au niveau des stomates des feuilles aériennes. La vie fixée des plantes exerce des contraintes sur d'autres domaines de la vie de la plante. En effet, comment les plantes se protègent-elles contre les variations saisonnières et contre les prédateurs ? Comment les plantes assurent-elles leur reproduction sexuée, en particulier la rencontre des gamètes, alors qu'elles sont fixées ?

Questionnaire à choix multiple

Question 1

La collaboration plante-animal : s'exerce lors de la pollinisation et de la dispersion des graines.

Question 2

Les variétés hybrides : combinent des caractères agronomiques des deux parents.

Question 3

Les plantes OGM sont le résultat de : génie génétique.

Sujet national, juin 2015, partie 2, exercice 1

Génétique et évolution

La plante de l'espèce *Gorteria diffusa* possède des inflorescences présentant une grande variété d'ornementation selon les individus.
On étudie deux variétés, la forme « okiep » et la forme « spring ».
Chez cette espèce, la reproduction se fait par pollinisation croisée (le pollen d'une inflorescence doit se déposer sur une autre inflorescence).

À partir de la seule exploitation des documents, expliquer comment la variété « spring » a une plus grande efficacité de reproduction que la variété « okiep ».

Document 1

Les inflorescences des deux variétés de *Gorteria diffusa*

Variété "spring"

Variété "okiep"

Document 2 : Visite des fleurs par les insectes de l'espèce *Megapalpus capensis*

2.a.

Type de visites des inflorescences par les mâles ou femelles de l'insecte *Megapalpus capensis*

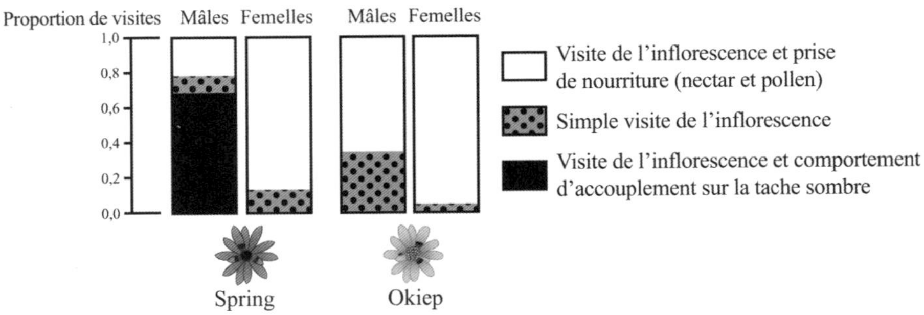

D'après Allan G. Ellis et Steven D. Johnson, 2010.

2.b.

Insecte mâle de l'espèce *Megapalpus capensis* visitant une fleur de la variété « spring »

D'après Allan G. Ellis et Steven D. Johnson, 2010.

Document 3

Nombre d'inflorescences recevant du pollen exporté d'une autre inflorescence par les mâles ou femelles de *Megapalpus capensis*

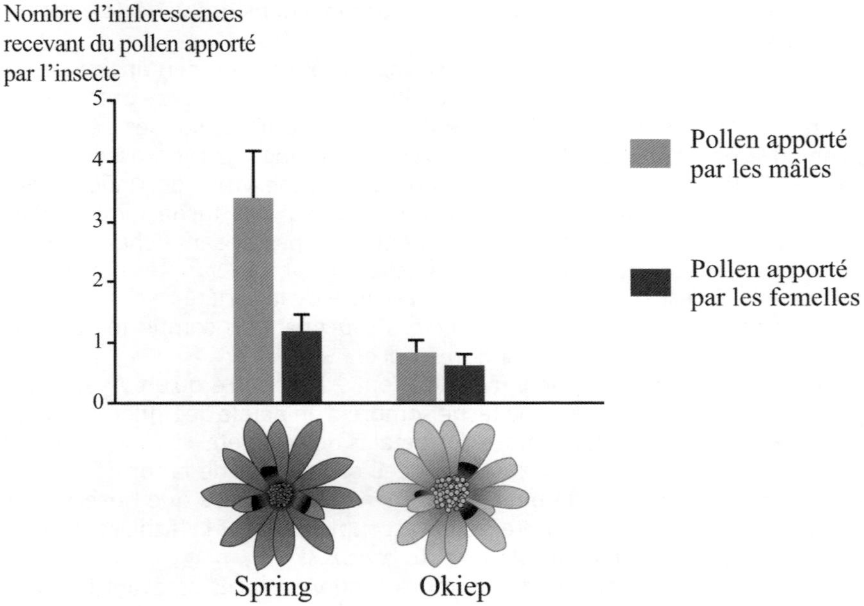

D'après Allan G. Ellis et Steven D. Johnson, 2010.

Comprendre la question

Cet exercice pose le problème scientifique suivant : comment expliquer l'origine de l'efficacité accrue de la reproduction de la variété « spring » par rapport à la variété « okiep » de *Gorteria diffusa* ? Il s'agit de construire une argumentation fondée sur l'exploitation des documents. Cette argumentation vise à montrer que l'inflorescence de la variété « spring » mime l'aspect des femelles de son insecte pollinisateur attirant ainsi fortement les mâles qui effectuent alors une pollinisation efficace. La réponse attendue se présente sous la forme d'une introduction présentant le problème scientifique à résoudre, d'une argumentation rédigée et d'une conclusion répondant au problème initial.

Chez la plante *Gorteria diffusa*, la pollinisation est croisée : le pollen d'une inflorescence (qui est l'ensemble des fleurs regroupées et disposées sur la tige) doit être déposé sur une autre inflorescence de la même espèce. Or, on constate que la variété « spring » de *Gorteria diffusa* présente à la fois une inflorescence différente et une reproduction plus efficace que celles de la variété « okiep ». Comment expliquer cette différence d'efficacité dans les reproductions des variétés « spring » et « okiep » ?

Le document 1 montre que la variété « spring » présente sur certains de ses pétales, situés en haut de l'inflorescence, de larges taches sombres contrairement à la variété « okiep » qui possède de petites taches sombres sur ses pétales. Or, environ 70 % des visites des fleurs de la variété « spring » par les insectes mâles de l'espèce *Megapalpus capensis*, correspondent à une visite de l'inflorescence accompagnée d'un comportement d'accouplement sur une tache sombre (document 2.a). Ce comportement d'accouplement n'est pas observé chez les mâles visitant la variété « okiep », ni chez les femelles visitant les variétés « okiep » ou « spring ». Ainsi, c'est seulement sur l'inflorescence de la variété « spring » qu'une proportion importante de mâles *Megapalpus capensis* a un comportement d'accouplement associé à la visite de l'inflorescence.

L'observation de la photographie du document 2.b) montre qu'un insecte mâle *Megapalpus capensis* est posé sur la tache sombre d'un pétale de l'inflorescence de la variété « spring ». La tache sombre des pétales de la variété « spring » présente une ressemblance, notamment au niveau des couleurs et de la forme avec l'insecte *Megapalpus capensis*. On peut donc émettre l'hypothèse que l'insecte mâle *Megapalpus capensis* a un comportement d'accouplement sur la tache sombre, car celle-ci ressemble à une femelle *Megapalpus capensis*.

Enfin le document 3 montre que le nombre d'inflorescences recevant du pollen apporté par les mâles *Megapalpus capensis* est environ 4 fois plus élevé chez la variété « spring » que chez la variété « okiep » et qu'il est largement supérieur au nombre d'inflorescences « okiep » ou « spring » recevant du pollen apporté par les insectes femelles. La pollinisation effectuée par les mâles *Megapalpus capensis* sur les inflorescences de la variété « spring » est donc plus efficace que celle effectuée par ce même insecte sur la variété « okiep », expliquant la reproduction accrue de la variété « spring » par rapport à la variété « okiep ».

Ainsi, la variété « spring » présente une reproduction plus efficace que la variété « okiep », car l'inflorescence de la variété « spring » possède des taches sombres mimant les femelles de son insecte pollinisateur, *Megapalpus capensis*. L'inflorescence de la variété « spring » attire donc plus fortement les mâles de cette espèce d'insecte. Lors de la visite de la fleur, les mâles *Megapalpus capensis* se posent sur les taches sombres des pétales et présentent alors un comportement d'accouplement, puis transportent du pollen ainsi récolté sur d'autres inflorescences de la variété « spring », entraînant au final une pollinisation efficace de cette variété. L'inflorescence de la variété « okiep » présente des taches mimant moins bien les femelles de son insecte pollinisateur : elle attire donc moins les insectes mâles et sa reproduction est moins efficace que celle de la variété « spring ».

La Terre dans l'Univers, la vie, l'évolution du vivant : génétique et évolution

Les mutations génétiques, clés de notre survie

Notre génome est doué d'une étonnante aptitude à muter. Ce don occulte est apparu depuis peu, sous la loupe ultra-puissante des systèmes de lecture les plus sophistiqués de l'ADN. Ainsi, quelque 100 mutations naîtraient dans le génome de chacun de nous, aux prémices de son existence : elles n'étaient pas inscrites dans le génome des cellules du cerveau, des muscles... de nos parents ; sans doute sont-elles apparues dans un de leurs gamètes (ovule ou spermatozoïde). Cent nouvelles mutations : c'est beaucoup, en regard de ce que l'on croyait, et très peu, rapporté aux trois milliards de lettres de notre génome. Ces « innovations », en réalité, procèdent d'une erreur : une faute de copie de l'ADN, avant la division d'une de nos cellules.

Ce pouvoir de mutation est-il si surprenant ? *« Il est la clé de notre survie, depuis l'apparition de nos lointains ancêtres. C'est lui qui nous a permis de nous adapter aux changements de notre environnement »*, relève Thierry Frébourg, codirecteur de l'Institut génétique, génomique et bioinformatique de l'Alliance nationale pour les sciences de la vie et de la santé (Aviesan). Migrations, infections, changements de régimes alimentaires... ont ainsi créé de fortes pressions de sélection, à mesure qu'*Homo sapiens* quittait l'Afrique, il y a 125 000 à 60 000 ans, pour essaimer à travers le monde. *« La plupart des variations rares de notre génome sont survenues au cours des 10 000 dernières années »*, précise Thierry Frébourg. Mais le prix à payer, ce sont les maladies génétiques. *« Certains gènes ne tolèrent pas de changement sans provoquer de troubles sévères. »*

Epigénétique évolutive

Imaginez qu'une mutation surgisse : elle est neutre, au départ. Mais que l'environnement change, et elle pourra s'avérer bénéfique. Plus tard, dans un autre environnement, elle sera défavorable. La génétique évolutive en offre de saisissants exemples. Nos ancêtres *sapiens* se sont mélangés à l'homme de Néandertal. Ce faisant, nous avons hérité de certains variants génomiques de cet homme archaïque. Nos fonctions immunitaires en ont été renforcées : d'où notre résistance accrue aux infections. *« Mais ce qui fut un avantage évolutif il y a quarante mille ans, lorsque nous baignions dans un environnement pathogène, s'avère parfois néfaste aujourd'hui, dans un milieu plus aseptisé. Notre immunité renforcée risque de se retourner contre nous, provoquant maladies auto-immunes et allergies »*, résume Lluis Quintana-Murci, nouveau directeur scientifique de l'Institut Pasteur (Paris). Il est coauteur d'une des deux études racontant cette aventure évolutive, publiées le 7 janvier dans l'*American Journal of Human Genetics*.

Une autre surprise naît d'une discipline très récente : l'épigénétique évolutive. L'épigénétique, ce sont ces fascinants processus qui assurent la transmission de nouveaux caractères, au fil des générations, sans modifier la séquence du génome. Ils opèrent par le biais de « marques chimiques » accolées à l'ADN. Jalonnant le génome en des sites précis, ces marques contrôlent l'activité de nos gènes. *« En biologie évolutive et en génétique des populations, nous commençons à intégrer la variabilité de nos épigénomes. C'est une grande nouveauté »*, annonce Lluis Quintana-Murci. *« Nous avons montré que les changements de modes de vie des populations influencent leur épigénome à court terme. »* En novembre 2015, son équipe a publié une étude marquante dans *Nature Communications*. Elle comparait les « profils de méthylation » du génome (une des marques épigénétiques), chez deux populations bantoues d'Afrique : l'une vivant en forêt, l'autre ayant récemment migré dans un environnement urbain. Résultat :

leurs profils de méthylation sont très différents.

Puis les auteurs ont comparé les profils de méthylation de deux populations génétiquement très différentes, les Pygmées et les Bantous, vivant dans un même environnement forestier. Leurs profils de méthylation différaient tout autant. *« Mais les fonctions des gènes affectés par ces changements de méthylation, dans les deux cas, diffèrent radicalement*, relève Lluis Quintana-Murci. *Lors du processus d'urbanisation d'une population génétiquement homogène, les Bantous, c'est le système immunitaire qui est touché. En revanche, pour deux populations génétiquement aussi différentes que les Pygmées et les Bantous, vivant dans un même environnement, les fonctions touchées sont liées au développement des os — à la taille, donc. »*

Ainsi l'épigénétique montre-t-elle une grande souplesse, dans les mains du grand « bricoleur » qu'est l'évolution, qui travaille en aveugle. Malléables, les profils épigénétiques peuvent être remodelés assez vite pour qu'un individu réponde à un changement rapide de son environnement. En revanche, les profils génétiques évoluent sur des échelles de temps bien plus longues, d'une façon bien plus pérenne.

Florence Rosier

Le Monde Science et médecine daté du 13.04.2016

Sujet national, juin 2016, partie 2, exercice 1

Le magmatisme en zone de subduction

Le Sinabung (2 460 m) est l'un des volcans actifs d'Indonésie, situé sur l'île de Sumatra.

L'éruption explosive la plus récente de l'histoire du Sinabung a eu lieu le 1er février 2014 formant un panache éruptif de 17 km de hauteur.

À partir des données des documents présentés, caractériser le contexte géodynamique de cette zone et identifier la nature des roches produites par le volcan Sinabung.

Document 1

Localisation du volcan Sinabung

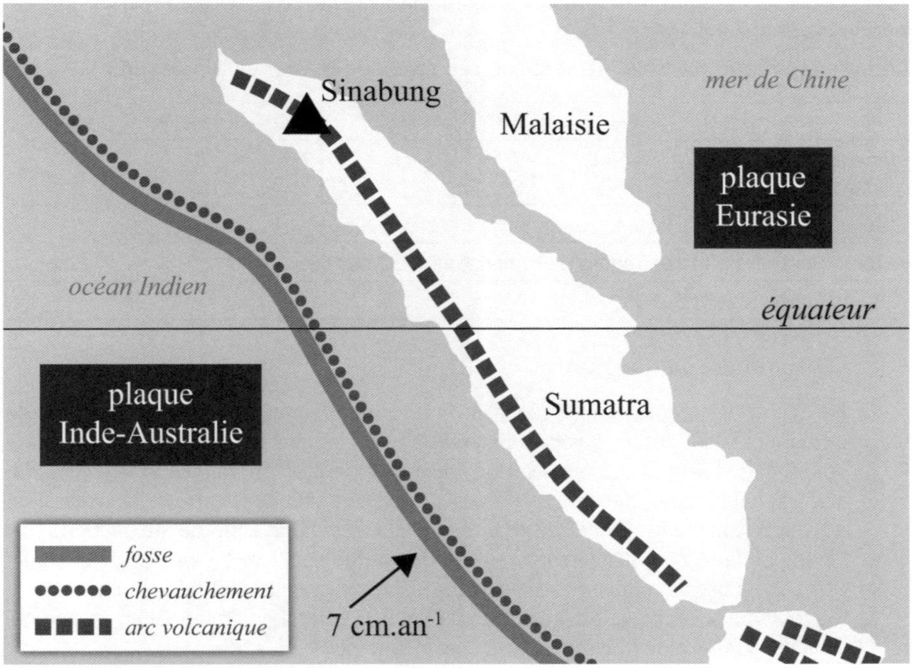

D'après *Courrier international* – 14 février 2014.

Document 2

Données sur une roche récoltée au volcan Sinabung

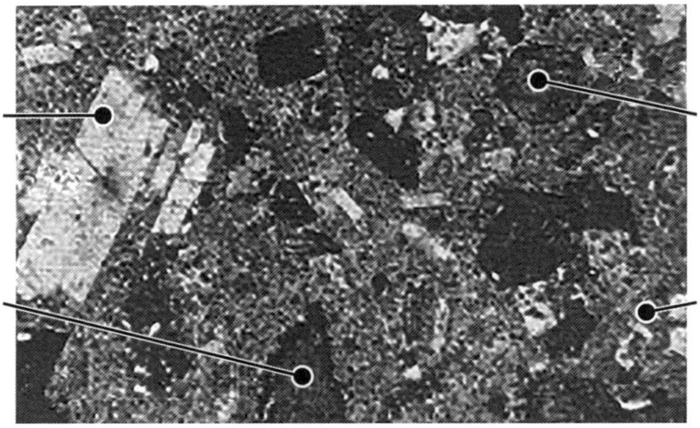

Photographie de l'observation microscopique d'une lame mince de roche récoltée au Sinabung ; lumière polarisée (X 20).

Analyse chimique partielle de la roche récoltée au Sinabung (% massique)

	SiO_2	Al_2O_3	FeO	MgO	CaO	Na_2O	H_2O
verre et cristaux confondus	55,9	18,1	7,7	4,6	7,6	3,9	1,07
– Teneur en silice (SiO_2) d'un basalte : comprise entre 45 % et 52 %							
– Teneur en silice (SiO_2) d'une andésite : comprise entre 52 % et 63 %							
D'après *Planète Terre*-ENS LYON.							

Comprendre la question

Il s'agit dans cet exercice de géologie d'identifier le contexte géodynamique de l'île de Sumatra, qui abrite le volcan Sinabung, et d'identifier la nature des roches produites par ce volcan. La réponse à cette problématique est fondée essentiellement sur l'exploitation des documents proposés : l'exploitation de la carte de la localisation du volcan Sinabung permet de montrer qu'il s'agit d'une zone de subduction, puis l'étude de la roche récoltée sur le volcan permet de conclure qu'il s'agit d'une andésite. La réponse attendue se présente sous forme d'une courte introduction présentant le problème scientifique à résoudre et d'une argumentation structurée et rédigée qui s'appuie sur l'exploitation rigoureuse des documents.

Sur l'île de Sumatra, le volcan Sinabung a connu en 2014 une forte éruption explosive avec un panache éruptif de 17 kilomètres de hauteur. Quel est le contexte géodynamique de la zone où se situe le volcan Sinabung et quelle est la nature des roches produites par ce volcan ?
Le volcan Sinabung est situé au nord de l'île de Sumatra. À l'ouest de l'île de Sumatra, une longue fosse océanique est observée dans l'océan Indien. L'île de Sumatra présente une forte activité volcanique : un alignement d'une trentaine de volcans, comprenant le volcan Sinabung au nord, constitue un arc volcanique. Cet arc volcanique est parallèle à la fosse océanique de l'océan Indien (document 1). De plus, l'île de Sumatra est située sur la plaque Eurasie, à proximité de la frontière avec la plaque Inde-Australie, localisée plus à l'ouest de l'île. La plaque Inde-Australie se rapproche de la plaque Eurasie à la vitesse de 7 centimètres par an : les deux plaques sont donc convergentes (document 1). Enfin, la carte du document 1 montre que la plaque Eurasie chevauche la plaque Inde-Australie à partir de la fosse océanique : la plaque Inde-Australie plonge donc à partir de la fosse sous la plaque Eurasie. L'ensemble de ces arguments permet de conclure que l'île de Sumatra est située dans un contexte géodynamique de subduction, caractérisé par le plongement de la plaque Inde-Australie sous la plaque Eurasie. Cette subduction est à l'origine du volcanisme éruptif de l'île de Sumatra.
Quelle est donc la nature de la roche récoltée sur le volcan Sinabung ? L'observation microscopique de la lame mince de la roche prélevée sur le volcan Sinabung (document 2) montre la présence de verre, de microlithes et de cristaux de plus grande taille (feldspath plagioclase, amphibole et pyroxène). La présence de verre, matière non cristallisée, associé à des microlithes et à de plus grands cristaux indique qu'il s'agit d'une roche à structure microlithique, c'est-à-dire une roche volcanique issue d'un refroidissement rapide du magma en surface. L'analyse chimique partielle de cette roche volcanique montre que sa teneur en silice (SiO_2) est de 55,9 %. Or, parmi les roches volcaniques, la teneur en silice du basalte est comprise en 45 % et 52 %, tandis que celle d'une andésite est comprise entre 52 % et 63 % (document 2). On en déduit que la roche récoltée sur le Sinabung est une andésite.
Ainsi, nous avons montré que l'île de Sumatra est située dans la zone de subduction de la plaque Inde-Australie sous la plaque Eurasie. Cette subduction est à l'origine d'un volcanisme explosif du volcan Sinabung, caractérisé par la formation d'andésites.

La Terre dans l'Univers, la vie, l'évolution du vivant : le domaine continental

Tremblements de terre en série sur la « ceinture de feu du Pacifique »

Les secousses qui ont ébranlé le Japon et l'Equateur ne sont pas reliées physiquement, même si elles sont dues à la forte sismicité de la région

Le Japon, où le bilan provisoire est de 42 morts et plus d'un millier de blessés. L'Equateur, où les autorités font état d'au moins 272 morts et plus de 2 000 blessés. Les îles Tonga, touchées elles aussi... Il est naturel de se demander si les multiples séismes survenus ces derniers jours sont reliés entre eux, comme dans une réaction en chaîne. Pourtant, ce n'est, d'un point de vue physique, ou mécanique, pas le cas.

Certes, tous ont pour origine la très forte activité sismique et volcanique de la zone Pacifique. « *Environ 80 % des volcans émergés de la planète sont localisés dans les zones de subduction tout autour de l'océan Pacifique* », rappelle Patrick Allard, géophysicien à l'Institut de physique du globe de Paris (IPGP). Ce qu'on appelle « la ceinture de feu du Pacifique ». Tous aussi mettent en jeu la plaque tectonique pacifique, au sens large. Pour autant, les secousses qui ont ébranlé le Japon n'ont pas entraîné celle qui a mis à mal l'Equateur, à près de 15 000 kilomètres de distance.

Energie trente fois supérieure

Dans un premier temps, jeudi 14 avril, à 21 h 26 (heure locale), l'île japonaise de Kyushu, dans le sud-ouest de l'archipel, a été frappée par un tremblement de terre de magnitude 6,2, selon l'US Geological Survey (USGS), l'agence américaine chargée de la surveillance de l'activité sismique. Il a été suivi de plus de cinq cents répliques, dont l'une, samedi 16, à 1 h 25, a atteint une magnitude de 7. Ce qui lui donnait un potentiel beaucoup plus destructeur que la première, un point de magnitude correspondant à une énergie trente fois supérieure. De ce fait, les spécialistes ont transformé la secousse initiale en « précurseur » de cette réplique, qui l'a dépassée en importance.

Tous ces événements mettent en jeu une faille géologique qui traverse l'île de Kyushu. Elle est distincte de la faille principale associée aux deux grandes plaques tectoniques pacifique et eurasienne, et dont la cassure avait provoqué, le 11 mars 2011, au large des côtes de l'île de Honshu — la plus grande du Japon — le séisme de magnitude 9 et le tsunami qui furent suivis de la catastrophe nucléaire de Fukushima. Il s'agit cette fois, explique Pascal Bernard, sismologue à l'IPGP, d'une « *faille secondaire qui court le long du Japon* ». C'est elle qui avait déjà cassé en janvier 1995 à Kobe, faisant plus de six mille morts.

Dans cette zone, la plaque tectonique philippine, un morceau de lithosphère coincé entre les plaques pacifique et eurasienne, s'enfonce, par subduction, sous une autre petite plaque, celle de l'Amour, rattachée à la plaque eurasienne. C'est cet affrontement qui est à l'origine des ruptures enregistrées ces derniers jours. Les très importants dégâts matériels subis, dans un pays aussi bien préparé aux séismes que le Japon, s'expliquent par le fait que la faille qui a cassé est superficielle, c'est-à-dire qu'elle traverse la partie supérieure de la croûte terrestre.

« *On peut fortement limiter les dégâts avec des constructions parasismiques. Mais, quand vous avez un séisme de magnitude 7 sous vos pieds, les bâtiments anciens, ou ceux qui sont moins bien consolidés, ont beaucoup de mal à résister* », commente Patrick Allard.

L'Equateur, lui, a été victime, samedi 16 avril, à 18 h 58, d'un violent séisme, de magnitude 7,8, selon l'USGS. Il s'agit ici, explique Pascal Bernard, de la subduction de la plaque de Nazca sous la plaque sud-américaine. *« Dans cette zone,* décrit le chercheur, *les deux masses tectoniques se rapprochent à la vitesse de cinq centimètres par an, leur affrontement créant des contraintes et des déformations qui se libèrent par des séismes fréquents. »*

Une « pichenette finale »

Le dernier très grand tremblement de terre enregistré dans cette région est celui de 1906, de magnitude 8,8, qui avait déclenché un tsunami et causé plus d'un millier de morts. Mais beaucoup d'autres, de moindre ampleur, se sont produits au cours du siècle passé. *« Depuis 1906, les deux plaques se sont rapprochées d'environ cinq mètres, et l'on savait que cette zone allait casser »*, précise le sismologue. Mais les secousses ressenties au Japon, dans l'ouest du Pacifique, n'ont pas de lien de cause à effet avec celle qui a frappé l'Equateur, dans l'Est. Il ne faut pas imaginer que l'onde de choc provoquée par les premières ait pu déstabiliser la partie orientale de la plaque pacifique. *« Tout au plus s'agit-il d'une pichenette finale, comme un caillou qui serait lancé sur une falaise déjà sur le point de s'écrouler »*, dit par comparaison Pascal Bernard.

Quant au séisme de magnitude 5,8 qui a touché dimanche 17 avril les îles Tonga, dans le Pacifique sud, il est, lui aussi, physiquement indépendant des autres. Cet archipel, situé dans la ceinture de feu du Pacifique, est soumis à une sismicité et un volcanisme permanents.

La terre n'a sans doute pas fini d'être agitée de convulsions dans cette grande région. *« Il faut s'attendre à de nouvelles répliques, dans les semaines, voire les mois à venir,* annonce Pascal Bernard. *La question est de savoir si elles peuvent être encore plus importantes. Les derniers jours ont montré, au Japon, qu'une réplique peut être supérieure à son précurseur. Y aura-t-il des secousses encore plus importantes ? La probabilité est faible, mais elle existe. »*

Pierre Le Hir
Le Monde daté du 19.04.2016

Inde, avril 2014, partie 1

Contexte géodynamique du site de Bouillante

Bouillante est la première centrale géothermique française où l'énergie géothermique est exploitée pour produire de l'électricité.
Le site géothermique de Bouillante est situé en Guadeloupe, dans l'arc des Petites Antilles.

Document

Contexte géodynamique de Bouillante

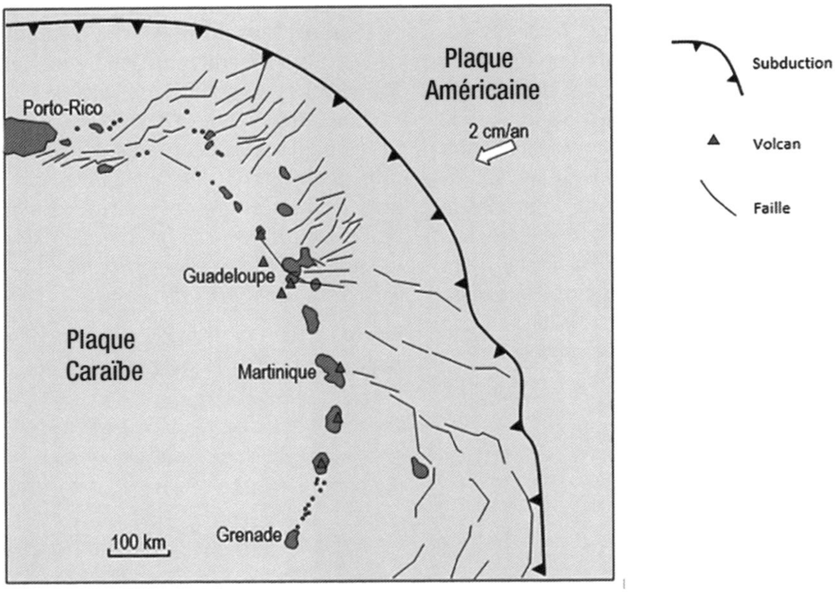

Source : d'après http://svt.ac-dijon.fr/schemassvt/article.php3?id-article=2936.

Montrer comment le contexte géodynamique régional a permis l'implantation d'une centrale géothermique à Bouillante.
Le moteur de la subduction n'est pas attendu.
L'exposé doit être structuré avec une introduction, un développement et une conclusion. Il sera accompagné d'un schéma de synthèse illustrant les phénomènes géologiques mis en jeu.

Comprendre la question

Il s'agit d'un sujet de synthèse original, qui demande d'associer les connaissances sur la géothermie et la subduction à l'exploitation de la carte des Petites Antilles fournie en document. L'idée principale est de montrer, à partir de la carte des Petites Antilles, que le contexte géodynamique de l'île de la Guadeloupe est un contexte de subduction. Puis, il faut montrer que ce contexte de subduction est à l'origine d'un flux géothermique élevé au niveau de Bouillante, qui justifie l'implantation d'une centrale géothermique produisant de l'électricité. Attention à ne pas faire uniquement l'exploitation de la carte sans mise en relation avec les connaissances ou à faire une synthèse trop générale sur la subduction ou la géothermie. L'exposé du moteur de la subduction et le détail des transformations métamorphiques des roches de la croûte océanique lors de la subduction sont hors sujet.

Procéder par étapes

1re étape : identifier le type de réponse attendue.
On attend une réponse structurée avec une introduction, un développement rédigé et une conclusion. Le développement doit contenir un schéma de synthèse représentant le lien entre le contexte géodynamique de la subduction et le fort potentiel géothermique de Bouillante. Ce schéma peut être une coupe de la région mettant en évidence la subduction et la localisation de la centrale géothermique.

2e étape : élaborer un plan détaillé de la synthèse au brouillon.

Le tableau ci-après présente un exemple de plan détaillé construit au brouillon.

Structure de la synthèse	Éléments issus des connaissances	Exploitation de la carte présentée dans le document
Introduction : Comment expliquer que le contexte géodynamique de l'île de la Guadeloupe permette l'implantation d'une centrale géothermique à Bouillante ?		
I. Bouillante : un contexte géodynamique de subduction	Les caractéristiques d'une zone de subduction.	Mise en évidence des caractéristiques de la subduction à partir de la carte des Petites Antilles présentée dans le document.
II. Bouillante : un flux géothermique élevé	Une zone de subduction se caractérise au niveau de l'arc magmatique par un fort flux géothermique et un gradient géothermique élevé.	
III. Bouillante : une zone privilégiée pour l'exploitation géothermique	Principe d'une exploitation géothermique.	
Schéma-bilan : Bouillante : une zone privilégiée pour l'exploitation géothermique dans un contexte géodynamique de subduction.		
Conclusion		

3e étape : structurer l'introduction et la conclusion au brouillon.

4e étape : rédiger la réponse sur la copie.

Introduction

La géothermie est l'exploitation de l'énergie thermique interne de la Terre pour fabriquer de l'électricité, par exemple. Il s'agit d'une énergie renouvelable à l'échelle humaine et écologique. Cependant, à l'échelle mondiale, le potentiel géothermique est encore peu exploité. Dans les Petites Antilles, à Bouillante, l'île de la Guadeloupe abrite la première centrale géothermique française produisant de l'électricité. Comment expliquer que le contexte géodynamique de l'île de la Guadeloupe permette l'implantation d'une centrale géothermique à Bouillante ? À l'aide du document présentant le contexte géodynamique de la région, nous établirons d'abord que l'arc des Petites Antilles où se situe la Guadeloupe est une zone de subduction. Puis, nous mettrons en évidence l'existence d'un flux géothermique élevé au niveau de Bouillante, qui permet l'installation d'une centrale géothermique produisant de l'électricité.

I. Bouillante : un contexte géodynamique de subduction

Bouillante est située dans l'île de la Guadeloupe au niveau de l'arc des Petites Antilles. L'arc des Petites Antilles forme un arc insulaire. À l'est de cet arc insulaire se situe une limite de plaques séparant au nord-est la plaque Américaine et au sud-ouest la plaque Caraïbe. Ces deux plaques convergent l'une vers l'autre : la plaque Américaine se déplace vers la plaque Caraïbe à la vitesse de 2 cm par an. La carte présentée indique que la plaque Caraïbe est la plaque chevauchante, ce que confirme la localisation de l'arc insulaire sur cette plaque. La plaque Américaine est la plaque plongeante. Au niveau de l'arc insulaire, également appelé arc volcanique ou arc magmatique, se situent plusieurs volcans témoignant d'une activité magmatique importante. De plus, de nombreuses failles fissurent la plaque Caraïbe. Ainsi, l'ensemble de ces éléments met en évidence l'existence d'une subduction de la plaque Américaine sous la plaque Caraïbe.

II. Bouillante : un flux géothermique élevé

Les zones de subduction, comme celle des Petites Antilles, se caractérisent par une activité magmatique intense au niveau de la plaque chevauchante, qui est à l'origine du volcanisme observé. En effet, les roches de la croûte océanique de la lithosphère plongeante, ici la plaque Américaine, subissent un métamorphisme haute pression-basse température, caractérisé par des réactions de déshydratation. L'eau libérée hydrate les péridotites du manteau situé sous la croûte continentale de la plaque chevauchante, ici la plaque Caraïbe, et permet leur fusion partielle. Le magma formé migre vers le haut dans la croûte de la plaque chevauchante, et se refroidit en formant en profondeur dans la croûte des granitoïdes et en surface des roches volcaniques observées sur les îles des Petites Antilles. Ainsi, l'arc insulaire situé sur la plaque Caraïbe est le lieu d'une activité magmatique importante dont l'origine est la remontée de matériel chaud, conséquence de la subduction de la plaque Américaine sous la plaque Caraïbe. Cet arc insulaire est donc une région caractérisée par un flux géothermique élevé, c'est-à-dire que la quantité d'énergie thermique dissipée par unité de surface terrestre et de temps à cet endroit est supérieure à la moyenne.

III. Bouillante : une zone privilégiée pour l'exploitation géothermique

L'existence d'un flux géothermique accru au niveau de Bouillante correspond à un gradient géothermique élevé : l'évolution de la température en fonction de la profondeur dans la croûte au niveau de Bouillante est supérieure au gradient géothermique moyen, qui est de 30 °C/km. Le gradient géothermique particulièrement élevé à Bouillante rend intéressant l'exploitation de cette énergie géothermique. De plus, les failles contribuent sans doute à la présence d'eau dans la croûte. Cette eau chaude profonde présente dans la croûte au niveau de Bouillante est alors récupérée pour alimenter sous forme de vapeur les turbines de la centrale géothermique de Bouillante pour produire de l'électricité.

Schéma-bilan : Bouillante : une zone privilégiée pour l'exploitation géothermique dans un contexte géodynamique de subduction

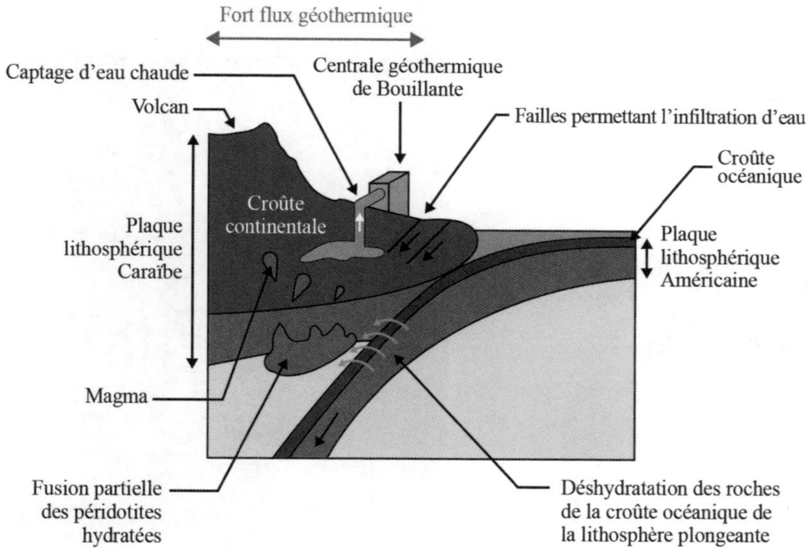

Conclusion

Ainsi, l'arc des Petites Antilles est un arc magmatique, conséquence de la subduction de la plaque Américaine sous la plaque Caraïbe. Cette subduction est à l'origine d'un flux géothermique particulièrement élevé au niveau de cet arc magmatique, qui justifie l'implantation d'une centrale géothermique produisant de l'électricité. On peut penser que le nom même du lieu, Bouillante, provient de l'existence de sources d'eau chaude naturelles, dues au fort gradient géothermique. Ainsi, Bouillante est un lieu privilégié pour l'exploitation géothermique. Les zones de subduction ne constituent pas le seul contexte géodynamique propice à l'exploitation géothermique. En France métropolitaine, une centrale géothermique produisant de l'électricité a été construite à Soultz-sous-Forêts, car cette zone, située au niveau du fossé rhénan, est une zone d'extension présentant un potentiel géothermique intéressant.

Sujet national, juin 2015, partie 2, exercice de spécialité

Énergie et cellule vivante

L'inflorescence d'arum présente une particularité remarquable. Lorsque les fleurs mâles produisent du pollen, une brutale élévation de température se produit dans l'inflorescence provoquant l'émission de substances volatiles qui attirent les insectes pollinisateurs.

À partir des informations extraites des documents et de vos connaissances, identifier et décrire le mécanisme expliquant la brutale production de chaleur chez l'arum.

Document 1

Température mesurée au niveau de l'inflorescence d'arum lors du brutal épisode de production de chaleur

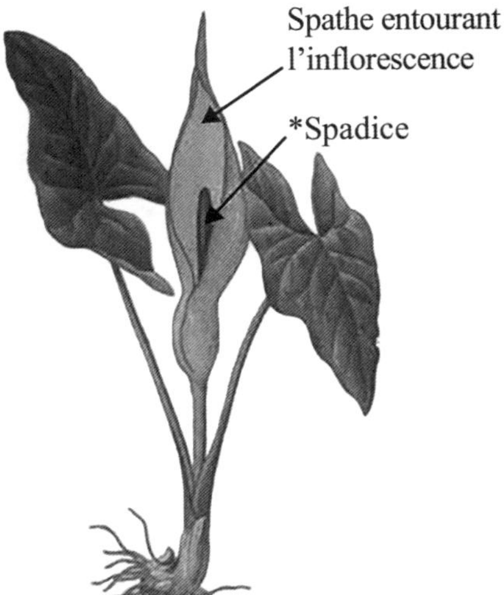

Un pied d'*Arum*

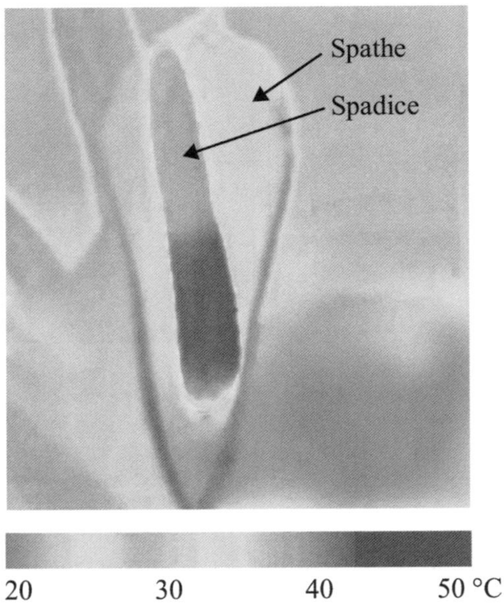

*Le spadice correspond à l'inflorescence.

D'après Seymour et Ito, 2010.

Document 2

Mesure de la température et de la production de CO_2 dans l'inflorescence au cours de la journée

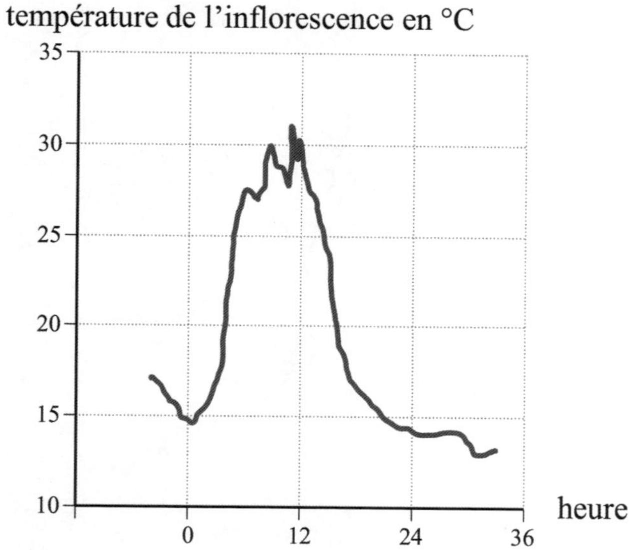

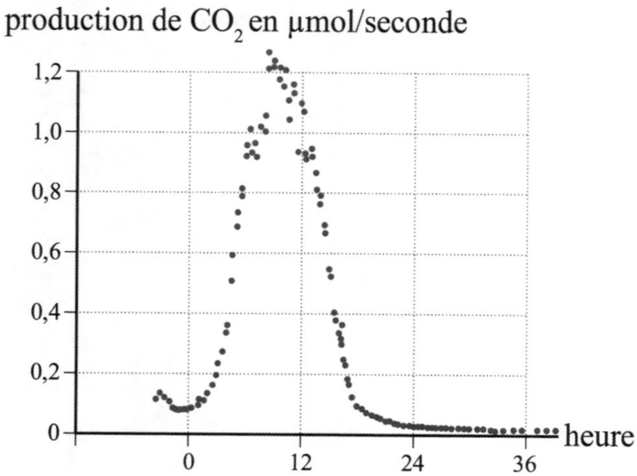

D'après *Lance*, Signol et Chauveau, 1976.

Document 3

Mesures de la quantité de dioxygène consommé et de la quantité de réserves d'amidon dans l'inflorescence à différents stades

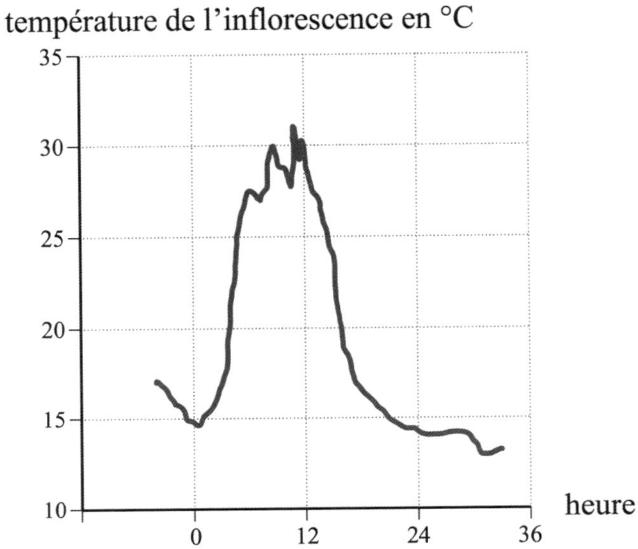

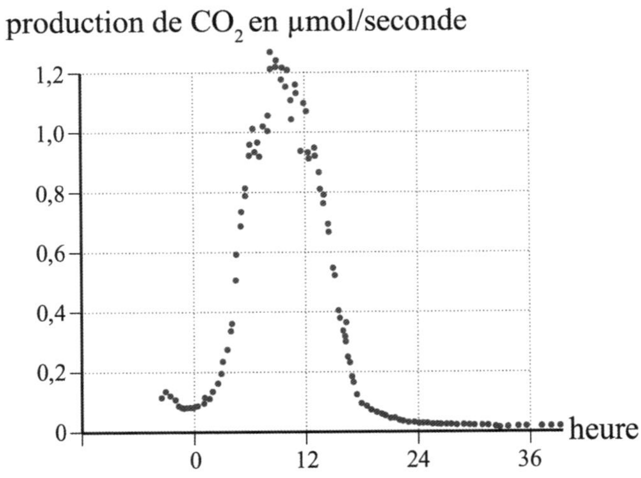

D'après *Lance*, Signol et Chauveau, 1976, modifié.

Document 4

Mesure de la quantité de l'organite photographié ci-dessous dans le spadice

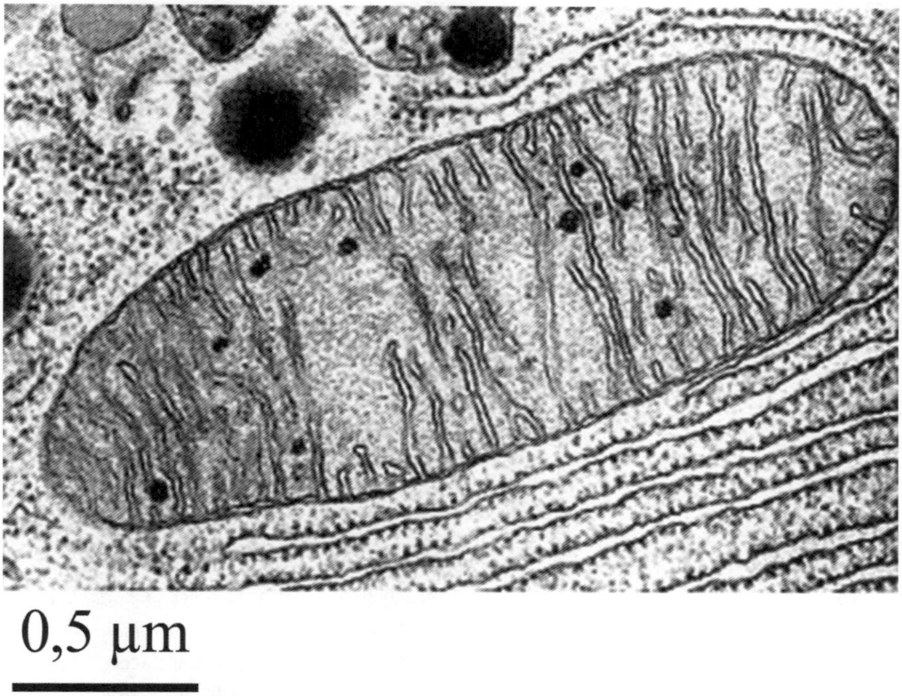

Banque d'image SVT Dijon

	Plusieurs jours avant la production de chaleur	Juste avant la production de chaleur	Au moment de la production de chaleur	Après la production de chaleur
Abondance relative de l'organite photographié ci-dessus	+	++++	++++	+

Comprendre la question

Cet exercice porte sur l'origine de la brutale et forte production de chaleur dans l'inflorescence d'une plante, l'arum. Il s'agit de mener une démarche cohérente à partir de l'exploitation des documents mis en relation avec les connaissances pour caractériser la production de chaleur, puis de mettre en évidence le mécanisme responsable de cette élévation de température. La réponse doit contenir une introduction qui expose la problématique, une argumentation structurée et une conclusion répondant à la problématique. Aucun schéma n'est exigé par l'énoncé.

Procéder par étapes

Identifiez le type de réponse attendu.
Extrayez des documents les informations en rapport avec le problème scientifique.
Construisez une réponse structurée mettant en relation les informations issues des documents et des connaissances.

Le tableau suivant présente un exemple de démarche construite au brouillon.

Parties du problème	Éléments issus des documents	Éléments issus des connaissances
Introduction : Quel est le mécanisme expliquant la brutale production de chaleur de l'arum ?		
Mise en évidence de la brutale production de chaleur de l'arum	Document 1. Dans l'inflorescence de l'arum, appelée spadice : forte élévation de la température.	
Mécanisme expliquant la brutale production de chaleur de l'arum	Document 2. Correspondance entre l'élévation de la température du spadice et la forte production de CO_2. Document 3. Avant la production de chaleur : accumulation d'amidon et faible consommation d'O_2. Pendant la production de chaleur : diminution des réserves d'amidon et augmentation de la consommation d'O_2. Document 4. Avant et pendant la production de chaleur : présence de mitochondries en grande quantité dans le spadice. Bilan. La forte production de chaleur liée à une respiration intense, localisée au niveau des mitochondries.	L'amidon est un polymère du glucose. L'hydrolyse de l'amidon libère du glucose. La respiration cellulaire est l'oxydation du glucose en présence d'O_2. Elle produit de l'énergie et libère du CO_2. La mitochondrie est l'organite intracellulaire où a lieu la respiration.
Conclusion :		

On observe une brusque élévation de la température des fleurs mâles des arums, qui entraîne l'émission de molécules volatiles attirant les insectes pollinisateurs. Quel est le mécanisme expliquant la brutale production de chaleur dans l'inflorescence de l'arum ? Pour répondre à cette problématique, au cours des différents stades de l'évolution de l'inflorescence, nous analyserons et nous mettrons en relation l'évolution de la température, de la production de CO_2, de la consommation d'O_2, des réserves d'amidon et de la quantité d'un organite intracellulaire présent dans l'inflorescence, que nous identifierons.
Le document 1 montre qu'un pied d'arum présente une spathe entourant le spadice, qui constitue l'inflorescence mâle. Sur l'échantillon proposé, on observe que la température des tissus de la spathe est d'environ 20°C alors que le spadice présente une température plus forte, de l'ordre de 35°C dans sa partie supérieure, et qui atteint 40°C dans sa partie inférieure. Le document 2 confirme cette élévation de la température dans le spadice et montre qu'elle est rapide dans le temps : à 3 h, la température est à 15 °C, puis elle augmente pour atteindre sa valeur maximale de 30°C à 6 h. La température se maintient à cette valeur maximale jusqu'à 15 h, puis elle diminue et rejoint sa valeur initiale de 15°C à 18 h. La mise en relation des documents 1 et 2 démontre donc l'existence d'une élévation brusque de la température du spadice de 15°C en trois heures. La température reste élevée pendant une douzaine d'heures avant de chuter.
Le document 2 montre que la production de CO_2 dans l'inflorescence augmente à partir de 3 h et atteint sa valeur maximale à 12 h avant de revenir à sa valeur initiale vers 18 h. La comparaison de l'évolution de la température et de l'évolution de la production de CO_2 dans l'inflorescence montre que ces deux paramètres évoluent de manière parallèle : l'évolution de la température et l'évolution de la production de CO_2 sont étroitement corrélées.
L'étude du document 3 montre que, avant la production de chaleur, la quantité d'amidon augmente dans l'inflorescence alors que la consommation d'O_2 reste faible. Au moment de la production de chaleur, la quantité d'amidon présent dans l'inflorescence diminue alors que la consommation d'O_2 augmente fortement, puis redevient faible après la production de chaleur. Ainsi, la production de chaleur dans l'inflorescence de l'arum est associée à une forte production de CO_2, une consommation accrue d'O_2 et une diminution des réserves en amidon. Or, nous savons que l'amidon est un polymère de glucose et constitue la forme de réserve du glucose dans les végétaux. En outre, nous savons que les cellules sont capables d'effectuer la respiration, qui consiste en l'oxydation du glucose en présence d'O_2. La respiration s'accompagne d'une production de CO_2. Nous pouvons donc en déduire que les cellules constituant l'inflorescence de l'arum effectuent une respiration accrue, à l'origine de la brusque production de chaleur observée.
Enfin, le document 4 présente à différents moments de l'évolution de l'inflorescence la variation dans le spadice de la quantité d'un organite présenté en photographie. L'organite photographié présente une membrane interne développée dessinant des crêtes à l'intérieur de l'organite : ces crêtes membranaires sont caractéristiques d'une mitochondrie. Les mitochondries sont peu présentes dans le spadice plusieurs jours avant et après la production de chaleur, mais elles sont très abondantes juste avant et pendant la production de chaleur. Or, nous savons que les mitochondries sont le lieu de la respiration cellulaire. La forte quantité de mitochondries présentes juste avant et pendant la production de chaleur confirme

donc que cette production accrue de température est effectuée lors d'une forte respiration grâce aux nombreuses mitochondries. En outre, nous savons que la respiration produit une quantité importante d'énergie sous forme d'ATP (adénosine triphosphate). On peut supposer que l'énergie produite lors de la respiration dans le spadice de l'arum est transformée en énergie thermique, à l'origine de l'augmentation de la température du spadice.
Ainsi, nous avons établi que la forte production de chaleur dans l'inflorescence de l'arum est due à une forte activité respiratoire qui a lieu dans les mitochondries des cellules de l'inflorescence. Cette respiration accrue consomme du glucose issu de l'hydrolyse de l'amidon et de l'O_2, et elle produit du CO_2 et une forte énergie thermique. Pour compléter l'étude, il faudrait établir avec précision les mécanismes moléculaires présents au sein de la mitochondrie, qui permettent de produire une forte quantité de chaleur lors de cette respiration.

Enjeux planétaires contemporains : la plante domestiquée

Le maïs transgénique $MON8_{10}$ de Monsanto reste interdit en France

Le Conseil d'Etat a annulé l'interdiction prise en 2014 par la France, mais un nouveau cadre européen permet de maintenir la mesure

C'est une victoire pour les semenciers, mais une victoire symbolique. Le Conseil d'Etat a annulé, vendredi 15 avril, un arrêté de mars 2014 qui interdisait la commercialisation, l'utilisation et la culture du maïs $MON8_{10}$ du groupe Monsanto en France. Un jugement pour la forme, puisque, en vertu d'une loi française de juin 2014 et de la nouvelle législation européenne sur les OGM, les maïs génétiquement modifiés ne peuvent plus être cultivés en France.

La Commission européenne avait autorisé, le 22 avril 1998, la mise sur le marché du $MON8_{10}$, le maïs vedette de Monsanto, modifié de manière à lui donner une plus grande résistance aux insectes ravageurs. Mais le 14 mars 2014, le ministre de l'agriculture, Stéphane Le Foll, avait pris un arrêté pour l'interdire totalement sur le territoire. Il se fondait sur la législation européenne de l'époque, qui permettait de prendre des clauses de sauvegarde ou des mesures d'urgence pour des motifs environnementaux et sanitaires. L'arrêté avait été attaqué devant le Conseil d'Etat par des agriculteurs et plusieurs organisations de semenciers et maïsiculteurs.

Dans sa décision, la haute juridiction administrative a estimé que les arguments avancés par la France ne permettaient pas de conclure à l'existence d'un « *risque important mettant en péril de façon manifeste la santé humaine, la santé animale ou l'environnement* ». Le Conseil d'Etat retient que les avis de l'Autorité européenne de sécurité des aliments (EFSA) ont certes admis un risque de développement d'une résistance chez les insectes ou de réduction de la population de certaines espèces de papillons, mais que ces risques peuvent être maîtrisés. Au final, selon l'EFSA, le maïs $MON8_{10}$ ne présente pas plus de danger pour l'environnement que le maïs conventionnel.

Le Conseil d'Etat a donc annulé l'arrêté de 2014, de la même façon qu'il avait déjà invalidé les deux précédents moratoires pris par la France sur le $MON8_{10}$, en 2008 et en 2012. Paris devra verser 4 500 euros aux plaignants.

Cette décision ne va toutefois pas se traduire par un retour des cultures de maïs transgénique en France. « *Le $MON8_{10}$ reste interdit en France,* réagit le ministère de l'agriculture. *Nous sommes opposés à ces cultures transgéniques, qui comportent des risques aujourd'hui indéniables, et n'apportent pas de bénéfices qui vaillent cette prise de risque.* »

« Victoire de principe »

De fait, depuis la loi du 2 juin 2014, les cultures de maïs transgénique sont interdites sur tout le territoire national. Surtout, avec la nouvelle directive européenne d'avril 2015, les Etats membres peuvent demander l'interdiction de cultures OGM sur leur sol, même validées par l'EFSA, pour des motifs de politique agricole, d'aménagement du territoire ou des conséquences socio-économiques. En septembre, la France avait requis, de même que 18 autres pays, l'exclusion du territoire national pour les 9 maïs génétiquement modifiés déjà autorisés ou en cours d'autorisation au niveau européen. La Commission lui a répondu favorablement en mars.

Le maïs $MON8_{10}$, seul OGM actuellement cultivé en Europe, est surtout planté en Espagne et au Portugal, avec 117 000 hectares en 2015 — un chiffre qui ne cesse de baisser au fur et à mesure des années. *« Il n'y aura pas de maïs génétiquement modifiés en France,* confirme Luc Esprit, le directeur de la Fédération nationale de la production des semences de maïs et de sorgho. *La décision du Conseil d'Etat est une victoire de principe. L'arrêté du ministre de l'agriculture ne reposait sur aucun fondement scientifique, mais uniquement sur une doctrine politique. »*

Greenpeace, de son côté, se projette déjà vers une autre bataille. *« Le danger vient aujourd'hui des nouveaux OGM issus des biotechnologies avancées, que les industriels veulent faire passer à travers les mailles réglementaires,* estime Anaïs Fourest, chargée des questions agricoles pour l'ONG. *C'est cela le nouvel enjeu au niveau européen. »*

Audrey Garric, Pierre Le Hir
Le Monde daté du 18.04.2016

Sujet national, juin 2016, partie 2, exercice 2

Le maintien de l'intégrité de l'organisme : quelques aspects de la réaction immunitaire

Mme T présente une grosseur au niveau du cou et souffre de nombreux maux d'origine métabolique : fatigue, cheveux et ongles cassants, peau sèche, frilosité, rythme cardiaque ralenti. Son médecin lui prescrit des examens approfondis.

À partir de l'exploitation des données et de l'utilisation des connaissances, expliquer les causes de l'affection de Mme T.

Document 1

Analyse sanguine de Mme T

Mme T manifeste un œdème (gonflement) de la glande thyroïde.
La thyroïde est une glande hormonale située à la base du cou. Elle sécrète des hormones thyroïdiennes dont les actions sont multiples (croissance, métabolisme, température interne...).
Résultats de dosages hormonaux.

Hormones thyroïdiennes	Individu sain	Mme T
Triiodothyronine	0,8 à 2,7.10^{-9} mol.l^{-1}	0,6.10^{-9} mol.l^{-1}
Thyroxine	11 à 27.10^{-12} mol.l^{-1}	8.10^{-12} mol.l^{-1}

D'après http://www.medecine.unige.ch/TestsThyroidiens.

Document 2

Structure histologique d'une glande thyroïde normale (en A) et de la glande thyroïde de Mme T (en B)

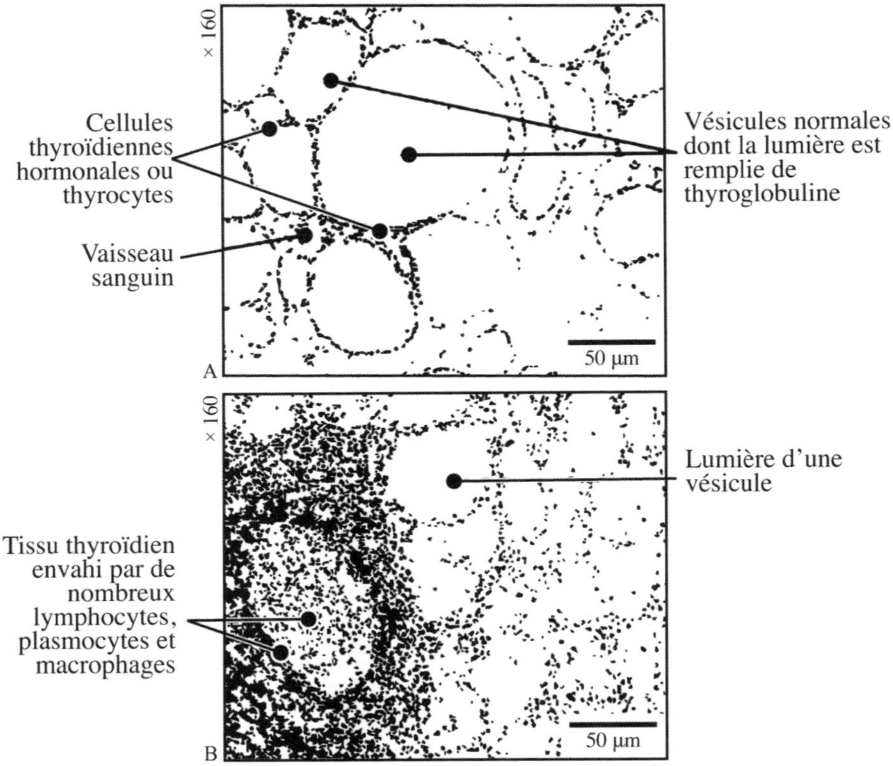

D'après biologie TD – Collection Tavernier – 1989.

L'observation au microscope de la glande thyroïde montre des cellules sécrétrices ou thyrocytes, organisées en vésicules, qui en coupe, apparaissent circulaires.

Document 3

On prélève dans la thyroïde de Mme T, diverses cellules avec lesquelles sont réalisées des cultures. On recherche la présence de plasmocytes, cellules sécrétrices d'immunoglobulines.
Résultats de cultures cellulaires

	Cellules cultivées en présence de thyrocytes	**Plasmocytes présents**	**Immunoglobulines ou gamma-globulines**
Culture 1	Lymphocytes B	aucun	Pas de gamma-globulines « anti-thyroglobuline »
Culture 2	Lymphocytes B + Macrophages	aucun	Pas de gamma-globulines « anti-thyroglobuline »
Culture 3	Lymphocytes B + Macrophages + Lymphocytes T CD4	nombreux	Gamma-globulines « anti-thyroglobuline » nombreuses

D'après http://www.lvs.fr/Pages_html/Encyclopedies/Cours%20Immuno.

Document 4

Biosynthèse des hormones thyroïdiennes

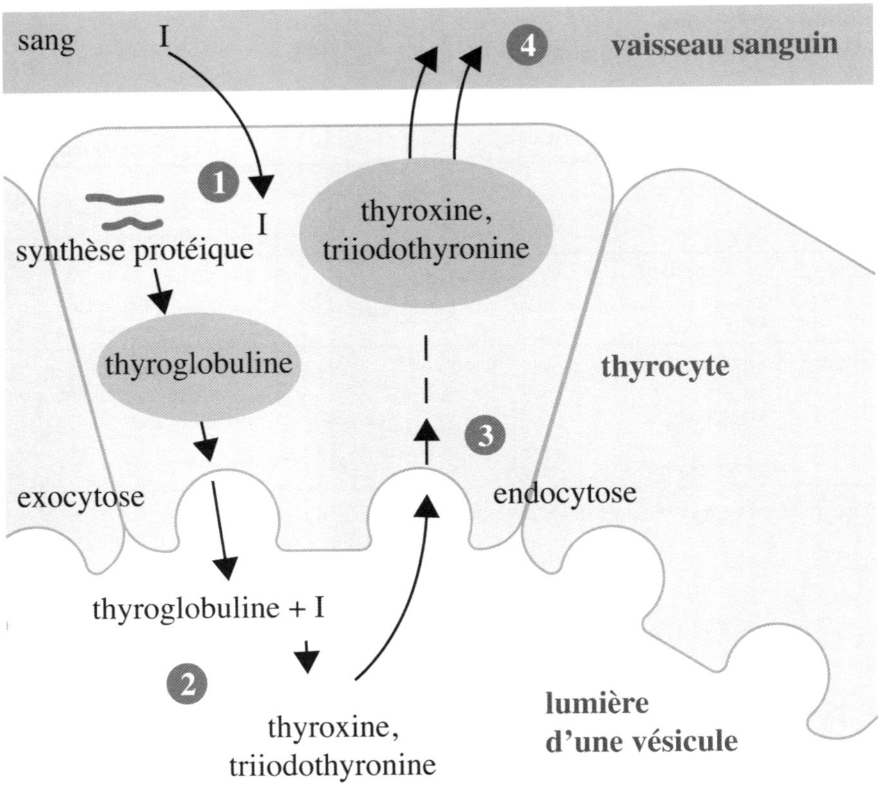

D'après Alain Hamon – université d'Angers - http://slideplayer.fr/slide/1324104/.

Étape 1 : Le thyrocyte fabrique une protéine, la thyroglobuline (molécule précurseur), qui est expulsée par exocytose vers la lumière de la vésicule où elle s'accumule. Le thyrocyte prélève l'iode (I) apporté par l'alimentation dans le sang et le transfère dans la lumière de la vésicule.
Étape 2 : Il y a ioduration de la thyroglobuline. Le couplage de la thyroglobuline et de l'iode (I) conduit à la thyroxine et la triiodothyronine.
Étape 3 : Il y a endocytose de la thyroxine et triiodothyronine de la part des thyrocytes.
Étape 4 : Les hormones thyroïdiennes sont libérées dans le sang.

Comprendre la question

Cet exercice porte sur la recherche des causes d'une affection d'une patiente, Mme T, qui présente plusieurs symptômes. Il s'agit de construire une démarche cohérente à partir des documents proposés pour identifier l'origine des symptômes. Chez Mme T, l'analyse sanguine et la structure histologique de la thyroïde mettent en évidence des anomalies de structure et de fonctionnement de la glande thyroïde. L'étude de résultats de culture de cellules de la thyroïde de Mme T permet d'identifier l'origine de cette anomalie : dans la thyroïde de Mme T, des plasmocytes secrètent des anticorps dirigés contre une molécule produite par cette glande. Mme T est donc atteinte d'une maladie auto-immune. Cet exercice nécessite l'exploitation et la mise en relation des informations issues des documents, en lien avec des connaissances sur la formation et les fonctions des cellules immunitaires. Aucune connaissance sur la thyroïde n'est nécessaire : sa structure et son fonctionnement sont présentés dans le dernier document. La réponse attendue contient une introduction exposant la problématique, puis une argumentation structurée exploitant les documents et les connaissances, et enfin une conclusion répondant à la problématique. Aucun schéma n'est exigé par l'énoncé.

Procéder par étapes

1re étape : identifier le type de réponse attendue.

2e étape : extraire des documents les informations en rapport avec le problème scientifique.

3e étape : construire une réponse structurée mettant en relation les informations issues des documents et des connaissances.

Le tableau suivant présente un exemple de démarche construite au brouillon :

Parties du problème	Éléments issus des documents	Éléments issus des connaissances
Introduction : Quelles sont les causes de l'affection de Mme T, caractérisée par les symptômes suivants : grosseur au niveau du cou, fatigue, cheveux et ongles cassants, sécheresse de la peau, frilosité et ralentissement du rythme cardiaque ?		
Mise en évidence d'une anomalie du fonctionnement de la thyroïde chez Mme T	Document 1. Gonflement de la glande thyroïde de Mme T. Analyse sanguine de Mme T : faible concentration en hormones thyroïdiennes (comparé au témoin). Documents 2 et 4. Étude histologique de la glande thyroïde. Mme T : réduction de la lumière des vésicules et envahissement du tissu thyroïdien par des cellules immunitaires (comparé au témoin). Bilan. Anomalies de la structure et du fonctionnement de la thyroïde de Mme T.	

Parties du problème	Éléments issus des documents	Éléments issus des connaissances
Origine de l'anomalie thyroïdienne de Mme T	Document 3. Recherche de plasmocytes et d'anticorps anti-thyroglobuline dans les cultures de cellules de la thyroïde de Mme T : seule la présence conjointe de lymphocytes B, macrophages et lymphocytes T CD4 entraîne une forte présence de plasmocytes et d'anticorps anti-thyroglobuline. Document 4. La thyroglobuline est un précurseur des hormones thyroïdiennes. Bilan. Chez Mme T, présence des cellules immunitaires dans la thyroïde : formation de plasmocytes sécrétant des anticorps anti-thyroglobuline, empêchant le production hormones thyroïdiennes.	Les lymphocytes spécifiques d'un antigène donné subissent une sélection clonale en présence de cet antigène, puis ils prolifèrent et se différencient en cellules effectrices : les lymphocytes B se différencient en plasmocytes et les lymphocytes T CD4 se différencient en lymphocytes T auxiliaires sécréteurs d'interleukines. La présence d'interleukines est indispensable à la prolifération et la différenciation des lymphocytes. Les anticorps se fixent spécifiquement à l'antigène correspondant.
Conclusion		

Une patiente, Mme T, présente plusieurs symptômes : grosseur au niveau du cou, fatigue, cheveux et ongles cassants, sécheresse de la peau, frilosité et ralentissement du rythme cardiaque. En visite chez son médecin, celui-ci lui prescrit différents examens pour identifier l'origine de ses symptômes. Quelles sont donc les causes de l'affection de Mme T ? Pour répondre à cette problématique, nous allons d'abord étudier les résultats des dosages sanguins des hormones thyroïdiennes de Mme T, puis nous étudierons la structure de sa glande thyroïde observée au microscope électronique, comparée à celle d'un témoin sain. Enfin nous mettrons en relation la voie normale de biosynthèse des hormones thyroïdiennes avec le résultat de cultures de cellules prélevées dans la thyroïde de Mme T pour identifier l'origine de ses symptômes.

Mme T présente un gonflement au niveau de sa glande thyroïde (document 1). Son médecin lui a prescrit des analyses sanguines pour connaître la concentration sanguine de ses deux hormones thyroïdiennes : la triiodothyronine et la thyroxine. Ainsi, d'après le document 1, la concentration en triiodothyronine de Mme T est inférieure à celle d'un individu sain ($0{,}6.10^{-9}$ mol.L^{-1} chez Mme T pour $0{,}8$ à $2{,}7.10^{-9}$ mol.L^{-1} chez le témoin). De même, la concentration en thyroxine de Mme T est inférieure à celle d'un individu sain (8.10^{-12} mol.L^{-1} chez Mme T pour 11 à 27.10^{-12} mol.L^{-1} chez le témoin). Comparée à un individu sain, Mme T présente donc un déficit en hormones thyroïdiennes.

Le document 2 présente la comparaison de l'histologie de la glande thyroïde de Mme T avec celle d'un individu sain. Chez ce témoin, le tissu thyroïdien est organisé en vésicules dont la périphérie est constituée de cellules thyroïdiennes appelées thyrocytes. Les thyrocytes réalisent la synthèse protéique du précurseur des hormones thyroïdiennes, la thyroglobuline, qui est alors sécrétée dans la lumière des vésicules et s'y accumule (documents 2 et 4). Chez Mme T, la lumière des vésicules est réduite par rapport à celles du témoin et une partie du tissu thyroïdien est envahi par des cellules immunitaires (nombreux lymphocytes, plasmocytes et macrophages) (document 2). Ainsi, le tissu thyroïdien de Mme T présente une structure anormale, avec une forte présence de cellules immunitaires. Quelle est l'origine de l'anomalie de la structure de la thyroïde et de la faible sécrétion des hormones thyroïdiennes chez Mme T ?

Différentes cellules présentes dans la thyroïde de Mme T sont prélevées puis mises en culture. On recherche alors dans ces cultures la présence de plasmocytes (cellules différenciées à partir des lymphocytes B et sécrétant des anticorps) et la présence d'anticorps ou d'immunoglobulines anti-thyroglobuline (document 3). On observe qu'en présence de lymphocytes B, avec ou sans macrophages, les plasmocytes et les anticorps anti-thyroglobuline sont absents de la culture. Par contre, en présence de lymphocytes B, de macrophages et de lymphocytes T CD4, de nombreux plasmocytes et de nombreux anticorps anti-thyroglobuline sont détectés dans la culture. Or, on sait que les lymphocytes B sélectionnés par leur antigène spécifique sont capables de proliférer et de se différencier en plasmocytes sécréteurs d'anticorps. Ces étapes de prolifération et de différenciation des lymphocytes nécessitent la présence d'interleukines secrétées par des lymphocytes T CD4 activés par le même antigène. Ainsi, on peut en déduire que dans la thyroïde de Mme T, des lymphocytes B sont activés par la thyroglobuline, qui est donc reconnue comme un antigène. De même, des lymphocytes T CD4 sont activés par la thyroglobuline, entraînant leur prolifération puis leur différenciation

en lymphocytes T CD4 auxiliaires, sécréteurs d'interleukines. Ces interleukines activent alors la prolifération et la différenciation des lymphocytes B, qui se transforment en plasmocytes sécréteurs d'anticorps anti-thyroglobuline. Ces anticorps se fixent spécifiquement à la thyroglobuline, présente dans la lumière des vésicules de la thyroïde. Or, la thyroglobuline se combine normalement à l'iode dans la lumière des vésicules pour former de la triiodothyronine et de la thyroxine, qui traversent alors les thyrocytes pour rejoindre la circulation sanguine (document 4). Chez Mme T, la thyroglobuline fixée à ses anticorps ne peut être transformée en hormones thyroïdiennes (triiodothyronine et thyroxine). La production de ces hormones est donc moins importante chez Mme T que chez un individu sain, expliquant sa faible concentration sanguine en hormones thyroïdiennes mise en évidence par les analyses sanguines. Or, les hormones thyroïdiennes ont de nombreuses actions sur l'organisme : croissance, métabolisme, température interne (document 1). La faible concentration sanguine en hormones thyroïdiennes est donc responsable des symptômes observés chez Mme T : fatigue, cheveux et ongles cassants, sécheresse de la peau, frilosité et ralentissement du rythme cardiaque.
Ainsi, les symptômes de Mme T ont pour origine une faible production d'hormones thyroïdiennes. Cette faible production d'hormones thyroïdiennes est la conséquence de la présence de cellules immunitaires dans sa thyroïde. Parmi les cellules immunitaires présentes, des plasmocytes sécrètent des anticorps dirigés contre le précurseur des hormones thyroïdiennes, la thyroglobuline, empêchant sa transformation en hormones thyroïdiennes. Le système immunitaire de Mme T produit des anticorps dirigés contre des molécules normales de son organisme, qui ne devraient pas être reconnues comme antigéniques : Mme T est donc atteinte d'une maladie auto-immune.

Corps humain et santé : le maintien de l'intégrité de l'organisme

Cancer : la lame de fond des immunothérapies

L'effervescence autour des traitements qui mobilisent nos défenses immunitaires pour éliminer les tumeurs s'est confirmée lors de l'ASCO, grand-messe annuelle de la cancérologie à Chicago

Une nouvelle fois, les immunothérapies ont été à l'honneur lors du grand congrès de cancérologie de l'American Society of Clinical Oncology (ASCO), du 3 au 7 juin à Chicago. « *Ce congrès le confirme : ces nouvelles armes thérapeutiques augmentent la survie globale des patients. Et ce alors qu'elles sont administrées en deuxième ou troisième ligne de traitement, dans des cancers avancés ou métastatiques* », relève Laurence Zitvogel, directrice scientifique du programme Immunothérapie à l'Institut Gustave-Roussy de Villejuif.

Les immunothérapies, ou comment miser sur nos propres défenses immunitaires pour combattre les tumeurs. « *C'est d'abord une révolution conceptuelle. Cela revient à dire : le problème du cancer, ce n'est pas la cellule cancéreuse mais la tolérance du système immunitaire à l'égard des tumeurs,* résume le docteur Aurélien Marabelle, directeur du développement clinique du programme Immunothérapie à Gustave-Roussy. *On cible l'immunité pour qu'elle fasse le boulot !* »

Amorcée en 2010, cette révolution flambe en 2014, avec l'arrivée d'anticorps spécifiques, conçus pour « casser » la tolérance immunitaire à l'égard des cellules cancéreuses. Leur chef de file est un « anti-$CTLA_{4}$ », l'ipilimumab. Avec cet anticorps, un patient sur cinq atteint de mélanome métastatique bénéficie d'une survie prolongée alors même qu'il souffre d'un cancer au pronostic jusque-là très sombre. Des résultats très inattendus, qui « *impressionnent* » les oncologues eux-mêmes.

Une survie à cinq ans

Dès 2011, d'autres anticorps arrivent : les « anti-PD_1 » et les « anti-PDL_1 ». Eux aussi débloquent le système immunitaire, en levant d'autres verrous. Moins toxiques que les $CTLA_4$, ils vont prendre le pas. Chez certains malades, la survie peut atteindre plus de cinq ans. Les oncologues hésitent à parler de « guérison », mais le mot est lâché. Ces anticorps se montrent désormais actifs contre plus de vingt cancers : poumon, rein, vessie, ORL, estomac, maladie de Hodgkin... « *Jamais un traitement antitumoral n'avait eu un spectre d'activité aussi large* », note-t-on à l'Institut Gustave-Roussy. « *Les autorisations de mise sur le marché* [AMM] *n'arrêtent pas de tomber aux Etats-Unis* », constate le docteur Marabelle. Pour autant, seule une fraction des patients semble bénéficier de ces traitements sur le long terme : sous un anti-PD_1, par exemple, 20 % des patients atteints de cancer du poumon ont une survie vraiment prolongée.

A l'ASCO 2016, trois grandes tendances ont été dessinées. Tout d'abord, on commence à tester ces immunothérapies en première ligne de traitement des cancers du poumon, en combinaison avec la chimiothérapie. Par ailleurs, « *dans le cas du lymphome de Hodgkin, la chimiothérapie classique guérit 90 % des patients, mais au prix, parfois, d'une toxicité cardiovasculaire dix à quinze ans plus tard. D'où cette interrogation : chez les sujets jeunes ou âgés, chez qui les chimiothérapies sont bien plus toxiques, faut-il remplacer ce traitement conventionnel par une immunothérapie d'emblée ? Le débat est en cours* », analyse Aurélien Marabelle.

Seconde grande orientation : ces immunothérapies sont parfois associées entre elles. « *En associant un anti-$CTLA_{4}$ à un anti-PD_1,* *par exemple, on obtient jusqu'à 55 % de réponses objectives dans le mélanome métastatique. Un essai de phase II présenté à l'ASCO montre que 64 % de patients survivent à deux ans »*, annonce Aurélien Marabelle. *« C'est aujourd'hui l'option gagnante »*, estime Laurence Zitvogel. Pour autant, les toxicités de ces deux anticorps se cumulent. Dès lors qu'on déverrouille le système immunitaire, il peut s'attaquer à des tissus normaux. A Gustave-Roussy, des programmes de gestion de cette double toxicité ont été mis en place.

Cette édition de l'ASCO a aussi entériné la montée en puissance d'autres stratégies. Parmi elles, les « anticorps bispécifiques ». L'un d'eux, le blinatumomab, agit par deux bras armés. Le premier cible un antigène à la surface de nombreuses cellules tumorales, le CD_{19}. Le second cible le CD_3, un récepteur exprimé par les lymphocytes intratumoraux. Grâce à ce contact forcé, le lymphocyte T va tuer la cellule tumorale. *« Dans la leucémie aiguë lymphoblastique B de l'adulte en rechute, cet anticorps donne 43 % de rémission complète »*, indique le professeur Nicolas Boissel, hématologue à l'hôpital Saint-Louis (AP-HP, Paris). *« De nouveaux anticorps bispécifiques sont évalués dans les tumeurs solides »*, indique le docteur Marabelle. Là encore, deux types de toxicité sont à surveiller : une libération intensive de cytokines, qui peut provoquer des défaillances d'organes, et une toxicité neurologique.

D'autres immunothérapies surfent sur cette lame de fond. Ainsi des très médiatiques « CAR T-cells », ou « cellules T porteuses de récepteurs chimériques à l'antigène ». Le principe : à partir d'une prise de sang, les cellules immunitaires du patient sont prélevées. Puis leur ADN est modifié in vitro par une thérapie génique, de façon à leur faire exprimer des récepteurs qui ciblent les cellules tumorales. Une fois multipliées hors de l'organisme, ces cellules modifiées sont réinjectées au patient. Avec ces cellules T, des réponses cliniques étonnantes ont été obtenues dans certaines leucémies. *« Cette approche est aussi développée dans les mélanomes métastatiques et les cancers du poumon »*, dit Sébastian Amigorena, directeur de l'unité Inserm Immunité et cancer de l'Institut Curie.

Certaines biotechs développent des approches originales. La société belge Celyad, par exemple, manipule les lymphocytes T pour leur faire acquérir des récepteurs portés par des « cellules tueuses » (NK). Ces cellules modifiées *« ciblent potentiellement plus de 80 % des tumeurs »*, selon Celyad. *« C'est un pari pour lequel nous nous associons à Curie »*, annonce le docteur Amigorena.

Jusqu'où ira cette révolution ? Le coût astronomique de ces traitements est très régulièrement pointé. Surtout, *« la chirurgie, la radiothérapie et la chimiothérapie restent les trois piliers des traitements du cancer. Comme pour les thérapies ciblées, l'immunothérapie n'est efficace que dans un sous-groupe de patients qu'il reste à identifier. Elle apporte une cartouche supplémentaire dans l'arsenal thérapeutique »*, indique le professeur Christophe Le Tourneau, oncologue à l'Institut Curie. L'étude des « très longs répondeurs » à ces nouvelles thérapies pourrait livrer des pistes de progrès.

Florence Rosier

Le Monde Science et médecine daté du 08.06.2016

Sujet national, juin 2014, partie 2, exercice 2

Anxiété : symptômes musculaires et traitement

L'anxiété chronique peut s'accompagner de contractions musculaires brusques et inopinées des muscles squelettiques. Ces contractions musculaires peuvent être soignées par des médicaments antidépresseurs comme les benzodiazépines.

À partir de l'exploitation des documents et de l'utilisation des connaissances, expliquer l'apparition des symptômes musculaires dus à l'anxiété et leur traitement par les benzodiazépines.
Aucune connaissance préalable sur les synapses étudiées ici n'est nécessaire.
L'exploitation du document de référence n'est pas attendue.

Document de référence

Montage expérimental et localisation des expériences menées sur un motoneurone de moelle épinière de mammifère

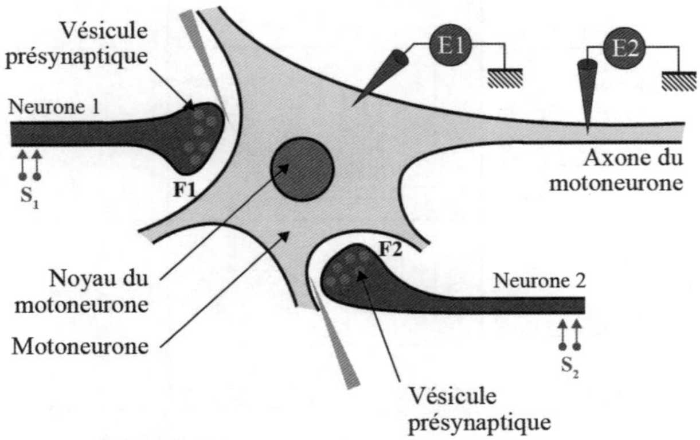

Légende :

Oscilloscope relié à une microélectrode interne réceptrice :
- **E1** : enregistrement de la polarisation au niveau du corps cellulaire du motoneurone
- **E2** : enregistrement de la polarisation au niveau de l'axone du motoneurone

S_1 S_2 Électrodes de stimulation S_1 et S_2 des neurones 1 et 2 respectivement

Micropipette pour l'injection de substances

F1 F2 Fentes synaptiques :
- **F1** : entre neurone 1 et motoneurone
- **F2** : entre neurone 2 et motoneurone

Source : d'après http://www.didier-pol.net/.

Document 1

Résultats expérimentaux d'une stimulation au niveau de S1, de S2 et d'une stimulation simultanée de S1 et S2 chez les mammifères

Les motoneurones qui commandent des cellules musculaires des muscles squelettiques sont soumis à des informations diverses qu'ils intègrent sous la forme d'un message nerveux unique. Chaque information reçue par le motoneurone perturbe son potentiel de repos ; si cette perturbation atteint un certain seuil, des potentiels d'action se déclenchent.
En période de crise d'anxiété, les informations que les motoneurones intègrent sont modifiées.

Opérations effectuées	Enregistrements en E1	Enregistrements en E2	Contraction de la fibre musculaire (+ : présence ; – : absence)
Stimulation en S1	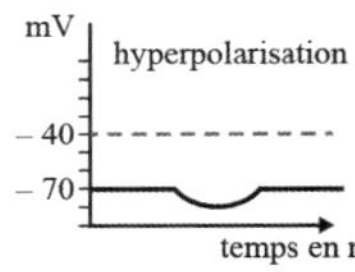	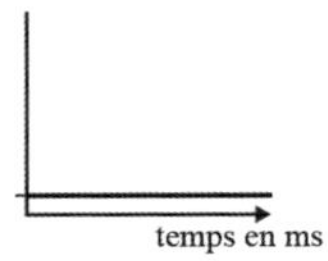	–
Stimulation en S2	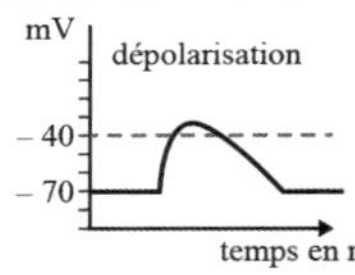	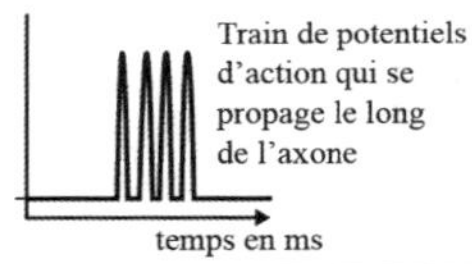	+
Stimulation en S1 et S2 simultanément	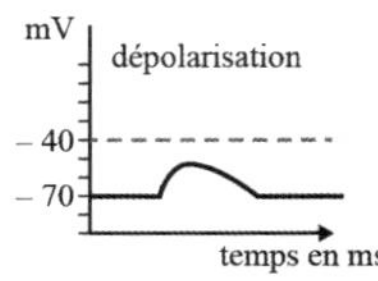	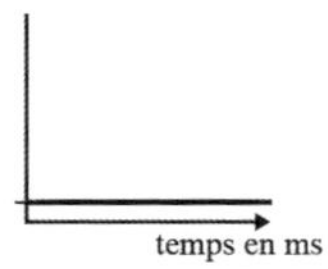	–

---- Seuil de dépolarisation nécessaire au déclenchement d'un potentiel d'action dans le motoneurone

Source : d'après http://www.didier-pol.net/.

Document 2

Effet sur le motoneurone de mammifère d'une injection de GABA ou d'acétylcholine en l'absence de toute stimulation électrique

Opérations effectuées	Injection de GABA au niveau de F1	Injection d'acétylcholine (ACh) au niveau de F2
Enregistrements en E1	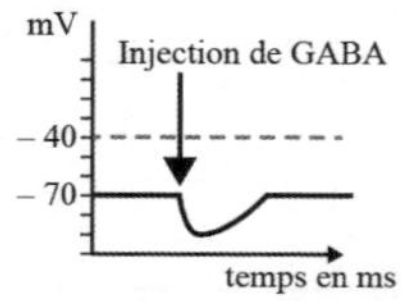	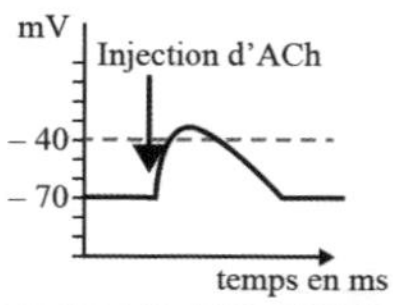

- - - - Seuil de dépolarisation nécessaire au déclenchement d'un potentiel d'action dans le motoneurone

Source : d'après http://www.didier-pol.net/.

Document 3

Reproduction expérimentale des signes de l'anxiété chez les mammifères

On peut reproduire expérimentalement la situation des synapses associée à l'anxiété. Pour cela on injecte de la picrotoxine dans la fente synaptique F1.
La picrotoxine est capable de se fixer sur les récepteurs membranaires au neurotransmetteur GABA situés sur le motoneurone.

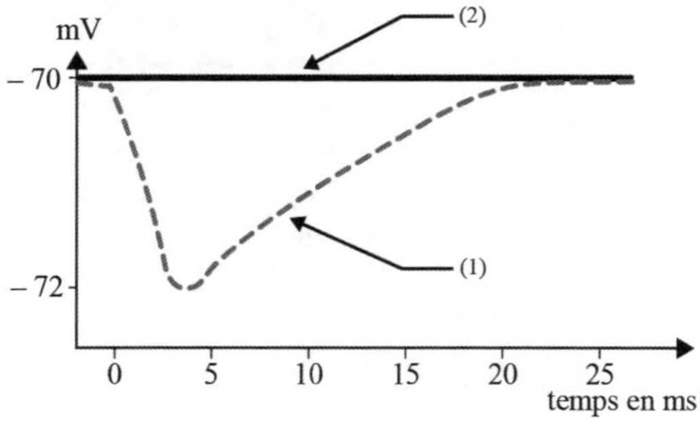

(1) Enregistrement en E1 de la polarisation suite à une stimulation en S1, sans injection de picrotoxine au niveau de F1

(2) Enregistrement en E1 de la polarisation suite à une stimulation en S1, avec injection de picrotoxine au niveau de F1

Source : d'après www.etudiant-podologie.fr.

Document 4

Action des benzodiazépines chez les mammifères

De nombreuses substances utilisées en médecine comme médicaments se lient spécifiquement aux récepteurs membranaires.
Les benzodiazépines (comme le Valium® et le Librium®) sont des tranquillisants (utilisés contre l'anxiété) qui se fixent de manière spécifique aux récepteurs membranaires du GABA.

Enregistrement en E1 de la polarisation après injection de GABA au niveau de F1 et absence de benzodiazépines	Enregistrement en E1 de la polarisation après injection de GABA au niveau de F1 et présence de benzodiazépines
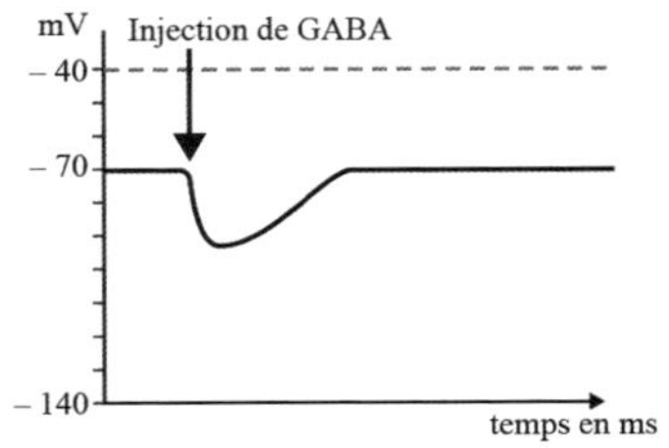	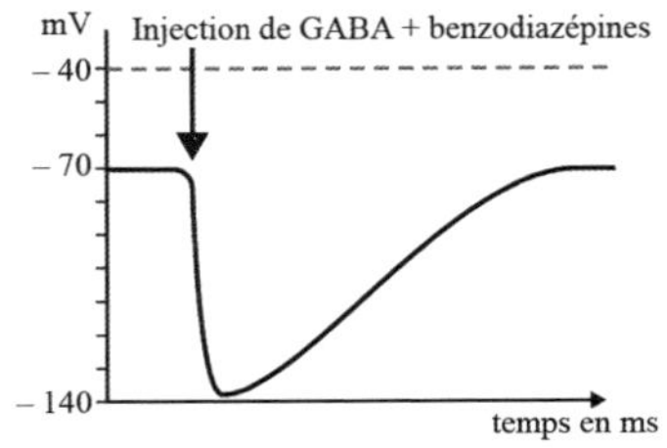

- - - - Seuil de dépolarisation nécessaire au déclenchement d'un potentiel d'action dans le motoneurone

Source : d'après Jean-Claude Orsini, Jean Pellet, *Introduction biologique à la psychologie*, Bréal.

Comprendre la question

Il s'agit de comprendre l'origine des contractions musculaires involontaires en cas d'anxiété chronique et d'expliquer comment les benzodiazépines permettent de lutter contre ces contractions. Pour répondre à ces questions, l'énoncé propose l'étude d'un montage expérimental présenté dans le document de référence. Le montage expérimental permet l'enregistrement de l'activité du motoneurone en contact avec deux neurones pré-synaptiques. Les variations du potentiel de membrane du motoneurone sont enregistrées dans différentes conditions : stimulations électriques des neurones pré-synaptiques, injection dans les fentes synaptiques de neuromédiateurs et de picrotoxine mimant l'effet de l'anxiété, ou encore présence de benzodiazépines. Les expériences sont à analyser soigneusement, en mentionnant les valeurs des potentiels membranaires enregistrés. Chaque expérience conduit à une conclusion mettant en évidence un aspect du contrôle de l'activité du motoneurone. L'énoncé précise que la réponse attendue se structure en 2 parties. La première partie correspond, à partir de l'étude de l'activité du motoneurone, à l'explication de l'origine des contractions musculaires involontaires liées à l'anxiété. La seconde partie vise à expliquer l'action des benzodiazépines, qui traitent les contractions musculaires dues l'anxiété. Le document de référence n'est pas à analyser en lui-même mais il est nécessaire pour exploiter les expériences des documents 1 à 4. Comme l'indique l'énoncé, aucune connaissance sur les synapses n'est requise pour traiter le sujet car les informations peuvent être déduites des documents. Certaines connaissances sont cependant rappelées dans le corrigé proposé. Cet exercice est assez difficile car l'analyse des documents est longue et doit être menée avec rigueur.

Procéder par étapes

1re étape : identifier le type de réponse attendue.
La réponse attendue comprend une introduction, un développement structuré s'appuyant sur l'exploitation rigoureuse des documents associée à l'utilisation des connaissances et une conclusion. Aucun schéma n'est attendu.

2e étape : extraire des documents les informations en rapport avec le problème scientifique.

3e étape : construire une réponse structurée mettant en relation les informations issues des documents et des connaissances.

Le tableau ci-après présente un exemple de démarche construite au brouillon.

Parties du problème	Éléments issus des documents	Éléments issus des connaissances
Introduction : Comment expliquer l'apparition de brusques contractions musculaires en cas d'anxiété chronique et comment justifier que les benzodiazépines permettent de les traiter ?		
Comment expliquer l'apparition de brusques contractions musculaires en cas d'anxiété chronique ?	**Doc. 1 et de réf.** Stimulation en S1 : hyperpolarisation, absence de potentiels d'action dans le motoneurone et de contraction musculaire. S1 est donc une synapse inhibitrice. Stimulation en S2 : dépolarisation, présence de potentiels d'action dans le motoneurone et d'une contraction musculaire. S2 est donc une synapse excitatrice. Stimulation en S1 et S2 : faible dépolarisation, absence de potentiels d'action dans le motoneurone et de contraction musculaire. Intégration nerveuse du motoneurone. **Doc. 2 et de réf.** Injection de GABA en F1 : hyperpolarisation. Le GABA est donc un neurotransmetteur inhibiteur. Injection d'acétylcholine en F1 : dépolarisation. L'acétylcholine est donc un neurotransmetteur excitateur. **Doc. 3 et de réf.** Stimulation en S1 sans picrotoxine : hyperpolarisation. Stimulation en S1 avec picrotoxine : absence de modification du potentiel membranaire du motoneurone. L'anxiété entraîne une levée de l'inhibition du motoneurone, d'où les contractions musculaires.	Le motoneurone commande la contraction musculaire. Il conduit un message nerveux codé en fréquence de potentiel d'actions. La synapse est la zone de contact entre deux neurones. À l'arrivée d'un message nerveux dans le neurone pré-synaptique, celui-ci libère des neurotransmetteurs dans la fente synaptique qui se fixent sur des récepteurs spécifiques de la membrane plasmique du neurone post-synaptique, déclenchant un message nerveux. Le motoneurone intègre les informations nerveuses qu'il reçoit de différents neurones en un message nerveux unique.

Parties du problème	Éléments issus des documents	Éléments issus des connaissances
Comment justifier que les benzodiazépines permettent de traiter les contractions musculaires liées à l'anxiété chronique ?	**Document 4 et document de référence.** Injection de GABA en F1 en absence de benzodiazépines : faible hyperpolarisation. Injection de GABA en F1 en présence de benzodiazépines : forte hyperpolarisation. Les benzodiazépines rétablissent l'effet inhibiteur sur le motoneurone et limite ainsi l'effet d'anxiété.	
Conclusion		

4ᵉ étape : rédiger la réponse sur la copie.

L'anxiété chronique peut s'accompagner de contractions musculaires brusques et inattendues. Ces contractions musculaires disparaissent lors de traitement à base de médicaments anxiolytiques comme les benzodiazépines. Comment expliquer l'apparition de ces brusques contractions musculaires inopinées en cas d'anxiété chronique et comment justifier que les benzodiazépines permettent de traiter ces contractions musculaires liées à l'anxiété ? Pour comprendre l'origine de ces contractions musculaires liées à l'anxiété, nous analyserons les résultats d'expériences de simulations au niveau des synapses localisées sur le corps cellulaire d'un motoneurone innervant une fibre musculaire, puis nous caractériserons l'effet de benzodiazépines sur l'activité de ce motoneurone.

La commande des muscles squelettiques s'effectue par des motoneurones, dont les corps cellulaires sont situés dans la substance grise de la moelle épinière. La synapse est la zone de contact entre le corps cellulaire des motoneurones et les boutons synaptiques des neurones pré-synaptiques. Pour caractériser le contrôle de l'activité du motoneurone, le montage expérimental suivant est effectué au niveau d'un motoneurone de la moelle épinière relié à une fibre musculaire : le corps cellulaire d'un motoneurone est en contact synaptique avec les extrémités de deux neurones pré-synaptiques : les neurones 1 et 2 (document de référence).

En absence d'anxiété chronique, la stimulation au niveau de l'électrode S1, située sur le neurone 1, est responsable d'une faible hyperpolarisation du motoneurone enregistrée en E1 au niveau du corps cellulaire du motoneurone : le potentiel membranaire du motoneurone passe de − 70 mV à − 80 mV puis revient à sa valeur initiale en quelques ms (document 1). L'électrode réceptrice E2, située dans l'axone du motoneurone, n'enregistre aucune modification de la valeur du potentiel membranaire et la fibre musculaire reliée au motoneurone ne se contracte pas. Ainsi, la stimulation en S1 du neurone 1 entraîne une faible hyperpolarisation enregistrée dans le motoneurone, mais qui n'atteint pas le seuil de dépolarisation (− 40 mV) nécessaire au déclenchement du potentiel d'action dans le motoneurone. Aucun potentiel d'action n'est enregistré en E2 dans l'axone du motoneurone, d'où l'absence de contraction de la fibre musculaire. La synapse entre le neurone 1 et le motoneurone est donc une synapse inhibitrice.

La stimulation au niveau de l'électrode S2, située sur le neurone 2, entraîne une dépolarisation du motoneurone enregistrée en E1 et un train de potentiels d'action enregistré par E2 dans l'axone du motoneurone. Ce train de potentiels d'action se propage dans le motoneurone et déclenche la contraction musculaire. La dépolarisation enregistrée en E1 fait passer le potentiel membranaire de − 70 mV à − 30 mV, dépassant le seuil de dépolarisation (− 40 mV) nécessaire au déclenchement du potentiel d'action dans le motoneurone. La synapse entre le neurone 2 et le motoneurone est donc une synapse excitatrice.

La stimulation simultanée des électrodes S1 (neurone 1) et S2 (neurone 2) entraîne une faible dépolarisation enregistrée en E1 : le potentiel de membrane passe de − 70 mV à − 60 mV puis revient à sa valeur initiale. En E2, aucun potentiel d'action n'est enregistré et la fibre musculaire reliée au motoneurone ne se contracte pas. Ainsi, le corps cellulaire du motoneurone a intégré les informations nerveuses reçues au même moment des neurones 1 et 2. Cette opération d'intégration du motoneurone est une sommation spatiale. Le résultat de cette intégration nerveuse est une faible dépolarisation au niveau du corps cellulaire du motoneurone (− 60 mV), inférieure au seuil de dépolarisation (− 40 mV) de déclenchement du potentiel d'action dans le motoneurone. En absence de potentiels d'action dans le motoneurone, la fibre musculaire ne se contracte pas. Ainsi, en absence d'anxiété, l'inhibition du motoneurone par le neurone 1 l'emporte sur son activation par le neurone 2, d'où l'absence de potentiels d'action dans le motoneurone et donc de contractions musculaires.

En utilisant le même montage expérimental, on cherche à caractériser l'effet de l'injection de deux neurotransmetteurs : le GABA et l'acétylcholine sur la transmission synaptique au niveau du corps cellulaire du motoneurone en l'absence de toute stimulation électrique (document 2). L'injection de GABA au niveau de F1, fente synaptique entre le neurone 1 et le motoneurone, entraîne en E1 une diminution du potentiel membranaire, qui passe de − 70 mV à − 90 mV puis revient à sa valeur initiale. Cette hyperpolarisation ne permet pas au potentiel membranaire de dépasser la valeur seuil de déclenchement du potentiel d'action. L'hyperpolarisation observée et l'absence de potentiels d'action qu'elle entraîne dans le motoneurone permettent de conclure que le GABA est un neurotransmetteur inhibiteur. On peut alors supposer que le GABA est le neurotransmetteur inhibiteur de la synapse entre le neurone 1 et le motoneurone. L'injection de l'acétylcholine au niveau de F2, fente synaptique entre le neurone 2 et le motoneurone, entraîne en E1 une augmentation du potentiel membranaire, qui passe de − 70 mV à − 30 mV puis revient à sa valeur initiale (document 2). Cette dépolarisation permet au potentiel de membrane de dépasser la valeur seuil de déclenchement du potentiel d'action (− 40 mV). La dépolarisation observée et la propagation de potentiels d'action qu'elle entraîne dans le motoneurone permettent de conclure que l'acétylcholine est un neurotransmetteur excitateur. On peut également supposer que l'acétylcholine est le neurotransmetteur excitateur de la synapse entre le neurone 2 et le motoneurone.

En utilisant le même montage expérimental, on cherche maintenant à caractériser le mécanisme de l'anxiété au niveau du corps cellulaire du motoneurone (document 3). Pour cela, on utilise une molécule appelée la picrotoxine, qui permet de reproduire les effets de l'anxiété au niveau du motoneurone. En l'absence de picrotoxine en F1, la stimulation en S1 entraîne une hyperpolarisation de la membrane du motoneurone enregistrée par E1, qui passe de − 70 mV à − 72 mV. En effet, la synapse impliquée est inhibitrice et se caractérise par l'action d'un neurotransmetteur inhibiteur : le GABA. En présence de picrotoxine en F1, la stimulation en S1 n'entraîne aucune modification du potentiel membranaire du motoneurone, qui reste égal au potentiel de repos (− 70 mV). Ainsi, la picrotoxine annihile l'effet de la stimulation en S1 sur la polarisation membranaire du motoneurone. Or, on sait que la picrotoxine est une molécule capable de se fixer sur les récepteurs membranaires du GABA situés sur le motoneurone. La fixation de la picrotoxine empêche donc le GABA libéré dans la fente synaptique d'agir. Ainsi, la picrotoxine inhibe l'action du neurotransmetteur inhibiteur. Le motoneurone ne reçoit donc plus de message nerveux inhibiteur du neurone 1 mais reçoit seulement le message excitateur du neurone 2. La fixation de l'acétylcholine sur ses récepteurs du motoneurone entraîne une dépolarisation suffisante pour déclencher la propagation des potentiels d'action, d'où la contraction musculaire. Ainsi l'anxiété, comme la picrotoxine, est responsable d'une inhibition de la synapse inhibitrice au contact du motoneurone et entraîne la propagation du message nerveux dans le motoneurone générant la contraction musculaire. Comment expliquer l'effet des benzodiazépines qui permettent de faire disparaître ces contractions musculaires en cas d'anxiété ?

En absence de benzodiazépines et en présence de GABA injecté en F1, la stimulation en S1 entraîne une hyperpolarisation (de – 70 mV à – 95 mV) de la membrane du motoneurone enregistrée par E1 (document 4). En présence de benzodiazépines et de GABA injectés en F1, la stimulation en S1 entraîne une hyperpolarisation accrue (de – 70 mV à – 140 mV) de la membrane du motoneurone enregistrée en E1. Ainsi, les benzodiazépines, fixées sur les récepteurs membranaires du GABA de la synapse inhibitrice, accentuent l'hyperpolarisation de la membrane du motoneurone. En cas d'anxiété chronique traitée par les benzodiazépines, le motoneurone reçoit un message nerveux inhibiteur provenant de la synapse inhibitrice où agissent à la fois le GABA, l'anxiété et les benzodiazépines et un message nerveux excitateur provenant de la synapse à acétylcholine. La résultante de l'intégration nerveuse par le motoneurone est une hyperpolarisation de la membrane du motoneurone, entraînant l'absence de potentiels d'action dans le motoneurone : le muscle ne se contracte pas. L'effet inhibiteur du GABA, normalement annulée par l'anxiété, est donc rétabli par les benzodiazépines.
Ainsi, l'anxiété chronique entraîne des contractions musculaires brusques et inopinées, qui s'expliquent par la levée de l'inhibition du motoneurone au niveau de la synapse inhibitrice à GABA. Les benzodiazépines permettent de traiter ces contractions involontaires en rétablissant l'inhibition du motoneurone. Les benzodiazépines sont donc un traitement intéressant pour la prise en charge des troubles dus à l'anxiété. Mais les benzodiazépines sont connues pour entraîner une dépendance. Quels sont alors les mécanismes expliquant la dépendance due à la prise des benzodiazépines ?

Corps humain et santé – Neurone et fibre musculaire : la communication nerveuse

Des cellules souches contre les séquelles d'un AVC

Une étude américaine montre des récupérations motrices après des accidents vasculaires cérébraux

C'est un nouveau pas pour la médecine régénératrice. En injectant des cellules souches directement dans le cerveau de patients souffrant de séquelles d'un accident vasculaire cérébral (AVC), une équipe américaine a obtenu une amélioration de leur déficit moteur, sans complications notables avec un an de recul. Les résultats de cet essai préliminaire conduit par l'équipe de Gary Steinberg (université de Stanford), pionnière dans ce domaine, sont publiés dans la revue *Stroke* datée du 2 juin.

A l'échelle mondiale, les AVC représentent la deuxième ou troisième cause de mortalité, et la première cause de handicap. En France, ils frappent chaque année environ 150 000 personnes. La majorité de ces accidents neurologiques, dits ischémiques, résultent de l'obstruction d'une artère nourricière du cerveau par un caillot.

Le meilleur traitement est une désobstruction en urgence, dans les six premières heures, du vaisseau bouché. Celle-ci fait appel à des médicaments, et de plus en plus, à une technique de thrombectomie, qui consiste à piéger le caillot dans un filet et à le retirer, en passant par l'artère fémorale. Malgré cette prise en charge et la rééducation, la majorité des patients conserve des séquelles motrices ou intellectuelles.

Cellules mésenchymateuses

Depuis les années 2000, un vaste champ de recherche s'est ouvert pour essayer de réparer les dégâts cérébraux post-AVC grâce à des cellules souches. Plusieurs types cellulaires sont à l'étude, les plus fréquemment utilisés étant les cellules souches mésenchymateuses, provenant de la moelle osseuse ou de tissu adipeux de donneurs. Principaux avantages : la transplantation de telles cellules ne nécessite pas de traitement immunosuppresseur, et les données de sécurité sont rassurantes. Plus d'une vingtaine d'essais cliniques sont en cours dans le domaine de l'AVC, les cellules souches étant administrées, selon les cas, par voie veineuse, artérielle ou intracérébrale.

Gary Steinberg et ses collègues ont sélectionné 18 patients, victimes d'un accident neurologique six mois à trois ans plus tôt, avec des séquelles principalement motrices. Certains ne pouvaient plus marcher, d'autres n'avaient plus l'usage d'un bras... Les chercheurs ont eu recours à des cellules mésenchymateuses modifiées génétiquement pour faciliter leur différenciation en cellules neurales. Elles ont été injectées directement dans le cerveau au niveau de la zone lésée. Hormis des réactions locales mineures, attendues et réversibles, aucun problème de tolérance n'a été relevé. Et au-delà de la sécurité de la procédure, qui était le premier objectif de l'étude, les auteurs ont observé une efficacité. Alors que l'état neurologique des patients était stable, il s'est amélioré après l'injection.

L'évolution a été mesurée objectivement avec des échelles d'évaluation classiques, et constatée cliniquement. *« Ce n'était pas simplement qu'ils ne pouvaient pas bouger leur pouce et qu'ils en deviennent capables. Des patients qui étaient en fauteuil roulant remarchent »*, s'enthousiasme Gary Steinberg dans le communiqué de presse associé à l'article.

Ces bénéfices ne sont pas dus directement à la transplantation des cellules souches, puisque celles-ci ont disparu au bout d'un mois. Elles agissent surtout en aidant le cerveau à se réparer et cicatriser, par la sécrétion de diverses substances.

« Six mois après un AVC, les lésions neurologiques sont en général fixées, et jusqu'ici, nous n'avions pas grand-chose à proposer à ces patients. Si les résultats de cette étude peuvent être confirmés, ce sera une grande avancée », estime le professeur Jean-Marc Orgogozo, ancien chef du service de neurologie du CHU de Bordeaux. Le professeur Didier Leys (service de neurologie et pathologie vasculaire du CHU de Lille) insiste aussi sur la nécessité de mener d'autres essais, avec un effectif plus important, et comparant l'évolution des patients recevant des cellules souches à celle de patients non traités.

L'équipe de Stanford s'attelle justement à une telle étude, pour laquelle elle va recruter 156 patients. Elle sera menée en double aveugle, ce qui signifie que ni le patient ni l'investigateur ne sauront si le traitement a été réellement effectué (certains des patients subiront en fait une « fausse » intervention chirurgicale).

« Cette publication dans Stroke *constitue une étape très importante dans le champ de la thérapie cellulaire des AVC, car on est passé de petites études confidentielles à un travail solide, mené par une équipe sérieuse et expérimentée »*, souligne le docteur Olivier Detante, neurologue à l'unité neurovasculaire du CHU de Grenoble et chercheur, membre d'ECell France, le réseau national de médecine régénératrice. Ce spécialiste, qui travaille depuis dix ans dans ce domaine, coordonne un projet européen, Resstore, qui prévoit d'évaluer une thérapie cellulaire chez 400 patients dans les quinze jours suivant leur accident vasculaire cérébral.

« Révolution à venir »

Le protocole diffère de celui des Américains puisque les cellules souches proviennent de tissus adipeux et seront injectées en intraveineux. L'étude, qui attend le feu vert des autorités réglementaires, pourrait commencer d'ici à l'automne.

Pour Olivier Detante, la thérapie cellulaire pourrait bien un jour devenir une stratégie de choix pour réduire les séquelles des AVC. *« Dans les décennies à venir, la médecine régénératrice va amener une révolution dans beaucoup de pathologies chroniques,* ajoute-t-il. *Pour l'instant, c'est dans le domaine de l'infarctus du myocarde que les publications sont les plus nombreuses, mais des centaines d'études cliniques sont en cours dans de multiples champs : diabétologie, rhumatologie… »*

Sandrine Cabut
Le Monde daté du 04.06.2016

Sujet national, juin 2016, partie 2, exercice de spécialité

Le cytoplasme des cellules est plus riche en ions K^+ et plus pauvre en ions Na^+ que le milieu extracellulaire. Ces différences de concentrations participent au potentiel de repos membranaire de −70 mV de la cellule nerveuse.

À partir de l'exploitation des documents et de l'utilisation des connaissances, expliquer les mécanismes énergétiques qui assurent le maintien des différences de concentrations ioniques pour une cellule nerveuse.

Document 1

Fonctionnement de la pompe sodium-potassium (représentation schématique) et concentrations intracellulaires en ions

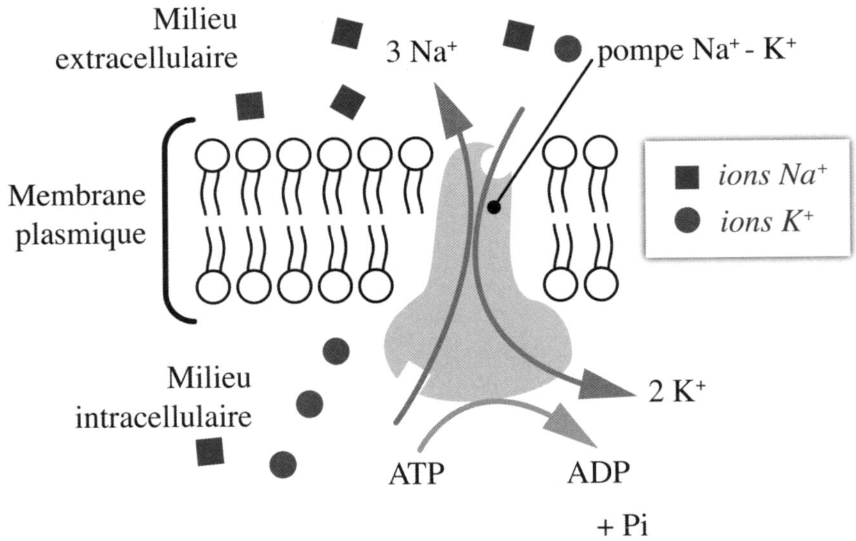

Concentrations Intracellulaires en mmol.l^{-1}	Na^+	K^+
Cellule témoin	18	180
Cellule en présence de digitaline (inhibiteur de l'hydrolyse de l'ATP)	75	83

D'après biologie TD – Collection Tavernier – 1989.

La pompe permet d'échanger les ions sodium (Na^+) issus du milieu intracellulaire avec les ions potassium (K^+) issus du milieu extracellulaire dans un rapport précis (3 Na^+/ 2 K^+).

Document 2

Effets du cyanure sur la consommation en dioxygène du neurone

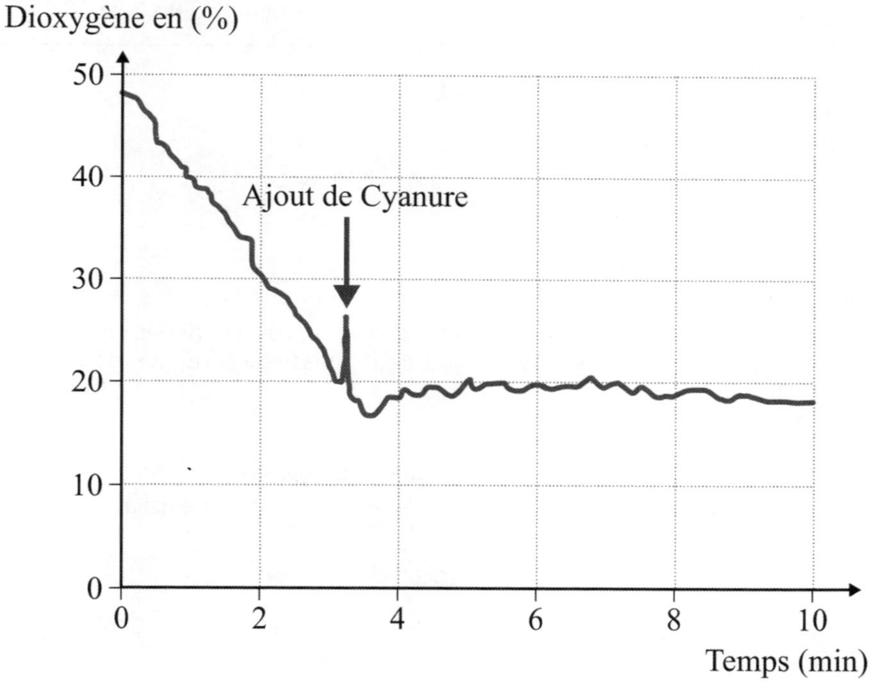

D'après SVT – Collection Duco – 2012.

On suit l'évolution de la teneur en dioxygène du milieu de culture dans lequel sont placés des neurones, avant et après ajout de cyanure. Ce dernier traverse facilement les membranes cellulaires.

Document 3

Effets du cyanure et de l'ATP sur des neurones de calmar

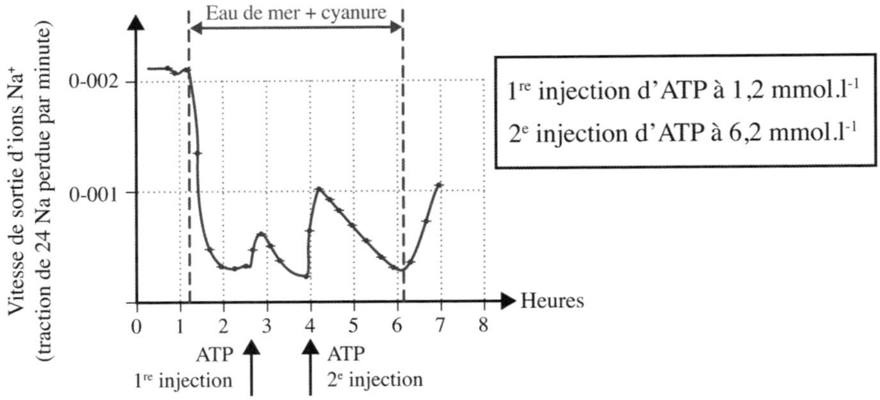

D'après http://www.didier-pol.net/6SET696.html.

Caldwell et Keynes ont placé des neurones de calmar contenant des ions $^{24}Na^+$ radioactifs dans de l'eau de mer. Ils ont mesuré la vitesse de sortie de ces ions dans trois conditions différentes :

- eau de mer,
- eau de mer additionnée de cyanure,
- injection d'ATP dans le neurone en présence de cyanure

De l'ATP ajouté à l'eau de mer mais non injecté dans le neurone n'a aucun effet.

Document 4

Mesures de concentrations intracellulaires en ions Na+ et K+ pour un neurone dans différents milieux de culture

Composition du milieu	**Na^+** en $mmol.l^{-1}$	**K^+** en $mmol.l^{-1}$
sans glucose	77	85
avec glucose	15	150
avec glucose + inhibiteur de la glycolyse	64	93
avec pyruvate	18	148
avec pyruvate + inhibiteur de la glycolyse	23	117

D'après http://ddata.over-blog.com/.

Rappel : le pyruvate est le produit final de la glycolyse.

Comprendre la question

Cet exercice porte sur l'étude des mécanismes permettant la répartition inégale des ions Na^+ et K^+ entre l'intérieur d'un neurone et le milieu extracellulaire. Il s'agit de construire une démarche cohérente à partir de l'exploitation des documents pour montrer que la pompe sodium-potassium est responsable des mouvements d'ions à travers la membrane plasmique et que son fonctionnement nécessite l'énergie libérée par l'hydrolyse de l'ATP. Puis on identifiera le métabolisme cellulaire responsable de la production de l'ATP utilisé par la pompe sodium-potassium. L'exploitation des résultats des expériences réalisées dans différentes conditions, associée aux connaissances sur les métabolismes, permet de montrer que la respiration cellulaire fournit l'énergie sous forme d'ATP. La réponse attendue contient une introduction exposant la problématique, une argumentation structurée exploitant les différents documents mis en relation entre eux et avec les connaissances, et enfin une conclusion répondant à la problématique. L'énoncé n'exige aucun schéma.

Procéder par étapes

1re étape : identifier le type de réponse attendue.
2e étape : extraire des documents les informations en rapport avec le problème scientifique.
3e étape : construire une réponse structurée mettant en relation les informations issues des documents et des connaissances.

Le tableau suivant présente un exemple de démarche construite au brouillon :

Parties du problème	Éléments issus des documents	Éléments issus des connaissances
Introduction : Quels sont les mécanismes énergétiques qui assurent le maintien des différences de concentrations ioniques pour une cellule nerveuse ?		
Comment expliquer la répartition ionique inégale des Na^+ et K^+ entre l'intérieur et l'extérieur du neurone ?	**Document 1.** La pompe sodium-potassium expulse 3 Na^+ et fait rentrer 2 K^+ dans le neurone. L'inhibition de l'hydrolyse de l'ATP par la digitaline empêche le fonctionnement de la pompe sodium-potassium. **Bilan.** L'hydrolyse de l'ATP libère de l'énergie permettant le fonctionnement de la pompe sodium-potassium.	L'ATP est la forme d'énergie directement utilisable par les cellules pour réaliser le travail cellulaire.

Parties du problème	Éléments issus des documents	Éléments issus des connaissances
Quelle est l'origine de l'ATP utilisé par la pompe sodium-potassium ?	**Document 3**. L'ajout de cyanure inhibe la sortie du Na^+ du neurone, alors que l'injection d'ATP rétablit cette sortie. **Document 2.** L'ajout de cyanure sur des neurones en culture entraîne l'arrêt de la consommation de l'O2. **Document 4**. En absence de glucose ou en présence d'un inhibiteur de la glycolyse, la pompe sodium-potassium ne fonctionne pas. En présence de glucose ou de pyruvate, la pompe sodium-potassium fonctionne. **Bilan**. La pompe sodium-potassium utilise l'énergie libérée par l'hydrolyse de l'ATP, produit lors de la respiration cellulaire dans les neurones.	La respiration cellulaire est l'oxydation complète du glucose, qui produit une grande quantité d'énergie sous forme d'ATP. Le glucose est oxydé partiellement en pyruvate dans le cytoplasme, puis le pyruvate est décarboxylé lors du cycle de Krebs dans la matrice mitochondriale, tout en formant des molécules réduites et du CO_2. En présence d'O2, les molécules réduites sont oxydées au niveau de la chaîne respiratoire mitochondriale, produisant une grande quantité d'ATP.
Conclusion		

4e étape : rédiger la réponse sur la copie.

La répartition des ions Na^+ et K^+ est inégale entre le milieu extracellulaire et le milieu intracellulaire : le milieu intracellulaire est plus pauvre en ions Na^+ et plus riche en ions K^+ que le milieu extracellulaire. Quels sont les mécanismes énergétiques qui assurent le maintien des différences de concentrations ioniques pour une cellule nerveuse ? Pour répondre à cette problématique, nous étudierons le fonctionnement de la pompe sodium-potassium de la membrane plasmique des cellules nerveuses et nous étudierons l'effet de la digitaline sur les concentrations intracellulaires de Na^+ et de K^+. Puis nous caractériserons les concentrations intracellulaires en Na^+ et en K^+ ou leurs flux dans différentes conditions afin d'identifier le métabolisme énergétique assurant le maintien des différences de concentrations ioniques de part et d'autre de la membrane plasmique du neurone.

Le milieu intracellulaire d'une cellule est plus riche en ions K^+ et plus pauvre en ions Na^+ que le milieu extracellulaire. Comment expliquer cette répartition inégale des ions ? D'après le document 1, la membrane plasmique des cellules possède des pompes sodium-potassium. Au niveau de ces pompes ont lieu des mouvements d'ions : la pompe expulse trois ions Na^+ hors de la cellule alors qu'elle fait rentrer deux ions K^+ dans la cellule. Ainsi, dans une cellule témoin, la concentration en Na^+, de 18 $mmol.L^{-1}$, est plus faible qu'à l'extérieur de la cellule, tandis que la concentration en K^+, de 180 $mmol.L^{-1}$, est plus élevée qu'à l'extérieur de la cellule. Or, on peut penser que le fonctionnement de la pompe sodium-potassium nécessite de l'énergie. Quelle est l'énergie utilisée par la pompe sodium-potassium ? D'après le tableau du document 1, la présence d'un inhibiteur de l'hydrolyse de l'ATP entraîne une augmentation de la concentration intracellulaire en Na^+ (75 $mmol.L^{-1}$ comparé à 18 $mmol.L^{-1}$ chez le témoin) et une baisse de la concentration intracellulaire en K^+ (83 $mmol.L^{-1}$ comparé à 180 $mmol.L^{-1}$ chez le témoin). Ce résultat peut s'interpréter comme un arrêt de la sortie du Na^+, s'accumulant alors à l'intérieur de la cellule, et un arrêt de l'entrée de K^+ dans la cellule. On en conclut que la pompe sodium-potassium ne fonctionne plus. L'hydrolyse de l'ATP serait donc indispensable au fonctionnement de la pompe sodium-potassium, ce que confirme le schéma du document 1. Ainsi, l'hydrolyse de l'ATP en ADP + Pi libère de l'énergie permettant le fonctionnement de la pompe sodium-potassium. Mais d'où provient l'ATP utilisé par la pompe sodium-potassium, qui assure le maintien des différences de concentrations ioniques de part et d'autre de la membrane plasmique du neurone ?

Des neurones de calmar contenant du $^{24}Na^+$ radioactif sont placés dans l'eau de mer. On mesure alors la vitesse de sortie des neurones de cet ion radioactif dans différentes conditions expérimentales (document 3). En présence d'eau de mer, la sortie des ions Na^+ du neurone est constante dans le temps. L'ajout de cyanure entraîne une diminution importante de cette sortie. Or, la sortie des ions Na^+ se fait par la pompe sodium-potassium, on peut donc penser que le cyanure empêche le fonctionnement de la pompe sodium-potassium. On constate alors qu'en présence de cyanure, l'ajout de concentrations croissantes d'ATP rétablit de manière transitoire la sortie des ions Na^+. Cette sortie est d'autant plus importante et longue dans le temps que la concentration d'ATP injecté est élevée. Ainsi le cyanure n'agit pas directement sur la pompe sodium-potassium mais inhibe les mécanismes énergétiques produisant de l'ATP, normalement utilisé par la pompe sodium-potassium.

Le document 2 montre le résultat de l'étude de l'effet du cyanure sur la consommation en O_2 des neurones. En absence de cyanure, la concentration en O_2 du milieu extérieur diminue régulièrement avec le temps, traduisant la consommation de l'O2 par les neurones. L'ajout de cyanure, qui pénètre facilement dans les neurones, entraîne une stabilisation du taux d'O2, traduisant un arrêt de la consommation de l'O2 par les neurones. Or, on sait que lors de la respiration cellulaire, les cellules réalisent une oxydation du glucose en présence d'O_2. On peut en déduire que le cyanure inhibe la respiration. La mise en relation des informations apportées par les documents 2 et 3 permet de penser que la pompe sodium-potassium consomme de l'ATP produit par la respiration. Le cyanure, en inhibant la respiration, entraînerait un arrêt de la production d'ATP et donc inhiberait indirectement le fonctionnement de la pompe sodium-potassium. L'ajout d'ATP dans le neurone lèverait alors cette inhibition.

Le document 4 présente le résultat de mesures de concentrations intracellulaires en Na^+ et en K^+ pour un neurone placé dans différents milieux de culture. En présence de glucose, la concentration intracellulaire en Na^+ est faible (15 $mmol.L^{-1}$), tandis que celle en K^+ est élevée (150 $mmol.L^{-1}$). Il s'agit des concentrations intracellulaires ioniques normalement observées. En absence de glucose ou en présence de glucose et d'un inhibiteur de la glycolyse (oxydation partielle du glucose dans le cytoplasme des cellules), la concentration intracellulaire en Na^+ augmente (77 $mmol.L^{-1}$ sans glucose, 64 $mmol.L^{-1}$ avec du glucose et un inhibiteur de la glycolyse) : le Na^+ ne sort donc plus de la cellule. Dans le même temps, la concentration intracellulaire en K^+ diminue (85 $mmol.L^{-1}$ sans glucose, 93 $mmol.L^{-1}$ avec du glucose et un inhibiteur de la glycolyse) : le K^+ ne rentre donc plus dans la cellule. La pompe sodium-potassium ne fonctionne donc plus en absence de glucose ou en présence de glucose et d'un inhibiteur de la glycolyse. La présence de glucose et son utilisation par la glycolyse sont donc indispensables au fonctionnement de la pompe sodium-potassium.

On observe qu'en présence de pyruvate, avec ou sans inhibiteur de la glycolyse, la concentration intracellulaire de Na^+ est faible (autour de 20 $mmol.L^{-1}$), tandis que celle en K^+ est élevée (égale ou supérieure à 117 $mmol.L^{-1}$), ce qui indique que la pompe sodium-potassium fonctionne. Or, on sait que lors de la glycolyse le glucose est oxydé en pyruvate. Le pyruvate ajouté ici permet le fonctionnement de la pompe sodium-potassium et l'inhibiteur de la glycolyse ajouté au pyruvate a très peu d'effet sur le fonctionnement de cette pompe. En effet, lors de la respiration, le pyruvate est transféré dans la matrice de la mitochondrie où il est oxydé complètement en CO_2 lors du cycle de Krebs tout en formant des molécules réduites. Ces molécules réduites sont alors oxydées au niveau de la chaîne respiratoire de la membrane mitochondriale interne, ce qui aboutit à la formation d'une grande quantité d'ATP, forme d'énergie directement utilisable par la cellule. On en déduit que l'ATP utilisé par la pompe sodium-potassium provient de la respiration cellulaire effectuée à partir du glucose en présence d'O_2.

Ainsi, dans les neurones, la pompe sodium-potassium expulse du Na^+ hors de la cellule et fait rentrer du K^+, permettant le maintien de concentrations intracellulaires ioniques : le Na^+ est plus concentré dans le milieu extracellulaire alors que le K^+ est plus concentré à l'intérieur de la cellule. La pompe sodium-potassium utilise pour fonctionner l'énergie libérée lors de l'hydrolyse de l'ATP. La respiration cellulaire en présence d'O_2 et à partir du glucose permet la production d'ATP en grande quantité. L'hydrolyse de cet ATP libère l'énergie utilisée pour réaliser les mouvements ioniques au niveau de la pompe sodium-potassium de part et d'autre de la membrane plasmique des neurones.

Ens. spécialité. Énergie et cellule vivante

Climat : passons de l'irresponsabilité aux actes !

La Terre se réchauffe, dangereusement. Vendredi 27 septembre, le Groupe d'experts intergouvernemental sur l'évolution du climat (GIEC) a confirmé une évidence qui ne soulève encore de doute que dans l'esprit de ceux qui refusent de regarder la réalité en face et dénient aux scientifiques le sérieux de leur travail.

Le cinquième rapport du GIEC aggrave le diagnostic posé en termes très clairs dès 2007. Ainsi, selon le texte rédigé à l'intention des décideurs et approuvé, ligne par ligne, par les représentants des Etats présents à Stockholm, le climat de la planète s'aventure lentement mais sûrement vers un réchauffement qui pourrait atteindre 4,8 °C d'ici à la fin du siècle. Ce qui pourrait conduire à une hausse du niveau des océans proche de 1 mètre.

Il s'agit là du scénario noir, celui qui pourrait survenir si les gouvernements échouaient à prendre des mesures pour inverser la courbe des émissions polluantes. Il sera, souhaitons-le, évité, mais il pourrait tout à fait advenir.

Le nouveau cri d'alarme du GIEC a déclenché une pluie de déclarations politiques plus volontaristes les unes que les autres. Dans ce concert de voix appelant à l'action, celle, notable, des Etats-Unis, dont le secrétaire d'Etat, John Kerry, a demandé *« plus de coopération et d'engagement diplomatique »*. Sans doute ne faut-il pas bouder ces déclarations d'intention.

Mais ne soyons pas naïfs. Le changement climatique n'est plus une question de connaissances. Les scientifiques ont fait leur travail. Les politiques disposent des éléments pour exercer leurs responsabilités. Ils se sont jusqu'à présent payés de mots, alors que ce n'est pas seulement l'« avenir de la planète » qui est en jeu, mais surtout celui des générations futures, à commencer par les enfants qui naissent aujourd'hui.

Des négociations internationales sont en cours. Plus personne n'y prête attention. Depuis l'échec de la conférence de Copenhague, en 2009, elles offrent le spectacle de l'impasse à laquelle conduit le multilatéralisme quand les grands joueurs — Etats-Unis et Chine — refusent de coopérer. Cela pourrait changer. Les deux plus gros pollueurs ont donné des signes. Mais les discussions ne doivent pas rester cantonnées à l'enceinte de la convention de l'ONU sur le climat, où ne siègent que les ministres de l'environnement, dont le poids politique est souvent proche de zéro dans leur pays.

La lutte contre le réchauffement climatique est l'affaire des chefs d'Etat, car elle implique une profonde transformation de nos sociétés. C'est à eux de résoudre l'équation, qu'il s'agisse de partager le « fardeau » ou de définir une nouvelle économie sobre en carbone. La crise ne pourra être éternellement un prétexte pour ne pas affronter ce débat.

En 2015, la France accueillera le sommet sur le climat, où les Etats se sont donné rendez-vous pour signer un accord qui engage l'ensemble de la planète, vieux pays industrialisés responsables historiques du réchauffement et nouveaux pays émergents, grands pollueurs. C'est un grand défi pour lequel notre pays se doit d'être exemplaire.

Editorial du *Monde*
Le Monde daté du 30.09.2013

Sujet national, juin 2015, partie 1

Enjeux planétaires contemporains - Géothermie et propriétés thermiques de la Terre

Dans certaines régions du globe, l'énergie géothermique est exploitée par l'humanité pour couvrir une partie de ses besoins énergétiques.

Synthèse

Préciser l'origine de l'énergie interne de la Terre, présenter ses modes de transfert vers la surface et expliquer pourquoi certaines zones du globe sont favorables à son exploitation géothermique.

Comprendre la question

Le sujet porte sur la géothermie et propose une problématique en 3 parties qu'il est important de respecter. Le plan à suivre pour construire la synthèse est clairement indiqué par l'énoncé : il s'agit de préciser l'origine de l'énergie géothermique, de caractériser les modes de transfert de l'énergie géothermique vers la surface terrestre et enfin, de présenter deux ou trois contextes géodynamiques propices à l'exploitation géothermique. Cette synthèse ne présente pas de grande difficulté, car elle est proche du cours. L'énoncé ne donne aucune consigne concernant la forme de la réponse, mais celle-ci doit contenir une introduction présentant au moins la problématique, un développement sous forme de textes et/ou de schémas et une conclusion. Dans le corrigé suivant, on a fait le choix d'une synthèse rédigée comportant un schéma-bilan.

Procéder par étapes

1re étape : identifier le type de réponse attendue.

Le tableau suivant présente un exemple de démarche élaborée au brouillon.

Structure de la synthèse	Éléments issus des connaissances
Introduction : Quelle est l'origine de l'énergie thermique interne de la Terre ? Comment cette énergie est-elle transférée vers la surface terrestre ? Comment expliquer que certaines zones du globe soient propices à une exploitation géothermique ?	
1. L'origine de l'énergie géothermique	Énergie issue essentiellement de la désintégration des éléments radioactifs présents dans les différentes enveloppes terrestres.
2. Les modes de transfert de l'énergie géothermique vers la surface de la Terre	Deux modes de transfert de l'énergie géothermique : la conduction et la convection.

Structure de la synthèse	Éléments issus des connaissances
3. Certaines zones du globe sont propices à une exploitation géothermique	Il s'agit des régions présentant un flux géothermique élevé : - au niveau de la plaque chevauchante des zones de subduction (exemple : Bouillante) ; - au niveau des dorsales émergées (exemple : Islande) ; - au niveau de rifts continentaux (exemple : Soultz-sous-forêts).
Schéma-bilan : Géothermie : origine et transfert de l'énergie géothermique, zones propices à l'exploitation géothermique.	
Conclusion :	

2e étape : structurer l'introduction et la conclusion au brouillon.

3e étape : rédiger la réponse sur la copie.

Questionnaire à choix multiple

Enjeux planétaires contemporains - La plante domestiquée

Compléter le QCM.

Cocher la bonne réponse, pour chaque série de propositions.

Question 1

La sélection exercée par l'Homme sur les plantes cultivées est un processus :
☐ réalisé au départ à partir d'espèces sauvages,
☐ qui a commencé avec la découverte des gènes,
☐ permettant de sélectionner uniquement de façon empirique des caractéristiques semblables aux plantes sauvages,
☐ exclusivement basé sur les techniques de mutagénèse et de transgénèse.

Question 2

Des plantes possédant des nouvelles propriétés peuvent être obtenues par :
☐ le croisement de variétés différentes et homozygotes pour obtenir des hybrides homozygotes,
☐ le croisement de variétés différentes et homozygotes pour obtenir des hybrides hétérozygotes,
☐ l'autopollinisation d'une même variété,
☐ la pollinisation d'une variété intéressante par des insectes.

Question 3

La transgénèse consiste à :

☐ obtenir des organismes génétiquement modifiés en les soumettant à des agents mutagènes,

☐ à croiser deux individus d'espèces différentes,

☐ à introduire dans le génome de la plante un ou plusieurs gènes provenant d'une autre espèce,

☐ à obtenir des organismes génétiquement modifiés après de multiples croisements.

Synthèse

Introduction

La géothermie est l'exploitation de l'énergie thermique interne de la Terre pour obtenir de l'énergie thermique directement utilisable ou pour fabriquer de l'électricité. Différentes zones du globe accueillent des installations géothermiques, comme en Islande, aux Antilles, mais aussi à Hawaï ou encore en France métropolitaine dans le fossé rhénan. Quelle est l'origine de l'énergie thermique interne de la Terre ? Comment cette énergie est-elle transférée vers la surface terrestre ? Comment expliquer que certaines zones du globe soient propices à l'exploitation géothermique ? Nous allons d'abord présenter l'origine de l'énergie géothermique, puis préciser les modes de transfert de cette énergie vers la surface terrestre. Enfin, nous montrerons qu'il existe différents types de régions à la surface du globe favorables à l'exploitation de l'énergie géothermique.

I. L'origine de l'énergie géothermique

L'énergie géothermique a pour origine principale la désintégration d'éléments radioactifs. Les principaux éléments radioactifs sont l'uranium (^{238}U et ^{235}U), le thorium (^{232}Th) et le potassium (^{40}K). Ces éléments sont présents dans les roches des différentes enveloppes du globe (croûte, manteau, noyau).

II. Les modes de transfert de l'énergie géothermique vers la surface de la Terre

L'énergie géothermique est transférée vers la surface de la Terre selon deux modalités différentes. Un premier mode de transfert de l'énergie géothermique est la conduction. La conduction consiste en un transfert d'énergie thermique de proche en proche sans déplacement de matière. En particulier, l'énergie géothermique se propage par conduction au sein de la lithosphère et à l'interface entre le noyau et le manteau. Un second mode de transfert de l'énergie géothermique est la convection. La convection est le transfert d'énergie thermique associé à des déplacements de matière. Ainsi, dans le manteau et le noyau, l'énergie géothermique est transférée par convection, qui constitue un mode de transfert efficace de l'énergie thermique. Le manteau est animé de mouvements de convection, qui participent à la dissipation de l'énergie thermique interne de la Terre.

III. Certaines zones du globe sont propices à une exploitation géothermique

Le flux géothermique est la quantité d'énergie thermique dissipée par unité de surface terrestre et par unité de temps. Les régions à la surface de la Terre présentant un fort flux géothermique sont propices à l'exploitation géothermique. Ainsi, au niveau des zones de subduction, les cordillères ou les arcs volcaniques situés sur la plaque chevauchante présentent un fort flux géothermique lié à la remontée de matériel chaud due au magmatisme de subduction. Par exemple, en Guadeloupe, île située en zone de subduction, la centrale géothermique de la ville de Bouillante exploite l'énergie géothermique pour produire de l'électricité. Les dorsales océaniques, si elles sont accessibles, constituent un autre contexte géodynamique favorable à l'exploitation géothermique. De par leur activité magmatique, les dorsales présentent un fort flux géothermique. Ainsi l'Islande, île située sur une portion émergée de la dorsale atlantique, présente un fort potentiel géothermique et exploite en de nombreux endroits l'énergie géothermique pour se fournir en énergie thermique et produire de l'électricité. Enfin, certaines régions situées en domaine continental à l'intérieur d'une plaque lithosphérique peuvent présenter un flux géothermique plus élevé que la moyenne. Ce flux géothermique accru est lié à l'existence d'une croûte continentale amincie au niveau des rifts continentaux. C'est le cas en France métropolitaine dans le rift rhénan, où la plus faible profondeur du Moho au niveau du rift autorise l'existence d'une centrale géothermique produisant de l'électricité à Soultz-sous-forêts.

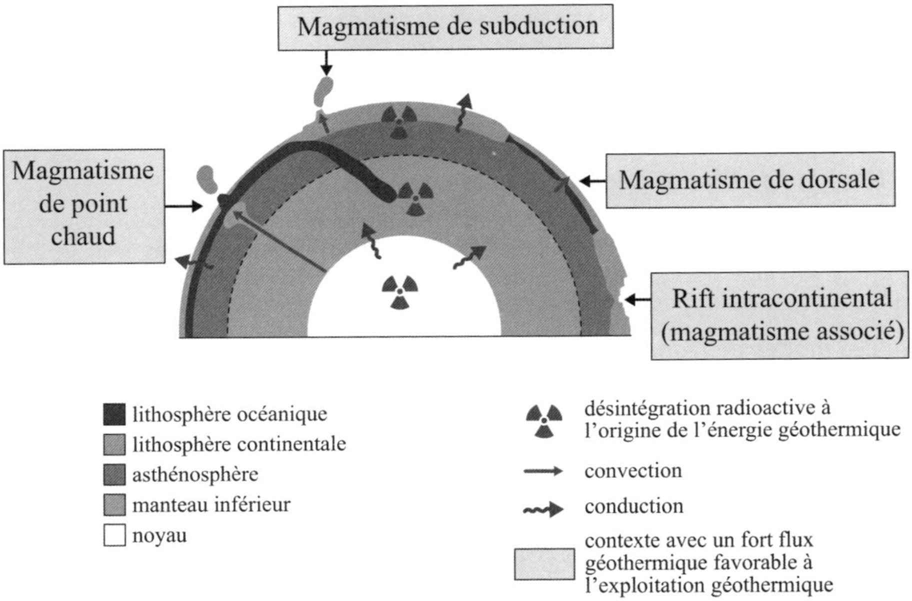

Schéma-bilan : Géothermie : origine et transfert de l'énergie géothermique, zones propices à l'exploitation géothermique

Conclusion

Ainsi l'énergie géothermique a pour principale origine la désintégration des éléments radioactifs présents dans les différentes enveloppes du globe et elle est transférée vers la surface de la Terre par conduction et par convection. Il existe une diversité des zones à la surface de la Terre propices à l'exploitation géothermique : il s'agit des régions présentant un fort flux géothermique lié au contexte géodynamique : plaque chevauchante des zones de subduction, dorsales océaniques émergées, points chauds, rifts intracontinentaux. La diversité des implantations géothermiques actuelles dans le monde montre l'importance de cette source d'énergie. Cependant, d'un point de vue mondial, le potentiel géothermique est encore peu exploité alors qu'il s'agit d'une énergie écologique et renouvelable à l'échelle humaine. La géothermie est donc une énergie au service du développement durable, qui pourrait être utilisée davantage qu'actuellement.

Questionnaire à choix multiple

Question 1

La sélection exercée par l'Homme sur les plantes cultivées est un processus : réalisé au départ à partir d'espèces sauvages.

Question 2

Des plantes possédant des nouvelles propriétés peuvent être obtenues par : le croisement de variétés différentes et homozygotes pour obtenir des hybrides hétérozygotes.

Question 3

La transgénèse consiste à : introduire dans le génome de la plante un ou plusieurs gènes provenant d'une autre espèce.

Enjeux planétaires contemporains : atmosphère, hydrosphère, climat

2015 a été l'année la plus chaude, et de loin

La NOAA et la NASA ont confirmé un record de températures, sous l'effet d'El Niño et du réchauffement

L'annonce était pressentie. Elle est désormais officielle. L'année 2015 a été — et de loin — la plus chaude de l'histoire moderne. L'Agence océanique et atmosphérique américaine (National Oceanic and Atmospheric Administration, NOAA) et l'Agence spatiale américaine (National Aeronautics and Space Administration, NASA), qui tiennent toutes les deux le registre des températures de la planète, l'ont confirmé conjointement, mercredi 20 janvier.

Les relevés des deux agences, établis de manière indépendante, diffèrent légèrement. Mais ils s'accordent sur le fait que les températures moyennes ont été les plus hautes depuis le début des mesures, en 1880. Selon la NOAA, elles ont excédé de 0,9 °C la moyenne du XXe siècle et surpassé de 0,16 °C le précédent pic, atteint en 2014. La NASA, de son côté, fait état d'une hausse de 0,87 °C par rapport à la moyenne de la période 1951-1980, soit 0,13 °C au-dessus du niveau de 2014.

L'année 2015 se classe ainsi largement en tête des années les plus torrides, devant, dans l'ordre, 2014, 2010, 2013, 2005, 2009 et 1998. Jamais encore un tel différentiel n'avait été enregistré entre deux années chaudes.

Le mois de décembre lui-même a battu tous les records, dépassant de 1,11 °C la moyenne du siècle passé, précise la NOAA. Autre indicateur au rouge : neuf des douze mois de 2015 ont établi un record mensuel de températures, janvier, février et avril faisant exception.

Déficit de pluies

Des températures hors normes ont été enregistrées presque partout dans le monde, ajoute l'agence américaine. C'est notamment le cas de l'Amérique centrale, de la moitié nord de l'Amérique du Sud, d'une partie de l'Europe du Nord, du Sud et de l'Est, jusqu'à l'ouest de l'Asie, ainsi que de la Sibérie centrale, et de l'Afrique orientale et australe. Cette vague de chaleur a également soufflé sur le nord-est et sur la partie équatoriale du Pacifique, le nord-ouest de l'Atlantique, l'ensemble de l'océan Indien, et même une partie de l'océan Arctique.

Dans l'Hexagone, avait déjà fait savoir Météo France, 2015, avec une température moyenne supérieure de 1 °C à la normale, se classe au troisième rang des années les plus chaudes depuis 1990, derrière 2014 (+ 1,2 °C) et 2011 (+ 1,1 °C). Une douceur hors normes a prévalu une grande partie de l'année (à l'exception des mois de février, septembre et octobre), avec deux épisodes caniculaires en juillet et un début d'hiver exceptionnellement clément. Dans le même temps, la quasi-totalité du territoire a souffert d'un déficit de pluies.

Le record mondial de températures de l'année écoulée s'explique, pour beaucoup, par un épisode El Niño particulièrement intense, comparable à celui de 1997-1998. Ce phénomène naturel cyclique, qui revient à un rythme de trois à sept ans, se caractérise par un fort réchauffement des eaux de surface du Pacifique équatorial et une inversion des alizés, dont résultent, par le jeu des courants océaniques et atmosphériques, des bouleversements météorologiques de grande ampleur à l'échelle du globe. L'épisode en cours, après s'être graduellement renforcé depuis le printemps 2015, déclinera progressivement, mais devrait continuer à se faire sentir jusqu'à l'été, ce qui présage d'un début d'année 2016 lui aussi plus chaud que la normale.

Mais El Niño ne fait que renforcer la tendance de fond de réchauffement de la planète, dû aux émissions de gaz à effet serre d'origine humaine. *« 2015 a été remarquable, même dans le contexte de l'actuel El Niño,* souligne Gavin Schmidt, directeur du Goddard Institute for Space Studies de la NASA. *Les températures de l'année passée ont été aidées par El Niño, mais c'est l'effet cumulatif d'une tendance à long terme qui a abouti au réchauffement record auquel nous assistons. »*

Chaleur additionnelle

La mesure des températures à la surface des terres n'en est du reste qu'un indicateur très partiel. En effet, rappelle le climatologue français Jean Jouzel, ancien vice-président du Groupe d'experts intergouvernemental sur l'évolution du climat (GIEC), l'essentiel — plus de 90 % — de la chaleur additionnelle due aux gaz à effet de serre va dans les océans, et 1 % seulement dans l'atmosphère.

C'est donc le réchauffement des mers qui est le meilleur indice du changement climatique. Précisément, une étude américaine, publiée lundi 18 janvier dans la revue *Nature Climate Change*, rapporte que la moitié de la chaleur absorbée par les océans depuis le début de l'ère industrielle l'a été au cours des deux dernières décennies.

Pour autant, le bilan climatique des années à venir n'affichera pas nécessairement des niveaux de mercure sans cesse plus élevés. La variabilité naturelle du climat ainsi que des phénomènes cycliques comme El Niño et son contraire La Niña se traduiront probablement par des années un peu plus ou un peu moins chaudes. Mais une chose est certaine : du fait de la persistance des gaz à effet de serre dans l'atmosphère, de l'accumulation de chaleur dans les océans et, plus généralement, de l'inertie de la machine climatique, la planète continuera — même dans l'hypothèse d'une réduction drastique des émissions anthropiques — de se réchauffer dans les prochaines décennies.

Pierre Le Hir
Le Monde daté du 22.01.2016

Sujet national, juin 2014, partie 2, exercice 2 spécialité

Produire un jus de banane à destination des jeunes enfants

Les mauvaises habitudes alimentaires sont un des facteurs intervenant dans le développement de l'obésité et du diabète de type 2. Il est donc conseillé d'éviter d'habituer les enfants à consommer des aliments trop sucrés. Conscient de ces recommandations, un industriel voudrait commercialiser un jus de banane spécialement conçu pour les jeunes enfants.

En utilisant les informations des documents et les connaissances, expliquer à cet industriel quel procédé devra être mis en œuvre pour obtenir un jus de banane conçu pour les jeunes enfants.

Document 1

Compositions des jus de banane et objectifs de l'industriel

Le premier jus obtenu ne peut pas être commercialisé pour les enfants : sa saveur sucrée est trop prononcée et son opacité est trop importante. L'industriel souhaite donc obtenir un jus plus clair ayant une saveur moins sucrée.

	Composition du jus de banane initial	Composition du jus de banane que l'industriel souhaite obtenir
Eau	92 %	92 %
Protéines	< 1 %	< 1 %
Glucides	7 %	7 %
dont : amidon	2 %	Traces
maltose	Traces	7 %
glucose	5 %	Traces
Lipides	< 1 %	<1 %
Ions minéraux (sodium, magnésium, potassium, calcium...)	< 1 %	< 1 %

Document 2

Caractéristiques de quelques glucides

	Schématisation de la structure moléculaire	Contribution à la saveur sucrée	Contribution à l'opacité d'un jus de fruits
Amidon	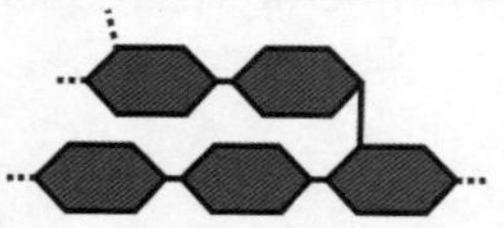	-	+++
Maltose		+	+
Glucose		+++	+

+ : contribue
- : ne contribue pas

Document 3

Caractéristiques de quelques enzymes

Différentes enzymes sont couramment utilisées dans l'industrie agroalimentaire pour modifier les caractéristiques des aliments. Parmi celles-ci, l'industriel dispose de l'amylase, de la maltase et de la maltose-synthase.

3a. Étude expérimentale de l'amylase

On souhaite déterminer le rôle de l'amylase ainsi que les conditions dans lesquelles elle agit. On réalise 4 tubes à partir desquels on effectue différents tests.
Résultats obtenus

	Tube 1 : amidon + amylase à 2 °C	Tube 2 : amidon + amylase à 37 °C	Tube 3 : amidon + amylase à 85 °C	Tube 4 : amidon + eau distillée à 37 °C
Tests à T = 0 min	eau iodée : bleu violacé ; liqueur de Fehling : – ; glucotest : –.			
Test à l'eau iodée à T = 8 min	bleu violacé	jaune	bleu violacé	bleu violacé
Test à la liqueur de Fehling à T = 8 min	–	+	–	–
Glucotest à T = 8 min	–	–	–	–

Signification des résultats obtenus lors des tests

- Glucotest + : présence de glucose.
- Glucotest – : absence de glucose.

- Test à l'eau iodée présentant une couleur bleu violacé : présence d'amidon.
- Test à l'eau iodée présentant une couleur jaune : absence d'amidon.
- Test + à la liqueur de Fehling : présence de glucose ou de maltose (dans le cas de cette expérience).

3b. Activité de la maltase

L'activité de la maltase a été testée à plusieurs températures : son activité maximale est observée pour une température de 37 °C.

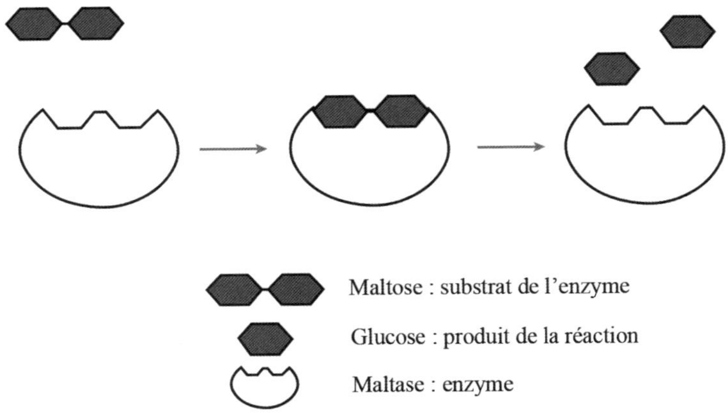

3c. Activité de la maltose-synthase

L'activité de l'enzyme maltose-synthase a été testée à plusieurs températures : son activité maximale est observée pour une température de 37 °C.

$$\text{Glucose} + \text{Glucose} \xrightarrow{\text{maltose-synthase}} \text{Maltose}$$

Comprendre la question

Il s'agit de résoudre le problème rencontré par un industriel fabriquant un jus de banane destiné aux jeunes enfants. En effet, l'industriel dispose au départ d'un jus de banane trop opaque et trop sucré pour être directement commercialisé. L'industriel souhaite déterminer quelles modifications permettraient d'obtenir un jus moins opaque et moins sucré à l'aide d'enzymes couramment utilisées en agroalimentaire. L'essentiel de la démarche réside dans l'identification justifiée des modifications à effectuer. L'opacité du jus de banane est due essentiellement à l'amidon. L'utilisation de l'amylase permet donc de réduire la quantité d'amidon. La saveur sucrée est surtout liée à la présence de glucose. L'utilisation de la maltose-synthase entraîne donc une diminution de la teneur en glucose du jus. L'originalité du sujet réside dans le choix des enzymes à utiliser parmi les 3 enzymes proposées dans l'énoncé et dans la forme de la réponse attendue, qui doit être une explication à l'industriel. Attention à ne pas oublier les éléments de connaissances, notamment sur les caractéristiques des enzymes, comme le demande l'énoncé.

Procéder par étapes

1re étape : identifier le type de réponse attendue.
La réponse attendue doit se présenter sous la forme d'une explication destinée à l'industriel de la manière d'obtenir un jus de banane adapté aux jeunes enfants. La réponse doit être structurée avec une introduction, un développement s'appuyant sur l'exploitation rigoureuse des documents associée à l'utilisation des connaissances et une conclusion. Il est conseillé de faire référence aux documents exploités, en mettant par exemple les références entre parenthèses. Aucun schéma n'est attendu.

2e étape : extraire des documents les informations en rapport avec le problème scientifique.

3e étape : construire une réponse structurée mettant en relation les informations issues des documents et des connaissances.

Le tableau ci-après présente un exemple de démarche construite au brouillon.

Parties du problème	Éléments issus des documents	Éléments issus des connaissances
Introduction : Comment obtenir un jus de banane destiné aux jeunes enfants, c'est-à-dire peu opaque et peu sucré ?		
Quelles sont les caractéristiques des modifications du jus de banane à effectuer ?	**Documents 1 et 2.** L'amidon confère une forte opacité au jus de fruit : la diminution de la concentration en amidon entraîne une diminution de son opacité. Le glucose est responsable de la saveur sucrée : la diminution de la concentration en glucose réduit son goût sucré.	
Comment diminuer la concentration en amidon du jus de banane ?	**Document 3a.** L'amylase, enzyme couramment utilisée en agroalimentaire, catalyse à 37 °C l'hydrolyse de l'amidon en maltose, sans produire de glucose. L'utilisation de l'amylase dans le jus de banane entraîne une diminution de la teneur en amidon et une augmentation de celle en maltose.	Les enzymes sont des protéines qui accélèrent les réactions chimiques (catalyse enzymatique).
Comment diminuer la concentration en glucose du jus de banane ?	**Documents 3c.** La maltose-synthase, enzyme couramment utilisée en agroalimentaire, catalyse à 37 °C la formation de maltose à partir du glucose. L'utilisation de l'amylo-synthase dans le jus de banane entraîne une diminution de la teneur en glucose et une augmentation de celle en maltose.	Chaque enzyme est spécifique de son substrat et de la réaction qu'elle catalyse. L'activité des enzymes dépend des conditions du milieu : température, pH.
Conclusion		

4e étape : rédiger la réponse sur la copie.

« Vous disposez au départ d'un jus de banane qui présente une trop forte opacité et qui est trop sucré. Vous désirez le modifier pour obtenir un jus plus clair et moins sucré, commercialisable pour de jeunes enfants. Comment réaliser ces transformations ? Nous allons analyser la composition chimique du jus de banane initial puis celle du jus que vous désirez obtenir. Puis nous déterminerons les transformations à effectuer et comment les effectuer à l'aide des informations à notre disposition sur les enzymes utilisées en agroalimentaire.

Le jus de banane initial présente une trop forte opacité, due principalement à la présence d'amidon (2 %) (document 1). En effet, l'amidon confère une forte opacité aux solutions le contenant (document 2). Le premier objectif de la transformation de notre jus de banane est donc de diminuer la concentration en amidon pour en diminuer l'opacité. De plus, le jus de banane initial est trop sucré, à cause d'une forte présence en glucose (5 %), qui contribue fortement à sa saveur sucrée. Le second objectif est donc de réduire la concentration en glucose pour diminuer le goût sucré. La composition du jus de banane que vous souhaitez obtenir contient bien très peu d'amidon (sous forme de traces) et de glucose (sous forme de traces) (document 1) et se caractérise par une plus forte concentration en maltose (7 % au lieu de traces dans le jus initial). Le maltose, un dimère de glucose, contribue peu à la saveur sucrée et à l'opacité. La teneur des autres constituants du jus demeure inchangée. Voyons maintenant comment réaliser ces transformations qui aboutiront à diminuer fortement la teneur en glucose et en amidon et augmenter celle en maltose. En industrie agroalimentaire, nous disposons de différentes enzymes capables de modifier les caractéristiques des aliments. Nous recherchons des enzymes capables de diminuer les teneurs en glucose et en d'amidon tout en augmentant celle en maltose du jus. Pour cela, nous avons 3 enzymes à notre disposition : l'amylase, la maltase et la maltose-synthase (document 3).

L'étude expérimentale de l'amylase (document 3a) montre qu'en présence de cette enzyme (tube 2), la solution d'amidon (test initial positif à l'eau iodée) après 8 minutes à 37 °C ne contient plus d'amidon (test final négatif à l'eau iodée) mais du maltose, sans pour autant contenir du glucose. En effet, le test final à la liqueur de Fehling (test de détection du maltose et du glucose) est positif mais le test final de détection du glucose (Glucotest) est négatif. La transformation à 37 °C de l'amidon en maltose n'a pas lieu de manière significative en l'absence d'amylase (tube 4). L'amylase catalyse donc à 37 °C l'hydrolyse de l'amidon en maltose sans former de glucose. Cette réaction n'a pas lieu à 2 °C (tube 1) ni à 85 °C (tube 3). Ainsi, à 37 °C, la réaction d'hydrolyse de l'amidon catalysée par l'amylase est efficace et rapide, en moins de 8 minutes. Pour nous débarrasser de l'amidon, nous soumettrons donc le jus de banane initial à l'action de l'amylase à 37 °C, ce qui augmentera la teneur en maltose sans augmenter celle en glucose. Notre premier objectif sera donc atteint. Il s'agit maintenant d'éliminer le glucose dont la teneur est trop forte dans le jus initial. Pour cela nous disposons d'un autre enzyme, la maltose-synthase, capable de synthétiser du maltose à partir du glucose. La maltose-synthase fixe de manière spécifique sur son site actif deux molécules de glucose, qu'elle associe en une réaction spécifique pour former un dimère de glucose, le maltose (document 3b). La température optimale de réaction de cette enzyme est de 37 °C. Ainsi, l'action de la maltose-synthase à 37 °C sur le jus initial de banane entraînera une diminution de la teneur en glucose et une augmentation de celle en maltose, comme nous le désirons. Notre second objectif sera atteint.

Pour résumer, nous allons faire agir deux enzymes à 37 °C pendant une dizaine de minutes sur le jus de banane initial : l'amylase, qui catalyse la transformation de l'amidon en maltose, et la maltose-synthase, qui catalyse la transformation du glucose en maltose. Au final, le jus de banane obtenu après action de ces deux enzymes contiendra peu d'amidon et peu de glucose et sera enrichi en maltose. Il sera moins opaque et moins sucré que le jus initial : vous pourrez le commercialiser auprès de jeunes enfants. Ce jus de banane peu sucré répondra aux recommandations actuelles visant à lutter contre le développement de l'obésité et du diabète, qui sont de véritables enjeux de santé publique dans nos sociétés. »

Corps humain et santé – Glycémie et diabète

Le diabète, nouveau fléau des pays pauvres

Le nombre d'adultes touchés dans le monde est passé, depuis 1980, de 180 millions à 422 millions, alerte l'OMS

Ce n'est pas pour rien qu'on parle d'épidémie à propos du diabète, comme pour les maladies infectieuses. Entre 1980 et 2014, le nombre d'adultes vivant avec cette maladie chronique est passé de 180 millions à 422 millions. La proportion de la population mondiale touchée par cette affection a presque doublé : de 4,7 % en 1980, elle a grimpé à 8,5 %. En rappelant ces chiffres dans son premier rapport mondial sur le diabète, publié mercredi 6 avril, l'Organisation mondiale de la santé (OMS) ne manque pas de souligner qu'« *au cours des dix dernières années, la prévalence du diabète a augmenté plus rapidement dans les pays à revenu faible ou intermédiaire que dans les pays à revenu élevé* ».

Dans le cadre de la Journée mondiale de la santé, qui se tient annuellement le 7 avril, l'OMS a choisi de mettre l'accent sur ce problème. Directeur du département de prévention des maladies non transmissibles de l'institution internationale, Etienne Krug explique que « *le nombre de diabétiques augmente non seulement du fait de l'accroissement de la population mais aussi de celui des facteurs en cause, à commencer par le surpoids : plus d'un adulte sur trois est en surpoids et plus d'un sur dix est obèse* ».

Deux types de diabète

Le diabète est une maladie qui se développe lorsque le pancréas ne produit pas assez d'insuline – c'est le diabète de type 1 qui requiert des injections de cette hormone régulant la concentration de glucose dans le sang (glycémie) — ou bien lorsque l'organisme n'utilise pas correctement l'insuline produite — on parle alors de diabète de type 2, pour lequel le traitement fait appel à des médicaments mais peut aussi nécessiter de l'insuline. Etablir l'appartenance à l'une ou l'autre de ces deux formes de la maladie nécessite des examens de laboratoire qui ne sont pas disponibles partout, ce qui explique que l'OMS ne puisse pas avancer des estimations mondiales de la prévalence respective des deux types de diabète.

Dans les deux cas, la maladie peut entraîner diverses complications comme l'infarctus du myocarde, l'accident vasculaire cérébral, l'insuffisance rénale, des troubles vasculaires, nerveux et cutanés entraînant l'amputation des jambes, des pertes de vision, des risques pour le fœtus lors d'une grossesse… « *Le diabète multiplie par deux à trois le risque de maladies cardiovasculaires et par dix à vingt celui d'amputation. Or, une détection précoce et une prise en charge rapide peuvent largement contenir le développement de ces complications* », affirme le Dr Krug. Globalement, en 2012, le diabète a été considéré comme directement responsable de 1,5 million de décès dans le monde. De plus, une glycémie trop élevée est impliquée comme facteur de risque notamment des maladies cardiovasculaires, qui provoquent 2,2 millions de morts supplémentaires. « *Sur ces 3,7 millions de décès, 43 % surviennent avant l'âge de 70 ans* » à l'échelle mondiale, remarque l'OMS, qui ajoute que « *le pourcentage de décès dus à l'hyperglycémie ou au diabète survenant avant l'âge de 70 ans est plus élevé dans les pays à revenu faible ou intermédiaire que dans les pays à revenu élevé* ».

Des différences majeures sont en effet observées selon les régions. « *Au début des années 1980,* explique le Dr Krug, *la prévalence du diabète la plus importante se retrouvait dans les pays à revenu élevé. A présent c'est l'inverse. Les taux les plus élevés se rencontrent dans les pays à revenu faible ou intermédiaire, au Moyen-Orient, qui dans cet intervalle est passé de 5,9 pour cent mille personnes à 13,7 ; en Asie du Sud-Est (s'élevant de 4,1 pour cent mille à 8,6), et en Afrique (3,1 pour cent mille en 1980 et 7,1 à présent).* »

Impact économique

Ces disparités selon le niveau économique du pays trouvent leur source dans des inégalités lors des différentes étapes allant de la prévention de la maladie à son traitement, en passant par le diagnostic.

Cela commence par l'existence ou non d'une promotion de l'hygiène de vie (habitudes alimentaires, exercice physique) afin de prévenir le développement d'un diabète de typ 2 et de l'obésité qui y concourt. Promotion qui implique des approches globales associant différents domaines et non le seul secteur sanitaire.

La seconde étape est le diagnostic d'un diabète. Il suppose que le test de glycémie et d'autres analyses sanguines soient disponibles au niveau des structures de santé primaires, au plus près de la population, et que les patients repérés ainsi puissent être orientés vers des structures spécialisées afin d'assurer la surveillance des différents organes que la maladie peut toucher. Une prise en charge qui doit être combinée à celle d'autres maladies qui, comme le diabète, sont non transmissibles, à commencer par les maladies cardiovasculaires.

Or, « *seul un pays à revenu faible ou intermédiaire sur trois indique que les établissements de soins de santé primaires sont généralement dotés des technologies les plus essentielles pour le diagnostic et la prise en charge du diabète* », constate l'OMS. Si la plupart des pays déclarent avoir adopté une politique nationale de lutte contre le diabète, de réduction des facteurs de risques et d'amélioration de la prise en charge de la maladie, « *dans certaines régions et certains pays à revenu plus faible, ces politiques et lignes directrices manquent de financement et ne sont pas appliquées* », déplore le rapport.

Une situation d'autant plus problématique que l'impact économique du diabète sera encore plus marqué dans les pays en développement. Les coûts directs pour les systèmes de santé et les économies nationales explosent : ils sont évalués annuellement à 827 milliards de dollars (726 milliards d'euros) et la Fédération internationale du diabète a calculé que le coût total des soins pour cette maladie a plus que triplé entre 2003 et 2013, à la fois du fait de l'augmentation du nombre de personnes touchées par la maladie mais aussi du coût des dépenses de prise en charge d'un diabétique.

A cela s'ajoutent les conséquences économiques pour les personnes atteintes et leur entourage, qui doivent y consacrer des dépenses de leur propre poche, en augmentation elles aussi, en particulier dans les pays à plus faible revenu.

A l'échelle mondiale, les coûts directs et indirects du diabète vont entraîner, entre 2011 et 2030, des pertes dans le PNB d'un total de 1 700 milliards de dollars (1 491 milliards d'euros), dont 900 milliards pour les pays à revenu élevé et 800 milliards pour ceux à revenu faible ou intermédiaire, selon une étude portant sur trente-cinq pays en développement de l'école de santé publique d'Harvard et du Forum économique mondial, publiée en 2011.

Paul Benkimoun

Le Monde daté du 08.04.2016

Philosophie

Méthodologie pour l'épreuve de philosophie, série S

Descriptif de l'épreuve

I. Comment aborder la philosophie au lycée

Si la philosophie telle qu'elle est enseignée en classe de Terminale peut être l'objet d'une épreuve au baccalauréat, laquelle sera sanctionnée par une note, c'est qu'elle est, comme tous les autres enseignements, une discipline scolaire. Le « piège » alors, c'est de croire qu'il suffit d'avoir des idées sur la question posée pour pouvoir s'en sortir correctement le jour de l'examen, car ce n'est pas le cas. Comme en physique ou en histoire, l'épreuve de philosophie requiert une connaissance des cours. Il ne s'agit cependant pas de dire que « ce que je pense » d'un sujet donné doit être tenu pour nul et non avenu, mais de comprendre que les réponses spontanées aux questions philosophiques sont le plus souvent naïves, insuffisantes, pleines de présupposés, voire purement et simplement contradictoires. Du coup, la philosophie est une matière qui se révise, comme toutes les autres, et dont l'épreuve se prépare.

II. Les thèmes à l'étude définis par l'Éducation nationale : le programme

1. Les notions

- **Le sujet** : la conscience ; l'inconscient ; le désir.
- **La culture** : l'art ; le travail et la technique ; la religion.
- **La raison et le réel** : la démonstration ; le vivant ; la matière et l'esprit ; la vérité.
- **La politique** : la société et l'État ; la justice et le droit.
- **La morale** : la liberté ; le devoir ; le bonheur.

2. Repères

- absolu/ relatif
- abstrait/ concret
- en acte/ en puissance
- analyse/ synthèse
- cause/ fin
- contingent/ nécessaire/ possible
- croire/ savoir
- essentiel/ accidentel
- expliquer/ comprendre
- en fait/ en droit
- formel/ matériel
- genre/ espèce/ individu
- idéal/ réel
- identité/ égalité/ différence
- intuitif/ discursif
- légal/ légitime
- médiat/ immédiat
- objectif/ subjectif
- obligation/ contrainte

- origine/ fondement
- persuader/ convaincre
- principe/ conséquence
- ressemblance/ analogie
- en théorie/ en pratique
- transcendant/ immanent
- universel/ général/ particulier/ singulier

3. Auteurs

• **Antiquité et Moyen Âge** : Platon ; Aristote ; Épicure ; Lucrèce ; Sénèque ; Cicéron ; Épictète ; Marc Aurèle ; Sextus Empiricus ; Plotin ; Augustin ; Averroès ; Anselme ; Thomas d'Aquin ; Guillaume d'Ockham.

• **Période moderne** : Machiavel ; Montaigne ; Bacon ; Hobbes ; Descartes ; Pascal ; Spinoza ; Locke ; Malebranche ; Leibniz ; Vico ; Berkeley ; Condillac ; Montesquieu ; Hume ; Rousseau ; Diderot ; Kant.

• **Période contemporaine** : Hegel ; Schopenhauer ; Tocqueville ; Comte ; Cournot ; Mill ; Kierkegaard ; Marx ; Nietzsche ; Freud ; Durkheim ; Husserl ; Bergson ; Alain ; Russell ; Bachelard ; Heidegger ; Wittgenstein ; Popper ; Sartre ; Arendt ; Merleau-Ponty ; Levinas ; Foucault.

Conseils pour bien se préparer

1. Tout au long de l'année

Il ne s'agit pas d'apprendre par cœur des pages entières de citations, ou les dates de vie et de mort des principaux auteurs (savoir qui précède qui suffit amplement !). Il est plus utile et plus efficace de faire des fiches retraçant les grandes étapes du cours, notion par notion, et d'en retenir la trame. Il est également profitable de retenir quelques citations centrales, sinon mot à mot, du moins dans leur sens. De même, il est nécessaire de s'assurer qu'on connaît bien la signification des concepts centraux qu'on rencontre au fur et à mesure.

2. Deux mois avant l'épreuve

Relire ses fiches, particulièrement les plus anciennes. Une fiche est maîtrisée quand on arrive à reproduire les raisonnements sans oublier d'étapes ou d'articulations essentielles. Les exercices d'annales doivent vous permettre de vérifier l'état de vos connaissances.

S'assurer qu'on maîtrise bien les distinctions fondamentales et les notions clés, ainsi que le sens des concepts présents dans l'aide-mémoire. Relire ses copies, et particulièrement les annotations du professeur. Comprendre sa note, c'est avant tout comprendre ce qui ne va pas, ce qui est la meilleure façon de ne pas commettre les mêmes erreurs le jour de l'examen.

On peut de façon profitable s'exercer en rédigeant rapidement quelques plans : il s'agit de prendre un sujet corrigé, et d'ébaucher un plan de dissertation ou de commentaire. On compare ensuite le résultat obtenu avec le corrigé lui-même, ce qui permet de voir les parties du problème ou du texte qui ont été oubliées ou mal traitées, et celles dont le traitement a été adéquat ou suffisant.

3. Deux semaines avant l'épreuve

Relire les fiches des derniers cours et vérifier qu'on les maîtrise à l'aide des exercices d'application.

Relire les fiches de citations, et s'assurer qu'on en comprend le sens : cela seul permet d'éviter de citer mal à propos.
On peut, pour s'entraîner, prendre au hasard un mot du lexique, et voir si l'on parvient à en donner une définition exacte.

4. Une semaine avant l'épreuve

Profiter des quelques jours de révision pour relire l'ensemble des fiches.
S'assurer qu'on maîtrise bien les distinctions essentielles et les notions clés (par exemple : absolu/ relatif, etc.). Ce sont les outils qui permettent de bâtir les distinctions conceptuelles à partir desquelles le plan s'articule.
Beaucoup des problèmes rencontrés tiennent en fait à des imprécisions de vocabulaire qui empêchent de saisir les problèmes dans toute leur ampleur.

Le jour de l'épreuve

1. La dissertation

a) Analyser le sujet

Surtout quand vous abordez un sujet de dissertation, faites-le autant que possible sans idée préconçue. Posez-vous vraiment la question soulevée par le sujet.
Attention, la dissertation philosophique ne consiste pas à parler d'un thème mais à analyser une question précise se rapportant à ce thème.
Quand vous découvrez un sujet de dissertation, demandez-vous toujours en premier lieu **pourquoi** la question vaut d'être posée.
La première étape de la dissertation philosophique consiste à **transformer la question posée en un problème philosophique**.
Cette étape s'appuie sur l'analyse des termes du sujet.
Quand vous analysez les termes du sujet, ne perdez jamais de vue le sens global de la question. L'analyse des mots importants doit aider à comprendre le sujet tout entier.
Pour analyser le sens d'un mot important du sujet, vous pouvez faire appel, selon le cas, aux différents sens du mot, à des mots voisins ou encore au mot ou à l'expression contraire.

b) Construire le plan

Une dissertation de philosophie, c'est une **discussion argumentée**. Attention à l'organiser, au moyen d'un plan, pour éviter qu'elle ne parte pas dans tous les sens.
Quand vous établissez votre plan, ne perdez jamais de vue la question posée. Chaque partie doit s'y rapporter d'une manière ou d'une autre.
Un plan dialectique procède par thèse, antithèse et synthèse. Vous exposez une affirmation qui constitue la réponse la plus spontanée à la question posée (c'est la thèse), puis vous montrez en quoi cette réponse peut être critiquée (c'est l'antithèse), enfin vous tirez des conclusions personnelles des deux premières parties (c'est la synthèse).
Attention, une synthèse n'est pas un compromis entre deux thèses ; elle représente une nouvelle étape de la réflexion.
Si, pour un sujet, vous ne pouvez opposer une thèse à une antithèse, alors choisissez le **plan progressif :** partez du point de vue du sens commun et affinez progressivement la réponse à la question posée.
Une fois que vous avez fixé les différentes parties et sous-parties de votre dissertation, pensez à insérer, dans votre plan, exemples et références philosophiques.

c) Rédiger le devoir

Rédigez l'introduction et la conclusion au brouillon, mais seulement après avoir construit votre plan détaillé, quand vous avez une vision claire du raisonnement que vous voulez tenir.

La première phrase de **l'introduction** est souvent la plus difficile. Plutôt que d'utiliser une formule creuse du type *De tout temps, l'homme*..., amenez la question à travers un exemple. C'est dans l'introduction de votre dissertation que vous annoncez le plan de votre raisonnement ; mettez-y en valeur l'articulation logique des parties.

Vous n'êtes pas obligé(e) dans la **conclusion** d'ouvrir le débat ; vous pouvez vous contenter de rappeler le problème initial et de montrer en quoi la réflexion a progressé.

Les **exemples** sont souvent utiles dans une dissertation, ils permettent d'illustrer des explications conceptuelles ; mais attention, ils ne peuvent tenir lieu d'arguments. Ne confondez pas dissertation et étude de cas.

Pensez qu'un exemple bien choisi et bien analysé vaut mieux qu'une énumération d'exemples.

Si vous utilisez une **citation philosophique**, n'oubliez pas qu'elle doit être exacte et attribuée à son auteur. Surtout, pensez à montrer en quoi elle éclaire votre raisonnement.

Attention à ne pas transformer votre dissertation de philosophie en une récitation de cours ou en un défilé de doctrines. Vous devez formuler la réponse à la question posée en des termes qui vous sont propres.

2. Le commentaire de texte

a) Prendre connaissance du texte

Lisez au moins le texte deux fois en entier pour déterminer **son idée directrice**. Faites attention, elle n'est pas forcément contenue dans la première phrase.

Prêtez une attention particulière aux dernières lignes du texte. Elles contiennent fréquemment une idée nouvelle qui permet de le comprendre sous un jour nouveau.

b) Dégager sa problématique

Une fois que vous avez déterminé l'idée directrice, relisez le texte en l'annotant de façon à repérer **ses différentes étapes**.

L'étude du texte ne consiste pas à analyser tous les concepts mais uniquement ceux qui jouent un rôle central.

Prenez garde, le commentaire de texte ne consiste jamais à répéter ce qui se trouve dans le texte. Il s'agit de faire parler le texte, de **dégager son implicite**.

La connaissance de l'auteur peut vous aider à mieux comprendre la problématique du texte. Cependant, ne transformez pas votre commentaire en un exposé doctrinal.

c) Mettre en évidence son intérêt philosophique

Qu'est-ce que dégager l'intérêt philosophique d'un texte ? C'est montrer la qualité de la réponse apportée par l'auteur au problème posé.

Dans la dernière partie du commentaire de texte, vous pouvez introduire éventuellement une **partie critique** et prendre position par rapport aux thèses de l'auteur ; évitez cependant des jugements négatifs trop rapides.

Composition

Sujet national, juin 2016, série S

Travailler moins, est-ce vivre mieux ?

Comprendre le sujet

La question, telle qu'elle est posée, met en relation deux énoncés, le premier d'ordre quantitatif « travailler moins » et le second d'ordre qualitatif « vivre mieux ». Ce qui est mis alors en question est l'équivalence possible entre la signification de ces deux expressions. La question laisse supposer que la quantité de travail serait inversement proportionnelle à la qualité de la vie. Ainsi, plus on travaillerait et moins la vie serait satisfaisante et, inversement, moins on travaillerait plus la vie présenterait un réel intérêt. Le travail serait donc ce qui gâche notre vie ; il serait, en un certain sens, un obstacle au bonheur. Dans la mesure où le travail est une activité qui s'inscrit dans la durée, il semblerait que l'une des manières de le mesurer quantitativement soit relative au temps ; par conséquent, travailler moins signifierait travailler moins longtemps. On pourrait également envisager la quantité de travail en termes d'intensité, mais celle-ci est beaucoup moins mesurable et contient déjà des éléments qualitatifs plus difficiles à évaluer. Quant au vivre mieux, il renvoie à l'idée du bonheur, de la liberté, de ce qui fait une existence vraiment humaine et digne d'être vécue. La question est donc ici de savoir si le travail nous éloigne de nous-même ou si, au contraire, il nous permet de nous réaliser et de nous épanouir. Travailler, est-ce « perdre sa vie à la gagner » ou est-ce s'accomplir pleinement ?

Mobiliser ses connaissances

Notions et distinctions utiles

– Le travail, l'art, la technique, le bonheur, la liberté, le temps.

Repères du programme
Abstrait/ concret ; en acte/ en puissance ; cause/ fin, idéal/ réel.
Textes et œuvres pouvant servir de référence
- L'Ancien Testament.
- Aristote, la *Politique*, l'*Éthique à Nicomaque*, la *Métaphysique*.
- Hegel, la *Phénoménologie de l'esprit*, « La Dialectique du maître et de l'esclave ».
- Marx, le *Manifeste du parti communiste*, *Le Capital*.
- Hannah Arendt, la *Condition de l'homme moderne*.
- Georges Friedman, *Le Travail en miettes*.

Procéder par étapes

Problématiser

Bien souligner les deux aspects de l'énoncé du sujet, l'un quantitatif et l'autre qualitatif, et s'interroger : d'une part pour savoir comment quantifier le travail, et d'autre part pour remettre en question l'idée selon laquelle il pourrait s'établir une équivalence entre quantité de travail et qualité de vie.
Bien interroger les présupposés du sujet. Suffit-il nécessairement de diminuer le travail – sa durée, son rythme, son intensité – pour mieux vivre ? Le travail est-il nécessairement ce qui nous empêche de bien vivre ? L'homme ne peut-il, lorsque certaines conditions sont remplies, être heureux au travail ?
S'interroger également sur ce que signifie « mieux vivre » : est-ce être plus heureux ? plus libre ? Peut-on d'ailleurs concevoir l'un sans l'autre ?

Élaborer un plan détaillé du développement

Dans un premier temps, l'on peut s'interroger sur ce qui peut conduire à penser qu'il suffit de travailler moins pour vivre mieux. Dans la mesure où cette opinion repose sur une perception plutôt négative du travail, il faut questionner la représentation que l'on se fait du travail dans notre culture : le travail comme peine, comme malédiction et comme punition.
Cela peut ensuite déboucher sur l'analyse de l'ambivalence du travail qui est perçu à la fois comme ce qui nous aliène et en même temps comme ce par quoi nous pouvons parvenir à nous accomplir. Le travail serait donc ce qui peut tout aussi bien altérer la qualité de notre vie que ce qui lui permet de s'accomplir.
La seconde partie peut alors s'attacher à montrer en quoi le travail n'est pas nécessairement une servitude, dans la mesure où il peut permettre, dans certaines conditions, l'épanouissement de l'individu. Toute la question est alors de savoir comment cette activité a pu devenir ce qui peut faire obstacle à notre « mieux-vivre ».
On peut donc opposer dans une dernière partie le travail aliéné au travail libéré, et tenter de préciser quelles sont les conditions qui ont conduit à la première situation et celles qui permettraient d'en sortir. S'agit-il de travailler moins pour vivre mieux ou de travailler mieux et autrement ? La même question pourra d'ailleurs se poser au sujet du loisir, qui est désormais intégré dans la sphère des échanges économiques.

Introduction

La question du temps de travail est un sujet qui est au cœur des réflexions concernant l'évolution des sociétés développées. Les problèmes d'emploi et de chômage ont conduit certains responsables politiques à penser qu'une diminution du temps de travail permettait de le répartir plus équitablement et d'offrir à chacun la possibilité d'un plus grand épanouissement par le loisir. En d'autres termes, cette politique sous-entend que c'est en travaillant moins que l'on parviendra à vivre mieux. Implicitement, cette position laisse entendre que le travail est nécessairement une activité qui nuit à la qualité de la vie. Par conséquent, c'est en diminuant la quantité de travail à accomplir que l'on devrait parvenir à une amélioration de la qualité de l'existence et contribuer au progrès du bonheur humain. Cependant, les choses ne sont peut-être pas si simples et les conséquences d'une diminution importante du temps de travail ne sont pas forcément celles qui sont attendues par ceux qui la mettent en place. Nous n'aborderons pas ici la question des répercussions sur l'emploi de la diminution du temps de travail, car ce n'est pas notre sujet, mais nous nous intéresserons plus fondamentalement à la question de la place que le travail doit occuper dans notre existence, en insistant plus particulièrement sur l'ambivalence du travail. En effet, si nous ne sommes pas prêts à consacrer toute notre vie au travail, nous ne sommes pas pour autant disposés à nous abandonner à la plus totale oisiveté et à renoncer au travail. Celui-ci est perçu comme ce qui nous contraint, mais aussi, lorsqu'il n'est pas l'exercice répétitif d'une activité mécanique, comme ce en quoi nous pouvons trouver une certaine forme d'accomplissement ou d'épanouissement. C'est pourquoi la question du « mieux-vivre » n'est peut-être pas tant une affaire de temps de travail que de modalité du travail. S'il faut réguler le temps de travail, peut-être faut-il aussi chercher à travailler autrement pour améliorer notre qualité de vie ?

I. Le travail comme servitude

1. La vie soumise au travail : le temps de travail est-il nécessairement celui de la servitude ?

À l'idée selon laquelle il suffirait de travailler moins pour vivre mieux est liée une perception négative du travail. Celle-ci s'inscrit dans les fondements même de notre culture qui présente le travail comme la punition à laquelle l'homme fut soumis pour avoir transgressé l'interdiction divine de ne pas consommer le fruit de l'arbre de la connaissance du bien et du mal. « Tu gagneras ton pain à la sueur de ton front », dit Dieu à l'homme, et « Tu enfanteras dans la douleur », prédit-Il à la femme ; or, dans l'un et l'autre cas, c'est le terme de travail qui est employé. Le travail est donc perçu comme une souffrance, une peine nécessaire, et l'étymologie du mot lui-même évoque cette idée, puisque ce terme vient du latin *tripalium* qui désigne un instrument de torture.
De plus, si le travail évoque la souffrance, il évoque également la contrainte, voire l'esclavage et la servitude. Ainsi, dans la Grèce antique, mais aussi dans toutes les sociétés aristocratiques, l'homme libre, l'homme noble ne travaille pas et laisse cette activité aux catégories considérées comme les plus inférieures et les plus méprisables de la société. Comme l'écrit Hannah Arendt dans la *Condition de l'homme moderne* :
« Dire que le travail et l'artisanat étaient méprisés dans l'Antiquité parce qu'ils étaient réservés aux esclaves, c'est un préjugé des historiens modernes. Les Anciens faisaient le

raisonnement inverse : ils jugeaient qu'il fallait avoir des esclaves à cause de la nature servile de toutes les occupations qui pourvoyaient aux besoins de la vie. »
En d'autres termes, ce n'est pas parce que le travail était réservé aux esclaves qu'il était méprisé, mais parce qu'il était jugé méprisable que l'on faisait en sorte qu'il soit accompli par des esclaves, par ceux qu'Aristote qualifie « d'instruments animés ».
Le travail est donc une notion fortement connotée par les idées de souffrance et de malheur ; il n'est donc pas étonnant que l'opinion selon laquelle il suffirait de travailler moins pour vivre mieux ait pu germer dans certains esprits.

2. Temps de travail et reproduction des forces productives

La question du travail est fortement liée à celle du temps, et il est difficile de traiter cette question sans faire référence à une temporalité propre au travail. Non seulement parce que, comme nous le développerons par la suite, tout travail vise un objectif futur, mais aussi parce que le travail est une activité qui prend du temps, mais qui ne peut pas prendre tout le temps ; en effet, un temps qui n'est pas consacré au travail est nécessaire pour que le travailleur puisse recouvrer des forces productives. Sur ce point, la naissance des sociétés modernes et du système capitaliste n'a pas contribué à améliorer l'image que nous nous faisons du travail. Les descriptions que font du monde ouvrier les écrivains naturalistes du XIXe siècle en sont un témoignage criant. On peut considérer qu'en ce domaine temps et argent sont comparables, car si l'on reprend les analyses du travail dans les sociétés capitalistes que développe Marx, de même que la force de travail de l'ouvrier ne peut descendre en dessous d'un certain prix, le temps de travail ne peut dépasser certaines limites. Il faut que le travailleur dispose de suffisamment de revenus et de temps pour renouveler ses forces productives. Autrement dit, dans un tel contexte, le temps, qu'il soit consacré directement au travail ou qu'il soit destiné à d'autres activités, reste soumis aux nécessités de la production des biens et des services, puisque c'est pour permettre son efficacité qu'un temps qualifié de « libre » est accordé au travailleur. Envisagé sous cet angle, le temps libre n'a plus rien à voir avec ce que désigne initialement le terme de loisir.

3. Travail et loisir

Dans un tel contexte, le temps qui n'est pas à proprement parler un temps de travail n'est plus vraiment un temps de loisir. En effet, le loisir, au sens littéral du terme, désigne une activité qui n'a d'autre fin qu'elle-même et non une activité dont le but est de produire un objet qui lui est extérieur. Le terme de loisir se dit en grec ancien *scholé* et a donné en français « école ». L'école est le lieu où l'on apprend, non dans un but utilitaire mais uniquement pour satisfaire le désir de connaître qu'Aristote considère dans la *Métaphysique* comme naturel aux hommes. L'école est, à l'origine, le lieu où, libéré des impératifs liés au travail, l'homme peut se consacrer à la seule culture de son esprit. Ce même terme se dit en latin *otium* et a pour opposé le *neg-otium*, qui a donné en français le négoce, l'activité intéressée. C'est pourquoi il ne faut pas croire que le travail s'oppose nécessairement à l'oisiveté et que le temps qui n'est pas consacré au travail est un temps d'inactivité. Dans la société antique, l'homme libre n'est pas un paresseux qui passe ses journées à ne rien faire, il se livre à des activités qui ne sont pas soumises à la nécessité matérielle et au besoin. Ainsi, le philosophe ou l'homme politique ne travaille pas, même s'il consacre tout son temps à l'activité qu'il exerce. Pour les Anciens, de telles activités sont à elles-mêmes leur propre fin ; c'est d'ailleurs ce qui explique que la science grecque ait donné lieu à peu de grandes réalisations techniques.

On peut considérer que, pour les Anciens, la vie bonne, la vie qui mérite d'être vécue n'est pas celle consacrée au travail tel que nous l'entendons aujourd'hui : elle est une plutôt une vie consacrée à des activités qui ont en elles-mêmes leur propre fin. Cependant, la modernité a rapidement modifié cette conception et rendu au travail ses lettres de noblesse, tout en réduisant le loisir à un simple divertissement, voire, comme c'est le cas aujourd'hui, à un objet de consommation intégré à la vie économique et source d'emploi. Aujourd'hui, on vend du loisir et certains travaillent tous les jours à organiser et concevoir des activités qui pourront être mises sur le marché pour occuper les moments de loisir de leurs semblables. On est bien loin ici de la *scholé* des Grecs ou de l'*otium* des Romains.

II. Le travail comme production de l'homme par lui-même

1. Travail et projet

Pour avancer dans notre réflexion, il convient tout d'abord de préciser que, si le travail est une activité proprement humaine, tous les hommes ne l'ont pas développé de la même manière et qu'il n'occupe pas la même place dans la vie de chacun. En effet, il est des civilisations dans lesquelles on travaille moins que dans d'autres. Ainsi, on ne peut pas, à proprement parler, considérer que les peuples de chasseurs-cueilleurs consacraient une grande partie de leur temps au travail. Chasser, pêcher, cueillir des fruits dans la forêt, ce n'est pas au sens strict travailler. Certes, cela peut demander de gros efforts, mais il s'agit uniquement de tirer profit d'une nature que l'on ne transforme pas, d'un environnement qui reste dans son état initial. Il n'y a véritablement travail que lorsque l'homme transforme la nature et produit à partir d'une matière première des objets qu'il a préalablement conçus.
Le rapport du travail au temps peut être pensé de plusieurs façons. D'une part, il y a la question de la durée du travail, du temps passé au travail dans la vie humaine. Mais d'autre part, il y aussi un second rapport à la temporalité, celui qui est déterminé par le caractère du travail que Marx souligne dans *Le Capital*, en le définissant comme projet. En effet, Marx n'y présente pas le travail comme une activité de subsistance. Lorsque l'homme transforme la nature uniquement pour produire de quoi survivre, son activité reste soumise à des déterminations naturelles sans pouvoir être considérée comme un réel travail. Pour qu'il y ait travail, il faut que l'homme pense ce qu'il fait avant de le réaliser. C'est en ce sens que le travail est toujours la réalisation d'un projet, une activité par laquelle l'homme se projette dans l'avenir. C'est ce qui fait dire à Marx que le plus mauvais des architectes sera toujours supérieur à la plus habile des abeilles, car cette dernière n'a pas conçu les cellules de cire qu'elle réalise, à la différence de l'architecte qui pense l'édifice qu'il va contribuer à construire. Ici, Marx est encore fortement influencé par Hegel ; celui-ci voit en effet dans le travail, mais aussi dans l'art, une manière de prendre conscience de soi pratiquement, en se reconnaissant dans le produit de ce travail, en y percevant le fruit de sa pensée et de ses efforts, et en les interprétant comme une confirmation de l'impression subjective que chacun a d'exister, une preuve de son existence. En ce sens, travailler permet de vivre mieux, car le travail est ici une immense source de joie. La joie est, en effet, selon Spinoza, l'affect qui est corrélé à une augmentation de la puissance d'agir de l'homme. Or, quand une personne contemple le fruit de son travail, elle contemple le produit de cette puissance d'agir, et plus le travail a été difficile, plus la joie est grande. En ce sens, il est permis de penser que le travail peut, dans certaines conditions, être l'activité par

laquelle l'homme se réalise et s'accomplit, une activité par laquelle il devient plus humain et par conséquent qui lui permet de vivre mieux.
Le problème vient aujourd'hui de ce que l'évolution du travail et de son organisation a peut-être réduit cette possibilité de faire du travail une source de joie, et donc un moyen de « mieux vivre ».

2. La dimension historique du travail

Le temps du travail est aussi celui de l'histoire, car la transformation de la nature nécessite à son tour une réadaptation de l'homme à cette nature transformée, et par conséquent une nouvelle transformation de celle-ci... Le travail est donc aussi ce qui permet à l'homme de se produire lui-même dans la longue durée, pour le meilleur et pour le pire. Selon les conditions dans lesquelles il est effectué et selon la manière dont il est accompli, le travail produira aussi bien l'esclave souffrant de sa servitude que l'artisan heureux de contempler son chef-d'œuvre.
Mais surtout, ce qui fait l'historicité du travail vient de sa dimension sociale. Comme le fait remarquer Platon dans *La République*, un homme seul ne dispose pas du temps nécessaire pour produire tout ce dont il a besoin et surtout tout ce qu'il désire et qui fait l'agrément de l'existence humaine. Il est donc nécessaire, pour qu'il puisse produire tout ce qu'il lui faut pour vivre mieux, de procéder à une division sociale du travail, c'est-à-dire à une répartition des tâches qui permette à chacun d'échanger le produit de son travail contre le produit du travail des autres. Le travail est donc ce qui permet aux hommes de vivre mieux, en tant qu'il est l'activité qui leur permet de produire ce qui rend la vie plus confortable et ce qui libère du temps pour d'autres activités que celles consacrées à sa seule subsistance. Les hommes auraient-ils pu se livrer à la philosophie s'ils n'étaient parvenus, par le travail, à se libérer des nécessités auxquelles ils sont soumis dans la nature ? Comme le souligne Aristote dans la *Métaphysique*, c'est une fois que les nécessités de la vie et des choses qui intéressent son bien-être et son agrément eurent reçu satisfaction, que l'homme commença à rechercher une discipline de ce genre. Mais parler de l'homme est certainement ici peu approprié : il serait plus judicieux de parler de certains hommes. En réalité, la division sociale du travail n'est pas une répartition équitable : elle se manifeste tout d'abord par la distinction entre ceux qui travaillent et ceux qui ne travaillent pas et peuvent se livrer, comme nous l'avons souligné plus haut, aux loisirs. C'est cette division qui est à l'origine de la distinction entre l'homme libre qui ne travaille pas et le reste de la société. Elle repose sur un certain mépris pour le travail qui n'a pas résisté à l'épreuve de l'histoire et a produit un certain renversement des valeurs.

3. Le renversement des valeurs

Si la condition de l'esclave n'a rien d'enviable, il n'est pas certain pour autant que celle du maître lui soit nécessairement préférable. La question se pose donc de savoir, au bout du compte, lequel parvient à vivre mieux. En effet, comme l'a montré Hegel dans un texte de la *Phénoménologie de l'esprit*, que l'on a coutume de citer sous le titre de « la dialectique du maître et de l'esclave », c'est finalement l'esclave qui parvient à conquérir sa liberté par le travail, tandis que le maître se trouve balayé par le vent. Par son travail, l'esclave produit un monde qui est le sien, qui est le produit de sa pensée et de son action, un monde dans lequel il se reconnaît. En revanche, le maître devient vite dépendant de celui qu'il a réduit en servitude et vit dans un monde qui lui est totalement étranger. On peut donc se demander lequel vit mieux de celui qui

travaille moins voire pas du tout, ou de celui qui travaille plus. Dans la mesure où l'on peut considérer avec Emmanuel Mounier que « tout travail contribue à faire un homme autant qu'une chose », on peut constater que le travail est devenu l'activité par laquelle l'homme se réalise et conquiert sa liberté et sa dignité.
Ainsi, la fin des sociétés aristocratiques a entraîné un certain renversement des valeurs : le travail n'est plus considéré comme une activité méprisable, mais bien au contraire comme celle grâce à laquelle l'homme parvient à conquérir sa dignité. Même s'il est vrai que le travail est inégalement réparti, même si certains continuent à pouvoir vivre sans travailler en bénéficiant du travail des autres, ne pas travailler n'est plus considéré comme un honneur, mais plutôt comme une honte. Le chômeur a le sentiment de ne plus être utile et de vivre une existence dénuée de sens, tandis que le rentier est considéré comme suspect et le plus souvent accusé de profiter du travail des autres.
Cependant, si le travail a conquis ses lettres de noblesse en tant qu'activité par laquelle l'homme non seulement produit des choses, mais également se produit lui-même, il n'empêche que la manière dont il est organisé et accompli contribue à rendre la vie plus ou moins humaine et à faire en sorte que la vie vaille ou non la peine d'être vécue. Alors que certains ont le sentiment de s'accomplir dans le travail et, en un certain sens, de vivre mieux grâce à leur travail, d'autres continuent d'avoir le sentiment de perdre leur vie à la gagner. La question de la qualité de vie n'est donc pas seulement une question de quantité de travail, mais aussi de modalités et de nature des tâches à accomplir.

III. Quelle place le travail doit-il occuper dans nos vies ?

1. Le travail et l'œuvre

Dans son livre sur la *Condition de l'homme moderne*, Hannah Arendt opère une distinction entre le travail et l'œuvre. Alors que le travail désigne l'activité par laquelle l'homme produit des objets utiles à la vie, prise au sens biologique du terme, il ne consiste pas pour Hannah Arendt en une activité spécifiquement humaine. Il serait plutôt la manière propre à certains êtres humains de répondre aux nécessités de la vie. Le travail désigne alors l'activité par laquelle l'homme produit ce qui est destiné à être consommé, c'est-à-dire à être détruit. Produire pour détruire ce qui a été produit, telle est la destinée du travailleur. Nous pouvons d'ailleurs souligner que ce processus se trouve accentué par la société de consommation qui est aussi une société de destruction, puisque le système économique ne peut fonctionner que si chacun renouvelle sans cesse les objets qu'il utilise quotidiennement. C'est ce processus qui est aujourd'hui à l'origine de l'obsolescence programmée. Ainsi envisagé, le travail est une activité anonyme dans laquelle la créativité de l'homme n'est pas convoquée. Le travail est plus l'activité qui permet à l'homme de survivre que celle qui lui permet de vivre mieux.
À l'opposé, l'œuvre désigne la création de ce qui permet à l'homme de s'affranchir des nécessités de la nature, voire de produire un monde non naturel. Ce qui différencie d'ailleurs les produits de l'œuvre des produits du travail, c'est que les premiers sont destinés à perdurer et non à être consommés, c'est-à-dire détruits et renouvelés. Une œuvre d'art, une théorie scientifique, une invention ne seront jamais détruites en tant que telles, même s'il est vrai que le capitalisme marchand, sous sa forme actuelle, a tendance à réduire tous les fruits de l'activité humaine à des produits de consommation.

Envisagée à partir de cette distinction, la solution au problème de la qualité de l'existence humaine, la voie qui peut aider à vivre mieux ne se situe peut-être pas uniquement dans la quantité de travail qu'il conviendrait de diminuer – en termes de durée comme de nombre de biens produits –, mais également dans la qualité de l'activité exercée. Faire en sorte que le travail se rapproche plus de l'œuvre, l'accomplir et l'organiser de manière à ce qu'il devienne une activité plus créative dans laquelle l'individu soit en mesure de s'affirmer et de s'accomplir, c'est probablement le chemin à suivre pour mieux vivre au travail.

2. Travail et organisation du travail

Le travail en tant qu'activité sociale s'inscrivant dans l'histoire des sociétés développées ne peut s'accomplir, comme nous l'avons souligné plus haut, que dans le cadre d'une division sociale. L'évolution de cette division n'a pas seulement donné lieu à une répartition des tâches entre les différents membres de la société : elle a également produit des distinctions sociales et sexuelles qui font que certains travaux ont été réservés à certaines catégories sociales ou à l'un des sexes – les travaux domestiques ayant été plus particulièrement attribués aux femmes. Cette division s'est même accentuée dans la société industrielle puisqu'elle a donné lieu, avec le taylorisme, à une parcellisation des tâches qui a renforcé l'aliénation de l'homme par le travail. Elle a d'une part produit une séparation entre le travail intellectuel et le travail manuel, mais d'autre part, le travail a été organisé de telle sorte qu'une même tâche a été émiettée – pour reprendre l'expression du sociologue Georges Friedman : *Le Travail en miettes* – en une multiplicité de tâches ne demandant au travailleur aucune forme quelconque de réflexion, d'initiative ni de créativité. C'est cette pulvérisation qui a donné lieu au travail à la chaîne et à la forme d'aliénation qu'il entraîne, et qu'a magistralement illustrée Charlie Chaplin dans *Les Temps modernes*. Le travail ainsi géré, organisé et administré ne permet plus de vivre mieux, il n'est pas ce par quoi l'homme s'accomplit et se libère ; il est à l'inverse la forme la plus achevée de son aliénation. Être aliéné signifie littéralement être étranger à soi-même, ne plus s'appartenir, ne plus être soi-même, ne plus être l'origine de ses actes et de ses pensées : en d'autres termes, ne plus être libre. Cependant, l'aliénation du travailleur de l'ère industrielle diffère de celle de l'esclave antique. Ce dernier ne s'appartenait pas dans le sens où il était la propriété d'un autre. Il pouvait cependant, lorsqu'il exerçait une activité réclamant un certain effort de conception et de réflexion, se reconnaître dans les produits de son travail. L'aliénation du travailleur moderne est celle d'un homme juridiquement libre, mais dont le travail est devenu anonyme et répétitif. Peut-on encore se reconnaître dans un produit fabriqué en série et pour la production duquel on n'a effectué qu'une seule opération ? Peut-être son concepteur se reconnaît-il en lui, mais certainement pas celui qui ne l'a qu'en partie réalisé. C'est là d'ailleurs la conséquence de la division entre le travail intellectuel et le travail manuel. On peut donc comprendre que celui qui effectue des tâches répétitives et mécaniques n'ait d'autre souci que de travailler moins pour vivre mieux. Encore faut-il d'ailleurs savoir ce que l'on doit entendre par « travailler moins », la diminution du temps de travail proprement dit n'étant pas nécessairement une amélioration lorsqu'elle est compensée par une augmentation de la quantité de produits à réaliser durant une même portion de durée. L'accélération des cadences n'est certainement pas ce qui permet de vivre mieux. La question du « mieux-vivre » ne peut donc se réduire à une diminution de la durée du temps de travail, mais relève également de son organisation et de ses modalités. La problématique serait alors comment travailler mieux et autrement pour vivre mieux.

3. Le travail et le loisir libérés

Vivre mieux, pour l'être humain, c'est principalement vivre libre en ayant pour horizon le bonheur, c'est-à-dire une certaine adéquation avec soi-même. Cette synthèse entre la liberté et la recherche du bonheur se situe dans une certaine mesure à l'intérieur même de la joie spinoziste qui désigne l'affect ressenti par celui qui parvient à agir de manière adéquate et qui sent ainsi sa puissance d'être et d'agir augmenter. Or, lorsque le travail se limite à une activité n'ayant d'autre but que de permettre à celui qui l'exécute de gagner sa vie, lorsque la seule satisfaction qu'il permet d'obtenir est celle procurée pas le salaire, plus ou moins maigre, qu'il procure à la fin du mois, il ne peut être la source d'un « mieux-vivre ». On peut donc comprendre que celui qui travaille dans de telles conditions souhaite travailler moins. Cependant, vivra-t-il mieux pour autant ? Il vivra, certes, un peu moins mal, mais si son activité reste toute aussi pénible, ingrate, répétitive et mécanique qu'elle l'était auparavant, le temps passé au travail restera un temps perdu pour la vie dans ce qu'elle a de proprement humain. Que Charlot visse un boulon huit ou dix heures par jour, même s'il est préférable pour lui de ne le faire que huit heures, il vivra malgré tout son temps de travail comme un temps d'aliénation.

Ce n'est donc pas la diminution du temps ou de l'intensité du travail qui, à elle seule, peut permettre de vivre mieux. Cela est d'ailleurs d'autant plus vrai que la diminution du temps de travail ne met pas nécessairement fin à l'aliénation puisqu'elle est susceptible de déboucher sur une autre forme d'aliénation, celle des loisirs sous leur forme contemporaine. Le loisir, qui était à l'origine l'activité libre par excellence, l'activité qui n'avait d'autre fin qu'elle-même, a évolué de telle sorte qu'il est devenu une des formes de ce divertissement dont Pascal dit qu'il est ce par quoi l'homme se détourne de sa condition. Certes, il reste quelque chose de la dimension gratuite du loisir dans la pratique des arts, de la culture physique, du sport ou du bricolage, mais toutes ces activités ont été intégrées dans notre modèle économique de telle sorte qu'elles sont également devenues des produits de consommation et l'occasion de créer du travail pour leur organisation et la production des objets nécessaires à leur pratique. L'aliénation touche d'ailleurs à son comble lorsque nous nous apercevons qu'une bonne partie de nos loisirs consiste à consommer durant notre temps libre ce que nous avons produit durant le temps de travail. Consommation qui n'est d'ailleurs pas plus libre que le reste, dans la mesure où nous sommes conditionnés par la publicité et les médias qui n'ont de cesse de tout faire pour nous ravir du « temps de cerveau », pour reprendre l'expression utilisée, avec le plus total cynisme, par un dirigeant d'une grande chaîne de télévision.

Pour vivre mieux, il faudrait donc certainement libérer le travail et les loisirs des exigences imposées par la société de consommation, afin de véritablement faire en sorte que ces activités contribuent un peu plus à un réel bonheur humain et participent à la réalisation de ce qui nous est réellement utile, en donnant à ce terme le sens que lui confère Spinoza. Ce qui est vraiment utile, tant du point de vue de l'utile propre – pour l'individu – que de l'utile commun – pour la société – renvoie à ce qui contribue à l'augmentation de notre puissance d'être et d'agir, de notre inventivité et de notre créativité, et non à ce qui renforce notre aliénation.

Le progrès des techniques nous obligera peut-être à nous orienter dans cette voie, car le jour où les machines et les robots pourront travailler à notre place, il ne nous restera plus, outre la conception de machines de plus en plus performantes, que ce qui est de l'ordre de l'œuvre, c'est-à-dire d'une activité qui n'est pas quantifiable et qui contribue à améliorer la qualité de notre vie dans ce qu'elle a de réellement humain.

Conclusion

Il ne suffit donc pas de travailler moins pour vivre mieux, il faut surtout travailler mieux et autrement. Certes, la diminution du temps de travail ou la réduction des cadences peut améliorer les conditions de vie des hommes, mais cela ne suffit pas : il est nécessaire aussi que le travail soit l'occasion pour l'homme d'exercer son esprit d'initiative, sa créativité et son inventivité, afin qu'il puisse être pour lui une source de joie. Pour parvenir à une telle libération du travail et des loisirs, la manière dont le travail est organisé et ses modalités d'exercice doivent évoluer. Cette évolution sera peut-être la conséquence du progrès technologique, à moins que celui-ci n'engendre de nouvelles formes d'aliénation.

La culture

Du bonheur en boîte

Dans les entreprises « libérées », la hiérarchie est réduite au minimum et les salariés sont autonomes. S'agit-il d'une révolution du travail ou des habits neufs du capitalisme ?

Les humains détestent le travail, l'effort, les responsabilités. Ils consacrent l'essentiel de leur talent à déjouer les règlements ; leurs seules motivations sont le salaire et la sécurité de l'emploi. En conséquence, les directions des entreprises doivent les affecter à des tâches limitées et les soumettre à une hiérarchie autoritaire. Cette vision pessimiste des employés par les manageurs a été appelée la théorie X par un professeur de management du Massachusetts Institute of Technology (MIT), Douglas McGregor, ancien dirigeant d'entreprise. Dès les années 1960, il lui oppose dans un ouvrage célèbre, *The Human Side of Enterprise* (*La Dimension humaine de l'entreprise*, Gauthier-Villars, 1970), la théorie Y. Celle-ci avance que travailler est une activité naturelle et gratifiante. Dès lors qu'une direction fait confiance à un employé, lui fixe des objectifs correspondant à ses talents, celui-ci s'épanouit, devient performant et n'a pas besoin d'être dirigé.

Depuis quelques années, la théorie Y de McGregor inspire explicitement un courant d'idées radical, à la fois théorique et entrepreneurial : le mouvement de l'« entreprise libérée ». Mis en œuvre par des patrons atypiques dans trente entreprises françaises, parfois depuis plus d'une décennie, mais aussi par des sociétés innovantes aux Etats-Unis, en Angleterre et en Inde, il est vanté par plusieurs théoriciens renommés du management. D'après leurs expériences, la théorie X, qui fait toujours autorité dans le monde du travail, est battue en brèche : l'autonomie et le contentement des employés affranchis des pressions hiérarchiques fait naître des entreprises dynamiques et innovantes.

L'un des penseurs du mouvement, Isaac Getz, professeur à l'école de commerce ESCP Europe, coauteur de Liberté & Cie. *Quand la liberté des salariés fait le bonheur des entreprises* (avec Brian M. Carney, Fayard, 2012), rappelle que les chiffres sont parlants : en France, d'après des enquêtes Gallup d'octobre 2014, 11 % seulement des salariés se disent « *engagés* » dans leur travail, 61 % sont « *désengagés* » et viennent juste « *chercher leur salaire* », et 28 % sont « *activement désengagés* », c'est-à-dire malheureux dans l'entreprise. En s'appuyant sur l'étude de vingt cas, le chercheur donne cette définition de l'entreprise libérée : « *C'est un environnement organisationnel dans lequel la majorité des salariés sont complètement libres et responsables d'entreprendre toutes les actions qu'eux-mêmes — pas leurs supérieurs ni même les procédures — décident comme étant les meilleures pour réaliser la vision de leur entreprise.* » Pour y parvenir, précise-t-il, le rôle de pilotage de la direction est essentiel, tout comme son élaboration d'une « *vision d'entreprise* ». Il ne s'agit pas d'autogestion ouvrière ou d'une libération « *anarchique* », mais d'une amélioration concertée.

Cette nouvelle vision de l'entreprise s'inspire des analyses du père de la psychologie humaniste, l'Américain Abraham Maslow (1908-1970), sur la « *pyramide des besoins fondamentaux* » : tout individu éprouve, outre son aspiration à la survie et à la sécurité, un besoin vital d'« *estime de soi* » et d'« *accomplissement* » qu'il peut combler au travail. Dans un monde de plus en plus individualiste, les employés aspirent à gagner en autonomie, en créativité. Pour Frédéric Laloux, auteur de *Reinventing Organizations. Vers des communautés de travail inspirées* (Diateino, 2015), l'entreprise libérée est « *un nouveau paradigme qui privilégie les processus ascendants, recueillant l'avis de tout le monde. Il établit que les chefs devraient être au service de ceux qu'ils dirigent* ».

Gary Hamel, professeur à la Harvard Business School et à la London Business School, un des gourous de la nouvelle gestion d'entreprise, défend des idées proches dans *La Fin du management* (coécrit avec Bill Green, Vuibert, 2008). Il veut se faire entendre de tous les employés « *que paralyse la bureaucratie, qui craignent que le "système" n'étouffe l'innovation, (...) qui se demandent pourquoi la vie en entreprise devrait nécessairement être démoralisante, qui sont convaincus que les salariés sont vraiment assez intelligents pour se manager tout seuls* ».

Très concret, Hamel explique dans son essai comment un grand patron comme William L. Gore, fondateur de l'entreprise chimique W. L. Gore & Associates et inventeur du textile Gore-Tex, a « libéré » son entreprise. Il a réduit la hiérarchie au minimum en mettant en place des équipes indépendantes et responsables, qui agissent sans attendre la validation de la direction. Les leaders sont élus et se comportent plus comme des « animateurs » que comme des chefs. Les employés choisissent leurs projets en fonction de leurs compétences et de leurs envies. Chacun travaille à son rythme dès lors qu'il réalise ses objectifs. S'il peine, un employé plus ancien devient son « sponsor » jusqu'à ce qu'il trouve son *sweet spot*, la place où il concilie ses envies, son savoir-faire et les objectifs de la société.

Il faut croire que le système fonctionne : la filiale française « libérée » de W. L. Gore & Associates a reçu en 2014 un prix attribué par le réseau de cabinets-conseil en gestion des ressources humaines Great Place to Work (« un bon endroit où travailler »), présent dans 45 pays.

Un autre patron développe des idées semblables : Jean-François Zobrist, ancien directeur général de la fonderie FAVI, une PME de 400 personnes. Ce personnage haut en couleur explique, dans le documentaire *Le Bonheur au travail*, de Martin Meissonnier, dont la diffusion sur Arte en 2015 a popularisé le concept d'entreprise libérée, comment il a libéré l'initiative de ses ouvriers en supprimant l'encadrement : « *Grosso modo, il y a 2 % ou 3 % de branleurs dans les entreprises. Pour ceux-là, on met en place une structure hiérarchique qui gère les 97 % de gens sérieux. Et nos ouvriers sont brimés par cette structure.* » Chez FAVI, pas de cadences, de pointeuses, de contrôleurs : les ouvriers organisent eux-mêmes le travail. La définition de Zobrist de l'entreprise libérée ? Faire confiance aux employés : « *La confiance rapporte plus que le contrôle. Le coût du contrôle est devenu tellement exorbitant que les déviances que pourrait générer l'absence de surveillance ne coûtent rien en regard du prix du contrôle.* » Même réflexion à la biscuiterie Poult, chez le groupe de bâtiment Hervé ou chez le fabricant de clôtures Lippi.

Ces procédures verticales et autoritaires, explique Isaac Getz, ont été mises en place sur la base des « *opinions bien ancrées des patrons sur la nature humaine, lesquels sont persuadés que leurs salariés n'ont pas envie de travailler ni d'apprendre* ». Du coup, il serait préférable de les diriger durement — ou encore « *par le stress* ». Historiquement, rappelle-t-il, cette idée d'« *un ordre naturel* » hiérarchique et directif du travail est apparue pendant la révolution industrielle, entre la fin du XIXe et le début du XXe siècle, quand les manufactures ont employé massivement des ouvriers d'origine rurale à qui on confiait des tâches simples et parcellisées. Cette organisation disciplinaire a fort bien réussi : elle a accéléré l'industrialisation et mené à « *l'organisation scientifique du travail* » prônée par Frederick W. Taylor qui, selon Isaac Getz, « *spécifie dans le détail les procédures de chaque opération de fabrication, affectant à chacun des tâches limitées et répétitives* ».

Par la suite, ces principes de management ont peu à peu gagné l'ensemble du monde du travail, les PME, le secteur tertiaire et les bureaux. Or ils ne sont plus du tout adaptés à notre époque, qui rêve d'accomplissement personnel, ni à l'ère d'Internet et du Web 2.0, où les employés deviennent capables d'apprendre par eux-mêmes et d'en savoir plus sur leur métier, leur entreprise et ses performances. « *Au sein d'une organisation déhiérarchisée, chaque acteur dispose par lui-même, grâce aux nouvelles technologies, de l'ensemble des informations utiles à son action* », explique, dans l'ouvrage collectif *De la pyramide aux réseaux* (Autrement, 2007), le PDG du groupe français Hervé (2 800 salariés), Michel Hervé, qui a organisé la participation et la prise d'initiative de tous ses employés grâce au Web 2.0.

« Dictature du prolétariat »

Résultat, comme le fait remarquer Frédéric Fréry, professeur au département Stratégie hommes et organisations de l'ESCP Europe, les fonctions d'encadrement changent du tout au tout. « *Les manageurs voient en effet leurs missions profondément évoluer avec le management 2.0 : loin du management classique (prévoir, organiser, commander, coordonner, contrôler), ils doivent plutôt élaborer, initier, filtrer, animer et incarner la décision collective. Historiquement décideurs, ils doivent devenir mentors, modérateurs ou porte-parole.* »

Ces idées avant-gardistes sont très critiquées, que ce soit par des syndicalistes, des patrons ou d'autres théoriciens de la gestion d'entreprise. Expert en management, François Geuze parle ainsi de l'entreprise libérée comme du « *sirop typhon* » de la chanson : elle prétend guérir tous les maux, alors qu'elle est nocive. En diluant l'encadrement au profit de collectifs, elle risque de mener à la « *soumission volontaire* » de tous et au renforcement du pouvoir d'un seul, « *le dirigeant bon petit père des peuples* ». En affirmant que le rôle des cadres se réduit à la prescription et à la surveillance, elle abolit leur apport indispensable dans « *les fonctions de mobilisation, d'évaluation, de prévision* » et d'« *acquisition des compétences* ». En supprimant les « *contrôleurs* », elle ne supprime pas le contrôle : tout le monde va donc surveiller tout le monde. Ce sera, ironise-t-il, « *la dictature du prolétariat* ».

L'entreprise libérée finirait-elle par devenir antisociale ? Dans une tribune publiée par *Les Echos*, le 27 mai 2015, Loïc le Morlec, spécialiste en organisation au cabinet de conseil LLM, se demandait s'il ne s'agit pas, au fond, d'une rude opération de *cost killing* et de dégraissage de l'encadrement présentée de façon new look. Rappelant que de nombreuses PME au management classique réussissent très bien, il avance que nous manquons de recul sur l'entreprise libérée : « *Il n'est pas prouvé que l'autogestion des salariés de l'entreprise libérée offre un meilleur potentiel de valeur qu'une organisation responsable avec un encadrement intermédiaire.* »

En cela, il rejoint les critiques des syndicats, mais aussi les analyses de Luc Boltanski et d'Eve Chiapello exprimées dans *Le Nouvel Esprit du capitalisme* (Gallimard, 1999). Ces sociologues montrent comment la « *critique artiste* » du travail et du taylorisme, au nom de la réalisation personnelle, a inspiré les experts en gestion des années 1970 et 1980. En récupérant les discours autogestionnaires et libertaires de mai 1968, ils ont introduit au cœur du management une exigence d'enthousiasme, de mobilité, de flexibilité, de disponibilité et d'auto-organisation. Ce qui a eu pour effet de revivifier l'exploitation capitaliste, puisque les employés y étaient associés.

Frédéric Joignot
Le Monde daté du 11.06.2016

Composition

Sujet national, juin 2016, série S

Faut-il démontrer pour savoir ?

Comprendre le sujet

Il importe ici d'être très attentif à l'intitulé du sujet. « Faut-il démontrer pour savoir ? », ce n'est pas « Peut-on démontrer pour savoir ? » ou « Doit-on démontrer pour savoir ? ». L'expression « faut-il » évoque l'idée de nécessité, tandis que « peut-on » évoque la possibilité et « doit-on » l'obligation. En d'autres termes, la nécessité étant le caractère de ce qui ne peut pas ne pas être ou ne peut être autrement qu'il n'est, la question sous-entend qu'un réel savoir, un savoir digne de ce nom, ne peut pas ne pas être démontré. C'est donc cette hypothèse qui est ici mise en question et qu'il va falloir analyser.
Il faut également, pour bien comprendre le sujet, définir précisément le terme de démonstration et préciser à quel type de raisonnement l'on a affaire lorsque l'on parle de démonstration.
De même, le terme de savoir est ici à interroger et à distinguer de termes voisins comme celui de science ou de connaissance.
Les différentes disciplines de l'esprit doivent également être prises en considération. Démontre-t-on de la même façon lorsque l'on fait des mathématiques, lorsque l'on pratique les sciences de la nature ou lorsque l'on développe une réflexion philosophique ? La démonstration est-elle toujours nécessaire dans ces diverses disciplines pour accéder au savoir ?

Mobiliser ses connaissances

Notions et distinctions utiles

- Toute la partie du programme regroupée sous la rubrique : « La raison et le réel ».
- Principalement, bien évidemment, la démonstration, mais aussi la vérité ainsi que la théorie et l'expérience.

Repères du programme

Analyse/ synthèse ; cause/ fin ; formel/ matériel ; intuitif/ discursif ; médiat/ immédiat ; objectif/ subjectif ; principe/ conséquence.

Œuvres pouvant servir de référence

- La théorie du syllogisme chez Aristote dans les *Analytiques*.
- Descartes, *Discours de la méthode*.
- Spinoza, *Traité de la réforme de l'entendement*.
- Pascal, *De l'esprit de géométrie*.
- David Hume, *Enquête sur l'entendement humain*.
- Kant, *Critique de la raison pure*.
- Gaston Bachelard, *La Formation de l'esprit scientifique*.

Procéder par étapes

Problématiser

Commencer par analyser la notion de démonstration afin d'en préciser les limites et de soulever les difficultés auxquelles conduit la thèse selon laquelle il faudrait nécessairement démontrer pour savoir. Si tout savoir est démontrable et si la démonstration peut se définir comme un raisonnement allant des principes à leurs conséquences, est-il possible de fonder la démonstration sur des principes eux-mêmes démontrables ?

Élaborer un plan détaillé du développement

Dans une première partie, il faut tirer toutes les conséquences de l'hypothèse mise en question par le sujet en précisant ce qui fait à la fois la puissance et la faiblesse du raisonnement démonstratif. La démonstration se présente comme un raisonnement formellement rigoureux, mais dont le contenu peut parfois apparaître comme douteux.
Une fois les limites de la démonstration identifiées, il faudra s'interroger sur la voie à suivre pour les dépasser et déterminer sur quel fondement établir les principes d'une démonstration valide. Faut-il considérer qu'en raison des limites de la démonstration aucun savoir n'est accessible et glisser vers le scepticisme ou n'y a-t-il pas une issue possible en définissant des critères de vérité spécifiques aux prémisses du raisonnement déductif ?
Enfin, la dernière partie déclinera les différentes formes de démonstration possibles en fonction des multiples domaines du savoir et s'interrogera sur les limites de notre pouvoir de connaître.

Introduction

Affirmer que tout savoir nécessite d'être démontré pour être considéré comme vrai peut sembler aller de soi. Il n'est pas rare, lorsque nous énonçons une affirmation, quelle qu'en soit la teneur, que notre interlocuteur reste dubitatif et nous demande de démontrer ce que nous avançons.

Cependant, si l'on analyse le sens même de la notion de démonstration, on se trouve confronté à une difficulté qui peut paraître insurmontable. En effet, la démonstration relève d'un raisonnement de type déductif, c'est-à-dire d'un enchaînement logique de propositions par lequel on dégage toutes les conséquences implicitement présentes dans le ou les principes sur lesquels s'appuie cette opération. Se pose alors la question de la valeur à accorder aux principes, c'est-à-dire de la vérité des propositions premières et fondamentales de la démonstration. Si tout savoir doit nécessairement être démontré, il s'avère, en conséquence, nécessaire de démontrer également les principes de la démonstration afin de juger qu'ils renvoient eux-mêmes à un véritable savoir et qu'ils ne sont pas des fictions de notre imagination. De même se pose la question de la validité des règles logiques que nous utilisons pour construire la démonstration. Comment savons-nous que ces principes sont les bons ? Ce n'est certainement pas par une démonstration.

Il semble donc que l'affirmation de la nécessité de démontrer pour savoir conduise nécessairement à une impasse, celle de la régression à l'infini. Pour être certains que les principes de la démonstration sont vrais, il faudrait les démontrer également, c'est-à-dire les déduire d'autres principes qu'il faudrait également démontrer à partir d'autres principes et ainsi de suite à l'infini. Par conséquent, soit la démonstration est impossible et aucun savoir n'est accessible, soit il ne faut pas seulement démontrer pour savoir, mais il faut aussi savoir pour démontrer. Il faudrait, en effet, posséder la science même des principes et des règles de la démonstration pour pouvoir conduire un raisonnement déductif aboutissant à un savoir véritable. Mais alors cela signifierait que cette science est constituée d'un savoir non-démontrable et reconnaissable en fonction d'un tout autre critère dont il faudrait préciser en quoi il consiste.

I. Démontrer pour savoir

1. Le sens de la démonstration

La démonstration se définit tout d'abord comme un raisonnement déductif procédant de principe(s) à conséquence. Il s'agit d'une inférence, c'est-à-dire, en premier lieu, d'un procédé logique consistant à parvenir à affirmer la vérité d'une proposition à partir des liens qu'elle entretient avec d'autres propositions. L'une des formes les plus classiques de la démonstration déductive est celle théorisée par Aristote et qui se nomme le syllogisme. Le syllogisme est un raisonnement formé de trois propositions, deux principales et une conclusion qui en résulte. Parmi les exemples de syllogismes, le plus célèbre est le suivant :

Tous les hommes sont mortels.
Or, Socrate est un homme.
Donc Socrate est mortel.

Dans ce raisonnement, les deux premières propositions qui ont valeur de principes ou de prémisses se subdivisent en deux. La première est appelée majeure, car elle contient le terme qui a la plus grande extension, l'ensemble qui contient le plus grand nombre d'éléments, c'est-à-dire celui des êtres mortels. La seconde est appelée mineure, car elle contient le terme qui a la plus petite extension, ici Socrate, qui est un élément unique. Aussi, comme Socrate fait partie de l'ensemble des hommes et que l'ensemble des hommes est inclus dans celui des mortels, Socrate appartient nécessairement à l'ensemble des mortels. On pourrait donc en conclure qu'à l'aide d'un tel raisonnement, on a pu démontrer le caractère mortel de Socrate. Cependant, sait-on vraiment quelque chose de plus après avoir effectué ce raisonnement ? Est-il vraiment nécessaire de démontrer que tel ou tel homme est mortel pour le savoir ?

2. Les limites de la démonstration

En réalité, le savoir qui est le nôtre au sujet de la mortalité des êtres vivants est un savoir empirique, c'est-à-dire un savoir issu de l'expérience. Comme le souligne Spinoza dans son *Traité de la réforme de l'entendement* :

> Je sais par expérience vague que je mourrai ; si je l'affirme, en effet, c'est que j'ai vu d'autres êtres semblables à moi rencontrer la mort, bien que tous n'aient pas vécu le même espace de temps et ne soient pas morts de la même maladie.

En d'autres termes, Spinoza nous apprend ici que la connaissance que nous avons de notre condition mortelle n'est pas le produit d'une déduction, mais d'une induction. C'est à partir de la perception d'une multitude de cas particuliers que j'en conclus une proposition plus générale. Cependant, le savoir auquel ce raisonnement aboutit est beaucoup moins fiable que la déduction, dans la mesure où il ne présente aucun caractère de nécessité : il suffit que l'on me présente un seul contre-exemple pour que cet enchaînement de propositions se trouve invalidé. Certes, jusqu'à ce jour personne n'a encore jamais rencontré un homme qui aurait vécu au-delà des limites jugées normales de la vie humaine, mais rien dans le raisonnement inductif ne prouve l'impossibilité qu'un tel cas puisse être rencontré. Par conséquent le syllogisme, par lequel je sais que Socrate est mortel, n'est qu'une démonstration déductive apparente, dans la mesure où il s'appuie sur des principes qui résultent, quant à eux, d'un raisonnement inductif qui ne présente aucune apodicticité, autrement dit aucune nécessité logique. On pourrait, certes, tenter de démontrer les prémisses, mais on serait alors confronté, comme cela a été souligné dans l'introduction, à cette impasse logique que l'on nomme régression à l'infini.

3. Le formalisme de la démonstration

Il convient également de préciser que, si la démonstration logique et déductive est une condition nécessaire à la constitution du savoir, elle n'en est pas une condition suffisante. En effet, dans la mesure où ce qui définit la structure d'un raisonnement déductif, comme le syllogisme, c'est uniquement sa forme, rien dans cet enchaînement de propositions ne permet de vérifier le contenu des propositions qui le constituent. C'est pourquoi les logiciens distinguent d'ailleurs entre la vérité matérielle d'une proposition et la validité formelle d'un raisonnement. Prenons, par exemple, le syllogisme suivant :

« Tous les lampadaires sont des mammifères. Or, mon téléviseur est un lampadaire. Donc mon téléviseur est un mammifère. »

Du point de vue du contenu des propositions, tout est faux et la totalité du raisonnement est totalement absurde. Nous savons tous que les lampadaires ne sont pas des mammifères et qu'un téléviseur n'est pas un lampadaire. En revanche, d'un point de vue purement formel, ce raisonnement est exactement conçu de la même façon que celui auquel il a été fait référence précédemment et qui aboutit à la conclusion que Socrate est mortel. Il s'agit d'un syllogisme de la forme :

Tous les A sont B.
Or C est A.
Donc C est B.

On peut dans ce raisonnement remplacer chacun des termes par une variable indéterminée et cela n'en affecte aucunement la validité logique.
Il semble donc difficile, si la démonstration ne peut suffire à vérifier ses propres principes et si elle ne peut suffire à attester de la vérité d'un énoncé, d'en faire la voie royale qui mène au savoir. S'il faut parfois démontrer pour savoir, cela ne suffit pas ; et si les principes du savoir ne sont pas démontrables, cela signifie-t-il que le savoir est inaccessible ou faut-il reconnaître la vérité des principes en fonction d'un autre critère que la qualité d'être démontrable ?

II. Les principes de la démonstration

1. L'impossibilité de démontrer les principes doit-elle nous conduire au scepticisme ?

Envisagée sous l'angle purement logique, la démonstration semble donc confirmer ce qu'écrit Descartes dans le *Discours de la méthode* au sujet du syllogisme :
« [...] pour la logique, ses syllogismes et la plupart de ses autres instructions servent plutôt à expliquer à autrui les choses qu'on sait ou même, comme l'art de Lulle, à parler, sans jugement, de celles qu'on ignore, qu'à les apprendre. »
Son incapacité à attester de la vérité de ses propres principes pourrait même nous conduire à penser avec Pascal que le projet de constituer un savoir certain fondé en raison est vain et qu'il n'est, en un certain sens, qu'une manifestation de l'orgueil démesuré de l'esprit humain. Pascal dénonce, en effet, dans *De l'esprit de géométrie*, la régression à l'infini à laquelle conduit nécessairement toute tentative de démonstration qui se voudrait conséquente. Il souligne pour cela, contre Descartes, l'impossibilité d'élaborer une méthode suffisamment rigoureuse pour accéder à la vérité :
« Certainement cette méthode serait belle, mais elle est absolument impossible : car il est évident que les premiers termes qu'on voudrait définir en supposeraient de précédents pour servir à leur explication, et que de même les premières propositions qu'on voudrait prouver en supposeraient d'autres qui les précédassent ; et ainsi il est clair qu'on n'arriverait jamais aux premières. »
Cette critique de la possibilité d'accéder au savoir par la démonstration conduit chez Pascal à privilégier le cœur par rapport à la raison, c'est-à-dire à accorder la primauté à la foi. Cependant, cette attitude de défiance vis-à-vis de la raison et de sa capacité à démontrer peut également conduire au scepticisme, c'est-à-dire à une attitude consistant à douter de tout et rendant impossible toute forme de pensée.

2. Du doute sceptique au doute méthodique

Douter consiste à suspendre son jugement, à ne rien affirmer ni nier catégoriquement, à rester toujours dans l'indécision. Cette attitude, qui fut défendue par un important courant de la philosophie antique, présente l'inconvénient, si on la pousse à l'extrême, de condamner celui qui l'adopte au silence et à l'inaction, à l'aphasie et à la paralysie. En effet, si je ne suis certain de rien, je ne peux plus parler, dans la mesure où toute parole prétend toujours dire quelque chose de quelque chose, mais je ne peux pas non plus agir, car toute action poursuit un but et pose cet objectif comme préférable à un autre. Or, comme je doute de tout, je ne peux rien affirmer et me trouve dans l'incapacité d'émettre une quelconque préférence. La seule attitude possible pour le sceptique est donc le silence ou, comme la pratiquait le philosophe sceptique Pyrrhon (360-275 av. J.-C.), l'ironie sous sa forme la plus radicale. L'ironie pyrrhonienne ne consiste pas, à l'instar de celle que pratiquait Socrate, à servir d'instrument pour rechercher la vérité, mais à cultiver l'ambiguïté en affirmant toujours une chose et son contraire.

Le scepticisme qui, en renonçant à toute forme de démonstration, renonce à toute forme de savoir conduit à une paralysie de l'esprit qui amènera un philosophe comme Spinoza à qualifier ceux qui se réclament de ce courant « d'automates dénués de pensée ».

Cependant, l'usage que font du doute les sceptiques ne repose-t-il pas finalement sur une méconnaissance des vertus même de la suspension du jugement ?

Ces vertus positives du doute vont être révélées par Descartes qui, bien que critique envers la logique, va justement montrer que la démonstration n'est possible et ne permet d'accéder au savoir qu'à la condition de ne pas en faire la seule voie menant à la vérité, principalement pour ce qui concerne les vérités premières, les principes mêmes de la démonstration.

En effet, plutôt que de faire du doute un obstacle au savoir, Descartes va en faire un outil de reconnaissance pour les vérités premières qui, bien qu'indémontrables, n'en sont pas moins vraies, car elles relèvent de l'évidence, c'est-à-dire de la vérité qui se perçoit immédiatement en s'offrant à nous dans la clarté même du vrai. C'est cet usage du doute qui est préconisé par Descartes dans le premier précepte de sa méthode :

« Le premier était de ne recevoir jamais aucune chose pour vraie, que je ne la connusse évidemment être telle : c'est-à-dire, d'éviter soigneusement la précipitation et la prévention ; et de ne comprendre rien de plus en mes jugements, que ce qui se présenterait si clairement et si distinctement à mon esprit, que je n'eusse aucune occasion de le mettre en doute. »

Ainsi, lorsque l'esprit est dans l'impossibilité de douter d'une assertion, lorsque ce doute confirme plus l'affirmation qu'il ne l'infirme, il se trouve face à une vérité indubitable et par conséquent évidente, une vérité qui peut servir de modèle à toutes les autres et valoir comme vérité première. C'est ce précepte que va appliquer Descartes dans la démarche du *cogito* : après avoir quasiment tout réfuté par le doute, aussi bien les connaissances issues des sens et de l'expérience que celles auxquelles l'esprit accède par sa seule puissance, il ne peut plus qu'affirmer cette proposition « Je suis, j'existe ». Il s'agit d'une proposition indubitable, car dans la mesure où le doute nécessite un sujet du doute, plus je doute que j'existe plus je m'affirme comme existant ; mais aussi d'une proposition indémontrable, car elle n'est pas inférée d'une autre proposition. Cependant, elle n'en est pas moins vraie, elle est évidente, elle est la vérité qui se voit – évidence vient du verbe latin *videre* qui signifie voir – immédiatement avec les yeux non du corps, mais de l'esprit.

3. La vérité se reconnaît à son propre signe

Ainsi, poser l'évidence comme étant le propre des vérités premières permet, tout en montrant les limites de la démonstration dans l'accès au savoir, de ne pas la rendre totalement inopérante, mais de préciser les conditions de l'usage que l'on peut en faire. Cependant, la démarche cartésienne reste critiquable dans

la mesure où elle s'appuie sur une méthode à l'adresse de laquelle on pourrait formuler les mêmes critiques que celles qui ont permis de saisir les limites de la démonstration. En effet, affirmer la nécessité d'une méthode pour atteindre le savoir tombe également sous le coup de l'objection affirmant que cette manière de procéder conduit nécessairement à une régression à l'infini. C'est cette critique que va développer Spinoza dans son *Traité de la réforme de l'entendement* à l'encontre de l'idée même de méthode. Pour ce faire, Spinoza va recourir à l'analogie avec la technique :
« Pour forger le fer en effet, on a besoin d'un marteau et pour avoir un marteau il faut le faire ; pour cela un autre marteau, d'autres instruments sont nécessaires et, pour avoir ces instruments, d'autres encore et ainsi de suite à l'infini ; par où l'on pourrait s'efforcer vainement de prouver que les hommes n'ont aucun pouvoir de forger le fer. »
Par cette analogie, Spinoza explique en quoi l'idée de méthode est en elle-même problématique. En effet, de même que les hommes ont pu commencer à produire des outils avant même de disposer d'outils pour les fabriquer, il n'est pas nécessaire pour accéder au savoir de disposer d'une méthode qui nécessiterait pour être élaborée que l'on dispose d'une autre méthode et ainsi de suite à l'infini. C'est pourquoi, pour Spinoza, seule la réflexion vaut comme méthode pour accéder au savoir, il n'est pas nécessaire de recourir à une méthode qui peut apparaître comme lui étant extérieure. Il suffit que le savoir s'examine lui-même en produisant les idées des idées qui le constituent pour parvenir à distinguer les idées vraies des idées fictives. C'est en ce sens que selon lui « la vérité se reconnaît à son propre signe ». Pour qu'une idée soit reconnue comme vraie ou adéquate, il suffit que l'esprit en saisisse toute la cohérence interne. De même que les premiers hommes ont commencé par utiliser les outils que la nature leur offrait pour commencer à forger le fer, c'est donc en partant de l'idée vraie que nous avons que nous posons les bases du savoir à partir desquelles nous pouvons construire des démonstrations qui nous permettent d'aller plus loin. Cette démarche est d'ailleurs celle à laquelle recourt Spinoza dans l'*Éthique*, son livre majeur qui est rédigé selon la méthode géométrique et qui est principalement constitué de définitions et de propositions immédiatement suivies pour chacune d'elles de leur démonstration.

III. Savoir philosophique et connaissance scientifique

Si la démonstration peut donc fonctionner pour accéder au savoir à la condition de poser des principes, quant à eux indémontrables, il convient peut-être pour clarifier cette réflexion de distinguer la manière dont elle s'exerce selon les différents domaines du savoir et les différents objets de connaissance.

1. La démonstration mathématique

Le propre des mathématiques est d'être une science qui, bien que pouvant servir d'outil intellectuel aux sciences expérimentales, ne dépend d'aucun objet d'expérience précis et qui n'a besoin, par conséquent, d'aucune procédure expérimentale pour vérifier les conclusions de ses démonstrations. Personne n'a jamais observé un cercle parfait ni eu l'expérience sensible de la racine carrée. Il n'empêche que nous pouvons déduire toutes les propriétés de ces divers objets par le seul raisonnement et que nous pouvons d'ailleurs ensuite utiliser ces savoirs dans des

domaines comme la physique ou l'astronomie, voire dans les sciences humaines et sociales lorsqu'elles utilisent des statistiques ou des probabilités.
Quoi qu'il en soit, la science mathématique est à ce point étrangère à l'expérience sensible qu'elle est en mesure de construire des systèmes cohérents ne correspondant à aucune donnée empirique. Cela se vérifie tout particulièrement en géométrie, puisque la découverte des géométries non-euclidiennes nous a permis de concevoir d'autres espaces que celui à trois dimensions dans lequel nous vivons. C'est en voulant démontrer par l'absurde le postulat d'Euclide, qui affirme que deux parallèles ne se rencontrent jamais, que des mathématiciens ont pu découvrir la possibilité de construire d'autres géométries. Une démonstration par l'absurde consiste à partir du principe inverse de celui que l'on veut démontrer. Si, à l'issue du raisonnement, on parvient à des incohérences, cela prouve que ce principe inverse est faux et donc que son opposé est vrai. Aussi, certains mathématiciens, comme Saccheri au XVIIe siècle puis Riemann et Lobatchevski au XIXe, se sont aperçus, après avoir tenté de prouver par l'absurde le postulat des parallèles, que l'on pouvait très bien postuler, par exemple, que deux parallèles se rencontrent en un point à l'infini, et construire une autre géométrie et par conséquent un autre espace totalement différent de celui de notre expérience commune. S'il en va ainsi, c'est que la science mathématique présente un caractère fortement formel et que toute théorie mathématique est en réalité une axiomatique, c'est-à-dire un système reposant sur des axiomes, des propositions indémontrables qui ne sont vraies qu'à l'intérieur du système qu'elles permettent de construire. On comprend mieux ainsi en quoi les sciences mathématiques ne sont pas expérimentales et en quoi leurs démonstrations s'effectuent de manière totalement *a priori*.

2. La méthode scientifique

Dans une certaine mesure, on peut considérer que la science relève plus de la connaissance que d'un savoir. En effet, alors que le savoir ne relève que de la perception que l'esprit a de lui-même et de ce qu'il est capable de produire en ne recourant qu'à ses seules ressources, la connaissance est toujours connaissance d'un objet, c'est-à-dire étymologiquement d'une chose qui est « jetée devant » un sujet. Ce que cherche à connaître le scientifique, le physicien, le chimiste ou le biologiste, mais cela peut aussi valoir en un certain sens pour les sciences humaines et sociales, est une réalité objectivée et perceptible dans le cadre d'une expérience, c'est-à-dire d'un rapport sensible au monde. La question se pose alors de savoir s'il faut démontrer pour connaître et, si c'est le cas, de préciser sur quels principes doit s'appuyer le scientifique pour élaborer ses démonstrations.
On pourrait croire dans un premier temps qu'il suffit d'observer l'expérience pour en tirer une connaissance. Une telle manière de procéder relèverait d'une certaine forme d'empirisme et reviendrait donc à croire que toute connaissance provient de l'expérience – *empeiria* en grec ancien – et consisterait peut-être plus à montrer qu'à démontrer. En effet, si l'on se situe dans une perspective purement empiriste, la seule démonstration possible relève de l'induction, c'est-à-dire de l'inférence d'une règle générale à partir de l'observation et du constat d'une multiplicité de cas identiques. C'est, par exemple, parce que j'ai pu observer qu'à chaque fois que j'élève la température de l'eau à plus de 100° celle-ci se met à bouillir que j'ai pu inférer la loi selon laquelle l'eau bout à 100°.

Cependant, la conception inductive et empiriste de la démonstration ne va pas sans poser problème et présente certains aspects contradictoires. Comment peut-on à la fois affirmer que toute connaissance provient de l'expérience et établir des lois scientifiques que nous pensons, que nous le voulions ou non, comme nécessaires alors que rien dans l'expérience ne permet de penser la nécessité. Le philosophe anglais David Hume a beau considérer que l'affirmation selon laquelle le soleil ne se lèvera pas demain est une hypothèse tout aussi recevable que la proposition inverse :
« *Le soleil ne se lèvera pas demain*, cette proposition n'est pas moins intelligible et elle n'implique pas plus contradiction que l'affirmation : *il se lèvera*. Nous tenterions en vain d'en démontrer la fausseté. »
Il n'empêche que nous pensons les lois qui régissent la révolution des astres comme nécessaires et que nous ne tirons pas le concept de nécessité de l'expérience, pas plus d'ailleurs que celui de causalité que nous utilisons, par exemple, pour établir une relation entre l'élévation de la température de l'eau et son ébullition. Par conséquent, nous sommes conduits à penser que, pour établir ses démonstrations, le scientifique ne s'appuie par uniquement sur l'expérience, mais doit aussi s'appuyer, comme l'a exposé Kant dans la *Critique de la raison pure*, sur des concepts *a priori*, c'est-à-dire des concepts constitutifs de notre pouvoir de connaître, tels ceux de nécessité ou de causalité, et que nous appliquons à l'expérience. Aussi, s'il faut démontrer pour connaître dans les sciences, il importe pour bien faire de la science de savoir que celle-ci n'est pas un simple « compte rendu » de l'expérience, mais une construction organisant les données empiriques à partir d'éléments *a priori* qui leur sont appliqués. Cela se vérifie d'ailleurs dans la méthode expérimentale qui n'a rien d'empirique étant donné qu'elle consiste à élaborer un processus de vérification d'hypothèse à partir d'éléments théoriques préalablement construits. C'est d'ailleurs ce qui fait dire à Gaston Bachelard que toute expérience scientifique est une « théorie matérialisée ».
Cela étant dit, une dernière question se pose : qu'en est-il de la connaissance des conditions même de l'expérience dont, par définition, nous ne pouvons avoir l'expérience puisqu'elles lui sont antérieures ? Peut-on produire à leur sujet un savoir en usant uniquement de la seule puissance de l'esprit ou cette connaissance nous est-elle inaccessible ?

3. La métaphysique et les preuves de l'existence de Dieu

Cette question est celle qui se situe au cœur même de l'ouvrage majeur de Kant, la *Critique de la raison pure*, et qui peut se résumer ainsi : la métaphysique peut-elle être une science ? La métaphysique désigne la discipline que l'on qualifie depuis Aristote de philosophie première puisqu'elle se veut la science des principes mêmes de la nature, méta/ physique pouvant se comprendre comme ce qui est premier par rapport à la nature – *phusis* en grec ancien. Cette antériorité fait que, comme nous l'avons souligné précédemment, nous ne pouvons avoir d'expérience de ce que la métaphysique pose comme ses objets – l'âme, le monde et Dieu –, dans la mesure où ces derniers sont posés comme les conditions même de l'expérience et qu'ils lui sont antérieurs. C'est pourquoi le discours qui peut être tenu à leur sujet ne peut être que spéculatif. Il ne peut se situer qu'au seul niveau des idées sans jamais pouvoir faire l'objet d'une quelconque vérification expérimentale. C'est en raison de cette dimension purement spéculative de la métaphysique que Kant va considérer que cette dernière ne peut accéder au statut de science, quelle que soit

la rigueur des démonstrations qui la constituent. Dans la mesure où les objets de la métaphysique sont les idées de la raison pure, c'est-à-dire des concepts ne correspondant à aucun objet perceptible dans l'expérience, les démonstrations que l'on peut établir à leur sujet sont invérifiables bien qu'incontestables. Kant expose d'ailleurs, dans la partie de la *Critique de la raison pure* qui s'intitule « la dialectique transcendantale », que, dans la mesure où la raison tourne en quelque sorte à vide lorsqu'elle élabore des démonstrations métaphysiques, elle est en capacité de démontrer avec autant de rigueur une thèse et celle qui lui est opposée. Par exemple, la raison peut tout aussi bien démontrer que le monde a un commencement dans le temps et qu'il est limité dans l'espace que la thèse opposée selon laquelle le monde existe de toute éternité et n'est pas limité dans l'espace.
Cette critique de la métaphysique va également concerner les preuves de l'existence de Dieu, par exemple celle que l'on qualifie d'ontologique parce qu'elle démontre l'existence de Dieu à partir de son essence, c'est-à-dire de sa définition. Cette déduction peut se résumer ainsi : si Dieu est l'être parfait par excellence, il ne peut qu'exister, puisque s'il n'existe pas, il perd une perfection et n'est plus Dieu. Kant remet en question cette prétendue preuve en mettant en évidence que l'existence n'est pas un prédicat, c'est-à-dire n'est pas une propriété appartenant à la nature d'un être. Qu'une chose soit posée comme existante ou non, elle ne change pas pour autant de nature. Kant prend l'exemple d'une somme d'argent, cent thalers : que j'aie cette somme dans ma poche ou que je l'imagine, cela fera toujours cent thalers.
Cette critique de la métaphysique nous montre qu'il ne suffit pas de démontrer pour savoir, mais qu'il faut également s'interroger sur ce qui fait l'objet de la démonstration pour savoir si ses conclusions sont recevables ou non. Kant établit ainsi par sa démarche critique les limites de la connaissance et du savoir. Nous ne pouvons connaître que les phénomènes, c'est-à-dire les choses dont nous avons l'expérience et telles que nous les percevons au travers de nos facultés de connaissance, mais nous ne pouvons pas connaître la chose en soi, c'est-à-dire le réel tel qu'il est indépendamment de nous.

Conclusion

Il ne faut donc pas nécessairement démontrer pour savoir, il faut aussi savoir pour démontrer, étant donné que la démonstration n'est pas en mesure d'établir la vérité des principes sur lesquels elle s'établit et se construit. C'est pourquoi le recours à l'évidence intellectuelle est requis chez des philosophes comme Descartes ou Spinoza pour permettre d'établir la vérité de leurs démonstrations.
La démonstration peut même parfois être à l'origine d'un savoir illusoire en raison de sa rigueur formelle qui fait oublier le caractère souvent fragile et incertain de son contenu.
Aussi faut-il nécessairement soumettre la démonstration à la réflexion et à la critique pour nous éviter de sombrer dans de vaines et creuses spéculations sources d'erreurs et d'illusions.

La raison et le réel

Qui a peur des vérités scientifiques ?

Le sociologue Bruno Latour propose un armistice entre relativistes et rationalistes. Mais la science bataille sur un autre front : la confusion entre faits et opinions

« Si on n'a pas confiance dans l'institution scientifique, c'est très grave ». Dans son nouveau livre, Enquête sur les modes d'existence. Une anthropologie des modernes (La Découverte, 504 p., 26 €), le sociologue français des sciences Bruno Latour raconte sa stupéfaction à entendre un éminent climatologue répondre ainsi à un industriel qui lui demandait pourquoi il devait le croire lorsqu'il explique que le réchauffement de la planète est dû à l'influence humaine. *« Il y a cinq ou dix ans,* commente Bruno Latour, *je ne crois pas qu'un chercheur — surtout français — aurait parlé, en situation de controverse, de "confiance dans l'institution scientifique".* [...] *C'est à la certitude qu'il aurait fait appel, certitude dont il n'aurait pas eu à discuter la provenance en détail devant un tel auditoire ; c'est elle qui lui aurait permis de traiter son interlocuteur d'ignorant et ses adversaires d'irrationnels. »* Et le sociologue de donner raison au climatologue : *« Quand il s'agit d'obtenir des connaissances validées sur des objets aussi complexes que le système entier de la Terre, connaissances qui doivent entraîner des changements radicaux dans les détails les plus intimes de l'existence de milliards de gens, il est infiniment plus sûr de se confier à l'institution scientifique qu'à la certitude indiscutable. »*

Cet ouvrage (lire le dossier dans « Le Monde des livres » daté du 21 septembre) pourrait bien marquer la fin de ce qui a été appelé « la guerre des sciences » entre rationalistes et relativistes.

Pour un rationaliste, un énoncé scientifique est vrai s'il correspond à la réalité du monde. Pour un relativiste, il est réputé vrai s'il fait l'objet d'un consensus parmi les chercheurs à un moment donné. Latour résumait cette idée avec son ironie coutumière dans *La Science en action* (La Découverte, 2005) : *« Même si vous avez écrit un article qui prouve de manière définitive que la Terre est creuse ou que la Lune est faite en fromage de Roquefort, cet article ne sera pas définitif tant qu'il ne sera pas repris par d'autres et utilisé ultérieurement comme un fait établi. »*

Cette guerre des sciences débute en 1996 quand le physicien américain Alan Sokal publie dans une revue phare des sciences humaines, *Social Text*, un article au titre ronflant : « Transgresser les frontières. Vers une herméneutique transformative de la gravitation quantique ». Le jour même de sa parution, l'auteur révèle que cet article n'est en fait qu'un canular, volontairement truffé d'erreurs, et stigmatise l'incompétence avec laquelle certains universitaires travaillant dans le domaine des sciences humaines emploient des concepts issus des sciences dures. Etaient particulièrement visés, et dénoncés comme « impostures intellectuelles », les travaux se revendiquant du postmodernisme visant à mettre au jour comment le discours scientifique n'est, peu ou prou, qu'une forme d'idéologie propre aux classes dominantes occidentales.

S'ensuivit une polémique sur la pertinence de l'usage métaphorique des concepts scientifiques qui dégénéra en guerre des sciences. D'un côté, les rationalistes, prenant la défense de Sokal, défendaient l'idée selon laquelle la science parvient, dans sa confrontation avec le réel, à produire des énoncés ayant vocation à la vérité universelle, indépendants des conditions dans lesquelles ils ont été formulés. De l'autre, les relativistes soulignaient à quel point tout savoir scientifique est construit, et donc relatif à la période à laquelle il est formulé, et dépendant des luttes d'influence, y compris politiques, qui s'y sont déroulées.

Menée à coups de livres, d'articles et de numéros de revue, la guerre des sciences s'est transformée en affrontement de positions. Pour les décrire à grandes lignes, les chercheurs en sciences expérimentales étaient, dans leur grande majorité, acquis aux thèses rationalistes ; la sociologie des sciences faisait figure de bastion du relativisme ; et la philosophie des sciences restait partagée.

Les lignes de front semblaient figées quand éclata en 2009 la polémique autour de l'origine du réchauffement climatique. Les climatologues du monde entier avaient beau unanimement expliquer que l'augmentation des températures terrestres était due à l'émission de gaz à effet de serre, l'opinion se montrait de plus en plus sensible aux idées des climatosceptiques contestant la réalité du réchauffement ou l'attribuant à d'autres influences que celle de l'activité humaine. De manière surprenante, des tenants revendiqués du rationalisme se rangèrent du côté des climatosceptiques, tel le médiatique Claude Allègre, son ancien bras droit Vincent Courtillot ou le philosophe des sciences Dominique Lecour. Mais à l'inverse, les figures de proue du relativisme dans le monde francophone, Bruno Latour et la philosophe des sciences belge Isabelle Stengers, d'ordinaire méfiante à l'idée même de vérité scientifique, se convainquirent très vite que l'origine anthropique du réchauffement n'était pas une thèse relative, une opinion parmi d'autres, mais une réalité à prendre très au sérieux.

Dans son *Enquête sur les modes d'existence*, Bruno Latour semble esquisser une autocritique de la pugnacité souvent provocatrice avec laquelle il critiqua durant des années l'institution scientifique et sa croyance dénoncée comme naïve en la puissance de la raison. « *Devant la ruine des institutions que nous commençons à léguer à nos descendants, suis-je le seul à ressentir la même gêne que les fabricants d'amiante visés par les plaintes au pénal des ouvriers victimes de cancers du poumon ? Au début, la lutte contre l'institution paraissait sans danger ; elle était modernisatrice et libératrice — amusante même — ; comme l'amiante, elle n'avait que des qualités. Mais comme l'amiante, hélas, elle avait aussi des conséquences calamiteuses que nul n'avait anticipées et que nous avons été bien trop lents à reconnaître.* »

On peut lire là une tentative de dépasser l'affrontement de la guerre des sciences : après tout, peu importe si certains énoncés de la science peuvent être tenus pour vrais parce qu'ils décrivent fidèlement la réalité ou parce qu'ils font consensus au sein de l'institution scientifique, si l'on s'accorde sur l'idée qu'il est possible de parvenir à des vérités.

Mais le débat rebondit alors du côté de la philosophie politique. Toutes les opinions étant légitimes en démocratie, pourquoi certaines — les vérités scientifiques — prétendraient-elles être de nature différente ? Question philosophique délicate, qui suscite un intérêt renouvelé. En témoigne la multiplication des colloques comme « Rationalité, vérité et démocratie », au Collège de France, en juin 2010, « Sciences, vérité et démocratie », au centre Canguilhem de l'université Paris-VII, en juin 2011 ou encore « Vérités scientifiques et démocratie », à l'Assemblée nationale en décembre 2011.

La question n'est pas que théorique. Comment un enseignant donnant un cours sur l'origine de l'homme ou la théorie darwinienne de l'évolution peut-il répondre à un élève acquis au créationnisme en lui rétorquant : « *C'est votre opinion, mais ce n'est pas la mienne* » ? Deux livres récents s'efforcent, de manière différente, de répondre à cette objection.

Dans *Les Sciences face aux créationnismes* (Quae, 176 p., 11,50 €), le systématicien Guillaume Lecointre, du Muséum d'histoire naturelle, propose d'*« échapper aux deux extrêmes, celui d'une norme épistémologique formelle et idéalisée qui confondrait la "science faite" et la "science en train de se faire", oublieuse des contraintes sociales du métier de chercheur, et celui du relativisme [...] le laissant voguer au gré des besoins, aléas et tourmentes sociopolitiques. [...] Ce n'est pas parce que ces contraintes existent qu'il n'y a pas de méthode scientifique. [...] Quand on entre dans un laboratoire pour y mener une investigation, il y a des attendus méthodologiques auxquels chacun doit se plier »*. Et de proposer de placer la description de ce « contrat méthodologique des chercheurs » au cœur tant de l'enseignement des sciences que des échanges des chercheurs avec le public.

Dans *La Terre, des mythes au savoir* (Cassini, 2011), le physicien Hubert Krivine démontre comment s'est construite, à travers l'histoire des sciences, l'idée qui peut aujourd'hui être tenue pour une vérité scientifique que la Terre est âgée de 4,5 milliards d'années. *« Le lecteur qui aurait pu en douter se convaincra, je l'espère, qu'il peut y avoir et qu'il y a eu réellement, dans certains cas, un passage progressif* [...] *de la croyance mythique à la connaissance scientifique, qui a entraîné l'éviction de la première par la seconde, pour des raisons qui n'ont rien d'arbitraire et ne relèvent pas simplement de la compétition pour le pouvoir et l'influence entre des conceptions qui, intrinsèquement, ne sont ni plus ni moins vraies les unes que les autres »*, écrit dans la préface Jacques Bouveresse, professeur émérite de philosophie de la connaissance au Collège de France.

Face au créationnisme, peut-on compter sur le renfort de l'étude de l'histoire des sciences ? Si l'enseignement de l'histoire de l'art est à présent bien implanté dans les collèges, celui de l'histoire des sciences se fait toujours attendre...

Nicolas Chevassus-au-Louis
Le Monde daté du 22.09.2012

La raison et le réel

Hume : Une volonté d'invention perpétuelle

Au sein de la philosophie des Lumières, le penseur écossais occupe une position critique tout à fait singulière. Philippe Raynaud souligne l'originalité de l'auteur du « Traité de la nature humaine »

Quelle est la place de Hume et de sa pensée dans votre propre itinéraire philosophique ?

Lorsque j'étais étudiant, Hume n'occupait pas une place centrale dans la philosophie française, qui privilégiait plutôt, d'un côté, la tradition rationaliste (de Platon à Kant ou à Hegel) et, de l'autre, les différentes figures de la « fin de philosophie » ou de la « déconstruction de la métaphysique ». Hume apparaissait donc, le plus souvent, comme le plus éminent représentant d'une tradition elle-même mineure (l'« empirisme »), et comme un penseur plus subtil que profond, dont le plus grand mérite était sans doute d'avoir aidé Kant à sortir de son « sommeil dogmatique » grâce à sa critique de la causalité.

Les choses ont un peu changé depuis, parce que la France a d'excellents historiens et commentateurs de Hume, mais il reste vrai que ce penseur n'occupe pas une place centrale chez nous. Ce qui m'a conduit à m'intéresser à lui, c'est précisément le fait que j'y trouvais des choses qui me paraissaient faire défaut, la plupart du temps, à la philosophie française. J'ai commencé à (re)travailler son œuvre au début des années 1980. Celles-ci furent marquées, d'un côté, par les débuts de la diffusion des grands textes issus du positivisme et/ou de l'empirisme logique (Carnap, Wittgenstein et le premier Russel, même si celui-ci n'était pas en toute rigueur « empiriste ») et, d'un autre côté, par la renaissance du criticisme néo ou postkantien, elle-même liée au développement d'une philosophie politique libérée de l'héritage marxiste.

Sur cette base de départ somme toute assez classique, j'ai été conduit à voir en Hume un penseur beaucoup plus original et, si l'on peut dire, plus ample, qui occupe une position tout à fait singulière, à la fois interne et critique, au sein de la philosophie des Lumières. Hume est un critique du rationalisme moral (« *la raison est et ne peut qu'être l'esclave des passions* »), mais il refuse tout autant la démarche « généalogique » qui réduit la sympathie et la générosité à l'amour-propre et à l'égoïsme ; il est radicalement incroyant, et sans doute plus athée que déiste, mais sa philosophie de la religion reconnaît une certaine force aux sentiments et même aux arguments « théistes » ; sa philosophie politique, enfin, est fondamentalement moderne, mais elle est tout aussi éloignée de l'orthodoxie libérale anglaise (*whig*) que de l'esprit « constructiviste » des Lumières françaises.

Quel est le texte de Hume qui vous a le plus marqué, nourri, et pourquoi ?

Lorsque je cherche à reconstruire l'unité et la cohérence de la pensée de Hume, je suis toujours conduit à revenir au *Traité de la nature humaine*, œuvre de jeunesse géniale où on trouve déjà sous une forme quasi systématique presque toutes les grandes thèses développées dans les œuvres ultérieures. Il reste cependant que c'est aux *Essais moraux, politiques et littéraires* que je me réfère le plus volontiers, car c'est dans ces textes aussi denses que plaisants que l'on saisit le mieux le style de pensée de Hume. Le peu de succès public du *Traité* l'a conduit à privilégier la forme de l'essai, qui était pour lui la mieux adaptée aux besoins de son temps, car elle permettait de réunir, à leur mutuel avantage, les deux mondes de la philosophie et de la « conversation ». Le monde de la conversation ou de la bonne société doit éviter de sombrer dans la futilité ou dans l'ennui, mais la philosophie a elle aussi tout à perdre à rester séparée du monde de la conversation et elle doit prendre le risque de se confronter au sens commun éclairé, à la diversité des opinions.

Les *Essais* abordent toutes les grandes questions de la philosophie du XVIIIe siècle (de la religion à la politique) et même de la *philosophia perennis* et ils peuvent être lus comme les œuvres des grands moralistes classiques. Pour ce qui me concerne, j'accorderai une importance toute particulière à l'essai sur « La naissance et le progrès des arts et des sciences », qui est pour moi une des expressions les plus profondes des problèmes que pose le projet même des Lumières. Hume part du constat que, si la liberté politique est favorable à la naissance des arts et des sciences, comme le montre l'exemple de l'Angleterre, les beaux-arts ont connu un développement plus brillant dans une *« monarchie civilisée »* comme la France. A partir de là, il donne une très brillante analyse des relations qu'entretiennent en Europe les régimes politiques, les arts, les mœurs, les formes de civilité ou de politesse et les relations entre les sexes, qui débouche sur des enjeux considérables et qui fonde une critique de la civilisation moderne symétrique de celle de Rousseau. Il écarte l'idée d'une corruption générale des mœurs dans la modernité, mais il montre également la précarité du progrès - et l'absence de lien nécessaire entre ses différents aspects. C'est le début d'une grande controverse, qui va se poursuivre chez Rousseau et Kant et dont on peut suivre la trace tout au long du XIXe siècle.

Selon vous, où cet auteur trouve-t-il aujourd'hui son actualité la plus intense ?

A travers la forme de l'essai, Hume a défini et surtout incarné un idéal qui ne vaut pas seulement pour le monde des salons, mais pour toute société ouverte, dans laquelle la philosophie n'est pas une activité séparée, où elle intervient au contraire dans une culture vivante. Mais la substance de son œuvre est encore plus riche d'enseignements, parce que, sans être nullement rétrograde, elle est suffisamment éloignée des préjugés modernes pour donner à penser dans une période aussi incertaine de ses principes que la nôtre.

Hume échappe complètement à la vision « atomistique » de la société qui sous-tend la plupart des doctrines du XVIIIe siècle, sous la double figure du « contrat social » et du marché ; l'homme est pour lui un animal naturellement producteur d'artifices et c'est pour cela qu'il n'est ni un sujet porteur de droits ni un *Homo economicus* fondamentalement stratège ou acteur rationnel.

Le monde de Hume est donc un monde d'invention permanente, qui permet certes de protéger les droits par l'établissement de communautés politiques limitées, mais qui est surtout voué à élargir la sympathie et à étendre la coopération, en inventant sans cesse de nouveaux mobiles qui dépassent l'intérêt (l'honneur, la coutume, l'hérédité etc.) et de nouvelles passions qui vont bien au-delà des besoins naturels ; il n'y a cependant pour lui ni Providence ni *« dessein de la nature »* pour garantir que ce devenir va réaliser les fins de la Raison. Cette philosophie fondamentalement joyeuse ou du moins gaie, qui n'exclut pas la possibilité de la tragédie, me semble pour ma part parfaitement « actuelle » - sans que cela exclue qu'elle puisse être vraie.

Propos recueillis par Jean Birnbaum
Le Monde des livres daté du 06.06.2008

Composition
Sujet national, juin 2015, série S

La politique échappe-t-elle à l'exigence de vérité ?

Comprendre le sujet

Il s'agit d'examiner le lien qui unit ou oppose la politique et l'exigence de vérité. S'il semble que la politique « échappe » de fait à l'exigence de vérité, ne lui faut-il pas, en droit, tâcher de la respecter ?
La politique (du grec *polis*, « cité ») désigne le gouvernement des hommes réunis dans une communauté (« cité »). On y rencontre deux types de questions : l'une relative aux moyens (l'exercice concret du pouvoir), l'autre aux finalités (le bien public : justice, ordre, prospérité).
L'exigence de vérité désigne le souci de fonder ses jugements et ses actes sur des idées conformes à la réalité. Elle exclut donc aussi bien l'ignorance que l'erreur, l'illusion ou encore le mensonge.
L'opinion commune et sa remise en question
La politique semble étrangère à l'exigence de vérité, car en matière de bien com-mun et de justice publique, il semble qu'il n'y ait pas de vérité, mais seulement des opinions variées, changeantes, voire contradictoires. Si certains le déplorent, craignant que le mensonge, l'erreur et l'illusion triomphent en politique, d'autres s'en félicitent, jugeant qu'il y a là une condition essentielle à la liberté d'expression.
Toutefois, à l'inverse, sans l'exigence de vérité, la politique ne risque-t-elle pas de sombrer dans la violence et l'injustice des rapports de force entre opinions rivales, qu'elle a précisément à charge de conjurer ? Qu'est-ce qui, en dehors de l'exigence de vérité, pourrait encore guider le jugement politique ?

Mobiliser ses connaissances

Notions et distinctions utiles

- La notion de politique renvoie aux chapitres sur l'État, la société, les échanges, la justice et le droit ;
- La notion de vérité fait elle-même l'objet d'un chapitre au programme ;
- La distinction de l'opinion et de la vérité ;
- La justice et le droit, opposés à la force ;
- La recherche de la vérité (pensée comme simple exigence) distinguée de la possession de la vérité (considérée comme réellement existante).

Repères du programme à mobiliser

- En fait / en droit ;
- Idéal / réel ;
- Persuader / convaincre.

Citations pouvant servir de référence

- « Plaisante justice qu'une rivière borne ! Vérité au-deçà des Pyrénées, erreur au-delà. » Blaise Pascal, *Pensées*, fragment 294, classement Brun-schvicg.
- « Le genre humain ne mettra pas fin à ses maux avant que la race de ceux qui, dans la rectitude et la vérité, s'adonnent à la philosophie n'ait accédé à l'autorité politique. » Platon, *Lettre VII*.

Textes de référence

Cet extrait du fameux discours de Calliclès (Platon, *Gorgias*), sophiste et adversaire de Socrate, développe une charge vigoureuse contre la philosophie, incapable à ses yeux de gouverner une cité. C'est à la force des hommes éloquents, non à cette ridicule exigence de vérité des philosophes, qu'il convient de s'en remettre en matière politique.

> « Certes, ce sont les faibles, la masse des gens, qui éta-blissent les lois, j'en suis sûr. C'est donc en fonction d'eux-mêmes et de leur intérêt personnel que les faibles font les lois, qu'ils attribuent des louanges, qu'ils répartissent des blâmes. Ils veulent faire peur aux hommes plus forts qu'eux et qui peuvent leur être supérieurs. C'est pour empêcher que ces hommes ne leur soient supérieurs qu'ils disent qu'il est vilain, qu'il est injuste, d'avoir plus que les autres, et que l'injustice consiste justement à vouloir avoir plus. Car, ce qui plaît aux faibles, c'est d'avoir l'air d'être égaux à de tels hommes, alors qu'ils leur sont inférieurs.
> [...] Or, au contraire, il est évident, selon moi, que la justice consiste en ce que le meilleur ait plus que le moins bon et le plus fort plus que le moins fort. Partout il en est ainsi, c'est ce que la nature enseigne, chez toutes les espèces animales, chez toutes les races humaines et dans toutes les cités ! Si le plus fort domine et s'il est supérieur à lui, c'est là le signe que c'est juste. »
> [...] cet homme [le philosophe], aussi doué soit-il, ne pourra jamais être autre chose qu'un sous-homme, qui cherche à fuir le centre de la Cité, la place des débats publics, « là où, dit le poète, les hommes se rendent remarquables ». Oui, un homme comme cela s'en trouve écarté pour tout le reste de sa vie, une vie qu'il passera à chuchoter dans son coin avec trois ou quatre jeunes gens, sans jamais proférer la moindre parole libre, décisive, efficace. »
>
> Platon, *Gorgias*

Réfutant la position sophistique qui tend à séparer l'exercice du pouvoir de la recherche de la vérité, Platon, par la bouche ici de Socrate, entend défendre le projet d'un gouvernement éclairé où l'exigence de vérité fait barrage à la violence des opinions contradictoires et des passions irrationnelles. Car là où nul ne se préoccupe plus de vérité, le mensonge, la tromperie et l'ignorance règnent sans partage dans un monde violent et injuste qui par conséquent n'a plus rien de politique.

> « Tant que les philosophes ne seront pas rois dans les ci-tés, ou que ceux qu'on appelle aujourd'hui roi et souverains ne seront pas vraiment et sérieusement philosophes ; tant que la puissance politique et la philosophie ne se rencontreront pas dans le même sujet ; tant que les nombreuses natures qui poursuivent actuellement l'un ou l'autre de ces buts de façon exclusive ne seront pas mises dans l'impossibilité d'agir ainsi, il n'y aura de cesse, mon cher Glaucon, aux maux de la cité, ni, ce me semble, à ceux du genre humain, et jamais la cité que nous avons décrite tantôt [le

gouvernement de la cité d'après l'idée vraie du Juste en soi] ne sera réalisée, autant qu'elle peut l'être, et ne verra la lumière du jour. Voilà ce que j'hésitais depuis longtemps à dire, prévoyant combien ces paroles heurteraient l'opinion commune. »

Platon, *République* , Livre V

Dans le texte suivant, David Hume développe un célèbre argument qui vise à dis-tinguer le registre des valeurs du registre de la vérité. Tandis qu'un jugement de vérité porte sur ce qu'une chose « est », un jugement de valeur énonce ce qui « doit être » (le juste, le bien). Or, quiconque examine une chose n'y trouvera jamais de quoi affirmer qu'elle doit être, qu'elle possède une valeur quelconque. La politique qui prescrit des actions (lois) ne peut relever de l'exigence de vérité qui décrit des réalités.

« Dans tous les systèmes de morale que j'ai rencontrés jusqu'alors, j'ai toujours remarqué que les auteurs, pendant un certain temps, pro-cèdent selon la façon habituelle de raisonner et établissent l'existence de Dieu ou font des observations sur les affaires humaines ; puis, soudain, je suis surpris de voir qu'au lieu des habituelles copules est et n'est pas, je ne rencontre que des propositions reliées par un doit ou un ne doit pas. Ce changement est imperceptible mais néanmoins de la première importance. En effet, comme ce doit ou ne doit pas exprime une nouvelle relation ou affirmation, il est nécessaire qu'on la remarque et qu'on l'explique. En même temps, il faut bien expliquer comment cette nouvelle relation peut être déduite des autres qui en sont entièrement différentes car cela semble totalement inconcevable. Mais, comme les auteurs n'usent pas habituellement de cette précaution, je me permettrai de la recommander aux lecteurs et je suis persuadé que cette petite attention renversera tous les systèmes courants de morale et nous fera voir que la distinction du vice et de la vertu ne se fonde pas simplement sur les relations des objets et qu'elle n'est pas perçue par la raison.

David Hume, *Traité de la nature humaine*, Livre III, Partie I

Cette analyse de Jürgen Habermas revisite l'opposition socratique du dialogue véritable et du choc des opinions : seule l'exigence de vérité dans une communauté politique établit entre les hommes une réelle « communication » et les préserve des rapports de force où ne se déploient que des « stratégies » de domination et de manipulation.

« J'appelle communicationnelles les interactions dans lesquelles les participants sont d'accord pour coordonner en bonne intelligence leurs plans d'action ; l'entente ainsi obtenue se trouve alors déterminée à la mesure de la reconnaissance intersubjective des exigences de validité. Lorsqu'il s'agit de processus d'intercompréhension explicitement linguistiques, les acteurs, en se mettant d'accord sur quelque chose, émettent des exigences de validité ou plus précisément des exigences de vérité, de justesse, ou de sincérité selon qu'ils se réfèrent à quelque chose qui se produit dans le monde objectif (en tant qu'ensemble des états-de-chose existants), dans le monde de la communauté sociale (en tant qu'ensemble des relations interpersonnelles légitimement établies au sein du groupe social) ou dans le monde subjectif personnel (en tant qu'ensemble des expériences vécues auxquelles chacun a le privilège d'accéder).

Mais alors que dans l'activité stratégique l'un *influe* sur l'autre empiriquement (que ce soit en le menaçant d'une sanction ou en lui faisant miroiter des gratifications) afin d'*obtenir* la continuation escomptée de l'interaction, dans l'activité communicationnelle chacun est *motivé rationnellement* par l'autre à agir conjointement et ce en vertu des effet d'engagement illocutoires inhérents au fait que l'on propose un acte de parole. »

Jürgen Habermas, *Morale et communication*

Procéder par étapes

Identifier les difficultés particulières de ce sujet

On apportera une attention particulière à l'expression « l'exigence de vérité » qu'on ne confondra pas avec « la vérité » tout court. Il conviendra de préciser au fil du de-voir que l'exigence de vérité peut avoir un sens bien que l'existence de la vérité elle-même demeure problématique. Que la vérité n'existe pas en politique n'interdit peut-être pas qu'on la vise et qu'on tente de progresser vers elle comme en direction d'un idéal salutaire.

Problématiser le sujet

La contradiction que sous-tend le sujet correspond à l'opposition formulée ci-dessus dans la rubrique « L'opinion commune et sa remise en question ».

- D'un côté, la politique n'étant pas une science, on voit mal en quoi elle pourrait (ou devrait) se soumettre à l'exigence de vérité. Le bien commun et l'art de gouverner reposent davantage sur la liberté ou la contingence des opinions que sur une idée vraie, nécessaire et universelle.
- Mais d'un autre côté, en l'absence de tout souci de vérité, la politique tend à devenir une arène où, rivalisant les uns avec les autres, les hommes retombent dans un « état de nature » qui n'a plus rien de politique.

Introduction

Parmi les reproches que nous avons coutume d'adresser à la vie politique, l'un des plus fréquents et des plus vifs concerne son peu d'égard à la vérité. Les mensonges de représentants sans scrupules ou encore les illusions et erreurs entretenues pas des utopies politiques plus ou moins calamiteuses soulèvent régulièrement l'indignation des peuples. Si le gouvernement des hommes échappe, ainsi que l'histoire ne cesse de le montrer, à l'exigence de vérité, n'est-ce pas que le goût du pouvoir y trouve davantage à se satisfaire ? Dès lors, aux dérives d'une classe politique commandée par le goût du pouvoir, il conviendrait d'opposer une exigence de transparence des affaires publiques.
Toutefois, ne serait-ce pas se méprendre sur la nature de la politique ? Le gouvernement des hommes se définit d'après sa finalité qui est la vie juste, sûre et prospère dans une société. Il s'agit donc de bien vivre. Or, quel lien la recherche du bien a-t-elle avec l'exigence de vérité ? Ne faut-il pas admettre qu'en matière de justice et de bien commun, il n'est pas de vérité ? Mieux : l'exigence de vérité ne constitue-t-elle pas un danger pour la vie publique elle-même qui vit du libre échange des opinions et se dégrade sitôt qu'elle entreprend d'imposer une vérité?
Dès lors, le rapport de la politique à l'exigence de vérité pose un problème : d'un côté, l'exigence de vérité semble menacer la libre confrontation des opinions des citoyens, et donc la vie politique elle-même. Mais, d'un autre côté, l'indifférence à la vérité, voire son mépris, semble réduire la politique au seul rapport de force débouchant sur la violence et le triomphe de l'injustice, que précisément la politique a à charge de combattre.
Comment sortir de cette contradiction ? Quel sens et quelle place accorder à l'exigence de vérité en politique ?

I. La politique est affaire non de vérité, mais de libre confrontation d'opinions sur le bien commun

L'expérience suffit semble-t-il à enseigner qu'en matière de politique, il n'y a pas de vérité. L'idée que les peuples se sont fait du juste et de l'injuste et, d'une façon générale, du bien commun, est si multiple, changeante et contradictoire que l'on sourit, avec Pascal, à l'idée qu'on pût croire détenir un jour une quelconque vérité en la matière : « Plaisante justice qu'une rivière borne ! Vérité au-deçà des Pyrénées, erreur au-delà » (*Pensées*, 294).
Du reste, ce constat de fait s'explique aisément. La vérité énonce ce qui est, jamais ce qui doit être. Le bien commun, qui fait tout l'objet de la politique, ne relève donc pas de la vérité puisqu'il commande, non pas d'épouser la réalité, mais de la corriger, de l'orienter vers un but. La politique ne décrit pas le réel, mais se propose de prescrire un idéal (de justice, d'ordre ou de prospérité). De sorte que, si l'on peut dire que la politique échappe à l'exigence de vérité, c'est qu'elle ne vise pas la connaissance, mais l'action.
Demander à la politique de s'ordonner à l'exigence de vérité, c'est donc confondre l'ordre du bien et du juste avec celui du vrai. Convenons-en : la justice et le bon gouvernement des hommes est affaire de volonté et de convention, non de savoir et de vérité. Le juste n'est pas ce qu'on peut connaître, mais ce qu'on institue librement. C'est une distinction qui d'ailleurs nous est devenue familière : pour l'avoir

confondue, de nombreuses utopies politiques n'ont abouti qu'à la servitude, la violence et l'injustice. Il n'existe pas de parti de la vérité en politique qui ne soit un ferment d'oppression et un facteur d'anéantissement de toute vie politique. C'est dans cet esprit que le régime de la liberté d'opinion (démocratie) entend nous protéger contre toute imposition d'une idée réputée vraie (tyrannie). On est citoyen non pas parce qu'on détient une vérité, mais lorsqu'on exprime son opinion.
Toutefois, la promotion de l'opinion (libre) contre la vérité (réputée impossible et oppressive) ne conduit-elle pas à un scepticisme à la fois dangereux et inconséquent ? Le renoncement à la vérité n'engendre-t-il pas un relativisme ruineux pour la politique en encourageant une concurrence des opinions qui s'apparente à une « guerre de tous contre tous » ?

II. La politique doit être guidée par l'exigence de vérité

Si l'expérience enseigne que les opinions des hommes en matière de justice et de bien commun sont multiples, changeantes et contradictoires, cela n'implique nullement que le destin de la politique y soit essentiellement et pour toujours attaché. On ne saurait conclure de l'existence conflictuelle et erratique de la politique à son essence. Car, si la politique est dominée par des conflits d'opinions, n'est-ce pas simplement que les hommes manquent encore d'une connaissance de la vraie justice et du gouvernement véritablement bon pour eux ?
Tout l'effort de Platon fut à cet égard de réaffirmer l'idée d'un savoir vrai du Bien et du Juste en soi. Car en prétendant à la fois que la vérité n'existe pas et que la politique ne relève que de l'éloquence et de la ruse du plus habile, les sophistes ont réduit la politique à une arène où s'affrontent des opinions, chacune riche de sa seule force de persuasion et du désir de pouvoir qu'elle exprime. Dès lors, si la force fait droit, la vérité périt dans le choc des opinions et la politique s'abîme dans ce qu'elle avait pour mission de conjurer : la violence et l'injustice.
Dès lors, si par politique on veut entendre autre chose que le « droit du plus fort » débouchant sur la violence et l'injustice, il faut, ainsi que l'a bien vu Platon, tâcher de sortir de la « caverne » des opinions antagonistes, pour mûrir son jugement au « soleil » de la vérité du Juste en soi. Toutes les opinions ne se valent pas. Et l'étalon de la valeur n'est pas la force, mais la vérité. Il convient donc de confier le gouvernement des hommes à ceux qui, plus doués que les autres, savent écouter autre chose que leur appétit de puissance, et administrer les affaires publiques à la lumière de la vérité. Ces hommes sont les philosophes, appelés par leur naturel à devenir « rois ». La vraie justice est celle qui rétablit l'harmonie du supérieur et de l'inférieur où la raison commande aux désirs et où la vérité prime sur la liberté.
Si la politique échappe aujourd'hui à l'exigence de vérité, il importe donc qu'elle n'y échappe plus demain. Au gouvernement des opinions libres de tous, on opposera le gouvernement du savoir vrai des seuls philosophes (savants). Et l'on fustigera à bon droit l'imposture de ceux qui, flattant les désirs du peuple, n'ont pour dessein que de le soumettre et l'enchaîner à une liberté illusoire et à un vain scepticisme.
Quelle place reste-t-il pour la liberté du citoyen ? Quelle valeur aurait un gouvernement savant s'imposant en dépit du bon vouloir des individus ? Dès l'instant où une vérité s'impose, tout dialogue devient superflu et le gouvernement des hommes s'apparente à la conduite d'un troupeau servile.

III. La politique n'est pas une science, mas elle ne peut échapper à l'exigence de vérité

Il ne peut exister de vérité permettant d'orienter le gouvernement des hommes. Le juste et l'injuste, le bien et le mal appartiennent au registre des valeurs. Or, les valeurs ne relèvent pas de la vérité. Hume nous l'enseigne : un jugement de vérité énonce ce qui est, tandis qu'un jugement de valeur affirme d'un être quelque chose qu'on ne saurait découvrir en lui, dans son être, en examinant ses caractères. Quelque effort qu'on y mette, on ne lira jamais, inscrit dans aucune chose, qu'elle est bonne ou mauvaise, juste ou injuste. De ce qui est, on ne peut conclure à ce qui doit être. Cet écart délimite la part de contingence propre à l'action politique et la rend pour toujours inaccessible aux prétendues vérités nécessaires et immuables sur le bien ou le juste en soi. Dès lors, en vertu de cette même contingence, le destin des affaires publiques dépend de la seule liberté des citoyens. La politique n'est donc pas une science et ne peut chercher à le devenir.

Toutefois, cela ne signifie pas que la politique puisse et doive échapper à l'exigence de vérité. Au contraire, celle-ci est cruciale. Il faut concéder ce point à Platon : le mépris de la vérité dans une cité conduit inexorablement à sa perte. Car là où nul ne se soucie plus de vérité, la confrontation des opinions vire au rapport de force où chacun ne cherche qu'à triompher de l'autre. Or, comment la politique pourrait-elle sans contradiction rétablir le règne de la force quand tout son objet est au contraire d'y mettre fin ? Livrée à la logique des rapports de force, la politique se confondrait avec ce que les modernes nomment l' « état de nature » et perdrait par-là même son sens et sa valeur.

Pour articuler ces deux thèses, il nous faut distinguer la possession de la vérité et l'exigence de vérité. S'il n'existe pas de vérité en politique, il ne s'ensuit pas que la politique commande une indifférence ou un mépris pour la vérité. Nous l'avons admis, la politique est étrangère aux vérités universelles et nécessaires, car elle relève du domaine des valeurs et de la contingence de l'action. Mais à défaut d'être jamais une possession, la vérité constitue pour l'homme vivant en société une exigence essentielle, c'est-à-dire une visée, qui préserve son jugement de l'impression immédiate et non critique. Telle est bien la leçon que Socrate enseignait du haut de son ignorance aux hommes infatués de leurs certitudes : au choc des monologues qui cherchent à avoir raison l'un de l'autre, le philosophe invite à l'exercice du dialogue qui exige que chacun s'arrache à sa propre opinion pour la soumettre à un examen critique. L'exigence de vérité ne désigne donc rien d'autre que le respect de la raison dans l'exercice du jugement. Elle nous permet ainsi d'occuper une position médiane entre le scepticisme et le dogmatisme, tous deux funestes à la politique. L'exigence de vérité est ce qui nous arrache à nos simples impressions et opinions bornées, sans toutefois nous porter à la prétention orgueilleuse et naïve au savoir définitif. Ainsi, lorsque Socrate déclarait « Je suis un homme qui aime à être réfuté », il nous révélait la première vertu de la politique, condition de toutes les autres.

Conclusion

La politique ne peut s'accommoder ni du mépris de la vérité ni de son idolâtrie. Le mépris sceptique débouche sur la confusion de la force et du droit dans un régime où l'éloquence, la ruse et la violence, sont l'unique loi. Mais l'idolâtrie dogmatique de la vérité ne vaut guère mieux, puisqu'elle ne conduit qu'à l'intolérance et à l'abolition de la liberté d'expression. Pour sortir de ce cercle, il faut distinguer l'existence, en effet contestable, de la vérité en politique, et l'exigence, nécessaire et légitime, de vérité observée par les citoyens dans l'exercice de la délibération et de l'action publique. En ce sens, Socrate nous enseigne l'essentiel : la politique ne peut échapper à l'exigence de vérité sans se perdre, car seul le respect de cette exigence, qui ne préjuge en rien de l'existence d'une quelconque vérité définitive, peut donner naissance au véritable dialogue des individus qui fait toute la vie d'une cité.

La politique

Edward Snowden : L'homme invisible

Qui est l'insaisissable Edward Snowden ? Un traître à sa patrie ou un héros de la liberté, prêt au martyre pour « informer le public » ? L'homme est injoignable. Mais ses entretiens, les témoignages de ses proches et les traces qu'il a laissées sur le Net dévoilent le personnage

Son visage de premier de la classe à binocles s'affiche sur tous les écrans de la planète et, pourtant, il reste physiquement invisible. Parlant un jour depuis Hongkong, le lendemain de Moscou, l'ancien informaticien de l'Agence américaine de sécurité (NSA) distille, au nez et à la barbe de Barack Obama, ses secrets recopiés sur une simple clé USB. Il fait trembler l'Amérique tout en prétendant défendre ses valeurs. Il met l'Europe, les Etats-Unis et l'Amérique latine au bord de la crise diplomatique. Qui est l'insaisissable Edward Snowden ? Un héros de la liberté, prêt au martyre pour « *informer le public sur ce qui est fait en son nom et contre lui* », comme il l'affirme ? Ou un « *traître* » à sa patrie, mégalomane et nuisible contre lequel « *la chasse est lancée* », selon Dianne Feinstein, la présidente (démocrate) de la commission du renseignement du Sénat américain ?

L'homme est injoignable. Ses ombres et ses lumières ne peuvent être perçus qu'au travers des entretiens qu'il a donnés au *Guardian* et au *Washington Post*, les journaux soigneusement choisis pour son coming out mondial. S'y ajoutent quelques témoignages de proches et, ironie de l'histoire, les traces qu'il a laissées sur les réseaux sociaux, probablement à une époque où il ne s'en méfiait pas.

Pour l'heure, il n'affiche guère d'illusion sur son destin ultime : ce sera la prison. Au mieux. « *Vous ne pouvez pas vous dresser contre l'agence de renseignement la plus puissante du monde sans en accepter les risques. S'ils veulent vous attraper, ils y arriveront avec le temps.* » Il admet que la peur continuera à l'habiter, « *jusqu'à la fin de [s]a vie* » et empile les oreillers devant la porte de sa chambre d'hôtel à Hongkong, pour éviter les écoutes.

Difficile, pourtant, de trouver trace d'émotion dans l'entretien vidéo enregistré par lequel, le 6 juin, il est apparu aux yeux du monde. A peine un rictus nerveux lorsqu'il évoque les possibles « *conséquences nuisibles* » de ses actes pour sa famille. Il parle d'une voix calme, s'explique de façon rationnelle. Sur l'image en gros plan, le fugitif arbore la détermination d'un chevalier blanc de l'Internet : « *Je ne me considère pas comme un héros car ce que je fais est intéressé : je refuse de vivre dans un monde où tout ce que je fais et dis est enregistré (...), un monde où la vie privée n'existe pas et où, par conséquent, il n'y a pas de place pour l'exploration intellectuelle et la créativité.* »

Edward Snowden, qui a « fêté » ses 30 ans en pleine cavale, n'a pas toujours été le rebelle planétaire qu'il incarne aujourd'hui. A 20 ans, il tente de se faire recruter par les forces spéciales pour « *aider* » le peuple d'Irak « *à se libérer de l'oppression* », puis il met son talent d'informaticien au service de l'Agence centrale du renseignement (CIA), puis de la NSA. La rupture n'a été consommée que le 20 mai, à Hawaï, lorsque le discret « analyste infrastructure » informe son superviseur qu'il a besoin d'un peu de temps pour soigner son épilepsie. Il saute alors dans un vol pour Hongkong avec son ordinateur bourré de documents secrets, rompant son serment de confidentialité. Une décision mûrie pendant des mois. « *Je ne me suis pas levé un matin* [en décidant de faire cela], a-t-il confié. *Cela a été un processus naturel.* »

Son parcours d'autodidacte de l'informatique, sans diplôme mais doué, passé des jeux vidéo en ligne à l'espionnage, évoque une culture très américaine, où la pratique assidue de l'Internet nourrit la dévotion à l'égard des libertés dont la Constitution est garante.

Né en 1983, Edward Snowden a grandi en même temps que le Web, avec toute la distance au monde, ce mélange de fragilité et d'agilité que confèrent les séjours prolongés devant un écran. Son tempérament renfermé s'accorde fort bien avec l'univers virtuel, où pseudonymes et avatars tiennent lieu d'identité. Au point que ni ses camarades de scoutisme ni ses professeurs ne conservent un souvenir précis de lui. Décrit comme timide et maigrelet, le garçon, né en Caroline du Nord, a curieusement passé son enfance dans le Maryland, non loin de Fort Meade, où est implanté le très secret quartier général de la NSA, avec ses 20 000 employés.

Son père, Lon, est officier de la gendarmerie maritime, sa mère, Elizabeth, adjointe au chef du bureau chargé... des technologies de l'information au tribunal fédéral de Baltimore. « Eddie » ne brille pas en classe et qualifiera plus tard son expérience scolaire de *« misérable »*. Il quitte le lycée après la seconde, ses parents divorcent l'année de ses 18 ans. Sur le site d'un petit éditeur de mangas, il choisit un identifiant prémonitoire — *« The True HOOHA »* (« le vrai brouhaha ») —, se vante de ses dons en jeux vidéo et de ses succès féminins. Il étale aussi ses aigreurs : *« Je suis vraiment un chic type. Tu vois, j'agis avec arrogance et cruauté parce qu'on ne m'a pas fait assez de câlins quand j'étais enfant et parce que le système d'enseignement public m'a crucifié. »*

Bien gagner sa vie sans diplôme, telle sera désormais son ambition. Il se bricole donc un parcours de formation dominé par la passion informatique. Son environnement familial n'est pourtant pas constitué que de gigabits, si l'on en croit la lettre truffée de références aux valeurs américaines que son père a rendue publique, mercredi 3 juillet. Lon Snowden qualifie son fils de *« Paul Revere des temps modernes »*, en référence à un héros de la guerre d'indépendance. *« Un patriote sauve son pays de son Etat »*, écrit encore son père. Mon fils *« a été élevé pour être un homme de principe. Il sait la différence entre ce qui est juste et injuste »*, ajoute-t-il dans un entretien accordé à la chaîne conservatrice Fox News, où il dit *« prier »* pour qu'« Ed » ne publie aucune information classée secrète.

En 2003, au moment de signer sa feuille d'engagement pour le programme d'entraînement des forces spéciales en Irak, le jeune geek doit indiquer sa religion. Il écrit *« bouddhiste »*. Peut-être un trait d'ironie, si l'on considère le post de blog qu'il publie au même moment. Il y déplore que *« le mot "agnostique" ne figure pas »* sur le formulaire et rejette la religion comme *« t'imposant aveuglément les croyances d'un autre »*.

Sa fracture des deux jambes lors d'un exercice traduit-elle une fêlure plus personnelle ? Elle signe en tout cas la fin de son passage sous les drapeaux après seulement quatre mois. Ses *« obligations d'être humain »* l'avaient engagé à partir *« aider »* les Irakiens. Il emploie la même expression pour justifier aujourd'hui sa divulgation des secrets de la NSA. Mais à l'époque, son enthousiasme guerrier fut vite douché : *« La plupart des gens qui nous entraînaient étaient motivés pour tuer des Arabes, pas pour aider quiconque »*, explique-t-il au *Guardian*.

Pacifisme, humanisme, méfiance à l'égard de l'Etat comme de Dieu... esquissent le profil d'un Snowden « libertarien », inclassable sur l'échelle française droite-gauche, avec son mélange d'individualisme forcené, de libéralisme économique, d'anarchisme et de défense des libertés publiques. A la présidentielle de 2008, alors qu'il travaille déjà pour la CIA, l'informaticien confirme son attirance pour la dissidence. Il ne vote ni Obama ni McCain, mais *« pour un parti tiers »*, a-t-il déclaré sans préciser lequel. Peut-être le libertarien Bob Barr (0,40 % des voix). Quatre ans plus tard, selon ses messages postés sur le Net, c'est le vieux républicain libertarien Ron Paul qui le *« fait rêver »*, au point de faire, à deux reprises, un don de 250 dollars à sa campagne. Au passage, il défend le droit de porter des armes et réclame la suppression du système public de retraite. Passe de longues nuits à chatter ou à jouer en ligne. Suit un programme intensif de musculation.

Sa virtuosité en informatique, cultivée jusque-là en solo, lui permet d'accéder au monde secret du renseignement. Obscur agent de sécurité sur un site de la NSA, il est recruté en 2006 par la CIA, double son salaire et, surtout, décroche son habilitation au secret. Le voilà à Genève, sous couverture diplomatique, où sa connaissance des réseaux informatiques semble appréciée. Dans ce secteur, les diplômes — *« des conneries »* — importent peu : *« Si quelqu'un t'aime bien, peu importe que tu aies enfilé ton pantalon avant ton caleçon le matin, le job sera pour toi. »* Enfin, il est aimé, et le salaire suit : *« Ma dette d'étudiant est de 0 dollar, j'en gagne 70 000 [par an]. Je n'ai qu'à refuser les offres à 83 000 et les patrons se battent pour moi. »*

Il situe en Suisse ses premiers doutes et la tentation de faire fuiter des secrets. Là, il assiste au recrutement forcé d'un banquier dont la CIA veut soutirer des secrets. On fait boire ce dernier, on l'incite à conduire jusqu'à ce que, interpellé en état d'ivresse, il n'ait plus rien à refuser. *« J'ai réalisé que j'appartenais à quelque chose qui faisait plus de mal que de bien. »*

Mais son ascension continue et, avec elle, l'importance et le volume des documents auxquels il a accès : en 2009, il quitte la CIA pour Dell, un prestataire privé de la NSA qui l'envoie au Japon sur une base militaire. Entre-temps, Lindsay Mills, professeur de pole dance (barre verticale utilisée dans les boîtes de strip-tease), est tombée amoureuse d'*« Ed »*, son *« homme de mystère »*. Elle le suivra en 2012 à Hawaï, où il poursuit ses activités secrètes, cette fois pour Booz Allen Hamilton, un autre sous-traitant informatique de la NSA qui le gratifie de 122 000 dollars par an. Sa vie d'apparence ascétique n'exclut pas quelques vantardises sexuelles : *« Vous n'avez pas vécu tant que vous ne vous êtes pas soumis à un Krispy Kreme* [une marque de donuts au caramel et au chocolat] *post-coïtal »*, pérore-t-il sur le Web.

C'est pourtant là, dans ce paradis tropical, qu'un jour de mai 2013, Edward disparaîtra sans adieux. La mission que s'était donnée le chevalier solitaire allait se déployer ailleurs, dans le cyberespace planétaire. Convaincu que la NSA *« menace la démocratie de façon existentielle »*, il a résolu de sauver le monde de la tyrannie en dénonçant cette forfaiture.

Philippe Bernard
Le Monde daté du 08.07.2013

La politique

Tocqueville : Le miracle de la liberté politique

« De la démocratie en Amérique » entre dans « Le Monde de la philosophie ». Alain Finkielkraut explique comment Tocqueville l'a « réveillé » et pourquoi sa lecture invite plus que jamais à la vigilance

Quelle est la place de Tocqueville et de son œuvre dans votre propre itinéraire philosophique ?

J'ai découvert Tocqueville, assez tard, après mes études et sur les pas de ceux - Pierre Manent, Marcel Gauchet, Claude Lefort notamment - qui essayaient de tirer les leçons du long aveuglement des esprits devant la réalité totalitaire. Nous étions, dans notre jeunesse marxiste, de redoutables démystificateurs. On ne nous la faisait pas. Nous interprétions le sens caché des choses au lieu de les prendre pour argent comptant. Sous l'apparence du respect des droits de l'individu dans les sociétés capitalistes, nous exposions la vérité dissimulée de l'inégalité et de la déchirure.

Sans nécessairement nous réconcilier avec le monde tel qu'il va, les révoltes et la dissidence d'Europe centrale nous ont, peu à peu, déniaisés de ce déniaisement. Et Tocqueville a fini de nous ouvrir les yeux en nous révélant la puissance majestueuse du fait démocratique. Ce fait n'est pas réductible à un mode de gouvernement, c'est une nouvelle approche de l'humanité par elle-même : l'expérience de l'autre, de n'importe quel autre - le premier venu, le riche et le pauvre, le proche et le lointain, comme semblable. La démocratie ne supprime pas les inégalités mais, montre Tocqueville, elle bouleverse notre façon de les percevoir. Il reste des maîtres et des serviteurs mais ils ne forment plus deux peuples, ils n'appartiennent plus à deux humanités distinctes : *« Naturellement ils ne sont point inférieurs l'un à l'autre, ils ne le deviennent momentanément que par l'effet du contrat. Dans les limites de ce contrat, l'un est le serviteur et l'autre le maître ; en dehors, ce sont deux citoyens, deux hommes. »* Bref, il règne entre eux *« une sorte d'égalité imaginaire, en dépit de l'inégalité réelle de leurs conditions »*.

Imaginaire, cette égalité n'est pas pour autant illusoire. En creusant un vide entre l'individu et sa classe, sa caste, sa place, sa lignée, son sexe (ou, comme on dit symptomatiquement aujourd'hui, son « genre »), elle imprime une direction à l'esprit public et commande la marche de nos sociétés. Dès lors que l'appartenance cesse de définir ceux qu'elle identifie, rien ne peut plus être pareil. Dès lors que l'imagination du semblable transcende les différences et les oppositions manifestes, la condition des femmes, pour ne citer que cet exemple, est vouée à changer du tout au tout.

Quel est le texte de Tocqueville qui vous a le plus marqué et pourquoi ?

J'aime tout dans Tocqueville, mais le livre que je consulte régulièrement, c'est *De la démocratie en Amérique*. Et cette familiarité lentement acquise m'a conduit très au-delà de ma première lecture, exclusivement antitotalitaire. Tocqueville nous a certes réveillé de notre somnambulisme critique en montrant que la démocratie, et non le communisme, était, pour reprendre la célèbre formule de Marx, *« le mouvement réel qui abolit l'état actuel »*. Mais ce n'est pas lui rendre justice que de voir en lui l'apôtre de ce mouvement. Il découvre en Amérique les deux grandes menaces que la démocratie fait, en quelque sorte, peser sur elle-même : le conformisme et l'hyper-consommation. *« Dans les temps d'égalité, les hommes n'ont aucune foi les uns dans les autres, à cause de leur similitude ; mais cette même similitude leur donne une confiance presque illimitée dans le jugement du public ; car il ne leur paraît pas vraisemblable qu'ayant tous des lumières pareilles, la vérité ne se rencontre pas du côté du plus grand nombre »*, écrit-il. Quand le bon sens apparaît comme la chose du monde la mieux partagée, toute grandeur est suspecte et les opinions ne reconnaissent qu'un seul maître : l'Opinion.

Dans ces mêmes temps, dit Tocqueville, la passion du bien-être *« qui est essentiellement une passion des classes moyennes »*, gagne toutes les couches de la société : *« Lorsque les rangs sont confondus et les privilèges détruits, quand les patrimoines se divisent et que la lumière et la liberté se répandent (...), il s'établit une multitude de fortunes médiocres. Ceux qui les possèdent ont assez de jouissances matérielles pour concevoir le goût de ces jouissances et pas assez pour s'en contenter. Ils ne se les procurent jamais qu'avec effort et ne s'y livrent qu'en tremblant. Ils s'attachent donc sans cesse à poursuivre et à retenir ces jouissances si précieuses, si incomplètes et si fugitives. »* Le risque est grand d'oublier, au profit de cette poursuite perpétuelle, toutes les autres aspirations humaines.

Comment remédier à cet aplatissement ? En dépit de sa particule, Alexis de Tocqueville n'est pas un nostalgique de l'Ancien Régime. Seule, écrit-il, la liberté politique est en mesure d'arracher les individus *« aux petits tracas journaliers de leurs affaires particulières pour leur faire apercevoir et sentir à tout moment la patrie au-dessus d'eux et à côté d'eux ; seule, elle substitue de temps à autre, à l'amour du bien-être, des passions plus énergiques et plus hautes »*. Et Tocqueville rend un magnifique hommage à la Révolution française dans ses commencements : *« Je ne crois pas qu'à aucun moment de l'histoire, on ait vu sur aucun coin de la terre, un pareil nombre d'hommes si sincèrement oublieux de leurs intérêts, si absorbés dans la contemplation d'un grand dessein, si résolus à hasarder ce que les hommes ont de plus cher dans la vie pour faire effort sur eux-mêmes, pour s'élever au-dessus des petites passions de leur cœur. »*« Je ne crois pas qu'à aucun moment de l'histoire, on ait vu sur aucun coin de la terre, un pareil nombre d'hommes si sincèrement oublieux de leurs intérêts, si absorbés dans la contemplation d'un grand dessein, si résolus à hasarder ce que les hommes ont de plus cher dans la vie pour faire effort sur eux-mêmes, pour s'élever au-dessus des petites passions de leur cœur. »

Un *« pareil nombre d'hommes oublieux de leurs intérêts »* : c'est le miracle de la liberté politique, miracle du désencombrement de soi. Le soi est accaparé par ses besoins et ses soucis, et tout d'un coup la liberté politique le désaliène de lui-même. Elle libère le soi de soi. Le soi se perd de vue, la vie matérielle est transcendée. Ce que Tocqueville décrit ici, c'est la responsabilité partagée pour le monde. Ce qui l'inquiète, ce n'est pas l'écrasement de cette liberté par un pouvoir antidémocratique, c'est son délaissement et son remplacement par l'uniformisation démocratique des intelligences et le triomphe non moins démocratique du consommateur.

Selon vous, où cet auteur trouve-t-il aujourd'hui son actualité la plus brûlante ?

En dressant des barricades sur le boulevard Saint-Michel, nous avons cru nous inscrire dans la grande tradition de l'Internationale révolutionnaire. En réalité, nous faisions nos adieux à la prise du Palais d'hiver et nous prenions notre part à la révolution démocratique au sens tocquevillien du terme. Depuis la fin des années 1960, cette révolution a connu une accélération spectaculaire. La passion du bien-être a brisé le carcan des conventions et, renversant toutes les barrières, la passion de l'égalité s'est emparée des ultimes bastions qui lui résistaient encore. Nous sommes loin d'avoir vaincu la pauvreté mais nous sommes entrés dans l'ère de la démocratie intégrale. L'institution scolaire a elle-même remis en cause la dissymétrie du maître et de l'élève et s'est transformée en communauté éducative. De l'égale dignité des personnes, on a conclu à l'équivalence de toutes les pratiques culturelles et de toutes les formes d'expression.

Etre cultivé, disait Hannah Arendt, la plus tocquevillienne des philosophes du XXe siècle, c'est « *savoir choisir ses compagnons parmi les hommes, les choses, les pensées dans le présent comme dans le passé* ». Ce savoir se perd, il est même frappé d'opprobre ; car choisir, c'est distinguer ; distinguer, c'est hiérarchiser ; hiérarchiser, c'est discriminer ; discriminer, c'est exclure. Exclure, c'est mal, c'est même le Mal. Telle est notre situation morale et intellectuelle. On ne parlait pas comme cela à l'époque de Tocqueville. Et pourtant, si l'on cherche la raison d'être de ce langage et du marasme dans lequel il nous plonge, c'est Tocqueville, en tout premier lieu, qu'il faut lire.

Propos recueillis par Jean Birnbaum
Le Monde des livres daté du 16.05.2008

Commentaire

Inde, avril 2014, série S

Expliquer le texte suivant :

Les gens qui croient au libre arbitre croient toujours en même temps, dans un autre compartiment de leur esprit, que les actes de volonté ont des causes. Ils pensent par exemple que la vertu peut être inculquée par une bonne éducation, et que l'instruction religieuse est très utile à la morale. Ils pensent que les sermons font du bien, et que les exhortations morales peuvent être salutaires. Or il est évident que, si les actes de volonté vertueux n'ont pas de causes, nous ne pouvons absolument rien faire pour les encourager. Dans la mesure où un homme croit qu'il est en son pouvoir, ou au pouvoir de quiconque, d'encourager un comportement souhaitable chez les autres, il croit à la motivation psychologique et non au libre arbitre. En pratique, tous nos rapports mutuels reposent sur l'hypothèse que les actions humaines résultent de circonstances antérieures. La propagande politique, le code pénal, la publication de livres préconisant telle ou telle ligne d'action, perdraient leur raison d'être s'ils n'avaient aucun effet sur ce que les gens font. Les partisans de la doctrine du libre arbitre ne se rendent pas compte de ses conséquences. Nous disons : « Pourquoi l'avez-vous fait ? » et nous nous attendons à voir mentionner en réponse des croyances et des désirs qui ont causé l'action. Si un homme ne sait pas lui-même pourquoi il a agi comme il l'a fait, nous chercherons peut-être une cause dans son inconscient, mais il ne nous viendra jamais à l'idée qu'il puisse n'y avoir aucune cause.

Bertrand Russell, *Science et Religion*, 1935.

La connaissance de la doctrine de l'auteur n'est pas requise. Il faut et il suffit que l'explication rende compte, par la compréhension précise du texte, du problème dont il est question.

Comprendre le sujet

Dans cet extrait, Russell passe la croyance ordinaire dans le libre arbitre au crible de l'analyse logique. Russell examine la croyance ordinaire au libre arbitre et relève trois incohérences.

En premier lieu, il observe que celui qui adopte une telle croyance conserve dans son esprit la croyance opposée. L'incohérence est alors ici de nature psychologique.

Dans un deuxième temps, Russell souligne que la croyance dans le libre arbitre est ruineuse pour la vie sociale. L'incohérence est cette fois d'ordre pratique.

Enfin, Russell démontre que l'idée de libre arbitre renferme en elle-même une contradiction, ce qui la disqualifie définitivement. Cette dernière incohérence est proprement logique.

Pour l'étude du texte, nous distinguerons deux temps. Dans la première moitié du texte (jusqu'à « libre arbitre » (l. 10)), Russell souligne l'incohérence de l'esprit qui croit au libre arbitre. Dans la seconde moitié, il insiste sur l'incohérence de cette idée elle-même, d'un point de vue d'abord pratique, puis logique.

Repères et notions à connaître et à utiliser dans le traitement du sujet

La vérité, la démonstration, la liberté, la morale (le devoir).

Textes et citations pouvant servir de référence

Un texte de **Descartes** qui affirme que le libre arbitre fait bien l'objet d'une évidence indubitable :
« 39. Que la liberté de notre volonté se connaît sans preuve par la seule expérience que nous en avons.
Au reste il est si évident que nous avons une volonté libre, qui peut donner son consentement ou ne pas le donner quand bon lui semble, que cela peut être compté pour une de nos plus communes notions. Nous en avons eu ci-devant une preuve bien claire ; car, au même temps que nous doutions de tout, et que nous supposions même que celui qui nous a créés employait son pouvoir à nous tromper en toutes façons, nous apercevions en nous une liberté si grande, que nous pouvions nous empêcher de croire ce que nous ne connaissions pas encore parfaitement bien. Or, ce que nous apercevions distinctement, et dont nous ne pouvions douter pendant une suspension si générale, est aussi certain qu'aucune autre chose que nous puissions jamais connaître. »

René Descartes, *Principes de la philosophie*, Ire partie, § 39, in *Œuvres complètes*, tome III, Classiques Garnier, édition de F. Alquié, 2010, p. 114.

Un texte de **Hume** qui, soulignant l'absurdité de l'idée de libre arbitre, suggère que la responsabilité suppose le déterminisme (tout est l'effet d'une cause) :
« Nous sentons que nos actions sont soumises à notre volonté en la plupart des cas, et nous nous imaginons sentir que notre volonté elle-même n'est soumise à rien ; car, si on le nie, nous sommes incités à faire un essai et nous sentons alors qu'elle se meut aisément en tous sens et qu'elle produit une image d'elle-même (ou une velléité, comme on dit dans les écoles) même du côté où elle ne s'est pas fixée. [...]
Selon ce principe [le libre arbitre, critiqué ici par Hume], donc, pour qui nie la nécessité et par conséquent les causes, un homme est aussi pur et innocent après avoir commis le plus horrible crime qu'au premier moment de sa naissance; et son caractère n'est concerné en rien par ses actions puisqu'elles n'en sont pas dérivées, et la malignité des unes ne peut pas être utilisée comme une preuve de la dépravation de l'autre. »

David Hume, *Enquête sur l'entendement humain*, section VIII, Ire partie, note 1, trad. A. Leroy, Flammarion, « GF », 1983, p. 163.

Un texte de **Kant** qui montre que libre arbitre et déterminisme forment une « antinomie », c'est-à-dire un dilemme insoluble de la raison :
« Thèse : La causalité suivant les lois de la nature n'est pas la seule d'où puissent être dérivés les phénomènes du monde dans leur ensemble. Il est encore nécessaire d'admettre, pour les expliquer, une causalité par liberté.
Antithèse : Il n'y a pas de liberté, mais tout dans le monde arrive suivant les lois de la nature. »

Emmanuel Kant, *Critique de la raison pure*, Dialectique transcendantale, troisième antinomie, trad. Tremesaygues et Pacaud, Paris, PUF, « Quadrige », 2001, pp. 348-349.

« Aucun fait ne saurait se trouver vrai, ou existant, aucune énonciation véritable, sans qu'il y ait une raison suffisante, pourquoi il en soit ainsi et non pas autrement. » Leibniz, *Monadologie*, § , 1714.
« Si vraiment l'existence précède l'essence, l'homme est responsable de ce qu'il est. » Sartre, *L'existentialisme est un humanisme*, Paris, éditions Nagel, 1946.

Procéder par étapes

Identifier les difficultés particulières du texte

1. Russell examine une croyance ordinaire et tente d'en dégager la logique. Sa démarche est essentiellement critique : il ne propose pas sa définition de la liberté, mais se contente de réfuter une idée répandue en pointant son incohérence.
2. La principale difficulté du texte repose sur la variété des points de vue sous lesquels Russell examine la croyance dans le libre arbitre. D'abord psychologique, lorsqu'il s'intéresse à l'esprit de celui qui croit au libre arbitre ; puis pratique, lorsqu'il montre que cette croyance est incompatible avec la vie sociale ; et enfin logique, lorsqu'il démontre l'incohérence de l'idée même de libre arbitre.

Problématiser le texte

La croyance dans le libre arbitre nous semble assez naturelle. Nous savons distinguer les choix et actions que nous effectuons par nous-mêmes et ceux que nous exécutons sous une contrainte quelconque. Pourtant, sans nous en apercevoir, nous manquons de cohérence, car nous admettons dans le même temps que nos actions et pensées peuvent être influencées, par l'éducation et le droit. Une analyse logique peut-elle nous sortir de cet embarrassant paradoxe ?

Trouver le plan

I. La croyance dans le libre arbitre plonge l'esprit dans l'incohérence (du début du texte à « salutaires » (l. 5))

II. La croyance dans le libre arbitre est en elle-même incohérente (de « Or il est évident » (l. 6) à la fin)

Introduction

Que nous révèle une approche rationnelle de nos croyances ordinaires ? Observant que le libre arbitre fait l'objet d'une croyance répandue parmi les hommes, Russell se propose dans cet extrait de *Science et Religion* (1935), d'en examiner la pertinence. S'agit-il d'une croyance vraie ? Russell soulève successivement trois objections. La croyance dans le libre arbitre est à ses yeux à la fois inconséquente (toujours associée à l'idée contraire), socialement destructrice et intrinsèquement incohérente. La notion couramment reçue du libre arbitre, pour évidente qu'elle puisse paraître, se révèle donc source de nombreuses contradictions qui constituent un problème.

Le propos de Russell associe deux approches caractéristiques de sa méthode philosophique : d'une part, celle de l'enseignement de l'expérience ordinaire (observation des opinions et attitudes des gens) et, d'autre part, celle des exigences de la raison, c'est-à-dire de la logique des raisonnements valides (l'auteur mobilise tour à tour le principe de non contradiction, le principe du tiers-exclu et le principe de raison suffisante).

Nous tenterons de rendre compte de cette démarche en suivant les deux étapes qui structurent ce texte. Dans la première (jusqu'à « libre arbitre » (l. 10)), l'auteur s'efforce de montrer l'incohérence de l'esprit qui croit au libre arbitre (point de vue psychologique). Dans la seconde (à partir de « En pratique » (l. 10)), Russell s'efforce de souligner l'incohérence à la fois pratique (incompatible avec la vie sociale) et logique (intrinsèquement contradictoire) de cette croyance elle-même.

I. Incohérence de l'esprit qui croit au libre arbitre

1. Un constat : la croyance ordinaire dans le libre arbitre n'exclut pas la croyance dans le pouvoir des causes

(Du début du texte à « salutaires » (l. 5).)

Russell ouvre son propos par un premier moment d'observation empirique : l'homme du commun qui croit au libre arbitre, n'est jamais, selon le philosophe, l'homme d'une seule croyance. Car tandis qu'il prétend que l'être humain dispose du pouvoir d'agir comme bon lui semble sans être contraint par rien (ce qui est proprement le « libre arbitre »), il demeure par ailleurs attaché à l'idée contraire en continuant de soutenir que le comportement d'un homme peut, malgré tout, être influencé. De fait, convenons que, spontanément, nous soutenons tous volontiers ces deux idées : nous pensons pouvoir agir sans contrainte, tout en estimant que certaines pratiques peuvent infléchir nos comportements. Tel est le cas, souligne Russell à l'appui de son analyse, de « la bonne éducation » que l'on considère habituellement comme le moyen d'inciter un individu libre à la pratique de la vertu, c'est-à-dire au respect de certaines contraintes « morales » ou encore « religieuses ».

Ainsi, dans l'esprit du partisan du libre arbitre, deux croyances opposées se juxtaposent : d'un côté la volonté humaine est réputée « libre », de l'autre, on lui reconnaît des « causes ».

Faut-il condamner cette double pensée ? Ne témoigne-t-elle pas d'un souci de nuance propre à un esprit ouvert, accueillant le pour et contre ? Au nom de quoi lui refuserait-on toute pertinence ? C'est ce qu'une analyse logique doit maintenant nous révéler.

2. Analyse logique de ce fait : croire au libre arbitre nous conduit à des incohérences logiques

(De « Or il est évident » (l. 6) à « libre arbitre » (l. 10).)
D'après Russell, l'individu qui croit au libre arbitre fait preuve d'une incohérence inadmissible. Car celui-ci maintient, sans le savoir, deux croyances au contenu contradictoire, son esprit s'en trouvant ainsi comme divisé en deux « compartiments » bien distincts. L'observation psychologique doit être traduite en termes logiques : la coexistence dans l'esprit de deux idées contraires n'est rien d'autre qu'une contradiction. C'est ce que nous apprend Russell qui, dans ce premier moment d'analyse logique, reprend l'exemple de la vertu. Si l'acte vertueux est celui qu'on choisit librement d'accomplir, aucune cause n'est susceptible d'engendrer la vertu chez quiconque, fusse une bonne éducation. Si l'homme est libre, aucune cause n'a prise sur lui. Dès lors, il faut choisir : ou bien l'homme est libre et aucune cause ne peut peser sur lui et infléchir ses actions (éducation), ou bien de telles causes existent et nous devons renoncer à l'idée du libre arbitre. Dépassant l'inconséquence de l'homme ordinaire qui croit pouvoir tenir ensemble ces deux idées, Russell rappelle, en bonne logique, que celles-ci sont contradictoires et qu'il faut donc se décider entre la « motivation psychologique » (influence exercée sur notre volonté par diverses causes) et le « libre arbitre » (puissance de choix qui n'est causée par rien, indépendante de toute influence). Ou bien nous sommes libres, ou bien nous sommes déterminés.
L'analyse logique du philosophe rompt ainsi avec la pensée (croyance) de l'homme ordinaire : au nom du principe de non contradiction, nul ne saurait adopter deux croyances incompatibles entre elles ; il faut par conséquent choisir (principe du tiers-exclu).
Toutefois, à ce stade, Russell se contente de pointer une contradiction, sans réfuter pour autant l'idée du libre arbitre. L'auteur fait seulement apparaître l'incohérence psychologique qui piège celui qui y adhère. Ce n'est pas l'idée du libre arbitre qui est ici critiquée, mais l'incohérence de celui qui y croit (car il conserve l'idée inverse). Ainsi, aucune des deux croyances n'apparaît encore plus vraie l'une que l'autre. Nous savons seulement que nous ne pouvons pas, en toute rigueur (logique), adopter à la fois la croyance dans le libre arbitre et la croyance opposée. Que faudrait-il alors choisir ? Opterons-nous pour le libre arbitre ? Pour le déterminer, il faut nous demander si cette idée est en elle-même cohérente.

II. Incohérence pratique et logique de l'idée du libre arbitre

1. L'idée du libre arbitre est socialement destructrice.

(De « En pratique » (l. 10) à « ce que les gens font » (l. 14).)
La première partie du texte a fait naître un premier soupçon quant à la pertinence de l'idée du libre arbitre : l'individu qui y croit se trouvant être « toujours », assure Russell, incohérent. Pour sortir de cette incohérence, il faut donc choisir entre « libre arbitre » et détermination de la volonté par des « causes ». Le propos qui suit montre que, pour sa part, l'idée de libre arbitre doit être abandonnée. Pour ce faire, Russell reprend le schéma de la première partie de l'extrait, proposant un premier temps d'observation empirique et un second d'analyse logique.
On observe en effet qu'« en pratique », l'idée du libre arbitre est insoutenable. Il suffit en effet, comme nous y invite Russell, d'élargir l'analyse de nos croyances

individuelles à la dimension sociale, pour nous rendre compte que « tous nos rapports mutuels reposent sur l'hypothèse que les actions humaines résultent de circonstances extérieures ». Cette nouvelle observation d'ordre général se comprend aisément. Admettons un instant l'hypothèse du libre arbitre ; qu'en résulterait-il pour la vie sociale ? À l'évidence, si la volonté de chaque individu était parfaitement libre, c'est-à-dire indépendante de toute cause et de toute influence, elle serait indomptable. Dès lors, ni l'éducation, ni le droit, ni la politique, ou encore la morale, dont la raison d'être est d'influencer les volontés individuelles, n'auraient le moindre sens. Car qu'est-ce qu'une société, sinon un ensemble de normes ayant force de contrainte sur les individus ? La croyance dans le libre arbitre est donc bel et bien ruineuse pour la vie sociale et, pourrait-on ajouter, ne peut germer que dans un esprit séditieux, individualiste et asocial. En dépit de l'idée qu'on peut se faire sur un plan théorique du libre arbitre de l'homme, il faut donc admettre qu'en pratique cette idée est contredite.

2. L'idée de libre arbitre est foncièrement incohérente.

(De « Les partisans » (l. 14) à la fin.)
Ce point de vue « pratique » que Russell oppose à la croyance ordinaire dans le libre arbitre nous permet par ailleurs de percevoir l'incohérence intrinsèque de l'idée du libre arbitre elle-même. Car, à bien y regarder, cette « doctrine » renferme une idée totalement absurde. En proclamant ingénument l'indépendance absolue de la volonté humaine, les partisans du libre arbitre adoptent par inadvertance (« sans s'en rendre compte ») l'idée irrecevable qu'il existe des actions sans cause. Se rangeant du côté d'un raisonnement pratique, Russell fait observer que, pour tout un chacun, une action humaine doit résulter de causes ou de raisons qui l'expliquent ou la justifient (« pourquoi l'avez-vous fait ? »). Toute action humaine est entreprise en fonction de certaines « croyances » et « désirs » qui la causent de façon tantôt consciente (lorsqu'elle est délibérée), tantôt inconsciente (lorsque nous ignorons pourquoi nous avons agi). Dès lors, nous pouvons voir que la question banale et pratique « pourquoi l'avez-vous fait ? » recèle un enseignement précieux puisqu'elle exprime un principe logique sans lequel la raison humaine ne peut s'exercer : tout ce qui arrive doit avoir une cause. Ainsi, en affirmant qu'« il ne nous viendra jamais à l'idée qu'il puisse n'y avoir aucune cause » de nos actions, Russell manifeste son attachement à ce que les philosophes nomment le principe de raison suffisante, enraciné dans l'esprit humain. La croyance dans le libre arbitre n'apparaît plus alors seulement comme une croyance contredite mais, plus gravement, comme une croyance intrinsèquement contradictoire, une croyance illogique, inadmissible en tant que telle.

3. Éléments pour une discussion critique du texte

Pour saisir l'intérêt philosophique de ce texte, il convient de préciser sa portée exacte. À cet égard, il conviendrait de se demander dans quelle mesure la critique du libre arbitre en tant que croyance ordinaire demeure pertinente face aux doctrines philosophiques du libre arbitre. Sans doute, le respect du principe de non-contradiction constitue une norme pour toute argumentation recevable. Mais il est permis de douter qu'entre l'idée du libre arbitre et le principe de raison suffisante (tout a une cause), il faille préférer celui-ci à celle-là.
La vie en société est-elle incompatible avec la croyance dans le libre arbitre, comme le prétend Russell ? Il faut nuancer ce jugement, car la société ne repose

pas uniquement sur le principe de causalité, mais aussi sur le principe du libre arbitre sans lequel aucune imputation de responsabilité ne serait possible. L'éducation, le droit, la morale, la politique sont donc par un certain côté, que n'envisage pas Russell, compatibles avec le libre arbitre qu'il rejette et incompatibles avec le principe de causalité qu'il défend.
Enfin, l'idée selon laquelle toute action doit avoir une cause ruine-t-elle l'idée du libre arbitre ? Là encore, nuançons : à la question « pourquoi l'avez-vous fait ? », je peux mentionner une intention que j'ai en vue, mais je peux tout à fait soutenir que c'est librement que je l'ai visée et poursuivie : ce n'est pas mon intention ou mon désir qui a agi (en s'emparant en quelque sorte de moi), mais bien moi seul qui ai décidé en toute indépendance de le satisfaire. Aussi « déterminants » que soient les motifs de mon action, ils n'en sont jamais les moteurs, car je conserve toujours le pouvoir d'agir autrement. L'acte libre n'est pas sans cause, il est cause de soi. Du reste, si à tout ce qui arrive il fallait supposer quelques causes antérieures, celles-ci se multiplieraient sans fin, de sorte que, loin d'expliquer l'action, elles la rendraient bien plutôt inintelligible.

Conclusion

Ce texte de Russell illustre admirablement l'intérêt d'une analyse rationnelle (logique) des croyances ordinaires qui souvent, sans qu'on y prenne garde, nous conduisent à des non-sens dont il importe qu'on se délivre. La démarche de Russell se recommande ici par son souci de partir d'observations concrètes (empirisme) pour en mesurer, dans un deuxième temps, la cohérence philosophique (logique). Au terme de l'analyse que Russell conduit dans ce texte, la croyance dans le libre arbitre apparaît à cet égard à la fois comme irrationnelle et antisociale.

La morale

« Il faut inclure les êtres sensibles dans notre sphère de considération morale »

Pour le bioéthicien Peter Singer, les espèces qui peuvent souffrir sont égales

Peter Singer occupe la chaire de bioéthique à l'université de Princeton (New Jersey, Etats-Unis). *Le Monde* l'a rencontré à Paris, à l'occasion de la publication en France, le 2 mai, de l'ouvrage qu'il a écrit avec Boris Cyrulnik et Elisabeth de Fontenay, *Les Animaux aussi ont des droits* (Seuil).

Lorsque vous publiez « *Animal Liberation* » en 1975, personne ou presque ne se soucie du sort des animaux. Aujourd'hui, votre livre est devenu un classique, et la protection animale se concrétise par des textes juridiques. En près de quarante ans, que s'est-il passé ?

En 1975, les gens pensaient que les animaux qu'ils mangeaient étaient logés dans des fermes et passaient leurs jours à l'air libre dans les champs. Progressivement, ils ont découvert que la réalité était tout autre, et que la plupart des animaux de consommation vivaient confinés dans des conditions et des lieux totalement artificiels. Parallèlement, la question philosophique a évolué. Il y a quarante ans, on ne parlait guère de la place des animaux dans nos sociétés. Aujourd'hui, il suffit de faire une rapide recherche sur Google pour voir que le statut de l'animal est devenu un sujet éthique à part entière.

Cette préoccupation ne touche pas que l'Occident. J'ai donné récemment des conférences en Chine, et mes propos ont suscité un grand intérêt parmi les jeunes universitaires. L'ambiance était un peu la même qu'aux Etats-Unis dans les années 1970 : je présentais mes idées à un public déjà averti, mais celui-ci s'en emparait avec enthousiasme.

Vous luttez contre le « spécisme », la hiérarchisation des espèces, que vous assimilez au racisme et au sexisme. Le statut moral du ver de terre serait égal à celui de l'homme ?

A l'évidence, non. On ne sait même pas si le ver de terre a une sensibilité à la douleur. Mais, en ce qui concerne les grands singes, il n'y a aucun doute : non seulement ils connaissent la douleur, mais ce sont des mammifères sociaux qui ressentent des émotions. Cette réalité psychologique doit aussi être prise en compte.

En ce qui concerne les poissons, c'est moins clair : il a été prouvé que ce sont des êtres sensibles, capables de ruser et d'utiliser leur mémoire, mais je ne pense pas qu'un poisson souffre émotionnellement de la mort de sa progéniture. Selon qu'ils ont ou non une conscience réflexive de leur « personne », selon l'intensité de cette conscience, les animaux n'auront pas le même statut moral.

En revanche, la souffrance du poisson est aussi importante qu'une souffrance identique ressentie par un être humain. Nous sommes tous convaincus aujourd'hui que la souffrance d'un bébé doit être prise en considération — cela n'a pas toujours été le cas — et qu'il faut faire ce qu'on peut pour la réduire. A mes yeux, il est aussi important de se préoccuper de la souffrance du poisson que l'on pêche que de celle de ce bébé. C'est en cela, et en cela seulement, que toutes les espèces sont égales.

Etes-vous favorable à des droits pour les animaux ?

Par stratégie politique, oui. Le Projet grands singes, que la philosophe italienne Paola Cavalieri et moi-même avons proposé il y a vingt ans, suggère ainsi de faire des chimpanzés, des gorilles et des orangs outangs des sujets de droit et d'étendre à ces espèces trois droits jusqu'alors réservés à l'homme : le droit à la vie, à la protection individuelle et au respect de l'intégrité physique. Mais, sur le plan philosophique, la priorité est d'inclure les êtres doués de sensibilité dans notre sphère de considération morale. Une fois cette évolution des consciences effectuée, la législation suivra d'elle-même.

Aux Etats-Unis, un nombre croissant de gens adoptent un régime végétarien ou végétalien pour lutter contre l'industrie de la viande. S'agit-il d'une mode ou d'un mouvement de fond ?

Il ne s'agit pas d'une mode. La question est la suivante : est-ce que l'on encourage une industrie qui exploite les animaux et, si non, jusqu'à quel point est-on prêt à s'y opposer ? Il appartient à chacun de trouver sa propre réponse. Mais le mouvement « vegan » *[qui rejette, plus radicalement que le végétalisme, la consommation de tout ce qui provient des animaux, cuir et laine compris]* est maintenant très puissant aux Etats-Unis, au point que, pour la première fois sans doute dans l'histoire de ce pays, la consommation de viande est en train d'y diminuer.

Dans les années 1970, on avait vu la consommation de bœuf diminuer, mais celle des volailles augmenter : depuis quelques années, elle baisse également. Etre « vegan » est une façon de montrer qu'on peut vivre sans exploiter les animaux, et beaucoup de gens savent que ce mode de vie est également bénéfique pour l'environnement et pour leur santé.

Un célèbre critique gastronomique du *New York Times*, Mark Bittman, a ainsi publié, en avril, un livre intitulé *Vegan before 6 [« vegan avant 18 heures », non traduit]*. Il y raconte comment, pour des raisons médicales, il est devenu végétalien : tous les jours, mais seulement jusqu'à 18 heures. Philosophiquement, ce n'est pas une position tenable. Mais elle popularise l'idée que chacun peut réduire sa consommation de viande.

Propos recueillis par Catherine Vincent
Le Monde Culture et idées daté du 08.06.2013

Histoire

Méthodologie pour l'épreuve d'histoire, série S

Le programme défini par l'Éducation nationale

1. Le rapport des sociétés à leur passé
a) Les mémoires : lecture historique
Une étude au choix parmi les deux suivantes :
- L'historien et les mémoires de la Seconde Guerre mondiale en France ;
- L'historien et les mémoires de la guerre d'Algérie.

2. Puissances et tensions dans le monde de la fin de la Première Guerre mondiale à nos jours
a) Grandes puissances et conflits dans le monde depuis 1945
- Les États-Unis et le monde depuis 1945 ;
- La Chine et le monde depuis 1949.

b) Un foyer de conflits
Le Proche et le Moyen-Orient, un foyer de conflits depuis la fin de la Première Guerre mondiale.
3. Les échelles de gouvernement dans le monde de la fin de la Seconde Guerre mondiale à nos jours
a) L'échelle de l'État-nation
Gouverner la France depuis 1946 : État, gouvernement, administration et opinion publique
b) L'échelle continentale
Une gouvernance européenne depuis le traité de Maastricht
c) L'échelle mondiale
Une gouvernance économique mondiale depuis le sommet du G6 de 1975
L'objectif de l'épreuve est d'évaluer la capacité du candidat à :
- mobiliser ses connaissances au service d'une réflexion historique et géographique ;
- rédiger des réponses structurées et argumentées dans une langue correcte ;
- analyser, comprendre et interpréter des documents ;
- comprendre et utiliser le langage graphique.

Descriptif de l'épreuve

L'épreuve d'histoire-géographie des classes de Terminale se compose de **deux exercices à réaliser obligatoirement**. Elle dure 3 heures et a un coefficient de 3.
L'épreuve est composée de deux parties.
Dans la première partie, le candidat rédige une **composition** en réponse à un sujet d'histoire ou de géographie.
La deuxième partie se compose d'un exercice portant sur la discipline qui ne fait pas l'objet de la composition :
- en histoire, une **étude critique d'un ou de deux document(s)** ;
- en géographie, soit une étude critique d'un ou de deux document(s), soit une **production graphique** (réalisation d'un croquis ou d'un schéma d'organisation spatiale d'un territoire).

Le premier exercice nécessite plus de temps (environ 1 h 30) que le second (environ 1 h), et donne donc lieu à une réponse plus développée. Une différence qui se reflète dans la notation, puisque la première partie est notée sur 12 points et la seconde sur 8.

Conseils pour bien se préparer pendant l'année

1. Faire des fiches

Il est indispensable de faire régulièrement des fiches de cours, si possible le soir même ou à la fin de chaque semaine. Réécrire vos notes de cours et réfléchir pour savoir comment les synthétiser, les trier et les sélectionner, vous permettra de mieux les comprendre et les mémoriser. De plus, vous économiserez beaucoup de temps quand vous réviserez en vue de l'évaluation de fin de chapitre. Enfin, vous vous créez un stock d'outils que vous réutiliserez à plusieurs reprises dans l'année, que ce soit au moment des bacs blancs ou des révisions finales, quelques semaines avant l'épreuve.

La fiche doit être assez complète pour ne pas avoir à revenir au support d'origine. Pensez à laisser une marge pour les annotations, afin d'indiquer vos réflexions ou les questions que le contenu vous suggère, ou pour rajouter des éléments par la suite. Il n'y a pas de modèle type de fiche. Le meilleur modèle est celui qui vous aide le mieux à réviser. Ne craignez pas de personnaliser votre fiche, bien au contraire. Une fiche est un outil personnel, qui met l'accent sur ce que vous avez à retenir.

2. S'organiser par chapitre et par notion

Le programme d'histoire compte une douzaine de chapitres et donc une quarantaine de leçons. Vous devez faire la synthèse des leçons et des chapitres en mettant en évidence le titre, la problématique, les parties et sous-parties. Vous devez relever en quelques mots le contenu de chaque paragraphe accompagné d'un exemple (et d'un seul), qui peut être sous forme de schéma.

On attend des candidats qu'ils maîtrisent le vocabulaire spécifique propre à la discipline. Mais on sanctionne l'absence de notions ou l'utilisation de notions non définies. Pour chaque chapitre, vous devez être capable de retenir quatre ou cinq notions fondamentales et de montrer en quoi elles éclairent la compréhension de la période ou de l'espace étudiés. Ce sont ces notions qui vous serviront à définir une problématique pour un sujet de composition.

3. S'organiser par type de connaissances

a) Les fiches chronologiques

Établir une fiche chronologique permet de retenir les dates-clés et les événements auxquels elles correspondent. Il est important de noter en quoi une date symbolise une rupture ou l'apogée d'un phénomène. Comme votre programme d'histoire est conçu en trois parties qui traitent chacune de la période s'étalant de 1945 à nos jours, vous pouvez aussi, à la place de ces fiches, réaliser des frises chronologiques par période (1945-1962, 1963-1973, 1974-1991 et 1992-2011) en séparant six lignes ou colonnes (évolutions socio-économiques du monde, grands modèles idéologiques, relations entre grandes puissances, tiers-monde puis Sud, Europe, France). N'hésitez pas à afficher vos chronologies chez vous ou dans les endroits où vous passez beaucoup de temps !

b) Les fiches biographiques
Elles sont indispensables ! Elles permettent d'abord de s'astreindre à bien orthographier le nom des grands personnages : que de lettres oubliées pour ce « pauvre » Khrouchtchev ! Certains candidats, battus d'avance, préfèrent même se contenter de l'appeler « Monsieur K » ! De plus, les courtes biographies vous obligent à connaître le nom exact de la fonction occupée par le personnage au moment où il est sur le devant de la scène. Staline n'est pas « chef de l'URSS » mais secrétaire général du Comité central du Parti communiste de l'Union soviétique. Barack Obama n'est pas « président de la République » ! On valorise au baccalauréat les candidats qui ont une bonne connaissance de la chronologie des dirigeants de l'URSS, des États-Unis, de la France, ainsi que leur appartenance politique.

Organisation du planning de révisions

La clé du succès à l'examen, c'est avant tout une bonne organisation. Pour bien rentabiliser les révisions (surtout dans les semaines qui précèdent les épreuves), il faut commencer par se mettre les dates des épreuves en tête. Construisez votre planning en tenant compte de vos forces et faiblesses et de votre capacité de concentration. Organisez vos révisions en fonction du temps dont vous disposez réellement et mettez-vous au travail sans tarder, dès le début de l'année.

10 astuces

1. Commencez à réviser le plus tôt possible : au fil de l'année, échelonnez vos révisions en fonction des devoirs, contrôles ou examens blancs ; puis dans les dernières semaines, organisez des révisions quotidiennes.
2. Écrivez plutôt au crayon pour pouvoir modifier par la suite votre planning et ajuster votre travail au temps qui vous reste, si nécessaire.
3. Inscrivez bien les dates de vos épreuves.
4. Matière par matière, faites la liste de tous les thèmes que vous devez revoir : attribuez un code ou une abréviation à chacun (suffisamment explicite pour vous en souvenir !).
5. Reportez dans votre planning ces codes, en veillant à ne faire aucune impasse ! À chacun ensuite sa façon de travailler : certains préféreront réviser un peu de tout chaque semaine, d'autres pencheront pour des révisions en bloc, matière par matière. Dans tous les cas, il faut faire attention à ne pas se disperser (rien ne sert de revoir plusieurs matières en une journée), et à ne pas prendre trop de retard sur une matière, pour quelque raison que ce soit (y compris si c'est la dernière en date que vous passez).
6. Mettez l'accent sur vos points faibles, renforcez les révisions des matières ou des thèmes qui vous posent problème.
7. Fixez-vous des objectifs réalistes ! Rien de plus décourageant, en effet, qu'un planning volontariste dont vous savez déjà qu'il ne sera pas tenu.
8. Ménagez-vous des temps de repos. Faites des pauses. Prévoyez des jours entièrement consacrés à la détente.
9. Planifiez vos révisions de manière à avoir tout passé en revue une semaine au moins avant le début des épreuves : le travail de dernière minute ne sert à rien ! Mieux vaut consacrer les quelques jours précédant le jour J à vous reposer ou à

revoir de façon plus détendue quelques points, pour simplement vous rafraîchir la mémoire.

10. Affichez le planning de chaque mois au-dessus de votre bureau, bien en vue.

Le jour de l'épreuve

I. La composition

Sachez que ce sont autant les connaissances que les compétences méthodologiques qui sont évaluées dans une composition d'histoire.

1. Analyser le sujet

- Lors de la lecture du sujet, soyez particulièrement attentif aux **limites chronologiques.**
- Posez-vous la question : *Pourquoi ces dates et pas d'autres ?*
- Attention, la problématique n'est pas forcément donnée dans le libellé du sujet.
- C'est alors à vous de la déterminer.
- Le sujet peut être accompagné d'une chronologie. Attention, il ne s'agit pas de la commenter mais de l'utiliser comme aide-mémoire.

2. Dégager la problématique, construire le plan

- Pour dégager la problématique, listez toutes les questions que pose le sujet à l'aide des mots interrogatifs : *Qui ? Quoi ? Quand ? Où ? Comment ? Pourquoi ?*
- La problématique devra être constituée des **deux ou trois questions essentielles** auxquelles le devoir devra répondre.
- Une fois la problématique dégagée, il faut lister les connaissances dont vous disposez sur le sujet et construire le plan détaillé. En règle générale, un plan de composition comporte trois parties, mais il n'est pas interdit d'en faire plus ou moins. En terminale S, compte tenu du temps limité imparti pour l'exercice de composition, il n'est pas nécessaire de faire des sous-parties.
- Les plans les plus utilisés dans les compositions d'histoire sont le plan chronologique et le plan thématique.

3. Rédiger le devoir

- Pour **bien exposer la problématique** et soigner la fin du devoir, rédigez au préalable l'introduction et la conclusion au brouillon.
- Dans l'introduction, commencez par présenter le sujet, puis posez la problématique et annoncez le plan.
- Rédigez votre composition en veillant bien à sauter des lignes entre l'introduction, le développement et la conclusion, mais également entre chaque partie. En histoire comme en géographie, vous pouvez introduire dans le fil de votre composition des petits schémas ou organigrammes qui illustrent votre propos. Ceux-ci sont valorisés par le correcteur et vous permettront donc de gagner des points.
- Veillez au soin et à la lisibilité de votre copie. Évitez les phrases trop longues et les formulations complexes qui risquent de perdre votre lecteur.

• Gardez une dizaine de minutes pour opérer une relecture finale de l'ensemble afin d'éliminer les fautes d'orthographe, notamment sur les noms propres, qui peuvent être très pénalisées par le correcteur.

II. L'étude d'un ensemble documentaire

1. Répondre aux questions de la première partie

• La première partie est composée de **questions, cinq au maximum**, qui vous guident dans l'analyse de l'ensemble documentaire.
• Selon le cas, il peut s'agir de définir une notion présente dans un (ou des) document(s) ; d'expliciter des informations ; de mettre en relation des informations ; de déterminer l'intérêt d'un document par rapport au sujet ; d'apprécier les limites de l'ensemble documentaire par rapport au sujet.
• Dans tous les cas, ces questions n'appellent pas de réponses très longues. Le correcteur évaluera votre capacité à **répondre avec exactitude et concision** aux questions posées.

2. Rédiger la réponse organisée

• Dans la deuxième partie, vous devez rédiger une réponse organisée sur le sujet proposé. Pour cela, il faut **utiliser les réponses aux questions** de la première partie, ainsi que les autres informations contenues dans l'ensemble documentaire, mais également **vos connaissances personnelles**. Le correcteur sanctionnera en effet la seule reprise des informations des documents ou, *a contrario*, le simple récit du cours ignorant l'exploitation des documents.
• Vous devez subdiviser votre réponse **en autant de paragraphes que de grandes idées** répondant au sujet. Par ailleurs, il vous faut introduire et conclure ce développement en quelques phrases.

III. Le commentaire de document

• Commencez par identifier **la nature** du document : s'agit-il d'un texte, d'une carte, d'un schéma, d'une photo... ?
• Soyez le plus précis possible.
• Ainsi, s'il s'agit d'un texte, demandez-vous si c'est un texte de loi, un discours, un extrait de mémoires, un article de journal, etc.
• Votre travail consiste à identifier les faits et les idées auxquels le document renvoie.
• Les questions de l'énoncé vous guident dans ce travail.
• Pour bien comprendre le document, replacez-le dans **son contexte** et analysez **son point de vue**.

Analyse de documents
Sujet zéro du ministère, février 2014, série S

Après avoir rappelé le contexte dans lequel George Bush prononce son discours, expliquez sur quels principes doit se fonder, selon lui, le nouvel ordre du monde.

Mettez en évidence les limites de ce discours en montrant que ce nouvel ordre mondial est mis au service des intérêts politiques et économiques des États-Unis.

Document 1

Discours du président des États-Unis, George Bush, au Congrès le 11 septembre 1990

Nous sommes réunis ce soir, témoins dans le Golfe Persique d'évènements aussi significatifs qu'ils sont tragiques. Aux premières heures du 2 août, à la suite de négociations et après que le dictateur irakien Saddam Hussein eut promis de ne pas recourir à la force, une puissante armée irakienne envahit son voisin nullement méfiant et beaucoup plus faible, le Koweït. En l'espace de trois jours, cent vingt mille soldats irakiens et huit cent cinquante chars avaient déferlé sur le Koweït, et marchaient vers le sud pour menacer l'Arabie Saoudite. C'est à ce moment-là que je décidai de contrecarrer l'agression. [...]

Ce soir, je veux vous parler de ce qui est en jeu, de ce que nous devons faire ensemble pour défendre partout les valeurs du monde civilisé et pour maintenir la force économique de notre pays.

Nos objectifs dans le Golfe Persique sont clairs, précis et bien connus. [...] Ces objectifs ne sont pas seulement les nôtres. Ils ont été approuvés par le Conseil de sécurité de l'Organisation des Nations Unies à cinq reprises ces cinq dernières semaines. La plupart des pays partagent notre volonté de faire respecter les principes. Et un grand nombre d'entre eux ont intérêt à ce que la stabilité règne dans le Golfe Persique. Ce n'est pas, comme Saddam Hussein le prétend, les États-Unis contre l'Irak. C'est l'Irak contre le monde. Comme vous le savez, je viens d'avoir un entretien très fructueux avec le président de l'URSS, M. Mikhaïl Gorbatchev. Je suis content que nous oeuvrions de concert en vue d'établir de nouvelles relations. [...] Il est clair qu'aucun dictateur ne peut plus compter sur l'affrontement Est-Ouest pour bloquer l'action de l'ONU contre toute agression. Un nouveau partenariat des nations a vu le jour. [...]

Aujourd'hui, ce nouveau monde cherche à naître. Un monde tout à fait différent de celui que nous avons connu. Un monde où la primauté du droit remplace la loi de la jungle. Un monde où les États reconnaissent la responsabilité commune de garantir la liberté et la justice. Un monde où les forts respectent les droits des plus faibles. [...]

Il s'agit du premier assaut contre le nouveau monde que nous recherchons, le premier test de notre détermination. Si nous n'avions pas réagi de manière décisive à cette première provocation, si nous n'avions pas continué de faire preuve de fermeté, ce serait un signal donné aux tyrans actuels et potentiels du monde entier. [...] Les récents évènements ont certainement montré qu'il n'existe pas de substitut au leadership américain. Face à la tyrannie, que personne ne doute de la crédibilité et du sérieux des États-Unis. Que personne ne doute de notre détermination.

Source : Bibliothèque présidentielle du Musée George Bush, College Station, Texas.

Comprendre la question

Comme pour toute analyse de document, il importe avant tout de bien lire la consigne qui oriente le candidat vers les axes qu'il doit particulièrement traiter. Il faut ensuite prendre le temps de questionner la nature et le contexte du document : qui l'a réalisé ? quand ? à destination de qui ? dans quelle intention ? Autant de questions qui permettront au candidat de faire preuve du recul critique que l'on attend de lui. Il ne faut en effet pas se contenter de répéter ni même d'expliquer ce que le document dit. Il faut surtout discuter ce qu'il dit en rappelant ses éventuelles lacunes et en s'interrogeant sur ses effets concrets.

Introduction

Ce célèbre discours prononcé par le président des États-Unis George Bush lors du déclenchement de la guerre du Golfe en septembre 1990 permet de se replacer dans cette époque d'incertitude géostratégique que fut la fin de la guerre froide. Alors que l'URSS était en train de s'effondrer, la poudrière moyen-orientale recommençait une nouvelle fois à s'embraser. Le dictateur irakien Saddam Hussein, qui sortait tout juste d'une longue et stérile guerre contre son voisin et rival iranien, se lança en effet en 1990 dans une nouvelle agression, cette fois à l'égard de son voisin koweïtien. Celui-ci constituait il est vrai une proie tentante : incapable de résister face au géant irakien, le petit émirat regorge de pétrole dont le contrôle aurait permis à Saddam Hussein de renforcer un peu plus son influence mondiale. Mais c'était sans compter sur la réaction des États-Unis qui firent le choix d'empêcher Saddam Hussein de réaliser son plan d'invasion par la force. À l'aide de ce discours du président étatsunien qui fit ce choix de l'entrée en guerre, nous allons donc pouvoir mesurer en quoi la guerre du Golfe, bien plus qu'un énième conflit régional au Moyen-Orient, fut en fait la tentative de mise en œuvre d'un nouvel ordre mondial appelé à succéder à celui en vigueur lors de la guerre froide finissante.
Pour cela, nous verrons d'abord comment le président Bush justifie sa décision de recourir à la force pour maintenir la paix. Nous verrons ensuite qu'il présente son pays comme un « gendarme du monde » qui agirait de manière altruiste et désintéressée. Une vision que nous serons amenés à nuancer en soulignant les enjeux pour les États-Unis de l'intervention armée dans le Golfe.

I. Le premier conflit de l'après-guerre froide

La guerre du Golfe est le premier conflit à intervenir dans le monde de l'après-guerre froide. Elle est même le symbole de ce changement d'ère puisqu'elle fut déclenchée avec l'aval de l'ONU, sans opposition de l'URSS. Le fait qu'une intervention armée des États-Unis puisse ainsi être soutenue par Moscou montre bien que le temps de l'opposition radicale entre les deux blocs appartient désormais au passé. Le président Bush prend ainsi soin de souligner qu'avant de prendre sa décision il a eu un « entretien très fructueux avec le président de l'URSS » Mikhaïl Gorbatchev et il affirme agir « de concert » avec lui.
L'autre grande nouveauté de cette guerre, c'est qu'elle n'est pas menée au nom de la lutte contre la propagation du communisme comme ce fut presque toujours le cas durant la guerre froide. Ici, il ne s'agit, à en croire le président Bush, que de venir en aide à un État souverain, le Koweït, qui a été injustement et de manière fourbe attaqué par son voisin irakien. Pour mieux convaincre son auditoire de la justesse de sa décision, le président Bush insiste bien sur le fait que Saddam Hussein a fait preuve de traîtrise (il a agressé le Koweït après avoir promis de ne pas le faire) et de lâcheté (le Koweït auquel il s'attaque n'a pas les moyens de lui résister). En diabolisant ainsi son ennemi, le président Bush tente de rendre légitime son intervention auprès de l'opinion publique. Dans la dernière phrase du premier paragraphe, il explique même que sa décision de faire la guerre a été motivée par le souci de préserver la paix. En effet, en empêchant l'Irak d'annexer le Koweït et en stoppant son avancée vers l'Arabie Saoudite, les États-Unis auraient empêché une explosion régionale potentiellement dévastatrice.

II. Les États-Unis : une puissance altruiste ?

À en croire le président Bush, sa décision d'intervenir est purement altruiste : il ne s'agit pas prioritairement de renforcer les États-Unis, mais de « défendre partout les valeurs du monde civilisé ». À la vieille opposition entre « monde libre » et « monde communiste » qui structurait la guerre froide, se substitue donc une nouvelle, qui oppose un « monde civilisé », dont les États-Unis se présentent ainsi comme les leaders naturels, et un autre monde, qui serait donc caractérisé par la « barbarie », et dont l'Irak de Saddam Hussein serait l'incarnation. Le président Bush est particulièrement soucieux de présenter son intervention comme une opération internationale, fruit d'un « partenariat des nations » dans le cadre de l'ONU, et non de l'arbitraire d'une seule.

Ce souci du multilatéralisme, qui n'a pas toujours caractérisé la politique étrangère étatsunienne, s'explique par le projet de G. Bush d'inaugurer un « nouvel ordre mondial » dans lequel le respect du droit et des valeurs libérales serait érigé en principe cardinal au détriment de « la loi de la jungle » qui prévalait jusqu'alors. Dans ce monde nouveau, les États-Unis prétendent occuper une place singulière : à la fois modeste (ils n'agissent pas de leur propre chef mais « de concert » avec les autres nations qui pour « la plupart » partagent leur projet) et primordiale (ils se posent en bras armé du monde).

Les États-Unis entendent ainsi mettre leur force au service des plus faibles afin de faire en sorte que « les forts respectent les droits des plus faibles », une métaphore qui fait bien sûr référence au déséquilibre entre l'agresseur irakien et sa proie koweïtienne. Le seul bémol est que ce beau discours peut se retourner contre les États-Unis qui, au cours de cette guerre, ont précisément utilisé leur force de façon débridée pour venir à bout d'un pays qui n'était pas en mesure de se défendre efficacement contre eux.

III. Une intervention qui n'est pas dénuée d'arrière-pensées

Cette analyse à géométrie variable qui caractérise les propos du président Bush reflète les limites de sa démonstration. En effet, s'il prétend agir pour le bien commun et non dans l'intérêt exclusif de son pays, il est clair que sa décision d'intervenir contre l'Irak n'est pas le fruit d'un pur altruisme.

En empêchant Saddam Hussein de s'emparer du Koweït, George Bush empêche en effet qu'une part trop importante des réserves pétrolières mondiales ne tombe entre les mains de ce chef d'État peu docile, ce qui ne manquerait pas de faire flamber les cours mondiaux du brut et, par ricochet, d'affecter l'économie des États-Unis. Il le dit d'ailleurs très explicitement lorsqu'il affirme que son action vise aussi à « maintenir la force économique de notre pays ».

Mais son intérêt n'est pas uniquement économique. En soutenant le Koweït et l'Arabie Saoudite, il honore aussi la vieille alliance nouée en 1945 entre les États-Unis et les pétromonarchies aristocratiques du Golfe : c'est le fameux pacte du Quincy en vertu duquel les États-Unis obtiennent de leurs alliés dans la région un approvisionnement privilégié en pétrole en échange de leur protection. En s'attaquant à l'Irak bassiste qui, malgré son gouvernement dictatorial, se veut républicain, les États-Unis ont ainsi l'occasion de maintenir un ordre conservateur dans cette région dont l'instabilité chronique peut à tout moment avoir des répercussions mondiales.

Conclusion

Si ce célèbre discours du président Bush porte incontestablement les marques d'un changement d'ère géopolitique, on aurait cependant tort de le prendre au mot. Certes, il n'est plus guère question ici d'endiguement du communisme et autre défense du « monde libre ». Mais les professions de foi multilatéralistes et libérales du président Bush ne doivent pas masquer la forte continuité qui caractérise sa politique vis-à-vis de celle de ses prédécesseurs : pour lui, l'essentiel demeure la défense des intérêts des États-Unis même si, à l'écouter, il se veut avant tout le garant de la stabilité globale. Plus précisément, la défense de la stabilité globale n'a pour lui d'intérêt que si elle est favorable à son pays. Ce qui n'est d'ailleurs nullement surprenant ni condamnable : en tant que président des États-Unis, il est somme toute naturel qu'il défende d'abord les intérêts de cette puissance.

Les États-Unis et le monde à la fin des années 1960

Comment les Etats-Unis ont remporté la course à la Lune

En moins d'une décennie, les Américains réussirent à rattraper leur retard technologique sur l'URSS et ses missions Luna

Sept ans de retard. Lorsque le président John Kennedy annonce, le 25 mai 1961, l'ambition américaine de poser un homme sur la Lune avant la fin de la décennie et de l'en faire revenir sain et sauf, *Objectif Lune* est publié depuis plus de sept ans. Pour autant, aucun acte politique n'aurait pu être plus ambitieux que le lancement du programme Apollo. Car, lorsque Kennedy prononce son allocution devant le Congrès, aucune capsule américaine habitée n'a encore été, stricto sensu, mise sur orbite. Seul Alan Shepard a effectué, trois semaines auparavant, un vol suborbital de quinze minutes. Autant promettre de battre le record du monde du 100 mètres alors qu'on sait à peine marcher... et que l'adversaire, lui, trottine déjà.

Pour les Etats-Unis, le début de l'année 1961 n'est pas bon. Mi-avril, c'est la débâcle de la tentative de débarquement de la baie des Cochons, à Cuba. Une semaine plus tôt, un Russe de 27 ans, Iouri Gagarine, était devenu le premier homme sur orbite. C'est sans doute cette accumulation de revers qui pousse le président américain à l'audace. S'agissant de la course à l'espace, ce n'est pas la première déconvenue : depuis la mise sur orbite du Spoutnik soviétique en octobre 1957, d'autres jalons ont été posés par l'URSS. En janvier 1959, la première sonde à survoler la Lune, Luna 1, est soviétique. En septembre, le premier objet fabriqué de main d'homme à toucher le sol lunaire, la sonde Luna 2, est soviétique. Un mois plus tard, c'est encore un appareil du programme Luna qui prend les premiers clichés de la face cachée de la Lune... De leur côté, les Américains pâtissent de fusées peu fiables. Entre décembre 1956 et septembre 1959, quatorze lancements de la fusée Vanguard sont tentés, généralement pour la mise sur orbite terrestre de petits satellites scientifiques : neuf sont des échecs.

Echecs au lancement

Les premiers pas des Etats-Unis vers la Lune ne sont pas moins compliqués. Le programme Ranger, destiné à envoyer des sondes sur une trajectoire de collision avec l'astre de nuit, montre à nouveau la faiblesse des lanceurs américains. Entre août 1961 et octobre 1962, les cinq tentatives se soldent par des échecs au lancement ou par des trajectoires fautives... Il faudra attendre 1964 pour que trois Ranger s'écrasent comme prévu sur la surface lunaire, non sans avoir envoyé auparavant de nombreux clichés.

La suprématie de la technologie soviétique, qui prévaut jusqu'au début des années 1960, masque de profondes divergences au sommet de l'Union soviétique sur la nécessité des vols habités. En octobre 1963, Nikita Khrouchtchev dit même au *New York Times* que *« pour le moment,* [ils n'ont] *pas l'intention d'envoyer des cosmonautes vers la Lune »*. Sans qu'on sache, encore aujourd'hui, si cette déclaration - sur laquelle il revient du bout des lèvres quelques jours plus tard - relevait de l'intoxication, du lapsus ou de l'aveu. Les dirigeants américains sont en tout cas sur les dents. A la NASA, on s'inquiète de l'année 1967, qui marque le demi-siècle de la révolution d'Octobre. La date serait idéale pour un alunissage soviétique. On s'inquiète d'autant plus de 1967 que 1966 a été particulièrement féconde pour les Soviétiques. Le 3 février, une sonde Luna se pose sur le sol lunaire, tandis que, deux mois plus tard, un autre engin, lancé depuis Baïkonour, devient le premier satellite de l'astre de nuit. L'URSS ne réalisera finalement pas de coup d'éclat lunaire pour le cinquantième anniversaire de la révolution. Mais les Etats-Unis déploreront, en janvier, la mort de trois astronautes du programme Apollo dans l'incendie d'une capsule, lors d'un exercice au sol.

Pour les Etats-Unis, 1968 s'annonce aussi déplorable que 1961. L'offensive du Têt, en février, sonne le glas de l'engagement américain au Vietnam. Et, fin mars, un universitaire soviétique, Leonid Sedov, déclare simplement à *Space Business Daily* que l'URSS *« pourrait envoyer un homme sur la Lune demain »*. Tous les éléments d'une belle frayeur sont en place. En septembre, des responsables du programme Apollo sont prévenus par des radioastronomes britanniques qui, le 19 septembre au petit matin, ont capté une conversation tenue, en russe, à bord du vaisseau Zond 5 - lancé vers la Lune quelques heures plus tôt… ! La NASA se rend bien vite compte qu'il ne s'agit que d'un test de la chaîne de transmission et que Zond 5 est inhabité. Inhabité ? Pas complètement. A bord, une tortue, des plantes, quelques insectes et des cultures de bactéries. L'appareil est envoyé vers la Lune, il en fait le tour et revient sur Terre où il est récupéré dans l'océan Indien. L'« équipage » est vivant. James Webb, l'administrateur de la NASA, déclarera qu'il s'agit là de *« la plus importante démonstration spatiale faite par une nation à ce jour »*. A Washington, on est sûr que la prochaine fois sera la bonne : les Russes iront les premiers sur la Lune.

La mission Apollo 8 est programmée en catastrophe pour la fin de l'année. Un équipage partira faire le tour de la Lune, sans s'y poser, et reviendra sur Terre. Avant le lancement, on ergote sur l'emport d'une caméra, qui va alourdir la capsule. Finalement, l'appareil est accepté à bord : il sera l'instrument de la victoire américaine. Les images tournées par les astronautes font, en ce Noël 1968, le tour du monde. Il reste bien sûr à tenir la promesse de Kennedy, mais les Etats-Unis ont d'ores et déjà gagné, fin 1968, la bataille de la Lune. Et, en dépit des apparences et d'un suspense savamment entretenu pendant près de dix ans, leurs adversaires n'ont sans doute jamais été en mesure de leur ravir cette victoire.

Stéphane Foucart
Le Monde daté du 21.07.2009

Analyse de document
Sujet national, juin 2015, série S

La Chine et le monde des années 1960 aux années 1980

Comment le document montre-t-il l'évolution de la place de la Chine dans les relations internationales depuis les années 1960 et comment explique-t-il les changements de la politique chinoise qui sont à l'origine de cette évolution à partir de la fin des années 1970 ?

En quoi la place de la Chine dans le monde après 1984 confirme-t-elle l'appréciation de ces deux journalistes ?

Document

Réflexions de deux journalistes dans un ouvrage paru en 1984.

Aujourd'hui la Chine, après être passée de l'alliance de droit avec l'URSS contre les États-Unis à une alliance de fait avec les États-Unis contre l'URSS, a détendu ses relations avec celle-ci, sans compromettre vraiment celles qu'elle entretient avec l'Amérique. [...]

D'une manière générale, la Chine donne de toute évidence la priorité à son renforcement interne et ne se pose plus, comme pendant les années 60, en Mecque du véritable communisme[1] et en inspiratrice de nombreux mouvements révolutionnaires du tiers monde. Cette attitude n'est pas incompatible, bien au contraire, avec une certaine ouverture, notamment commerciale, indispensable en tout état de cause à la modernisation économique et sociale du pays. [...]

Régnant sur l'État le plus peuplé du globe, et de beaucoup, les successeurs des Ming[2] et de Mao se doivent certes, d'abord, d'assumer la cohésion interne de leur pays. L'ouverture ne peut être, dans ces conditions, que lente. Mais il suffirait qu'elle s'amorce pour de bon pour avoir une portée considérable.

C'est dans ce contexte que l'accélération des échanges, après la mort de Mao Zedong, en 1976, doit retenir l'attention. Même si la part de la Chine dans le commerce mondial demeure infime, le fait est qu'elle a progressé de 20 % par an entre 1978 et 1981.

Source : André FONTAINE et Pierre LI, *Sortir de l'hexagonie*, Paris, 1984 (extraits)

Comprendre la question

La longueur de la consigne qui accompagne l'unique document à analyser peut au premier abord effrayer le candidat. Elle lui fournit en réalité une aide précieuse en ce qu'elle présente de façon très détaillée les différentes étapes de l'analyse qu'on attend qu'il mette en œuvre. La question posée est donc claire et peut se résumer ainsi : en

1. Mecque du véritable communisme : expression qui désigne le pays revendiquant la direction du camp communiste
2. Ming : prestigieuse dynastie d'empereurs chinois qui régna du XIVe au XVIIe siècle

quoi ce document témoigne-t-il des évolutions de la politique étrangère de la Chine entre les années 1960 et 1980, et en quoi ces évolutions se sont-elles par la suite confirmées et accentuées ?
Le document proposé se concentre plus sur l'interprétation que sur l'explication des évolutions qu'il décrit. En clair, il cherche à donner sens à des événements qu'il ne prend que rarement le soin de présenter en détail. Autant dire qu'une bonne connaissance du cours sur la Chine et le monde est indispensable pour mener à bien son étude. Le candidat doit en effet être en mesure de « faire parler » ce document en éclairant ses nombreuses allusions et en illustrant ses affirmations par des exemples concrets. Pour le reste, rien dans le contenu du texte proposé à l'analyse ne pose réellement problème. Il faut en revanche veiller au fait que la consigne, sur sa fin, peut inciter à excéder les limites chronologiques données par le titre du sujet (« des années 1960 aux années 1980 ») puisqu'il est question du « monde d'après 1984 ». Il ne faudra donc pas hésiter, le moment venu, à parler d'événements postérieurs aux années 1980, à condition bien sûr de les rattacher au document, en l'occurrence en se demandant en quoi ils sont venus confirmer ou infirmer les affirmations des deux journalistes.

Procéder par étapes

La première chose à faire est ici de lire attentivement et d'analyser la consigne. Celle-ci, en raison de sa longueur, nécessite en effet d'être soigneusement analysée afin de bien comprendre les attentes du sujet et d'éviter de le traiter trop partiellement ou de commettre un hors-sujet. Ce n'est donc que dans un deuxième temps, après avoir bien compris les demandes de la consigne et dégagé le plan qu'elle suggère, qu'on peut se pencher attentivement sur le document pour repérer quels éléments pourront être mis à profit pour répondre à tel ou tel aspect de la consigne.

Introduction

L'inquiétude teintée d'admiration pour le géant démographique, géographique et désormais économique et militaire que constitue la Chine est une attitude fort ancienne. En France, elle revient à intervalles réguliers. C'est notamment le cas depuis les années 1980 et la politique d'ouverture au monde initiée par Deng Xiaoping.

Le document que nous allons analyser témoigne de cette fascination pour la Chine dans la France des années 1980. Il est extrait d'un ouvrage publié par deux journalistes français, André Fontaine et Pierre Li, en 1984, alors que la guerre froide touchait à sa fin. À partir de ce document, nous allons montrer comment était perçue la politique étrangère chinoise et ses récentes évolutions dans la France des années 1980, mais également nous demander, avec le recul du temps passé, si l'analyse des deux journalistes français s'est ou non trouvée confirmée.

Pour cela, nous décrirons d'abord les évolutions de la politique étrangère chinoise entre les années 1960 et 1980 telles que décrites par les deux journalistes. Puis nous analyserons les explications qu'ils fournissaient pour en rendre compte. Enfin, on évaluera la pertinence du diagnostic qu'ils établissaient alors, au regard des évolutions postérieures.

I. La Chine entre deux mondes

La première partie du texte des deux journalistes résume bien l'évolution qu'a connue la politique étrangère de la Chine à partir des années 1960. Alors que Mao avait originellement ancré son pays dans l'orbite soviétique, les relations entre les deux puissances, que rapprochait un même attachement au communisme, ont fini par se tendre. Si bien qu'une alliance à front renversé avec les États-Unis a fini par se décider, symbolisée par la visite du président Nixon en Chine en 1972. Ainsi, l'allié d'hier est devenu le rival puis l'ennemi d'aujourd'hui, si bien que l'ennemi qu'étaient auparavant les États-Unis est devenu un allié.

Mais, soucieuse d'éviter une confrontation ouverte avec l'URSS qui demeurait, dans les années 1980, une superpuissance influente, la Chine est finalement revenue à une position intermédiaire qui lui permettait de « détendre ses relations » avec l'URSS « sans compromettre vraiment celles qu'elle entretient avec l'Amérique ». Ainsi, la Chine s'est peu à peu imposée comme une puissance d'équilibre, voire non alignée, refusant le jeu de la bipolarité imposé par la guerre froide pour tenter de dialoguer avec les deux grands afin de tirer le meilleur de ce que chacun d'eux pouvait lui offrir.

II. La priorité au développement

Pour expliquer cette politique étrangère pour le moins louvoyante, les deux journalistes français fournissent une explication. Selon eux, la priorité des dirigeants chinois n'est pas tant de peser sur la scène internationale que de garantir des relations apaisées avec le reste du monde afin de se concentrer sur le développement intérieur de leur pays qui souffre d'un grand retard.

C'est pourquoi, après avoir un temps caressé le rêve de devenir « la Mecque du véritable communisme » en rivalité avec Moscou, les dirigeants chinois auraient finalement renoncé à ces ambitions périlleuses pour se concentrer sur le développement économique. Ce dernier supposait « une certaine ouverture, notamment commerciale » nécessaire « à la modernisation économique du pays ». Cette phrase fait clairement allusion à la politique initiée par Deng Xiaoping, notamment au travers de la création des zones économiques spéciales (ZES) destinées à stimuler l'activité économique en attirant les investisseurs étrangers.

III. Une ouverture lente mais inéluctable

Cette ouverture économique progressive de la Chine au monde, dont les deux journalistes perçoivent les balbutiements en 1984, n'a depuis cessé de s'accélérer. De ce point de vue, on peut dire que les auteurs se sont montrés particulièrement perspicaces puisqu'ils ont bien compris que cette ouverture aurait des répercussions d'une « portée considérable » pourvu « qu'elle s'amorce pour de bon », ce qui fut effectivement le cas.

En quelques décennies, la Chine s'est en effet imposée comme l'un des cœurs de l'économie mondiale et, à ce titre, comme un acteur incontournable sur la scène internationale. La stratégie repérée par André Fontaine et Pierre Li s'est donc révélée payante : en donnant la priorité au développement intérieur, quitte à en rabattre sur leur posture à l'international, les dirigeants chinois ont opéré un pari, réussi sur le long terme puisque, au final, la Chine en est sortie plus solide et plus riche à l'intérieur, et donc plus sûre et plus puissante à l'extérieur.

Conclusion

Le poids croissant occupé par la Chine sur la scène internationale est lié au décollage économique fulgurant connu par celle-ci depuis les années 2000. Cependant, les prémices peuvent en être décelées bien en amont. C'est ce dont témoigne le document, par certains égards prémonitoire, que nous avons analysé. Dès 1984, André Fontaine et Pierre Li avaient mis en lumière la cohérence cachée derrière l'apparente irrationalité d'une politique étrangère chinoise volatile. En fait, il s'agissait alors pour Pékin de ne se fâcher avec personne pour mieux commercer demain avec tout le monde.

La Chine et le monde des années 1960 aux années 1980

De Mao à Deng Xiaoping, comment la Chine a retrouvé son rang

« Le Monde » publie le deuxième volume de la collection « Comprendre un monde qui change ». « Chine : de la révolution à la naissance d'un géant » est coordonné par Erik Izraelewicz, qui en a rédigé la préface

L'anomalie de l'Histoire ne réside pas dans le retour actuel de la Chine parmi les grandes puissances mais plutôt dans la longue éclipse qu'elle a connue, entre 1830 et 1980. L'empire était puissant, riche et innovant. Après les guerres de l'opium (1839-1860), les occupations étrangères (européenne, américaine puis japonaise) et les errements de la vie politique interne (l'admiration sans bornes de l'Occident dans une première phase, le dogmatisme de Mao et de ses amis ensuite) ont à leur tour contribué à un affaiblissement violent du pays.

Mao laisse à ses successeurs, à la fin des années 1970, un pays fermé au reste du monde, isolé de tout et de tous, souffrant de terribles famines et dont l'intelligentsia a été décimée par la Révolution culturelle. Mais avant sa descente aux enfers, la Chine avait longtemps été la première puissance économique de la planète, selon l'historien de l'économie Angus Maddison. Elle représentait le tiers de la richesse mondiale au début du XIXe siècle. Elle n'en pesait plus que 1 % à peine au milieu du XXe ! *(...)*

Des trois dogmes qui structuraient la période maoïste - les pleins pouvoirs au Parti, l'étatisation de l'économie et le *« compter sur ses propres forces »* -, Deng Xiaoping n'en conservera finalement qu'un seul, celui qui assure la domination du PCC sur l'ensemble de la société. Sur ce plan, très politique, malgré peut-être ce qu'il en pense, Deng ne touche à rien. Sous son règne, le régime reste autoritaire et centralisé. Sur le front économique, Deng engage en revanche une double libéralisation avec la fin du tout-Etat à l'intérieur et les débuts de l'ouverture avec l'extérieur. *(...)*

La Chine a ainsi fait, en l'espace d'une seule génération (trente ans) sa « révolution industrielle », cette phase de décollage économique que l'Europe et l'Amérique avaient connue un siècle et demi plus tôt et qui avait nécessité, dans ces régions-là, deux ou trois fois plus de temps. Tout en Chine s'est fait beaucoup plus rapidement : le transfert de l'agriculture vers l'industrie, de la campagne vers les villes, l'émergence d'une classe moyenne et les débuts d'une consommation de masse. La production y a ainsi progressé en moyenne de près de 10 % par an. Elle a été multipliée par sept en trente ans. Du jamais-vu.

Jamais en effet dans l'histoire économique un pays aussi grand n'a connu une croissance aussi forte pendant une période aussi longue. Cela étant, malgré ses milliardaires, ses villes champignons et son appétit pour le luxe occidental, la Chine est au début du XXIe siècle un pays riche peuplé de pauvres, un pays jeune mais à la population vieillissante avant même de s'être enrichie. Numéro deux, derrière les Etats-Unis, par son produit intérieur brut total, elle se situe en fond de classement, pas loin de la 100e place, si l'on prend en considération le produit intérieur brut par habitant - un indicateur plus pertinent du niveau de vie de la population. *(...)*

Pour maintenir son rang, comme le suggère le XIIe Plan, la Chine doit désormais passer d'une croissance alimentée par l'exportation, l'investissement et la copie à une croissance fondée sur la consommation des ménages, les services et l'innovation. « Communiste », la Chine a en réalité besoin d'une double révolution : « socialiste », avec la mise en place d'un Etat-Providence, et « libérale », avec l'instauration d'un Etat de droit, le développement de réels contre-pouvoirs et la promotion de l'esprit d'initiative. Le Parti et l'Etat disent y travailler. C'est par exemple l'objectif du projet visant à assurer une protection minimale à tous les citoyens en matière de santé, de chômage ou de retraite. C'est aussi celui recherché avec l'effort mis sur l'éducation et la formation de haut niveau.

Mais cette double révolution se heurte à de nombreux obstacles, politiques notamment. Elle est au centre des débats, intenses, voire violents, qui agitent avec plus ou moins de transparence le sommet de l'appareil communiste chinois à la veille de la grande transition qui doit conduire, en mars 2013, à l'installation d'une nouvelle équipe à la tête du pays. Une nouvelle génération, la cinquième, dit-on à Pékin, va prendre les commandes. Celle-ci n'a connu ni la révolution, ni la guerre, ni les famines. Cette génération sera-t-elle prête à poursuivre la libéralisation et l'ouverture de l'économie tout en amorçant celle de la vie politique ? Acceptera-t-elle de prendre, comme le lui demandent ses partenaires occidentaux, ses responsabilités dans les affaires du monde ?

Cette nouvelle dynastie n'a pas encore fait ses choix. Elle va devoir en tout état de cause davantage compter sur son peuple, plus riche, mieux formé et informé, plus connecté aussi. Les 500 millions de Chinois qui surfent sur le Net et les 250 millions d'utilisateurs de Weibo, le service de microblogging local, sont désormais une force politique qui compte, sur laquelle les maîtres de l'empire doivent en tout cas compter. En Chine, même en ce début de XXIe siècle, Mao n'est pas mort. Autour de la Cité interdite, près de la place Tiananmen, son ombre continue de circuler. Le Net pourrait lui être fatal.

Erik Izraelewicz

Le Monde daté du 26.10.2012

Composition

Sujet national, juin 2016, série S

Le Proche et le Moyen-Orient, un foyer de conflits depuis la fin de la Seconde Guerre mondiale.

Comprendre la question

Le principal problème posé par ce sujet est qu'il couvre une région et une période tellement vastes qu'il est impossible de le traiter de manière exhaustive. Le principal écueil à éviter est de vouloir aborder tous les événements de cette période. Il va falloir être en mesure de sérier vos connaissances, afin de donner une colonne vertébrale analytique à votre composition.

Il faut donc se résoudre à faire des choix, à être parfois allusif sur certains points pour mieux en développer d'autres. Le tout est que votre composition parte sur une problématique solide et structurée. Le plan choisi peut aussi bien être chronologique que thématique, le principal étant de bien articuler les différentes parties.

Introduction

Depuis la fin de la Seconde Guerre mondiale, le Proche-Orient fait régulièrement la une de l'actualité en raison des nombreux conflits qui ne cessent de l'agiter. La fin de la guerre froide, loin d'avoir apaisé ces conflits, semble au contraire avoir ranimé certains d'entre eux.
Guerres israélo-palestiniennes à répétition, interventions américaines en Irak, guerre entre l'Iran et l'Irak, guerres civiles au Liban ou en Syrie, on ne compte plus les démonstrations violentes de cette instabilité qui semble inhérente à la région. Ces conflits sont pourtant de nature très différente et répondent à de multiples causes. Toute la question est donc de savoir pourquoi cette région relativement étroite concentre une telle densité de conflits.
Nous verrons successivement que trois principaux facteurs peuvent expliquer cette conflictualité anormalement élevée. En premier lieu, la création de l'État d'Israël a eu de violentes répercussions qui se font ressentir jusqu'à nos jours. Ensuite, les richesses, notamment en hydrocarbures, dont dispose la région, ont suscité des jalousies qui ont parfois abouti à des guerres. Enfin, on verra que la grande diversité ethnoconfessionnelle du Proche-Orient est un important facteur de déstabilisation régionale.

I. Les conflits liés à la question israélienne

Prévu par le plan de partage de la Palestine adopté par l'ONU en 1947, la création de l'État d'Israël en 1948 suscite une levée de bouclier immédiate de ses voisins arabes qui lui déclarent la guerre, la première d'une longue série. Ce premier affrontement voit la victoire des Israéliens et se solde par l'expulsion de populations arabes et l'annexion de territoires par l'État juif. S'ensuivent deux autres guerres (en 1967 et 1973) qui se concluent également toutes deux par des victoires israéliennes. La question de l'État d'Israël est donc l'un des principaux ferments de conflit au Proche-Orient, puisqu'elle a suscité pas moins de trois conflits internationaux, sans compter l'intervention israélienne au Liban en 2006.
Les accords de paix de Camp David, conclus entre Israël et l'Égypte en 1978, marquent cependant le début d'un apaisement, puisque la principale puissance arabe se résout à reconnaître l'État d'Israël et à conclure la paix. Mais les accords israélo-égyptiens ne mettent pas pour autant fin aux conflits liés au refus arabe de l'État d'Israël.
S'il n'y a plus de guerres opposant Israël à une coalition d'États arabes, des groupes armés palestiniens de Cisjordanie, de Gaza, ou des camps de réfugiés de Jordanie ou du Liban, s'affrontent à l'armée israélienne. Deux soulèvements populaires appelés « *intifadas* », à mi-chemin entre la manifestation, l'émeute et la guérilla, agitent la fin des années 1980 et le début des années 2000. L'armée israélienne doit y faire face et s'adapter afin de ne pas perdre la « guerre médiatique » que lui livrent les Palestiniens que les caméras montrent armés de simples pierres face aux chars adverses. Des groupes palestiniens radicaux recourent également massivement au terrorisme à partir des années 1970 : attentats, détournement d'avions, prises d'otages.
Les accords de Washington, conclus en 1993, marquent un apaisement dans ces tensions puisque l'Organisation de libération de la Palestine (OLP), dirigée par Yasser Arafat, s'engage dans un processus de paix avec l'État israélien. Les violences continuent cependant, tant entre militants palestiniens et armée israélienne,

qu'au sein même du mouvement national palestinien qui tend de plus en plus à se diviser, à partir des années 1990, entre nationalistes arabes laïcs du Fatah et islamistes alliés aux Frères musulmans égyptiens du Hamas. La confrontation entre ces deux tendances prend un tour violent en 2007, lorsque les troupes du Hamas chassent celles du Fatah de la bande de Gaza. Depuis lors, la Palestine, coupée en deux territorialement, l'est également politiquement : tandis que l'Autorité palestinienne, aux mains du Fatah, dirige la Cisjordanie, le Hamas tient la bande de Gaza.
Le conflit israélo-palestinien a un effet déstabilisateur sur toute la région, car les expansions territoriales progressives d'Israël suite à ses victoires successives ont provoqué un important flux de réfugiés palestiniens qui ont impliqué et souvent déstabilisé les pays arabes voisins les ayant accueillis : guerres civiles en Jordanie (dans les années 1970) et au Liban (dans les années 1980).
La situation des réfugiés est d'autant plus complexe que l'État israélien refuse de leur accorder un droit au retour, par crainte que la population arabe (qui représente aujourd'hui un quart de la population israélienne) ne devienne majoritaire, ce qui remettrait en cause la notion même d'État juif, au cœur du projet sioniste.

II. Les conflits liés aux ressources

Le Moyen-Orient est devenu, depuis la découverte et l'exploitation à partir des années 1930 du pétrole et du gaz dont il regorge, une zone stratégique. Près de la moitié des réserves d'hydrocarbures mondiales sont en effet concentrées dans cette zone. Il faut cependant remarquer que cette richesse est très inégalement répartie. Les pays riverains du golfe Persique (Iran, Irak, Koweït, Émirats arabes unis, Qatar et Arabie saoudite) sont particulièrement bien servis, alors que l'Égypte, la Syrie, la Turquie ou la Jordanie ne peuvent se reposer sur ces ressources pour prospérer.
La possession des ressources en hydrocarbures a profondément modifié les rapports de force géopolitiques de la région, donnant les moyens aux pays religieusement très conservateurs de la péninsule arabique de diffuser l'idéologie islamiste dans toute la région. Celle-ci s'est progressivement répandue, au détriment du nationalisme arabe en vigueur jusque dans les années 1950 et dont Nasser fut l'un des leaders.
Une telle concentration de richesses est évidemment une source de convoitises, qui aboutissent parfois à des guerres. Ainsi la guerre qui opposa l'Iran et l'Irak pendant huit ans dans les années 1980 fut déclenchée suite à la brouille entre les deux pays à propos de la répartition d'une nappe d'hydrocarbures souterraine à cheval entre les deux pays. En 1990, la première guerre du Golfe eut pour point de départ l'invasion du Koweït par l'Irak, qui lorgnait sur ses gigantesques ressources pétrolières.
Les nombreuses interventions américaines au Moyen-Orient depuis les années 1990 ont été principalement motivées par la volonté de sécuriser les approvisionnements en hydrocarbures en provenance de la région. Les pays pétroliers du Moyen-Orient ont su très tôt utiliser leurs richesses comme une arme. Ainsi, en 1968, ils se regroupent dans l'Organisation des pays arabes exportateurs de pétrole (OPAEP), qui a pour but de forger une entente entre pays producteurs de la région afin de défendre leurs intérêts communs, au lieu de se faire concurrence. Les effets s'en font ressentir lors de la guerre israélo-arabe du Kippour de 1973, au cours de laquelle l'OPAEP provoque le premier choc pétrolier en représailles

contre le soutien des puissances occidentales à Israël. Mais la puissance tirée du pétrole est à double tranchant car les pays concernés sont devenus uniquement dépendants des liquidités qu'ils tirent de cette ressource, et doivent faire face à sa raréfaction puis à son épuisement, ce qui pourrait à terme susciter de graves tensions.

III. Les conflits liés aux clivages ethnoconfessionnels

Particulièrement puissant des années 1950 aux années 1970, le nationalisme arabe a prétendu dépasser les clivages confessionnels caractéristiques de la région, en mettant en avant son unité culturelle, liée à la diffusion de la langue arabe. Mais cette idéologie n'en a pas moins suscité des conflits, surtout de la part des peuples non arabes de la région qui ne pouvaient s'y reconnaître.
Ce fut principalement le cas des Kurdes, qui réclament en vain la création d'un État indépendant. Le nationalisme arabe, parce qu'il s'inscrivait dans la lutte tiers-mondiste propre à cette période de guerre froide, fut également à l'origine de tensions avec l'Occident, dont le principal temps fort fut la crise provoquée par la nationalisation du canal de Suez par le président égyptien Nasser, leader par excellence du panarabisme. Cette décision, prise en 1956, provoqua une intervention militaire franco-britannique appuyée par Israël, qui se solda par un échec du fait de l'opposition des Russes et des Américains à la riposte des Européens.
Avec le déclin du panarabisme que symbolise la révolution islamique d'Iran de 1979, la question des identités religieuses a refait surface et constitue aujourd'hui l'un des principaux facteurs de conflit dans la région. Ainsi l'invasion américaine de l'Irak en 2003 a provoqué l'éclatement d'une guerre civile dans laquelle se sont opposés musulmans sunnites et musulmans chiites. Victimes collatérales de cette guerre interne à l'islam, les chrétiens irakiens ont été contraints de fuir massivement le pays. Avant même cet épisode, la longue et tragique guerre civile libanaise, liée au difficile équilibre politique de ce pays pour contenter ses communautés chrétiennes, chiites, sunnites et druzes, avait montré à quel point les divisions confessionnelles étaient source de déstabilisation. Aujourd'hui, c'est la Syrie qui est secouée par une violente guerre civile, la majorité sunnite s'affontant au pouvoir alaouite (proche du chiisme) avec l'appui d'une partie des communautés chrétiennes.

Conclusion

Au terme de notre analyse, on constate que la situation particulièrement conflictuelle du Proche et du Moyen-Orient ne peut être abordée que sous de multiples angles (politique, géopolitique, religieux, conflits d'intérêts). De nombreux facteurs de tension, se conjuguant parfois, contribuent à entretenir le climat explosif de cette région du monde.

Le Proche et le Moyen-Orient depuis 1918

Damas et Moscou, alliés de longue date

Interrompue à la fin des années 1980, l'idylle reprend en 2003 et se renforce avec la révolution syrienne

L'intérêt de Moscou pour la Syrie prend naissance dans la première moitié du XIXe siècle. Au nom de la défense des chrétiens orthodoxes de l'empire, la Russie pousse ses premiers pions dans cette province ottomane, qui a l'avantage d'offrir un accès aux mers chaudes, l'une des obsessions du régime tsariste. Le travail d'approche se poursuit après la révolution bolchévique, sous couvert, cette fois, de la lutte contre la tutelle coloniale française. En février 1946, deux mois avant l'indépendance de la Syrie, un pacte secret est signé entre les deux pays.

La guerre froide donne une traduction concrète à cette alliance. Moscou a besoin de la Syrie pour contrer le pacte de Bagdad, un regroupement régional, formé en 1955, qui place l'Irak, la Turquie, l'Iran et le Pakistan dans l'orbite de Londres et Washington. La calamiteuse expédition de Suez, en 1956, qui voit la France, le Royaume-Uni et Israël se liguer contre l'Egypte de Nasser, servira de détonateur.

Porté par la fièvre nationaliste qui s'empare de la région, le premier ministre, Khaled Al-Azm, pur produit de la bourgeoisie damascène, scelle un premier accord d'armement avec les Soviétiques. « *C'est comme cela que les Russes ont commencé à infiltrer l'armée syrienne* », précise Samir Al-Taqi, un ex-communiste syrien, qui conseille aujourd'hui l'opposition. Dans les années qui suivent, plusieurs gros contrats d'infrastructures, comme la construction d'un barrage sur l'Euphrate, permettent à Moscou de prendre pied dans l'économie et la société.

L'arrivée au pouvoir, en 1963, du parti Baas, champion du « socialisme arabe », donne un nouveau coup d'accélérateur à la relation bilatérale. L'homme fort de l'époque, Salah Jedid, tenant de l'aile gauchiste du Baas, aligne son pays sur le bloc de l'Est. Mais, après le fiasco de la guerre des Six-Jours de 1967, Leonid Brejnev, maître de l'URSS, se détourne de cet idéologue suspecté d'aventurisme. En 1970, le coup d'Etat du ministre de la défense, Hafez Al-Assad, partisan d'une ligne plus pragmatique, est soutenu en sous-main par le Kremlin.

Les livraisons d'armes prennent alors leur envol, d'autant que Moscou « néglige » souvent d'envoyer la facture. La Syrie reçoit des Mig-23 et négocie un report de sa dette. En retour, les Soviétiques obtiennent, en 1971, le droit d'ouvrir une base militaire dans le port de Tartous, sur la Méditerranée. La venue d'Hafez Al-Assad à Moscou, en 1972, est la première d'une longue série de visites, avec pour étape obligée le dépôt de gerbes au mausolée de Lénine.

L'URSS couvre la répression ultrabrutale du soulèvement des Frères musulmans en 1981-1982. Le nombre de conseillers militaires russes stationnés en Syrie explose. Il passe de 1 000 en 1980 à 6 000 en 1983. « *Cette année-là, certains d'entre eux ont été priés de débarquer à l'aéroport habillés en touriste, pour ne pas effaroucher la population !* », témoigne un officier soviétique à la retraite.

La perestroïka, à la fin des années 1980, puis l'effondrement de l'URSS coupent court à cette idylle. Fini les transferts d'armes gratis ! Banqueroute oblige, Mikhaïl Gorbatchev réclame à Hafez Al-Assad le remboursement de sa dette. « *Les Russes partent vers l'ouest. Comment pourrions-nous les suivre ?* », confie alors le dictateur syrien à Samir Al-Taqi. « *Il était très inquiet,* se souvient ce dernier. *Il savait que, sans le soutien de Moscou, son régime était menacé. C'est notamment pour cette raison qu'en 1991 il a soutenu l'attaque américaine contre les troupes irakiennes au Koweït.* »

Le refroidissement se poursuit sous Boris Eltsine et, à un degré moindre, durant le premier mandat de Vladimir Poutine, entre 2000 et 2004. Le jeune Bachar Al-Assad, qui a succédé à son père en 2000 et se pique de modernité, préfère lorgner du côté du Golfe et des capitales occidentales. *« Un conseiller de Poutine m'avait dit à cette époque : "Nous savons que votre président ne nous aime pas"*, raconte Samir Al-Taqi, qui officiait comme consultant au ministère des affaires étrangères syrien. *Ils avaient été déçus par le fait que Bachar Al-Assad réserve ses premières visites à l'étranger à la France et au Royaume-Uni.* »

La tendance s'inverse à partir de 2003, lorsque Vladimir Poutine, qui cherche à reprendre pied dans la région, monnaie de nouveaux contrats d'armement en échange de l'effacement de la majeure partie de la dette syrienne, puis, plus nettement, après l'assassinat du premier ministre libanais Rafik Hariri, en 2005, que les puissances occidentales attribuent à Damas. Bachar Al-Assad trouve un appui auprès de Moscou. La révolution syrienne, en 2011, accentue le rapprochement. Le Kremlin ne pouvait soutenir ce mouvement, dirigé, qui plus est, contre un allié de cinquante ans.

Isabelle Mandraud, correspondante à Moscou, et Benjamin Barthe, correspondant à Beyrouth
Le Monde daté du 19.10.2015

Composition

Sujet zéro du ministère, février 2014, série S

Gouverner la France depuis 1946 : État, gouvernement, administration et opinion publique.

Comprendre la question

Reprenant à l'identique l'intitulé du programme, ce sujet de composition ne recèle aucune difficulté majeure. Pour éviter un exposé trop terne, il faut cependant veiller à bien le problématiser en montrant que l'essentiel n'est pas de décrire l'évolution politique du pays, mais bien l'organisation même de sa vie politique au travers des nombreuses évolutions institutionnelles qu'il a connues. Une problématique pertinente peut d'ailleurs être de se demander pourquoi il y eut tant d'évolutions en si peu de temps.
Le plan chronologique s'impose ici car il faut avant tout montrer que, par-delà une apparente continuité républicaine, il y a en fait une évolution importante qui se produit dans la manière dont le pays est gouverné et administré.

Introduction

Depuis la fondation de la IVe République au lendemain de la Seconde Guerre mondiale, le gouvernement de la France a connu de profondes mutations.
L'État central puissant, hérité de l'Ancien Régime et renforcé par la Révolution puis l'Empire, a été contraint de redéfinir son champ et ses moyens d'actions pour s'adapter à un monde en mouvement. Puis, la construction européenne d'une part, l'essor des demandes d'autonomie locale de l'autre ont contribué à une redéfinition du gouvernement et de l'administration de la France. Comment et pourquoi l'État a-t-il fait face à ces mutations ? Cette redéfinition de son rôle s'est-elle traduite par un affaiblissement ou un renforcement de son pouvoir ?
Pour répondre à ces questions, nous verrons d'abord comment la IVe République a tenté de restaurer un État fort qui s'est surtout incarné dans une administration efficace. On verra ensuite comment, sous la présidence de de Gaulle puis de Pompidou, le pouvoir politique a réaffirmé sa prépondérance sur l'administration, tout en perpétuant la tradition de l'État fort. Enfin on montrera comment, depuis les années 1980, l'État s'est progressivement dessaisi de certaines de ses prérogatives.

I. La IVe République redéfinit le rôle et les moyens de l'État (1946-1958)

La IVe République est restée dans les mémoires, notamment du fait de la propagande de ses opposants communistes et gaullistes, comme un symbole de désorganisation et de faiblesse au sommet de l'État. Il est vrai que le mode de scrutin proportionnel utilisé pour désigner les députés de ce régime parlementaire, en favorisant la représentation d'une multitude de petits partis à l'Assemblée, rendait la constitution de majorités gouvernementales stables très compliquée. C'est pourquoi, en seulement douze ans d'existence, le régime vit se succéder pas moins de 25 gouvernements dont certains ne durèrent pas plus d'une journée. En apparence donc, la IVe République marque le déclin d'un État affaibli par les divisions et les hésitations en son plus haut sommet. Il n'en est pourtant rien dans les faits, car derrière la « valse des ministères » en façade, la IVe République a surtout légué à la France une administration d'une efficacité sans précédent.
La création de l'ENA en 1945 permit ainsi de former rapidement de nouveaux cadres tout à la fois compétents et républicains. Ceux-ci constituèrent l'ossature des cabinets ministériels et de l'administration. Ainsi les changements réguliers de gouvernements n'handicapèrent nullement le pilotage du pays et sa reconstruction car, si les ministres changeaient à intervalles réguliers, leurs collaborateurs restaient en place et garantissaient la continuité de l'action étatique par-delà les aléas d'une vie parlementaire mouvementée. Qui plus est, la IVe République n'a pas seulement doté l'État d'une administration performante, elle en a singulièrement accru les compétences.
Par les nationalisations d'entreprises (Renault, Air France, Crédit Lyonnais, EDF, etc.) opérées à la Libération, l'État s'est d'abord trouvé en situation d'intervenir de manière déterminante dans le pilotage économique du pays. Par ailleurs, la création de la Sécurité sociale a mis sur pied un État providence qui ne se contente plus de ses fonctions régaliennes traditionnelles, mais se charge de redistribuer les richesses et d'assister les plus démunis.

II. La Vᵉ République gaulliste entre continuité et rupture (1958-1974)

En dépit des critiques acerbes de de Gaulle à l'égard de la IVᵉ République, sa politique une fois arrivé au pouvoir en 1958 s'inscrit dans une large mesure dans la continuité de celle de ses prédécesseurs. Utilisant à plein les ressources dont la IVᵉ République a doté l'État, il fait de celui-ci le pilote de l'économie et de l'aménagement national. L'économie est désormais planifiée, c'est-à-dire que l'État fixe des objectifs à atteindre et soutient de grands projets industriels (TGV, Concorde). L'État entreprend également de réaménager le pays en lançant de grands projets d'infrastructures (création de villes nouvelles, du réseau TGV, etc.).
En fait, la rupture avec la IVᵉ République n'est pas à chercher dans l'action de l'État, mais dans la gestion de celui-ci. Alors que, sous la IVᵉ République, les experts et les techniciens étaient les véritables pilotes du « navire », la Vᵉ République, en restaurant la stabilité parlementaire et en renforçant le pouvoir présidentiel, redonne la prépondérance au pouvoir politique élu. Il n'est d'ailleurs pas anodin de constater que nombre de hauts fonctionnaires (Valéry Giscard d'Estaing, Jacques Chirac) décident alors de se lancer dans une carrière politique, le suffrage universel étant désormais nécessaire pour pouvoir occuper un poste décisionnel important.
Cette toute puissance de l'État, dont la direction est monopolisée depuis 1958 par la droite, suscite la contestation d'une partie de l'opinion publique, et des partis de gauche. Le socialiste François Mitterrand dénonce ainsi le pouvoir du général de Gaulle, qu'il compare à un dictateur, comme un « coup d'État permanent ». En mai 1968, la jeunesse étudiante, bientôt rejointe par les ouvriers, se révolte contre un État jugé trop pesant.

III. Le recul de l'État (depuis 1983)

Les années 1970 et 1980 sont marquées dans le monde par le triomphe des idées libérales en économie, portées par Margaret Thatcher au Royaume-Uni et Ronald Reagan aux États-Unis. En France, le candidat de la droite libérale Valéry Giscard d'Estaing accède à la présidence de la République en 1974. C'est le début d'une libéralisation progressive de l'économie, qui voit l'État se retirer du capital des entreprises et laisser au marché le soin de réguler l'activité du pays. Cette libéralisation économique est encouragée par les toutes jeunes instances européennes qui, par le traité de Rome (1957), ont mis en place un marché commun européen.
À mesure que l'unité européenne s'affirme, l'État français est contraint de partager avec ses partenaires européens une partie de sa souveraineté. Ce processus de transfert à Bruxelles d'une partie des prérogatives étatiques, qui atteint son apogée avec le traité de Maastricht (1992), commence dès les années 1970, notamment dans le domaine monétaire.
L'arrivée au pouvoir des socialistes en 1981 ouvre la voie à la décentralisation. Ayant passé de longues années dans l'opposition à l'Assemblée nationale, la gauche avait dû se replier sur des mandats locaux dont elle avait pu constater qu'ils ne donnaient que peu de pouvoirs concrets à leurs détenteurs. Aussi le nouveau président décide-t-il dès le début de son mandat de confier à son ministre de l'Intérieur Gaston Defferre l'élaboration d'une loi de décentralisation. Celle-ci, adoptée en 1983, fait des régions des collectivités territoriales dont le pouvoir exécutif n'est plus aux mains des préfets (nommés par l'État) mais d'élus.

Depuis, ce mouvement n'a cessé de s'étendre et la participation des citoyens à la vie politique a été encouragée. Le processus de gouvernement a donc non seulement été décentralisé mais il s'est aussi largement démocratisé, par exemple avec la possibilité d'organiser des référendums locaux pour consulter l'avis des populations d'un territoire à propos d'un aménagement les concernant.

Conclusion

Depuis 1946, l'État a connu de profondes mutations. D'abord engagé dans un renforcement de son pouvoir et une extension de ses domaines d'action, il a ensuite entamé un processus de délégation de pouvoir vers le haut (l'Europe) et vers le bas (les collectivités territoriales). Ce faisant, il s'est aussi débarrassé de certains dossiers brûlants, laissant à d'autres le soin de gérer les tâches les plus ingrates (gestion des coûteuses prestations sociales, entretien des infrastructures, etc.). Il n'est donc pas certain que l'État ait perdu autant qu'il y paraît à ces délégations de pouvoir successives.

Gouverner la France depuis 1946

1789-2014, les batailles de l'espace français

De la création des départements, il y a 225 ans, aux nouvelles régions proposées par François Hollande le 2 juin, le découpage du territoire national demeure un sujet passionnel

C'est un domaine dans lequel la France garde sans conteste le leadership européen. Avec 36 681 communes, 101 départements, 22 régions de métropole et 5 d'outre-mer, elle compte à elle seule près de la moitié des circonscriptions administratives des vingt-huit Etats de l'Union européenne. Vouloir réformer cet écheveau complexe expose nécessairement les responsables politiques à de gros risques. François Hollande en fait l'expérience, lui qui, après avoir annoncé la mort à moyen terme des départements, a rendu publique, lundi 2 juin, une nouvelle organisation du territoire ramenant le nombre de régions de 22 à 14.

Les réactions suscitées par les annonces présidentielles sur le bien-fondé de tel ou tel rapprochement entre régions le rappellent : le découpage de l'espace français demeure un sujet passionnel. Cela ne doit rien au hasard. La question renvoie en effet à un moment fondateur de l'histoire nationale : la nuit du 4 août 1789, qui vit tout à la fois l'abolition des privilèges et l'esquisse d'une nouvelle architecture territoriale censée traduire, géographiquement, la soumission de tous les Français à la même loi. Dessinée pour répondre à l'aspiration égalitaire de l'été 1789, la carte administrative du pays est en cela bien davantage qu'un simple schéma de papier : c'est une représentation charnelle du territoire, un « lieu de mémoire » qui charrie tout à la fois le souvenir de la Révolution et l'idéal de la République.

Pour comprendre la césure fondatrice que représente 1789 dans l'histoire administrative du pays, il faut rappeler ce qu'était la France d'Ancien Régime — le royaume de France : un conglomérat de provinces, pays, villes, diocèses et juridictions aux frontières souvent contradictoires, dans lesquelles foisonnaient exceptions, privilèges et conflits de compétences, hérités de l'histoire séculaire de l'accroissement du domaine royal. Un manteau d'Arlequin, en somme.

Afin de traduire dans l'espace le nouveau principe d'égalité, mais aussi d'organiser le plus aisément possible des élections et de lever plus efficacement l'impôt, un nouveau découpage est donc décidé dès les premières semaines de la Révolution. Pour cela, une commission est formée par l'Assemblée constituante, sur proposition de l'abbé Sieyès, en septembre 1789. Son travail s'achève six mois plus tard, le 26 février 1790. La révolution territoriale n'aura pas duré six mois.

Quels sont les critères du nouveau découpage ? La richesse ? Le peuplement ? Le territoire ? Les membres de la commission choisissent en fait de privilégier la troisième option, en s'inspirant tout d'abord des travaux du géographe Robert de Hesseln, qui avait imaginé en 1780 de découper le territoire sur la base des multiples de 9, soit 80 carrés (plus Paris) de 18 lieues de côté, chacun subdivisés en 9 districts, eux-mêmes découpés en 9 cantons. Un schéma parfaitement irréaliste, aboutissant à la création d'un très élégant damier, mais qui provoqua un tel scandale qu'il fut vite évacué.

Le comité de division, dominé par la figure du député normand Jacques-Guillaume Thouret, conservera en revanche l'ordre de grandeur, en le fondant cette fois sur des critères d'accessibilité : 80 unités environ, ce qui permet à chaque citoyen *« d'arriver de tous les points de ce territoire au centre de l'administration en une journée de voyage »*. Les tenants des particularismes provinciaux jugent cette nouvelle unité trop petite, mais ils ne sont pas écoutés : c'est précisément contre eux que la réforme est menée. Les paroisses de l'Ancien Régime sont en revanche maintenues. Rebaptisées « communes », elles restent l'échelon de base, intangible, de l'espace français, et ce jusqu'à aujourd'hui.

Le 26 février 1790, 83 départements sont finalement définis. Ils sont nommés selon des critères de géographie physique (cours d'eau, reliefs et mers), au mépris des noms historiques des vieilles provinces. La réforme suscite un débat houleux. Mirabeau lui-même alerte l'Assemblée : *« Je sais bien qu'on ne couperait ni les maisons ni les clochers ; mais on trancherait ce qui est plus inséparable, on trancherait tous les liens que resserrent depuis si longtemps les mœurs, les habitudes, les productions et le langage. »* Il n'est pas écouté. Le philosophe irlandais Edmund Burke, grand contempteur de la Révolution, dénonce lui aussi l'extrême violence du procédé : *« C'est la première fois que l'on voit des hommes mettre en morceaux leur patrie de manière aussi barbare »*, s'indigne-t-il. Mais le vent de l'histoire balaie tout. Rares sont ceux, pour tout dire, qui regrettent les provinces de l'Ancien Régime. Nul ne songera à les restaurer, même sous la Restauration…

Avec le recul, l'œuvre de la Constituante peut être considérée comme l'aboutissement d'un processus d'unification du territoire impulsé par la monarchie absolue. Et si Saint-Just, sous la Convention, s'agace des *« 10 000 députés »* qui défilent devant l'Assemblée pour réclamer ajustements et privilèges locaux, le département entre très vite dans les mœurs : le révolutionnaire Pétion, ramenant Louis XVI à Paris après l'échec de la fuite à Varennes, en juin 1791, raconte ainsi que sur le chemin, le monarque prisonnier s'amusait à se remémorer les départements qu'il traversait, pour passer le temps. Même le roi s'était fait au nouveau découpage…

Si la Révolution a échoué à changer le rapport au temps des Français (l'instauration de la semaine de dix jours — la décade — et du calendrier républicain fit long feu), elle a réussi, à travers le département et le système métrique, à bouleverser leur rapport à l'espace. Avec l'Empire napoléonien, qui renforce la centralisation et impose la figure du préfet, le département triomphera dans sa double dimension : une unité de représentation élective, à travers le conseil général, et un espace de contrôle pour la capitale, par l'intermédiaire du préfet.

La modernité, qui avait mis à bas l'Ancien Régime administratif, en viendra toutefois très vite à menacer l'ordre nouveau. A partir du milieu du XIXe siècle, le chemin de fer réduit considérablement les distances et la révolution industrielle provoque l'explosion des échanges. Peu à peu, les différentes parties du territoire se spécialisent. Le département, naguère accusé de ne tenir aucun compte du passé, est maintenant accusé de ne plus être adapté à l'avenir. En 1864, l'ingénieur Frédéric Le Play est le premier à évoquer concrètement son dépassement et le découpage du pays en treize grands ensembles, au nom de l'efficacité économique. Le serpent de mer de la grande réforme administrative remonte à la surface.

Le débat resurgit dès les débuts de la IIIe République. Léon Gambetta, dès sa nomination à la présidence du Conseil, en 1881, propose une réforme de la carte administrative. Six ans plus tard, René Goblet, lui aussi président du Conseil, propose de redessiner la carte des départements en tenant compte de la distance que l'on peut désormais parcourir en six heures, grâce au chemin de fer. Dans les années suivantes, le débat est incessant. Il culmine à la veille de la première guerre mondiale, avec le projet de loi de Jean Hennessy, qui condamne les départements, et celui d'Alexandre Ribot, qui propose à l'inverse de leur accorder davantage d'autonomie.

Le débat, qui fait rage au Parlement, occupe également les géographes de la Belle Epoque. Révélateur, de ce point de vue, est le début de la monographie que consacre Henri Mettrier, en 1911, à la formation du département de la Haute-Marne : « *Aujourd'hui, on est généralement d'avis que la division départementale ne répond plus aux besoins de notre époque. (...) En présence de la rapidité inouïe dont bénéficient actuellement les communications et les transports, le maintien des départements trop petits, trop faibles, paraît une choquante anomalie. Les géographes leur reprochent de ne pas tenir compte des divisions naturelles du pays, les historiens de méconnaître les anciens groupements provinciaux qui rappellent la formation progressive du territoire français. Tous s'accordent pour voir dans l'organisation départementale établie en France une amorce hâtivement conçue, insuffisamment préparée, offrant à chaque pas des exemples de la méthode arbitraire avec laquelle le changement a été réalisé.* »

Si ce texte mérite d'être cité aujourd'hui, c'est qu'il reflète, à bien des égards, comme l'a rappelé le géographe Marcel Roncayolo dans *Les Lieux de mémoire*, de Pierre Nora (Gallimard, 1992), une opinion alors largement partagée. En ce début du XXe siècle, le procès du département est à la mode. Dans cette bataille, l'extrême droite est la plus mobilisée. Contester le département, pour elle, n'est qu'un moyen parmi d'autres de poursuivre le combat contre la Révolution, puisque celui-ci en est l'héritier. « *Le département est un des pires mécanismes antiphysiques appliqués au cœur de la France* », écrit ainsi Charles Maurras, le fondateur de l'Action française.

S'il trouve là ses plus fervents contempteurs, le département compte toutefois des adversaires ailleurs que dans les nostalgiques de l'Ancien Régime. D'authentiques républicains, au début du XXe siècle, réfléchissent à la façon d'adapter la carte de France aux exigences du monde moderne et de desserrer l'étau d'un centralisme excessif. Sous la IIIe République, le projet le plus abouti est celui d'Etienne Clémentel, alors ministre du commerce, qui ébauche à la fin de la première guerre mondiale une carte d'une vingtaine de « régions économiques » articulées autour des chambres de commerce.

Soupçonnée de faire le jeu des conservatismes, l'idée régionaliste connaîtra logiquement une parenthèse enchantée sous Vichy. Dès son arrivée au pouvoir, à l'été 1940, le maréchal Pétain fait ainsi de la renaissance provinciale l'un des vecteurs de la révolution nationale. L'année suivante, dix-huit préfets régionaux sont instaurés — douze en zone occupée, six en zone non occupée. L'expérience est éphémère. A la Libération, la réforme est enterrée, et l'idée régionale est frappée du discrédit qui s'attache au régime de Vichy.

L'histoire aurait pu en rester là. Mais, dans les années 1950, la croissance économique est telle que le débat qui avait marqué les débuts de la IIIe République refait surface. Pour beaucoup, droite et gauche confondues, le constat s'impose : un siècle et demi après sa création, le département apparaît plus que jamais comme un cadre trop étroit pour répondre aux exigences d'une économie qui se veut planifiée. La réflexion aboutit en 1955-1956, sous le gouvernement d'Edgar Faure, avec la création des « *programmes d'action régionale* ». Pilotée par Pierre Pflimlin, alors ministre de l'économie, la réforme aboutit à la création de 22 circonscriptions regroupant chacune entre 2 et 8 départements. La carte se garde bien de ne pas reproduire de trop près celle des anciennes provinces : ainsi Nantes, ancienne capitale ducale, se trouve détachée de la Bretagne, et la Moselle n'est pas réunie à l'Alsace, alors que les deux ont en commun de toujours appliquer le concordat de 1801.

Avec la IVe puis la Ve République, l'idée régionale va finir par changer de sens. Elle n'est plus désormais, ou disons plus seulement, l'apanage des thuriféraires de la France d'avant. Elle devient bien plutôt celle des planificateurs de la France d'après. Dans son discours de Lyon, le 24 mars 1968, Charles de Gaulle le dit clairement. Pour lui, les *« activités régionales (...) apparaissent comme les ressorts de la puissance économique de demain »*.

Horizon des nostalgiques avant 1940, unité de référence de la pensée technocratique pendant les « trente glorieuses », la région finira par devenir, à la faveur des lois de décentralisation du début des années 1980, une entité politique à part entière, dotée d'un exécutif élu, le conseil régional. Cette légitimité démocratique du cadre régional, qui n'est autre que la réplique, à une autre échelle, de celle dont bénéficie le conseil général, est sans doute pour beaucoup dans les passions actuelles que suscite l'actuel redécoupage territorial. Car il en va aujourd'hui de la région comme du département. L'un et l'autre, par les missions de service public qu'ils exercent et le caractère représentatif de leurs assemblées électives, renvoient aux idéaux égalitaires de la République. Jusqu'à susciter un attachement qui rend la moindre réforme politiquement explosive.

Jérôme Gautheret, Thomas Wieder
Le Monde daté du 09.06.2014

Géographie

Méthodologie pour l'épreuve de géographie, série S

Le programme défini par l'Éducation nationale

1. Clés de lectures d'un monde complexe/ Des cartes pour comprendre le monde

L'étude consiste à approcher la complexité du monde par l'interrogation et la confrontation de grilles de lectures géopolitiques, géoéconomiques, géoculturelles et géoenvironnementales.

Cette étude, menée principalement à partir de cartes, est l'occasion d'une réflexion critique sur les modes de représentations cartographiques.

2. Les dynamiques de la mondialisation

a) La mondialisation en fonctionnement
- Un produit mondialisé (étude de cas).
- Acteurs, flux et débats.

b) Les territoires dans la mondialisation
- Des territoires inégalement intégrés à la mondialisation.
- Les espaces maritimes : approche géostratégique.

3. Dynamiques géographiques de grandes aires continentales

a) L'Amérique : puissance du Nord, affirmation du Sud
- Le continent américain : entre tensions et intégrations régionales.
- États-Unis-Brésil : rôle mondial, dynamiques territoriales.

b) Afrique : les défis du développement
- Le Sahara : ressources, conflits (étude de cas).
- Le continent africain face au développement et à la mondialisation.

c) L'Asie du Sud et de l'Est : les enjeux de la croissance
- L'Asie du Sud et de l'Est : les défis de la population et de la croissance.
- Japon-Chine : concurrences régionales, ambitions mondiales.

Descriptif de l'épreuve

L'objectif de l'épreuve est d'évaluer la capacité du candidat à :
- mobiliser ses connaissances au service d'une réflexion historique et géographique ;
- rédiger des réponses structurées et argumentées dans une langue correcte ;
- analyser, comprendre et interpréter des documents ;
- comprendre et utiliser le langage graphique.

L'épreuve d'histoire-géographie des classes de Terminale se compose de **deux exercices à réaliser obligatoirement**. Elle dure 3 heures et a un coefficient de 3.

L'épreuve est composée de deux parties.

Dans la première partie, le candidat rédige une **composition** en réponse à un sujet d'histoire ou de géographie.

La deuxième partie se compose d'un exercice portant sur la discipline qui ne fait pas l'objet de la composition :
- en histoire, une **étude critique d'un ou de deux document(s)** ;

– en géographie, soit une étude critique d'un ou de deux document(s), soit une **production graphique** (réalisation d'un croquis ou d'un schéma d'organisation spatiale d'un territoire).
Le premier exercice nécessite plus de temps (environ 1 h 30) que le second (environ 1 h), et donne donc lieu à une réponse plus développée. Une différence qui se reflète dans la notation puisque la première partie est notée sur 12 points et la seconde sur 8.

Conseils pour bien se préparer pendant l'année

1. Faire des fiches
Il est indispensable de faire régulièrement des fiches de cours, si possible le soir même ou à la fin de chaque semaine. Réécrire vos notes de cours et réfléchir pour savoir comment les synthétiser, les trier et les sélectionner, vous permettra de mieux les comprendre et les mémoriser. De plus, vous économiserez beaucoup de temps quand vous réviserez en vue de l'évaluation de fin de chapitre. Enfin, vous vous créez un stock d'outils que vous réutiliserez à plusieurs reprises dans l'année, que ce soit au moment des bacs blancs ou des révisions finales, quelques semaines avant l'épreuve. La fiche doit être assez complète pour ne pas avoir à revenir au support d'origine. Pensez à laisser une marge pour les annotations, afin d'indiquer vos réflexions ou les questions que le contenu vous suggère, ou pour rajouter des éléments par la suite. Il n'y a pas de modèle type de fiche. Le meilleur modèle est celui qui vous aide le mieux à réviser. Ne craignez pas de personnaliser votre fiche, bien au contraire. Une fiche est un outil personnel, qui met l'accent sur ce que vous avez à retenir.

2. S'organiser par chapitre et par notion
Le programme de géographie compte au total 6 chapitres et une vingtaine de leçons. Vous devez faire la synthèse des leçons et des chapitres en mettant en évidence le titre, la problématique, les parties et sous-parties. Vous devez relever en quelques mots le contenu de chaque paragraphe accompagné d'un exemple (et d'un seul), qui peut être sous forme de schéma.
On attend des candidats qu'ils maîtrisent le vocabulaire spécifique propre à la discipline. Mais on sanctionne l'absence de notions ou l'utilisation de notions non définies. Pour chaque chapitre, vous devez être capable de retenir quatre ou cinq notions fondamentales et de montrer en quoi elles éclairent la compréhension de la période ou de l'espace étudié. Ce sont ces notions qui vous serviront à définir une problématique pour un sujet de composition.

3. S'organiser par type de connaissances

a) Les fiches cartographiques
Pour réviser les croquis vus en cours, un moyen simple et efficace consiste à tracer à main levée sur la moitié supérieure d'une fiche les limites de l'espace étudié et dans la partie inférieure à reproduire une (et une seule) partie de la légende. Si la légende compte trois parties, vous avez donc trois fiches : sur chaque fiche, le croquis ne comporte que les éléments cartographiques correspondant à cette partie de la légende. Cela vous permet à la fois de bien apprendre les localisations (et de les rendre visibles même sur une petite fiche) et de bien mémoriser les différentes parties de la légende, donc les différents aspects du traitement du sujet. N'hésitez pas à afficher vos croquis chez vous ou dans les endroits où vous passez beaucoup de temps !

b) Les fiches de données statistiques
Ces données, de préférence récentes, devront enrichir votre devoir en vous permettant d'illustrer vos idées par des faits précis. Ces chiffres-clés se rapportent au territoire (superficie, latitude et longitude, étendue kilométrique, etc.), à la population (nombre d'habitants, emploi, etc.) et à l'économie (PIB, IDH, rang des multinationales, part dans le commerce mondial, dans la production, dans les investissements à l'étranger, etc.).

Organisation du planning de révisions

La clé du succès à l'examen, c'est avant tout une bonne organisation. Pour bien rentabiliser les révisions (surtout dans les semaines qui précèdent les épreuves), il faut commencer par se mettre les dates des épreuves en tête. Construisez votre planning en tenant compte de vos forces et faiblesses et de votre capacité de concentration. Organisez vos révisions en fonction du temps dont vous disposez réellement et mettez-vous au travail sans tarder, dès le début de l'année.

10 astuces

1. Commencez à réviser le plus tôt possible : au fil de l'année, échelonnez vos révisions en fonction des devoirs, contrôles ou examens blancs ; puis dans les dernières semaines, organisez des révisions quotidiennes.
2. Écrivez plutôt au crayon pour pouvoir modifier par la suite votre planning et ajuster votre travail au temps qui vous reste, si nécessaire.
3. Inscrivez bien les dates de vos épreuves.
4. Matière par matière, faites la liste de tous les thèmes que vous devez revoir : attribuez un code ou une abréviation à chacun (suffisamment explicite pour vous en souvenir !).
5. Reportez dans votre planning ces codes, en veillant à ne faire aucune impasse ! À chacun ensuite sa façon de travailler : certains préféreront réviser un peu de tout chaque semaine, d'autres pencheront pour des révisions en bloc, matière par matière. Dans tous les cas, il faut faire attention à ne pas se disperser (rien ne sert de revoir plusieurs matières en une journée), et à ne pas prendre trop de retard sur une matière, pour quelque raison que ce soit (y compris si c'est la dernière en date que vous passez).
6. Mettez l'accent sur vos points faibles, renforcez les révisions des matières ou des thèmes qui vous posent problème.
7. Fixez-vous des objectifs réalistes ! Rien de plus décourageant, en effet, qu'un planning volontariste dont vous savez déjà qu'il ne sera pas tenu.
8. Ménagez-vous des temps de repos. Faites des pauses. Prévoyez des jours entièrement consacrés à la détente.
9. Planifiez vos révisions de manière à avoir tout passé en revue une semaine au moins avant le début des épreuves : le travail de dernière minute ne sert à rien ! Mieux vaut consacrer les quelques jours précédant le jour J à vous reposer ou à revoir de façon plus détendue quelques points, pour simplement vous rafraîchir la mémoire.
10. Affichez le planning de chaque mois au-dessus de votre bureau, pour ne pas le perdre de vue !

Le jour de l'épreuve

1. La composition

Sachez que ce sont autant les connaissances que les compétences méthodologiques qui sont évaluées dans une composition de géographie.

a) Analyser le sujet

Lors de la lecture du sujet, soyez particulièrement attentif aux **limites spatiales**.
Posez-vous la question : *Pourquoi cet espace et pas un autre ?*
Attention, la problématique n'est pas forcément donnée dans le libellé du sujet. C'est alors à vous de la déterminer.

b) Dégager la problématique, construire le plan

Pour dégager la problématique, listez toutes les questions que pose le sujet à l'aide des mots interrogatifs : *Qui ? Quoi ? Quand ? Où ? Comment ? Pourquoi ?*
La problématique devra être constituée des **deux ou trois questions essentielles** auxquelles le devoir devra répondre.
Une fois la problématique dégagée, il faut lister les connaissances dont vous disposez sur le sujet et construire le plan détaillé. En règle générale, un plan de composition comporte trois parties, mais il n'est pas interdit d'en faire plus ou moins. En terminale S, compte tenu du temps limité imparti pour l'exercice de composition, il n'est pas nécessaire de faire des sous-parties.

c) Rédiger le devoir

Pour **bien exposer la problématique** et soigner la fin du devoir, rédigez au préalable l'introduction et la conclusion au brouillon.
Dans l'introduction, commencez par présenter le sujet, puis posez la problématique et annoncez le plan.
Rédigez votre composition en veillant bien à sauter des lignes entre l'introduction, le développement et la conclusion, mais également entre chaque partie.
En histoire comme en géographie, vous pouvez introduire dans le fil de votre composition des petits schémas ou organigrammes qui illustrent votre propos. Ceux-ci sont valorisés par le correcteur et vous permettront donc de gagner des points.
Veillez au soin et à la lisibilité de votre copie. Évitez les phrases trop longues et les formulations complexes qui risquent de perdre votre lecteur.
Gardez une dizaine de minutes pour opérer une relecture finale de l'ensemble afin d'éliminer les fautes d'orthographe, notamment sur les noms propres, qui peuvent être très pénalisées par le correcteur.

2. L'étude d'un ensemble documentaire

a) Répondre aux questions de la première partie

La première partie est composée de **questions, cinq au maximum**, qui vous guident dans l'analyse de l'ensemble documentaire.
Selon le cas, il peut s'agir de définir une notion présente dans un (ou des) document(s) ; d'expliciter des informations ; de mettre en relation des informations ; de déterminer l'intérêt d'un document par rapport au sujet ; d'apprécier les limites de l'ensemble documentaire par rapport au sujet.
Dans tous les cas, ces questions n'appellent pas de réponses très longues. Le correcteur évaluera votre capacité à **répondre avec exactitude et concision** aux questions posées.

b) Rédiger la réponse organisée

Dans la deuxième partie, vous devez rédiger une réponse organisée sur le sujet proposé. Pour cela, il faut **utiliser les réponses aux questions** de la première partie, ainsi que les autres informations contenues dans l'ensemble documentaire, mais également **vos connaissances personnelles**. Le correcteur sanctionnera en effet la seule reprise des informations des documents ou, *a contrario*, le simple récit du cours ignorant l'exploitation des documents.

Vous devez subdiviser votre réponse **en autant de paragraphes que de grandes idées** répondant au sujet. Par ailleurs, il vous faut introduire et conclure ce développement en quelques phrases.

3. Le croquis

Dans cette épreuve, vous devez répondre à une question à l'aide d'une carte. Il ne s'agit surtout pas de reproduire tel quel un croquis appris en cours.

a) Préparer le croquis, établir la légende

Analysez le sujet afin de repérer à quelle partie du programme il fait référence. Déterminez bien précisément quels sont **les phénomènes à représenter**. Parmi les différentes informations géographiques que vous connaissez sur l'espace concerné, sélectionnez celles entrant dans le sujet.

Pour chacun des phénomènes représentés, choisissez **le type de figuré** le plus adéquat : ponctuel, linéaire ou de surface. Sauf exception, on ne représente pas par exemple une ville par un figuré de surface. Attention, s'il y a trop d'éléments, faites le tri : trop de figurés risque de rendre votre travail illisible. Évitez les couleurs fluo.

Un élément de l'évaluation d'un croquis est l'organisation de la légende. Prévoyez au brouillon la liste classée des différents phénomènes à représenter et les figurés correspondants. Une fois le croquis réalisé, reportez la légende au propre.

b) Réaliser le croquis

Le correcteur apprécie en premier lieu **l'exactitude des informations**.

Attention donc à la localisation des villes, des infrastructures et, plus généralement, des différents phénomènes. Prenez garde également à ne pas vous tromper sur les noms.

Les figurés doivent être proportionnels au phénomène qu'ils représentent.

Ainsi, si vous choisissez de représenter les villes par un cercle, plus la ville est importante, plus le cercle qui la représente doit être large.

Commencez par les figurés zonaux (plages de couleurs, à réaliser au crayon de couleur) puis ajoutez les figurés ponctuels (flèches, points, à réaliser au feutre) et la nomenclature (noms de ville, de région, de pays, à écrire au stylo).

Veillez à ce que l'on puisse avoir sous les yeux à la fois la légende et le croquis. Le mieux est de les placer côte à côte à l'intérieur d'une copie double. N'oubliez pas de donner à l'ensemble un titre qui résume la problématique.

Composition
Sujet zéro du ministère, février 2014, série S

La mondialisation : processus, acteurs, débats.

Comprendre la question

Ce sujet qui s'appuie sur la formulation du programme ne pose pas de problèmes particuliers, si ce n'est qu'il faut précisément éviter de se contenter de « réciter » son cours, mais plutôt faire en sorte de l'utiliser pour construire une démonstration problématisée. Il s'agit concrètement d'expliquer ce qu'est la mondialisation, quels sont ses manifestations et les débats qu'elle suscite.
Ce qui doit avant tout frapper le candidat dès la première lecture du sujet est le fait que celui-ci suit dans sa formulation une logique ternaire. Il est donc fortement recommandé d'adopter un plan en trois parties qui suive, quitte à en inverser l'ordre pour assurer une progression logique, les trois dimensions problématiques soulevées par le sujet.

Introduction

Le phénomène de mondialisation qui caractérise le monde contemporain se manifeste concrètement par le resserrement des liens et la diminution des distances entre les différentes parties du globe. Deux phénomènes qui se traduisent par l'accroissement des échanges entre elles et l'amélioration des réseaux qui les relient les unes aux autres.

Jadis largement cloisonné, le monde est aujourd'hui parcouru de flux de toutes natures qui y circulent en tous sens. Mais ces circulations, si elles sont de plus en plus nombreuses, sont loin d'être uniformes. Les flux n'utilisent pas les mêmes réseaux selon leur nature, et ils ne suivent pas non plus les mêmes itinéraires. Nous allons donc nous proposer ici de dresser la géographie des circulations qui irriguent l'espace mondial. Ce faisant, nous serons amenés à mettre en lumière les acteurs qui sont à l'origine de ces flux ainsi que les débats que leur déséquilibre suscite.

Dans un premier temps, nous montrerons que les flux de toutes natures sont en constante augmentation. Puis nous nous interrogerons sur les acteurs à l'origine de cette frénésie d'échanges. Enfin, on constatera que ce phénomène n'affecte pas de la même manière l'ensemble de la planète et que cette inégalité génère de nombreux débats.

I. Un monde de circulations...

La mondialisation, c'est d'abord le développement fulgurant du commerce international. Jamais les marchandises n'ont circulé avec une telle intensité et une telle facilité. Si bien que pratiquement aucun des objets qui nous entoure n'a été produit à proximité du lieu où nous vivons. Cette situation résulte de la mise en place d'une division internationale du travail (DIT) qui aboutit à compartimenter le processus productif en plusieurs étapes qui sont localisées en différents lieux en fonction de leur compétitivité. Que ce soient les matières premières, qui vont approvisionner les usines, ou les produits manufacturés, qui vont alimenter les étals des pays développés, les flux matériels sont multiples et incessants, et contribuent à la mondialisation de notre planète : on consomme désormais les mêmes produits partout dans le monde.

Les biens matériels ne sont pas les seuls à circuler : les nouvelles technologies de l'information et de la communication contribuent à l'accroissement incessant des flux immatériels : les courriers électroniques et autres appels téléphoniques permettent de rester connecté avec le monde entier de manière instantanée. De même, les médias du monde entier, qui nous informent en temps réel de ce qui se passe partout dans le monde, contribuent à donner chair à l'utopie d'un « village global » interconnecté.

Les hommes sont également de plus en plus mobiles : il y a d'abord le développement du tourisme de masse qui contribue à faire se mouvoir des millions de personnes chaque année. Il y a aussi, conséquence de la division internationale du travail, de plus en plus de mobilités liées à des raisons professionnelles. Enfin, il y a surtout les flux migratoires qui, s'ils n'ont rien de nouveau en soi – dès l'époque moderne, les Européens ont entrepris de peupler l'Amérique –, sont générateurs de brassages démographiques d'une ampleur sans précédent.

II. ... organisées par des acteurs pluriels aux objectifs contradictoires

L'essor inédit des échanges entre les différentes parties du monde, qui caractérise notre époque de mondialisation, ne doit rien au hasard. Il résulte en premier lieu de l'impulsion donnée par une multitude d'acteurs aux intérêts parfois contradictoires. Au premier rang de ceux-ci, on trouve les États. En effet, si ceux-ci peuvent parfois apparaître comme des victimes de la mondialisation du fait de leur difficulté à contrôler les flux qu'elle génère, il ne faut pas perdre de vue qu'ils en sont malgré tout à l'origine. Car la mondialisation résulte d'abord des opportunités d'échanges permises par les États qui, dans le cadre du GATT d'abord, puis à partir de 1995, de l'OMC, ont multiplié les initiatives destinées à faciliter les échanges commerciaux dans le monde par l'abaissement des barrières douanières et réglementaires. En s'associant au sein d'organisations intergouvernementales (OIG) comme l'ONU ou l'OPEP, les États jouent un rôle crucial de régulateur des flux mondialisés.
À côté des acteurs publics que sont les États et les OIG, on trouve une multitude d'acteurs privés, à commencer par les firmes transnationales (FTN), ces grandes entreprises qui déploient leurs activités à l'ensemble de la planète afin de tirer un maximum de profit des opportunités et spécificités de chacune de ses parties (principe de la DIT). Généralement issues des pays du Nord, elles savent jouer des différences de législation entre les pays pour accroître leur rentabilité, notamment grâce à l'existence de « paradis fiscaux » où elles logent leurs bénéfices. Depuis quelques décennies, on voit également se développer des FTN issues de pays non occidentaux et qui se montrent de plus en plus performantes.
Enfin, une autre catégorie d'acteurs privés doit être prise en considération : il s'agit des organisations non gouvernementales (ONG), comme Greenpeace ou Médecins sans frontières. Ces associations à but non lucratif, dont les activités se déploient sur l'ensemble de la planète, constituent parfois de puissants lobbies dont les autres acteurs, États et entreprises, doivent tenir compte.

III. ... et dont les effets font l'objet de vifs débats

La multiplication des échanges permise par la mondialisation ne profite pas de la même manière à tous les territoires. Si elle est à l'origine d'un incontestable enrichissement global que traduit la forte augmentation du PIB mondial au cours des dernières décennies, elle n'a pas pour autant permis de mettre un terme aux inégalités planétaires. Bien au contraire, c'est en jouant sur celles-ci que les FTN parviennent à s'enrichir, et elles n'ont donc aucun intérêt à vouloir les résorber.
On aboutit ainsi à la conclusion paradoxale que, si la mondialisation permet la création de richesses, celles-ci contribuent souvent plus à accroître les inégalités entre riches et pauvres qu'à réduire l'écart entre eux. C'est pourquoi, dès les années 1990, un puissant courant de contestation dit « altermondialiste » est apparu : pour ses militants, il s'agissait de contester non pas la mondialisation en soi (ce qui relèverait d'un « antimondialisme »), mais la mondialisation dans sa forme actuelle. Ils réclament donc une autre (alter en grec) mondialisation, plus soucieuse d'équité internationale et de redistribution des richesses. En 2001, en opposition au forum économique mondial de Davos, les altermondialistes ont ainsi organisé à Porto Alegre (Brésil) un forum social mondial. Ils réussirent à réunir près de 80 000 participants autour de débats et d'actions militantes.

Plus récemment, la crise financière globale de 2008 a montré les limites d'un monde désormais interdépendant, mais manquant de contre-pouvoirs capables d'encadrer et de contrôler les puissants acteurs privés, qui en jouent sans toujours se soucier des conséquences sociales que leur action peut générer.

Conclusion

Si la mondialisation se matérialise par la multiplication des flux de toutes natures, ceux-ci n'ont pas partout la même intensité. Certains territoires et certaines populations en sortent renforcés, quand d'autres restent en marge. Cette inégalité semble d'ailleurs inéluctable tant elle constitue le premier facteur d'échange : à quoi bon aller acheter du pétrole en Arabie Saoudite si on en a chez soi ? À quoi bon émigrer en Europe si on vit bien en Afrique ? À quoi bon délocaliser une usine en Chine si l'ouvrier chinois n'est pas moins cher que l'ouvrier français ? Reste à savoir si cette logique avant tout marchande résistera aux contestations qui l'assaillent et qui l'ont déjà contrainte à accorder plus de considération aux problématiques sociales.

La mondialisation en fonctionnement

Panama, trou noir de la finance internationale

L'Etat d'Amérique centrale refuse de coopérer contre la fraude et l'évasion fiscales. Il risque des mesures de rétorsion

C'est devenu un rituel, depuis l'arrivée au pouvoir du président Juan Carlos Varela, en juillet 2014. A chaque grosse saisie de drogue dans les quartiers chauds de Panama ou sur les bateaux « go-fast » qui croisent au large du pays, la presse est conviée. Sous le crépitement des flashs des photographes, des milliers de briques de cocaïne, de marijuana et d'héroïne, exposées à même le sol sur d'immenses terrains vagues à l'extérieur de la ville, sont brûlées par la police et les douanes.

Ces mises en scène spectaculaires sont censées témoigner de la détermination du gouvernement à éradiquer le crime organisé et le blanchiment de capitaux au Panama, après les années de dictature et de corruption.

Elles contrastent pourtant avec le refus de ce petit Etat d'à peine 76 000 km², à la jonction de l'Amérique centrale et de l'Amérique du Sud, de s'ouvrir à la coopération contre la fraude et l'évasion fiscales, comme l'y exhorte le G20 (les vingt pays les plus riches de la planète).

Avec plus de 100 000 sociétés dotées du fameux statut offshore d'*International Business Corporation*, totalement opaques et exonérées d'impôts, le Panama est considéré comme l'un des grands trous noirs financiers de la planète. Une nébuleuse où vient se recycler l'argent du crime et celui de la fraude.

Depuis deux ans, les leaders du G20, dont les Etats-Unis, le Royaume-Uni ou la France, ainsi que l'état-major de l'Organisation de coopération et de développement économiques (OCDE), exercent une forte pression diplomatique sur le pays, afin qu'il s'engage à passer à l'échange automatique de données fiscales à l'horizon 2018, comme l'ont déjà fait d'autres places fortes du secret bancaire.

Ce mode d'échange, qui consiste à se transmettre entre Etats, de façon systématique, toutes données financières sur les contribuables (comptes bancaires à l'étranger, intérêts perçus, parts de sociétés, etc.), selon des standards conçus par l'OCDE, est perçu comme le meilleur moyen d'identifier les fraudes. Il doit se substituer au mode d'échange actuel, « à la demande », c'est-à-dire déclenché sur la requête de pays tiers.

Or, la Suisse, le Luxembourg, le Liechtenstein, Singapour et la quasi-totalité des petits paradis fiscaux des Caraïbes et du Pacifique (les îles Vierges britanniques, Samoa…) ont tous fini par capituler et se sont engagés à échanger automatiquement leurs données. Le Panama, lui, s'obstine et s'enferre, plus préoccupé par la défense de son centre financier que par l'intérêt général.

« Panama aujourd'hui, c'est un "free rider", un passager clandestin dans un monde qui se normalise. Cela ne peut plus durer. Pour que la lutte contre la fraude et l'évasion fiscales marche, on a besoin de tout le monde à bord », déclare sans détour Pascal Saint-Amans, le directeur du centre de politique et d'administration fiscales de l'OCDE. Hormis le Panama, seuls trois autres « irréductibles », Bahreïn, Nauru et Vanuatu, refusent de s'engager à faire de l'échange automatique.

Progrès insuffisants

Lors d'un audit mené début mars à Panama pour évaluer la qualité des lois et des pratiques du pays, les experts mandatés par l'OCDE ont relevé de nombreuses failles… dont des progrès insuffisants pour identifier les bénéficiaires réels des sociétés offshore, des bilans comptables manquants et des problèmes de conventions fiscales avec l'Inde et la Colombie.

La tension, ces dernières semaines, est montée de plusieurs crans. Un rapport pointant les contradictions entre le discours politique du Panama et sa stratégie d'isolement toxique a été remis, par l'OCDE, aux ministres des finances du G20, lors de leur réunion des 26 et 27 février, à Shanghaï. Surtout, un état des lieux a été dressé, pays par pays, sur l'état actuel de la coopération du Panama en matière de lutte contre la fraude fiscale.

Les conclusions sont, selon nos informations, mauvaises. Ainsi, depuis trois ans, le Panama a reçu, au total, plus de cent demandes d'information sur des situations fiscales suspectes, de la part de pays membres de l'OCDE.

Seul un premier groupe d'Etats, dont la Suède, se dit satisfait des réponses obtenues. Un deuxième groupe, dans lequel figurent les Etats-Unis et l'Espagne, évoque un bilan mitigé. Un troisième et dernier groupe, enfin, parle, lui, de résultats *« profondément négatifs »*. Parmi eux figure la France, qui, toujours selon nos sources, a envoyé 37 demandes d'information et a reçu 31 réponses, dont une grande partie ne sont pas satisfaisantes.

Jusqu'où le pays ira-t-il pour défendre son lobby financier et, surtout, ses grands cabinets d'avocats qui, comme Mossack Fonseca ou son grand concurrent Morgan & Morgan, détiennent, dans leur pays, le monopole de l'immatriculation de sociétés offshore ? Combien de temps l'épreuve de force durera-t-elle avec Panama ?

La réponse sera politique. Elle dépendra des mesures de rétorsion que décideront d'adopter, dans les prochaines semaines, les grands pays du G20. Iront-ils jusqu'à rétablir les fameuses listes noires et grises des Etats et territoires non coopératifs, qui avaient été autrefois dressées par l'OCDE et avaient été supprimées en 2011 afin de ne plus stigmatiser, mais au contraire d'encourager les pays à faire des efforts ? C'est l'une des options.

Les temps changent

La réponse tiendra aussi dans l'attitude des alliés traditionnels du Panama, le Royaume-Uni et les Etats-Unis. Jusqu'à présent, ils ont toujours encouragé les efforts du pays pour renforcer son arsenal de lois, notamment en matière de lutte contre le blanchiment, préférant voir le verre à moitié plein qu'à moitié vide.

Mais les temps changent. Sollicité par *Le Monde*, Robert Stack, secrétaire adjoint au Trésor américain, a fait cette déclaration explicite : *« Nous attendons du Panama qu'il se comporte comme le lui imposent ses obligations de membre du Forum global* [l'instance de l'OCDE où se vérifie l'application des standards de coopération fiscale]... *Y compris en termes de transparence. »*

Anne Michel

Le Monde daté du 05.04.2016

Composition

Sujet national, juin 2015, séries ES et L

Des territoires inégalement intégrés dans la mondialisation.

Comprendre la question

Ce sujet s'inscrit dans la partie du programme de géographie intitulée « Les territoires dans la mondialisation ». Il porte plus particulièrement sur la partie du cours relative aux « pôles et espaces majeurs de la mondialisation » ainsi qu'aux « territoires et sociétés en marge de la mondialisation ».
On peut cependant utiliser des éléments vus dans d'autres parties du programme, notamment celle sur les villes mondiales ou celle sur les espaces maritimes (au sujet de la centralité des littoraux dans la mondialisation). On veillera à ne pas confondre ce sujet, qui porte sur les territoires, avec celui du programme consacré aux acteurs de la mondialisation, qui peut bien sûr être utilisé, en partie cependant. Il s'agit donc ici de montrer que les différents territoires ne sont pas intégrés de la même manière dans la mondialisation, et bien sûr d'expliquer pourquoi.

Procéder par étapes

Pour traiter un tel sujet, il faut dégager différentes catégories de territoires en fonction de leur rapport à la mondialisation. Concrètement, il faut distinguer quels territoires jouent un rôle central, et lesquels sont en situation de périphérie. Il faut aussi s'interroger sur la possibilité de passer d'une catégorie à une autre (notion d'« émergence »), ainsi que sur celle d'appartenir aux deux catégories à la fois (selon l'échelle adoptée). Une fois cette typologie des différents niveaux d'intégration à la mondialisation effectuée, il reste à vous interroger sur toutes ces différences, et à mobiliser un certain nombre d'exemples concrets pour illustrer votre démonstration.

Introduction

La mondialisation est souvent présentée comme un processus d'uniformisation de la planète par l'intégration, sur un même modèle, de tous les territoires qui la composent. Or, la réalité est beaucoup plus complexe car, si la mondialisation touche la quasi-totalité des territoires, elle n'y produit pas partout les mêmes effets.
Loin d'aboutir à leur uniformisation, la mise en relation accrue des différentes parties du monde aboutit à les hiérarchiser et à leur assigner des rôles spécifiques dans ce processus. On doit donc s'interroger sur la place des différents types de territoires dans le processus de mondialisation, afin de comprendre pourquoi et comment tous n'y tiennent pas le même rôle.
Pour répondre à toutes ces questions, nous chercherons d'abord à déceler quels sont les territoires centraux dans la mondialisation. Puis nous étudierons ceux qui se trouvent dans une situation intermédiaire, ni vraiment centrale ni entièrement marginale. Enfin, on montrera que certains territoires demeurent largement en retrait.

I. Les centres du monde

1. Le Nord

À l'échelle mondiale, ce sont les pays du Nord qui tiennent la place centrale. C'est dans cette partie du monde que se concentre l'essentiel des richesses et de l'activité économique planétaire. À eux seuls, les pays de la Triade (Amérique du Nord, Europe occidentale, Japon-Océanie) concentrent pas moins de 65 % du PIB mondial et génèrent les deux tiers des flux commerciaux internationaux, alors même qu'ils représentent à peine plus de 10 % de la population mondiale. Dans ces pays sont réunis les sièges sociaux de la plupart des grandes firmes transnationales (FTN) qui sont au cœur du processus de mondialisation économique par les nombreux flux qu'elles génèrent.

2. Les villes

Au sein même de la Triade, les métropoles concentrent l'essentiel de la richesse, du pou- voir et de l'innovation. Ce phénomène est illustré, selon le géographe Olivier Dollfus, par l'image d'un archipel : les villes fonctionnent entre elles comme autant d'îles formant un archipel au milieu des territoires. Parmi ces villes, certaines occupent une place tout à fait particulière. Ce sont les quatre villes mondiales New York, Tokyo, Londres et Paris, principaux pôles d'impulsion de l'AMM (archipel métropolitain mondial). Certaines de ces villes sont intégrées à une mégalopole, décuplant leur force d'impulsion. Cette centralité des grandes métropoles dans le processus de mondialisation est illustrée par l'architecture désormais uniformisée de leurs quartiers d'affaires (CBD), où se concentrent les activités économiques les plus rémunératrices.

3. Les littoraux

Beaucoup de ces grandes métropoles et mégalopoles ont en commun d'être en situation littorale. Dans un monde où l'essentiel du commerce de marchandises passe par la voie maritime, il est logique que les hommes et les activités tendent à se concentrer dans les régions littorales qui leur permettent d'échanger facilement avec le reste du monde. On voit ainsi le développement des façades maritimes, qui se caractérisent par une forte concentration de populations, la présence de grands ports de commerce et l'essor des activités industrielles. Deux des trois grandes mégalopoles (nord-américaine et asiatique) sont en situation littorale, et la troisième (européenne) inclut la Northern Range.

II. Les espaces intermédiaires

1. Les pays émergents

Les centres dominants de la mondialisation ont en commun d'être des puissances installées de longue date, maintenant confortées dans leur situation hégémonique. Cependant, un certain nombre de pays du Sud, jadis dominés et périphériques, parviennent à présent à occuper une place de plus en plus cruciale dans les échanges mondialisés. Ces pays sont qualifiés d'« émergents » car ils s'extirpent peu à peu des marges de la mondialisation pour devenir des centres relais ou secondaires. Parmi eux, on trouve les BRICS, à savoir le Brésil, la Russie, l'Inde, la Chine et l'Afrique du Sud (S pour *South Africa*). À l'exception de la Russie, dont la trajectoire est originale, ces pays ont en commun d'avoir su s'insérer récemment dans les circuits du commerce mondialisé en misant sur leurs atouts. Aux BRICS, on peut ajouter des pays qui suivent une trajectoire similaire comme le Mexique, la Turquie ou les Philippines. Cependant, ne serait-ce que par leur niveau de développement encore éloigné de celui des pays du Nord, ces régions sont encore loin d'avoir rattrapé les centres dominants traditionnels.

2. Les pays réservoirs

Une autre catégorie de pays parvient à s'imposer comme incontournable dans la mondialisation. Il s'agit de l'ensemble des territoires qui servent de réservoir de matières premières à des pays qui viennent y puiser les ressources nécessaires à la dynamisation de leurs activités. Localisés notamment au Moyen-Orient (pour les hydrocarbures) et en Afrique subsaharienne (pour le pétrole, les minerais et le bois), ils sont devenus indispensables au bon fonctionnement de l'économie mondiale. Ces pays se trouvent dans une situation intermédiaire : bien que centraux par leur caractère stratégique, ils demeurent périphériques dans le processus de mondialisation, car ils ont souvent des difficultés à convertir leurs atouts en puissance et en rayonnement. C'est surtout le cas de pays africains, ceux du Moyen-Orient réussissant mieux : les Émirats arabes unis, par exemple, sont parvenus à imposer des entreprises dans la compétition internationale.

3. Les périphéries centrales

Au sein des pays du Nord, qui sont au centre de la mondialisation, de nombreux territoires se trouvent dans une situation ambiguë. Centraux en apparence, notamment par leur niveau de développement élevé, ils sont en fait assez marginaux. C'est le cas de la plupart des territoires qui font partie de la Triade : en effet, en dehors des grandes aires métropolitaines qui concentrent l'essentiel des richesses et du pouvoir, la Triade est composée de territoires ruraux ou de petites villes qui n'ont guère d'influence sur le reste du monde. Leur prospérité tient à leur proximité géographique et surtout historique avec les grandes métropoles, ce qui leur permet de bénéficier des retombées de leur centralité grâce à des politiques de redistribution des richesses. Mais l'avenir de ces régions, qui sont de plus en plus un poids pour les centres mégalopolitains, s'annonce compliqué. En effet, un peu partout on voit émerger des revendications d'indépendance des régions les plus riches, bien connectées à la mondialisation, et qui souhaitent se débarrasser du fardeau des régions plus pauvres dont elles ne peuvent tirer profit : c'est le cas de la Flandre en Belgique, du nord de l'Italie ou de la Catalogne en Espagne. Ainsi, la concentration des facteurs de centralité dans quelques espaces métropolitains restreints participe à accélérer la fragmentation territoriale.

III. Les territoires en marge de la mondialisation

1. Les territoires autarciques

Est-il possible de vivre totalement en marge de la mondialisation ? Cela suppose d'être coupé de la plupart des flux : marchandises, circulations humaines, flux financiers, flux d'informations... Seuls les quelques peuples premiers, pour certains protégés à ce titre, restent totalement en marge, comme dans l'archipel des îles Andaman dans l'océan Indien, à North Sentinel, où vivent 200 personnes refusant tout contact avec le monde extérieur. Un seul pays refuse explicitement de s'intégrer à la mondialisation pour des raisons idéologiques : la Corée du Nord. Cet État rejette en effet l'économie libérale, considérant que les échanges avec le reste du monde sont contraires à la construction d'une voie politique et économique inspirée du communisme – ce qui sert surtout à justifier une dictature brutale. D'autres régimes autoritaires ont aussi décidé de fermer plus ou moins leurs frontières, parfois sous la pression de sanctions internationales destinées précisément à les isoler pour les obliger à infléchir leurs positions : c'est ou ce fut notamment le cas de l'Iran ou de Cuba.

2. Les territoires enclavés

Pour la plupart, les territoires qui restent en marge de la mondialisation sont ceux qui connaissent un faible peuplement et qui ont des moyens insuffisants pour créer une dynamique leur permettant de s'inscrire dans un rôle précis. C'est le cas des déserts chauds ou froids, comme le Sahara ou l'Antarctique, ou de certaines forêts denses. Plus généralement, l'ensemble des territoires enclavés, c'est-à-dire ceux dont l'accès est rendu difficile en raison de leur position géographique, de leur climat ou de leur relief, subissent de lourds handicaps qui les placent de fait en situation périphérique. C'est le cas des régions montagneuses qui, à l'inverse des régions littorales, se trouvent en dehors des voies de communication. Certains de ces espaces peuvent tout de même représenter un enjeu du fait des ressources naturelles qu'ils recèlent car, de nos jours, nulle contrainte géographique ne peut empêcher l'exploitation et la mise en valeur d'un territoire, pour peu que les hommes y trouvent un profit.

3. Les PMA

Les pays les moins avancés (PMA) sont ceux qui ne parviennent pas à s'intégrer aux flux mondialisés, en raison de leur retard en termes de développement. Un pays qui ne peut pas offrir la sécurité nécessaire aux personnes et aux entreprises, ou dont la population est insuffisamment qualifiée pour constituer une main-d'œuvre efficace, n'est pas en mesure d'attirer des investisseurs étrangers. Comme la plupart de ces pays sont très pauvres, il n'y a pas de classe moyenne suffisamment développée pour consommer et ainsi enclencher le cercle vertueux du dynamisme économique. Ces pays, souvent situés en Afrique subsaharienne et en Amérique centrale, peinent à recevoir et à émettre des flux. Mais il ne faut pas exagérer leur marginalité, car nombre d'entre eux sont de grands pourvoyeurs de matières premières ou de main-d'œuvre bon marché par le biais des flux migratoires. Le problème n'est pas tant qu'ils ne s'intègrent pas aux échanges mondiaux, mais qu'ils les subissent sans pouvoir en tirer profit.

Conclusion

L'existence de centres au sein de l'espace mondialisé suppose celle de périphéries que ces centres dominent. Les territoires les plus centraux sont aussi les plus puissants, même si l'on constate que la mondialisation permet à des pays jadis marginaux de gagner de plus en plus en centralité. Pour de nombreux pays du Sud, la mondialisation demeure un phénomène subi dont ils ne parviennent guère à tirer profit pour sortir de leur marginalité. Pour y parvenir, il leur faut développer des infrastructures afin de se connecter plus efficacement aux flux mondialisés : routes, aéroports, câbles permettent de desservir un territoire et donc de faire participer celui-ci à la mondialisation avec plus de bénéfices. Mais de telles infrastructures nécessitent des investissements que seuls les territoires les plus riches peuvent s'offrir. Il existe donc une forme de cercle vicieux qui renforce sans cesse la centralité des territoires déjà dynamiques, et tend à marginaliser encore les territoires moins dynamiques.

Des territoires inégalement intégrés à la mondialisation

Panama, paradis artificiel

C'est ici que Barack Obama et Raul Castro devraient échanger une poignée de main historique. Hôte du prochain Sommet des Amériques, ce petit pays affiche le taux de croissance le plus élevé du continent. Un boom incarné par les gratte-ciel de sa capitale et le pharaonique chantier d'extension de son canal. Mais la vitalité de ce paradis fiscal repose sur d'inquiétantes fondations : spéculation, corruption et blanchiment d'argent

L'ascenseur bondé de filles en mini-shorts et de garçons aux cheveux sculptés file jusqu'au 66e étage de la gigantesque tour, propriété du milliardaire américain Donald Trump. Un géant d'acier de 284 mètres de haut en forme de voile, planté en plein cœur de Ciudad de Panamá, la capitale du pays. La porte s'ouvre sur une pièce où la sono saturée lance du Calvin Harris. « *Bienvenue à la Sun DJ party*, crie une femme blonde apprêtée, sans lever les yeux de sa liste d'invités. *Vous venez de la part de qui ? Non, pas par là ! C'est le casino privé. Et c'est une soirée spéciale.* » L'employée de la chaîne d'hôtels de luxe Sun International glisse en aparté qu'il y a là une rock star. Et « *l'ex-boyfriend de Pamela Anderson* ». Nous n'en saurons pas plus. Jaime et sa copine Geneviève, deux Américaines de 24 et 27 ans, jouent des coudes pour atteindre la terrasse. Elles posent un regard blasé sur les créatures juchées sur des talons de 15 centimètres, dont les silhouettes longilignes se découpent sur le bleu électrique de la piscine à débordement. « *Il y a une fête Sin City au Casco Viejo* [le vieux quartier, ndlr]. *David peut nous faire entrer. On ira, après ?* » lance Jaime à Geneviève, habituée à passer d'une fête à l'autre comme on zappe sur les chaînes du câble. A côté, un groupe jaillit en faisant mine de se jeter dans la piscine. Elles s'en fichent : elles ont déjà quitté la place. Arrivée de son Oregon natal il y a un an, Jaime a des rêves plein la tête. Elle veut quitter l'ONG qui l'emploie, pour devenir journaliste à Cuba. Mais quelque chose la retient ici. Une fascination pour cette ville survoltée. En ébullition perpétuelle. Au bord de la rupture. Panama est un pays de passage. Un carrefour coincé entre Amérique du Nord et du Sud, où se croisent la nuit, dans les lieux insolites des beaux quartiers, des Américains, des Canadiens, des Vénézuéliens, des Colombiens, des Nicaraguayens et les plus aisés des Panaméens. La plupart n'ont pas atteint la trentaine. Ils travaillent pour des cabinets d'avocats ou des gestionnaires de fortune de Miami. « *Il y a toujours un truc plus nouveau et plus fou qui se crée quelque part*, constate Jaime. *Les bars et les boîtes ouvrent et ferment sans même qu'on s'en rende compte.* » Un peu plus loin, au White Lounge, elle s'extasie sur l'inventivité du gérant, croisé dans une autre virée nocturne : il sait à tout moment combien il y a de clients chez lui et si la soirée est réussie, grâce à un réseau de caméras relié à son iPad.

Il y a quinze ans, rien de tout cela n'existait. Ni ces fêtes extravagantes, ni ces lieux improbables. Encore moins la Trump Tower, la tour la plus haute d'Amérique centrale et latine, avec ses 27 ascenseurs, ses casinos, ses piscines et son centre commercial. L'édifice a poussé au début des années 2000, en même temps que se développaient les quartiers d'affaires, au nord-est de la ville. Comme un film qu'on passerait en accéléré sur écran géant, Panama City, comme l'appellent les anglophones, s'est hérissée de gratte-ciel, dont une centaine dépasse les

100 mètres de hauteur. Le Panama est devenu une sorte de petit Dubaï, cité en exemple pour sa formidable croissance, la plus élevée de tout le continent américain. Cette reconnaissance vaut au pays d'accueillir le Sommet des Amériques, les 10 et 11 avril. L'édition s'annonce historique, avec la promesse d'une première poignée de mains officielle entre le président des Etats-Unis, Barack Obama, et le leader cubain, Raul Castro.

« C'est une bien belle histoire, ce boom économique, n'est-ce-pas ? » Dans le café où il a ses habitudes, un endroit sombre et discret, au fond d'une cour enserrée par de hauts immeubles, Miguel Antonio Bernal, professeur agrégé de droit et figure politique locale, n'a pas envie de faire la fête. Ce sexagénaire au visage rond et doux, qui fut l'un des grands opposants au dictateur Manuel Noriega et à l'ex-président corrompu Ricardo Martinelli, en fonction jusqu'en 2014, esquisse un sourire amer. Il pointe l'envers du décor. *« Le succès économique du Panama est incontestable. Mais il faut ouvrir les yeux sur tout le reste. »* Le reste ? Eh bien, *« l'essentiel ! » « Il s'agit d'une croissance qui profite à l'élite »* et *« se nourrit d'une grande part de spéculation et de folie des grandeurs. Dans l'immobilier, la finance… »*, s'emporte celui que les Panaméens voient comme l'un des rares leaders libres d'intérêts et de parole. Une liberté qu'il vient de payer cher. A la mi-mars, Miguel Antonio Bernal a été suspendu de l'Université de Panama pour avoir accusé le recteur de corruption. L'affaire suscite une vive émotion au sein de la population et la presse dénonce une atteinte à la liberté d'expression. Les mots qu'il a prononcés lors de notre rencontre début mars n'en résonnent que plus fortement. Il dénonçait *« une croissance bâtie sur la corruption »* et *« le blanchiment d'argent »* alors que le pays a suffisamment d'atouts économiques à faire valoir, comme son savoir-faire en matière de services et d'infrastructures pour les grandes entreprises. Une croissance artificielle, en somme. Le roman noir derrière la *success story* : *« Ici, c'est à la fois la Suisse et Haïti. D'une rue à l'autre, on passe de Genève à Port-au-Prince. » « Ce Panama-là, ce pays de paradoxes, vous le verrez en marchant dans les rues »*, concluait-il.

Arpenter la ville et comprendre l'envers du décor. A Panama, les excès se donnent à voir. Dans l'immobilier, la spéculation est partout à l'œuvre. La ville ressemble à un immense chantier. Le bruit des marteaux-piqueurs se déclenche dès 6 heures. Il s'arrête à 18 heures. Les gratte-ciel continuent de pousser comme des champignons. Les promoteurs bétonnent. Plus de 150 buildings sont actuellement en chantier. Mais pour y loger qui ? *« On n'en parle pas mais tout le monde le sait. L'immobilier est utilisé par les narco-trafiquants de Colombie et du Nicaragua, et d'autres mafias, comme une énorme machine à recycler l'argent sale »*, confie un juge anticorruption. Il n'en dira pas plus. Mais suggère tout de même d'aller faire un tour, la nuit tombée, dans la partie résidentielle de Punta Pacifica. Et d'observer toutes les fenêtres éteintes… Près de la moitié des tours résidentielles qui ont surgi ces cinq dernières années sont inoccupées. Totalement vides. Le soir venu, il y a plus d'ombre que de lumières. Même la tour emblème de la ville, la F & F Tower, une incroyable torsade de verre qui perce le ciel, primée à un grand concours international d'architecture, n'est qu'à demi-allumée. Déconcerté, un locataire américain accepte de nous emmener dans les étages. Il montre de magnifiques appartements, livrés depuis deux ans, dont les propriétaires n'ont pas pris la peine de poser les sols. Et ne les poseront probablement jamais.

D'une folie, l'autre : la finance, à Panama, tourne elle aussi à plein régime. Elle a, comme l'immobilier, basculé dans l'excès. Le pays ne se contente pas de son statut de paradis fiscal pour grandes fortunes et multinationales allergiques aux impôts. Il le conçoit comme un sport de haut niveau. Il joue à fond la carte de l'opacité, en proposant aux investisseurs des sociétés écrans créées en quarante-huit heures, clés en main. Ces sociétés offshore sont rendues invisibles des administrations fiscales étrangères grâce au recours à des prête-noms. Des dirigeants fictifs masquent l'identité des vrais propriétaires. Une aubaine pour les trafiquants et les fraudeurs du monde entier. Et un système que dénoncent désormais le G20, le groupe des vingt pays les plus puissants de la planète, et l'Organisation de coopération et de développement économiques (OCDE), qui fédère en leur nom le combat contre les paradis fiscaux.

Ce recours aux prête-noms est si développé dans la ville de Panama qu'il donne lieu à un vrai business, parfaitement huilé. Pour arrondir leurs fins de mois, et sans avoir forcément conscience de servir de paravents à des activités occultes ou criminelles, des Panaméens issus de la classe moyenne louent leurs patronymes à des sociétés appartenant à des étrangers, qu'ils ne connaîtront jamais. *« J'ai fait ça une fois pour l'ami d'un ami, un Américain. Je me doutais bien qu'il voulait échapper au fisc de son pays. Mais ici, c'est présenté comme quelque chose de tout à fait légal*, confie Cecilio, un chauffeur de taxi. *Ce sont les cabinets d'avocats qui gèrent ça.* » Les avocats du Panama : ce sont eux, et non les banques - globalement bien régulées selon les organismes internationaux antiblanchiment - qui composent la face obscure de la finance panaméenne. En immatriculant les sociétés offshore par centaines chaque jour, comme ils immatriculent depuis des lustres ces navires du monde entier qui battent pavillon panaméen dans les ports de tous les continents... Dans les scandales financiers récents, de France ou d'ailleurs, des villas cachées du couple Balkany jusqu'aux avoirs des financiers d'Al-Qaida, de nombreuses pistes ont abouti à des sociétés écrans au Panama.

Pour un journaliste étranger qui veut parler lutte antiblanchiment, décrocher un entretien avec l'un des cabinets tient de la gageure. *« M. Fonseca ne pourra pas vous recevoir. Appelez plutôt la chambre de commerce »*, répond, sur un ton cinglant, l'assistante de Ramon Fonseca, l'avocat le plus puissant du pays. Le patron du cabinet Mossack Fonseca est aussi l'un des conseillers de l'actuel président du pays, le conservateur Juan Carlos Varela. Le seul avocat qui parle *«on the record »*, le vibrionnant Adolfo Enrique Linares, le fait pour défendre bec et ongle la réputation du Panama. L'entretien au cabinet Tapia Linares & Alfaro n'a pas commencé qu'il s'échauffe déjà dans le somptueux bureau où il reçoit. Il se lève. Va. Vient. Sueur au front. *« Que les Etats-Unis balaient devant leur porte*, lance-t-il, agitant son catogan et les bracelets de surfeurs qui s'évadent de son costume-cravate. *Au Delaware, n'importe qui peut créer une offshore ! Ici on passe devant un avocat.* » Pour lui, c'est évident. Les grandes puissances s'en prennent aux petits paradis fiscaux pour ponctionner l'argent qu'elles ont perdu pendant la crise de 2007. *« Le Panama, pays parasite ? Pays de trafics ? Notre plus grand tort, c'est d'être situé entre la Colombie et les Etats-Unis. Entre le plus grand producteur de drogue et le plus grand consommateur ! »* Il est content de sa formule, part d'un éclat de rire tonitruant. Puis raccompagne son visiteur sur le pas de la porte. Merci, au revoir, fin de la démonstration.

Le Panama est-il en train de céder à la démesure, comme à l'argent facile ? Même le vénérable canal de Panama, construit il y a cent ans par Ferdinand de Lesseps et ses successeurs pour permettre de passer de l'Atlantique au Pacifique en évitant le cap Horn, semble gagné par la fuite en avant. Des travaux pharaoniques d'élargissement ont été lancés en 2007, pour doubler sa capacité de transport, grâce à de nouvelles écluses, et anticiper la mise en service du futur canal concurrent du Nicaragua. Adieu les vieux Panamax, ces superpétroliers, vraquiers et porte-conteneurs géants, qui avaient été conçus au centimètre près aux dimensions du canal. Ils battaient déjà des records mais sont désormais trop petits. L'heure est à la construction de véritables monstres des mers, capables d'embarquer à leur bord 12 000 conteneurs, au lieu des 6 000 actuels.

Pilote de Panamax, petite célébrité dans son pays, Cesar Achurra, panaméen d'une quarantaine d'années au teint buriné, est l'un des rares marins autorisés à naviguer sur les 80 kilomètres du canal. Il lui a fallu dix ans de formation pour décrocher ce sésame. Il n'est donc pas peu fier de nous servir de guide. Ce matin-là, rendez-vous est donné à 5 heures, à l'embarcadère de Miraflores, à la sortie de la capitale. Sa mission du jour est de convoyer un cargo chinois chargé de pâles d'éoliennes. Le navire est à l'ancre dans la baie, attendant son tour. Il faut le rejoindre par remorqueur. Dans la nuit noire. Comme à chaque fois, l'abordage a été soigneusement préparé. Il se fait par l'un des flancs, où pend une interminable échelle permettant de monter à bord. En un temps record, Cesar Achurra la gravit. Salue le capitaine chinois et son équipage. Pose son ordinateur, sa radio et son portable sur les cartes marines. Prend les commandes. L'équipage est aux ordres.

Le jour se lève sur un paysage grandiose, dans une ambiance digne d'un récit de voyage de Joseph Kessel ou d'un polar de Simenon, dont les héros en fuite passent toujours par ce large ruban d'eau. De part et d'autre du canal, c'est la jungle, exubérante, avec ses singes, ses iguanes, ses crocodiles... La ville est loin. Le marin fait preuve d'une incroyable dextérité pour manœuvrer sans toucher le bord des écluses. Au passage des portes, il reste moins de dix centimètres de chaque côté de la coque. *« Le canal, c'est la plus belle réussite du Panama*, souligne Cesar Achurra. *Depuis que les Américains nous l'ont cédé il y a seize ans, on s'est toujours bien débrouillés. On a réussi à acheminer des bateaux toujours plus gros. L'extension est un défi. On le relèvera. L'aventure continue. »* Sur le trajet, les travaux sont visibles. Ils dégagent une poussière orange qui, lorsqu'on la respire, brûle les yeux et les lèvres. Du haut de la cabine de pilotage, les milliers d'ouvriers travaillant sur le chantier pour installer les portes géantes des nouvelles écluses, percer, forer ont l'air de Playmobil perdus dans un univers de béton. Huit heures plus tard, le Pacifique est atteint. Cesar Achurra retourne à Panama City, sa mission accomplie. Sans paraître se soucier des fragilités du modèle économique du pays.

Tout le monde ne partage pas ce bel optimisme. *« Jusqu'ici tout va bien. Mais il faudrait songer à mettre le pied sur le frein »*, lâche Richard Koster, en poussant la porte d'un grand hôtel du centre-ville où il aime prendre son café le matin. Arrivé dans le pays en 1957, ce vieil écrivain américain aux cheveux blancs, qui semble tout droit sorti d'un roman de John Irving, n'en est jamais parti. Le Panama et son lot de paradoxes le fascinent. Il y a tout vécu : les dictatures de Torrijos et de Noriega, le débarquement des Américains en 1989 et la chute de Noriega, les régimes qui ont suivi, toujours plus corrompus... Et aujourd'hui, cette économie qui s'emballe, dont tous les moteurs semblent être poussés au maximum.

Arrivé au pouvoir il y a moins d'un an, le nouveau gouvernement du conservateur Juan Carlos Varela va-t-il modérer la tendance ? Riche producteur de rhum, Varela est réputé très proche des milieux d'affaires. Mais il a été élu sur un programme de lutte contre la corruption assorti de mesures sociales, qui redonne espoir à la population panaméenne exclue de la croissance. Il donne l'impression de vouloir donner un coup de pied dans la fourmilière. Signe des temps, la façon de communiquer du gouvernement change. Les médias locaux sont ainsi régulièrement conviés à des descentes musclées à San Miguel ou Chorrillo, les quartiers chauds de Panama City minés par le trafic de drogue et une criminalité importée de Colombie. Des interventions « coups de poing », qui sont aussi des opérations de communication.

Il faut assister à l'une de ces expéditions, la nuit, avec gilet pare-balles à bord d'un 4 × 4 de la police, à côté de brigades spéciales armées jusqu'aux dents, pour mesurer le changement d'époque. Un policier accueille des journalistes. Répond avec bienveillance à leurs questions. Organise même les séances photos. Le rituel est identique lorsque des saisies de drogue sont opérées, par dizaines voire par centaines de kilos, sur les fast boats qui croisent au large des côtes panaméennes. Chaque semaine ou presque, les photographes de presse sont invités à assister à des scènes de destruction de cocaïne, de marijuana ou d'héroïne. Ils sont avertis par un coup de téléphone des douanes, qui leur fixent rendez-vous dans un terrain vague ceint de barbelés. La drogue est parfois disposée en milliers de petits paquets rangés sur le sol. Parfois entassée en tas composés les uns à côté des autres. Elle est tantôt brûlée, tantôt coupée à la machette par une vingtaine de policiers.

Dans ce pays de faux-semblants, les sceptiques sont encore cependant nombreux. *« De la cocaïne, vraiment ? Etes-vous sûr qu'il ne s'agissait pas de farine ? »* interroge Richard Koster, avec son sourire en coin et sa drôle d'ironie grinçante. *« Méfiant vis-à-vis de la politique spectacle »*, il veut tout de même rester confiant. *« Le Panama est un Etat jeune »*, à peine remis des années de dictature, fait-il valoir. *« Ce pays a l'avenir devant lui »*, conclut le vieil Américain, du haut de ses 80 ans, avant de disparaître au coin de la rue, comme le spectre d'une époque révolue.

Anne Michel
M Le magazine du Monde daté
du 11.04.2015

Composition

Sujet zéro du ministère, février 2014, série S

États-Unis/Brésil : les dynamiques territoriales.

Comprendre la question

Ce sujet demande d'établir une comparaison entre les États-Unis et le Brésil sur le plan de leurs dynamiques territoriales. Cela signifie donc qu'une partie du programme n'y est pas abordée : celle qui porte sur les ambitions régionales et mondiales de l'un et de l'autre des deux pays en question. Le principal risque est donc de proposer un propos pour partie hors-sujet, en voulant réutiliser tout son cours, alors que seule une partie est vraiment en relation avec ce sujet. Il n'est pas interdit cependant de s'interroger sur les relations entre les deux pays et leur rôle régional et global, mais à condition de le faire en partant d'un prisme territorial.

Les meilleures copies seront celles qui parviendront à dépasser une simple description successive des territoires brésilien et étatsunien. Il faut au contraire les mettre en parallèle et montrer leurs points communs et leurs divergences. C'est pourquoi consacrer une partie à un pays et une seconde à l'autre n'est pas la meilleure des solutions. Mieux vaut les comparer en fonction de différents critères qui constitueront autant de parties.

Introduction

Les États-Unis et le Brésil apparaissent de plus en plus comme les deux grandes puissances du continent américain. Bien que leur rayonnement ne soit ni de même nature ni de même intensité, ils partagent en effet la même volonté de devenir (dans le cas du Brésil) ou de rester (dans le cas des États-Unis) un leader régional d'envergure mondiale, un acteur incontournable du nouvel ordre international.
Mais les ressemblances entre les États-Unis et le Brésil ne se bornent pas à leur stature géostratégique respective. Elles proviennent d'abord de la géographie et de l'histoire de ces deux immenses pays, dont les dynamiques territoriales sont par bien des aspects similaires. Nous allons donc nous demander en quoi les territoires étatsunien et brésilien constituent des atouts ou des handicaps dans la volonté d'affirmation globale qui caractérise ces deux pays.
Pour cela, nous verrons dans un premier temps que le Brésil et les États-Unis présentent des caractéristiques géographiques très proches. On verra ensuite que tous deux ont inégalement assuré la mise en valeur de leur territoire. Enfin, on montrera que leur insertion dans la mondialisation n'affecte pas tous leurs territoires de la même manière.

I. Des territoires pleins de promesses

Avec 9 millions de km², le territoire étatsunien se caractérise en premier lieu par son immensité. Une caractéristique qu'il partage avec celui du Brésil qui s'étend, lui, sur 8,5 millions de km². Par ailleurs, les territoires étatsunien et brésilien ont en commun d'ouvrir sur de larges façades maritimes qui sont autant d'opportunités, notamment pour s'insérer dans les flux commerciaux mondialisés qui sont aujourd'hui de plus en plus maritimes. À cet égard cependant, les États-Unis apparaissent plus avantagés que le Brésil par le fait que leur territoire donne à la fois sur l'Atlantique, permettant les échanges avec l'Europe, et sur le Pacifique, permettant les échanges avec l'Asie, région du monde particulièrement dynamique. Le Brésil doit se contenter pour sa part seulement d'une façade atlantique, même si le canal de Panama permet de rejoindre rapidement le Pacifique.
L'immensité qui les caractérise offre au Brésil comme aux États-Unis de nombreuses ressources naturelles qui ne demandent qu'à être exploitées. En premier lieu, d'importantes quantités de terres qui peuvent être mises en valeur par l'agriculture : c'est ainsi que le Brésil peut aujourd'hui se présenter comme la future « ferme du monde » et qu'il est parvenu à limiter sa dépendance énergétique par l'utilisation du bioéthanol, issu de la canne à sucre, en substitution au pétrole importé pour faire fonctionner son parc automobile.
On trouve aussi dans les deux pays de grandes réserves en bois, en minerais divers et variés et, surtout dans le cas des États-Unis, en hydrocarbures, que ce soit dans le golfe du Mexique, ou dans l'intérieur des terres pour les gaz et pétroles de schiste. Le Brésil est quant à lui moins riche dans ce domaine, mais il exploite quelques gisements off-shore au large du Sudeste.
En résumé, et bien qu'ils appartiennent à des domaines bioclimatiques différents, les territoires étatsunien et brésilien ont plus de traits communs que de différences : ils constituent tous deux de formidables atouts par leur immensité, les richesses qu'ils recèlent et les ouvertures sur le monde qu'ils proposent.

II. Des dynamiques territoriales similaires

Du fait de ces nombreuses similarités dans leur configuration, on ne s'étonnera pas de remarquer que les territoires étatsunien et brésilien ont connu des logiques de mise en valeur très proches. Les deux pays se sont d'abord développés sur le littoral atlantique, par où sont arrivés d'importants contingents de migrants européens qui ont entrepris la mise en valeur du territoire et l'exploitation de ses richesses.

Cette dynamique de front pionnier a donné lieu dans les deux pays à une « conquête de l'Ouest », région longtemps restée sauvage. Si celle-ci est aujourd'hui achevée aux États-Unis, elle demeure en cours au Brésil, où l'immense forêt amazonienne reste encore pour une large part inexploitée. Les impératifs de développement durable qui impose de la protéger rendent de toute façon la mise en valeur de cette forêt beaucoup plus compliquée que ne fut celle de l'Ouest étatsunien au XIXe siècle, à une époque où les considérations écologiques étaient beaucoup moins prises en compte.

Ce retard brésilien dans la mise en valeur du territoire par rapport aux États-Unis explique en partie le fait que le territoire étatsunien soit beaucoup plus homogène en termes de développement que celui du Brésil. En effet, si le Brésil et les États-Unis partagent le fait de voir se concentrer sur leurs littoraux les régions les plus dynamiques, cela n'a pas le même sens pour les deux pays. Pour les États-Unis, qui possèdent deux façades maritimes, cela signifie qu'ils ont désormais réussi à développer autant leur côte est que leur côte ouest. C'est donc surtout l'intérieur des terres qui apparaît en retard. En revanche, dans le cas du Brésil, c'est clairement le littoral atlantique, surtout dans sa partie sud, qui fait figure de cœur du pays. Plus on s'éloigne vers l'ouest du territoire et plus la mise en valeur est réduite et le dynamisme faible. Au final, le territoire brésilien apparaît donc comme moins efficacement valorisé que celui des États-Unis.

III. Des atouts pour s'insérer dans la mondialisation

Les déséquilibres territoriaux propres aux États-Unis et au Brésil sont largement le fruit de leur insertion dans la mondialisation : les régions qui offrent un accès facile aux réseaux mondialisés sont les plus dynamiques, notamment les grandes mégalopoles et métropoles littorales. Inversement, les régions rurales, isolées et mal desservies sont à la traîne.

Mais les choses sont en partie en voie de rééquilibrage. En effet, des régions longtemps délaissées et marginalisées, comme l'Alaska étatsunien ou l'Amazonie brésilienne, font aujourd'hui l'objet de bien des convoitises. Les importantes ressources naturelles (minerais, hydrocarbures) qu'elles recèlent sont en effet aptes à répondre à une partie non négligeable de la demande mondiale de matières premières qui ne cesse de croître.

Leur exploitation suscite cependant de vives controverses qui voient s'affronter les tenants de la protection de l'environnement d'un côté aux partisans d'une exploitation industrielle des ressources afin de soutenir l'économie de l'autre. Des arbitrages qu'effectueront les gouvernements entre ces deux tendances dépendra l'avenir de ces territoires, qui peuvent aussi bien être préservés, telles des réserves naturelles (éventuellement propices à une exploitation touristique comme les États-Unis ont su l'organiser avec leurs « parcs nationaux »), ou au contraire devenir les eldorados surpeuplés d'une nouvelle « ruée vers l'or » du XXIe siècle.

Conclusion

Les États-Unis et le Brésil sont des pays ayant d'importantes similarités géographiques. C'est pourquoi on a tendance à prévoir pour le second un destin aussi brillant qu'a connu le premier un siècle plus tôt. De fait, l'émergence économique du Brésil depuis la fin des années 1990 doit beaucoup à la formidable exploitation de ses nombreuses ressources naturelles et n'est pas sans rappeler celle qu'a développée les États-Unis depuis le XIXe siècle. Reste que le géant d'Amérique du Sud est encore loin de pouvoir prétendre rattraper celui du Nord, qui dispose pour sa part d'un territoire remarquablement mis en valeur.

L'Amérique : puissance du Nord, affirmation du Sud

Changement d'époque en Amérique latine

La large victoire de l'opposition vénézuélienne aux élections législatives du 6 décembre, survenue après la défaite du péronisme au scrutin présidentiel en Argentine, le 22 novembre, marque la fin d'un cycle. Pendant une quinzaine d'années, le populisme a donné le « la » en Amérique latine. L'avènement du lieutenant-colonel Hugo Chavez à la présidence du Venezuela, en 1999, a favorisé un tournant populiste dans la région, qui a contaminé une bonne partie de la gauche mais s'est exprimé aussi parfois chez des dirigeants de droite, comme le président colombien Alvaro Uribe (2002-2010).

Le populisme latino-américain a une tradition plutôt nationaliste et sociale. Ses grandes références sont Getulio Vargas (au pouvoir au Brésil de 1930 à 1945, puis de 1951 à 1954), le général Juan Domingo Peron (en Argentine, de 1946 à 1955, puis de 1973 à 1974) et le général Lazaro Cardenas (au Mexique, de 1934 à 1940). Dans ces trois pays, le populisme a constitué un courant politique durable, parfois dominant, dans le cas du péronisme et du Parti révolutionnaire institutionnel (PRI), au pouvoir au Mexique pendant plus de soixante-dix ans.

Grâce à l'explosion du cours du baril, au prosélytisme à base de pétrodollars et aux conseils avisés de Fidel Castro, le chavisme a lancé une véritable OPA sur l'Amérique latine et les Caraïbes, choyées par le programme PetroCaribe. Même une partie de la gauche, qui se montrait méfiante à l'égard du populisme, a fini par s'en rapprocher. C'est le cas notamment du Parti des travailleurs (PT), la formation de l'ancien président brésilien Luiz Inacio Lula da Silva. Le PT s'était construit à la fois contre le vieux Parti communiste et contre le Parti travailliste, héritier de Vargas.

Au Forum social mondial, à Porto Alegre ou à Belem, les dirigeants du PT étaient souvent irrités par la concurrence déloyale des Vénézuéliens « *à coups de chéquier* ». Les arbitrages du début de la présidence Lula sur la distribution des aides sociales (comme la « Bourse famille ») avaient écarté les mécanismes clientélistes adoptés au Venezuela, au profit de solutions républicaines.

Les habits neufs du souverainisme

Cependant, par calcul diplomatique et économique, Brasilia a noué une alliance avec Caracas. Insensiblement, il y a eu peu à peu une contamination, favorisée par une vision géopolitique surannée, héritée de la guerre froide. Face aux difficultés, le PT a choisi les formes d'allégeance habituelles au Venezuela, les malversations et les dessous-de-table, la fuite en avant des dépenses publiques, l'antiaméricanisme pavlovien.

La contagion chaviste a été d'autant plus imparable que la référence de la gauche, Cuba, avait transformé les haillons du communisme en habits neufs du souverainisme. La gauche latino s'est trouvée à la fois orpheline d'une révolution dont elle ne finit pas de faire le deuil et convertie depuis peu au réformisme, sans pour autant se montrer capable de mener à bien des réformes. Le culte du leader remplit le vide idéologique, par son dialogue direct avec les « masses », transformées en téléspectateurs, et sa façon de naviguer à vue digne d'un caméléon. Tant que le Trésor public était plein, une politique redistributive était possible, même sans réforme structurelle.

Ainsi, le Venezuela est plus dépendant du pétrole qu'avant Hugo Chavez. Le Brésil n'a pas fait de réforme fiscale, ni poussé plus loin la réforme agraire, ni amélioré la santé publique ou l'éducation, ni relevé le défi posé par l'explosion de la violence. Faute d'une réforme des règles politiques, les Brésiliens se trouvent piégés par la multiplication de partis engagés dans des alliances opportunistes.

Le déclin du populisme n'est pas sensible seulement dans les urnes, en Argentine et au Venezuela. Au Brésil, le PT est en perdition, incapable de retourner la situation, alors qu'une procédure de destitution a été ouverte contre la présidente Dilma Rousseff, réduite à l'impuissance. Au Mexique, le PRI, revenu aux affaires, peine à surmonter la perte de crédibilité du président Enrique Peña Nieto. A Cuba, un an après le rapprochement avec les Etats-Unis, un nouvel exode montre l'insatisfaction de nombreux Cubains par rapport aux « *changements* » introduits par le général Raul Castro.

Les deux figures de la mouvance « bolivarienne » encore debout doivent leur stabilité à une gestion orthodoxe des comptes publics : le président équatorien, Rafael Correa, qui a renoncé à briguer un nouveau mandat, et son homologue bolivien, Evo Morales, tenté par la réélection infinie. En revanche, au Salvador, leur collègue Sanchez Ceren apparaît impuissant face à l'explosion de la violence dans son pays, tandis que Daniel Ortega mise tout sur le mirifique projet de canal du Nicaragua. Les forces imperméables aux sirènes populistes résistent mieux. Ainsi, les coalitions gouvernementales de centre gauche gardent l'initiative en Uruguay et au Chili.

Le champ politique latino-américain reste miné par la crise de la représentation, la fragmentation des partis, l'insatisfaction devant la façon dont la démocratie est pratiquée et le discrédit d'institutions qui sont desservies par ceux qui doivent les incarner. Cela favorise l'émergence d'outsiders, qui parviennent à surfer sur une conjoncture inextricable. L'histoire de l'Amérique latine regorge de ces démagogues, du président péruvien Alberto Fujimori (1990-2000), dont la fille Keiko Fujimori se veut l'héritière, au comédien Jimmy Morales, élu à la présidence du Guatemala, le 25 octobre. Face à la prolifération de caudillos militaires ou civils, autoritaires ou plébiscitaires, l'avenir du continent passe par une nouvelle vitalité de la démocratie.

Paulo A. Paranagua, Service International
Le Monde daté du 18.12.2015

Croquis

Sujet national, juin 2016, série S

Le continent africain : contrastes de développement et inégale intégration dans la mondialisation.

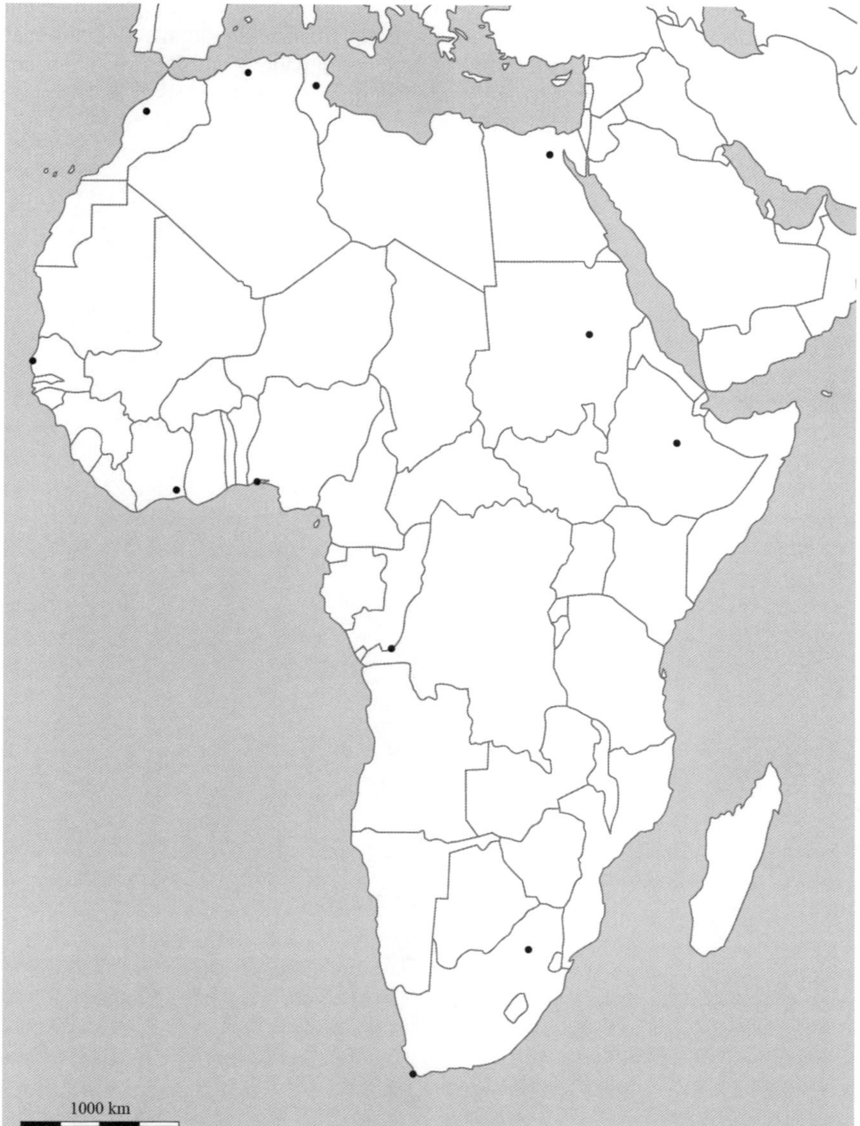

Comprendre la question

Le croquis à compléter reprend les problématiques traitées dans le cours : étudier le continent africain à la fois sous l'angle de ses contrastes de développement, à toutes les échelles et sous l'angle de son inégale intégration à la mondialisation. Comme toujours lorsque sont envisagées deux angles d'approches d'une même région, l'objectif n'est pas de les traiter l'une après l'autre, mais bien de les articuler en montrant les contrastes qui existent à l'échelle du continent. L'insistance sur la diversité (« contrastes » et « inégale ») doit inciter à faire preuve de discernement dans le choix des figurés de la légende : évitez de donner de l'Afrique une image monolithique et uniforme. Au contraire, montrez la diversité des situations entre les pays, en tenant compte notamment dans votre réflexion des nombreuses spécificités de l'Afrique du Nord par rapport au reste du continent.

Légende

I. Des atouts pour s'insérer dans la mondialisation...

- Ressources en hydrocarbures
- Ressources minières
- Grands ports
- Principales métropoles
- Passages maritimes stratégiques

II. ... mais de nombreux handicaps...

- Piraterie maritime active
- Zone d'action d'AQMI
- Principaux conflits armés
- Pays déstabilisés par les « Printemps arabes »

III. ... qui expliquent la situation contrastée du continent.

- L'Afrique du Sud, le leader politique et économique du continent
- Les pays d'Afrique du Nord qui bénéficient de leur proximité avec l'Europe et le Moyen-Orient
- Les pays intégrés à la mondialisation mais très dépendants des exportations de matières premières
- Les pays exclus de la mondialisation, les PMA

Le continent africain : contrastes de développement
et inégale intégration dans la mondialisation

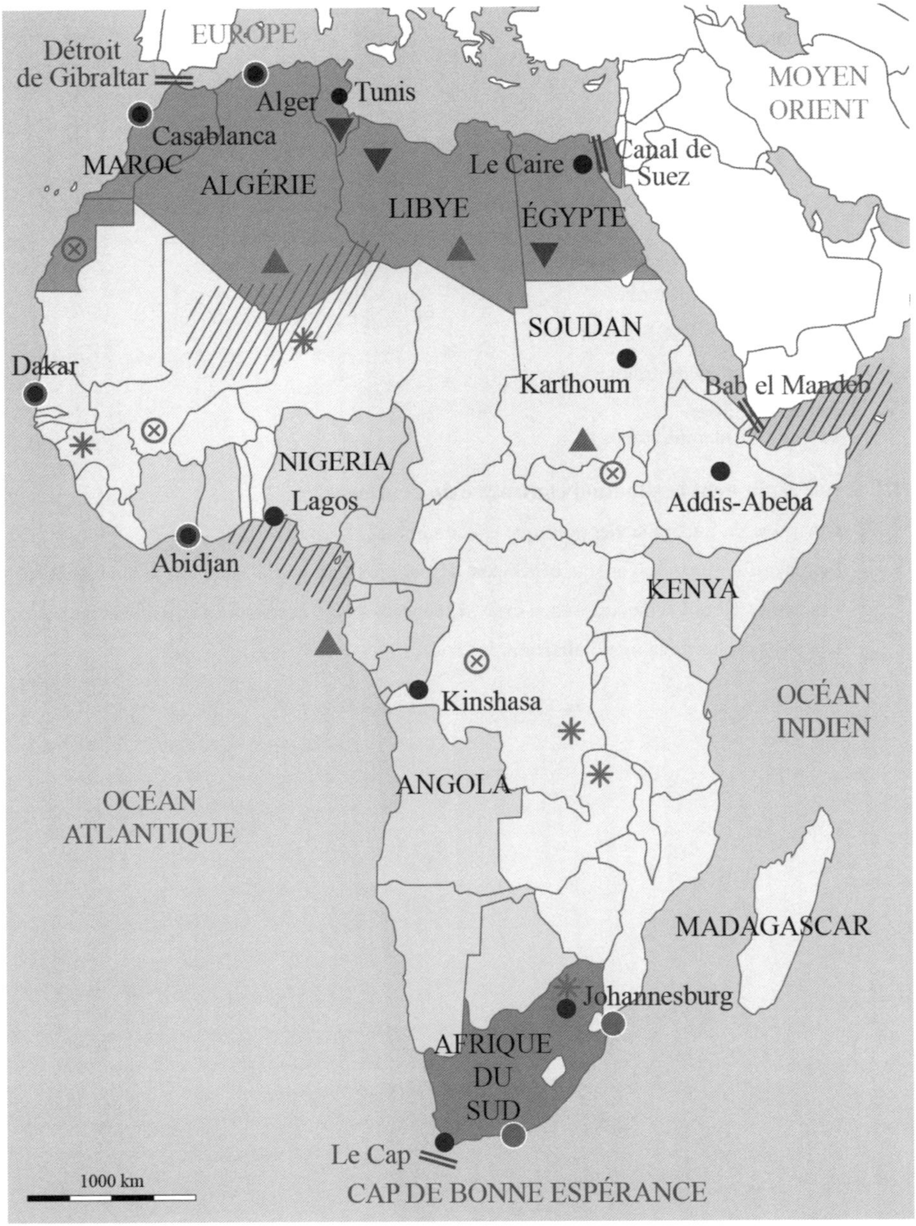

Le Sahara : ressources, conflits

Le barbare du désert

Mokhtar Belmokhtar, le djihadiste du Sahel, a été la cible d'un raid de l'US Air Force, le 14 juin. Longtemps insaisissable, « le borgne », rallié à Al-Qaida, avait préparé l'attaque d'In Amenas, en Algérie, début 2013

Son vœu le plus cher s'est peut-être réalisé. En 2006, lors d'une de ses rares interviews, accordée à la revue du Groupe salafiste pour la prédication et le combat (GSPC), Mokhtar Belmokhtar affirme : « *Je ne rêve que d'une chose : mourir en martyr.* » Comme son oncle, dont il porte le nom, guillotiné par les Français durant la guerre d'indépendance algérienne ; comme Oussama Ben Laden, son modèle ; comme ses principaux lieutenants, éliminés les uns après les autres par les forces françaises. Voilà plus de vingt ans que la figure la plus emblématique du djihadisme au Sahel et au Sahara tutoie la mort, la trompe, l'esquive. Un tapis de bombes de 250 kg, largué de deux chasseurs américains F-15, aurait finalement eu raison de cet émir d'Al-Qaida qui a acquis la réputation d'insaisissable. Le raid de l'US Air Force dont il était la cible a été mené dimanche 14 juin aux environs de 2 heures du matin sur une ferme située à 18 km d'Ajdabiya, dans le nord-est de la Libye. Washington a mis sa tête à prix 5 millions de dollars après l'attaque contre le complexe gazier d'In Amenas, dans le sud de l'Algérie, en janvier 2013, dans laquelle 39 étrangers dont trois ressortissants américains sont morts.

En l'absence de confirmation du décès de « MBM », comme le surnomment les militaires français, la plus extrême prudence s'impose. Les multiples annonces de son passage dans l'au-delà n'ont fait que renforcer sa légende. En avril, le quotidien algérien *Al Chorouk* affirme qu'il a succombé à un empoisonnement alimentaire. Deux ans plus tôt, le président tchadien, Idriss Déby, prétend que ses troupes déployées dans le nord du Mali ont eu raison de sa résistance.

Depuis sa fuite du Mali début 2013, dans la foulée du déclenchement de l'opération militaire française « Serval », sa trace était signalée dans le sud-ouest de la Libye, puis plus au nord, sur les côtes de la Cyrénaïque, où le fondateur du groupe armé Al-Mourabitoune avait tissé des liens avec Ansar Al-Charia, un autre mouvement lié à Al-Qaida. Il y a encore quelques jours, une source sécuritaire nigérienne, qui observe avec inquiétude la désagrégation de la Libye voisine, concédait son ignorance des mouvements de l'ennemi public numéro un au Sahel. « *Il demeure la principale menace et si on savait exactement où il se trouve, les forces installées dans la région* [françaises et américaines] *auraient monté une opération pour le liquider* », disait-elle alors.

Une garde rapprochée décimée

Selon nos informations, l'armée française l'a eu deux fois dans son viseur, lorsqu'il était encore installé dans le nord du Mali, mais sans être en mesure de passer à l'action. En revanche, ces derniers mois, elle a décimé progressivement sa garde rapprochée. Hacène Ould Khalil, alias Jouleibib, son homme de confiance et porte-parole, a été tué en novembre 2013. Omar Ould Hamaha, surnommé « Barbe rouge », son oncle par alliance, en mars 2014. Abderhamane Ould Al-Amar, alias Ahmed Al-Tilemsi, le cofondateur d'Al-Mourabitoune, en décembre 2014. Cette politique d'élimination a affaibli les capacités de nuisance de Mokhtar Belmokhtar, mais elle ne lui a jamais fait renoncer à sa « guerre sainte ».

Fils d'un petit commerçant, celui que ses hommes appelleront plus tard « Khaled » est né le 1er juin 1972 à Ghardaïa, aux portes du Sahara algérien. Ebloui par la résistance des moudjahidine contre l'occupant soviétique, il rejoint l'Afghanistan en 1991, dans des conditions toujours mystérieuses, avant son vingtième anniversaire. Le séjour est court, il ne lui permet pas de combattre les soldats de l'Armée rouge déjà repartis, mais lui offre ses premières rencontres avec des personnalités islamistes. *« C'est là qu'il a tout compris, qu'il a acquis le logiciel internationaliste qui sera la matrice d'Al-Qaida »*, avance un observateur des groupes djihadistes au Sahel. Il y perd également un œil et gagne l'un de ses nombreux surnoms : « Laaouar », « le borgne » en arabe. De retour sur sa terre natale algérienne, il monte sa première katiba - la Brigade du martyre - en 1993 et, en pleine guerre civile, s'impose rapidement aux chefs des Groupes islamiques armés (GIA) par une succession de coups d'éclat meurtriers : assassinats de treize policiers, de cinq coopérants étrangers.

Le conflit algérien se transforme en une boucherie à huis clos, lui commence à regarder vers l'extérieur. En 2000, il oblige les organisateurs du rallye Dakar-Le Caire à annuler les étapes nigériennes après que les services de renseignements occidentaux ont été informés de projets d'attaque. Belmokhtar voit grand, n'entend pas confiner le djihad à son pays d'origine, et devient alors une préoccupation française. Après l'assassinat de quatre Français en Mauritanie fin 2007, les « soldats d'Allah » jugés à Nouakchott décriront l'entraînement méthodique des combattants placés sous l'autorité de Belmokhtar, et la façon dont il planifie des attaques contre les Occidentaux dans toute la région sahélienne, jusqu'au Sénégal, où des repérages avaient été ordonnés contre les bases militaires françaises.

Selon Lemine Ould Salem, l'auteur d'une enquête sur *Le Ben Laden du Sahara* (La Martinière, 2014), il est le premier Algérien à établir le contact avec Al-Qaida. Malgré des réticences, Ben Laden enverra en 1998 son émissaire en Algérie et c'est Belmokhtar qui sera chargé de son accueil. L'allégeance du GSPC à la maison-mère interviendra huit ans plus tard et donnera naissance à Al-Qaida au Maghreb islamique (AQMI).

Entre-temps, « le Borgne » a déjà glissé vers la région de Tombouctou, au Mali, où il avait établi des relations pour s'approvisionner en armes. Les Algériens préemptaient jusqu'alors tous les postes de commandement d'AQMI, il décide de recruter des cadres dans le voisinage africain, en Mauritanie ou au Mali. Son mariage - il en aurait conclu quatre dans la région - avec une adolescente de la communauté des Arabes bérabiches lui permet une intégration rapide et une protection clanique précieuse pour sa nouvelle activité : la prise d'otages occidentaux. Les cinq premiers millions d'euros tombent en 2003 avec la rançon versée en contrepartie de la libération de dix-sept Européens capturés dans le Sud algérien. D'autres kidnappings suivront, et des dizaines d'autres millions viendront financer la lutte du mouvement. Belmokhtar forme alors au sein d'AQMI un « tandem » avec Abou Zeid, lui aussi un ancien des groupes salafistes algériens, avec qui il devient concurrent, et, parfois, partenaire dans l'action.

Une nouvelle légende se construit, celle de « Mister Marlboro », un bandit impliqué dans l'économie régionale du trafic des cigarettes et de la drogue. Deux personnalités de la région qui ont négocié directement avec Belmokhtar des libérations d'otages réfutent cette image de « narco-djihadiste » qui lui colle à la peau. *« Ce sont les services algériens qui ont inventé cela pour le discréditer et l'ont fait croire aux Occidentaux. Après, des journalistes ont repris ce surnom pour faire du sensationnel*, affirme l'une d'elles. *Belmokhtar a une conviction djihadiste très dure, où la drogue et la cigarette sont prohibées. S'il a accepté dans ses rangs d'anciens trafiquants, c'est après qu'ils ont décroché de ce commerce. »* Lemine Ould Salem précise que des personnalités du Mouvement pour l'unicité et le djihad en Afrique de l'Ouest (Mujao), de qui il s'est rapproché, comme Ahmed Al-Tilemsi ou Sultan Ould Badi, ont bien été impliquées dans le trafic de stupéfiants, *« mais elles ont dû se repentir avant de le rejoindre »*. En revanche, souligne-t-il, Belmokhtar a enrichi son trésor de guerre grâce à la contrebande de produits alimentaires, de carburant, de tissus ou de pièces détachées.

L'un de ces négociateurs le décrit comme un *« homme affable, effacé et beaucoup plus méthodique et structuré »* que les autres chefs djihadistes qu'il a rencontrés lors de ses médiations dans le désert. *« Il était plus proche de ses hommes qu'Abou Zeid* [tué par des frappes françaises], *qui, lui, affichait sa supériorité. Il partageait les corvées avec eux, n'hésitait pas à allumer le feu et à faire la cuisine. »* L'émir balafré à la gueule de méchant des films de Sergio Leone aurait même versé quelques larmes quand les services algériens lui ont envoyé sa mère Zohra dans son refuge désertique du nord du Mali pour tenter de le convaincre de rendre les armes. *« C'est un redoutable stratège, d'une grande intelligence et d'une grande prudence. S'il n'avait pas eu ces qualités et de la chance, il n'aurait pas survécu aussi longtemps »*, assure l'un de ces visiteurs mandaté par un gouvernement de la région.

Traqué depuis trois ans, « le Borgne » n'en était pas moins un djihadiste pur et dur. Sa katiba aurait été notamment responsable du kidnapping de onze soldats mauritaniens et d'un auxiliaire civil en septembre 2008, à la frontière avec le Maroc. Ils avaient été retrouvés une semaine plus tard, décapités. Belmokhtar est aussi un franc-tireur dans la galaxie djihadiste. Ce que les membres de la direction d'AQMI, installés en Algérie, n'ont pas manqué de lui reprocher. Dans un document retrouvé par l'agence Associated Press en 2013 à Tombouctou, les quatorze hiérarques d'AQMI qualifient leur relation avec Khaled Abou Al-Abbas, le nom de guerre de Belmokhtar, de *« blessure saignante »*. Ils l'accusent de ne pas répondre à leurs appels téléphoniques ou de ne pas renvoyer des documents administratifs et financiers. *« Pourquoi les différents émirs de la région n'ont des problèmes qu'avec toi ? Toi, en particulier, à chaque fois ? Ont-ils tous tort, et notre frère Khaled, raison ?*, s'interrogent-ils. *Abou Al Abbas ne veut suivre personne. Il ne veut qu'être suivi et obéi. »* La choura dirigeante le met aussi en cause pour n'avoir pas su monnayer à sa juste valeur - seulement 700 000 euros - la libération du diplomate canadien Robert Fowler et de son collaborateur, enlevés au Niger en 2008. *« Plutôt que de marcher côte à côte avec nous avec le plan que nous avons imaginé, il a géré ce cas comme il l'a souhaité. Nous devons nous interroger : qui a mal géré cet important enlèvement ? »*

« Belmokhtar a dû perdre la main »

La rupture est consommée fin 2012 avec AQMI. Belmokhtar fonde son propre groupe, « Les Signataires par le sang », qui deviendra Al-Mourabitoune après sa fusion avec les Maliens du Mujao. Tandis que les djihadistes installés au Mali lancent, le 9 janvier 2013, leur offensive vers le sud du pays et précipitent l'intervention militaire française, « le Borgne » prépare l'assaut sanglant sur In Amenas, en Algérie, une semaine plus tard. Ce sera son dernier grand coup d'éclat.

Etait-ce un baroud d'honneur ? Replié en Libye, ayant à ses trousses les services de renseignement occidentaux, il revendique l'attentat du 7 mars à Bamako, le premier dans la capitale malienne, qui tue cinq personnes, dont un Français. Ces derniers mois, des analyses contradictoires circulaient sur l'état de ses forces. Selon une source sécuritaire nigérienne, elles allaient d'un noyau dur d'une centaine d'hommes à près de 2 000 combattants en incluant les cellules dormantes. Les sources françaises convergeaient pour dire que « MBM » avait conservé la capacité *« d'organiser un nouvel In Amenas »*.

Mais la recomposition du paysage djihadiste en Libye sous la poussée de l'Etat islamique

(EI) a relativisé l'emprise des anciens leaders d'Al-Qaida sur le Sahel. Mi-mai, un cadre d'Al-Mourabitoune a ainsi pris l'initiative d'annoncer l'allégeance du groupe à l'EI. Belmokhtar, par refus du « *radicalisme débridé de l'EI* », selon une source régionale, n'a pas attendu 24 heures pour réaffirmer sa fidélité à Al-Qaida. « *Cet épisode montre des dissensions fortes*, expliquait une source du renseignement français. *Elles signifient que Belmokhtar est trop isolé de ses troupes, depuis longtemps, et qu'il a dû perdre un peu la main.* » Mort ou vif, personne ne lui enlèvera cependant sa victoire : celle d'avoir transformé la bande sahélo-saharienne en terre de djihad.

Cyril Bensimon et Nathalie Guibert

Le Monde daté du 19.06.2015

Analyse de documents

Sujet zéro du ministère, février 2014, série S

À partir de l'analyse des deux documents, montrez que le Japon et la Chine sont deux États concurrents sur le plan géopolitique en Asie de l'Est.
En confrontant les deux documents, expliquez la complexité des relations économiques entre ces deux États.

Document 1

Les relations Chine-Japon vues par le dessinateur indien Paresh

Sources : Dessin publié dans un journal de Dubai, puis dans *Le Monde* en 2013, *The Economist/Courrier international*, 2012.

Document 2

Le conflit territorial entre le Japon et la Chine en Asie de l'Est

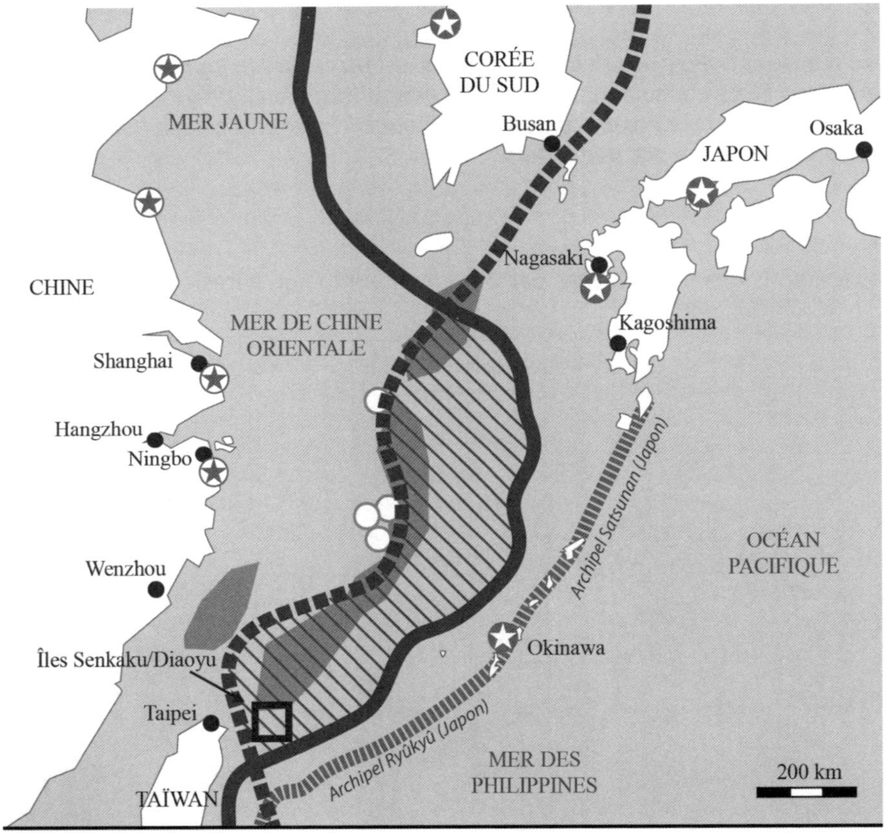

Des espaces convoités

- Les îles Senkaku / Diaoyu, objets de tensions entre la Chine et le Japon
- Limite de la Zone économique exclusive revendiquée par la Chine
- Limite de la Zone économique exclusive revendiquée par le Japon
- Zone maritime dont la Chine et le Japon se disputent la possession
- Ressources supposées d'hydrocarbures
- Exploitation *offshore* d'hydrocarbures par la Chine

Des espaces sous contrôles

- Bases militaires américaines
- Bases militaires chinoises
- "1re ligne d'îles" *(green line)* : espace maritime dont les autorités chinoises revendiquent le contrôle militaire

Sources : www.diploweb.com, www.thediplomat.com.

Comprendre la question

Comme toujours lorsque deux documents sont à analyser, il importe de ne pas se contenter d'analyser l'un puis l'autre séparément, mais au contraire de garder toujours présente à l'esprit la question du lien entre les deux. C'est ici d'autant plus compliqué que les deux documents n'ont pas du tout la même nature : le premier se veut à la fois engagé et humoristique alors que le second se veut plus neutre et scientifique. En gardant présent à l'esprit cette différence fondamentale, il faut donc articuler l'analyse des deux documents pour montrer comment le premier permet de nuancer le second.

Introduction

L'histoire de l'Asie orientale est faite d'une succession de périodes au cours desquelles tantôt le Japon, tantôt la Chine imposaient leur domination sur la région. La singularité de ce début de XXIe siècle c'est que, pour la première fois, la Chine et le Japon semblent devoir exercer leur puissance sur la région en même temps, ce qui n'est pas sans créer un risque de confrontation.
Les deux documents à notre disposition, qui sont d'une part une caricature indienne qui illustre la complexité de cette relation, et d'autre part une carte géopolitique des conflits sino-japonais, vont nous permettre d'éclairer les ressorts de cette lutte pour la domination régionale en Asie orientale. En partant d'eux, nous allons nous demander si l'émergence de la Chine, qui rattrape à grands pas son retard sur le Japon, doit nécessairement aboutir à un affrontement avec ce dernier, ou si au contraire une forme de cohabitation voire de coopération avec lui est envisageable.
Pour cela, nous expliquerons d'abord les raisons qui poussent la Chine et le Japon à se confronter, avant de montrer que l'interdépendance qui les caractérise peut laisser espérer un règlement pacifique de leurs différends.

I. Une opposition géopolitique ancestrale entre la Chine et le Japon...

Les relations entre la Chine et le Japon sont conflictuelles depuis longtemps. La mémoire de l'expansionnisme nippon et des exactions auxquelles il donna lieu, en Chine notamment (massacres de Nankin, 1937), contribue à les tendre encore aujourd'hui. En effet, le Japon n'a jamais accepté de faire repentance à l'égard de son passé militariste, ce qui explique que la Chine considère qu'il ne le renie pas, voire envisage de le réactualiser. Comme le montre bien le document 2, ce passé guerrier n'a pas laissé que des séquelles mémorielles ; il a également légué des contentieux territoriaux qui demeurent irrésolus, notamment s'agissant des découpages frontaliers, particulièrement en mer.
Les îles Senkaku (que les Chinois appellent Dioyou), sont ainsi revendiquées par les deux pays, qui estiment tous deux qu'elles leur reviennent de droit. La présence supposée d'hydrocarbures dans la zone économique exclusive (ZEE) qui les entoure, ainsi que leur situation stratégique sur les grandes routes maritimes, peut expliquer une telle crispation internationale autour d'îlots a priori sans grand intérêt. Par ailleurs, la présence de bases américaines à Okinawa, au Japon, contribue à la fois à apaiser et à envenimer la situation géopolitique de la région : elle est apaisante dans la mesure où elle dissuade la Chine de s'en prendre au Japon par crainte de représailles ; mais elle est aussi déstabilisante dans la mesure où l'ascension de la Chine tend de plus en plus à la pousser à la confrontation avec les États-Unis et que le Japon pourrait tout naturellement devenir le théâtre de cette confrontation si elle devait advenir.
Il y a donc bien une opposition géopolitique forte ente le Japon et son voisin chinois, dans la mesure où tous deux ont pour ambition d'exercer le leadership régional, et donc à supplanter l'autre. D'où la multiplication des provocations réciproques qui, si elles n'ont pour l'instant pas dégénéré en guerre ouverte, pourraient à terme produire une grave conflagration régionale.

II. ... tempérée par une interdépendance économique croissante

On pourrait s'étonner que la rivalité géopolitique décrite par le document 2 n'aboutisse pas à un conflit ouvert entre la Chine et le Japon. Mais le document 1 nous permet précisément de comprendre pourquoi cela n'est pas le cas. Il joue de manière caricaturale sur le caractère paradoxal du couple sino-japonais : si ces deux pays s'opposent sur le plan politique (personnages manifestant leur opposition en haut du dessin), ils entretiennent en fait des relations cordiales sur le plan économique (personnages se serrant la main en bas du dessin). Le message que cherche à faire passer le dessinateur indien à l'origine de cette image est clair : derrière les discours belliqueux de façade, une réelle convergence existe sur le plan économique entre les deux grands d'Asie orientale.

Plus encore, les deux puissances sont devenues interdépendantes : « nous avons besoin l'une de l'autre », ce qui signifie qu'une guerre entre elles est hautement improbable puisqu'elle aboutirait à un désastre pour les deux. Rappelons que cette étroite interdépendance économique entre la Chine et le Japon résulte du modèle japonais de développement dit en « vol d'oies sauvages », qui a consisté à monter progressivement en gamme dans la production nippone tout en délocalisant vers les pays voisins les productions à faible valeur ajoutée.

C'est ainsi que les investisseurs japonais ont été amenés à s'implanter de plus en plus massivement en Chine, au point de créer des liens économiques étroits entre les deux pays dont la coopération est source de croissance économique réciproque. La Chine a besoin des investissements directs à l'étranger (IDE) japonais et les entreprises japonaises ont besoin de la main-d'œuvre à bas coût chinoise. En retour, la Chine a besoin des consommateurs japonais pour écouler une partie de sa tentaculaire production industrielle.

Conclusion

La juxtaposition de ces deux documents montre bien toute la complexité qui caractérise la relation sino-japonaise. Elle permet de comprendre pourquoi, bien que la rivalité géopolitique entre ces deux pays soit forte et même très tendue, elle ne semble pas devoir déboucher sur un conflit ouvert. Car l'économie constitue une forme de « bouclier » qui dissuade les deux protagonistes de faire le pas de trop qui leur serait réciproquement dommageable. Ainsi, le commerce semble devoir jouer en Asie le rôle de garant de la paix, comme ce fut précédemment le cas en Europe où la création de la CECA en 1951 avait contribué par l'interdépendance économique créée à apaiser la relation franco-allemande.

L'Asie du Sud et de l'Est : les enjeux de la croissance

La Chine abandonne la politique de l'enfant unique

Pour faire face au vieillissement de la population et favoriser la consommation intérieure, Pékin autorise tous les couples à avoir un deuxième enfant

Dans un revirement historique, trente-six ans après avoir limité les couples à une seule naissance, le Parti communiste chinois (PCC) a annoncé, jeudi 29 octobre, l'adoption d'une politique permettant d'avoir deux enfants. Cette décision a été annoncée à l'issue de quatre jours de réunion de son comité central, qui a approuvé le treizième plan quinquennal, feuille de route économique, politique et sociale qui guidera la Chine jusqu'en 2020. Ce changement a pour but de *« répondre au défi du vieillissement de la population »* et *« d'améliorer la stratégie de développement démographique »*, a expliqué un communiqué.

La décision était attendue après que le premier ministre, Li Keqiang, eut évoqué en mars une prochaine vague d'ajustements. Les Chinois, préoccupés par leur nombre qu'ils voient comme un poids autant que comme un élément de puissance, ont reconnu au strict contrôle des naissances, mis en place en 1979, d'avoir accéléré la transition démographique. Les officiels mettaient en avant les 400 millions de naissances évitées — un chiffre douteux, car fondé sur des projections de natalité bien antérieures aux changements économiques.

Le « planning familial » est devenu au fil des années synonyme de violente intrusion de l'Etat dans le plus intime de la vie des citoyens. Obsédés par des statistiques déterminantes pour leurs carrières, ses officiels avaient recours aux avortements forcés, selon des procédés barbares et, pour éviter la récidive, allaient jusqu'à imposer la ligature des trompes. Au mois de juin 2012, l'opinion chinoise avait été choquée en découvrant sur les réseaux sociaux la photo d'une jeune femme de la province du Shaanxi, Feng Jianmei, épuisée sur un lit d'hôpital au côté du fœtus, après un avortement sous la contrainte à sept mois de grossesse. Le couple avait déjà un enfant de 5 ans et n'avait pas les moyens de payer l'amende de 40 000 yuans (5 750 euros).

Le mois suivant, Zhang Erli, un ancien directeur des statistiques au sein de la puissante Commission nationale de la population et du planning familial (qui a depuis fusionné avec le ministère de la santé), exprimait ses remords pour le coût de l'enfant unique sur les femmes de son pays sur la chaîne de télévision Phoenix, de Hongkong. *« Je suis désolé pour nos femmes chinoises. Je me sens assez coupable. Les femmes chinoises ont fait un sacrifice énorme »*, reconnaissait M. Zhang, soulignant la responsabilité du gouvernement.

1,7 enfant par femmes

Le problème des enfants dont la naissance n'a jamais été déclarée et qui ont le plus grand mal à progresser dans la société faute d'existence sur les registres officiels subsiste. Il a par ailleurs fallu interdire, en 2001, aux médecins de révéler aux futurs parents le sexe de l'enfant et procéder à des campagnes d'affichage de propagande dans les villages, afin de réduire le nombre d'avortements sélectifs de filles. Certains couples vont réaliser ces échographies à l'étranger. Du fait de l'enfant unique et d'un biais culturel, 118 garçons naissent en Chine pour 100 filles, alors que la moyenne mondiale est de 103 contre 107.

L'officiel retraité Zhang Erli juge la décision de jeudi bienvenue, mais bien tardive. Arrivé dans les bureaux du planning familial en

1988, il dit avoir eu dès 1995 la conviction personnelle que *« vivre une vie heureuse est plus important que le contrôle de la population »*. Il y a dix ans, M. Zhang calculait avec des démographes que la main-d'œuvre aura considérablement réduit à l'horizon 2035, avec pour conséquence un fort impact sur l'économie. *« Il aurait été préférable de procéder à ce changement plus tôt et beaucoup d'entre nous avaient écrit au gouvernement pour exprimer ce sentiment »*, dit M. Zhang. Mieux vaut tard que jamais, juge-t-il, *« mais le moment le plus approprié pour revenir sur cette politique est déjà derrière nous »*.

A 1,36 milliard d'habitants en 2014, selon la Banque mondiale, la population chinoise est toujours la première de la planète, mais elle pourrait être détrônée rapidement par l'Inde. L'indice de fécondité chinois est tombé à 1,7 enfant par femme et seulement 17 % des Chinois ont aujourd'hui moins de 14 ans, contre une moyenne mondiale de 27 %.

A celle des droits humains — qui d'ailleurs n'était pas évoquée dans la décision de jeudi — s'est donc progressivement ajoutée une évidence démographique. Le vieillissement constituera un fardeau pesant sur les épaules de la nouvelle génération chinoise, qui devra financer les personnes âgées, un modèle résumé par la formule « 4-2-1 », un jeune travailleur qui aurait tous ses grands-parents devant potentiellement leur venir en aide, ainsi qu'à ses père et mère.

Arrivé à la tête du PCC il y a trois ans, Xi Jinping a procédé à un implacable resserrement sur le débat politique, mais s'est en revanche montré ouvert à des évolutions sur des questions de nature plus sociale, au premier rang desquelles le planning familial mais aussi le « hukou », un passeport intérieur limitant l'accès aux services publics des ruraux migrant vers les villes qui est progressivement réformé. L'annonce d'une « politique des deux enfants », fruit déjà largement mûr, contribuera à prouver que les réformes avancent à bon train dans un contexte de ralentissement économique qui laisse champ aux voix s'interrogeant sur la capacité de l'équipe du tout-puissant Xi Jinping à moderniser la Chine.

Pour le démographe Liang Zhongtang, de l'Académie des sciences sociales de Shanghaï, la réforme annoncée jeudi s'imposait au pouvoir. Malgré ce changement, M. Liang continue de soutenir qu'il n'est pas dans les prérogatives de l'Etat de fixer le nombre d'enfants auxquels le peuple a droit de donner naissance. *« Ce n'est pas une question d'un ou de deux, il faut se débarrasser entièrement de la politique de planning familial. Le nombre d'enfants qu'a un couple est une décision qui lui appartient à lui, pas au gouvernement »*, dit M. Liang.

Des effets limités

En novembre 2013, un an après l'accession de M. Xi au poste de secrétaire du parti, le PCC avait annoncé ouvrir la possibilité d'avoir un deuxième enfant si un seul des deux parents est lui-même enfant unique. Il s'agissait déjà là d'une ouverture, puisqu'il fallait auparavant que les deux futurs parents soient fils et fille uniques pour être autorisés à donner la vie une seconde fois. D'autres exceptions couraient de plus longue date, notamment pour les paysans ayant d'abord eu une fille et pour les ethnies minoritaires.

Or les effets de la réforme de 2013 restent aujourd'hui relativement limités. Le pays a enregistré 16,8 millions de naissances en 2014, soit 470 000 de plus que l'année précédente. Les maternités n'ont pas été prises d'assaut. Selon une étude réalisée plus tôt en 2015, sur les onze millions de couples qui remplissaient le critère d'un seul parent lui-même enfant unique et pouvaient ainsi profiter de la réforme de l'automne 2013, seuls 40 % disaient en fait envisager un second enfant.

C'est que les jeunes couples n'aspirent absolument pas à fonder des familles nombreuses. A Shanghaï, une étude réalisée par l'université Fudan a montré en mars que seulement 15 % des femmes de la ville la plus peuplée du pays, et aussi l'une des plus riches, seraient désireuses d'avoir deux enfants : 58 % d'entre elles citaient le poids financier comme principal motif de refus, venaient ensuite le problème des crèches pour s'occuper des enfants et le prix des logements. « *L'impact démographique se fera peut-être ressentir dans dix ans, mais il ne sera pas majeur car les jeunes d'aujourd'hui ne désirent pas avoir davantage d'enfants* », estime Zhang Erli, le haut officiel retraité du planning familial.

Harold Thibault, correspondant à Pékin
Le Monde daté du 31.10.2015

Anglais

Méthodologie pour l'épreuve d'anglais, LV1 et LV2

Les notions d'étude définies par l'Éducation nationale : le programme

1. Mythes et héros

Le mythe évoque la condition humaine dans son ensemble, son histoire transmise d'abord oralement et souvent incarnée par un héros, un lieu ou une communauté. Interroger les mythes, c'est s'intéresser aux héros et aux récits qui fondent une identité collective. Le caractère universel du mythe permet de mettre en évidence la façon particulière dont chaque aire culturelle interprète l'expérience humaine et construit des œuvres pour l'exprimer. Chaque époque emprunte et réactualise certains mythes ou en crée de nouveaux. Le héros peut être un personnage fictif ou réel qui a marqué la tradition, l'histoire, la vie quotidienne. La culture populaire et la contre-culture ne cessent de produire leurs propres héros (folklore, bandes dessinées, etc.).

2. Espaces et échanges

Une société peut être abordée du double point de vue de sa cohésion et de son ouverture, ce qui amène à s'interroger sur son inscription dans le monde. La géographie des circuits commerciaux et des réseaux d'influence, mais aussi les découvertes et la conquête de terres nouvelles constituent des aires culturelles qui dépassent souvent les frontières des États. La frontière comme limite entre deux espaces sera vue tantôt comme protection contre l'autre ou au contraire ouverture et appel vers un espace plus grand. L'espace peut évoluer et prendre des contours variés : réappropriation des espaces symboliques, perte des repères dans les villes mondes, invention de nouveaux modèles d'échanges, constitution de grands ensembles régionaux, espaces réels, espaces virtuels. On constate aujourd'hui qu'en dépit d'une grande inégalité au niveau des développements, le monde n'a jamais été aussi intégré, tant les liens de toute nature entre peuples et pays sont devenus étroits. Les échanges de toutes sortes, les « emprunts » de langue à langue, de culture à culture en littérature, dans les arts, les sciences, les techniques, la philosophie, la religion, les institutions politiques et sociales et plus généralement dans les usages quotidiens, ont pris une nouvelle ampleur dans l'unification des espaces et des peuples, des langues et visions du monde. Chaque société est ainsi travaillée par des conflits entre particulier et universel, que recoupent souvent des oppositions entre tradition et modernité.

3. L'idée de progrès

Considéré comme outil principal d'orientation dans la complexité du monde, le concept de progrès a accompagné les grands moments de l'histoire. Il traverse et bouscule les héritages et les traditions, entraînant une grande variété de processus d'évolution ainsi que des résistances face au changement. Relayé par un développement des technologies de pointe, une accélération des avancées scientifiques et techniques, le culte de la nouveauté et du progrès fait l'objet, ces dernières décennies, d'une prise de conscience accrue des conséquences possibles qui en résultent.

À partir de documents authentiques de toute nature, contemporains ou antérieurs, il convient de donner aux élèves des éléments de contextualisation qui leur

permettent d'établir des relations pour mieux appréhender les enjeux relatifs à l'idée de progrès.
Cette notion permet notamment d'aborder :
- les effets du progrès sur le fonctionnement des sociétés (nouvelles libertés, nouvelles contraintes et nouvelles aliénations) ;
- l'impact sur les codes de la communication (évolution des langues et langages) ;
- l'éthique du progrès et la responsabilité ;
- la vision diachronique des arts et des techniques ;
- la notion de modernité et d'avant-garde dans les arts ;
- l'illusion du progrès, les utopies.

4. Lieux et formes du pouvoir

Le pouvoir est à la fois source de l'intégration politique, sociale et personnelle et révélateur des tensions et des conflits au sein du groupe. Le pouvoir s'exerce à travers un ensemble de relations complexes subies ou acceptées, souvent intériorisées. Le pouvoir implique aussi des contre-pouvoirs : comment limite-t-on le pouvoir, comment lui résiste-t-on ? Cette notion peut être abordée à titre d'exemple sous les angles suivants :
- lieux institutionnels emblématiques du pouvoir (Cour, château, parlement, prison, tribunal, capitales, etc.) ;
- pouvoir des médias (la presse, « quatrième pouvoir », l'opinion publique, etc.) ;
- goût du pouvoir et résistance au pouvoir (les personnalités qui font l'histoire, les grandes figures, la désobéissance civile, la guerre et le pacifisme) ;
- pouvoir et conquêtes (luttes pour l'égalité et la liberté, conquêtes et reculs ; la question de la parité ; le droit de vote) ;
- arts et pouvoir (sa représentation, sa mise en scène ; la soumission : louanges, art officiel ; la dénonciation : satire, fable, caricature) ;
- langue et pouvoir.

L'organisation de l'épreuve écrite

1. Durée

LV1 :
- Durée de l'épreuve : 3 h.
- Première lecture : 10 min.
- Temps pour la partie « Compréhension écrite » (10 pts) : 1 h 15 min env.
- Temps pour la partie « Expression écrite » (10 pts) : 1 h 15 min env.

LV2 :
- Durée de l'épreuve : 2 h.
- Première lecture : 10 min.
- Temps pour la partie « Compréhension écrite » (10 pts) : 45 min env.
- Temps pour la partie « Expression écrite » (10 pts) : 45 min env.

Donnez-vous un peu plus de temps pour travailler davantage la partie où vous vous sentez plus faible. Laissez-vous un quart d'heure pour relire tout votre devoir.

2. Les exercices

L'épreuve comprend deux sous-parties :
- la compréhension de l'écrit, notée sur 10 points ;
- l'expression écrite, notée sur 10 points.

La **compréhension de l'écrit** prend appui sur un, deux ou trois documents en anglais qui renvoient à des notions du programme. Certains documents peuvent comporter des éléments iconographiques.
L'**expression écrite** est évaluée à partir d'une ou plusieurs tâches. Vous devrez rédiger un ou plusieurs textes construits, en lien avec les documents servant de support à l'épreuve de compréhension écrite.
Pour l'épreuve de LV1, il peut être proposé un nouveau document « tremplin » en relation thématique avec les documents-supports de la compréhension écrite. Ce document vous servira à contextualiser et à nourrir votre expression écrite.

3. La gestion du temps

Selon les séries, vous disposez de 2 ou 3 heures. Ce temps est nécessaire au traitement de l'épreuve : utilisez-le complètement et ne vous débarrassez pas du travail. **Achever l'épreuve dans la précipitation est le meilleur moyen d'oublier des points importants.**
Pour **les LV1 des séries L, ES, S et les LV2 de la série L** (durée de l'épreuve : 3 heures), on peut considérer qu'il est nécessaire de consacrer au moins 15 minutes à la lecture du sujet et environ 1 h 15 à la première partie de l'épreuve (questions de compréhension). La rédaction de la partie expression écrite doit durer 1 h 15.
Le temps restant (soit 15 minutes) est utilisé à la relecture de l'ensemble du travail.
Pour les autres séries (durée de l'épreuve : 2 heures), vous pouvez consacrer 15 minutes à la lecture du sujet, 40 minutes à répondre aux questions de compréhension et 50 minutes à l'expression écrite.
Le temps restant (soit 15 minutes) est utilisé à la relecture de l'ensemble du travail.
Ces indications restent des conseils. Selon vos capacités ou les difficultés que vous rencontrerez sur telle ou telle partie de l'épreuve, **vous devez bien entendu adapter le temps disponible à vos besoins.**

10 conseils pour bien se préparer

La clé du succès à l'examen, c'est avant tout une bonne organisation. Pour bien rentabiliser les révisions (surtout dans les semaines qui précèdent les épreuves), il faut commencer par se mettre les dates en tête. Construisez votre planning en tenant compte de vos forces et faiblesses et de votre capacité de concentration. Organisez vos semaines de révisions en fonction du temps dont vous disposez réellement et mettez-vous au travail sans tarder, dès le début de l'année.

1. Commencez le plus tôt possible : au fil de l'année, posez les grandes dates (examens blancs, devoirs et contrôles) ; puis dans les dernières semaines, organisez des révisions quotidiennes.
2. Écrivez plutôt au crayon pour pouvoir modifier par la suite votre planning et ajuster votre travail au cours du temps, si nécessaire.
3. Inscrivez bien les dates de vos épreuves.
4. Matière par matière, faites la liste de tous les thèmes que vous devez revoir : attribuez un code ou une abréviation à chacun (suffisamment explicite pour vous le rappeler par la suite !).

5. Reportez dans votre planning chacun de ces codes, en veillant à ne faire aucune impasse ! À chacun ensuite sa façon de travailler : certains préféreront réviser un peu de tout chaque semaine, d'autres pencheront pour des révisions en bloc, matière par matière. Dans tous les cas, il faut faire attention à ne pas trop se disperser (rien ne sert de revoir plusieurs matières différentes en une journée) et à ne pas prendre un retard inconsidéré sur une matière, pour quelque raison que ce soit (y compris si c'est la dernière en date que vous passez).

6. Mettez l'accent sur vos points faibles, renforcez les révisions des matières ou des thèmes qui vous posent problème.

7. Fixez-vous des objectifs réalistes ! Rien de plus décourageant, en effet, qu'un planning volontariste dont vous savez déjà qu'il ne sera pas tenu.

8. Ménagez-vous des temps de repos. Faites des pauses. Prévoyez des jours entièrement consacrés à la détente.

9. Planifiez vos révisions de manière à avoir tout passé en revue une semaine au moins avant le début des épreuves : le travail de dernière minute ne sert à rien ! Mieux vaut consacrer les quelques jours précédant le jour J à vous reposer ou à revoir de façon plus détendue quelques points, pour simplement vous rafraîchir la mémoire.

10. Affichez le planning de chaque mois au-dessus de votre bureau, pour ne pas le perdre de vue !

Le jour de l'épreuve

1. La lecture du sujet

Commencez par lire le ou les textes, sans précipitation, ainsi que tout le travail qui va vous être demandé.

Pensez à **identifier le thème principal, la situation et les personnages.** Soulignez dans le texte les expressions qui vous aident à les repérer.

Ne cherchez pas à vouloir tout comprendre dans les moindres détails tout de suite. Prenez le temps de relire le texte et ne vous bloquez pas sur un mot inconnu, celui-ci n'a peut-être pas d'importance et ne vous empêchera pas de comprendre ce qui est nécessaire, ou bien, au cours de votre travail, vous trouverez son sens lorsque vous répondrez à telle ou telle question.

Pensez également à utiliser le contexte, la place du mot dans la phrase et sa formation (dérivation ou mot racine, mot de la même famille) pour trouver, si besoin est, son sens.

2. La compréhension du (ou des) texte(s)

Avant de vous lancer dans la rédaction des questions, lisez-les toutes plusieurs fois pour mieux appréhender dans quel sens on va vous demander d'analyser le ou les texte(s). Pensez que les questions sont posées dans un ordre qui va de l'explicite vers l'implicite et qu'il n'est pas rare que certaines questions apportent une aide à une ou plusieurs questions qui la précèdent voire même permettent d'élucider certaines de ces questions.

Dans cette partie, on ne vous demande pas une analyse du texte ou un avis personnel. Vous devez répondre brièvement et précisément aux questions posées.

Lorsque vous répondez à une question, **assurez-vous que vous avez bien lu et compris ce que l'on vous demande**. Ne vous livrez pas à une interprétation personnelle de la question à cause d'une lecture trop rapide et superficielle.

Ne cherchez pas à vouloir tout comprendre dans les moindres détails tout de suite. Prenez le temps de relire le texte et ne vous bloquez pas sur un mot inconnu, celui-ci n'a peut-être pas d'importance et ne vous empêchera pas de comprendre ce qui est nécessaire, ou bien, au cours de votre travail, vous trouverez son sens lorsque vous répondrez à telle ou telle question.

Les questions, en général, suivent l'ordre du ou des texte(s). **Elles sont formulées en anglais**.

On vous demande de vous exprimer de manière compréhensible. **N'hésitez pas à utiliser un brouillon** pour noter et organiser vos idées. **Évitez d'écrire au fil de la plume** : c'est la pire des méthodes, elle ne vous permettra pas d'arriver à une réponse correcte et structurée.

Après chaque réponse, **prenez le temps de vous relire** pour vérifier la qualité de ce que vous avez écrit (langue correcte et claire).

Si une question vous pose problème, **ne restez pas bloqué**. Sachez gérer votre temps et passez à la question suivante. Vous y reviendrez plus tard pour y répondre. Il n'est pas impossible que les réponses à venir éclairent celle sur laquelle vous butiez.

Si l'on vous demande de justifier votre réponse à l'aide du texte, pensez qu'il s'agit souvent de **relever quelques mots, parfois une phrase entière** et en aucun cas plusieurs phrases, voire un paragraphe. Ne retenez donc que les éléments pertinents et pensez à indiquer le (ou les) numéro(s) de ligne(s) où figure la citation.

3. L'expression écrite

Le brouillon est indispensable pour organiser son travail. Lisez bien le sujet et respectez la forme que doit prendre votre production selon que vous aurez à rédiger un essai, une lettre, un dialogue, une page de journal intime, une suite de texte (LV1 et LV2), une argumentation personnelle (en LV1 seulement), etc. **Attention, il est possible que l'on vous demande de rédiger plusieurs textes, de formes différentes**.

Pensez aussi que vous devrez **adapter le style** en fonction de l'exercice demandé et de sa spécificité.

En ce qui concerne **l'argumentation, réservée aux LV1** (niveau B2), **elle peut prendre appui sur le ou les textes de compréhension écrite mais aussi sur un nouveau document traitant du même thème**, qui devrait enrichir votre réflexion et vous apporter une aide lexicale sur ce sujet.

Chaque texte doit être structuré (logique, cohérent) et rédigé dans **une langue correcte et de qualité** (richesse du vocabulaire, des expressions ; respect des structures ; articulation des différentes parties, etc.). **Pensez à utiliser des tournures idiomatiques, des mots de liaison** : en d'autres termes, tout ce qui vous permettra de vous exprimer dans un anglais recherché.

Pensez que l'on va évaluer vos compétences linguistiques, c'est-à-dire votre capacité à employer correctement les mécanismes de la langue anglaise.

Ces rédactions prennent appui sur le ou les texte(s) que vous aurez lus : pensez qu'ils peuvent vous servir de **« réservoir lexical »** : sans faire de paraphrase, vous avez la possibilité de réemployer des mots et des expressions tirés du texte proposé.

N'oubliez pas non plus que l'on vous impose un certain nombre de mots ou de lignes (une ligne fait environ 10 mots). Pensez à indiquer, à la fin de chaque texte, le nombre de mots utilisés. **Gardez à l'esprit que le non-respect de cette consigne est sanctionné et peut vous faire perdre des points.**

Le non-respect du nombre de mots donne lieu à une pénalité, ce qui peut entraîner une baisse de la note finale.

4. La relecture

C'est une étape absolument indispensable : il convient donc de lui consacrer tout le temps nécessaire.

Un certain nombre d'erreurs revient régulièrement.

En général, vous connaissez bien les fautes que vous avez l'habitude de faire : en vous relisant, soyez-y particulièrement attentif ; d'ici le jour de l'épreuve, dressez-en la liste pour les avoir bien à l'esprit et les éviter.

Langue vivante 2

Sujet national, juin 2016, séries ES, L, S

Document 1

The day I decided to embark on a cross country road trip, I was almost immediately greeted by support by my husband and my best friends with whom I shared the plan. To those who knew me well, sure, it seemed borderline radical, but not at all out of character. I had set off on trips before to Europe, Mexico and all around the South. Fact is, I was born with wanderlust[1] in my veins. Must have inherited it from all my ancestors three generations ago who endured long boat rides across the Atlantic Ocean to start a new life in America.
A lot of people have asked me why I'm traveling by myself across the country. Why not take my best friend? Why not wait until my husband could go with me? What about one of my sisters? The answer is simple and yet complex. I wanted time to myself. I wanted an adventure for myself. I wanted a trip that was wholly mine. I wanted empty two lane highways through Arkansas and random sightseeing in Kansas. I wanted to give into my wanderlust and just go and see. By myself.
Traveling across the country is something I've wanted to do again after my aunt and I drove from Pittsburgh to Seattle over three and a half days in 2010. Before then, I didn't understand how vast this country is. Sure, I traveled the East coast more times than I could count, but that didn't compare to the emptiness of Iowa, the jagged mountains of Wyoming and Montana where I fell in love with everything I saw around me.
When I was in high school, I read Sabrina Ward Harrison's *Brave on the Rocks: If You Don't Go, You Don't See* and got it into my head early that if I didn't witness the world around me, I would never know anything beyond myself. [...]
I know very well I may come back the same person as when I left, just with new experiences and stories to tell. I don't expect the road to have some profound impact on me because I know that the fundamental truth of travel: That it's just that. Travel. But it's an important experience to document. Because there is nothing that compares to the hundreds of miles spent driving, wind blowing with the windows down and the radio blasting.

Courtney Mirenzi, *www.roaddarling.com*, May 31, 2013.
Road Darling is Courtney Mirenzi's personal blog.

Document 2

John Steinbeck famously called Route 66 the "mother road." But today it's more of an impoverished great-grandmother.
The 2,400-mile highway, which starts in Chicago and passes through Missouri, Kansas, Oklahoma, Texas, New Mexico and Arizona before ending in Los Angeles, will turn 83 this year and it's not aging gracefully. Derelict gas stations,

1. *Wanderlust: urge to travel.*

restaurants and trading posts, often vandalized, line its rural sketches, their neon signs long since dimmed. Developers are bulldozing quirky motels to make room for generic high-rises. And in places where traffic was once so thick it took ten minutes for a pedestrian to cross the road, you can spread a cloth and have a picnic, says Michael Wallis, a leading advocate for the preservation of the route.
[...] Route 66's popularity led to its downfall, with traffic swelling[2] beyond its two-lane capacity. In 1956, legislation created the Interstate System, and over the course of three decades, five separate interstates bypassed segment after segment of Route 66. Its signature black-and-white shield markers[3] were taken down, and in 1985, Route 66 was officially decommissioned.
[...] Most supporters of the preservation of Route 66 agree that the highway needs money, awareness and a national voice that can speak and act on its behalf. The World Monuments Fund named Route 66 to its Watch List of endangered sites in 2008, and the National Trust for Historic Preservation included its motels on a list of "America's 11 Most Endangered Historic Places" in 2007. Representatives from the eight state Route 66 associations are in the process of forming a national non-profit called the Route 66 Alliance to help with fundraising.
"It's a tremendous cross section of American history along those 2,400 miles," says Kaisa Barthuli, the Preservation Program's manager. "If we lose those stories, we're really losing a sense of ourselves."

Megan Gambino, *Smithsonianmag* online, March 2009.

Document 3

A mural, proclaiming McLean, Texas, "The heart of Old Route 66" over a depiction of Elvis, a Chevrolet, a waitress and teenagers dancing at the height of the rock'n'roll era, covers much of one wall on a rundown shop on the main street.

2. *Swelling: increasing.*
3. *Shield markers: (here) road signs.*

I. Compréhension de l'écrit

Questions on document 1

A. Copy out the right answer.

a) The narrator is a teenage girl.

b) The narrator is a married woman.

c) The narrator is a single woman.

> On vous demande de déterminer si le narrateur est une adolescente, ou femme mariée ou bien une femme célibataire.
> Assurez-vous d'avoir lu le document une première dans son intégralité pour commencer. Soyez sensible aux redondances qui vous aideront à amorcer l'accès au sens.
> Si vous n'êtes pas encore en mesure de répondre à la question, balayez le texte à la recherche d'indices (références à son âge, à son état civil.)

B. Using elements from the text, explain what the narrator plans on doing.

> On vous demande d'expliciter le projet du narrateur.
> Retrouvez le(s) passage(s) dans le texte qui évoque(nt) ce projet (références à une prise de décision, à une action imminente (désignée par la forme *be + Ving)*. Les redondances vous seront utiles.
> Analysez les différents passages pour contrôler le sens et formulez l'idée de ce projet en vos propres mots.

C. 1. Copy out the three adjectives that best describe the narrator's personality, and justify each choice with a quote.
determined – fearful – hesitant – independent – apprehensive – unconventional

2. Is the following statement True or False? Answer, then justify with two quotes.
Her family and friends are shocked, and disapprove of her project.

> Pour la première question il s'agit de déterminer les trois adjectifs dans la liste qui correspondent au mieux à la personnalité du narrateur. Vous devez citer le texte pour justifier chaque choix. L'affirmation de la deuxième question est à confirmer ou à infirmer à l'aide de deux citations.
> Si vous n'êtes pas déjà en mesure de sélectionner les bons adjectifs pour la première question, il serait peut-être plus aisé de partir du document pour qualifier la personnalité du narrateur. Chaque fois qu'un énoncé vous paraît pertinent, analysez-le pour voir si un des adjectifs y correspond.
> Pour la deuxième question, retrouvez le passage du texte qui évoque ses proches et analysez le sens. Attention : on n'utilise pas toujours des mots simples pour désigner des personnes, cela peut être aussi une tournure…

D. Using three elements from the text, explain what the narrator's personal motivations are.
Il s'agit de retrouver (et de recopier) les trois éléments explicitant la motivation personnelle du narrateur.

E. Quote two experiences from the narrator's past explaining her desire to carry out this project.

On vous demande de repérer deux expériences vécues par le passé qui pourraient motiver le choix du narrateur de réaliser ce projet.
Recherchez les passages dans le texte qui évoquent des expériences passées. (Cela se traduit par l'emploi de temps passés et de références temporelles passées.) Attention aux intrus, toutes les expériences évoquées ne seront pas pertinentes.
Il convient de simplement reproduire les citations.

F. "I was born with wanderlust in my veins" (l. 5).
1. Give an example of her "wanderlust" in the first paragraph (l. 7).
2. Why does she say "in my veins"?

Il s'agit ici d'expliciter le sens de cet énoncé en indiquant un exemple de son désir de voyager (voir la note de bas de page) dans le premier paragraphe et expliquant cette référence à ses veines.
Recherchez dans le premier paragraphe la manifestation de ce désir de voyager (antérieur au projet présent).
L'énoncé nous indique que ce désir de voyager coule dans ses veines. Vous devrez trouver une démonstration de ce trait familial dans le même paragraphe. (Vous remarquerez que les deux réponses se situent dans le cotexte gauche et le cotexte droit de la citation...)

G. Explain in your own words how the narrator's trip illustrates aspects of the American spirit.

Vous devez expliquer en quoi le voyage du narrateur est emblématique de l'esprit américain.
Cette question fait davantage appel à vos connaissances culturelles qu'à un approfondissement de la compréhension du document. Elle vous invite à dire en quoi l'envie de traverser le pays de part et d'autre est typiquement américaine. Quels mots clés pouvez-vous associer avec un tel périple ?
À partir des mots-clés que vous avez trouvés, formuler votre réponse.

Questions on document 2

H. Quote three elements from the text showing that Route 66 is neglected today.

Il s'agit de repérer trois éléments dans le texte démontrant qu'aujourd'hui la Route 66 est dans un état d'abandon.
Recherchez dans la partie descriptive des éléments qui évoquent la décrépitude et l'abandon.

I. Explain in your own words why cars no longer use Route 66.

Vous devez expliquer en vos propres termes pourquoi les voitures ne circulent plus sur Route 66.
Identifiez le paragraphe qui évoque la fin de la circulation sur la route. (Ne vous contentez pas de rechercher le mot "cars" : cette idée est véhiculée autrement.)
Procédez à une lecture plus fine pour établir les causes et la chronologie des événements.
Utilisez des termes simples pour exprimer ce que vous avez compris.

J. What was done to preserve Route 66? Quote three elements from the text.

> On vous demande de repérer trois éléments qui correspondent à des actions de conservation.
> Recherchez le passage dans le texte qui évoque cette notion de conservation (= *preservation*) apport d'aide.
> Procédez à une lecture plus fine pour isoler les éléments pertinents, puis rédigez votre réponse de manière simple en intégrant les citations.

K. What does the writer mean when she says: "The highway needs [...] awareness and a national voice" (l. 17)?

> Il s'agit d'expliciter les termes "*awareness*" et "*a national voice*" par rapport au contexte.
> Relisez le passage dans lequel se trouve la citation. Assurez-vous de bien comprendre la problématique évoquée. Quel est le problème ? Pourquoi ces deux actions sont-elles nécessaires ?
> Exprimez votre réponse de manière claire et simple.

L. According to the article, why is it important to preserve Route 66? Explain in your own words.

> On vous demande d'expliquer en vos propres termes l'importance de conserver la Route 66 selon l'article.
> Vous devez trouver un commentaire qui évoque cette notion d'importance de manière implicite. (Il s'agit donc d'une expression d'opinion et non pas d'une affirmation factuelle.)
> Reformulez l'idée avec vos propres mots.

Questions on document 3

M. What image of Route 66 does this mural give? Justify.

> Il s'agit d'analyser l'image de la Route 66 évoquée par cette fresque en justifiant votre réponse.
> Servez-vous des éléments de la légende pour vous guider. Que symbolisent-ils ? Pourquoi ce choix de représentation ?

N. What possible functions could this mural have? Give two functions.

> Vous devez proposer deux fonctions que cette fresque pourrait servir.
> Il est évident que la fresque ne date pas d'aujourd'hui. Réfléchissez à sa fonction initiale et à son emplacement aujourd'hui.

Questions on documents 1, 2 and 3

O. Use the three documents to explain the mythical dimension of the road in America.

> On vous demande d'expliquer la dimension mythique de la route aux États Unis. (Vous remarquerez que la question porte non pas spécifiquement sur la Route 66 mais sur la route en général. Vous pouvez donc élargir votre réflexion.)
> Recherchez dans chaque document des évocations de cette dimension mythique. (Il se peut qu'elles soient implicites.)

Organisez vos idées de manière cohérente en rapprochant les similitudes par exemple. Rédigez votre réponse en veillant à marquer les similitudes et les différences entre les trois documents.

Seuls les candidats de la série L composant au titre de la LVA (Langue vivante approfondie) traitent la question P.

P. Use the three documents to show that Americans have a sentimental relationship with the road.

Il s'agit de démontrer l'aspect émotionnel du rapport entretenu par les Américains avec la route.
Recherchez dans chaque document des évocations de ce lien affectif.
Organisez vos idées de manière cohérente en rapprochant les similitudes par exemple.
Lors de la rédaction, pensez à éviter des répétitions inutiles en ayant recours à des synonymes pour démontrer la richesse de votre expression.

II. Expression écrite

Seuls les candidats des séries L qui ne composent pas au titre de la LVA (Langue vivante approfondie) traitent l'un des deux sujets suivants. (250 mots ± 10 %).

A. You are Emma/Phil Wilson and you work for the Route 66 Preservation Association. Write an e-mail to important Californian businessmen to convince them to support your cause.

Vous devez vous mettre dans la peau d'un(e) représentant(e) de la Société de Conservation de la Route 66. Vous rédigez un courriel à tous les hommes d'affaire en Californie pour solliciter leur soutien pour la cause que vous défendez (la remise en état de la Route 66).
Il convient de respecter le format d'un courriel en indiquant l'expéditeur (*From* ...), le destinataire (*To* :...), et l'objet (*Subject* ...)
Le courriel devrait être structuré de manière claire et divisé en paragraphes :
- annonce du but de votre courriel en précisant le contexte ;
- état des lieux de la situation actuelle ;
- les grandes lignes de votre projet de remise en état ;
- appel direct au soutien et à l'aide du destinataire ;
- remerciement et formule de clôture.

Pour ce courriel destiné à convaincre, il faut mobiliser :
– la modalité pour donner de la force aux idées véhiculées : *might / could / may / can / can't / must / should* ;
– le conditionnel pour exprimer l'urgence : *if we don't* + V, SUJET *will* + V ;
– les négations pour souligner l'urgence : *nothing... / nobody... / nowhere... / no... longer* ;
– les mots de liaison pour articuler votre discours :
- en renforcement : *indeed / moreover / what's more*,
- pour marquer une opposition : *however / and yet*,
- pour exprimer la concession : *even if / although* ;

– des expressions pour évoquer la notion d'importance :
- *it's important / vital / essential to* + *V*,

• *it's important / vital / essential that* SUJET *should* + V... ;
– l'expression du *but* :
• *to / in order to / so as to + V,*
• *so that / in order that SUJET + V.*

Il vous faudra également passer en revue le lexique que vous connaissez dans les domaines de la construction et la réhabilitation de routes et de bâtiments pour construire une argumentation convaincante. Vous pouvez utiliser le vocabulaire présent dans les documents, mais plus votre lexique est riche et varié, mieux ce sera.

B. "[...] if I didn't witness the world around me, I would never know anything beyond myself." (l. 23). How important is travelling to understanding the world?

L'auteur du **Document 1** dit qu'elle a besoin d'avoir ses propres expériences du monde pour éviter d'être focalisée sur elle-même. Vous devez disserter sur l'importance de voyager pour pouvoir comprendre le monde.

Pour un texte argumentatif, il faut mobiliser :
– les mots de liaison pour articuler votre discours :
• en renforcement : *indeed / moreover* / what's more,
• pour marquer une opposition : *however / and yet / nonetheless / be that as it may / on the one hand ... on the other hand,*
• pour marquer une conséquence : *so, thus, therefore, as a consequence* ;
– des expressions pour évoquer la notion d'importance :
• *it's important / vital / essential to + V,*
• *it's important / vital / essential that* SUJET *should* + V...,
– des questions rhétoriques : *Is there any point in + V-ing* ; *What is the point of + V-ing?* ;
– des expressions pour problématiser vos arguments :
• *We could argue that ...,*
• *We can wonder if ...,*
• *If...* + présent..., *will + V* ;
– des synonymes pour enrichir votre expression et pour éviter des répétitions ennuyeuses.

Pour rédiger, procédez par étapes.
– Préparez vos idées :
• les arguments pour démontrer le lien direct entre les voyages et notre compréhension du monde ;
• des contre-arguments pour démontrer le contraire.
– Organisez votre plan : Introduction, développement (au moins deux paragraphes), conclusion.
– Rédigez votre essai en respectant votre plan et en veillant à éviter les redondances.
– Contrôlez la précision linguistique de votre brouillon (grammaire, lexique) puis recopiez-le au propre.

Seuls les candidats de la série L composant au titre de la LVA (Langue vivante approfondie) traitent l'un des deux sujets suivants. (300 mots ± 10 %).

A. You are Emma/Phil Wilson and you work for the Route 66 Preservation Association. Write an e-mail to important Californian businessmen to convince them to support your cause.

B. "If we lose those stories, we're really losing a sense of ourselves." (l. 25). Discuss.

Ces propos de quelqu'un fortement engagé dans la conservation de la Route 66 soulignent la peur de perdre une part de l'identité américaine si les histoires de la vie sur la Route se perdent en raison de la disparition des lieux emblématiques. On vous demande de commenter le lien qui est tissé entre les mythes (liés à des endroits) et l'identité individuelle (et collective).

Pour un texte argumentatif, il faut mobiliser (en plus des propositions listées pour le sujet qui précède) :
– les outils d'emphase :
• *so* + adjective / adverbe : *it's so important,*
• *such a(n)* + nom : *such a tragedy / such an important issue,*
• *so much / many* + nom : *so much interest / so many derelict buildings,*
• *so little / few* + nom : *so little money / so few visitors* ;
– des expressions de certitude :
• *in all probability / in all likelihood,*
• *inevitably / most certainly / surely / definitely* ;
– des synonymes pour enrichir votre expression et pour éviter des répétitions ennuyeuses.

Pour rédiger, procédez par étapes.
– Préparez vos idées :
• les arguments pour démontrer le lien entre les mythes et l'identité des personnes et de leur communauté ;
• des contre-arguments pour démontrer le contraire.
– Organisez votre plan :
• introduction (reformulation et explicitation de la citation, présentation de votre plan) ;
• développement (au moins deux paragraphes clairement articulés) ;
• conclusion (reprise des idées de l'introduction et positionnement clair par rapport à la problématique avec éventuellement un élargissement).
– Rédigez votre essai avec le plus grand soin en respectant votre plan et en veillant à éviter les redondances. Vous serez évalué(e) en fonction du degré de précision, de richesse et d'authenticité de votre production. Prenez le temps d'apprendre à bien construire l'introduction et la conclusion : cela vous servira à chaque fois.
– Contrôlez la précision linguistique plusieurs fois avant de rendre votre copie.

I. Compréhension de l'écrit

Questions on document 1

A. b) The narrator is a married woman.

B. The narrator is planning on traveling across the country alone.

C. 1. – Determined: "The day I decided to embark on a cross country road trip".
– Independent: "I'm traveling by myself across the country" / "I wanted an adventure for myself."
– Unconventional: "it seemed borderline radical".

1. False: "I was almost immediately greeted by support by my husband and my best friend." / "To those who knew me well, sure, it seemed [...] not at all out of character."

D. The narrator wants to have time to herself. She wants an adventure for herself and she wants a trip that is hers and no one else's.

E. The quotes that correspond to her past experiences are:
– "my aunt and I drove from Pittsburgh to Seattle over three and a half days in 2010";
– "I read Sabrina Ward Harrison's *Brave on the Rocks: If You Don't Go, You Don't See*".

F. 1. She traveled in Europe, Mexico and all around the South of the USA.

2. The "wanderlust" runs in her blood, as many of her ancestors crossed the Atlantic Ocean to emigrate to the USA at the beginning of the twentieth century.

G. The narrator's trip illustrates the American taste for adventure and ideal of freedom. It embodies the American people's fascination with the open road and wind flowing through their hair.

Questions on document 2

H. The three elements that show that Route 66 is neglected today are :
– "it's more of an impoverished great-grandmother";
– "it's not aging gracefully";
– "derelict gas stations, restaurants and trading posts" (often derelict).

I. Cars no longer use Route 66 because five Interstate Highways were constructed to replace it.

J. To preserve Route 66, the following actions were carried out:
– "The World Monuments Fund named Route 66 to its Watch List of endangered sites in 2008";
– "The National Trust for Historic Preservation included its motels on a list of 'America's 11 Most Endangered Historic Places'";
– "Eight state Route 66 associations are in the process of forming a national non-profit called the Route 66 Alliance to help with fundraising."

K. By "awareness", the writer means that the public needs to know about the existence and the history of Route 66. By "a national voice", she means that Route 66 needs to be represented by an association or organisation on the national level so that it can be included in future events and celebrations on various occasions.

L. It is important to preserve Route 66, because it played an essential role in American history. If it disappeared, the American people and the country would lose part of their identity.

Questions on document 3

M. This mural suggests that Route 66 is emblematic of America at the beginning of the rock 'n roll era when the first teenager generation emerged with their passion for music (with Elvis), cars (the Cadillac), and new dances (rock and the twist).

N. This mural could be an advertisement for the town of McLean, situated on Route 66. In that case, it could be a recent mural. On the other hand, it could be quite old and it could be simply intended to hide broken windows on the wall of the rundown shop where it is situated.

Questions on documents 1, 2 and 3

O. Route 66 is a myth in many ways: for decades it has been considered the best road trip that a traveller can do. At the same time, it has so little in common with its former glory that it is a myth of itself: the quirky motels are being replaced by high-rises (**Document 2**). And as Courtney Mirenzi rightly says, when you drive (along Route 66), you just drive: the idea that following in the tracks of your heroes or icons on Route 66 enables you to absorb part of them is pure myth too.

P. Americans are indeed sentimental about the road (and not just Route 66). In **Document 1**, Courtney Mirenzi is nostalgic about the short road trip she made with her aunt a decade ago and she evokes the notion of love to talk about the views from the road in Wyoming and Montana. The mural in Document 3 epitomises the nostalgia for Route 66 in the 1960's. The author of **Document 2** personifies Route 66 and talks about it as if it was an elderly relative "an impoverished great-grand-mother [...] not aging gracefully" just as John Steinbeck called it "mother road".

II. Expression écrite

A. From: Emma.Wilson@Route66PreservationAssociation.org
To: California businessmen
Subject: URGENT Route 66
The purpose of this message is to draw your attention to the risk of an imminent tragedy **if** no-one takes action. **As** an *eminent* businessman in California, you are a key player in modern American society. We know you have a strong interest in American culture **and so** we are confident that this appeal will not fall on deaf ears.
Route 66 is an emblem present in the heart and mind of all Americans and a great many foreigners. Steinbeck's "mother road" **used to be** the only route from the East Coast to California. **So many** people have travelled along it and so many events have taken place in the towns it runs through that it is *inseparable from* the history of the United States in the 20th century. The image of Route 66 in the *collective conscience* is crowned with glory. That's the myth.
The reality is that Route 66 today is in dire straits: **it is no longer possible to** drive on this road and besides, the *isolated* motels and restaurants have been abandoned. They are *dilapidated* and **in danger of** collapsing. The road and the buildings along it **must** be restored. **If we don't** act today, **tomorrow it will** be too late.
The role of Route 66 Preservation Association is to raise awareness to the problem. We have the *communication skills* to *promote preservation*. **As** a businessman, you have the money or materials to *restore* Route 66 and its buildings it to their former glory. In return for your generosity, we will advertise your company's name as *sponsor* in all our communications about the road.
Thank you for taking this e-mail seriously. We **look forward** to working with you.
Emily Wilson.

B. How important is travelling to understand the world? **In order to** answer this question, **we are going to develop two lines of thought**. In the first part **we will**

look at how travelling *facilitates* our understanding of the world, while in the second part **we will ask ourselves if** there are other means of understanding the world.
Travel has always been **a way for man to** explore his environment and discover new territories or encounter new experiences. It is **because** primitive man travelled that he discovered fire and *invented the wheel*. **If** Christopher Columbus **had not** *sailed* to the Caribbean, the Europeans **would not have known** of the existence of North America or of its native populations. Travels benefit the community as a whole **as** each traveller who returns *enriches* it with *tales* of his experiences.
Be that as it may, traveling is **not the only way to** understand the world. As children, our understanding of the world is *orchestrated* by our parents and then our teachers: they explain the different aspects of life to us progressively. So, education is fundamental. **Once** we have understood the basic idea and we **are able to** and analyse information for ourselves, we **can** widen our knowledge and our understanding very easily today. **Indeed**, the Internet is a precious source of information about all aspects of the world.
Nonetheless, it is undeniable that living an experience oneself and not secondhand gives that experience an emotional dimension that makes it **much more** enjoyable and memorable. Anyone fancy a road trip?

Seuls les candidats de la série L composant au titre de la LVA (Langue vivante approfondie).

A. Voir réponse A. ci-dessus (toutes séries sauf LVA).

B. The Preservation Program Manager for Route 66 is afraid that if Americans forget the stories about places along the Route, they will lose a sense of themselves.
To what extent is it true that losing a sense of one's past **means** losing part of one's identity**? To answer this question**, we will **examine how true this is** for individuals, then **look at the case of** the collective conscience and the community **as a whole**.
In the case of individuals, **we notice** quite frequently, that when someone has been adopted and does not know it, he/she is aware of something missing without being able to say why. They feel incomplete. **In the same way**, when the elder members of a family pass away, there is always a double sense of loss : loss of a loved one, but also, loss of lines in the family (hi)story. This is **all the more** poignant if the family is aware that the deceased had not related all the stories they had to tell about the family history.
These *ties* between family members are **surely** *stronger than* the ties between the members of a community. **In general**, we are **particularly** aware of belonging to a community at times of *celebration* (a national victory in sports or at war) or of collective anguish (a tragic accident, a terrorist attack). However, for **the rest of the time**, we **tend to** forget it. The history of a community is part of its culture and people's relation to this culture **depends on** their degree of familiarity with it **as well as** their personal interest in it. **In all probability, the majority of** Americans who know the history of the places along Route 66 that are **in danger of** falling into oblivion are people who have travelled through them and for whom the history is indelibly linked to a mental image which brings it to life.
This apparent distinction between an individual's memory and the collective memory **draws me to the conclusion** that the human mind is probably **better at** *remembering* and *honouring* people than places. We remember places for the people (or events) associated with them. **If there is no** human presence, no human story, the *destiny* of these places **will inevitably** be a forgotten ghost town that no one will miss.

Langue vivante 1
Sujet national, juin 2014, séries ES, L, S

Document A

The narrator recalls his sea voyage to England as a child.

His name was Mr Fonseka and he was travelling to England to be a teacher, I would visit him every few days. He knew passages from all kinds of books he could recite by heart, and he sat at his desk all day wondering about them, thinking what he could say about them. I knew scarcely a thing about the world of literature, but he welcomed me with unusual and interesting stories, stopping abruptly in mid-tale and saying that someday I should find out what happened after that. 'You will like it I think. Perhaps he will find the eagle.' Or, 'They will escape the maze with the help of someone they are about to meet...' Often, during the night, while stalking the adult world with Ramadhin and Cassius, I'd attempt to add to the bare bones of an adventure Mr Fonseka had left unfinished. [...]

I tried to coax him up on deck a few times, but his porthole and what he could see through it seemed enough nature for him. With his books [...] as well as a few family photographs, he had no need to leave his time capsule. I would visit that smoky room if the day was dull, and he would at some point begin reading to me. It was the anonymity of the stories and the poems that went deepest into me. And the curl of a rhyme was something new. I had not thought to believe he was actually quoting something written with care, in some far country, centuries earlier. He had lived in Colombo[1] all his life, and his manner and accent were a product of the island, but at the same time he had this wide-ranging knowledge of books. He'd sing a song from the Azores or recite lines from an Irish play.

I brought Cassius and Ramadhin to meet him. He had become curious about them, and he made me tell him of our adventures on the ship. He beguiled[2] them as well, especially Ramadhin. Mr Fonseka seemed to draw forth an assurance or a calming quality from the books he read. [...]

Mr Fonseka would not be a wealthy man. And it would be a spare life[3] he would be certain to lead as a schoolteacher in some urban location. But he had a serenity that came with the choice of the life he wanted to live. And this serenity and certainty I have seen only among those who have the armour of books close by.

Michael Ondaatje, *The Cat's Table*, 2011.

Document B

Together they focused on the film.

Pembe watched *The Kid* with wide-open eyes, the look of surprise on her countenance deepening with each scene. When Chaplin found an abandoned baby in a rubbish bin, and raised him like his own son, she smiled with appreciation. When the child flung stones at the neighbours' windows so that the tramp-

1. *Colombo : capital of Sri Lanka (formerly Ceylon).*
2. *Beguiled : charmed.*
3. *A spare life : a simple life.*

disguised as a glazier-could fix them and earn some money, she chuckled. When social services took the boy away, her eyes welled up with tears. And, finally, as father and son were reunited, her face lit up with contentment, and a trace of something that Elias took to be melancholy. So absorbed did she seem in the film that he felt a twinge of resentment. What a funny thing it was to be jealous of Charlie Chaplin.

Elias observed her as she unpinned her hair, and then pinned it back. He caught a whiff of jasmine and rose, a heady, charming mixture. Only minutes before the film came to an end, he found the nerve to reach out for her fingers, feeling like a teenager on his first date. To his relief, she didn't move her hand away. They sat still-two sculptures carved out of the dark, both scared of making a move that would disrupt the tenderness of the moment.

When the lights came back on, it took them a few seconds to grow accustomed to real life. Quickly, he took out a notepad and wrote down the name of another cinema in another part of the town. "Next week, same day, same time, will you come?"

"Yes", she faltered.

Before he'd found a chance to say anything else, Pembe leaped to her feet and headed towards the exit, running away from him and everything that had taken place between them, or would have taken place, had they been different people. She held in her palm the name of the place they were to meet next time, grasping it tightly, as if it were the key to a magic world, a key she would use right now were it in her power to decide.

And so it began. They started to meet every Friday at the same time, and occasionally on other afternoons. They frequented the Phoenix more than any other place, but they also met at several other cinemas, all far-away from their home, all unpopular. [...] In time he found out more things about her, pieces of a jigsaw puzzle that he would complete only long after she had gone. [...]

Slowly he was beginning to make sense of the situation. This unfathomable, almost enigmatic attraction that he felt for her, a woman so alien to the life he had led, was like a childhood memory coming back.

Elif Shafak, *Honour*, 2012.

I. Compréhension du texte

Questions on document A

1. Pick out three of Mr Fonseka's activities during the voyage. Say what they have in common.
Justify with at least three quotations.

> Vous devez relever trois activités entreprises par M. Fonseka pendant le voyage et expliciter le lien entre les trois.

2. Which four adjectives best correspond to Mr Fonseka's personality? Justify each with a quotation from the text.
kind – selfish – captivating – pedantic – serene – knowledgeable – boring – self-centred

> Il s'agit de déterminer les quatre adjectifs qui correspondent à la personnalité de M. Fonseka. Vous devez citer le texte pour illustrer chaque adjectif.

3. Why does the narrator visit Mr Fonseka? Choose the two statements that are correct and justify with a quotation for each.
a) They know the same authors.
b) Mr Fonseka is teaching him to read.
c) Mr Fonseka's stories fascinate him.
d) Mr Fonseka is interested in the narrator's life.

> On vous demande de choisir les deux affirmations qui expliquent les raisons pour lesquelles le narrateur rend visite à M. Fonseka. Chaque affirmation doit être illustrée d'une citation du texte.

4. Say whether the following statement is right or wrong:
Mr Fonseka's goal is likely to have a prestigious career.
Justify your answer with two quotations.

> Vous devez indiquer si l'affirmation est vraie ou fausse et justifier à l'aide de deux citations. Le sens de l'affirmation est « L'objectif de M. Fonseka est probablement de mener une carrière prestigieuse. »

Questions on document B

5. What do the two characters do together? Why? Give three reasons using your own words.

> On vous demande d'indiquer ce que les deux personnages font ensemble et en donner trois raisons dans vos propres termes.

6. "Together they focused on the film." (l. 1):
Explain briefly why this sentence is not equally true for both characters.

> Il s'agit d'expliquer pourquoi cette affirmation n'est pas valable pour les deux personnages. Le sens de l'affirmation est « Tous les deux se focalisaient sur le film. »

7. "[...] to his relief, she didn't move her hand away." (l. 15);
"Pembe leaped to her feet and headed towards the exit running from him [...]" (l. 22):
Explain in a few words the change in the woman's attitude.

> Vous devez expliquer le changement dans l'attitude de la femme. Les deux citations vous indique qu'au départ la femme ne retirait pas sa main de celle du narrateur, mais qu'ensuite elle se mit brusquement debout et le fuit. Qu'est-ce qui provoque ce changement ?

8. What does Elias like about Pembe? Choose the two statements that are correct and justify your choice with quotations from the text.
a) She is attractive.
b) She is assertive.
c) She is different from him.
d) She is funny.

9. "[...] they also met at several other cinemas, all far-away from their homes, all unpopular." (l. 30):

Why do you think they choose places that are distant from their homes? Answer briefly in your own words.

> On vous demande pourquoi les personnages choisissent des endroits éloignés de leurs domiciles.

Questions on documents A and B

Tous les candidats traiteront la question suivante.

10. What do the characters' relationships have in common in both documents? Give three elements.

> Vous devez identifier trois points de convergence dans les rapports entre les personnages des deux documents.

Seuls les candidats des séries S et ES et ceux de la série L qui ne composent pas au titre de la LVA (Langue vivante approfondie) traiteront la question suivante.

11. Show how in both documents each of the characters has something to offer to the other(s).

> On vous demande de démontrer de quelle manière chacun des personnages dans les deux documents a quelque chose à offrir à l'autre.

Seuls les candidats composant au titre de la LVA (Langue vivante approfondie) traiteront la question suivante.

12. a) In each document what differences or obstacles could keep the characters apart?

b) What do the activities they share allow them to do?

> Il s'agit d'identifier les différences ou obstacles qui pourraient écarter les personnages, puis d'expliciter ce que les activités entreprises ensemble leur permettent de réaliser.

II. Expression écrite

Tous les candidats traiteront la sujet suivant.

1. Pembe writes in her diary about her special relationship with Elias. (*150 mots au moins*)

> Il s'agit de rédiger la page que Pembe écrit dans son journal intime au sujet de son rapport particulier avec Elias.
> Il convient d'adopter un ton confessionnel, en se focalisant sur les sentiments et l'état d'esprit de cette femme, mais aussi sur l'intérêt qu'elle porte sur le cinéma.

Seuls les candidats des séries ES et S et ceux de la série L qui ne composent pas au titre de la LVA (Langue vivante approfondie) traiteront le sujet suivant.

2. How can differences between people enrich their relationships? *(150 mots au moins)*

> On vous demande de disserter sur la façon dont les différences entre les gens peuvent enrichir leurs rapports.
> Comme dans tout essai argumentatif, vous veillerez à structurer votre réponse en organisant vos idées et en illustrant vos arguments avec des exemples. Pensez à utiliser des mots de liaison pour articuler votre discours ainsi que des expressions d'opinion.

Seuls les candidats composant au titre de la LVA (Langue vivante approfondie) traiteront le sujet suivant.

3. Art brings people together. Discuss. (*150 mots au moins*)

> Il s'agit d'un essai argumentatif. Vous devez exprimer votre idée sur la capacité de l'art à réunir les gens.
> Suivez les mêmes conseils de rédaction que pour le sujet 2.

I. Compréhension du texte

Questions on document A

1. Three of Mr Fonseka's activities during the voyage are reciting from memory, reading stories and singing. Their common point is literature, books.
The elements from the text that justify this answer are:
"recite by heart" (l. 3), "unusual and interesting stories" (l. 5), "reading to me" (l. 14), "quoting something" (l. 17), "he'd sing a song [...] or recite lines from an Irish play" (l. 20).

2. The four adjectives that best correspond to Mr Fonseka's personality are:
- *kind* ("he welcomed me" (l. 5));
- *captivating* ("it was the anonymity of the stories and the poems that went deepest into me" (l. 15), "he beguiled them" (l. 22));
- *knowledgeable* ("he had this wide-ranging knowledge of books" (l. 19), "he knew passages from all kinds of books" (l. 2));
- *serene* ("to draw forth an assurance" (l. 23), "a serenity that came with the choice of life he wanted to live" (l. 26), "and this serenity and certainty" (l. 27)).

3. c) Mr Fonseka's stories fascinate him:
"I'd attempt to add to the bare bones of an adventure Mr Fonseka had left unfinished" (l. 9), "it was the anonymity of the stories and the poems that went deepest into me" (l. 15).

d) Mr Fonseka is interested in the narrator's life:
"he made me tell him of our adventures on the ship" (l. 22).

4. This statement is wrong: "Mr Fonseka would not be a wealthy man", "it would be a spare life", "a schoolteacher in some urban location" (l. 25).

Questions on document B

5. They go to the cinema together because they enjoy watching films and spending time together. It enables them to meet without being seen.

6. While Pembe is totally absorbed in the film, Elias seems more interested in watching her and her reactions.

7. Pembe seems happy to engage in physical contact with Elias until the lights come on. She clearly does not want to be seen in public with Elias and perhaps she is also shy or self conscious.

8. a) She is attractive:
"He caught a whiff of jasmine and rose, a heady, charming mixture" (l. 12), "Elias observed her as she unpinned her hair and then pinned it back again" (l. 12).

c) She is different from him:
"This unfathomable, almost enigmatic attraction he felt for her, a woman so alien to the life he had led" (l. 33).

9. Clearly it was essential for these two people to meet in secret and not to be seen together. For some reason, their relationship is forbidden.

Questions on documents A and B

10. In both documents it is art that brings the characters together. They participate in an activity together despite clear differences between them.

11. In document A, the teacher enables the child to discover stories and the world of books, while the child entertains the teacher with the tales of his adventures on the ship.

In document B, Elias introduces Pembe to the world of cinema, while she stimulates his senses and makes him feel alive.

12. a) In document A, it is the difference in age, the level of education and the choice of activities that could keep them apart. In document B, it must be a social or racial barrier that keeps them from seeing each other in public.

b) Their shared activities allow them to overcome their differences (document A) and the social barriers (document B).

II. Expression écrite

Dans le cadre du corrigé, nous avons choisi de ne traiter que les deux premiers sujets.

1. Dear Diary,

I feel **more and more confused** about my relationship with Elias, and **more and more guilty** about our secret meetings! At first, I was probably more interested in the films he took me to see than in the man himself, but **the more** we meet, **the more** I want to know about him, and **the less** I want to leave him at the end of the show.

I'm **so scared that** somebody who knows us sees us together and that the subsequent scandal will prevent us from ever meeting up again. I don't think I could stand that now.

I wish we could just run away together and live on a desert island where the only laws would be our own laws and not stupid laws that are centuries old and that nobody dares to question.

Why can't a man and woman who love each other simply be together?

Love! It's the first time I've used this word, but if I'm honest, that is what I feel today!

2. This question asks us to examine whether difference can be a source of enrichment for individuals and for society. I would have thought that the tolerance of differences is the basis of republican and democratic societies.

The greatness of the human race comes from our ability to share and to build on our mutual knowledge. Individually, we are weak and rather limited, but together we have an enormous force and extensive knowledge.

To increase our knowledge, we must constantly make new encounters which can be direct, in a face to face relationship, or indirect through media including the internet.

We can even go one step further: I would say that in our enrichment both as individuals and as a civilisation, we can learn from our differences with other life forms. The organisation of an ants' nest or a bee hive may seem far from human preoccupations, but in fact scientists have found it most enriching.

In conclusion, it seems to me that learning from differences is an essential step in the evolution of both individuals and civilisations.

Langue vivante 1

Sujet national, juin 2016, séries ES, L, S

Document 1

Now, here it was, the last Saturday in March, and Eddie settled down with his rod. He'd left his studio in the dark, and it was hardly daybreak when he began to fish. On both sides of the Hudson the sky was struck with a hazy pink glow. He'd brought along night crawlers[1] and crusts of bread in an old tin pail. Eddie avoided the Harlem River—it was overcrowded and overfished, even more so than the Hudson, littered with oystering boats. Several bridges had recently been built across the waters, disturbing the marsh birds. He knew it wouldn't be long before the countryside disappeared, as it had in Chelsea, where there was pavement everywhere.

Through the new leaves of the locust trees, Eddie spied Beck fishing farther down along the bank. An encounter with the old man appeared unavoidable, for the hermit gazed over and nodded. Eddie returned the greeting, considering how to best keep his distance. Beck was known to chase off intruders with a rifle, and there were those who said he vowed to kill any man who hunted the wildlife that was rapidly becoming rare, coyotes and fox and the huge, cantankerous[2] wild turkeys. Past the area of Washington Heights was Hudson Heights, the highest altitude in Manhattan, at 265 feet above sea level. There was the pastoral village of Inwood, and although the subway ran this far, this section of north Manhattan was still dotted with small farms, including a house once owned by the Audubon family. Eddie joined the hermit in his agitation over the constant building in Manhattan. Apartment buildings were rising everywhere.

Alice Hoffman, *The Museum of Extraordinary Things*, 2014.

Document 2

By 1927, the commanding apartment buildings along Park Avenue were not just tall; they were immensely tall, true towers, the first skyscrapers built for permanent living. The tallest of them was the Ritz Tower, shooting up from the pavement at the corner of Fifty-seventh Street and Park Avenue. Built for bluebloods[3] and tycoons by Emery Roth, [...] it opened in October 1926 and was one of the first residential buildings in New York constructed in sympathy with the city's landmark zoning law[4] of 1916.

Concerned about diminishing sunlight and fresh air in the canyonlike streets created by the closely massed skyscrapers of lower Manhattan, the city placed a limit on the maximum height and bulk of tall buildings. Height limits were based upon the width of the street a building faced; if a developer proposed to exceed

1. *Night crawlers*: *worms*.
2. *Cantankerous*: *bad-tempered*.
3. *Blue-bloods*: *aristocrats*.
4. *Zoning law*: loi d'urbanisation.

the legal limit, the stories above it had to be set back, roughly one foot for each four feet of additional height. [...]

Forced to work within the confines of the so-called zoning envelope, architects began constructing "set-back" skyscrapers, with sections of the buildings set back further and further as they rose from their bases into the island's sky. "Wedding cake" architecture, some New Yorkers called it [...].

The Ritz Tower [...] was forty-one stories high. The tallest inhabited building in the world, it dominated the skyline of Midtown Manhattan as the Woolworth Building did that of lower Manhattan. Residents of its upper stories had unobstructed views in all directions for a distance of twenty-five miles on clear days, "panorama[s] unexcelled in all New York," Emery Roth boasted.

It was a new way of living for the rich. They became sky dwellers, their "mansions in the clouds" higher than anyone had ever lived. In its architectural aspirations alone, the Ritz Tower expressed the shoot-for-the-moon spirit of the Jazz Age. Sculpted in rusticated limestone[5] [3], it rose from its base "like a telescope," up through its set-back terraces to a square tower crowned by a glistening copper roof.

Donald L. Miller, Supreme City: *How Jazz Age Manhattan Gave Birth to Modern America*, 2014.

5. *Limestone*: *type of white*.

Document 3

How green could New York City be?, Architecture Group for Smart City Design, Ecological planning, and Art, www.terreform.com.

I. Comprehension

Questions on document 1

A. In what city is the scene set? Justify with two elements from the text.

> Il s'agit d'identifier le cadre géographique en nommant la ville où se passe l'action et en citant deux éléments du texte pour justifier. Repérez les références géographiques (noms propres) dans le document et analysez à quelle ville elles font référence.

B. 1. Who are the characters present?

2. What are they doing?

> Vous devez identifier les personnages et expliciter l'activité entreprise par chacun dans ce passage. Balayez le texte pour repérer les personnages. Procédez à une lecture plus fine pour identifier l'activité de chacun.

C. When does the scene take place? Copy out the correct answer and justify with two elements from the text.

a) At the beginning of the 20th century.

b) Nowadays.

c) In the 1980s.

On vous demande d'identifier l'époque à laquelle se déroule l'action en vous donnant le choix entre trois possibilités. Le choix retenu doit être justifié à l'aide de deux éléments du texte.

> Le balayage du document à la recherche de références temporelles explicites va s'avérer infructueux : vous devrez procéder à une lecture plus fine en vous interrogeant sur les éléments descriptifs qui figureront dans ce paysage urbain précis aux différentes époques proposées dans la question.
> Répétez l'exploration du document à la recherche d'un deuxième élément pour compléter la justification.

D. 1. Name three types of construction that Eddie has noticed in his city.

2. Explain in your own words two ways in which the new constructions have an impact on the landscape.

> Vous devez nommer trois types de construction auxquels fait allusion Eddie, puis expliquer en vos propres termes les deux manières dont le paysage est touché par ces nouvelles constructions.
> Balayez le texte à la recherche des trois types de construction (il ne s'agit pas exclusivement de bâtiments). Procédez à une lecture plus fine pour repérer comment le paysage est touché. (Il faut deux exemples). Reformulez ces deux exemples avec vos propres mots.

E. 1. What are:

a) Eddie's feelings about the changes in the landscape? Justify by quoting from the text.

b) Beck's feelings about these changes? Justify by quoting from the text.

2. In your own words, compare and contrast how they react to the changes.

> On vous demande d'expliciter les sentiments des deux personnages à l'égard des changements de saison avec une citation du texte à l'appui chaque fois. Dans un deuxième temps, vous devez comparer leurs réactions à ces changements.
> Pour chaque personnage, parcourez le texte pour identifier le(s) passage(s) évoquant un changement de paysage. Procédez à une lecture plus fine du passage pour déterminer les sentiments du personnage. Formulez un énoncé pour exprimer cela en y associant la citation appropriée.
> Expliquez de quelle manière les sentiments des deux hommes sont similaires ou bien différents selon ce que vous avez relevé dans le texte.

Seuls les candidats de la série L composant au titre de la LVA (Langue vivante approfondie) traitent la question F.

F. What is the overall mood in the passage? Explain in your own words how this mood is conveyed to the reader and quote the text to justify (at least two ideas).

> Vous devez analyser l'ambiance prédominante dans ce passage et expliquer en vos propres termes de quelle manière cette ambiance est évoquée en citant deux exemples dans le texte pour justifier vos propos. Relisez le texte en gardant à l'esprit les différents types d'ambiance que l'on pourrait y trouver : calme, sérénité, tension, joie, tristesse, nostalgie, effroi etc.
> Une fois le type d'ambiance identifié, balayez le document à la recherche de deux exemples de son évocation. Cela pourra se faire de manière plus ou moins explicite.
> Formulez un énoncé pour expliquer cette technique d'évocation de l'ambiance en y associant les deux citations.

Questions on document 2

G. Pick out information about the Ritz Tower:

1. Name of the architect.

2. Opening date.

3. Precise location. (At least two elements.)

> Vous devez repérer trois informations concernant le Ritz Tower : le nom de l'architecte, la date de l'ouverture et deux éléments indiquant l'emplacement précis.

H. What shape did some buildings like the Ritz Tower have after "the zoning law of 1916" (l. 7)?

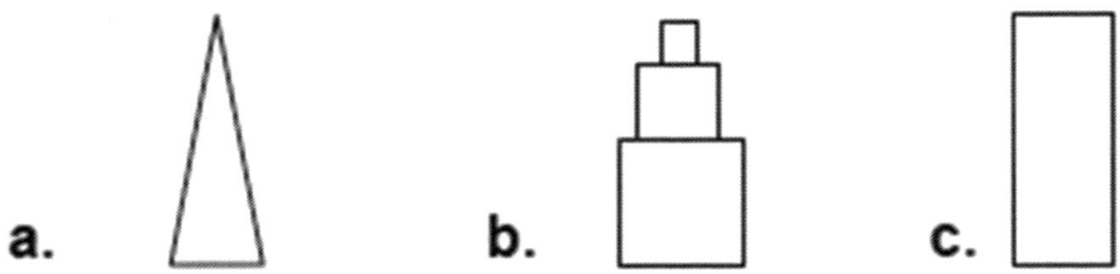

> On vous demande d'identifier le diagramme qui correspond à la forme architecturale adoptée pour des constructions comme le Ritz Tower après la loi de 1916. Balayez le

texte à la recherche du passage qui explicite cette loi. (La mention explicite de la loi figure en fin de paragraphe. L'explicitation du contenu de cette loi se trouve dans la suite du texte.)
Comparez le passage d'explicitation avec les trois diagrammes pour sélectionner celui qui correspond à la description.

I. This type of architecture is compared to two objects in the text. Name them.

Vous devez repérer les deux objets qui sont associés à ce type d'architecture.
Parcourez le texte à la recherche de ces deux objets en sachant que l'association peut être marquée de plusieurs façons : par une expression de comparaison (*resemble / similar to / like*) ; par une référence à la manière dont la tour est désignée par les gens (avec une formulation telle que *known as* ou *called* ou à l'aide de guillemets pour évoquer cette appelation).

J. Pick out one quote to show why the zoning law of 1916 was voted.

On vous demande de citer le texte pour indiquer la raison pour laquelle la loi de 1916 contrôlant les nouvelles constructions fut adoptée.
Retrouvez la référence précise à la loi dans le texte et parcourez le cotexte à gauche et à droite à la recherche d'une évocation de la raison de cette loi. (Cette évocation sera certainement formulée en faisant mention des ordonnateurs de la loi (*the authorities / the city / the lawmakers*) et/ou de l'élément déclencheur (*dissatisfaction / anger / concern*).

K. 1. What choices did architects face after the zoning law of 1916? Copy out the correct answers and justify with the text.

a) Limit the number of new buildings.
b) Limit the height of new buildings.
c) Adapt the shape of the buildings.
d) Create parks around new buildings.

2. What made the Ritz Tower exceptional at that time? Answer with a quote.

Il s'agit de sélectionner les choix offerts aux architectes après la mise en place de cette loi. (Attention : le pluriel *choices* indique que le nombre d'éléments à sélectionner est supérieur à un. C'est à vous de déterminer le nombre précis.) Vous devrez ensuite reproduire la citation qui évoque le caractère exceptionnel de la Ritz Tower à cette époque.
Repérez le passage qui évoque les caractéristiques des nouvelles constructions.
Opérez un va-et-vient entre le passage et les choix proposés pour sélectionner les bonnes réponses. Pensez à y associer une citation pour chaque réponse retenue.
Balayez les passages évoquant la Ritz Tower à la recherche d'une explicitation de son caractère exceptionnel (qui se traduit par l'utilisation d'adjectifs qualifiant son originalité – *unique, unparalleled, singular, extraordinary, remarkable...* – ou bien d'expressions telles que le superlatif).

Seuls les candidats des séries S et ES et ceux de la série L qui ne composent pas au titre de la LVA (Langue vivante approfondie) traitent la question L.

L. In your own words, give at least two reasons why rich people wanted to live in such buildings. Justify with quotes from the text.

On vous demande de présenter en vos propres termes deux raisons pour lesquelles des riches souhaitaient habiter dans de telles constructions. Cette explicitation devra être accompagnée de deux citations.
Commencez par repérer les deux citations dans le texte. Pour les identifier, il convient de vous intéresser à tout passage évoquant soit les riches, soit les résidents des gratte-ciel. Reformulez les idées exprimées en vos propres mots en y associant la citation correspondante à chaque fois.

Seuls les candidats de la série L composant au titre de la LVA (Langue vivante approfondie) traitent la question M.

M. "The shoot-for-the-moon spirit" (l. 25) :
What does this phrase suggest about the 1920s and the attitude of people at that time? Explain and justify with elements from the text.

Il s'agit d'expliciter l'idée véhiculée ici en la reliant à l'époque et à l'attitude des gens à cette époque ; l'explicitation doit être accompagnée d'éléments tirés du texte.
Opérez la même démarche qu'en L : repérage des citations, reformulation de l'idée évoquée (en parlant de l'époque et de l'attitude des gens) et association des citations.

Questions on document 3

N. What representation of New York City is given in the document? Justify with elements from the picture.

On vous demande d'expliciter la manière dont la ville de New York est représentée dans le document. L'explicitation doit s'appuyer sur des éléments tirés du support graphique.
Il peut être plus simple de partir des différents éléments dans le support. Pour chaque élément identifié, analysez ce que sa présence suggère à l'égard de la ville. Un tableau à deux entrées (élément ; évocation pour la ville) vous facilitera la tâche. Vous gagnerez du temps à noter ces entrées directement en anglais : quand la langue vous fait défaut et vous n'arrivez pas à contourner la difficulté, il vaut mieux omettre l'élément en question à condition d'avoir suffisamment d'autres éléments pour répondre de manière adéquate.
Utilisez des flèches ou des couleurs pour regrouper les éléments ou bien les évocations qui se rapprochent.
Rédigez votre réponse en pensant à faire référence aux différents éléments tout en explicitant la représentation faite de la ville ici.

Seuls les candidats de la série L composant au titre de la LVA (Langue vivante approfondie) traitent la question O.

O. Comment on the relationship between nature and urbanisation in the document.

Il s'agit d'analyser ce que le document semble évoquer en ce qui concerne la relation entre la nature et l'urbanisation.
Si vous n'êtes pas directement inspiré(e) par la question, il convient de lister les différents éléments que vous pouvez nommer et d'indiquer pour chaque (éventuellement dans un tableau) s'il évoque la nature, l'urbanisation ou bien les deux.
Utilisez des flèches ou des couleurs pour regrouper les éléments selon les évocations. Analysez l'impression que cela donne à l'égard du rapport entre la nature et l'urbanisation.

Rédigez votre réponse en pensant à faire référence aux différents éléments tout en explicitant la représentation faite de la ville ici.

Question on documents 1, 2 and 3

P. In your own words, compare and contrast the visions of progress given in the three documents.

On vous demande de comparer la vision du progrès représentée dans les trois documents. Commencez par réfléchir à la vision du progrès dans chaque document. Vous trouverez peut-être utile de cocher une sélection d'adjectifs pour qualifier la vision chaque fois :
- *positive* ;
- *negative* ;
- *optimistic* ;
- *pessimistic*.

Pensez à noter les éléments les plus significatifs pour pouvoir les évoquer dans votre réponse.
Prenez du recul par rapport à vos analyses pour chaque document et procédez à une comparaison.
Organisez vos idées de manière cohérente.
Rédigez votre réponse en intégrant les expressions de comparaison et/ou de contraste appropriées.

II. Expression

Seuls les candidats des séries ES, S et ceux de la série L qui ne composent pas au titre de la LVA (Langue vivante approfondie) traitent l'un des deux sujets suivants. (300 mots ± 10 %).

A. Eddie finally decides to talk to Beck. Write their conversation about the future of Manhattan.

En lien avec le document A, il s'agit de rédiger la scène dans laquelle Eddie aborde Beck pour discuter avec lui de l'avenir de Manhattan. Pour respecter le style narratif du livre, il faudra intégrer le dialogue dans une trame narrative en commençant par l'évocation de la décision d'Eddie de vaincre sa peur et de parler avec Beck. Il convient de maintenir la densité descriptive du récit en commentant l'attitude et le ton des deux hommes au cours de leur conversation.
À cet effet, vous pouvez mobiliser :
- l'expression de malaise : *timid(ly) / nervous(ly) / ill at ease / scared* ;
- les verbes introducteurs :
  - o neutres : *ask / answer = reply / say / go on = continue,*
  - o pour décrire la tonalité (*grunt / moan / sigh*),
  - o pour décrire le volume (*whisper / shout*) ;
- des expressions idiomatiques caractéristiques de l'oral :
  - o *I hope you don't mind if... SUJET + V...,*
  - o *I'm pretty sure (that) SUJET + V...,*
  - o *You can say that again! / You tell me how / what / when... SUJET + V...,*
  - o *Don't you think it's time to +* V...?,
  - o *That's precisely what I wanted to say / talk about / discuss with you ;*
- les bonnes formes verbales :

o présent simple pour évoquer ce qui reste constant dans le présent et le présent *be + V-ing* pour évoquer les évolutions en cours,
o le *have + V-en* pour évoquer des événements récents,
o le prétérit simple pour évoquer des événements plus éloignés dans le temps,
o *will + V* pour évoquer une action future.

Pour rédiger, procédez par étapes.
– Préparez vos idées pour le contenu de la conversation sous forme de notes :
o la prise de contact entre les deux hommes ;
o le cœur de leur discussion (l'opinion de chacun sur la situation actuelle et la manière dont ils envisagent l'avenir (soit l'évolution de la situation dans la ville et/ou l'action qu'ils entendent entreprendre pour défendre leur cause…) ;
o la fin de la conversation (une impression de poursuite amicale ou bien une rupture…).
– Rédigez la scène en intégrant la dimension narrative.
– Contrôlez la qualité de votre anglais.

B. You are Emma/Phil Wilson, an environmental activist. A new holiday resort is going to be built in the middle of a nature reserve. You write an article for *Green Living* magazine to denounce the problems raised by these plans and to suggest a few solutions.

Vous devez vous mettre dans la peau d'un écologiste activiste et rédiger un article pour dénoncer le projet de construction d'une nouvelle station touristique au cœur d'une réserve naturelle. On vous demande de souligner les problèmes que cela entraîne et de proposer des solutions.

Pour un article persuasif, vous pouvez mobiliser :
– les expressions d'opinion :
o *to my mind / in my opinion / from my point of view / as far as I'm concerned,*
o *it seems to me that,*
o *I advocate that… / I recommend that… ;*
– la modalité pour souligner votre implication dans les idées véhiculées : *might / could / may / can / can't / must / should* ;
– les mots de liaison pour articuler votre discours :
o en renforcement : *indeed / moreover / what's more,*
o pour marquer une opposition : *however / and yet / on the one hand… on the other hand,*
o pour exprimer la concession : *even if / although ;*
– des expressions pour évoquer la notion d'importance :
o *it's important / vital / essential to + V,*
o *it's important / vital / essential that* SUJET *should* + V … ;
– l'expression du but :
o *to / in order to / so as to + V,*
o *so that / in order that SUJET + V.*
Il vous faudra également passer en revue le lexique que vous connaissez dans les domaines du tourisme et de la nature pour construire une argumentation convaincante. Vous pouvez utiliser le vocabulaire présent dans les documents, mais plus votre lexique est riche et varié, mieux ce sera.

Pour rédiger, procédez par étapes.

- Préparez vos idées :
• l'introduction : explicitation du contexte, soit rappel du projet envisagé, et objectif de votre article, soit plaidoyer pour une planification adéquate. (Vous pouvez inventer la localité de la station touristique si besoin.) ;
• une description des qualités du site existant (en mettant en avant la présence de faune et de flore à protéger) ;
• une argumentation pour justifier la nécessité de planifier soigneusement cette nouvelle installation sur le site ;
• la proposition de quelques pistes pour ce projet qui pourraient satisfaire les écologistes et l'industrie du tourisme ;
• une conclusion qui rappelle l'intérêt de cette prise de précautions.
- Rédigez votre article en respectant la forme (titre, date et nom fictif approprié).
- Contrôlez la qualité de votre anglais.

Seuls les candidats de la série L composant au titre de la LVA (Langue vivante approfondie) traitent les deux sujets suivants.

A. Eddie finally decides to talk to Beck. Write their conversation about the future of Manhattan.

B. A group of architects is running a contest among students in architecture. You are Emma/Phil Wilson, one of these students. Write a speech in which you give your vision of the ideal city of the future, and try to convince the architects to build it. (250 mots ± 10 %).

Il s'agit d'un discours pour convaincre un groupe d'architectes d'adopter votre vision de la ville idéale du futur. Le degré de conviction qui sera perçu dépendra de l'efficacité de votre argumentation ainsi que des techniques rhétoriques déployées.

Pour l'argumentation, il faut mobiliser :
- les mots de liaison pour articuler votre discours :
o en renforcement : *indeed / moreover / what's more,*
o pour marquer une opposition : *however / and yet / be that as it may / on the one hand… on the other hand,*
o pour marquer une conséquence : *so, thus, therefore, as a consequence ;*
- a modalité pour souligner votre implication dans les idées véhiculées : *might / could / may / can / can't / must / should / will.*

Pour les techniques rhétoriques, essayez de créer un certain rythme en utilisant (à bon escient) :
- l'allitération ;
- des répétitions ;
- des structures binaires ou ternaires ;
- du langage émotif ;
- des adresses directes à l'audience (*you…*) ou vous associant à l'audience (*we…*) ;
- une focalisation sur vous-même (*I*) et sur vos idées (à l'aide des expressions d'opinion *I believe / to my mind* etc.) ;
- le recours à des négations pour renforcer l'argumentation (*no… / none / nobody / nowhere / no matter where*).

Il vous faudra également passer en revue le lexique que vous connaissez dans les domaines de l'architecture, et du monde urbain. Vous pouvez utiliser le vocabulaire présent dans les documents, mais plus votre lexique est riche et varié, mieux ce sera.

Pour rédiger, procédez par étapes.
- Préparez vos idées :
o votre conception de la ville du futur et des différents éléments la composant ;
o vos arguments pour :
a) présenter l'intérêt des différents éléments de cette conception,
b) convaincre des dangers si on les oublie,
c) proposer une formalisation de cette commémoration pour les générations futures.
- Organisez votre plan : introduction, développement (au moins deux paragraphes), conclusion.
- Rédigez votre essai en respectant votre plan et en veillant à éviter les redondances inutiles. Pensez à intégrer la dimension rhétorique si possible.
- Contrôlez la précision linguistique de votre brouillon (grammaire, lexique) puis recopiez-le au propre.

I. Compréhension

Questions on document 1

A. The scene is set in New York City. We can deduce this thanks to the references to Manhattan and the Hudson River.

B. 1. The two characters are Eddie and Beck.

2. They are both fishing in the Hudson River.

C. The scene takes place at the beginning of the 20th century. Two elements that indicate this are the fact that "it wouldn't be long before the countryside disappeared' and "the constant building in Manhattan." / "Apartment buildings were rising everywhere."

D. 1. Eddie has noticed the construction of bridges, pavement and apartment buildings

2. As a consequence of these new constructions, the landscape is changing and a new urban environment is replacing the rural setting.

E. 1. a. Eddie is angered by these changes in the landscape? I quote: "Several bridges had recently been built across the waters, disturbing the marsh birds".

b. Beck feels exceptionally protective towards the wildlife that is endangered by these changes. We can read "there were those who said he vowed to kill any man who hunted the wildlife that was rapidly becoming rare, coyotes and fox and the huge, cantankerous[2] wild turkeys".

2. Although the two men share the same negative feelings about the changes and are equally upset by this turn of events, Eddie's attitude is more fatalistic than Beck who is ready to take matters into his own hands to protect any threat to the natural world he loves so much.

F. The overall mood in the passage is one of tension. It is first conveyed in the description of Eddie's disapproval of the major increase in human presence on the rivers and the reader understands that Eddie is agitated. The tension is heightened by Eddie's wariness of Beck who is initially portrayed as a threat. The narrator's account of the diminishing number of animals and the corresponding rise in buildings also serves to evoke tension in such a way that the mood is not defused even though the reader learns that the two men are in fact on the same wave length.

Questions on document 2

G. 1. Emery Roth was the architect of the Ritz Tower.

2. It opened in October 1926.

3. It was located at the corner of 57th Street and Park Avenue in Midtown Manhattan.

H. After "the zoning law of 1916", some buildings were shaped like "b".

I. This type of architecture is compared to a wedding cakes or a telescope.

J. The zoning law of 1916 was voted because the city's administrators were "concerned about diminishing sunlight and fresh air in the canyonlike streets created by the closely massed skyscrapers of lower Manhattan".

K. 1. The architects faced two choices after the zoning law of 1916:
– limit the height of new buildings: "the city placed a limit on the maximum height and bulk of tall buildings".

– adapt the shape of the buildings: "if a developer proposed to exceed the legal limit, the stories above it had to be set back, roughly one foot for each four feet of additional height".

2. The Ritz Tower was exceptional because it was "the tallest inhabited building in the world".

L. Rich people wanted to live in such buildings because having such an address was a testimony to their success and their wealth. For example, the Ritz Tower was "built for blue-bloods and tycoons". They were also attracted by the magnificent views commanded over the horizon on all four sides of their apartment. I quote: "Residents of its upper stories had unobstructed views in all directions for a distance of twenty-five miles on clear days". There was even a certain rivalry between the rich, as each one tried to outdo and better his peers: "They became sky dwellers", "their mansions in the clouds", "higher than anyone had ever lived".

M. "The shoot-for-the-moon spirit" suggests that in the 1920s people felt that anything and everything was possible if you were daring enough. The notion of excess was welcome: "the commanding apartment buildings along Park Avenue were not just tall; they were immensely tall'. The 1920s also marked a period of excitement and sense of liberty embodied by the development of Jazz and the improvisations it offered: "the shoot-for-the-moon spirit of the Jazz Age".

Questions on document 3

N. The picture **seems to** represent New York City as a futurist utopia which combines the best of two environments – urban and rural. The population is accommodated in relatively low-rise apartment buildings with sufficient space **between** them for a two-track tramline to run beside a flowing brook with plants **on either side**, and a long stretch of grass. Natural, human, architectural and mechanical elements seem to intermingle on all levels. People and grass co-exist with the tramline, plants grow on the vertical sides of building on the right, **while** pod-like contraptions protrude from the building **on the opposite side**. They **may** be external lifts or airborne taxis. A drone hovers overhead and there seems to be a quad-like version of a hedge trimmer or miniature tractor **on the left hand side**. **Although** the constructions are fairly close set, **many of them** have glass panes rather than solid walls and the absence of cars and roads contributes to creating the impression of a mood of peace and quiet : rural bliss in the heart of urbanity.

O. **In spite of** the increased urbanisation of New York City presented in this document with the introduction of more innovative forms of transport and the suggestion of an **even more** sophisticated technology than currently exists, nature **seems to** be allowed to co-exist. **However**, the natural elements present in this urban environment have little to do with those to be found in an unadulterated countryside. The grass grows between the tracks of the tramway and is carefully cut. The waterway runs **in an almost straight line** parallel to the tramline and the plants that grow on either side are planted in a regular, organised manner and are no doubt monitored by the drone overhead **to ensure that** they do not outgrow the space reserved to them. **Just as** the grass is chequered with the regular paving stones **beneath** it, the vegetation growing on the vertical board on the building on the right is unable to mask the regular shaped forms indented in the board. **There would seem to be** a row of hedges on the left hand side, but **once more** a man-made robot-like machine is at work to trim and control this element of nature.

Even the human beings seem **too** uniform to qualify as being free: in this modern representation of the Big Apple, **everyone** is thin, **nobody** is obese, nobody is smoking. **There is absolutely no evidence of** wild life, and **not even any trace** of the acceptance of pets – no cats, no dogs, no birds. And dare I say it – there are no children! Where have all the flowers gone?

Question on documents 1, 2 and 3

P. In Document A, the two characters are very much **against** the growing urbanisation of the outskirts of Manhattan. The growing number of skyscrapers, bridges and pavements are looked upon as direct enemies of the flora and fauna that inhabit this natural environment that has co-existed with man up till now. **On the contrary**, Document B offers a very optimistic vision with a controlled urbanisation that ensures that **no** human being at least suffers from the building of **more and more** skyscrapers. The rationalisation of construction **would appear to** offer a guarantee of pleasant living conditions for all, **even if** they are superior for the very wealthy. The futuristic Document C highlights **yet more** technological innovation and suggests the possibility of an improved rationalisation of urban infrastructure to include natural elements, which **at first sight** continues to offer a positive vision of progress. **However**, closer scrutiny and deeper analyses draw us to the conclusion that greater control **inevitably** leads to the loss of the intrinsic wildness of nature.

II. Expression

Candidats des séries ES, S et ceux de la série L qui ne composent pas au titre de la LVA (Langue vivante approfondie).

A. The next time Beck nodded to him, Eddie decided to take his courage in both hands and to try and engage him in a conversation, so he walked over to him.
"Beck," Eddie said **nervously**, "I know you **don't like** talking to people, **but** you always acknowledge my presence, **I hope you don't mind if** we have a chat."
"**Only if** we have **something useful** to say to each other." Beck grunted in reply.
"Well, **that's precisely what** I wanted to **talk** to you about," Eddie dared to go on. "I've seen **how angry you get** when someone tries to catch the wildlife around here, **whether** it's hunting for food **or** for pure pleasure, and I'm pretty sure you're not just concerned about **such** direct attacks on nature."
"You can say that again!" Simply the thought of **such an** aggression brought colour to Beck's neck and cheeks. "But you tell me how just talking about it is going to change something!"
"I can only agree with you there Beck, but don't you think it's time to take action **before** Inwood is swallowed up by the city and they **start** building **as many** bridges over this stretch of the Hudson as they have done with the Harlem River?" Eddie asked feverishly.
"**If** anyone takes action around here, it's me, **it seems to me**!" Beck reposted angrily. "I've never seen you challenge **anyone** to leave off the wildlife!"
Eddie laughed at the idea of his stepping in Beck's shoes to manhandle any would-be intruders or poachers. "We don't know each other **well enough** for you to know that I'm a conscientious objector and a pacifist and I don't know one end of a rifle from another! But **it seems to me that** you have another weapon that's equally sharp – your tongue!"

"**If** I follow your line of reasoning, you're suggesting we campaign against future constructions, **am I right?**"
"Spot on!"
And the two men set to establishing a strategy to develop their campaign.

B. Harmful or harm-free holidays in nature?
by Emma Wilson

Plans are being made to construct a new holiday resort in the middle of Rockefeller State Park Preserve to the north of New York City. **Nobody can contest** the benefits of a restful holiday in a natural environment. **Even if** our urban lifestyles running the rat race can make us sometimes forget that as human beings we are creatures of nature, **it is essential** for everyone's good health – both physical and mental – to take time out and to reconnect with the flora and fauna that constitute our natural world.

Rockefeller State Park Preserve is **particularly** important as the home to 180 different bird species that nest in a wide range of landscapes in the park: wetlands, woodlands, meadows, and fields **as well as** along streams, rivers, and lakes. The holidaymakers in the resort **are to** be offered a generous variety of outdoor activities including strolling, jogging, horseback riding, cross country skiing, and snowshoeing.

In order to ensure that **both** holidaymakers and wildlife are able to flourish side by side, **it is vital that** careful planning be made **so that** the pursuit of outdoor activities can be achieved **without** threatening the ecosystem and the attractiveness of the Park for birdlife.

Such planning necessitates precise research to identify **not only** the specific nesting and feeding areas of each species of birds as well as the specific periods in the year that are concerned, **but also** the different categories of paths, trails and roads that already exist or **need to** be created to cater for all the activities on offer for the tourists. **Once** such research has been conducted, it **should** be **relatively** easy to match the data and determine which pathways **may** be used at which periods to safeguard the birds in residence at that time.

The environment is a natural treasure for **both** wildlife and man. With careful planning, we **can** preserve nature and continue to enjoy it **as much as** our fellow natural beings.

Green Living, 18 June 2016.

Seuls les candidats de la série L composant au titre de la LVA (Langue vivante approfondie).

A. Voir réponse A. ci-dessus (toutes séries sauf LVA).

B. Ask a panel of people what their favourite colour is, and you'll have as many different answers as there are colours in the rainbow, but if you ask the same panel which colour they associate the most with places, the most frequent answer **will inevitably** be "green" **whatever** their cultural or ethnic origin: "village green", "bowling green", "green oasis", **and so on.**

To my mind, the city of the future **must** offer everything that our modern day cosmopolitan society associates with "green": places to mix and meet; places to play and compete; places to refresh oneself, recharge one's batteries and relax. Water **inevitably** has its part to play here too.

At the same time, this city of the future **needs to** satisfy our contemporary concern with sustainable development. **In other words**, it **must** also fulfil the other meaning of the word "green" **by** being environment-friendly, eco-friendly, and ecological. This **will** be achieved by proposing an adequate infrastructure to replace roadways with quiet, ecological means of public transport **such as** electric tramways. The car will become a museum piece.

In order to ensure that the "green" places in our city of the future are not just dots on a map but **really** carry out their function, we architects **need to** establish a well-balanced ratio between the number of inhabitants and the facilities on offer. The very unit which complies with **such a** ratio is **none other than** the traditional village. **Personally**, I visualise the city of the future as a concentric ring of "green" villages around a larger city centre that reproduces the same format as the villages **while** integrating the administrative and commercial services **essential to** the functioning of the city **as a whole** with carefully sited high-rise buildings limited in number. Each village **will** converge on the village green and other "green" areas will be regularly spaced around it **so that** every inhabitant is able to satisfy his "need for green" **no matter where** he lives in the village within the city.

The greatest challenge for architects today in accomplishing the ideal city of the future is to make a reality of this concept while integrating the historic fibre of our existing cities so **quintessential** to our culture. It's a challenge for sure, but we can do it!

Langue vivante 2

Sujet national, juin 2015, séries ES, L, S

Document 1

It was 1910, then, and the twenty-fifth anniversary of my coming was near at hand.

Thoughts of the past filled me with mixed joy and sadness. I was overcome with a desire to celebrate the day. But with whom? Usually this is done by "ship brothers", as East-Siders call fellow immigrants who arrive here on the same boat.

It came back to me that I had such a ship brother, and that it was Gitelson. Poor Gitelson! He was still working at his trade. I had not seen him for years, but I had heard of him from time to time, and I knew that he was employed by a ladies' tailor at custom work somewhere in Brooklyn. (The custom-tailoring shop he had once started for himself had proved a failure.) Also, I knew how to reach a brother-in-law of his. The upshot was that I made an appointment with Gitelson for him to be at my office on the great day at 12 o'clock, I did so without specifying the object of the meeting, but I expected that he would know.

Finally the day arrived. It was a few minutes to 12. I was alone in my private office, all in a fidget [...]. My eye swept the expensive furniture of my office. I thought of the way my career had begun. I thought of the Friday evening when I met Gitelson on Grand Street, he an American dandy and I in tatters. The fact that it was upon his advice and with his ten dollars that I had become a cloakmaker stood out as large as life before me. A great feeling of gratitude welled up in me, of gratitude and of pity for my tattered self of those days. Dear, kind Gitelson! Poor fellow! He was still working with his needle. I was seized with a desire to do something for him. I had never paid him those ten dollars. [...]

It was twenty minutes after 12 and I was still waiting for the telephone to announce him. My suspense became insupportable. "Is he going to disappoint me, the idiot?" I wondered. Presently the telephone trilled. I seized the receiver.

"Mr. Gitelson wishes to see Mr. Levinsky," came the familiar pipe of my switchboard girl. "He says he has an appointment –"

"Let him come in at once," I flashed.

Abraham Cahan, *The Rise of David Levinsky*, 1917.

Document 2

The Great Motivator. Better known as Jack Ballentine. If you've been alive and cognizant for the past twenty years, you've undoubtedly read all about the Jack Ballentine story. How he grew up as a steelworker's son in Harrisburg, Pennsylvania, discovered a talent for football in high school, won a full scholarship to Michigan State, became the most renowned college quarterback[1] of the mid-sixties, then led the Dallas Cowboys to three Super Bowl victories during his high-profile professional career. [...]

1. *Quarterback: a player in American football*

Everyone expected Ballentine to end up as an archetypal screwed-up jock[2], someone who, upon retiring from the NFL[3], would blow most of his fortune on nose candy, rapacious women, and bad investments. Instead, he surprised the world by moving to New York in 1975 and becoming a self-styled real-estate developer. The cynics laughed – and predicted he'd be in bankruptcy court within twelve months. [...]

But Ballentine being Ballentine, he wasn't satisfied with the humdrum role of multimillionaire developer. Rather, he had to transform himself into the Master Builder - Mr. High-rise, who, during the height of the Reaganomics[4], imprinted his very own stamp on the Manhattan cityscape. Big buildings. Big deals. [...] A man who sold himself to the public as the great entrepreneurial patriot of his time: Capitalism's Great Quarterback. [...]

Then, in 1991, it finally all went wrong. A casino deal in Atlantic City fell apart. A huge high-rise development in Battery Park City spiraled way over budget. Ballentine's corporate cash flow dried up. He was $200 million in debt. His bankers decided that he was no longer worth the gamble. So they pulled the plug. And the Ballentine building empire crashed and burned.

It was a widely publicized downfall. And the public loved it. To many people, there was something satisfying about watching the Waterloo of such towering testament to self-admiration. We may worship success in America, but we are also riveted by failure.

Douglas Kennedy, *The Job*, 1998.

I. Comprehension

Questions on document 1

A. Complete the following sentence by choosing one of the four suggestions.
The narrator wants to celebrate...

1. ...his 25th birthday.
2. ...the start of his business 25 years ago.
3. ...his arrival in the USA 25 years ago.
4. ...his success.

> Il s'agit d'indiquer l'événement que le narrateur souhaite fêter en sélectionnant la bonne réponse.
> Balayez le document à la recherche des éléments proposés (anniversaire, démarrage d'une entreprise, arrivée aux États-Unis, succès).
> Relisez le document attentivement pour identifier la réponse qui correspond. (*anniversary ? birthday*)

B. Using your own words, explain why Gitelson and the narrator are *"shipbrothers"* (l. 5).

> Vous devez expliciter le sens de *shipbrothers* qui est utilisé pour désigner le lien entre les deux personnages.

2. *Screwed-up jock (slang): here, someone who fails after his sporting career*
3. *NFL: National Football League*
4. *The Reaganomics: the economic policy under President Reagan*

Repérez le terme dans le document et identifier la manière dont ce terme est explicité dans le texte. (*Eastsiders* fait référence aux habitants du quartier *East Side* de la ville de New York. Ce terme n'est pas utile pour votre réponse mais vous explique l'origine du mot *shipbrothers*.)
Reformulez cette idée dans vos propres mots. (En quoi Gitelson et le narrateur sont-ils des shipbrothers ?)

C. How did Gitelson help the narrator in the past? Find two elements.

On vous demande de repérer deux éléments qui indiquent comment Gitelson a aidé le narrateur dans le passé.
Recherchez le passage dans le texte qui évoque cet apport d'aide. (Vous ne trouverez pas le mot *help*, mais d'autres mots (*gratitude, kind*) qui évoquent le même champ sémantique sont présents.)
Relisez ce passage attentivement pour identifier les deux choses que Gitelson a donné au narrateur.

D. Compare the two characters' situations in the past.

Vous devez comparer la situation des deux personnages dans le passé. Par « situation », il faut comprendre leur position sociale, leur profession, leur degré de richesse ou de succès.
Balayez le document pour repérer les passages qui évoquent les deux personnages dans le passé. (Attention, le récit est au passé et est centré sur un événement présent. La référence au passé ultérieur est indiquée soit par l'emploi du *had* + *V-en* ou bien par une référence temporelle telle que *the Friday evening when...*)
Analysez les passages pour identifier les éléments qui vous renseignent sur leur situation.

E. What are the two characters' situations like today? Explain and justify with two quotes for each character.

Il s'agit d'expliquer la situation de chaque personnage aujourd'hui. Vous devez justifier votre réponse au moyen de deux citations par personnage.
Balayez le document pour repérer les passages qui évoquent les deux personnages dans le présent. (Comme le récit est au passé, il faut vous fier aux références temporelles telle que *still ...*, *Finally the day arrived ...*)
Analysez les passages pour identifier les éléments qui vous renseignent sur leur situation. (Attention, pour le narrateur, les éléments sont implicites : on décrit son environnement.)

Questions on document 2

F. Choose which three adjectives best describe Jack Ballentine.
SPORTY - FAMOUS - INTELLECTUAL - SHY - UNSOCIABLE - CLEVER - CARELESS

Il s'agit d'abord de choisir les trois adjectifs qui décrivent au mieux Jack Ballentine. (Rappel : *shy* = timide ; *clever* = futé ; *careless* = imprudent)
Balayez le document à la recherche de données sur Jack.
Pour chaque donnée repérée, cherchez à quel adjectif elle pourrait correspondre.
Retenez les trois adjectifs qui reviennent le plus souvent.

G. Say whether the following statements are True or False. Justify with a quote.

1. Jack Ballentine came from a working-class family.

2. He went to university because he was good at maths.

3. His job was to play football.

4. He decided to build stadiums.

> Pour chaque affirmation, vous devez dire si elle est vraie ou fausse et justifier votre réponse au moyen d'une citation.
> - Ballentine vient d'une famille ouvrière.
> - Il est allé à l'université parce qu'il était fort en mathématiques.
> - Son métier c'était joueur de football (américain).
> - Il a décidé de construire des stades.
> Balayez le texte à la recherche du passage qui correspond à chaque affirmation. Comparez le sens de chaque affirmation avec l'énoncé qui a retenu votre attention. Si les deux correspondent, la réponse est *True*, en cas d'écart, la réponse est *False*.

H. Using your own words, give two reasons why Jack Ballentine's success first came as a surprise.

> Il s'agit de donner deux raisons pour expliquer pourquoi le succès de Ballentine a surpris les gens au début.
> Repérez le passage concernant son succès et rechercher des indications sur la réaction des gens. (Logiquement, il s'agit de surprise.)
> Procédez à une lecture plus fine pour identifier les raisons de cette surprise.
> Reformulez en vos propres mots.

I. How did Jack Ballentine's story end? Explain in your own words how people reacted, and why.

> Vous devez dire comment l'histoire de Ballentine se termine en expliquant la réaction des gens. (Quelle réaction, et pour quelle raison.)
> Retrouvez les passages qui portent sur la fin de l'histoire de Ballentine et sur la réaction des gens. (Pour enrichir son style, l'auteur utilise trois termes différents pour se référez au gens : the public, many people, we.)
> Procédez à une lecture fine pour analyser comment l'histoire se termine, comment les gens réagissent et pourquoi.

Questions on documents 1 and 2

J. Compare and contrast Gitelson's and Jack Ballentine's careers. (3 elements)

> On vous demande de comparer les carrières de Gitelson et Jack Ballentine au moyen de trois points de comparaison.
> Balayez chaque document à la recherche d'informations sur la carrière de chaque homme.
> Comparez ce qui est comparable (point de départ, évolution, point d'arrivée, moments de succès ou d'échec).
> Choisissez les trois éléments avec lesquels vous vous sentez le plus à l'aise pour vous exprimer.

Seuls les candidats composant au titre de la série L (LVO et LVA) traitent la question K.

K. To what extent are the narrator and Ballentine examples of self-made men? Answer in a few sentences.

Seuls les candidats composant au titre de la série L LVA (Langue vivante approfondie) traitent la question L.

L. In both texts, how are the failures of Gitelson and Jack Ballentine perceived?

> Il s'agit d'expliquer en quelques phrases l'adéquation du terme self-made man pour parler du narrateur (Levinsky en document 1) et de Ballentine. Cela implique une comparaison entre les deux hommes. (Self-made man = someone who starts life poor and who climbs the social ladder to become successful without any help.)
> Prenez du recul par rapport à ce que vous savez des deux personnages. Pour chacun, notez les informations clés selon la définition de self-made man : his origins ; his success ; the reasons for his success.
> Comparer les éléments d'information et expliquer en vos propres mots en quoi chaque homme est un self-made man.

II. Expression

Série L LVA : Sujet A1 ou A2 + sujet C (pas sujet B) (150 mots pour chaque sujet)
Séries ES et série L (hors LVA) : Sujet A1 ou A2 + sujet B (125 mots chaque sujet)

A. 1. What does the American Dream mean to you today? Illustrate with examples.

Comprendre la question

Il s'agit de rédiger un court essai pour expliquer ce que le rêve américain signifie de nos jours au moyen de quelques exemples.

Mobiliser ses connaissances

Pour cet essai, il faut mobiliser :
- vos connaissances sur le rêve américain :
Christopher Columbus, the New World 1492.
The Pilgrim Fathers: escape from persecution, quest for religious freedom
Immigration to the Land of Hope and Opportunity: start a new life ; make money
The USA = democracy, freedom of expression, equality
- l'expression de capacité
can + V ; be able to + V,
have a chance to + V; have the opportunity to + V
- les mots de liaison pour articuler votre discours :
en renforcement : *indeed / moreover / besides / furthermore*
pour marquer une opposition : *however / and yet / on the one hand... on the other hand*

Procéder par étapes

Préparez vos idées pour le contenu de votre essai sous forme de notes :
- une brève introduction pour reformuler la question (en explicitant la signification du rêve américain;

- un développement dans lequel vous exprimez votre sentiment sur le sujet (les États-Unis sont encore un pays d'accueil ou bien ce n'est plus le cas) en justifiant votre avis avec des exemples ;
- une conclusion qui résume l'essentiel du développement.
Rédigez votre essai en essayant de recourir à des synonymes pour limiter les répétitions. Contrôlez la qualité de votre anglais.

2. *"It was a widely publicized downfall. And the public loved it."* (Document 2). Write an article expressing your views about how far you think the media should go to please an audience.

Comprendre la question

Vous devez rédiger un article pour expliquer s'il faut imposer des limites sur les médias dans leur recherche à faire plaisir au public. (La citation fait référence à la chute de Ballentine : « Ce fut une chute largement médiatisée. Et le public l'a adorée. »)

Mobiliser ses connaissances

Pour un article persuasif, il faut mobiliser :
- les expressions d'opinion :
to my mind / in my opinion / from my point of view / as far as I'm concerned
it seems to me that
I advocate that… / I recommend that…
- les mots de liaison pour articuler votre discours :
en renforcement : *indeed / moreover / besides / furthermore*
pour marquer une opposition : *however / and yet / on the one hand… on the other hand*
- des expressions pour évoquer la notion de responsabilité :
be responsible for / be to blame for / it is X's fault
- le lexique en lien avec les médias :
to write / to print / to publish / to communicate
the press / newpapers / TV / the radio / the Internet
the gutter press / sensationalism
to inform / to manipulate / to encourage consumption

Procéder par étapes

Préparez vos idées :
- l'introduction : le rôle des médias dans la communication des malheurs de personnalités célèbres ;
- vos arguments pour : défendre ce rôle ; proposer une limite à l'intrusion des médias.
- une conclusion qui résume votre prise de position
Rédigez votre article en respectant la forme (titre + date + nom fictif si vous en mettez pour conserver votre anonymat). Nous avons mis *Anon.* qui est l'abréviation d'*Anonymous*, le nom de plume de toute personne souhaitant rester anonyme.
Contrôlez la qualité de votre anglais.

B. Imagine the conversation between the narrator and Gitelson when they meet again in the narrator's office.

Comprendre la question

Il s'agit de rédiger la conversation entre Levinsky (l'homme d'affaires riche) et Gitelson (le simple ouvrier d'atelier de couture qui a aidé son ami il y a 25 ans). Les deux hommes se retrouvent pour la première fois depuis 25 ans parce que Levinsky a convoqué son ami pour le remercier de sa générosité ($10 et des conseils) à leur arrivée aux États-Unis

Mobiliser ses connaissances

Pour une conversation, il faut mobiliser :
- le questionnement :
la forme interrogative : attention à l'ordre des mots AUXILIAIRE + SUJET + VERBE.
les pronoms interrogatifs : *who, where, when, how long* (combien de temps… ?), *how often* (à quelle fréquence… ?)
- les *questions tag* (la reprise « n'est-ce pas ? » dont raffolent les anglophones, en reprenant l'auxiliaire utilisé dans la phrase principale, mais à la forme négative) :
You do… don't you? / You have…, haven't you? / You can…, can't you?
You don't…, do you? / You haven't…, have you? / You can't…, can you?
- les bonnes formes verbales :
présent simple pour évoquer le présent ;
le *have* + *V-en* pour évoquer des événements récents ;
le prétérit simple pour évoquer des événements plus éloignés dans le temps ;
will + *V* pour évoquer une action future.
- la notion de remerciement :
thank you for
thanks / gratitude / generosity / kindness
kind / generous

Procéder par étapes

Préparez vos idées pour le contenu de la conversation sous forme de notes :
- le premier échange entre les deux hommes ;
- le cœur de leur discussion (souvenirs du passé / bilan de leur expérience depuis 25 ans / comparaison de leur situation actuelle / gratitude de Levinsky / colère ou humilité de Gitelson…)
- la fin de la conversation (une impression de poursuite amicale ou bien une rupture définitive…)
Rédigez votre conversation en indiquant dans la marge le prénom de chaque interlocuteur.
Contrôlez la qualité de votre anglais.

C. In your opinion, can failure be an ingredient for success? Illustrate with examples.

Comprendre la question

Il s'agit d'un essai en 150 mots sur le rôle que joue l'échec dans la réussite. Pensez-vous que l'échec nous aide à emporter des réussites ou non ? Vous devez illustrer votre prise de position avec des exemples.

Mobiliser ses connaissances

Pour un texte argumentatif, il faut mobiliser :
- les mots de liaison pour articuler votre discours :
en renforcement : *indeed / moreover / besides / furthermore*
pour marquer une opposition : *however / and yet / on the one hand... on the other hand*
pour marquer une conséquence : *so, thus, therefore, as a consequence*
- des structures pour communiquer votre point de vue de manière objective :
It's important / simplistic / easy / difficult / dangerous / harmful to + *V*
There is something frightening / alarming / reassuring about + *Nom*
- l'utilisation de la 1re personne plurielle we pour donner l'impression que tout le monde partage votre avis.
- le champ sémantique de l'échec et du succès:
to fail / to be unable to + *V*
to succeed in + *Ving / to manage to* + *V / to be able to* + *V...*
failure / incapacity to + *V*
success at + Nom

Procéder par étapes

Préparez vos idées :
- vous soutenez l'idée que l'échec aide à réussir ou bien l'inverse ;
- vos arguments pour défendre cette idée : une explicitation de chaque argument ; un exemple pour chaque argument ;

Organisez votre plan : Introduction, développement (au moins deux paragraphes), conclusion.

Rédigez votre essai en respectant votre plan et en veillant à éviter les redondances.

Contrôlez la précision linguistique de votre brouillon (grammaire, lexique) puis recopiez-le au propre.

I. Comprehension

Questions on document 1

A. 3. His arrival in the USA 25 years ago.
B. They are "ship brothers" because they immigrated to the USA on the same boat.
C. Gitelson gave the narrator 10 dollars and advice to start his career.
D. In the past, Gitelson had a position in society as he had his own tailor's shop and made good money, "an American dandy" (l. 17), while the narrator was still finding his way: he had neither job nor money, "in tatters" (l. 17).
E. Today, Gitelson's position is less favourable because his business failed and he is now simply an employee in a tailor's shop. In contrast, the narrator has been more successful and has worked his way up from cloak maker to director of an enterprise.

Questions on document 2

F. SPORTY - FAMOUS - CLEVER
G. 1. Jack Ballentine came from a working-class family.
True: "he grew up as a steelworker's son" (l. 3)
2. He went to university because he was good at maths.
False: "discovered a talent for football in high school, won a full scholarship to Michigan State, became the most renowned college quarterback of the mid-sixties" (l. 4)
3. His job was to play football.
True: "led the Dallas Cowboys to three Super Bowl victories during his high-profile professional career." (l. 6)
4. He decided to build stadiums.
False: "Master Builder (...) imprinted his very own stamp on the Manhattan cityscape. Big buildings." (l. 15)
H. Ballentine's success first came as a surprise because former football players usually spent all their money on drugs, women and careless investments. When Ballentine started his own business people expected him to go bankrupt within the first year.
I. Ballentine's empire collapsed in 1991 when he had a series of misfortunes (the failure of a casino deal, an excessively expensive skyscraper): his business needed liquidities and the banks refused to help him. People felt pleasure and even satisfaction at Ballentine's failure. Indeed, stories of failure inspire and amuse Americans just as much as success stories.

Questions on documents 1 and 2

J. Gitelson created his own business from nothing, but it failed very quickly, and he spent the rest of his life working for someone else. Ballentine's origins were poor too, but he made a lot of money as a football player. He managed to invest his fortune and become the head of a huge building empire. Like Gitelson, his business finally failed.

K. Both the narrator of Document 1 and Ballentine are self-made men because they created their business through their own hard work: they both men started from nothing to become important figures in the business world. However, Ballentine's ultimate failure probably disqualifies him as a self-made man, as he is no longer considered successful by society.

L. The failures of Gitelson and Ballentine both seem to generate a sense of satisfaction. Indeed, Levinsky seems to enjoy comparing his own success with his shipbrother's insignificant career, and the collapse of Ballentine's empire was followed with pleasure by the American public. At the same time, people seem to be more respectful towards Gitelson who is called "Mr Gitelson" by Levinsky's secretary, while Ballentine is simply "Ballentine" for the whole of America.

II. Expression

A. 1. Since Columbus' discovery of the New World in 1492, the American Dream has drawn waves of immigrants to "the Land of Hope and Opportunity". For the Pilgrim Fathers, the New World offered more than anything freedom from persecution; for later immigrants, it was a chance to make their fortune. But what does the American Dream represent today?

Nowadays, the United States of America is still a very popular destination for immigrants, especially because of the favourable image of the country shown on the media. For many, the USA represents democracy, freedom of expression, and equality. Poor people often hope they will be able to climb the social ladder and offer a better future to their children.

However, the reality is very different today. It is very difficult to obtain a Green Card to stay in the USA and if an immigrant does not have something to offer the nation (a fortune, qualifications, a profession, or celebrity), his or her application generally fails. Moreover, America's self-made men are the happy few. America does little to help the poor improve their living conditions.

The American Dream? In your dreams!

2. BALLENTINE BASHING: WHO IS TO BLAME?

Mr High Rise has lost his fortune and the world is laughing! What have we come to? Would we laugh when a little old lady falls over crossing the street? Who is responsible for this universal satisfaction at someone else's misfortune?

You and me: every single one of us has their share of responsibility in this affair. As a member of the press, I participate in the production of stories designed to inspire emotions so as to encourage people to buy more and read more, to make more money. And you, as a member of the public, encourage the press to continue to produce such articles because you read them!

It seems to me that we have lost contact with the essential values of humanity: respect and dignity. We have also forgotten the role of the press: to inform, not to manipulate with sensational stories to encourage consumption!

Our government censors vulgarity in the media. I advocate that we, the people, should also monitor publications to protect each citizen's dignity. Only two people need to take the decision: you and me.

Anon., *Wall Street Journal*, 23 June 2015

B. Gitelson: David! It's good to see you. Look at this office! You've done well, I'm pleased for you!
Levinsky: I'm delighted to see you too after all these years.
Gitelson: Yes, 25 years to the day! I'll never forget how pleased I was to see Ellis Island!
Levinsky: Too true, it was one hell of a crossing, wasn't it?
Gitelson: Yes, but you haven't invited me here to talk about that, have you?
Levinsky: Only partly. I also wanted to thank you for your past generosity.
Gitelson: What are you talking about?
Levinsky: I have never forgotten that you gave me ten dollars to help me start out!
Gitelson: But you gave me something much more valuable, David!
Levinsky: Did I? I don't remember. I didn't have anything to give!
Gitelson: In those days, David, you were a model of humility and of generosity. It's because of you that after a year running my own business, I decided to sell up.
Levinsky: Why? I thought your shop failed -
Gitelson: Oh no, on the contrary! But I wanted a simple job to continue practising my trade, but more importantly to give me time to develop my pastime - helping the poor!

C. Ballentine and Gitelson are presented in these documents as examples of failure. Does failure necessarily mean an absence of success or does it have a role to play in success?

In my opinion, it is terribly simplistic to consider that the choice is binary: "success" or "failure" and that one is good and the other bad. It is also, I think, tremendously harmful to make people, especially children, believe that if they do not succeed, they inevitably fail. If we take the example of learning to ride a bike, it takes practise to manage to keep your balance. There is something frighteningly definitive about "failure": when you are learning to ride a bike, you just keep trying until you succeed, there is no question of failure. I would suggest that `failure' simply means that an effort is not yet sufficient to achieve a goal. That is what life and learning are all about: moving on from one goal to the next.

What is success anyway? For Ballentine, at one time it was winning a match or a championship. Later on, it was making money in the construction industry. We can imagine that after the collapse of his empire, he may have considered that being able to spend a whole day at home without arguing with his wife was a success, or that being able to fish all afternoon without thinking about his past job was a success. If we consider success in this way, it clearly has more to do with the notion of ambition than failure.

Success is achieved when we fulfil our ambition, but once it is fulfilled, we move on to a new project. Failure is a negative unconstructive concept: it should be banned.

Table des matières

Mathématiques

Méthodologie

Analyse

Probabilités

Suites

Géométrie dans l'espace

Physique-chimie

Méthodologie

Observer : ondes et matière

Comprendre : lois et modèles

Comprendre : temps, mouvement et évolution

Article

Comprendre : structure et transformation de la matière

Article

Comprendre : énergie, matière et rayonnement

Agir : défis du XXIe siècle
Économiser les ressources et respecter l'environnement

Article

Agir : défis du XXIe siècle
Synthétiser des molécules, fabriquer de nouveaux matériaux

Article

Agir : défis du XXIe siècle
Transmettre et stocker de l'information

Article

Enseignement de spécialité —

L'eau : eau et environnement, eau et ressources, eau et énergie

Article

Son et musique : instruments de musique, émetteurs et récepteurs sonores, son et architecture

Article

Matériaux : cycle de vie, structure et propriétés, nouveaux matériaux

Sciences de la vie et de la Terre

Méthodologie

La Terre dans l'Univers, la vie et l'évolution du vivant

Génétique et évolution

Article

Le domaine continental et sa dynamique

Article

Enjeux planétaires contemporains

Géothermie et propriétés thermiques de la Terre

La plante domestiquée

Article

Corps humain et santé

Le maintien de l'intégrité de l'organisme : quelques aspects de la réaction immunitaire

Article

Neurone et fibre musculaire : la communication nerveuse

Article

Enseignements de spécialité

La Terre dans l'Univers, la vie et l'évolution du vivant : énergie et cellule vivante

Article

Enjeux planétaires contemporains : atmosphère, hydrosphère, climats

Article

Corps humain et santé : glycémie et diabète

Article

Philosophie

Méthodologie

La culture

Article

La raison et le réel

Articles

La politique

Articles

La morale

Article

Histoire

Méthodologie

Les États-Unis et le monde depuis 1945

Article

La Chine et le monde depuis 1949

Article

Le Proche et le Moyen-Orient depuis 1918

Article

Gouverner la France depuis 1946

Article

Géographie

Méthodologie

La mondialisation en fonctionnement

Article

Les territoires dans la mondialisation

Article

L'Amérique : puissance du Nord, affirmation du Sud

Article

Afrique : les défis du développement

Article

L'Asie du Sud et de l'Est : les enjeux de la croissance

Article

Anglais

Méthodologie

Mythes et héros

Espaces et échanges

L'idée de progrès

Lieux et formes du pouvoir